D1666512

DIE GROSSEN
ROMANE
Band 19

GEORGES SIMENON

Das Testament Donadieu

ROMAN

Aus dem Französischen
von Eugen Helmlé

Mit einem Nachwort
von Pia Reinacher

HOFFMANN UND CAMPE

Die französische Originalausgabe erschien 1937 unter dem Titel
Le testament Donadieu im Verlag Gallimard, Paris.
Die deutsche Erstausgabe erschien 1985 im
Diogenes Verlag, Zürich.

1. Auflage 2019
Copyright © 1937 by Georges Simenon Limited
GEORGES SIMENON ® Simenon.tm
All rights reserved
Copyright für die deutsche Übersetzung © 1985, 2011
by Diogenes Verlag AG, Zürich
Copyright für die deutschen Rechte © 2018
by Kampa Verlag AG, Zürich
Copyright für diese Ausgabe © 2019
by Hoffmann und Campe Verlag, Hamburg
www.hoffmann-und-campe.de
Umschlaggestaltung: Herr K | Jan Kermes, Leipzig
Umschlagmotiv: © Jean-Francois Monier / Getty Images
Satz: Dörlemann Satz, Lemförde
Gesetzt aus der Stempel Garamond
Druck und Bindung: GGP Media GmbH, Pößneck
Printed in Germany
ISBN 978-3-455-00633-9

HOFFMANN
UND CAMPE

Ein Unternehmen der
GANSKE VERLAGSGRUPPE

Für Professor Lucien Pautrier
in Zuneigung.
G. S.

Ich dachte, es sei jetzt, im Juli 1936,
vielleicht noch Zeit, die Geschichte
der Donadieus zu schreiben.

Georges Simenon

INHALT

ERSTER TEIL

Die Sonntage von La Rochelle

I

Die Platzanweiserin durchquerte den Vorraum, öffnete die Glastüren sperrangelweit, streckte die Hand vor, um sich zu vergewissern, dass es nicht mehr regnete, und ging wieder hinein, wobei sie ihre schwarze Strickweste über der Brust zuknöpfte. Wie auf ein Signal verließ nun auch die Frau, die Karamellbonbons, Erdnüsse und Nougatstangen verkaufte, den überdachten Türeingang und ging zu ihrem Stand hinüber, den sie am Rande des Bürgersteigs aufgebaut hatte.

Drüben an der Ecke der Rue du Palais, der Polizist ... Alles hier war Ritual, griff ineinander, nach verlässlichen Gesetzen. Denn man war in La Rochelle, und das gelbe Band mit der Aufschrift *Neues Programm* auf den Kinoplakaten genügte, um zu wissen, dass Mittwoch war, während anderswo der Wechsel freitags oder samstags oder montags stattfand.

Über dem Karren der Süßwarenverkäuferin war ein Regenschirm aufgespannt, und die Zuschauer, die endlich aus dem Kino kamen, streckten, wie vorher die Platzanweiserin, die Hand vor. Fünfzig, hundert Personen vielleicht sagten, als sie auf den Bürgersteig traten, der eine zu seiner Frau, die andere zu ihrem Mann:

»Sieh an! Es regnet nicht mehr ...«

Aber es war kühl. Es hatte sozusagen keinen Sommer gegeben. Das Casino du Mail hatte vierzehn Tage früher als üblich geschlossen, und schon jetzt, Ende September, hätte man glauben können, man sei mitten im Winter. Und der Himmel war in dieser Nacht zu hell, mit blassen Sternen, unter denen tiefhängende Wolken schnell hinwegzogen.

Zehn Autos, fünfzehn Autos? Anlasser wurden betätigt. Scheinwerfer leuchteten auf, und die Wagen fuhren langsam in dieselbe Richtung, ohne zu hupen, wegen des Polizisten, und gaben erst Vollgas, als sie die Menschenmenge hinter sich gelassen hatten.

Es war ein Mittwoch wie jeder andere. Zwei weitere Dinge wiesen darauf hin, dass man nur in La Rochelle sein konnte. An der Straßenecke schauten die Leute gewohnheitsmäßig zum Uhrturm hinauf: es war fünf Minuten vor Mitternacht. Im Alhambra endete die Vorstellung nie vor elf Uhr wie in anderen Kinos, wegen der Varieténummer, die fest zum Programm gehörte.

Das Zweite war der Lärm, den man schon gar nicht mehr hörte, weil man daran gewöhnt war: ein dumpfes Platschen hinter den Häusern, und dazu, schrill, das Quietschen der Flaschenzüge auf den Fischerbooten. Ohne nachzusehen, wusste jeder, dass das Wasser im Hafenbecken, durch die Flut angestiegen, die Quais erreichte und die Schiffe nun direkt aus dem Pflaster herauszuwachsen schienen.

Unterdessen betrat der Kinobesitzer wie gewohnt den Glaskasten der Kasse, wo eine alte Frau, den Hut bereits auf dem Kopf, ihm den gelben Umschlag mit den Einnahmen und den auf die Rückseite mit Bleistift gekritzelten Zahlenreihen übergab. Sie wechselten ein paar Worte, die von draußen nicht zu verstehen waren. Der Barmann ging als einer der Letzten.

Der Kinobesitzer brauchte nur noch die Türen zu schließen und zum Schlafen in die Kammer hinaufzugehen, die er sich neben der Vorführkabine eingerichtet hatte. Der

Kinosaal war kalt und leer, nur eine einzige Nachtlampe ließ noch seine Ausmaße erahnen.

»Gute Nacht, Madame Michat.«

»Gute Nacht, Monsieur Dargens.«

Und schon eilte die Kassiererin davon, wobei sie sich wie jede Nacht an jeder Straßenecke ängstlich umdrehte. An der Ecke zur Rue du Palais stieß sie beinahe mit einem jungen Mann zusammen, der eine Zigarette rauchte und am Rand des Bürgersteigs wartete.

»Oh! Entschuldigen Sie, Monsieur Philippe ... Ich habe Sie erst nicht erkannt ...«

»War viel los?«, fragte der junge Mann.

»Sechshundertfünfzig Franc.«

Es war Philippe Dargens, der Sohn des Kinobesitzers. Er warf seine Zigarette fort, zündete sich eine neue an und schaute gelangweilt zum Uhrturm hoch. Dann erst bog er langsam in ein Gässchen ein, das in vielen Schleifen zum Stadtpark führte.

Jedermann ging jetzt nach Hause, man hörte Schritte, die plötzlich innehielten, Türen, die auf- und wieder zugingen, Stimmen – die Leute waren sich offenbar nicht bewusst, dass sie nachts in menschenleeren Straßen weithin zu hören waren.

Salzig feuchte Luft, die auf der Haut klebte, zog vom Hafen herüber. Philippe schlug den Kragen seines Regenmantels hoch und beleuchtete seine Armbanduhr mit der Zigarette.

Ein letztes Auto – zwei Scheinwerfer in der Ferne – verließ den Park, wo es noch von den Blättern der Bäume tropfte. Der junge Mann bog nach rechts ab und ging an den Mauern der Gärten entlang. Diese Gärten gehörten zu den Häusern der Rue Réaumur, deren Fronten nach der anderen Seite zeigten, stattliche Häuser, die meisten von ihnen Villen.

Ein kleines Gartentor öffnete sich, eine Gestalt erschien, oder besser, ließ sich erahnen, und der junge Mann schlüpfte in das Dunkel, nachdem er zuvor seine Zigarette weggeworfen und ausgetreten hatte.

»Warum sind Sie gestern nicht gekommen?«, stammelte eine Stimme.

Er zuckte nur die Achseln, was seine Gesprächspartnerin nicht sehen konnte. Um sich verständlich zu machen, kniff er sie in den Arm.

Die Platanen und Kastanienbäume hoben sich dunkel gegen den Nachthimmel ab. Auf den Gartenwegen lag schon welkes Laub. Das Haus im Hintergrund war nur ein Tintenfleck, allein das Schieferdach war von Mondlicht schwach erhellt.

»Bleiben Sie, nur eine Minute ...«, flehte die Stimme.

»Pst ... Nachher ...«

»Hören Sie, Philippe ...«

»Pst!«

»Schwören Sie mir ...«

Es war ein denkbar unangenehmer Augenblick: Zwanzig Meter Garten waren zurückzulegen, bevor man zu einem weiteren niedrigen Tor gelangte, das in den Nachbargarten führte. Kaum eine Minute! Aber eine Minute, in der sich die schmächtige Gestalt Charlottes an ihn klammerte, flehend und drohend zugleich, eine gefährliche, peinliche, ja unheilvolle Minute.

»Nachher ...«

»Am Montag haben Sie dasselbe gesagt, und doch sind Sie weggegangen, ohne ...«

Er packte sie an beiden Schultern, schwächlichen Schultern, die in rauen Wollkleidern steckten, und gab ihr einen Kuss irgendwohin, in einen Augenwinkel, was ihn einige Überwindung kostete.

»Pst! ... Ich werde bestimmt kommen, ich schwöre es, meine kleine Charlotte ...«

Sie zog die Nase hoch. Er wusste genau, dass sie, bis er wiederkam, eine Stunde, zwei Stunden lang weinend und fröstelnd hinter dem Gartentor auf ihn warten würde.

Ihre Sache! Sobald er allein in dem andern Garten war, dachte er schon nicht mehr daran, und sein Gang wurde geschmeidiger und energischer.

Ihr Problem! Anders ließ es sich nicht ausdrücken. Er hatte nicht anders handeln können und mochte lieber nicht an nachher denken und auch nicht an Charlottes klamme Umarmung vorhin und an ihre atemlosen Fragen.

Er streifte Eisenstühle, einen Gartentisch, ging über eine Rasenrabatte, um den knirschenden Kies zu meiden, und sah schon, wie ein Widerschein sich auf der Scheibe bewegte, als er noch etwa vier Meter entfernt war.

Kein Licht im Haus. Das Fenster öffnete sich langsam, wie von selbst, so wie vorher das Tor zum Garten. Ohne sich um die weiße Gestalt zu kümmern, die er im Zimmer erahnte, bog Philippe einen Rosenzweig zurück, den er kannte, wie man den Lichtschalter in seinem Zimmer kennt, setzte den Fuß auf eine steinerne Fensterbank, dann ein Knie auf den Fensterrahmen und war drinnen.

Das halb offene Fenster ließ einen frischen Luftzug herein, die Vorhänge flatterten, und ein Bett, in dem jemand gelegen hatte, kühlte aus, während Philippe sich besorgt fragte, warum die Lippen auf den seinen weniger nachgiebig waren als sonst.

Er wunderte sich auch, dass Martine unter ihrem Nacht-hemd ihre Unterwäsche anbehalten hatte und dass ihr Kör-per sich seiner Umarmung widersetzte.

»Was hast du?«, hauchte er, so leise, dass man ihn sehr gut kennen musste, um ihn zu verstehen.

Trotz der Dunkelheit konnte er ihr sehr blasses Gesicht erkennen und ihre fiebrigen Augen, und er spürte – er wusste es einfach! –, dass etwas Ungewöhnliches vorge-fallen war.

Er hatte Martine zum Bett hinüberziehen wollen, aber sie schob ihn energisch zum Fenster zurück, wo sie seine Gesichtszüge besser sehen konnte.

»Schau mich an«, sagte sie und umklammerte seine Handgelenke, damit er sie nicht umarmen konnte.

»Was hast du, Martine?«

Und gerade weil sie ihn darum gebeten hatte, wagte er nicht, sie anzuschauen, so als hätte er etwas vor ihr zu ver-bergen.

»Schau mich an, Philippe …«

In Martines Haltung lag etwas Dramatisches, sie hatte Angst. Ein Knacken, ein etwas lauter gesprochenes Wort, und schon würde das Haus wach werden.

Wer? Martines fünfzehnjähriger dickköpfiger, ewig arg-wöhnischer Bruder, der im Nebenzimmer lag? Oder ihre Mutter, die zwei Zimmer weiter schlief?

Das Haus war von oben bis unten mit Donadieus bevöl-kert, mit alten und jungen, mit Brüdern, Söhnen, Schwie-gertöchtern, und er stand mit der jüngsten Tochter, der gerade mal siebzehnjährigen Martine, am Fenster.

Es war nicht das erste Mal, aber plötzlich wurde ihm angst und bange vor diesen starren Augen, in denen keine Zärtlichkeit lag.

»Schau mich an!«

Und wieder entwand sie sich ihm, die doch sonst so anschmiegsam war …

»Sei ehrlich, Philippe …«

Anders als sonst war sie es, die die Stimme erhob, auf die Gefahr hin, eine Katastrophe auszulösen, und er wusste nicht, wie er sie zum Schweigen bringen sollte.

»Wo ist mein Vater? Was ist passiert?«

»Dein Vater?«

Er wusste es nicht! Seine Finger verkrampften sich. Vielleicht wäre diese Geschichte anderswo ganz einfach gewesen: ein Missverständnis sicherlich oder aber eine Laune der überreizten, nervösen Martine.

»Antworte!«

»Ich weiß es nicht.«

Wie soll man mit Nachdruck »ich weiß es nicht« sagen, wenn man dabei flüstern muss? Und wie soll man zeigen, dass man wirklich nichts weiß, wenn es ringsumher stockdunkel ist?

»Du wirst dich erkälten«, wagte er zu sagen, als er sah, dass sich ihr Nachthemd bei einem Windstoß bauschte.

»Ich will es wissen, Philippe! Schau nicht weg. Hast du etwas getan, sag?«

»Glaub mir, ich weiß nicht, wovon du sprichst.«

»Du lügst! … Ich weiß, dass du fähig bist zu lügen … Philippe! …«

Es war ein geradezu verzweifelter Appell. Er sah immer noch den fahlen Fleck des Bettes, und ganz nah, zu nah, ihren bohrenden Blick …

»Philippe! …«

»Ich komme doch gerade aus Bordeaux … Ich habe keine Ahnung …«

Sie war immer noch angespannt. Nun wurde sie auch ungeduldig, und es sah so aus, als wollte sie gleich losweinen oder aus der Haut fahren.

»Hast du deinen Vater nicht gesehen?«

»Doch, fünf Minuten lang, vorhin im Kino.«

»Hat er dir nichts gesagt?«

»Aber nein!«, schrie er fast.

Jetzt schaute sie zu Boden, immer noch unnahbar, immer noch nicht überzeugt.

»Ich weiß nicht mehr …«, stammelte sie. »Wenn es wahr wäre … Dabei könnte ich schwören, dass du …«

Sie rang dramatisch die Hände.

»Martine …«

»Nein … Lass mich los … Nicht jetzt …«

»Was ist denn los?«

Noch ein forschender Blick in das vom Mond nur schwach beschienene Gesicht des jungen Mannes und schließlich eine mutlose Geste.

»Ich weiß es nicht mehr … Ich glaubte … Du bist vielleicht dazu fähig … Ja! Du bist bestimmt zu allem fähig …«

»Martine!«

Das Schlimmste war, dass sie immerzu auf das schlafende Haus achten mussten!

Am Ende gab das Mädchen nach, müde, ohne die Kraft, noch länger zu kämpfen.

»Mein Vater ist seit Samstag verschwunden.«

Und wieder betonte sie dieses Wort, das im Verlaufe ihrer zusammenhanglosen Unterhaltung nun schon mehrmals gefallen war:

»Samstag!«

Der Tag, an dem er zum letzten Mal hergekommen war … Dann war er nach Bordeaux gereist … Und sie …

Hatte sie nicht geglaubt, er würde an diesem Abend nicht kommen, er würde nie wiederkommen? ...

Er wiederholte verstört:

»... Samstag? ...«

Es war Charlotte, die als Erste etwas gewittert hatte. Aber Charlotte witterte tatsächlich immer und überall Unheil.

Am Sonntagmorgen kleidete sich Madame Brun um Viertel vor zehn in dem alten, dreiflügligen Herrschaftshaus, das neben der weniger alten Villa der Donadieus lag, zur Messe an. Es herrschte wie immer eine Stille wie in einem Museum: Spiele von Licht und Schatten, die von den kleinen Butzenscheiben gelenkt wurden, tausend in der Bewegung erstarrte Nippfiguren aus Silber oder Porzellan, aus Perlmutt oder Koralle und an den Wänden auf alten, nachgedunkelten Stichen erstarrtes Lächeln und Unmengen winziger Goldpunkte, die die Zeit darauf hinterlassen hatte.

Charlotte ging in die Siebenuhrmesse. Sie war bereits beim Abendmahl und einkaufen gewesen. Sie hatte sich umgezogen, trug ihr Alltagskleid und half nun Madame Brun in ihr schwarzes Seidenkleid und hakte das breite Moiréband zu, das den Hals ihrer Herrin so gerade und so lang machte wie den der Schwäne im Stadtpark.

»Die Donadieus gehen ohne den Reeder zur Messe!«, bemerkte sie plötzlich, trotz der Nadeln, die sie zwischen den Lippen hielt.

Und Madame Brun hätte sich beinahe gestochen, so erstaunlich war diese Nachricht. Oscar Donadieu, der Reeder genannt, ging nicht an der Spitze seiner ganzen Familie zur Messe!

»Bist du sicher?«

»Madame kann sich ja selbst überzeugen ...«

Es war eine Koketterie Charlottes, die mehr Gesellschaftsdame war als Dienstmädchen, dass sie von Zeit zu Zeit die dritte Person Einzahl gebrauchte.

In der stillen Rue Réaumur war gerade die grüne Flügeltür zum Anwesen der Donadieus, an der ein großer kupferner Türklopfer prangte, geöffnet worden.

Auf dem Bürgersteig bildete sich eine Art Prozession, allerdings eine, bei der der liebe Gott fehlte.

Zuerst kam Martine Donadieu in Weiß (das Kleid, das sie an allen Sommersonntagen getragen hatte), ihr Messbuch in der Hand; sie ging neben ihrem Bruder Oscar, der seine ersten langen Hosen trug.

So manches Mal hatte Madame Brun, während die beiden Frauen in einer Ecke ihres Museums nähten und stickten, über die siebzehnjährige Martine gesprochen.

»Ich bin sicher, sie ist die Intelligenteste in der Familie«, sagte sie. »Sie hat den Blick ihres Vaters ...«

Und sie sah nicht das bittere Lächeln auf dem reizlosen, verblühten Gesicht von Charlotte.

»Der Junge dagegen scheint bei der Verteilung der geistigen Gaben etwas zu kurz gekommen zu sein. Er wirkt ein wenig einfältig.«

An diesem Sonntag kamen, wie an den andern Sonntagen, hinter Martine und Oscar die Enkelkinder, Jean und Maurice, beide im Matrosenanzug.

Dann die ›Großen‹, Michel Donadieu und seine Frau Éva, die exzentrischer war als die anderen. Der Schwiegersohn, Jean Olsen, und seine Frau Marthe, geborene Donadieu.

Schließlich die Königinmutter, wie Charlotte sagte, Madame Donadieu höchstpersönlich, imposant, gehbehindert, die sich mit Hilfe eines Stocks auf ihren dicken Beinen vorwärtsbewegte.

»Tatsächlich, der Reeder ist nicht da …«

Aber das allein wäre noch nicht beunruhigend gewesen …

Sofort nach der Messe wurde der große blaue Wagen herausgeholt, eine zehnjährige, zehnplätzige alte Limousine mit Kupferscheinwerfern, Polsterkissen und eingehängten Blumenvasen aus Kristall. Michel Donadieu, der älteste Sohn, nahm allein darin Platz und fuhr mit dem Chauffeur weg, während am Fenster der alten Nachbarvilla Madame Brun und Charlotte das Ereignis kommentierten.

»Da ist sicher etwas im Gang!«

Noch nie zuvor war das Haus Donadieu ein Ort für Überraschungen gewesen. Das Kommen und Gehen dort war so streng geregelt, dass man sich danach in La Rochelle ebenso verlässlich richten konnte wie nach der Turmuhr.

Oscar Donadieu war *der* Reeder. Ein Vorbild, das Oberhaupt der Familie, oder besser, des Clans – was schon allein daraus ersichtlich wurde, dass sich ihm fünf andere protestantische Familien (alle auch Reeder!) angeschlossen hatten, als er vor fünfzehn Jahren zum Katholizismus übergetreten war.

Und er war eine Stütze der Gesellschaft: ein Klotz von einem Meter achtzig, kerzengerade gewachsen, unerschütterlich trotz seiner zweiundsiebzig Jahre, unerschütterlich auch in seinen Überzeugungen und in seiner Moral, sodass er bei allen Konflikten als Schiedsrichter gerufen wurde.

Die eigentliche Festung Donadieu lag nicht in der Rue Réaumur. Sie erhob sich am Quai Vallin, vor dem Hafen: ein strenges, vierstöckiges Gebäude, in das kaum Sonne fiel und wo jedes der dreißig Büros wie eine Sakristei war.

Gegenüber die Kohlenhaufen: die Kohle der Donadieus. Kohlenschiffe, die gerade entladen wurden: die Kohlenschiffe der Donadieus. Fischkutter, die vor Eisenbahnwaggons und Kühlwagen verankert waren: die Fischkutter, Eisenbahnwaggons und Kühlwagen der Donadieus!

Jeden Morgen um zehn vor acht verließen drei Männer das Haus in der Rue Réaumur: der Reeder, sein Sohn Michel, der ihm trotz seiner siebenunddreißig Jahre wie ein schüchterner Schüler hinterhertrabte, und sein Schwiegersohn Olsen, der ein echter Donadieu geworden war, zuverlässig und ehrbar.

Jeder von ihnen belegte am Quai Vallin ein Stockwerk, eine Abteilung, ein Büro mit gepolsterter Tür.

Auch im Haus bewohnte jeder von ihnen eine Etage: der Reeder mit seiner Frau und seinen beiden jüngsten Kindern, Martine und Oscar, das Erdgeschoss; Michel, der älteste Sohn, mit seiner Frau und seinen beiden Kindern den ersten Stock; Olsen und seine Frau, geborene Donadieu, mit ihrem siebenjährigen Sohn den zweiten Stock.

Madame Brun und Charlotte kannten, Stunde für Stunde, Minute für Minute, alle Rituale des Hauses. Und jetzt war der Reeder am Sonntagabend noch nicht nach Hause gekommen, und am Montag gingen der Sohn und der Schwiegersohn nicht zur gewohnten Zeit ins Büro, sondern diskutierten lange im Park miteinander.

»Glaubst du, dass er verreist ist?«, fragte Madame Brun Charlotte.

Und Charlotte spitz:

»Dann wären sie nicht so aufgeregt!«

»Na, was meinst du?«

»Wer weiß, wer weiß …«

Das war ihre stehende Redensart. Eine merkwürdige Person, diese Charlotte. Sie war klein, fast wie ein Zwerg, und hatte ein zerknittertes Gesicht mit scharfen Zügen. Bis zu ihrem dreißigsten Lebensjahr war sie Dienstmädchen in einem Kloster gewesen, dann war etwas Schlimmes passiert, über das sie nie sprach, eine Unterleibsoperation, und Madame Brun hatte sie bei sich aufgenommen. Charlotte war wie substanzlos, geschlechtslos, allein darauf bedacht, ihrer Herrin zu dienen, ihr die Stunden zu verschönern in dem riesigen leeren Haus, das von einem Gärtnerehepaar, das in dem Pavillon im Hof wohnte, wie von Schäferhunden bewacht wurde.

Dienstagmittag. Charlotte ruft:

»Kommen Sie, schnell!«

Sie hat die dritte Person vergessen, sie ist aufgeregt. Und dazu besteht in der Tat Anlass! Michel Donadieu kommt in Begleitung des Staatsanwalts, Monsieur Jeannet, aus der Stadt zurück, und man kann sich vorstellen, dass in dem Salon im Erdgeschoss, wo Töchter und Schwiegertochter, Söhne und Mutter sich versammelt haben, ein großer Kriegsrat abgehalten wird.

»Wenn da ein Unglück passiert ist, würde mich das nicht wundern …«

Hatte Charlotte wirklich die Gabe des Zweiten Gesichts? Von einem tatsächlichen Unglück war noch nichts bekannt. Trotzdem war Oscar Donadieu, der Fels, ganz plötzlich verschwunden!

Am Samstagabend war er wie gewöhnlich zum Cercle Rochelais an der Place d'Armes aufgebrochen. Samstags, und nur an diesem Tag, weil er sonntags nicht arbeitete, konnte er bis Mitternacht wegbleiben und Bridge spielen, einen halben Centime pro Punkt.

Am Sonntagmorgen war er allerdings noch nicht wieder zu Hause. Man hatte nicht gewagt, die Messe zu versäumen. Aber sofort danach war Michel, der Älteste, zu dem kleinen Schloss der Familie in Esnandes gefahren, nachdem man vergeblich versucht hatte, dort jemanden telefonisch zu erreichen.

»Nichts!«, hatte er verkündet, als er zurückkam.

Es war der einzige Tag in der Woche, an dem sich die drei Haushalte traditionell auf Oscar Donadieus Befehl im Erdgeschoss versammelten. Man hatte die Lage erörtert. Die Schwiegertochter hatte den Vorschlag gemacht, die Polizei zu benachrichtigen, aber sie war nur eine Schwiegertochter, die den Reeder schlecht kannte, sonst hätte sie nicht so gesprochen.

Vor allem kein Skandal. Oscar Donadieu war der Herr im Hause. Er allein konnte darüber entscheiden, was zu tun war. Doch er war nicht da …

Am Montag hatte Charlotte von ihren vielen Beobachtungsposten in der Nachbarvilla aus ein für einen Wochentag ungewohnt reges Hin und Her zwischen den Stockwerken festgestellt.

Und schließlich der Besuch des Staatsanwalts …

»… diskrete Nachforschungen … kein Wort darüber in den Zeitungen …«

Und an diesem Mittwoch, um ein Uhr morgens, vergaß Martine Donadieu die Liebe, vergaß das Bett mit den kühlen Laken und bombardierte Philippe mit Fragen, wie bei einem Verhör, wobei sie ihre Stimme nur mit Mühe dämpfen konnte.

»Bist du sicher, dass dein Vater dir nichts gesagt hat?«

»Ganz sicher.«

»Er ist der Letzte, der meinen Vater gesehen hat … Sie haben zusammen den Club verlassen …«

Welche Verdächtigungen, welche Mutmaßungen verrieten diese Worte doch! Philippe selbst war nicht mehr so unbefangen wie zuvor. Seine Stirn legte sich in Falten.

»Ist eine Untersuchung eingeleitet worden?«, fragte er.

»Ja, in aller Diskretion … Man hat sie beide weggehen sehen … Seitdem …«

Sie vergaßen die anderen Hausbewohner, und ihre Stimmen wurden, ohne dass sie es merkten, lauter.

»Mein Vater ist nicht fähig …«

»Philippe! Sieh mich wieder an …«

Zu viel war geschehen, zu schnell, in zu kurzer Zeit! Sie standen hier voreinander, fast wie Feinde. Es hätte langer Erklärungen und Beteuerungen bedurft, Offenheit und Ehrlichkeit.

»Martine! …«

Schon begann sie weich zu werden. Sie konnte nicht mehr länger so stehen bleiben, barfuß, angespannt, und er spürte, dass sie sich gleich in seine Arme schmiegen würde.

»Ich schwöre dir beim Leben meiner Mutter …«, begann er.

Er hielt plötzlich inne. Auch Martine erstarrte. Unter der Tür wurde plötzlich ein Lichtstreif sichtbar, der länger wurde, einen Winkel bildete, dann zwei. Die Flügeltür ging auf.

Instinktiv klammerte sich Martine an Philippe, der nicht die Geistesgegenwart besaß, sich hinter dem Vorhang zu verstecken.

»Was ist?«

Es war unheimlich: die Silhouette dieses großen Jungen im Schlafanzug, der mit zusammengekniffenen Augen aus seinem hellen Zimmer in das dunkle seiner Schwester trat.

»Martine!«, rief er mit schläfriger Stimme, die wie aus einem Traum zu kommen schien.

»Pst! ... Ich bin hier ...«

Die Liebenden wagten nicht, sich zu bewegen. Immer noch verschlafen, tastete Kiki sich barfuß vorwärts und sah Philippe ins Gesicht.

»Kiki! ...«

So nannte man den Jungen im Haus, als ob der Vorname seines Vaters zu schwer für ihn sei.

»Kiki! ... Bitte ...«

Worauf er plötzlich losschluchzte und sich gleichzeitig, damit ihn keiner hörte, die Hand vor den Mund hielt, während ihn seine Schwester in die Arme nahm.

»Pssst! ... Dass Maman nichts hört ... Kiki! ...«

Er bekam Schluckauf. In seiner Verzweiflung ließ er sich sogar auf den Fußboden gleiten, und seine Schwester legte sich neben ihn, während sie Philippe zuflüsterte:

»Geh ... Ich kümmere mich um ihn ...«

»Aber ...«

»Nein! ... Du siehst doch ...«

Jedes Mal, wenn der Junge den Eindringling anschaute, wurde er von regelrechten Krämpfen geschüttelt.

»Geh! ...«

Philippe stieg über die Fensterbrüstung, spürte wieder den feuchten Boden, die welken, weichen Blätter.

Er hatte eine wahnsinnige Angst gehabt, doch nun war er auf einmal ganz ruhig und unbeteiligt.

›Soll sie zusehen, wie sie klarkommt!‹, dachte er.

Vom Garten aus konnte er noch den Lichtausschnitt der

Tür erahnen. Er ging schnell. Er stieß das Gartentürchen auf, das sich hinter ihm schloss, ohne dass er es berührte.

Da rief bereits eine andere Stimme seinen Namen:

»Philippe!«

»Ja ...«

»Komm! ...«

Zuerst erschien ihm das unmöglich, abstoßend. Er hatte den Eindruck, eine Bombe zurückgelassen zu haben, die jede Sekunde explodieren konnte. Er war darauf gefasst, überall im Haus Licht angehen und Gestalten ziellos umherlaufen zu sehen.

Aber nein! Er hörte nichts als das gewaltige Rauschen des Meeres und das Quietschen der Flaschenzüge, das dem Schrei der Seemöwen glich.

Ihm war klar, was er tat. Er wusste nur nicht, wohin er ging. Er hatte Angst. Er begriff die Bedeutung eines Wortes, das sich ihm als Zusammenfassung all dessen aufdrängte, was er eben erlebt hatte und noch erlebte: widerwärtig.

Widerwärtig, dass er, um zu Martine zu gelangen, sich seit mehreren Monaten die Komplizenschaft Charlottes erkaufte! Und wie erkaufte? Nicht mit Geld, sondern mit geheuchelter Zärtlichkeit! Nicht einmal ...

Indem er bewusst, im Grunde hinterhältig, die Sinne des Dienstmädchens weckte, ihr Bedürfnis nach menschlicher Wärme ...

Wie die andern Male zog sie ihn zu einem kleinen Gartenhäuschen, das mitten im Park stand und von Kletterrosen umrankt war. Die Rosensträucher hatten ihre Blätter und Blüten verloren, und das Gartenhäuschen glich einem aufgespannten Regenschirm ohne Bespannung. Die feuchte Brise zog ungehindert herein. Das Sofa aus Korbweide war mit einem dünnen Wasserfilm bedeckt.

»Hör zu, Philippe …«

Wie die andere! Was wollten sie ihn nur beide hören lassen?

»Ich bin ganz unglücklich … Ich kann nicht mehr … Philippe! …«

Sie sagte das jedes Mal. Zum Glück sah er sie nicht! In früheren Nächten hatte er es vermocht, mit ihr zu reden, Mund an Mund, ihren mageren Körper an sich zu drücken, unwahrscheinliche Dinge zu erzählen:

»Verstehst du denn nicht, dass ich in meiner Situation …«

Nein! Diesmal wartete er auf eine Explosion, doch das Haus nebenan blieb dunkel. Entgegen seiner Erwartung wurden die Fenster nicht eines nach dem andern hell …

Was mochte Martine zu ihrem Bruder Oscar sagen, auf dem Boden, wo sie neben ihm lag? Sicher mussten beide immer wieder weinen. Sicher flehte Martine ihren Bruder an, sie nicht zu verraten, und stammelte all die Sätze, deren man sich später schämt. Oscar dagegen schlug wahrscheinlich um sich wie in einem seiner Alpträume; denn der Junge schlafwandelte, weshalb seine Eltern vor seinem Fenster Gitter hatten anbringen lassen.

Die Königinmutter schlief.

»Philippe! … Ich spüre genau, dass Sie sie lieben … dass Sie mich nur ausnutzen …«

»Aber nein«, wiederholte er mechanisch.

»Ich weiß nicht, wozu ich fähig bin … Was hat sie zu Ihnen gesagt? Was habt ihr beide getan? …«

»Halt den Mund!«

»Ich habe mir gedacht … Monsieur Donadieu ist nicht zurückgekommen … Philippe! …«

Aus ihrer Stimme hörte er denselben Verdacht heraus wie bei Martine, und einen Augenblick verharrte er wie betäubt in der feuchten Dunkelheit, unter den dräuenden Wolken, die allzu schnell an dem fast klaren Himmel dahineilten.

»Lass mich …«

»Ich habe lange nachgedacht … Ich will Ihnen etwas sagen …«

Das machte ihm Angst. Nein! Man durfte Charlotte keine Zeit lassen nachzudenken. Um seines Friedens willen durchstand er, immer noch in der Erwartung, dass nebenan das Licht aufflammte, eine der schmachvollsten Stunden seines Lebens.

Die Leiche Oscar Donadieus wurde am Donnerstag um neun Uhr morgens von einem Fuhrmann gefunden. Es regnete, aber der Himmel leuchtete so weiß, dass man die Augen zusammenkneifen musste und sich sämtliche Konturen hart abzeichneten. Weiß waren auch die meisten Häuserfassaden von La Rochelle, während das vom Nordostwind aufgewühlte Meer bis zu den Türmen hin graue Wellen mit weißen Schaumkronen spülte.

Die Stadt glich an diesem Morgen dem La Rochelle auf den alten Stichen von Madame Brun. Es herrschte Ebbe, das Hafenbecken war fast trocken. Die Fischerboote lagen im Schlick, den man jetzt gut sehen konnte, kompakt und von schmalen Wassergräben durchzogen.

In einem Schaufenster räumte eine Verkäuferin in schwarzer Schürze Schuhe weg. Seit acht Uhr morgens war Michel Donadieu im ersten Stock des Büros am Quai Vallin auf seinem Posten. Ein- oder zweimal hatte er nach der Uhr gesehen, um den passenden Augenblick zu erwischen, an dem er den Staatsanwalt anrufen und ihn um Neuigkeiten bitten konnte.

Doch seit einigen Minuten dachte er nicht mehr daran, denn Benoît, der Kassierer, war mit den Zahlungsanweisungen gekommen, die unterschrieben werden mussten. Benoît, der seit mindestens dreißig Jahren im Haus war, hatte Mundgeruch. Wenn Michel Donadieu, wie jetzt, an seinem Schreibtisch saß, beugte sich der Kassierer herab, um ihm ein Blatt nach dem anderen zur Unterschrift zuzuschieben. Man hatte Benoît diesbezüglich nie etwas zu sagen gewagt, und daran dachte Donadieu um Punkt neun Uhr, während er die Seiten abzeichnete.

Jean Olsen, sein Schwager, der die Fischereiabteilung leitete, war gerade zum Bahnhof gerufen worden, wo es Schwierigkeiten mit einem Kühlwagen gab.

Bigois, der Fuhrmann, kam aus einer kleinen Kneipe gegenüber der Fischhalle. Die Peitsche über der Schulter, stapfte er vor seinem Pferd her und beugte sich, als er am Quai entlangging, vor, um auszuspucken.

Er sah etwas Gelbliches im Schlick. Es war ein leichter Mantel, und als Bigois aufmerksam hinschaute, war er überzeugt, eine Hand zu erkennen.

»Mann! Eine Wasserleiche …!«, brummte er, ohne seine Fassung zu verlieren.

Und mit denselben Worten verkündete er die Neuigkeit dem Polizisten an der Ecke, den Schnurrbart noch feucht von Weißwein.

Die Stelle war denkbar schlecht gewählt. Der schwärzliche Schlick dort war vielleicht einen Meter dick. Der Polizist sah unschlüssig drein und wandte sich dann an zwei Fischer, die stehen geblieben waren.

»Jetzt brauchten wir ein Beiboot«, sagte einer von ihnen.

Der Polizist wusste zwar nicht, was das war, aber er pflichtete ihm bei und fragte den Fischer, ob er denn eines habe.

»Natürlich nicht!«

»Wer hat denn so ein Beiboot?«

Es standen schon zehn Personen um sie herum, die, ohne recht zu wissen, was hier los war, die reglose Gestalt betrachteten. Da niemand die Initiative ergriff, pas sierte erst einmal nichts. Es war wieder der Fischer, der erklärte:

»Wenn wir ihn dalassen, wird ihn die Flut fortspülen …«

Darauf beschloss der Polizist, von einem Café aus im Kommissariat anzurufen. Als er zurückkam, hatte man ein Beiboot aufgetrieben, eine Art kleines und sehr flaches Boot, das dafür gebaut war, über Schlick zu gleiten. Ein alter Mann mit einem Südwester steuerte es bis an die Leiche heran, doch gelang es ihm nicht, sie zu heben, denn Oscar Donadieu steckte im Schlick fest.

Das Ganze dauerte eine gute Viertelstunde, im Regen, und der Fahrer des Autobusses nach Rochefort fluchte, weil er abfahren musste, bevor die Aktion vorbei war. Der Kommissar war inzwischen ebenfalls angekommen, und wie die andern musste er oben am Quai stehen bleiben, während unten im Schlick die Seeleute ein Tau um den Leichnam banden, um ihn hochzuziehen.

In diesem Augenblick erkannte man Oscar Donadieu, und der Kommissar, der sich seiner Verantwortung bewusst wurde, verlor die Beherrschung, vor allem, weil der Leichnam, als man ihn an der Mauer hochzog, übel zugerichtet wurde.

Um ihn nicht auf dem Boden liegen zu lassen, hatten ihn die Männer auf Bigois' Karren gelegt, und als Decke hatten sie eine Plane gefunden, die nach Fisch roch. Dann war der Kommissar zu den Büros am Quai Vallin geeilt, wobei er, je näher er kam, seinen Schritt immer mehr verlangsamte, um wichtig und würdevoll zu erscheinen. Er wurde von Michel Donadieu empfangen, der immer noch Zahlungsanweisungen unterschrieb, die ihm sein Kassierer vorlegte, und einige Augenblicke brauchte, bevor er begriff.

»Ich habe die traurige Pflicht, Ihnen mitzuteilen ...«

An den Wänden hing eine Tapete, die in Farbe und Prägung den Anschein von Cordoba-Leder erwecken sollte. Gerahmte Aquarelle zeigten die Schiffe der Donadieus. Und Michel, mit deutlichen Geheimratsecken, am kleinen Finger einen schweren Siegelring, stand auf. Er war ebenso verlegen wie der Kommissar, denn er wusste nicht, was man in solchen Fällen tut.

»Rufen Sie am Bahnhof an, damit man dort meinem Schwager Bescheid sagt!«, sagte er zu seinem Kassierer.

Es war ihm lieber, wenn sein Schwager ebenfalls anwesend war. Beinahe hätte er sogar bei seiner Mutter anrufen lassen, doch dann dachte er, dass das sicherlich nicht passend wäre.

»Was meinen Sie, wo man ihn hinbringen soll?«

»Wo ist er jetzt?«

Beschämt antwortete der Kommissar:

»Auf dem Karren!«

»Wo ist der Karren?«

»Dort ...«, sagte er und streckte die Hand in Richtung des andern Endes des Quais aus.

Sie sahen aus dem Fenster und entdeckten Bigois' Karren direkt vor dem Haus. Michel Donadieu wischte sich aus Verlegenheit mit dem Taschentuch übers Gesicht. Er hätte gern geweint. Unter anderen Umständen hätte er sicherlich geweint, aber die Ungeheuerlichkeit des Ereignisses verhinderte es.

»Wenn es nicht Ihr Vater wäre, hätte ich ihn in die Leichenhalle bringen lassen, aber ...«

Nein, ausgeschlossen! Andererseits war es vielleicht verboten, ihn nach Hause zu überführen.

»Monsieur Jean kommt sofort«, verkündete der Kassierer, der den Bahnhofsvorsteher am Telefon gehabt hatte.

»Verbinden Sie mich bitte mit dem Staatsanwalt ...«

Kein Angestellter im ganzen Gebäude arbeitete noch. Eine Frau, die gekommen war, um Kohlen zu bestellen, wartete vergeblich, dass sich jemand um sie kümmerte. Draußen gingen die Leute aus Respekt nicht allzu nahe an den Karren heran, und manche hielten es für schicklich, unter dem Regenschirm ihre Kopfbedeckung abzunehmen.

»Hallo! ... Ja ... Natürlich ... Das ist durchaus möglich, ja ...«

Michel Donadieu wandte sich an den Kommissar.

»Der Staatsanwalt sagt mir gerade, dass wir ihn hier aufbahren können, bis der Gerichtsmediziner kommt ... In Anbetracht der Umstände ...«

Und so wurde Oscar Donadieu von zwei Angestellten und Bigois, der geschickter war, hereingetragen und in sein Büro gebracht. Bigois hatte den Leichnam auf den Akazienschreibtisch legen wollen, da der Tote aber schmutzig und nass war, hatte er ihn schließlich doch auf den Boden gelegt. Jean Olsen kam vom Bahnhof zurück. Er nahm ebenfalls den Hut ab und fragte:

»Hat man Maman Bescheid gesagt?«

»Noch nicht.«

Ein Morgen, wie man ihn zum Glück nicht oft erlebte. Da niemand darauf vorbereitet war, wusste auch niemand, was zu tun war; die Tränen kamen immer noch nicht, und die Angestellten wussten nicht, wie sie ihr Beileid aussprechen sollten. Was die Büros betraf, so war es der Hausmeister, der den Vorschlag machte, ein Schild *Wegen Trauerfall geschlossen* an die Tür zu hängen.

»Ja, ganz richtig«, pflichtete Michel bei. »Wir schließen doch, nicht wahr, Jean?«

Und die Angestellten? Sollte man sie nach Hause schicken oder hinter geschlossenen Läden weiterarbeiten lassen?

»Ich muss meinen Monatsabschluss vorbereiten«, erklärte der Kassierer.

»Dann bleiben Sie! Die andern sollen gehen! Ich meine die, die nicht unbedingt hier gebraucht werden ... Guten Tag, Monsieur Jeannet ...«

Endlich war der Staatsanwalt gekommen. In seiner Begleitung war ein riesengroßer Mensch mit gerötetem Teint, offenbar der Gerichtsmediziner.

»Ich teile aus tiefstem Herzen ...«

Man teilte vor allem die Verlegenheit, die durch die unvorhergesehene Situation entstanden war.

»Könnte man ihn nicht auf einen Tisch legen?«, ließ sich der Arzt vernehmen und zog seinen Überzieher aus.

Und Bigois, der Fuhrmann, stand immer noch da, vielleicht weil er auf ein Trinkgeld wartete. Gibt man in solchen Fällen Trinkgeld? Michel wusste es nicht, unter den gegebenen Umständen tat er lieber gar nichts.

»Es ist vielleicht besser, wenn Sie nicht dabeibleiben ...«

Die drei Männer, Michel, sein Schwager Jean Olsen und der Staatsanwalt, zogen sich in Michels Büro zurück. Michel bot Zigaretten an. Die Unterhaltung wurde zwangloser.

»Glauben Sie, dass der Leichnam seit Samstag im Wasser gelegen hat?«

»Das Merkwürdige ist ja, dass die Strömung ihn nicht ins offene Meer hinausgetrieben hat ...«

Nein! Das war nicht merkwürdig. Die Fahrrinne des

Hafens von La Rochelle, zwischen den beiden Türmen, ist sehr schmal, und der alte Donadieu war sicherlich von der Flut von einem Quai zum andern getrieben worden, bis ihn der Zufall bei Ebbe im Schlick landen ließ.

Michel Donadieu war dick und schlaff, aber sehr gepflegt. Er tupfte sich unaufhörlich das Gesicht ab, denn er bekam leicht Hitzewallungen, wegen seines schwachen Herzens, das schlecht arbeitete.

»Ich müsste meiner Mutter Bescheid sagen …«

Man durfte es nicht sagen, nicht einmal denken, aber trotzdem war es fast eine Erleichterung, dass man endlich wusste, was aus Oscar Donadieu geworden war.

Noch einige Minuten Geduld: Sobald der Gerichtsmediziner mit seiner Untersuchung fertig wäre, könnte man völlig beruhigt sein.

Er rief von unten herauf, rief aber nur den Staatsanwalt, der sich mit ihm in dem Zimmer einschloss, in dem der Leichnam lag. Olsen, der erst zweiunddreißig Jahre alt war, marschierte auf und ab. Michel schnitt Grimassen und hätte endlich gern geweint, und sei es auch nur, um sein Gewissen zu beruhigen.

Als der Staatsanwalt in Begleitung des massigen Arztes zurückkam, hatte er ein höchst amtliches Gesicht aufgesetzt.

»Ich bitte um Entschuldigung für diese Amtshandlung«, murmelte er. »Die Situation ist heikel. Der Doktor bestand darauf, dass ich selbst einen Blick auf die Leiche werfe – ich bitte um Verzeihung, dass ich so direkt bin …«

»Aber ich bitte Sie …«

»Es ist schwierig, bei dem bereits fortgeschrittenen Verwesungszustand … Sie entschuldigen, nicht wahr? … Wie gesagt, es ist schwierig, sich eine genaue Meinung zu bilden … Eine Autopsie ist notwendig, und ich würde gegen meine Pflicht verstoßen, wenn ich nicht darauf bestehen würde … Trotzdem scheinen wir es, auf den ersten Blick, nicht mit einem Verbrechen zu tun zu haben …«

Die Zeit der Ungewissheit war vorüber. Jetzt kam die offizielle Phase, die viel einfacher war, da man wusste, woran man sich zu halten hatte. Ein Leichenwagen des Krankenhauses holte den Toten ab. Michel Donadieu und Olsen kehrten genau um Viertel vor elf in die Rue Réaumur zurück.

Gewöhnlich ging jeder geradewegs in seine Wohnung, aber diesmal blieben sie im Erdgeschoss, wo Augustin, der Diener, gerade den Salon bohnerte.

»Ist Madame nicht hier?«

»Madame ist in ihrem Zimmer.«

»Lass ihr ausrichten, dass wir sie zu sprechen wünschen.«

Zuerst kam jedoch Martine herein, mit einem Notenheft in der Hand.

»Sie haben Papas Leiche gefunden!«, verkündete Michel einfach.

Sie hatte keine Zeit, nach Einzelheiten zu fragen. Madame Donadieu trat ebenfalls herein, in einem himmelblauen Morgenrock, eine Spitzenhaube auf dem Haar. Sie schaute die drei an, atmete lauter, legte die Hände auf die Brust.

»Sagt es schnell! … Ich habe es heute Nacht geträumt … Euer Vater? …«

Endlich war es ein echter Trauerfall. Michel stürzte sich in die Arme seiner Mutter. Dann fiel diese in Ohnmacht, und Martine ging in die Küche Essig holen. Éva, Michels Frau, kam nachsehen, was los war, weinte ebenfalls und rief:

»Die Kinder dürfen nicht herunterkommen …«

Die Köchin weinte. Niemand war dort, wo er hinge-
hörte. Man rempelte sich an, und schließlich saßen sie alle
in einer Ecke des Salons, der Teppich war dort noch zum
Bohnern aufgerollt.

»Und Kiki weiß noch nichts …«, wimmerte Madame
Donadieu. »Wo ist er eigentlich?«

Man erfuhr, dass er am Morgen weggegangen war, ohne
etwas zu sagen, ganz gegen seine Gewohnheit.

Als er zurückkam, bleich, mit Schlamm an den Schuhen und nassen Haaren – denn er hatte nicht einmal seine
Mütze aufgesetzt –, fand er das Haus in tiefer Trauer.

»Essen Sie ein wenig … Sie müssen sich stärken …«, lei-
erte die Köchin herunter.

Niemand mochte etwas zu sich nehmen, außer Michel,
der immer Hunger hatte und ein bisschen kaltes Rind-
fleisch aß, ohne Brot, im Stehen.

»Wann bringen sie ihn her?«

»Sobald sie fertig sind mit der … der …«

Keiner wagte, das Wort Autopsie auszusprechen. Éva
Donadieu, Michels Frau, ging ab und zu hinauf in ihre
Wohnung, um sich um ihre zweijährige Tochter zu kümmern. Ihr Sohn Jean und Olsens Sohn Maurice mischten
sich schließlich unter die Erwachsenen und vergrößerten
die Unordnung noch. Am beeindruckendsten war es, Martine und ihren Bruder Kiki zu sehen, die beide ganz verstört aussahen. Dann verschwand Martine, und erst lange
danach fand man sie auf ihrem Bett, einen Zipfel des Kopf-
kissens zwischen die Zähne gepresst.

Der *Courrier Rochelais* schrieb:

... Wenn Monsieur Oscar Donadieu den Club an der Place d'Armes verließ, machte er, anstatt direkt durch die Rue Réaumur nach Hause zu gehen, gewöhnlich eine Runde um die Quais und ging dabei an seinen Lagerschuppen vorbei ... In der Dunkelheit ist er wahrscheinlich ...

Ja. Der Reeder hatte seine Gewohnheiten, um nicht zu sagen, seine Marotten. Und dies war eine davon. Sicherlich gab es ihm neue Kraft, wenn er vor dem Zubettgehen am Quai Vallin seine eindrucksvollen Büros, die Dächer seiner vielen Lagerschuppen und die Schornsteine seiner Schiffe betrachtete.

Im Club sprach man wenig darüber. Dort verkehrten nur Männer von fünfzig Jahren und mehr, vor allem Männer im Alter Donadieus, die weniger um der Begegnungen willen hierherkamen, als um in ihren angestammten Sesseln zu versinken, ihren Zeitungen, in einer Atmosphäre, die nichts mit ihrem Zuhause, ihrer Familie zu tun hatte.

Es waren wichtige Persönlichkeiten, und das spürte man an ihrer Ruhe, an ihrer Feierlichkeit, an der Vorsicht, mit der sie selbst die unwichtigsten Themen angingen.

Und sie kannten sich zu gut, um sich in Geschwätz zu verlieren. Die meisten hatten sich bereits als Kinder gekannt, und durch Eheschließungen waren sie schließlich alle mehr oder weniger miteinander verschwägert.

Da Oscar Donadieu der Präsident des Clubs war, beschloss das Komitee bei seiner Zusammenkunft am Donnerstag um fünf Uhr, den Club zum Ausdruck der Anteilnahme für eine Woche zu schließen. Dann stimmte man mit der gleichen Gelassenheit für die Ausgabe von fünfhundert Franc für einen Kranz.

Frédéric Dargens war anwesend und stimmte mit den andern ab. Alles verlief so problemlos, dass ein Außenstehender nichts Ungewöhnliches vermutet hätte, am wenigsten, dass Dargens erst eine Stunde zuvor das Büro des Staatsanwalts verlassen hatte.

Allerdings war da eine gewisse Hast beim Hinausgehen, um Dargens nicht die Hand drücken zu müssen. Flüchtige Blicke auf sein ebenmäßiges Gesicht, die angegrauten Schläfen, auf seinen wohlgeformten, intelligenten Mund.

»Entschuldigen Sie, dass ich Sie herbitten ließ, aber man hat mir versichert, dass Sie am Samstag gemeinsam mit Oscar Donadieu den Club verließen.«

Auch der Staatsanwalt wahrte die Form. Gewiss, die ganze Stadt, in all ihrer Gediegenheit und Ehrbarkeit, bedauerte zutiefst, dass Dargens Besitzer eines Kinos war. Eines Kinos, in dem obendrein zwischen zwei Filmen Tänzerinnen oder Taschenspieler ihre Künste zum Besten gaben.

Es war auch bedauerlich, dass er als Bohemien lebte, in seinem Lichtspieltheater hauste, ohne sich um seinen Sohn Philippe zu sorgen.

Es gab noch viele andere bedauerliche Dinge. Zeigte sich Dargens nicht auf der Straße und im Café mit Sängerinnen und Tanzgirls? Fuhr er nicht sogar mit ihnen im Auto in die Spielcasinos der Umgebung? Und dann noch seine allzu pariserische Art, sich zu kleiden, die sich so deutlich von den Gepflogenheiten der feinen Gesellschaft von La Rochelle abhob.

Trotzdem war er Teil dieser Gesellschaft. Sein Vater war vor Donadieu Präsident des Clubs und einer seiner Gründer gewesen. Und das Bankhaus Dargens war bis zum vergangenen Jahr die respektabelste aller Privatbanken gewesen, der die großen Familien aus der Gegend stets den Vorzug vor den Pariser Kreditanstalten gegeben hatten.

Gewiss, die Bank hatte Pleite gemacht! Aber das war Pech gewesen. Die Experten hatten die Ehrlichkeit und Glaubwürdigkeit Dargens' anerkennen müssen, zudem hatte Dargens von sich aus alles verkauft, was er besaß, seine Autos, seine Pferde, sein Schloss in Marsilly und die moderne Villa, die er sich im neuen Viertel hatte bauen lassen.

Was man ihm vorwerfen konnte, war nur diese Idee, ausgerechnet ein Kino aufzumachen ...

»Ich bin tatsächlich mit Donadieu weggegangen, Herr Staatsanwalt. Wir sind zusammen bis zur Ecke Rue Gargoulleau gelaufen. Dort ist er nach links abgebogen und hat mir gute Nacht gewünscht ...«

»Sind Sie nach Hause gegangen?«

»Ins Kino, ja!«

Warum an dieses peinliche Detail erinnern?

»Führte Ihr Weg nicht auch durch die Rue Gargoulleau?«

»Das stimmt. Aber Sie kannten ja Oscar Donadieu. Ich habe gemerkt, dass er lieber ein Stück allein gehen wollte, und bin in die Rue du Palais eingebogen.«

»Hat Oscar Donadieu bei Ihrem Bankrott viel Geld verloren?«

»Er hat achtzig Prozent erstattet bekommen, wie alle Gläubiger.«

Es war unerfreulich, Dargens zu verhören, weil er so klug und so vornehm war. Unweigerlich erlag man seinem Charme, einem Charme, der vielleicht daher rührte, dass er mit seinem Lebenswandel nie ganz nach La Rochelle gepasst hatte. Zwanzig Jahre zuvor hatte ihn seine Frau, die aus einer der ersten Familien der Gegend stammte, wegen eines Zahnarztes verlassen, und das war schwer zu begreifen, denn seitdem widerstanden nur wenige Frauen den Verführungskünsten Dargens'.

»Ich möchte Sie noch einmal um Verzeihung bitten, dass ich Ihnen diese Fragen stelle. Ich will vermeiden, dass es später zu der geringsten böswilligen Unterstellung kommen kann ...«

Als Frédéric Dargens aus dem Club kam, begab er sich mit der üblichen Ungezwungenheit in die Rue Réaumur und ließ sich bei den Donadieus melden. Es war vielleicht die schwierigste Stunde des ganzen Tages. Der Staatsanwalt hatte ihnen am Telefon mitgeteilt, dass der Gerichtsmediziner auf einen Unfalltod schloss, da man am Körper des Toten keine Anzeichen von Gewaltanwendung hatte feststellen können.

So verlor das Ereignis endlich an Ungeheuerlichkeit, und gleichzeitig wurden auch die Sorgen der Familie Donadieu kleiner, profaner.

Als Dargens in den riesigen Korridor trat, stand die Tür zum Salon offen, und Michel telefonierte gerade mit schriller Stimme:

»Ja, Sie müssten sofort kommen und einige Muster schwarzen Cheviot-Stoff mitbringen ... Es sind ... warten Sie ... zwei, drei ... drei Herrenanzüge und zwei Kinderanzüge ... Für morgen Abend, ja ...«

Über einem Sofa war ein schwarzes Kleid ausgebreitet. Madame Donadieu nahm es zusammen mit ihrer Schwiegertochter in Augenschein.

»Wirklich nicht, Maman«, sagte Éva, »ich kann es nicht mehr anziehen.«

Der erste Blick, dem Dargens begegnete, war der Blick

Martines, und diese machte sofort kehrt und ging in ihr Zimmer, wo sie sich einschloss.

»Ich bin gekommen …«, begann der Besucher.

Er war unschlüssig, zögerte.

»Mein armer Frédéric! …«, sagte Madame Donadieu, die langsam nicht mehr wusste, wo ihr der Kopf stand.

Michel verlangte unterdessen eine andere Nummer, während Olsen im Telefonbuch blätterte.

»Ich bin gekommen, um mich zur Verfügung zu stellen … Ich übernehme alle Besorgungen, die zu erledigen sind … Sie brauchen nur etwas zu sagen …«

Aber man kümmerte sich schon nicht mehr um ihn oder tat zumindest so. Er blieb noch etwa eine Viertelstunde, dann verabschiedete er sich, ohne die geringste Verlegenheit zu zeigen, während der Bestattungsunternehmer hereingeführt wurde.

In der Nachbarvilla zog sich Madame Brun schwarz an, um den Donadieus einen Beileidsbesuch abzustatten.

Es regnete immer noch. Ein Krankenpfleger flickte den Leichnam Oscar Donadieus so gut es ging zusammen, bevor er der Familie übergeben wurde.

Die Fenster der Kanzlei von Maître Goussard hatten grüne Butzenscheiben, und die Gesichter der dahinter Versammelten waren starr und unwirklich. Würde Martine mit ihren verweinten Augen und ihrem zarten weißen Hals, der aus einem schwarzen Mantel ragte, je etwas anderes sein als ein junges Mädchen mit verkrampften Fingern?

Und ihr Bruder, in seinem schwarzen Anzug noch magerer, die Nase, so schien es, ein wenig schief im Gesicht, würde er je ein Mann werden wie die anderen?

Diese beiden sahen irgendwie rührend aus. Man hätte

meinen können, dass auf ihnen das ganze Gewicht von Donadieus Tod lastete, dass sie die einzigen Waisen waren, die einzigen Opfer.

Hinter ihnen gab sich ihr Onkel aus Cognac, Batillat, der gerichtlich bestellte Vormund, betont düster.

Am ungezwungensten war Madame Donadieu. Sie schaute offen den Notar an, der das Testament mit kalkulierter Langsamkeit öffnete, während Michel Donadieu und Olsen, die das Schwarz eleganter machte, ihr Möglichstes taten, um gleichgültig zu erscheinen.

»Dieses Testament ist mir vor zwei Jahren von dem Verstorbenen übergeben worden, und alles gibt zu der Vermutung Anlass, dass kein späteres Testament existiert ...«

Der Notar wartete, und Madame Donadieu nickte nur.

Die Verlesung erfolgte mit monotoner Stimme, wie es sich gehört. Auf eine mehr oder weniger bedeutsame Silbe folgte die nächste, bis zu dem Augenblick, als ...

»Wie, bitte!«, entfuhr es Madame Donadieu.

»Ich wiederhole: ... *hinterlasse die Gesamtheit meines Vermögens meinen Kindern Michel, Marthe, verheiratete Olsen, Martine und Oscar ...*«

Michel musste sich regelrecht zwingen, sich nicht nach seiner Mutter umzudrehen, der es wohl den Atem verschlagen hatte.

»*... Die beweglichen und unbeweglichen Güter dürfen nicht vor der gesetzlichen Volljährigkeit aller Kinder aufgeteilt und verkauft werden ...*«

Michel runzelte die Stirn, als wollte er besser verstehen, und Madame Donadieu stützte sich noch stärker auf ihren Stock.

»*... falls dringende Umstände die Liquidierung eines Teils der Güter vor der Volljährigkeit des letzten der Er-*

ben erforderlich machen sollten, müsste dieser Verkauf die Gesamtheit der Güter betreffen und sowohl die Handelsgeschäfte als auch die verschiedenen Immobilien und Besitzungen einbeziehen, die ...«

Plötzlich merkte Martine, dass etwas Sonderbares vor sich ging. Sie schaute ihre Mutter an, versuchte, den Sinn der Worte zu begreifen.

»... meine Frau erhält auf Lebenszeit die Nutznießung des vierten Teils der ...«

Langsam fuhr sich Madame Donadieu an die Stirn, verbarg ihre Augen und blieb unbeweglich sitzen, während der Notar, verlegen die rituellen Formeln stammelnd, zu Ende las.

Michel stand als Erster auf und stotterte verlegen:

»Maman ...«

Aber diese sah nicht auf und verbarg immer noch ihr Gesicht in den Händen.

»Man könnte vielleicht etwas lüften«, sagte der Notar.

Und Martine, die aufgestanden war, fragte:

»Was heißt das eigentlich?«

Olsen bedeutete ihr zu schweigen, aber sie fuhr fort:

»Ist Maman enterbt?«

Darauf zeigte Madame Donadieu endlich ihr Gesicht, das eine seltsame Ruhe ausstrahlte und in dem keine Spur von Tränen zu sehen war.

»Ja!«, sagte sie schließlich.

»Maman ...«, mischte sich Michel verlegen ein. »Darum geht es doch gar nicht. Du hast immerhin die Nutznießung und ...«

Der Notar stand herum und wusste nicht, wohin er sich verkriechen sollte. Als Schwiegersohn wagte es Olsen nicht, sich einzumischen.

47

»Komm, Maman! Lass uns zu Hause darüber reden …«

»Worüber reden?«

»Wir werden uns schon einigen …«, fuhr Michel fort.

Der Onkel war sprachlos, und der Junge, Kiki, schaute alle mit argwöhnischen Blicken an.

Wie brachte es Madame Donadieu fertig zu lächeln? Sie stand mühsam auf, wobei sie sich auf ihren Stock stützte, und murmelte:

»Den vierten Teil der Nutznießung! …«

Sie kümmerte sich um niemanden mehr. Sie ging auf die Tür zu, und nie war sie so groß erschienen, so imposant.

»Maman! …«, rief Martine und brach in Tränen aus.

»Maman! …«, rief auch Kiki, den ihre Unerschütterlichkeit kopflos machte.

Sie zögerte zuerst, sich nach ihnen umzudrehen, und als sie es doch tat, sah sie sie kalt, geradezu hart an.

»Was habt ihr?«

»Maman! …«

Martine bekam einen Weinkrampf, während ihr Onkel versuchte, sie zu beruhigen. Michel wurde ungeduldig.

»Na, Martine! Sei nicht kindisch! Wir werden darüber nachher noch reden …«

Im Büro nebenan hörte man das Klappern der Schreibmaschinen. Sie mussten dieses Büro, in dem vier Anwaltsgehilfen und eine Stenotypistin arbeiteten, durchqueren.

An der offenen Tür wandte sich Madame Donadieu ihrer Tochter zu:

»Zeigen Sie etwas mehr Würde, ja?«

Sie siezte ihre Kinder selten, und wenn, dann nur bei wichtigen Gelegenheiten oder wenn sie zornig war. Draußen vor dem Bürgersteig wartete im Wagen Augustin, Diener und Chauffeur in einer Person, zum Einsatz. Es war fünf Uhr nachmittags. Ein Karussell mit Holzpferdchen, ein ganz kleines Kinderkarussell, war auf dem nahegelegenen Platz aufgebaut und drehte sich leer.

Martine rannte durch die Kanzlei, die Hände vor dem Gesicht, um ihre Tränen zu verbergen. Und als sie nach Hause kamen, erlitt sie einen Nervenzusammenbruch. Es war nicht der erste. Ihr ganzer Körper zitterte. Sie presste die Zähne so fest aufeinander, dass sie knirschten. Dann wurde ihr Körper von krampfartigen Zuckungen geschüttelt, und sie versuchte, sich die Fingernägel ins Fleisch zu bohren!

»Jetzt reicht's mit dem Theater, ja?«, sagte ihre Mutter bloß.

Darauf schrie sie, wälzte sich am Boden und versuchte, das Kleid von Madame Donadieu zu packen.

»Bitte, ruf deine Frau!«, bat Michel seinen Schwager.

Denn nur Marthe hatte einigen Einfluss auf ihre Schwester. Der Junge hatte sich in eine Ecke gekauert, wo er wie benommen sitzen blieb.

Olsen lief ins Treppenhaus und rief:

»Marthe! … Komm herunter, schnell …«

Es roch noch nach den Kerzen und den Chrysanthemen vom Vortag. Aber im Haus herrschte wieder Ordnung. Madame Donadieu nahm ihren schwarzen Hut ab, zog ihre Handschuhe aus und sah sich gelassen um.

»Ich möchte ein wenig Ruhe haben«, sagte sie mit einer Stimme, die man nicht an ihr kannte.

An der Wand im Salon zeigte ein großes Ölporträt sie an der Seite ihres Mannes. Sie hielt einen Rosenstrauß in der Hand. Das Bild hatten ihr die Kinder zur silbernen Hochzeit geschenkt.

Das war nun schon über zehn Jahre her, aber Oscar

Donadieu, im schwarzen Anzug, die Rosette der Ehrenlegion im Knopfloch, war damals schon derselbe wie am Tag vor seinem Tod, kalt und massig, mit einem Blick, den vielleicht niemand je verstanden hatte.

Martine, die am Boden lag, schrie weiter:

»Ich will nicht! ... Ich will nicht ...«

Und ihre Schwester Marthe, die dem Vater glich und dessen Gelassenheit geerbt hatte, versuchte sie aufzuheben, wobei sie fragte:

»Was hat sie denn?«

»Nichts ... Wir werden es dir erklären ...«

Das alles zog sich in die Länge. Madame Donadieu saß unter dem Porträt, ihren Stock in der Hand, und wurde langsam ungeduldig.

»Bin ich hier noch zu Hause oder nicht?«

Martine hörte es, stand mit einem Satz auf, schaute ihre Mutter an, das Porträt, den ganzen Salon, in dem sie bis dahin gelebt hatte.

»Maman ...«, begann sie keuchend.

»Ich bitte darum, dass man mich allein lässt.«

Zu viel hatte sich in allzu kurzer Zeit ereignet. Alle waren außer sich, hatten rote Backen, keiner wusste mehr weiter.

»Komm«, sagte Olsen vorsichtig zu seiner Frau und zog sie mit ins Vestibül, dann zur Treppe.

»Was hat sie denn?«

»Ich werde es dir erklären ...«

Michel war bereits verschwunden. Der Onkel begab sich ins Esszimmer, wo es nichts zu tun gab.

Martine stürzte nach einem letzten Blick auf ihre Mutter, einem Blick, in dem eine letzte Hoffnung flackerte, die aber sofort wieder erlosch, in ihr Zimmer, und im Salon blieb unter dem Porträt nur noch Madame Donadieu zurück und am andern Ende, in einem Sessel, der Junge, der zitterte, vielleicht aus Angst, und seine Mutter mit großen Augen betrachtete.

»Du auch …«, sagte sie ungeduldig.

Und da er nicht verstand, wurde sie wütend.

»Ja, geh schon! … Geh doch …«

Niemand aß etwas an diesem Abend, außer den Olsens im zweiten Stock, die ihre Kinder zu Bett gebracht hatten, um ungestört reden zu können.

Im ersten Stock hatte Michel wieder seine Herzkrämpfe, die er zwar nur selten bekam, die ihm aber zusetzten und ihn aufstöhnen ließen.

Noch bevor er hörte, wie die kleine Tür zwischen dem Alhambra und der benachbarten Konditorei geöffnet wurde, hatte Frédéric Dargens bereits Schritte vernommen, zuerst weit weg auf der Straße, dann kamen sie immer näher, und da wusste er, dass es sein Sohn war.

Er wusste so vieles, und das nur, weil er wenig schlief und erst zu Bett ging, wenn die andern Leute aufwachten. Man konnte das nicht ahnen, denn er ging zur selben Zeit nach Hause wie alle anderen. Auf dem Sofa, das ihm als Bett diente, begann er dann zu lesen, und das kleinste Geräusch in der Stadt fiel ihm auf.

Aber erst später, wenn er alle Lichter gelöscht hatte, sich hinlegte und auf den Schlaf wartete, wurde er ungewöhnlich hellhörig. Er nahm keine Schlafmittel. Er gehörte nicht zu denen, die gegen ihre Schlaflosigkeit ankämpfen und über sie sprechen oder am Morgen müde, verklebte Augen zeigen.

Er schlief eben nicht, das war alles. Er wartete, reglos auf seinem Sofa liegend, häufig mit offenen Augen. Wenn die Flut stieg, hörte er die Fischerboote hinausfahren, und er erkannte die verschiedenen Sirenen der Fischtrawler.

Dann, sobald die ersten Geräusche der Stadt zu hören waren, schlummerte er schließlich ein, wie eine Wache, die man von ihrem Posten ablöst. Er stand gegen zehn Uhr auf, und jeder meinte, dass er sich ein schönes Leben machte, selbst sein Sohn, der nichts von dieser Schlaflosigkeit wusste.

Es war jetzt der fünfte Tag oder eher die fünfte Nacht in Folge, dass Philippe erst gegen ein Uhr morgens heimkam. Er hatte diese Gewohnheit zwei Tage nach der Beerdigung Oscar Donadieus angenommen. Frédéric lag wach im Dunkeln und versuchte zu verstehen.

Diesmal verhielt sich Philippe beim Nachhausekommen anders als die Nächte zuvor, denn er vergaß, die Sicherheitskette vorzulegen, und suchte eine ganze Weile aufgeregt nach dem Lichtschalter.

Ohne sich zu bewegen, folgte ihm sein Vater in Gedanken Schritt für Schritt. Der Korridor war schmal und mit Kisten und Dekorationsstoffen vollgestopft, denn das Alhambra war noch nicht ganz fertiggestellt, und einige der alten Gemäuer des Vorgängerbaus standen noch.

Philippe ging gewöhnlich auf Zehenspitzen, doch diesmal gab er sich keine Mühe, er stieß gegen einen Stapel Bretter, stieg, ohne achtzugeben, die Treppe hinauf, drückte mit dem Fuß die erste Tür auf, die zur Loge des Kinos führte.

›Er hat vergessen, das Licht zu löschen‹, dachte Frédéric.

Er musste einen Teil des Zuschauerraums durchqueren, Stufen hinaufklettern, gewissermaßen in die Kulissen neben der Vorführkabine gehen, dann durch die Kammer, in der sein Vater schlief, bevor er zu einer anderen Kammer gelangte, die man ihm als Schlafzimmer hergerichtet hatte.

Er ahnte nicht, dass Frédéric die Augen offen hatte. Er ging vorbei, schloss seine Tür und verhielt sich auch weiterhin anders als sonst, denn ohne sich auszuziehen, warf er sich aufs Bett. Einige Sekunden später besann er sich jedoch, setzte sich auf, um seine Schuhe auszuziehen, die lärmend zu Boden fielen.

In diesem Augenblick spitzte Frédéric die Ohren, denn er hörte, wie sein Sohn Selbstgespräche führte, wie er

Worte brummte, Drohungen gleich. In einem Augenblick schließlich, in dem sein Vater am wenigsten darauf gefasst war, brach der junge Mann in heiseres Schluchzen aus und schlug mit der Faust auf sein Kissen.

Jetzt richtete sich der Vater lautlos auf und setzte sich auf den Rand des Sofas, ängstlich wie ein Tier, das in der Nacht von fern her die Klage eines seiner Jungen hört.

Er hatte Philippe nie weinen sehen oder hören. Er hatte nie geglaubt, dass so etwas passieren könnte. Es hatte eine merkwürdige Wirkung auf ihn, und in seine Rührung mischte sich vielleicht auch ein wenig Genugtuung.

Der junge Mann sprach immer noch vor sich hin, zwischen Schluchzern, aber sein Vater konnte nicht verstehen, was er sagte. Unter der Tür sah Frédéric einen Lichtstreifen, und schließlich stand er auf, fast gegen seinen Willen, angezogen von diesem unerwarteten Klagen.

Ein letztes Schamgefühl hielt ihn zurück. So wie er sich nie über seine Schlaflosigkeit beklagt hatte, so hatte er auch nie mit irgendjemandem über intime Dinge gesprochen, und Szenen, bei denen sich Tränen mit wirren Worten und heftigen Gefühlsausbrüchen vermischten, waren ihm zuwider.

Er blieb noch einmal stehen, die Hand auf dem Türknauf. Schließlich stieß er die Tür unsicher auf, sah zum Eisenbett, auf dem sein Sohn völlig angekleidet lag. Philippe, der sich bereits aufrichtete, blickte böse, sein Gesicht war tränenüberströmt, die Krawatte heruntergerissen.

»Was willst du?«, brüllte der junge Mann.

Sein Vater zündete sich, um Haltung zu bewahren, eine Zigarette an. Er hatte sich die Zeit genommen, seinen Morgenmantel über seinen unifarbenen Seidenpyjama zu werfen. Auch das war für ihn eine Frage des Anstands.

Der Kontrast zwischen diesem Mann im allzu eleganten Morgenmantel, einem ausgesprochenen Theater-Morgenmantel, und den beiden schäbigen Zimmern, in denen sich Filmspulen, Telefonbücher, alle Arten alten Papiers teilweise sogar auf dem Fußboden stapelten, war verblüffend.

»Was willst du?«

Wie um zu zeigen, dass er bleiben wollte, räumte Dargens einen Stuhl frei und setzte sich, wobei er nach einem Angriffspunkt suchte, während der junge Mann die Zähne zusammenbiss.

»Hat sie nicht aufgemacht?«, fragte er schließlich, fast bedauernd.

Seit zwanzig Jahren, genau genommen seit seine Frau weggegangen war, hatte er mit niemandem mehr über Herzensangelegenheiten gesprochen. Nicht etwa, weil er verbittert war. Im Gegenteil! Wenn sein Lächeln auch etwas ironisch war, wie das der »Lebemänner« vom Theater, so lag doch eine große Nachsicht darin, sogar eine gewisse Zärtlichkeit, die aller Welt galt, den kleinen Tänzerinnen in ihren abgerissenen Kleidern wie seinen Platzanweiserinnen und den Bettlern auf der Straße.

Dieses Mal war es sein Sohn, den er so ansah – zum ersten Mal sah er ihn mit aufrichtiger Besorgnis an.

»Wusstest du Bescheid?« Der junge Mann zuckte zusammen, bereits in der Defensive. »Wer hat es dir gesagt? Was hat man dir erzählt?«

»Das ist unwichtig.«

»Ich will wissen, wer es dir gesagt hat ...«

»Niemand, mein Junge!«

»Dann hast du mir nachspioniert?«

Was für ein komisches Wort! Und was für eine peinliche Situation für Dargens, der gewissermaßen nie ein Gespräch unter vier Augen mit seinem Sohn gehabt hatte! Er hatte ihn aufwachsen sehen, hatte ihn leben sehen, ohne sich das Recht zuzugestehen, in die eine oder andere Richtung einzugreifen. Auch das gehörte zu seinem Schamgefühl, und jetzt schrie Philippe ihn wütend und verächtlich an:

»Du hast mir nachspioniert!«

»Keineswegs … Es war reiner Zufall …«

»Was weißt du genau?«

Der Vater musste fast lächeln, denn dieses Wort war so typisch für Philippe. Im Augenblick davor war er noch in Tränen aufgelöst. Die heftigste Verzweiflung schien ihn zu erschüttern, doch sobald man ihn nur leicht berührte, zuckte er zusammen, stellte eine genaue Frage, wollte die Karten des Gegners sehen, bevor er weitermachte! Dargens' Lächeln war ein wenig traurig, ein wenig enttäuscht.

»Alles, mein Junge! Mach dir keine Sorgen! Seit fünf Tagen bleibt das Fenster geschlossen, nicht wahr?«

»Warst du dort?«

»Aber nein! Bloß, ich weiß …«

Es stimmte! Seit fünf Tagen durchquerte Philippe zur gewohnten Stunde den Garten von Madame Brun und erduldete die klammen Zärtlichkeiten Charlottes; seit fünf Tagen näherte er sich lautlos dem Fenster und fand es verschlossen. Heute Nacht noch hatte er an die Scheibe geklopft, entschlossen, einen Skandal heraufzubeschwören.

Das Schlimmste war, Charlotte hinter der kleinen Gartentür lauernd wiederzufinden, zu wissen, dass sie Bescheid wusste und dass sich ihr kleines Herz mit Hoffnung füllte!

Stundenlang hatte Philippe am helllichten Tag an der Straßenecke gewartet, aber Martine war nicht aus dem Haus gegangen. Beinahe hätte er sich am selben Morgen als gewöhnlicher Besucher im Haus eingefunden. Aber er erinnerte sich an den Zorn Oscar Donadieus, an die Worte, die er eines Tages vor der ganzen Familie ausgesprochen hatte:

»*Wenn dieser Taugenichts das Pech hat, noch einmal seinen Fuß in mein Haus zu setzen, fliegt er durchs Fenster hinaus!*«

Und das alles nur, weil Philippe einmal, als er noch dort verkehrte, Oscar Donadieu unter ziemlich hässlichen Umständen angepumpt hatte. Er hatte sich eines unstatthaften Vorwands bedient, indem er von seiner Mutter erzählte, die ihm aus dem Ausland geschrieben habe, dass es ihr schlecht gehe; dann war er ein Stockwerk höher gegangen und hatte auch Michel Donadieu angepumpt ...

Zum Glück wusste sein Vater nichts davon. Donadieu hatte nur zu ihm gesagt:

»Wenn du nicht auf deinen Jungen aufpasst, wird's noch ein böses Ende mit ihm nehmen.«

Jetzt saß der junge Mann mit glänzenden Augen, hochrotem Gesicht und wirrem Haar auf dem Bett, und sein Vater, verlegener als er, suchte nach Worten.

»Habt ihr euch gestritten?«, fragte er und wählte damit die verschwommensten, die am wenigsten romantischen Worte.

»Nein!«

»Was hat es zwischen euch gegeben?«

Da verspürte Philippe den Drang, direkt zu werden und ein wenig Selbstachtung zurückzuerobern.

»Vielleicht ist es deinetwegen!«, sagte er zornig.

Frédéric Dargens begriff nicht sogleich und runzelte die Stirn.

»Weißt du nicht, dass man es im Hause seltsam findet,

dass du der Letzte gewesen bist, der Oscar Donadieu lebend gesehen hat? Alle wissen über deine Geldnöte Bescheid. Du bist in der Rue Réaumur auch nicht besser empfangen worden als ich, außer von der alten Donadieu und ihrer Schwiegertochter, der du den Hof machst ...«

»Philippe!«, sagte der Vater sanft, ohne Vorwurf.

»Ist es etwa meine Schuld? Martine weiß nicht mehr, was sie denken soll. Sie hat mich sogar gefragt, ob ich es nicht war, der ...«

Und plötzlich überkam es ihn wieder. Er fluchte, weinte, schlug mit der Faust gegen die Wand.

»Verdammte Sauerei!«, brüllte er.

Was ihn aber nicht davon abhielt, seinen Vater aus den Augenwinkeln zu beobachten. Doch Frédéric, der ganz erregt hereingekommen war, so erregt, wie Philippe ihn noch nie gesehen hatte, wurde immer ruhiger, immer kälter. Der Blick, mit dem er den zerzausten jungen Mann weiterhin betrachtete, war jetzt weniger gerührt als vielmehr neugierig.

»Ich glaubte, du würdest sie lieben«, sagte er plötzlich und zündete sich eine neue Zigarette an.

Philippe zuckte abermals zusammen.

»Wer sagt dir denn das Gegenteil?«

Es hatte keinen Zweck. Frédéric erhob sich seufzend und stand jetzt einfach da, in diesem unaufgeräumten Zimmer, eine elegante Gestalt in einem eleganten Morgenmantel, wie es in La Rochelle keinen zweiten gab, einem prächtigen Pyjama, von dem die Bürgerinnen träumten.

»Du bist wütend, du ärgerst dich schwarz, aber du liebst sie nicht.«

Er bedauerte jetzt, dass er hereingekommen war, angezogen von diesen Klagen, die ihn hatten glauben lassen, der

Kummer seines Sohnes sei echt! Er wollte ihn nicht mehr reden hören! Er hatte soeben einen Schlag empfangen, der umso härter war, als er sich in der Dunkelheit seines Zimmers falsche Hoffnungen gemacht hatte.

»Hör zu …!«, schrie der junge Mann und erhob sich mit einem Satz, wobei er seinem Vater den Weg versperrte.

Frédéric blieb stehen. Ohne ein Wort zu sagen, wartete er ab.

»Ich bin volljährig. Ich habe das Recht zu tun, was mir gefällt … Schwöre mir, dass du niemandem etwas sagen wirst, dass du nicht versuchen wirst …«

Sein Vater musste einfach lachen, trotz allem, und er murmelte mit feuchten Augen:

»Dummkopf!«

Aber Philippe war nicht beruhigt, er drängte weiter.

»Schwör es! … Ich weiß, dass du gut mit der alten Donadieu stehst … Wenn du etwas sagst …«

Das war genug, es war sogar zu viel. Dargens schob seinen Sohn mit einer jähen Bewegung beiseite, die ungeahnte Muskelkräfte hinter seiner Schlankheit erkennen ließ. Er ging in sein Zimmer zurück und machte sorgfältig die Tür hinter sich zu, drehte sogar, zum ersten Mal, den Schlüssel herum.

So weit war es mit ihnen gekommen. Vielleicht war es seine Schuld, wegen dieses seltsamen Schamgefühls, das ihn stets daran gehindert hatte, sich um seinen Sohn zu kümmern. Doch es gab noch einen anderen, verborgenen Grund. Als er seinen Sohn groß werden sah, glaubte er in ihm eine Kraft zu spüren, die der seinen überlegen war, und er hatte Angst, durch eine Ungeschicklichkeit einen Charakter zu verbilden oder einen Menschen gegen sich einzunehmen, der bereits eigenwillig und misstrauisch war.

»Schwör es …«

Philippe schwören, dass er den Mund halten würde!

Dargens hatte Licht gemacht und sich auf den hellen Schreibtisch gesetzt, ein Serienfabrikat, wie man es überall findet, überladen mit Rechnungen und Mahnungen. Daneben standen eine kleine Kommode und eine Schreibmaschine.

Seine finanziellen Schwierigkeiten hatte er noch nicht überwunden. Er vollführte regelrechte Drahtseilakte, bezahlte die Gläubiger auf Raten, entwarf komplizierte Pläne, um Lieferungen zu erhalten, wobei er stets auf neue Mittel und Wege sinnen musste, um an Filme heranzukommen.

Leute, die ihn nicht kannten, sagten von ihm:

»Aufgepasst! Das ist ein Schlitzohr …«

Und andere:

»Er ist immer noch genauso stolz wie früher, als er Schloss, Pferde und Autos hatte …«

Bei Gott! Was hatte sich geändert? Er war in Sachen Eleganz das Maß aller Dinge gewesen, der gefragteste, der gefeiertste Mann der Stadt, der Mann, der das meiste Glück hatte. Er hatte zu leben gewusst, und er wusste es noch immer, denn er litt so wenig darunter, in diesem baufälligen Büro zu schlafen, wie ihm der Besuch der Gerichtsvollzieher etwas ausmachte. Waren es letztlich nicht sie, die sich tausendmal entschuldigten?

Aber Philippe … Dieser zornige, gereizte Philippe, der sich gegen alle Welt stellte, der jetzt hinter der Tür auf und ab ging und wieder anfing, Selbstgespräche zu führen …

Es war vier Uhr nachmittags am nächsten Tag, als Frédéric Dargens an dem schweren Tor in der Rue Réaumur klingelte. Augustin, der Diener, bediente vom Innern des Hauses den Türöffner, und Dargens durchquerte den gepflasterten Hof, in dem man gerade das Auto gewaschen hatte, schritt die Freitreppe hinauf und betrat den Korridor.

»Madame ist nicht da«, begann der Diener.

»Ich weiß! Ich gehe nach oben.«

Und Augustin runzelte die Stirn und zeigte so, dass er seine Hände in Unschuld wusch. Dummkopf! Sind es nicht gerade anständige Leute wie er, die oft genug Dramen auslösen?

Zu Lebzeiten Oscar Donadieus war Frédéric, der ein Jugendfreund von Madame Donadieu war, nachmittags oft zu Besuch gekommen. Sie hatte ihn darum gebeten. Gemäß dem Willen ihres Mannes in diesem großen Haus eingeschlossen, hörte sie Dargens gerne zu, wenn er ihr den Klatsch aus der Stadt erzählte, und er war der einzige Mensch, dem sie sich anvertrauen konnte.

Vertrauliche Mitteilungen sehr bescheidener Art für eine Frau mit ihrer Vitalität, die gern Empfänge gegeben hätte, mehr gereist und nach Paris gefahren wäre und die sich beklagte, auf die kleinlichen Pflichten und Sorgen einer Hausfrau beschränkt zu sein.

»Meine Kinder verstehen mich nicht!«, sagte sie. »Sie sind wie ihr Vater. Vor allem Michel! Als Fünfzehnjähriger tauschte er mit seinen Freunden Briefmarken. Dann begeisterte er sich für Flaschenschiffe ...«

Michel war mittlerweile bei seiner vierten Marotte angelangt. Er brauchte eine Welt ganz für sich, in der es friedlich zuging. Nach den Flaschenschiffen hatte er sich auf die Genealogie gestürzt. Sein Wohnzimmer oben war mit Wappen tapeziert, die er wie ein Schüler der École des Chartes, einer Schule für Urkundenforschung, las, und er kannte die Stammbäume aller großen Familien der Gegend.

Seit drei Monaten war es nun Bilboquet, ein Kugelfang-spiel! Er hatte gelesen, dass der Prince of Wales sich dafür begeisterte, und aus Paris eine ganze Kollektion kommen lassen. Er spielte abends, wenn seine beiden Kinder im Bett lagen, stundenlang damit.

Gegen fünf Uhr seufzte dann Madame Donadieu regel-mäßig:

»Gehen Sie Éva guten Tag sagen, sie erwartet Sie sicher-lich.«

Deshalb machte Augustin ein vorwurfsvolles Gesicht! Dargens war der Freund beider Frauen, der Mutter und der Schwiegertochter. Seine Besuche fanden meistens statt, wenn ihre Ehemänner im Büro waren. Nur Dargens allein war um fünf Uhr frei, trank unten eine Tasse Tee und fand im ersten Stock seinen Whisky kalt gestellt.

Wenn Marthe, die Älteste der Donadieus und Olsens Frau, um diese Zeit etwas bei ihrer Mutter zu tun hatte, fragte sie Augustin:

»Ist *er* da?«

Denn wenn *er* da war, wartete sie lieber, als dass sie ihm begegnete.

An diesem Nachmittag machte Dargens nicht im Erd-geschoss halt, weil er wusste, dass Madame Donadieu seit drei Tagen am Quai Vallin den Platz ihres Mannes einge-nommen hatte. Er klopfte an eine Tür im ersten Stock, fand Éva wie gewohnt im Boudoir, das sie nach mancherlei Wi-derständen für sich selbst hatte einrichten dürfen.

»Kommen Sie herein, Frédéric! Setzen Sie sich hierhin! Ich bin zu müde, um Ihnen entgegenzukommen. Welche Neuigkeiten bringen Sie mit, mein Freund?«

Sie war keine Donadieu, sondern eine Grazielli, ebenso weich und schwächlich, wie die Donadieus massig waren, eine kraftlose Frau, hätte man meinen können, die oft leidend war, aber auch von maßlosen Begierden beherrscht. Mit ihrem dunklen Teint erinnerte sie an eine Kreolin, und sie hatte auf den Rat Frédérics hin ihre kleine Ecke mit der Affektiertheit einer koketten Venezianerin eingerichtet.

Er setzte sich zu ihren Füßen auf ein Kissen, und nachdem er ihr die Hand geküsst hatte, fragte er:

»Und Kiki?«

»Er wird wohl morgen oder übermorgen wieder aufstehen.«

Denn nach der Rückkehr von der Beerdigung, die bei strömendem Regen stattgefunden hatte, war der Junge krank geworden, Schüttelfrost, und man hatte ihn zu Bett bringen müssen. Auch er war nicht kräftig. Als Letztgeborener, seine Mutter war bei seiner Geburt bereits über vierzig gewesen, der Vater annähernd sechzig, war er merkwürdig, nicht sehr intelligent, fand Michel, misstrauisch und verschlossen, urteilte Olsen, einfach mitten in der Wachstumskrise, meinte seine Mutter.

Nun jedenfalls lag er mit einer beginnenden Lungenentzündung im Bett, und Martine kümmerte sich um ihn.

»Haben Sie meine Schwiegermutter nicht gesehen?«

»Nein. Man hat mir mitgeteilt, dass sie jeden Tag im Büro arbeitet.«

»Seit drei Tagen, ja! Ich weiß nicht, wie das alles noch enden wird. Michel behauptet, dass es eine Katastrophe ist, sie will alle bevormunden, verlangt, dass jedes Papier durch ihre Hände geht, nimmt selbst die Anrufe entgegen. Sie wiederum meint, dass sie als Vormund von Martine und Kiki nur ihre Pflicht tut. Wissen Sie, dass die Atmosphäre im Haus immer unerträglicher wird, Frédéric?«

Nicht zu glauben, dass der alte Dummkopf von Augustin über dieses Tête-à-Tête entsetzt war! Zwischen Éva und Dargens gab es nicht den geringsten Flirt. Gewiss, sie war hübsch, aber zu zart für ihn, zu weich, zu romantisch. Während Michel sich mit sehr bescheidenen Freuden begnügte – Briefmarken oder Kugelfangspiele –, genoss sie diese eine Stunde im gedämpften Licht ihres Boudoirs, die Zigaretten, die sie affektiert rauchte und von denen sie husten musste, den Whisky, den sie Dargens, diesem Mann, diesem Weiberhelden par excellence, eingoss, der respektvoll zu ihren Füßen kauerte.

»Ich habe keine Ahnung, was im Büro vorgeht. Sie wissen sicher, dass man mir den Zutritt verboten hat. Auch so eine Idee von Michel – ganz der Vater, nur eben schlaffer! Gestern habe ich zu ihm gesagt, dass ich meinen eigenen Wagen will, was doch ganz normal ist. Er hat mir zur Antwort gegeben, dass wir uns keine Eskapaden leisten könnten, sondern uns im Gegenteil einschränken müssen ...«

Hier hörte man die Geräusche der Stadt nicht, und vor dem einzigen Fenster des Zimmers hingen schwere, schwarze Vorhänge, auch die Sofas und Polsterhocker waren pechschwarz bezogen.

»Geben Sie mir eine Zigarette, mein Freund. Es scheint noch etwas Schwerwiegenderes zu geben. Niemand will an einen Unfall glauben. Verstehen Sie? ... Mein Schwiegervater kannte jeden Stein an den Quais viel zu gut, um über ein Landetau oder einen Fischerring zu stolpern, und er war auch nicht der Mann, der einem Schwindelanfall zum Opfer fällt. Meine Schwiegermutter hat ganz offen darüber gesprochen ...«

»Ach! ...«

»Seit vier Tagen gibt es noch ein weiteres Problem ...«

Dargens blieb gleichmütig, so wie jede Nacht, wenn er geduldig auf den Schlaf wartete.

»Kiki schlafwandelt. Er scheint nachts aufzustehen und ins Zimmer seiner Schwester zu gehen. Maman hat gehört, wie er sagte: ›Wo ist er?‹«

Die Zigarette zwischen Frédérics Lippen bewegte sich nicht.

»Sie haben versucht, ihn auszufragen. Es war nichts aus ihm herauszukriegen. Zweimal sind sie in sein Zimmer gegangen, als er mit Martine allein war. Beide Male weinte er heiße Tränen, aber er hat sich geweigert, irgendeine Erklärung zu geben ... Was halten Sie davon, Frédéric?«

»Ich?«, rief er so überrascht aus, dass sie lachen musste.

»Ja, Sie! Sie haben mir gar nicht zugehört, gestehen Sie! Wiederholen Sie, was ich gesagt habe.«

»Dass er geweint hat ...«

»Und dann?«

»Nichts ... Ich vermute, dass es das Fieber ist ...«

»Das ist noch nicht alles«, seufzte die junge Frau und sprach leise. »Ich langweile Sie doch nicht etwa mit meinen Geschichten? Sie wissen ja, dass ich diese Dinge nur Ihnen erzählen kann ... Was ich Ihnen jetzt sage, hat mir die Amme anvertraut ...«

Éva Donadieu hatte zwei Kinder, Jean, der fünf Jahre alt war, und Évette, ein Baby von zwei Jahren, das von einer Amme aus der Umgebung von Luçon versorgt wurde – auch das ein Anlass für Szenen, denn Madame Donadieu hatte nie eine Amme für ihre Kinder gewollt, und sie trug es ihrer Schwiegertochter nach, dass sie nicht kräftig genug war, selber zu stillen.

»Es war vorgestern, am Waschtag ... Die Wäsche für die drei Haushalte wird in der Waschküche hinter der Garage gewaschen ... Es kommen zwei Waschfrauen, und jeder von uns zahlt seinen Teil ... Sie müssen schon entschuldigen, dass ich so in die Einzelheiten gehe ... Sie finden mich sicherlich sehr spießig, Frédéric! ...«

Er machte eine abwehrende Geste, während sich ein Sonnenstrahl zwischen den schwarzen Vorhängen durchschob und auf Évas Fuß fiel, der nackt in einem Satinpantoffel steckte.

»Ich habe diese Mädchen immer nur von weitem gesehen ... Ich weiß von meiner Schwiegermutter, dass es immer schwieriger wird, jemand Anständigen zu finden ... Die Wäsche für die Kleine besorgt die Amme selbst, weil ich nicht will, dass sie mit dem Übrigen gewaschen wird ...«

Sie zögerte, so groß war ihre Angst vor einem ironischen Lächeln ihres Freundes.

»Sie werden gleich sehen, dass das wichtiger ist, als man meinen könnte ... Die Amme verbrachte also ihren Nachmittag unten in der Waschküche ... Irgendwann ging meine Schwiegermutter hinein und machte eine Szene wegen der Seife ... Ich kenne die Geschichte nicht so genau ... Aber ich meine, verstanden zu haben, dass die Frauen nicht die Seife benutzten, die man ihnen gegeben hatte, sondern eine minderwertige Seife ... Meine Schwiegermutter wurde zornig, nannte die Mädchen Diebinnen, worauf eine von ihnen vor sich hin brummte, aber laut genug, dass man es hören konnte:

›Wenigstens gibt es in unserer Familie keine Mörder!‹

Sie können sich Mamans Wut vorstellen! Sie hat anscheinend ihren Stock fallen lassen und das Mädchen kräftig geschüttelt und eine Erklärung von ihr verlangt ...«

Frédéric zündete sich eine Zigarette an, trank einen Schluck Whisky, vielleicht um Haltung zu bewahren.

»Langweile ich Sie?«

»Erzählen Sie weiter.«

»Das ist so ziemlich alles. Die Wäscherin, die, wie man mir gesagt hat, die Tochter einer Gemüsefrau ist, hat nur geschrien:

›Wenn man gewisse Nachbarn und gewisse Nachbarinnen befragen würde, erschiene der Tod von Monsieur Donadieu vielleicht nicht mehr so natürlich …‹

Dann ist sie weggegangen, ohne sich auszahlen zu lassen, in den Holzpantinen. Ihre Schuhe hat sie einfach stehen lassen.«

»Was hat sie denn damit sagen wollen?«

Frédéric zog nervös an seiner Zigarette und machte eine fahrige Geste.

»Die Amme hatte Angst, mir das zu erzählen. Ich dachte, meine Schwiegermutter würde mit uns darüber reden, wenigstens mit Michel. Wenn sie es getan hat, so hat er mir nichts davon gesagt. Glauben Sie, dass man ihn ermordet hat, Frédéric?«

»Aber …«

»Ich weiß, dass Sie in einer Zwickmühle sind, denn Sie sind ja auch ein Freund meiner Schwiegermutter. Ich bin in diesem Haus gewissermaßen weniger als nichts. Niemand unterrichtet mich darüber, was passiert. Trotzdem, seit einigen Tagen hat sich etwas geändert. Marthe spricht kaum noch mit mir. Früher kam es schon mal vor, dass man sich im Vorübergehen guten Abend sagte, und mein Schwiegervater hat es selten versäumt, wenigstens einmal am Tag zu kommen, um seinen Enkelkindern einen Kuss zu geben. Er sprach nicht viel, das stimmt, aber er war da! Jetzt gleicht das Haus irgendeinem Mietshaus, dessen Bewohner sich nicht kennen …«

Statt einer Schlussfolgerung seufzte sie:

»Ich langweile mich, Frédéric! Wenn ich an meine Mutter denke, die jetzt in Colombo ist mit einem jungen Ehemann von fünfunddreißig Jahren!«

Denn Madame Grazielli, die Mutter, hatte sich gerade wieder verheiratet. Sie war auf Hochzeitsreise und schickte ihrer Tochter Postkarten!

»Wenn er noch einmal kommt, werde ich alles sagen! Ich werde sagen, dass er Papa umgebracht hat …«

»Das ist nicht wahr, Kiki!«

Kiki gab keine Antwort. Er hatte Fieber. Ob er wirklich meinte, was er sagte? Ob er seine Schwester nur erpressen wollte?

Es gelang ihr nicht, das herauszubekommen. Sie verbrachte den ganzen Tag in dem überheizten Zimmer, machte widerwärtige Kompressen und flößte ihm Tropfen für Tropfen Medikamente ein. Stundenlang döste Kiki vor sich hin oder betrachtete, wenn er die Augen öffnete, die Decke mit diesem düsteren Ausdruck im Gesicht, den er seit seiner Kindheit hatte oder genauer, seitdem man ihn wegen einer Schwäche des Rückgrats ein Jahr lang hatte in Gips legen müssen.

Zunächst hatte man von ihm gesagt:

»Er ist etwas zurück. Er wird die anderen schon noch einholen …«

Aber er war nur in manchen Dingen zurückgeblieben. Er schoss in die Höhe, und mit fünfzehn Jahren hatte er bereits den ersten Flaum auf der Oberlippe. In der Schule, wo man ihn wegen seines Rückens schonte, wurde er nur Oscar Donadieus wegen versetzt.

Hingegen las er alles, was ihm in die Hände fiel, bis seine

Augen so überanstrengt waren, dass er eine Brille tragen musste.

»Hör zu, Kiki ... Du verstehst das nicht ... Ich schwöre dir, dass nichts Unrechtes geschehen ist, dass Philippe nichts getan hat ...«

Das Verwirrende war nur, dass er nicht antwortete, und in diesen Augenblicken konnte man wirklich glauben, dass er, wie manche behaupteten, ein wenig einfältig war.

»Du magst mich doch, Kiki, oder? Dann hör gut zu! Wenn du irgendetwas sagst, bringe ich mich sofort um ...«

Diesmal bekam sie eine Kinderantwort. Tatsächlich sagte er ganz ruhig:

»Du hast ja keinen Revolver!«

Und sie, die erst siebzehn war, sagte aus dem Stegreif:

»Ich würde aufs Dach steigen. Durch die Dachluke oben auf dem Speicher. Und dann würde ich mich in den Hof stürzen ... Warum bist du so böse zu mir, Kiki?«

»Ich will nicht, dass er wiederkommt.«

»Aber er kommt doch nicht mehr.«

»Er ist gekommen, und Papa ist gestorben.«

Was sollte sie darauf antworten? Wie sollte sie die Winkelzüge im Kopf des Jungen erraten, ihrem Lauf folgen, um ihn von diesem Alptraum zu befreien?

»Er ist jeden Abend gekommen, ich weiß es!«

»Das ist nicht wahr ... Nur ein- oder zweimal in der Woche ...«

»Siehst du!«

»Was?«

»Er ist am Samstag gekommen!«

Sie log.

»Nein! Ich schwöre es, Kiki ...«

Sie mussten leise sprechen, denn man durfte sie nicht ertappen. Sie mussten ihre Unterhaltung abbrechen, sobald sich Schritte näherten und der Türknauf gedreht wurde. Dann legte Martine flehend einen Finger auf die Lippen, aber Kiki ließ sich nicht einmal dazu herab, ihr durch ein vielversprechendes Augenzwinkern zu antworten.

Es war die Mutter, die hereinkam, geräuschvoll, misstrauisch, die alles um sich herum durcheinanderbrachte, oder Michel, der diesen Besuch nur aus Pflichtgefühl abstattete und der von Pneumokokken oder von Graden und Centigraden sprach, oder aber Olsen, der Kühlste, ein richtiger Norweger wie sein Großvater, der mit zwanzig Jahren von Bergen aufgebrochen war.

»Wie geht's, Kleiner?«

Er ging weg, wie er gekommen war, besorgt, den Kopf voller Tonnen von Kohle, Gefrierfisch, Verträgen und paritätischen Kommissionsgeschäften.

»Bitte, Kiki … Ich bin deine Schwester … Wir sind nur wir zwei …«

Damit meinte sie, dass sie in diesem großen, in allen Stockwerken bevölkerten Haus nur einander hatten. Aber Kiki wusste nicht, was sie meinte, oder er verstand es anders, auf seine Weise.

»Wir drei«, berichtigte er. »Wenn er noch einmal kommt, sage ich alles … Ich sag's! … Ich sag's! …«

Und wie er sich in seine Wut hineinsteigerte, packte ihn wieder das Fieber, schweißgebadet fiel er auf sein Kopfkissen zurück und fuhr hartnäckig fort:

»Ich sage, dass Papa …«

»Pst! … Es kommt jemand …«

Martine griff sich eine Kompresse, bedeckte ihre Augen, ihr Gesicht.

4

Jeden Tag gingen die Lampen nun etwas früher an, und dann begann das zweite Leben der Stadt. Da waren die hellerleuchteten Schaufenster, auf denen die schwarzen Silhouetten der Frauen vom Lande oder aus La Rochelle wie Falter tanzten. Da waren die grünen Lampenschirme in den stillen Büros, in denen sich die Angestellten über ihre Akten beugten. Das Winterleben begann, in den Geschäftsstraßen lebhaft, in den Gässchen, wo die Gaslaternen als Treffpunkt dienten und wo man sich in Hauseingängen umarmte, zurückhaltender. Im Hafen roch das Wasser stärker als sonst, die Schiffe bewegten sich im Rhythmus der Gezeiten, die Flaschenzüge quietschten, und in den kleinen Kneipen roch es kräftig nach warmem Rum und nasser Wolle.

Vier erleuchtete Stockwerke waren es am Quai Vallin, einschließlich der vergitterten Fenster im Erdgeschoss. Vom Hafen, von der Rahe eines Schoners aus hätte man die Silhouetten in jenem Büro erkennen können, das einmal das Büro Oscar Donadieus gewesen und jetzt das seiner Frau war.

Sie führte den Vorsitz, einen Ellbogen auf dem Tisch, einen riesigen blauen Bleistift in der rechten Hand, und Michel saß neben ihr, während Olsen stand. Drei andere Herren saßen ihr gegenüber, jeder mit einem aufgeschlagenen Schriftstück vor sich.

Den Leuten, die einen der Donadieus zu sprechen

wünschten, antwortete der Bürogehilfe in geheimnisvoll bedeutsamem Ton:

»Die Herrschaften sind in einer Konferenz.«

»Wird sie lange dauern?«

Eine unbestimmte Geste, die bedeutete, dass so eine Konferenz natürlich etwas von gänzlich unbestimmter Dauer sei. So saßen die Besucher also bei spärlichem Licht auf den harten Rosshaarpolsterbänken im Vorzimmer mit seinen sorgfältig an der Wand aufgereihten Spucknäpfen, schlugen die Beine übereinander, streckten sie wieder aus und sahen voller Respekt einen Mann an, der wartete wie sie und schließlich den Mut hatte aufzustehen, hin und her zu gehen, die Fotografien mit den Schiffen, die an den Wänden hingen, aus der Nähe zu betrachten.

Eine Polstertür ging auf, dann eine Eichentür. Man sah Leute Höflichkeiten austauschen, und eine muntere Frauenstimme sagte:

»Das ist also klar! Sie kommen morgen Mittag alle zu mir. Wir werden dieses Gespräch bei Tisch abschließen ...«

Jene Herren, die nicht zu den Donadieus gehörten, tauschten im Treppenhaus und dann auf dem Bürgersteig Höflichkeiten aus:

»Sind Sie mit dem Wagen hier?«

»Danke ... Ich muss noch mal im Büro vorbei ...«

»Geht es Ihrer Frau besser?«

»Und Ihrem Schwiegersohn?«

Die Mantelkragen wurden hochgeschlagen, es fiel ein feiner Regen. Die drei Männer waren nicht bei der Sache, sondern warfen bedeutsame Blicke zu den Fenstern im ersten Stock.

»Guten Abend! ... Wir werden ja sehen, was dabei herauskommt ...«, sagte Camboulives sehr leise.

Michel Donadieu hatte die Tür zum Büro geschlossen, und die Besucher, die gehofft hatten, sofort nach der Konferenz empfangen zu werden, mussten sich wieder hinsetzen. Michel stützte sich auf den Kamin, auf dem eine Pendeluhr aus schwarzem Marmor stand. Olsen hingegen, der schließlich nur der Schwiegersohn war, blieb mit verschränkten Armen in einer Ecke stehen.

»Was habt ihr beide denn?«, fragte Madame Donadieu mit gespieltem Erstaunen und nahm wieder an ihrem Schreibtisch Platz.

»Ich frage mich nur, was sie denken werden!«, erklärte Michel schließlich. »Das hat es in La Rochelle noch nie gegeben. Allein die Tatsache, dass eine Frau den Vorsitz bei der Konferenz führt …«

Es ging um die monatliche Konferenz der wichtigsten Reeder und Kohleimporteure, die Camboulives, die Varins, schließlich Mortier, der direkteste Konkurrent der Donadieus. Man traf Vereinbarungen, vor allem was die Behörden, die Zuteilungen und die Eisenbahnen anging.

»Wir sind hier nicht an Geschäftsessen gewöhnt …«

»Dann wird man sich eben daran gewöhnen müssen!«, gab sie zur Antwort.

»Das bringt uns nicht weiter!«

»Das werden wir sehen!«

Michel hatte nur noch ein Argument:

»Und wer soll die Unkosten für dieses Essen tragen?«

»Ich!«

Beinahe hätte er ihr gesagt, dass sie sich mit dem ihr zustehenden Nutznießungsrecht solche Launen gar nicht leisten könne; aber er war schon zu weit gegangen und zog sich grummelnd zurück, wobei er Olsen ein Zeichen gab, ihm zu folgen.

Es war nicht nur ein Umsturz der Rochelaiser Sitten und eine völlige Veränderung des üblichen Geschäftsgebarens, sondern auch eine Revolution im Haus in der Rue Réaumur, in das Leute wie Camboulives und Varin noch nie einen Fuß gesetzt hatten.

Madame Donadieu ging noch weiter: Sie rief Augustin an und bat ihn, mit dem Auto vorbeizukommen, und noch bevor es sechs Uhr geschlagen hatte, nahm sie darin Platz. Bald hielt die lange Limousine vor dem Feinkostgeschäft, und Madame Donadieu, die nicht gut zu Fuß war, ließ den Ladenbesitzer kommen, der in seiner weißen Jacke respektvoll im Sprühregen auf dem Bürgersteig stand.

»Können Sie mir eine Fischpastete vorbereiten für … warten Sie … für zwölf Personen? …«

Sie besprach mit ihm das Menü, besprach es noch einmal, als sie nach Hause kam, mit der Köchin, nachdem sie während der ganzen Fahrt durch die Sprechanlage auf Augustin eingeredet hatte.

»Vergessen Sie nicht, morgen früh auf den Markt zu gehen und Blumen zu holen. Und nehmen Sie das Service mit unserem Monogramm und dem Schiff …«

Als Michel nach Hause kam, wo er Frédéric Dargens im Boudoir seiner Frau vorfand – oder eher Frédérics Hut im Vorzimmer liegen sah –, wartete er zuerst, bis der Besucher gegangen war.

Er hatte nichts gegen Dargens. Er war nicht eifersüchtig. Aber er war von Natur menschenscheu und zog es vor, in einer Ecke seine Zeitung zu lesen. Er ging nicht einmal ins Spielzimmer, um seinem Sohn einen Kuss zu geben. An einem anderen Tag hätte er stundenlang gewartet, ohne ungeduldig zu werden. Vielleicht hätte er sein neues Kugelfangspiel mit den sechs nummerierten Löchern ausprobiert. Aber er hatte eine Nachricht zu verkünden und zeigte Zeichen von Ungeduld. Als er die Eingangstür auf- und wieder zugehen hörte, stand er erleichtert auf.

»Raten Sie mal, was meine Mutter getan hat ...«

Er duzte seine Frau nicht, weil er das unfein fand. Éva, die zwei Glas Portwein getrunken hatte, war ein wenig beschwipst.

»Sie hat doch tatsächlich während der Konferenz alle diese Herren für morgen Mittag zum Essen eingeladen.«

»Zu uns?«

»Nein! Unten ... Die fragen sich doch bestimmt, was in uns gefahren ist. Ich habe ihr zu verstehen gegeben, dass wir uns nicht an den Unkosten beteiligen werden ...«

Er verstand nicht, dass Éva einer solch ernsten Angelegenheit gegenüber gleichgültig bleiben konnte. Im Stockwerk über ihnen verkündete Olsen die Neuigkeit ebenfalls seiner Frau.

»Wir werden uns lächerlich machen!«, sagte er. »Ein Geschäftsessen! Um ein Kohleproblem zu besprechen!«

»Ist das eine Idee meiner Mutter? Sind wir eingeladen?«

»Ich weiß es nicht ...«

Sie ging nicht hinunter, um sie zu fragen. Ein wenig bleich wartete sie darauf, dass ihre Mutter sie benachrichtigen würde, ob sie eingeladen war oder nicht. Doch der Abend verging, ohne dass der geringste Meinungsaustausch zwischen den verschiedenen Stockwerken stattfand.

Kiki, erschöpft und menschenscheu, las in einer Ecke, die Füße auf dem Heizkörper. Martine stellte einen Tischläufer fertig, den sie schon lange vor dem Tod ihres Vaters angefangen hatte, und Madame Donadieu kümmerte sich mit Augustin und der Köchin immer noch um ihr Essen.

»Was die Weine angeht ...«

Im zweiten Stock blätterte Marthe Modezeitschriften durch, denn sie war versessen auf Eleganz, auf eine strenge und blasierte Eleganz, während im Stockwerk darunter Michel, in Hemdsärmeln, endlich sein sechslöchriges Kugelfangspiel ausprobierte und die Amme im Bügelzimmer Wäsche bügelte.

Man hörte in regelmäßigen Abständen das Geräusch des Eisens: bumm ... bumm ... Und die Stimme Michels, der zählte:

»... sieben ... acht ... neun ... Pfeifendeckel!«

Pfeifendeckel, das war sein persönlicher Fluch, denn er war zu gut erzogen, um ordinär zu fluchen, und musste doch manchmal seiner Wut Ausdruck verleihen.

»Vierzehn ... fünfzehn ... Pfeifendeckel! ...«

Éva spielte auf dem Grammophon Tangos, während Olsen, der beste Bridgespieler von La Rochelle, auf einer Versammlung war, zu der er seine Frau niemals mitnahm.

Die Zeit verging unendlich langsam. Hin und wieder eine Sirene, aus der Richtung des Hafens: ein Schiff, das in die Nacht hineinfuhr, in die Wogen, in den Regen ...

Irgendein Film lief über die Leinwand des Alhambra, und in dem alten Patrizierhaus nebenan unterbrach Madame Brun plötzlich den Brief an ihre Tochter und rief:

»Charlotte! Wie wär's mit einem Punsch?«

Sie war ein unersättlicher Mensch, die alte Madame Brun, und zwar in jeder Beziehung. Und das Beste war für sie gerade gut genug. So bereitete es ihr etwa großes Vergnügen, ihrer einzigen Tochter zu schreiben, die einen Herzog geheiratet hatte und die sie höchstens einmal im Jahr sah. Der Schreibsekretär musste unbedingt hübsch sein, das Papier von guter Qualität und passendem Format, Madame Brun musste Ringe an den Fingern tragen, das Licht hinter ihr, im Salon, musste gedämpft und Charlotte im Hintergrund mit einer Handarbeit beschäftigt sein.

Meine allerliebste Tochter,
ich weiß, dass alles, was ich Ihnen schreiben mag, Sie in keiner Weise interessiert, aber Ihre alte Frau Mutter, der Hetze unserer Zeit enthoben, hat bisweilen das Bedürfnis ...

Vier Seiten, sechs Seiten, die sie genauso gut auch nicht hätte abzuschicken brauchen, denn ihre Tochter las sie sicherlich nicht.

... Charlotte verkündet mir heute Abend, dass unsere Nachbarin, die Königinmutter, morgen ein großes Geschäftsessen gibt, was unsere Stadt aus der Fassung bringen wird ...

Na schön! Sie würden sich einen Punsch aufsetzen, wie zwei Ruheständlerinnen. Manchmal rief Madame Brun:
»Charlotte! Wie wär's mit ein paar Crêpes?«
Sie war verrückt nach Crêpes flambées, und sie bestand darauf, sie selber zuzubereiten, im Seidenkleid, das enganliegende Band um den Hals, mit all ihrem Schmuck.
»Ich freue mich schon darauf, dieses Essen zu sehen ...«
Ein Essen, das ein Wendepunkt im Leben einiger Menschen werden sollte.

War es Absicht oder nicht? Fest stand, dass Madame Donadieu ihre Schwiegertochter Éva nicht mochte. Und Marthe gegenüber, die ein mondäneres Leben führte als sie, empfand sie vielleicht eine gewisse Eifersucht.

Sie forderte die beiden nicht auf herunterzukommen. Sie sagte überhaupt nichts zu ihnen.

Was die beiden Jüngsten betraf, so war sie unschlüssig, ob sie sie in ihrem Zimmer essen lassen sollte, entschied aber schließlich, dass sie am Essen teilnehmen sollten.

Wider Erwarten blieb sie an diesem Morgen nicht zu Hause, sondern fuhr wie gewöhnlich um acht Uhr ins Büro, telefonierte aber zweimal, um sich zu vergewissern, dass alles planmäßig verlief, dass Martines Kleid fertig und der Kaviar angekommen war.

Camboulives, ein Südländer mit plumpen Zügen und tiefer Stimme, fiel unter den schon seit zwei Generationen in La Rochelle ansässigen Reedern unangenehm auf. Er war der Einzige, der in die Kneipe ging und mit seinen eigenen Kapitänen Belote spielte, überhaupt mit jedem, und der dann stockbesoffen heimkam.

Mortier war wie Oscar Donadieu, nur kleiner, trockener, in seiner calvinistischen Strenge übertraf er den Reeder sogar und war im Gegensatz zu ihm auch nicht konvertiert.

Alle Besucher waren neugierig, aber auch so zurückhaltend, dass sie, um einen guten Eindruck zu machen, sich vorher getroffen hatten und nun gemeinsam eintraten.

»Entschuldigen Sie bitte, dass mein Haus so traurig ist, aber das Haus einer Witwe ist nie sehr fröhlich …«

Sie hingegen war fröhlich! Hatte sie nicht dreißig Jahre lang davon geträumt, die Hausherrin zu spielen?

»Ich stelle Ihnen meine jüngste Tochter vor. Würdest du uns bitte den Portwein eingießen, Martine? …«

Kiki hatte den Anzug von der Beerdigung wieder angezogen, den er seitdem nicht mehr getragen hatte und der ihm zu weit war. Die Reeder drückten ihm die Hand wie einem Erwachsenen, aber nach einigen Worten gaben sie angesichts seines hartnäckigen Schweigens auf.

Michel fühlte sich nicht sehr wohl, er tat so, als sei er ein Gast wie die anderen, während Olsen mit Varin, dem er seit langem ein Schiff abkaufen wollte, ein langes Geschäftsgespräch führte.

»Meine Herren, wenn ich Sie zu Tisch bitten darf, wir werden beim Kaffee ernsthaft miteinander reden ... Nehmen Sie doch zu meiner Rechten Platz, Monsieur Mortier ...«

Den Fauxpas beging Camboulives, der unfähig war, ein längeres Schweigen zu ertragen. Man hörte nur das Geräusch der Gabeln, und da er Kiki als Nachbarn hatte, hielt er es für angemessen, das Wort an ihn zu richten.

»Sind Sie auf dem Gymnasium?«, fragte er ihn aufs Geratewohl.

Und der Junge, unnahbar:

»Nein!«

»Er ist auf dem Gymnasium und ist es nicht«, korrigierte seine Mutter. »Er sollte Anfang des Monats wieder mit dem Unterricht beginnen, aber da lag er mit Fieber im Bett, und er ist noch nicht ganz genesen ...«

Camboulives fragte ungeschickt weiter:

»Sind Sie in der Tertia?«

Und das war ein noch größerer Schnitzer, denn Kiki war trotz seiner fünfzehn Jahre noch nicht einmal in der Quinta.

»Er hat einen Rückstand von drei Jahren«, hatte der Schuldirektor erklärt. »Ich kann mir vorstellen, dass es für ihn unerfreulich sein muss, mit Zwölfjährigen in einer Klasse zu sein, aber ich kann nichts daran ändern ...«

Es war sogar für die Lehrer unerfreulich, diesen jungen

Mann, der bereits den ersten Flaum auf der Oberlippe hatte, inmitten der ungestümen Kinder zu sehen, deren Unterricht er nicht folgen konnte! Die meisten sagten zu ihm »Monsieur Donadieu«, mehr aus Rücksicht auf seine Familie als auf sein Alter.

Und sie hofften, dass man sich endlich dazu entschließen würde, ihm einen Hauslehrer zu geben.

Jetzt redete Madame Donadieu fröhlich drauflos:

»Mein Sohn hat kein Glück gehabt. Er ist mitten in der Schulzeit sehr krank geworden, wodurch er etwas zurückgeworfen worden ist. Allerdings wird er diesen Rückstand schnell aufholen. Nächste Woche wird er wieder aufs Gymnasium zurückkehren und …«

Man war auf alles gefasst, nur nicht darauf, den stets stummen, verschlossenen Jungen plötzlich erklären zu hören:

»Nein!«

»Was sagen Sie, Oscar?«

»Ich sage, dass ich nicht aufs Gymnasium zurückgehe.«

Das war lächerlich. Diese Unterhaltung hätte genauso gut zu irgendeinem anderen Zeitpunkt stattfinden können, und ihre schwerwiegendste Folge wäre sicherlich eine Ohrfeige gewesen.

Aber leider kam es, wie es kommen musste. Camboulives, der seinen Schnitzer wiedergutmachen wollte, fragte, immer ungeschickter, weiter:

»Ja, wenn Sie nicht mehr in die Schule gehen wollen, was wollen Sie dann machen? …«

Man hätte glauben können, dass der Junge nur auf diese Gelegenheit gewartet hatte. Seine Schwester warf ihm vom andern Ende des Tisches aus einen flehenden Blick zu. Aber er, der seine Kraft aus dieser Gesellschaft schöpfte, aus der Tatsache, dass er endlich kein Gefangener des Familienkreises mehr war, erklärte kategorisch:

»Ich will zur See fahren …«

»Hören Sie nicht auf ihn«, unterbrach Madame Donadieu, gute Laune mimend. »Er ist erschöpft …«

»Ich will zur See fahren!«, wiederholte der Junge.

Und Camboulives fragte dumm weiter:

»Und als was, junger Mann?«

»Egal, als was, als Schiffsjunge, wenn's sein muss!«

»Maman!«, rief Michel und gab seiner Mutter ein Zeichen, sie solle Kiki hinausschicken.

Und sie wollte es auch tun. Sie war bloß zu weit weg. Man aß Fasan, und die Köpfe waren über die Teller gebeugt. Mortier wandte sich dem Kind zu:

»Glaubst du denn, dass du stark und ausdauernd genug bist, um Schiffsjunge zu werden?«

»Lassen Sie ihn!«, schaltete sich Madame Donadieu ein. »Er weiß nicht, was er sagt.«

Ihr Blick durchbohrte den Jungen mit den abstehenden Ohren, der bleich geworden war und dessen Lippen zitterten.

»Ich werde zur See fahren!«, wiederholte er.

»Oscar!«

Sie behandelte ihn wie ein ungehorsames Kind, vor allen Leuten, schonungslos. Camboulives wollte sich nicht mehr in diese peinliche Geschichte einmischen. Olsen begann:

»Übrigens, was unser Roggengeschäft angeht …«

Und Madame Donadieu, als sie sah, dass Kiki aufstand:

»Setz dich!«

»Nein!«

Er wollte aus dem Esszimmer, um irgendwo ungestört weinen zu können, doch sie hielt ihn zurück.

»Setz dich! ... Iss! ...«

Worauf er, verzweifelt, vielleicht auch bedrängt von dem Gefühl, dass sich eine solche Gelegenheit zu sprechen nie wieder bieten würde, mit veränderter Stimme rief:

»Ich werde mit einem Schiff zur See fahren!«

Es war beunruhigend. Martine stand Todesängste aus, denn sie fragte sich, wie weit ihr Bruder während seiner Krise gehen würde und was er wohl noch sagen mochte.

»Geh sofort zu Bett!«, befahl seine Mutter.

»Ich gehe gern zu Bett, aber ich werde zur See fahren! Und niemand kann mich daran hindern!«

Er stand jetzt. Er ging auf die Tür zu und rief mit unsicherer Stimme, wobei aber jede Silbe zu verstehen war:

»Außerdem gehören die Schiffe mehr mir als dir!«

Besteckgeklapper. Tiefe Stille.

Zum Glück goss der Oberkellner die Soße über Monsieur Mortiers Schulter.

»Sind Sie verrückt, Augustin?«, brach es da aus Madame Donadieu heraus. »Sie können wohl nicht mehr bei Tisch servieren? ...«

Zwischen Philippe und seinem Vater wurde kein Wort mehr über Martine gewechselt. Philippe kam jetzt täglich um ein Uhr morgens heim, ein Beweis dafür, dass er nicht darauf verzichtet hatte nachzusehen, ob das Fenster geschlossen war.

Er war abgemagert, und meistens roch sein Atem abends nach Alkohol. Auch an seiner Arbeitsstelle, einer Autowerkstatt am Stadtrand von La Rochelle, wo er die rechte Hand des Chefs war, hatte man etwas gemerkt.

»Im Augenblick hat es keinen Sinn, ihm etwas zu sagen«, seufzte der Chef, der Philippe lieber noch für den größten Teil des Tages verschwinden sah, als dass er seinen verschlafenen Blick, seine schroffen Worte, sein unangenehmes, höhnisches Lachen ertrug.

Und Philippe irrte stundenlang im Oktoberregen umher, dann, von den ersten Novembertagen an, im immer kälter werdenden Wind, im Grau des Herbstes, in der Umgebung der Rue Réaumur.

Er hatte Charlotte sogar einen Brief gegeben und sie angefleht, ihn dem jungen Mädchen auszuhändigen. Charlotte hatte sich einverstanden erklärt, aber nie eine Gelegenheit dazu gehabt.

»Martine geht fast nie aus dem Haus ...«, behauptete sie. »Wenn sie spazieren geht, dann nur mit ihrem Bruder ...«

Er war ihnen zweimal begegnet. Martine hatte den Kopf abgewandt, aber Kiki hatte Philippes Blick standgehalten, ihn herausgefordert, und trotzdem ging der junge Mann jede Nacht durch die kleine Gartentür, traf dort Charlotte, die um ein wenig Zärtlichkeit bettelte.

»Ich weiß genau, dass Sie sie lieben!«, schluchzte sie. »Wenn Sie das bekämen, was Sie wollen, würden Sie sich überhaupt nicht mehr um mich kümmern ...«

»Aber doch!«, sagte er schwach. »Ich mag Sie auch, Charlotte ...«

»Halten Sie den Mund ...«

Sie sah ihn verzweifelt und wütend von seinem Streifzug in den Nachbargarten zurückkommen. Als sie einmal wirklich weinte, erklärte er mit zusammengepressten Zähnen:

»Begreifst du denn nicht, du Dummerchen? Begreifst du denn nicht, dass meine Zukunft auf dem Spiel steht?«

»Das ist nicht wahr!«

»Sie haben uns genug gedemütigt, meinen Vater und

mich, und es ist höchste Zeit, dass ich es ihnen heimzahle. Kennst du denn überhaupt das Testament?«

»Madame hat mir davon erzählt …«

»Siehst du! Und eines Tages werde ich Herr in diesem Haus sein, verstehst du? Eines Tages werde ich gewisse Bewohner durchs Fenster hinauswerfen …«

An diesem Abend war er betrunken, was immer häufiger der Fall war, so betrunken, dass Charlotte Angst bekam, denn er hob die Stimme, und er hätte Madame Brun wecken können, die den leichten Schlaf alter Frauen hatte.

Dann verkündete sie ihm:

»Sie wollen verreisen …«

»Wer?«

»Weiß ich nicht … Sie haben den ganzen Tag Koffer gepackt …«

Wider Erwarten machte Madame Donadieu Kiki keine Szene, keinen Vorwurf, sie vermied es, mit ihren anderen Kindern darüber zu sprechen. Sie tat sogar zwei Tage lang so, als wäre er Luft für sie.

Sie aßen am selben Tisch, das heißt, der Junge aß kaum, aber die Mahlzeit wurde schweigend eingenommen, bis zu dem Abend, an dem Madame Donadieu Martine aufmerksam anschaute und erklärte:

»Ich habe den Eindruck, dass du sehr bleich bist …«

Das stimmte. Martine, die nie eine blühende Gesundheit gehabt hatte, schien kränklicher denn je, und ihre Lippen waren farblos.

Nur Madame Donadieu verschlang die Gerichte, die man ihr vorsetzte, stand früh auf, kommandierte die Dienstboten herum, bevor sie ins Büro ging, und strahlte, einmal abgesehen von ihrem Stock und ihren schlechten Beinen, geradezu jugendliche Frische aus.

»Ich frage mich, ob dir nicht ein wenig Landluft guttun würde.«

Sonst sagte sie nichts an diesem Abend. Am nächsten Tag, beim Mittagessen, verkündete sie einfach:

»Ich habe mit Baptiste telefoniert. Er hat die Heizung in Betrieb gesetzt, und morgen wird das Schloss bereitstehen ...«

Weder Martine noch ihr Bruder wussten genau, was sie erwartete. Michel, der jeden Sonntag ins Schloss Esnandes zur Jagd ging, wusste auch nicht mehr, obgleich er den Anruf seiner Mutter gehört hatte.

Gegen Ende der Mahlzeit wurden sie endlich informiert.

»Das wird euch beiden guttun«, sagte Madame Donadieu. »Augustin wird euch morgen früh hinfahren ...«

Und nachdem sie ihren Kaffee getrunken hatte, fuhr sie wieder ins Büro zurück, wo sie einen Delegierten aus dem Ministerium der Handelsmarine erwartete, für den sie Whisky hatte bringen lassen. Wieder so etwas, das man am Quai Vallin noch nie erlebt hatte, so wenig wie in jedem anderen Reederbüro in La Rochelle!

Die Abfahrt fand um Viertel vor acht statt, damit Madame Donadieu dabei sein konnte. Das Auto wartete im Hof, das Gepäck war schon auf dem Autodach verstaut. Der Himmel war grau, aufgewühlt, aber es regnete nicht. Aus der Ferne hörte man das dumpfe Grollen des Meeres.

Éva war noch nicht aufgestanden, und im zweiten Stock begnügte sich Marthe, im Morgenrock, damit, aus dem geschlossenen Fenster zu schauen, denn der Kleine wurde gerade gebadet.

»Vielleicht kommen wir morgen dann alle mit Michel …
Passt vor allem auf, dass ihr euch nicht erkältet …«

Kiki trug eine schwarze Golfhose, da er aber keine
schwarzen Strümpfe besaß, hatte er graue angezogen, was
nicht mehr nach großer Trauer aussah.

»Pass auf deinen Bruder auf, Martine!«

An der Straßenecke stand Philippe – in einem nagel-
neuen Wagen, den er für die Werkstatt einfuhr. Madame
Brun kommentierte die Abreise von ihrem Ankleidezim-
mer aus, wo sie jeden Morgen, wie eine Dame der Gesellschaft, zwei Stunden zubrachte.

»Sie sehen nicht sehr fröhlich aus, weder die einen noch
die andern …«

»Warum sollten sie auch?«, gab Charlotte zur Antwort.
»Sie haben nichts dafür getan …«

Denn Charlotte leistete sich den Luxus fortschrittlicher,
fast anarchistischer Ideen, über die Madame Brun lachen
musste. Was sie allerdings nicht daran hinderte, Madame
Brun von morgens bis abends zu Diensten zu sein, manchmal zwar murrend, aber doch gefügig gegenüber allen ihren Launen.

Seitdem ihr Mann in der Irrenanstalt war – man hatte
gezögert, aber er war wirklich verrückt – und seit ihre
Tochter verheiratet war, hatte Madame Brun versucht, mit
Freundinnen ihres Alters zu verkehren.

»Sie sind zu dumm!«, hatte sie Charlotte schließlich erklärt. »Sie schwatzen wie alte Papageien …«

In Wahrheit war es so, dass Madame Brun, die eine geborene de Marsan war und einer der ältesten Familien des
Landes angehörte – ein Vorfahre war Marschall gewesen –,
keinen Widerspruch duldete.

Oder genauer, sie duldete ihn nur bei Charlotte, deren

Laster buchstäblich der Widerspruch war und die wusste, dass sie sich alles erlauben konnte.

»Wenn es eine Revolution gäbe ...«, sagte das Dienstmädchen und schaute auf das Haus nebenan.

»Na, was dann?«

»Dann wäre ich in der ersten Reihe! Denn das würde diesen Leuten recht geschehen ...«

Vielleicht war Madame Brun ja ihrer Meinung. Auch sie hatte einen Mann in der Art Oscar Donadieus geheiratet, der eine der größten Schnapsbrennereien der Gegend besaß und der sie zwanzig Jahre lang das gleiche Leben hatte führen lassen wie die Donadieus nebenan.

Aber er war verrückt geworden, auf dumme Weise – ja, auf dumme Weise, denn er hielt sich jetzt für einen Schäferhund! –, und hatte ihr ein beachtliches Vermögen hinterlassen.

»Sehen Sie!«, fuhr Charlotte fort. »Dieser Junge tut mir leid. Da wird Geld gesammelt, damit die Kinder der Armen ans Meer fahren können. Und er, der das ganze Jahr hier lebt, hat noch nie im Meer gebadet! Ich weiß von der Köchin, dass er geweint hat, um ein Fahrrad zu bekommen. Wissen Sie, was sie ihm geantwortet haben? Dass man in seiner Stellung nicht mit dem Fahrrad fährt wie die Arbeiter oder die Bauern. Sie können sicher sein, dass der nicht alle Tage Bonbons zu essen bekommt!«

Sie dagegen aßen welche, Charlotte und Madame Brun, das heißt nicht so sehr Bonbons als kleine Leckereien mit Rum, Kirsch, Himbeergeist, denn sie hatten eine Schwäche für den kleinen, süßen Rausch.

»Wie wär's mit Crêpes Suzette, Charlotte?«

Die beiden Autos fuhren hintereinander her, in der flachen Landschaft, die sich im Norden von La Rochelle erstreckt. Sie fuhren durch Nieul, Marsilly, weiße Dörfer mit niedrigen Häusern, die das meergrüne Licht des Himmels widerspiegelten.

»Es ist falsch gewesen, Kiki!«

Martine hatte eine Decke über ihre Beine gelegt, denn die Scheiben des Autos schlossen schlecht. Gewöhnlich hatten sie nur ein Anrecht auf Klappsitze, die Sitzbänke waren den Erwachsenen vorbehalten, aber diesmal saßen die beiden im Wagenfond.

»Was war falsch?«

»Alles!«

»Aber wenn ich doch zur See fahren will?«

»Du hättest es nicht sagen dürfen.«

Er wusste noch nicht, was weibliche Diplomatie ist. Er empörte sich:

»Und überhaupt, auf dich will ich gar nicht mehr hören!«

»Und warum nicht?«

»Darum nicht!«

Sümpfe erstreckten sich auf beiden Seiten der Straße, und im Westen erahnte man das Meer, man roch es, sah es aber nicht.

Nach kurzem Schweigen stellte Kiki eine Frage, die seiner Schwester die Sprache verschlug:

»Was hat er eigentlich in deinem Zimmer gemacht?«

»Wer denn?«, brachte sie schließlich heraus, um Zeit zu gewinnen.

»Du weißt genau, wer. Was hat er gemacht?«

Sie wusste nicht, was sie denken sollte. Befand sich wirklich, wie seine Lehrer behaupteten, in dem Körper dieses fünfzehnjährigen Jungen das Gemüt eines zwölfjährigen Kindes?

»Du antwortest nicht!«

»Er ist mein Verlobter!«, sagte sie schließlich und sah nach draußen. »Du kannst das nicht verstehen, Kiki.«

»Warum hat er Papa umgebracht?«

»Aber das ist doch nicht wahr! Ich schwöre dir, dass es nicht wahr ist! Wer hat dir nur eine so ungeheuerliche Idee in den Kopf gesetzt?«

Esnandes kam in Sicht, und rechts ragte aus dem Moor ein viereckiger Turm auf, der Schlossturm, umgeben von einigen Bäumen ohne Blätter.

Vor ihnen Augustins Rücken. Kiki bohrte weiter:

»Warum schwörst du, obwohl du es gar nicht weißt?«

»Und du, weißt du es?«, rief sie, mit ihrem Latein am Ende.

5

Mit einem Regenumhang bekleidet, Gummistiefeln an den Füßen und einem alten, kastanienbraunen Filzhut auf dem Kopf ging Martine schnell aus dem Haus, während ihr Bruder noch dabei war, in seinem Zimmer die Koffer auszupacken. Auf der Fahrt hatte sie bemerkt, dass ihnen ein Wagen folgte, ein neuer Wagen von der Marke, wie Philippe sie vertrat, aber sie hatte es nicht gewagt, sich lange genug umzudrehen, um festzustellen, ob er am Steuer saß.

Einige feuchte Locken kamen unter ihrem Hut hervor, und sie ging, die Hände in den Taschen, mit Schritten, die gemessen sein sollten, über welkes Laub, wobei ihre Augen unwillkürlich ängstlich die Gegend absuchten.

Der Besitz der Donadieus hieß das *Schloss*, wegen seiner Bedeutung und seines Alters. Trotzdem war es eher das, was ehrbare Leute früher ihr Landhaus genannt hätten.

Während das Land, so weit das Auge reichte, flach war – kein Baum weit und breit, nur hier und da ein Glockenturm –, führte um das Gebäude aus grauem Stein und den schieferbedeckten Turm herum eine Kastanienallee, gab es da einen kleinen Park, dann, gedrängt, dicht, feucht, zwischen altes Gemäuer gezwängt, einen Miniaturwald, zwei Hektar Eichen, Linden, Efeu vor allem, wilde Pflanzen, ein Paradies für Spinnen und Schlangen.

Im Hof des Schlosses stand das Bauernhaus, ein richtiges Bauernhaus mit Hühnern, Kühen, einem Schwein,

Gänsen und Truthähnen, einem Misthaufen und ausgedienten Pferdekarren, die ihre Deichseln in den Himmel reckten.

Aus der Ferne erahnte Martine die Gestalt des einzigen Knechts der Maclous, die den Bauernhof verwalteten und das Schloss beaufsichtigten. Sie ging schnell weiter, denn sie wollte mit niemandem sprechen, aus Angst, ihr Ziel zu verfehlen.

Endlich befand sie sich auf dem Weg, der zur Landstraße führte, worauf sie sich umdrehte wie jemand, der befürchtet, bei etwas ertappt zu werden, und ihre Schritte noch beschleunigte.

Man grüßte sie aus einem armseligen Häuschen heraus, aber sie nahm es kaum wahr. Als sie das Auto auf der Straße nicht sah, ging sie ins Dorf, verwirrt darüber, dass ihre Intuition sie getrogen haben könnte.

Jeder grüßte sie. Die Klatschbasen fanden sie bleich. Andere sagten, dass sie ein richtiges junges Mädchen geworden sei, und sie ging immer weiter. Mit verhärmten Zügen, die Hände in den Taschen, stemmte sie sich gegen den feuchten Wind, der vom Meer kam.

Rechts parkte ein Auto. Als sie es erreichte, fand sie es voller kleiner Musterkoffer, wie Handelsreisende sie benutzen.

Sie kam an einem Café vorbei und blickte sich immer unruhiger um, als sie links, auf dem Weg zum Meer, endlich das neue Auto sah, das vor dem einzigen Wirtshaus der Gegend stand.

Ohne zu zögern, betrat sie den düsteren Schankraum, in dem Bauern russisches Billard spielten, trat ans Buffet, wobei sie sich bemühte, selbstsicher zu erscheinen.

»Würden Sie mir bitte einen Grog machen?«

»Fernand!«, rief die Wirtin. »Setz schnell einen Grog auf für Mademoiselle Martine.«

Philippe saß da, in der Nähe des Fensters, ebenso bleich, ebenso angespannt wie das junge Mädchen, das sich das Geplapper der Frau anhören musste.

»Dann sind Sie also für einige Zeit zurückgekommen? Wenn ich an das Unglück denke, das passiert ist ...«

Man suchte ein Glas, das nicht so dick war wie die anderen, um ihr den Grog zu servieren. Und sie, unempfänglich für diese Zuvorkommenheit, ließ mit ihrem Taschentuch ein klein zusammengefaltetes Blatt Papier zu Boden fallen.

Hätte Philippe nicht verstehen müssen? Sicherlich dachte er an etwas anderes, denn er stürzte nicht herbei, und Martine hob die beiden Gegenstände selber auf, trank dann den heißen Grog, suchte in ihren Taschen nach Kleingeld.

»Ich bezahle ein andermal ...«

»Aber ja, Mademoiselle, es eilt nicht.«

Als sie hinausging, hatte sie vor Wut Tränen in den Augen, und mit einer gereizten Bewegung warf sie Philippe das Stück Papier zu, auf den Tisch oder die Bank, sie wusste es nicht genau, schritt von neuem durchs Dorf, ohne die Leute anzuschauen, weshalb die Frauen sagten, sie sei noch stolzer als ihre Mutter.

Auf das Stück Papier hatte sie geschrieben: *Heute Abend, um acht Uhr, am alten Tor.*

Ein rostiges Tor, das seit Jahren nicht mehr schloss, am Rande des Wäldchens.

Es gab keine Dienstboten im Schloss. Die alte Maclou und ihre Tochter, die sechzehn Jahre alt war und hinkte, kochten und bedienten, während Baptiste Maclou sich um die Heizung kümmerte.

Die Zimmer waren geräumig, durch die Bäume etwas dunkel. Da im Sommer die ganze Familie dort leben musste, hatte man die Zimmer mit Hilfe von Zwischenwänden geteilt. Jetzt war alles leer, und die Möbel sahen noch unfreundlicher aus als gewöhnlich; manche, die umgestellt worden waren, hatten dunkle Ränder auf der Tapete hinterlassen.

Oscar hatte den ganzen Nachmittag über gelesen. Um sechs Uhr hatte man gegessen, wie es auf dem Lande üblich war. Und um Viertel vor acht wurde Martine ungeduldig, drängelte die alte Maclou, die hartnäckig darauf bestand, das Geschirr zu spülen.

»Dazu ist morgen noch Zeit ... Lassen Sie nur alles liegen ...«

»Aber, Mademoiselle ...«

Sie fühlte sich ungeschickt und war nahe daran, beim geringsten Widerspruch in die Luft zu gehen.

»Was habe ich zu Ihnen gesagt, Sophie?«

»Schon gut! ... Gute Nacht, Mademoiselle ... Soll ich Sie morgen früh wecken?«

»Nein ... Gute Nacht ...«

Martine wusste, dass ihr Bruder noch nicht im Bett lag, dass er das absichtlich tat, dass er etwas gewittert hatte.

Während sie in der Diele wieder ihren Regenumhang anzog, kam er die Treppe herunter, und sie wartete auf die Konfrontation.

»Du gehst wieder zu ihm, nicht wahr?«

»Hör zu, Kiki ...«

»Antworte! Ich weiß, dass er hier ist.«

»Kiki, sei vernünftig. Ich muss mit ihm reden, ja. Und

ich werde es tun, selbst wenn du das ganze Haus zusammentrommelst. Hör zu: Wenn du so großen Wert darauf legst, nehme ich dich mit, dann kannst du ihn selber fragen ...«

»Ich will ihn nicht sehen!«

»Versprich mir, dass du nichts sagen wirst, Kiki!«

»Ich weiß nicht ... Lass mich ...«

Und er ging in sein Zimmer hinauf, ohne seiner Schwester gute Nacht zu sagen. Sie war erleichtert. Der Junge fing an, menschlich zu werden. Sie machte die Tür auf, ging schnell durch die Allee und vergaß, je weiter sie kam, ihre Ängste, sie vergaß sogar zu denken: Sie ging ihm entgegen! Er war da, irgendwo in der Dunkelheit. Sie brauchte ihn nicht zu sehen. Sie spürte ihn. Eine Gestalt bewegte sich. Sie stammelte:

»Philippe! ...«

Aber sie sagte nichts weiter, stürzte sich in seine Arme und verharrte dann unbeweglich, schwer atmend, mit geschlossenen Augen, von einem Schwindel gepackt. Lippen streiften zuerst über ihr Haar, ihre Wangen, ihre Wimpern und erreichten schließlich, brennend und trocken, ihren reglosen Mund.

Philippe hätte glauben können, dass sie ohnmächtig geworden war. Wegen des Regenumhangs schmeckte der Kuss nach Gummi, und dieser Regenumhang machte ihren Körper auch ganz kalt in seinen Armen.

»Martine ...«

Er sah sie nicht. Nur ein wenig Blässe, ganz nahe bei ihm, geschlossene Augen. Ein Hund bellte irgendwo, aber Philippe machte sich keine Gedanken deswegen. Ein Zweig bewegte sich.

Er hätte nicht sagen können, wie lange sie so erstarrt,

so leblos in seinen Armen lag. Dann bewegte sie sich und schien wieder zu sich zu kommen, und blasser denn je schob sie ihn von sich weg, um sprechen zu können. Sie schob ihre eisige Hand in die seine und sagte:

»Komm! …«

Sie wies zum Schloss, wo man, durch die Bäume hindurch, im Obergeschoss ein erleuchtetes Fenster sah.

»Dein Bruder? …«, protestierte er.

»Komm! …«

Sie versuchte, ihn anzulächeln, wie jemand, der sehr erschöpft ist, der von weither zurückkommt oder der sehr krank gewesen ist. Als sie ihn unterwegs ansprach, ging es um ein konkretes, aber läppisches Detail.

»Hast du das Auto im Dorf gelassen?«

Sie zog ihn die Freitreppe hinauf, öffnete die Tür mit ihrem Schlüssel, stammelte noch:

»Warte! …«

Tastend ging sie durch den dunklen Flur, stieß eine Tür auf, knipste die Lampen im Wohnzimmer an, und als ob das alles ganz natürlich wäre, sagte sie:

»Komm herein! …«

Diesmal war er es, der Angst hatte vor dieser Schlichtheit, vor dieser Leichtigkeit. Man hätte meinen können, dass sie niemanden mehr fürchtete, dass sie ihren Bruder vergessen hatte, der dort oben noch auf war, oder die Maclous, die vom Bauernhof aus sicherlich Licht hinter den Jalousien aufleuchten sahen.

»Lass mich dich anschauen«, murmelte sie. »Ja … auch du bist abgemagert … Setz dich! …«

Sie waren derart daran gewöhnt, sich heimlich zu treffen, dass ihre Bewegungen unweigerlich vorsichtig, ihre Stimmen gedämpft waren.

»Ich konnte einfach nicht mehr«, gestand Martine schließlich und ließ sich in einen Sessel fallen.

Von Zeit zu Zeit hörten sie Kiki, der genau über ihren Köpfen hin und her ging, und jedes Mal zuckte Philippe zusammen, trotz Martines Gelassenheit.

Er hatte sich in denselben Sessel wie Martine setzen und sie in seine Arme nehmen wollen. Er hatte den Regenumhang aufgeschlagen, um die Wärme ihrer Brust zu spüren, aber sie hatte sich einfach von ihm losgelöst.

»Nein … Nicht jetzt … Setz dich! … Ich möchte dich lieber anschauen …«

Ihr Blick war unbequem, ein Blick voller Gedanken, die Philippe nicht kannte. Sie schien etwas verstehen zu wollen, vielleicht ihn, und versonnen wiederholte sie:

»Du bist abgemagert …«

Er sagte nervös:

»Seit über einem Monat warte ich an allen Straßenecken auf dich! Ich bin jede Nacht gekommen und …«

»Ich weiß.«

Er hatte Angst. Sie wirkte sehr weit weg. Er fürchtete vor allem diesen allzu ruhigen Blick, der nicht von ihm abließ, dieses Schweigen, diese bedrohlichen Worte, die plötzlich fielen.

»Warum hast du nicht …«

»Ich wollte dich nicht mehr wiedersehen. Ich glaube sogar, dass ich dich gehasst habe. Nein! Rück nicht weg! … Heute Abend müssen wir miteinander reden. Ich habe lange nachgedacht. Sag, Philippe, sag mir ganz offen: Was hast du gedacht, als du mich genommen hast?«

Das war sehr nah und doch schon so weit weg. Was mochte Philippe gedacht haben? Zunächst hatte er sie gekannt, wie man die Mädchen derselben Gesellschafts-schicht kennt, die Tochter eines Freundes seines Vaters, und er hatte sich nie um sie gekümmert.

Im Frühjahr hatte es in La Rochelle einen Tag des Roten Kreuzes gegeben, der von einem Komitee, in dem er mit-wirkte, organisiert worden war.

Er verabscheute die anderen jungen Männer und jungen Mädchen dieser Gesellschaft, ihr Gehabe, ihre Art zu spre-chen, ihre Vergnügungen, ihr ganzes Wesen. Er fühlte sich ein wenig wie ein Raubtier unter lauter Haustieren und hatte eine zugleich herablassende und bissige Art, seine Gefährten zu behandeln.

Martine war nicht die Schönste. Sie war mager und blass, menschenscheu, kaum entwickelt, ungeschickt, und auf den Vorbereitungstreffen des Komitees hatte er sich nicht ein einziges Mal für sie interessiert.

Tatsächlich hatte sie den Anfang gemacht. Er erinnerte sich noch an eine Einzelheit. Während der letzten Sitzung, die abends im Hôtel de Ville stattfand, hatte er, Philippe, im dunklen Treppenhaus Mademoiselle Varin in die Arme genommen. Mit ihren üppigen Formen war Mademoiselle Varin daran gewöhnt, von einem jungen Mann zum ande-ren weitergereicht zu werden.

Martine hatte sie überrascht. Er hatte dem keine Bedeu-tung beigemessen, aber als er sie am nächsten Tag kamerad-schaftlich am Arm nehmen wollte, vor den Blumenständen auf der Straße, hatte sie schroff gesagt:

»Rühren Sie mich nicht an! ... Sie widern mich an ...«

Das kam so unerwartet, dass er den ganzen Tag daran denken musste und es im Laufe des Festes ständig darauf anlegte, ihr zu begegnen – bis er am Abend, beim Ab-schlussball, schließlich begriffen hatte: Martine war verliebt.

Auch der Ball hatte in den Räumen des Hôtel de Ville stattgefunden. Philippe kannte darin jeden Winkel. In einem bestimmten Augenblick war er an Martine herangetreten:

»Kommen Sie! Ich habe Ihnen etwas Wichtiges zu sagen ...«

Sie trug Hellblau, wie ein richtiges junges Mädchen, das sie ja war, und obendrein war ihr Kleid auch noch aus Taft. Sie hatte gezögert. Er hatte ihr in die Augen gesehen und sie dabei mit sich gezogen.

»Wo gehen wir hin?«

Sie gingen über einen hellerleuchteten Treppenabsatz. Philippe öffnete eine Tür, die er hinter sich wieder zumachte, und nun standen sie beide in der Dunkelheit, die nach Tinte und Löschpapier roch. Aber Martine hatte gar nicht die Zeit, das zu bemerken. Ihr Begleiter nahm sie fest in die Arme, und zwei Lippen pressten sich auf die ihren, so lange, dass das junge Mädchen, als Philippe sie losließ, nach Luft schnappte.

»So!«, sagte er einfach. »Jetzt können Sie schreien oder tun, was Sie wollen. Ich liebe Sie!«

Sie floh lediglich und verließ den Ball lange vor den anderen. Eine ganze Woche lang sah er sie nicht mehr, obgleich er sie überall in der Stadt suchte.

Eines Nachts sah Martine, wie sich der Flügel ihres Fensters bewegte. Beinahe hätte sie geschrien. Eine gedämpfte Stimme sprach ihren Namen, während sich ein Bein über die Fensterbrüstung schwang und ein Mann in ihrem Zimmer auf sie zukam.

Unterdessen hatte er seinen Stuhl an den Sessel herangerückt. Er brauchte die körperliche Nähe, und seine Hand lag auf Martines Hand. Doch sie blieb ruhig. Sie hörte ihm zu. Sie wollte verstehen.

Das Schwierige waren die ersten Sätze in diesem Wohnzimmer, das zu groß, zu hell erleuchtet war, vor allem für sie beide, die an ängstlich in der Dunkelheit gestammelte Worte gewöhnt waren.

»... Ich glaubte, ich hätte inmitten einer Welt, die ich verachte, plötzlich jemanden entdeckt, der anders ist ...«

Sie schüttelte den Kopf. Sie spürte, dass es nicht wahr war. Er sprach nicht mit der gewünschten Überzeugungskraft. Er hatte sie genommen, weil er stolz war, dass sich ein junges Mädchen ihm einfach anbot, noch dazu eine Donadieu, ein junges Mädchen, das zu jener stolzen Festung gehörte, wo man ihn, wenn überhaupt, nur mit Herablassung aufnahm.

Aber danach?

Er wusste es nicht, und vor allem wusste er nicht, was er ihr sagen sollte.

»Sie können das nicht verstehen, Martine ...«

Er war verwirrt. Wegen des Lichts hatte er gerade Sie zu ihr gesagt, und er versuchte, das wiedergutzumachen, indem er noch näher heranrückte und sich vorbeugte, um sie zu küssen.

»Nein ... Nicht jetzt ... Ich will verstehen, denn wir müssen einen Entschluss fassen ... Ich kann nicht mehr ... Ich ersticke ...«

»Siehst du?«

»Was sehe ich?«

Er hatte die Gelegenheit beim Schopf gepackt. Endlich fand er seine Beredsamkeit wieder.

»Du hast gerade alles mit einem Wort erklärt! ... Du erstickst ... Du erstickst, weil du in einer Welt lebst, die nicht zu leben versteht, die in ihren Mauern im Kreise geht und nicht einmal die Fenster sieht ... Und sobald ein Sonnenstrahl durch diese Fenster dringt, beeilt man sich, die Vorhänge zuzuziehen, aus Angst, man könnte in Versuchung geraten auszubrechen ... Hör zu, Martine! ... Worte zerstören alles, aber du willst, dass sie ausgesprochen werden ...

Es gibt etwas auf der Welt, das ich verabscheue, eine gewisse Lebensweise, gewisse Häuser, gewisse Leute, die darin eingeschlossen sind. Und, das schwöre ich dir, es geht dabei nicht um Neid auf ihren Reichtum ...

Ich hasse das Haus Donadieu, wie ich das Haus Mortier oder das Haus Varin hasse, wie ich diesen Club hasse, in dem ein Dutzend alter Herren würdevoll auf die Familiengruft wartet, die nicht viel an ihrem Zustand ändern wird ...

Ich hasse deine Schwester und ihren Mann ... Ich hasse Michel ... Ich hasse ... Ich hasse sie, weil sie nichts aus ihren Möglichkeiten machen und weil ich ihretwegen am Ende noch von der Hässlichkeit der Welt überzeugt sein muss ...

Du warst ganz allein in diesem Haus mit deinen fiebrigen Augen, deiner Blässe und deinem Lebenswillen ...«

Sie schüttelte den Kopf. Wieder spürte sie in dieser Rede einen falschen Ton.

»Und geliebt hast du mich, weil du gespürt hast, dass ich anders bin, dass es bei mir keine Wände, keine geschlossenen Läden mehr geben wird ...

Ich habe nie davon gesprochen, dich zu heiraten, weil mir nie auch nur von ferne der Gedanke gekommen ist, in euer Haus aus Quaderstein einzuziehen, wo ich Gefahr laufen würde, genauso zu werden wie die andern ...

Ich habe kein Vermögen ... Aber wenn ich wollte, könnte

ich es haben … Ja, ich weiß, ich fühle es seit je, dass ich im Leben und mit dem Leben tun werde, was mir gefällt!

Wenn du mir glaubst, wenn ich mich nicht geirrt habe, sage ich dir nur:

Lass uns fortgehen … Wann du willst … Wohin du willst …«

Sie hätte sich so sehr gewünscht, dass es einfacher gewesen wäre. Er merkte es an dem Blick, mit dem sie ihn ansah, einem Blick, der ganz klar bedeutete:

›Lügt er? Spielt er Theater?‹

In der Dunkelheit ihres Zimmers in der Rue Réaumur hatte sie nie die Zeit gehabt, darüber nachzudenken. Aber sie dachte es am andern Morgen und danach. Und der Morgen war jeweils bitter, oft aufwühlend.

Bis zu dem Augenblick, wo sie das Fenster doch wieder angelehnt ließ, obwohl sie sich doch eigentlich dagegen entschieden hatte!

Sie war nicht sinnlich: Ihre Sinne waren noch gar nicht geweckt. Was sie brauchte …

Sie hätte es nicht sagen können, und jetzt sah sie ihn fast so an, wie sie ihn immer am Morgen nach ihren Rendezvous angesehen hatte.

»Warum willst du mich nicht heiraten?«, fragte sie langsam.

»Weil man mir vorwerfen würde, dass ich dich nur wegen deines Geldes heirate! Weil du eine Donadieu bist, eine Erbin, und weil ich, wenn ich in deine Familie käme, alles umkrempeln würde!«

Er war schön. Sie fand ihn schön. Fast ebenso schön wie seinen Vater, mit leuchtenden Augen, bebenden Nasenflügeln, den eingefallenen Schläfen unter dem schweren, dunklen Haar.

»Erinnere dich an die Frage, die du mir bei unserem letzten Rendezvous gestellt hast ...«

Sie wandte den Kopf ab. Darüber wollte sie nun doch lieber nicht sprechen. War es ihre Schuld, wenn sie aufgewühlt gewesen war von der Atmosphäre, die nach dem Verschwinden ihres Vaters im Haus geherrscht hatte? Weil sie sich selber schuldig fühlte, hatte sie einen Augenblick lang geglaubt ...

»Ich hätte fortgehen, dich nicht mehr wiedersehen sollen ...«, fuhr cr fort. »Manchmal hast du trotz allem etwas von einer Donadieu ... Verstehst du, Martine? ... Ich habe in meinem Bett laut geheult, sodass sich sogar mein Vater Sorgen gemacht hat ... Ich war entschlossen fortzugehen ...«

»Warum bist du geblieben?«

Man hätte schwören können, dass sie vollkommen ruhig war. Und das irritierte ihn, diese Mischung aus gesundem Menschenverstand, Unterwerfung und Überspanntheit. Kiki ging oben hin und her! Und sie empfing Philippe nicht etwa in ihrem Zimmer, sondern im Wohnzimmer, was dieser Zusammenkunft eine peinliche Feierlichkeit verlieh.

Und schon hatte er sich den nächsten Akt seines Theaterstücks einfallen lassen, denn um nichts anderes handelte es sich, wo er doch zuvor keinen Augenblick darüber nachgedacht hatte.

»Ich bin nicht fortgegangen, weil ...«

»Weil was?«

»Nein! Frag nicht weiter ...«

Sie ging in die Falle, es war fatal! Sie richtete sich in ihrem Sessel auf und sagte bestimmt:

»Ich verlange, dass du mir eine Erklärung gibst!«

»Du wirst mir böse sein ... Aber, bitte! ... Als ich den Wortlaut des Testaments erfahren habe, da ... Die ganze Stadt hat darüber gesprochen ...«

»Ich verstehe nicht.«

»Erinnere dich an die Frage, die du mir gestellt hast ... Du hast mich gefragt, ob ich womöglich ein Mörder sei ... Habe ich nicht das Recht, mir ebenfalls eine solche Frage zu stellen? ... Und sei es auch nur, um jeden Verdacht von mir abzuwenden? ... Ich habe mich an etwas erinnert ...«

»Woran?«

Und angstvoll beugte sie sich vor.

»Martine!«

Er tat so, als würde er sie anflehen.

»Sprich!«

»Unser letztes Rendezvous, am Samstag ...«

»Ja ...«, stieß sie ungeduldig hervor.

»Erinnerst du dich nicht?«

Sie strengte sich an und errötete beim Gedanken daran.

»Ich weiß nicht, worauf du anspielst.«

»In einem bestimmten Augenblick ... Erinnere dich ... Da hörten wir ...«

Sie hatte reglos dagelegen, mit halbgeöffnetem Mund. Es stimmte! Sie waren im Bett, als sie im Schloss der Eingangstür das Geräusch eines Schlüssels hörten. Dann Schritte im Flur ...

»Ich wusste gar nicht, dass jemand ausgegangen war«, hatte Martine geflüstert.

Sie hatten beide stillgehalten und die Ohren gespitzt, während jemand die Treppe hinaufging. Sie hatten versucht herauszubekommen, ob die Schritte im ersten oder zweiten Stock stehen blieben, aber der Lärm eines Güterzugs hatte sie daran gehindert.

»Verstehst du jetzt?«, sagte Philippe und senkte den Kopf.

»Das ist nicht möglich ...«

Ihr Bruder? Ihr Schwager?

»Warum erzählst du mir das?«

»Du hast es gewollt, du hast es verlangt ... Ich bitte dich um Verzeihung, Martine, aber ich muss mich zur Wehr setzen, für dich, für uns ...«

Sie sagte noch einmal:

»Ich kann nicht mehr!«

Dann blickte sie ungeduldig zur Decke, denn Kiki war immer noch nicht zu Bett gegangen, las auch nicht, sondern stapfte in seinem Zimmer auf und ab.

»Weiß er, dass ich hier bin?«

Sie nickte. Sie war wirklich am Ende. Sie wusste nicht, was sie tun, was sie denken sollte.

»Was hat dein Vater gesagt?«, fragte sie ohne Überzeugung.

»Wozu?«

»Als er dich weinen sah.«

»Er hat nicht gewusst, warum ich weine.«

Er hielt es für klug zu lügen.

Doch an ihrer Miene sah er, dass er einen Fehler begangen hatte. Martine schämte sich überhaupt nicht für ihr Verhalten. In ihrer Verzweiflung hätte sie jede Komplizenschaft akzeptiert, die Hilfe des erstbesten Vertrauten.

Sie sagte noch, wie im Traum:

»Was sollen wir tun?«

Dann plötzlich, voller Wut:

»Ich will nicht mehr nach Hause zurück ... Es ist zu schrecklich! ... Wir müssen etwas tun, Philippe ...«

Sie war noch klarsichtig genug, um zu merken, dass er

zögerte. Sie sah zum ersten Mal seine seltsam verkniffenen Lippen, die irgendwie grausam wirkten.

Warum? Auf wen hatte er es abgesehen? Er starrte auf den geblümten Teppich, das gedrechselte Bein eines Tisches. Eine Kuh muhte im Stall.

»Lass uns gehen!«, sagte er und stand plötzlich auf, wobei er ihr in die Augen sah.

Aber warum hatte es wie eine Drohung geklungen? Beinahe bekam sie Angst. Sie zögerte, ebenfalls aufzustehen.

»Du bist doch zu allem bereit, nicht wahr?«, fragte er.

»Zu allem was?«

»Sie werden dich wie eine verlorene Tochter behandeln. Vielleicht wirst du eine Zeit lang in Armut leben müssen.«

Er wurde rot, als er sie entgegnen hörte:

»Hast du Angst, mich zu entführen?«

Denn es war fast wahr. Jetzt, wo der Augenblick gekommen war, zögerte er.

»Angst um dich …«

Und immer noch war zu viel Licht um sie herum, zu viele allzu banale Dinge, Madame Donadieus großer Sessel mit dem Gobelinbezug, einer ihrer Stöcke, den sie in einer Ecke vergessen hatte, eine Empire-Pendeluhr auf dem Kamin, ein von der Feuchtigkeit fleckiger Spiegel …

»Hast du das Auto im Dorf stehen lassen?«

Sie vergaß, dass sie ihm diese Frage schon einmal gestellt und dass er darauf geantwortet hatte.

»Philippe!«

»Liebling …«

Wieder ein Fehler, »Liebling« zu sagen! Er sagte es ohne Überzeugung.

»Ich werde Kiki Bescheid sagen …«

Er erschrak.

»Warum? Er wird uns daran hindern fortzugehen, er wird die Bauersleute aufwecken ...«

»Nein! Ich bin sicher, dass er das nicht tun wird! Kiki ist wie wir ...«

Was sollte das eigentlich genau heißen? Er hatte keine Zeit, darüber nachzudenken. Sie hatte die Tür geöffnet. Sie rief ins Treppenhaus:

»Kiki!«

Dann hörte man oben ein Geräusch. Nach langem Zögern ging die Tür auf. Der Junge fragte:

»Was willst du?«

»Komm herunter!«

»Bist du allein?«

»Komm einfach herunter!«

Er kam herunter, und man spürte bei jedem Knarren der Treppenstufen seine Ratlosigkeit. Martine schaute fieberhaft überall- und nirgendhin. Sie ging ihrem Bruder entgegen und nahm ihn an der Hand.

»Sei lieb, Kiki ... Ich kann nicht mehr zu Hause leben ... Du musst das verstehen ... Ich gehe mit Philippe fort ... Eines Tages wird sich alles einrenken, und dann wirst auch du ihn mögen ...«

Sie sah das Gesicht ihres Bruders im Spiegel, und darin erschien seine Nase noch schiefer. Sie drehte den Kopf weg.

»Erklär du es ihm, Philippe ...«

»Das ist nicht nötig«, schnaubte Kiki, dessen Adamsapfel auf und ab hüpfte.

Dann, jämmerlich:

»Und ich?«

»Du bleibst hier ... Morgen wirst du Sophie sagen, dass ich weggegangen bin. Sie brauchen nicht zu wissen, dass du uns gesehen hast ...«

Er stand auf der Schwelle der Tür und machte seiner Schwester Zeichen, dass sie näher zu ihm herankommen solle.

Als sie endlich verstand, murmelte er:

»Bist du sicher?«

Er wollte sagen:

›Bist du sicher, dass er Papa nicht umgebracht hat?‹

Doch statt zu antworten, umarmte sie ihren Bruder und wischte sich zwei Tränen weg.

Sie konnte nicht mehr. Sie musste schnell machen. Ihre Nerven waren allzu gespannt.

»Soll ich etwas mitnehmen, Philippe?«

Er verneinte, um die Sache zu beschleunigen. Es war Kiki, der sagte:

»Dein Medaillon ...«

»Wo ist es?«

Ein ganz gewöhnliches Goldmedaillon der Jungfrau Maria, das Sophie Maclou jedem Kind ihrer Herrschaft zur ersten Kommunion schenkte und das in der Familie als Glücksbringer galt.

Schon sprang Kiki die Treppe hinauf, vielleicht, um dieser Szene zu entrinnen.

»Bereust du es auch nicht?«, fragte sie Philippe.

Er zog es vor, sie zu küssen. Sie hatte nie küssen können. Sie öffnete dabei lediglich ein wenig ihre Lippen, die ansonsten unbeweglich blieben. Sie hätte am liebsten geweint, aber sie beherrschte sich.

»Da ...«

Kiki kam mit dem Medaillon zurück, das sie sich um den Hals hängte. Sie umarmte den Jungen. Er fragte ganz leise:

»Wirst du wiederkommen, um mich zu holen?«

Ein Ast knackte, und Philippe sagte:

»Es ist wohl besser, wenn wir gehen …«

»Ja … Da bin ich …«

Womöglich wäre es ihr ganz lieb gewesen, wenn irgendein Ereignis diesen Aufbruch verhindert hätte? Sie wagte nicht, Kiki anzusehen, vor allem nicht im Spiegel, wo die Asymmetrie seines Gesichts noch betont wurde.

»Dein Hut …«, erinnerte sie der Junge.

Die frische Luft hüllte sie ein, als sie die Tür aufmachten. Der Wind wehte, und vor einem fast vollen Mond jagten Wolken dahin.

Sie liefen Hand in Hand zum alten Gittertor. Ein Hund rannte hinter ihnen her, es war der Hund vom Bauernhof, der Martine kannte.

Man sah kein einziges Licht mehr.

»Du hast mir doch gesagt, dass das Auto …«, keuchte das junge Mädchen.

»Hier entlang … Am Ende des Weges …«

»Hoffentlich …«

Sie hörten nicht die Stimme, die rief:

»Martine! … Martine! …«

Sophie Maclou hörte sie, drehte sich unter ihrem dicken Federbett um und murmelte, an ihren Mann gerichtet, der nichts hörte, weil er tief schlief:

»Er ist wieder mondsüchtig!«

Philippe musste mehrere Male den Anlasser ziehen, bevor der Motor ansprang. Fahl leuchteten die beiden Scheinwerfer auf. Martine zuckte beim ersten Rucken des Wagens zusammen, aber ihre Stimme war ruhig, als sie fragte:

»Wohin fahren wir?«

6

Noch bevor sie die Augen öffnete, hörte sie, wie jemand ganz in der Nähe versuchte, ein Auto anzulassen. Sie spürte, dass die Sonne schien, und sogar – sie wusste nicht genau, warum –, dass sie auf dem Lande war.

Erst jetzt fuhr sie aus dem Schlaf hoch und schaute neben sich. Philippe war nicht mehr da. Sie fuhr sich mit den Händen an die Brust und merkte, dass sie nackt war. Ohne den Schutz der Bettdecke aufzugeben, beugte sie sich vor, um ihre Wäsche zusammenzuraffen, die auf einem billigen Bettvorleger am Boden lag.

Und immer noch das Geräusch des Autos, und ohne dass sie nachzusehen brauchte, stellte sie sich ein altes, hochrädriges Vehikel vor, das bei der ersten Zündung zu zittern anfing.

Martine hörte ein leises Ticktack und fand Philippes Uhr auf der Marmorplatte des Nachttisches. Es war zehn nach zehn. Warum hatte sie, als sie auf die Uhr schaute, den Eindruck, ja die Gewissheit, dass Sonntag war, und warum dachte sie an das Hochamt, das gerade begonnen hatte?

Sie war erschöpft, körperlich und geistig. Körperlich fühlte sie sich, als ob man sie windelweich geschlagen hätte. Seelisch fühlte sie eine Leere, eine merkwürdige Gleichgültigkeit, ein völliger Mangel an Erregung und Neugierde.

So etwa betrachtete sie, da sie auf dem Bett saß, nun mit einem Hemd bekleidet – sie hatte noch nie, selbst wenn sie allein war, mit bloßen Brüsten sein können –, so betrachtete sie also mit völlig klarem Blick das Zimmer um sie herum.

Was für ein Zimmer! Es hatte überhaupt keine Ähnlichkeit mit dem, was sie kannte. Kümmerliche Möbel aus allzu hellem Holz, wacklige Serienfabrikate. Sie sah sich in dem Spiegelschrank, der an den Kamin gerückt war. Ganz besonders befremdlich wirkten die Dimensionen der Möbel im Verhältnis zu dem riesigen, lichtdurchfluteten Raum mit seinen beiden hohen Fenstern und der schweren Stuckdecke.

Sie war in einem Schloss, das größer war als das von Esnandes. Das Zimmer befand sich im Erdgeschoss. Der Park lag in der Sonne, und jemand mühte sich hartnäckig ab, eine alte Rappelkiste anzulassen. Irgendwo musste ein Hund herumlaufen, denn manchmal brachten die Pfoten eines Tieres den Kies zum Knirschen.

Neben den Warenhausmöbeln waren da noch Sachen von einer Versteigerung: ein mächtiges Sofa aus grünem Velours, ein Frisiertischchen im Empire-Stil, dann, auf dem Kamin, eine Gipsvenus sowie Farbdrucke an den Wänden, die Akte oder galante Szenen darstellten.

Selbst der Geruch war vulgär, zweideutig, ohne dass Martine hätte sagen können, warum. Es war sicherlich der Geruch der Leute, die hinter der Tür wohnten und die sie manchmal hörte.

»Wohin fahren wir, Philippe?«

Nachdem sie das im Auto gesagt hatte, am Abend zuvor, reagierte sie nicht mehr. Sie hatte bereits ihren Entschluss gefasst. Sie hatte leichte Fieberschübe, und das lag sicherlich an der Dunkelheit, den unförmigen Wolken, dem Wind, der in Böen vom Meer herkam und den Wagen erschütterte.

Philippe war zuerst nach La Rochelle zurückgefahren und hatte das Auto unweit vom Kino seines Vaters stehen lassen.

»Warte hier auf mich!«

Sie hatte gewartet, als hätte ihr Schicksal nicht von den kleinsten Einzelheiten dieser Nacht abgehangen. Es war sicherlich die Folge der Müdigkeit. Sie wartete so, wie sie auf jemanden gewartet hätte, der eine Besorgung machte, einkaufen ging, zum Beispiel Kuchen in einer Konditorei. Und als Philippe einige Minuten später zurückkam, fragte sie ihn nicht, was er gemacht hatte und warum er so düster war.

Er war in das Büro seines Vaters hinaufgegangen, in der Hoffnung, ihn dort anzutreffen. Frédéric Dargens war nicht da, und Philippe hatte vergeblich in den Schubladen nach Geld gesucht.

Dargens hatte seit einigen Tagen eine neue Freundin, eine magere Tänzerin, die bei ihm auftrat und die er aus Barmherzigkeit und weil sie ein lustiges Gesicht hatte, bei sich wohnen ließ. Wenn Philippe an den Quais entlanggefahren wäre, hätte er im Café de Paris Licht gesehen, den leeren Schankraum mit den Stühlen auf den Tischen und ganz hinten, beim Buffet, seinen Vater, der wartete, bis die Kleine ihr Brötchen aufgegessen hatte.

Das Auto fuhr weiter, am Steuer ein immer sorgenvollerer Philippe. Er hatte noch nicht einmal hundert Franc in der Tasche. Der Bahnhof war geschlossen, und der erste Zug würde erst am nächsten Tag um fünf Uhr sieben fahren. Außerdem konnten sie sich nicht erlauben, den Zug zu nehmen, denn alle Welt kannte Martine Donadieu, und man wäre ihnen sofort auf die Spur gekommen.

Der Wagen? Er gehörte nicht ihm, sondern der Werkstatt und würde bald als gestohlen gemeldet werden.

Er stellte verblüfft fest, dass Martine an seiner Schulter schlief. Nach zwei oder drei Runden durch die Stadt verließ er sie in östlicher Richtung und folgte einem von hohen Bäumen gesäumten Kanal. Dort, etwa zwei Kilometer entfernt, kannte er eine Gartenwirtschaft namens Mabille, die von einem Schwarzen mit schlohweißen Haaren geführt wurde. Es gab auch Zimmer zu mieten. Hierhin konnte man hin und wieder mit seinen kleinen Freundinnen kommen.

Er parkte das Auto und klingelte. Aber entweder hörte der Schwarze nicht, oder er war nicht da, oder aber er hatte Angst, mitten in der Nacht aufzumachen.

Die Zeit verging. Als der Wagen wieder durch La Rochelle fuhr, diesmal an den Quais entlang, war das Café de Paris geschlossen, und man hörte in der Ferne, in der Nähe des Hôtel de Ville, die letzten Schritte verhallen.

Martine stöhnte, weil sie unbequem saß, und Philippe entschied sich schließlich für das Schloss Rivedoux, das zehn Kilometer vor der Stadt lag.

Schlief Martine? War sie sich bewusst, was geschah? Das Tor stand offen. Philippe, der sich dort auskannte, fuhr über eine Allee durch den Park, um einen riesigen Bau herum, parkte das Auto und hupte sachte. Als er ausstieg, folgte ihm ein dicker, gelblicher Hund, der zwar nicht knurrte, aber auf eine etwas beunruhigende Weise an ihm schnupperte.

Philippe klopfte an die Tür, warf verzweifelt einen kleinen Stein an ein Fenster im ersten Stock, und schließlich ging das Fenster nebenan auf. Man konnte eine Gestalt erkennen. Eine Stimme fragte:

»Was ist?«

»Ich bin's, Philippe ... Philippe Dargens ... Machen Sie auf ...«

Es wurde kein Licht gemacht. Als die Tür aufging, diskutierte Philippe im Dunkeln mit einer Frau.

Martine erinnerte sich, dass sie, von Philippe gestützt, aus dem Auto gestiegen war und einen langen, dunklen Korridor durchquert hatte.

»Im Spiegelschrank liegen Handtücher und alles Nötige«, hatte am Schluss die Frauenstimme geflüstert.

Sie war in einen traumlosen Schlaf gesunken.

Nicht etwa, dass ein einziges Detail aus dem Rahmen gefallen wäre – hier trafen vielmehr so viele gänzlich zusammenhanglose Dinge aufeinander, dass das Ganze eine eigene Welt bildete, in der Martine nicht einmal versuchte, sich zurechtzufinden.

Sie war wirklich in einem Schloss. Als sie aus ihrem Zimmer trat, befand sie sich in einem endlosen, graugekachelten Korridor, dessen Fenster auf einen Ehrenhof gingen.

Aber schon dieser Ehrenhof, der natürlich verfallen war, strahlte vor allem Zusammenhanglosigkeit aus. In einem Sonneneckchen, nah dem Rasen mit einer Gruppe von Nymphen, saß eine alte Frau in einem Sessel.

Und die alte Frau war nicht irgendeine Alte, der Sessel war kein Sessel, wie man ihn sonst im Ehrenhof eines Schlosses vorfindet.

Es war ein alter Voltairesessel, aus dem das Seegras schon hervorquoll. Die Alte mit dem ungekämmten weißen Haar und den hängenden Schultern hatte ein grobes Gesicht und trug einen Morgenrock mit rotem Rankenmuster, einen scheußlichen Morgenrock aus weichem Baumwollstoff, unter dem sie die Füße zu verstecken versuchte.

Was aber sollte man von dem Vestibül sagen, das Martine

am Ende des Korridors entdeckte? Unter einer Decke mit geschnitzten Balken stand sie auf einmal vor einem mechanischen Klavier!

Neben der Eingangstür (durch die sie am Abend zuvor gekommen sein musste) war eine kleine Theke mit Schnaps- und Aperitifflaschen. Ein paar Kneipentische, ein paar Stühle, und auf dem Boden ein etwa zweijähriges Kind, das mit Lumpen spielte.

»Wollen Sie das Frühstück hier einnehmen?«

Martine drehte sich um und sah eine Frau, die nicht so alt war wie die im Garten, dafür aber schmutziger, mit bloßen Füßen in abgetretenen Schuhen, den Morgenrock über welken Brüsten weit ausgeschnitten, einen Besen in der Hand.

»Möchten Sie einen Milchkaffee?«

»Nein ... Nicht jetzt ...«

Sie zog es vor hinauszugehen, und draußen stand sie mit einem Mal vor dem Mann mit dem Auto, einem Mann ohne Alter, der genauso gut dreißig wie fünfzig Jahre alt sein mochte, semmelblond, mit scheuem Blick und Pantoffeln an den Füßen.

Er hatte eine Kurbel in der rechten Hand, wischte sich mit der andern den Schweiß von der Stirn und seufzte, wobei er auf den Wagen mit der hochgestellten Kühlerhaube zeigte:

»Ich weiß nicht, was er hat ... Wenn Philippe nachher zurückkommt ...«

»Ist er schon lange weg?«

»Seit kurz nach acht. Er hat mich gebeten, Ihnen zu sagen, dass Sie sich keine Sorgen machen sollen.«

Der Park war nicht gepflegt, aber sehr groß. Das offene Tor war eingerahmt von riesigen Steinlöwen. Dahinter dehnten sich die Felder, und man erblickte den Kirchturm eines Dorfes.

»Haben Sie gefrühstückt?«

»Noch nicht.«

»Lassen Sie sich nicht von der Unordnung stören. In ein oder zwei Monaten wird alles eingerichtet sein ...«

Was alles? Welche Unordnung? Wer war die alte Frau im weichen Baumwollstoff und wer die andere mit dem Besen? Wie hätte Martine wissen können, wo sie war? Sie hatte von Monsieur Papelet noch nie etwas gehört. Sie ahnte ja kaum, dass es am Rand der Stadt, nicht weit von der Kaserne, eine Straße gab, durch die anständige Leute nicht gehen, Häuser mit geschlossenen Fensterläden und Türen, die immer angelehnt sind.

Monsieur Papelet war der Besitzer von zwei der wichtigsten Häuser dieser Straße. Genauer gesagt, war seine Mutter, die Alte im Morgenrock mit dem Rankenmuster, die eigentliche Besitzerin.

Im letzten Sommer war Schloss Rivedoux versteigert worden, doch niemand hatte es haben wollen, weil man die hohen Kosten für die notwendigen Reparaturen scheute.

Monsieur Papelet hatte es gekauft, wie er ein altes Auto gekauft hatte – weil er gern herumbastelte. Denn das war seine einzige Freude.

Er hatte die Eingangshalle selber neu gestrichen, hellgrün – mit Ölfarbe! – und mit einem Tulpenfries, den er mit Hilfe einer Schablone angebracht hatte. Das mechanische Klavier hatte er vor allem deshalb aufgestellt, weil in La Rochelle, wo er Plattenspieler gekauft hatte, eines übrig war.

Eines Abends war eine Gruppe von Gästen mit Frauen gekommen, und man hatte ihnen Getränke serviert.

So kam es schließlich, dass Monsieur Papelet beschloss, immer ein oder zwei Zimmer im Schloss frei zu halten, für Paare aus La Rochelle, die nicht gesehen zu werden wünschten.

Aber das machte er nur nebenbei und eher, weil er kein Geschäft auslassen wollte.

»Hat Ihnen meine Frau schon das Schloss gezeigt?«, fragte er Martine.

Seine Frau war die mit dem Besen. Der Junge auf dem Boden war sein Sohn!

Es war tatsächlich Sonntag, und bevor Philippe zum Alhambra kam, wo er sich mit seinem Schlüssel Zutritt verschaffte, war er durch öde Straßen gelaufen, in denen nur die Kirchgänger unterwegs waren.

Seine fahrigen Gebärden verrieten seinen Gemütszustand, und er machte Lärm, als er den Zuschauerraum durchquerte und die Tür zum Zimmer seines Vaters öffnete.

Dass ein Frauenkopf auf dem Kissen lag, war ihm ziemlich egal.

»Ich muss mit dir sprechen!«, sagte er, ohne Frédéric anzuschauen, der sich im Bett aufsetzte.

»Ach, du bist's! …«

Frédéric warf einen Blick auf seine Armbanduhr, stand auf, deckte seine Freundin wieder zu, die ein Auge aufmachte und es dann beruhigt wieder schloss.

»Gehen wir in dein Zimmer.«

Sie betraten den Raum nebenan, und der Vater sah sofort, dass Philippes Bett unberührt war.

»Beeil dich. Ich bin noch müde. Ich möchte dir aber gleich sagen, wenn es dir um Geld geht …«

»Es ist viel schwerwiegender!«

Frédéric, der einen Morgenrock angezogen hatte, setzte sich auf die Tischkante und zündete eine Zigarette an.

»Ich habe Martine entführt!«

Er war darauf gefasst, dass sein Vater aufsprang, protestierte, ihm eine Mordsszene machte. Stattdessen brummte Frédéric nur:

»Oha, mein Lieber! ...«

Er sah seinen Sohn neugierig an, als ob er ihm eine solche Kühnheit nicht zugetraut hätte.

»Wie es dazu kam, spielt keine Rolle. Tatsache ist jedenfalls, dass Martine ihr Elternhaus verlassen hat und dass ich von nun an für sie verantwortlich bin.«

»Soso! Weißt du, was du da riskierst?«

»Ich weiß! Sie ist noch nicht volljährig.«

»Also?«

»Ich bin gekommen, um dich um das Fahrgeld nach Paris zu bitten. Danach sehen wir weiter. Ich werde mich schon irgendwie durchschlagen ...«

Frédéric Dargens ging aus dem Zimmer, und einen Augenblick lang fragte sich Philippe, was das bedeuten mochte. Dann kam sein Vater zurück und warf ihm seine Brieftasche zu.

»Da!«

Die Brieftasche enthielt hundertfünfzig Franc!

»Ist das alles? Und die Einnahmen von gestern Abend?«

»Ein Gerichtsvollzieher bemüht sich eigens jeden Abend hierher, um sie zu beschlagnahmen.«

»Was soll ich jetzt tun?«

Noch schlaftrunken, wurde Frédéric Dargens erst nach und nach er selbst. Er warf Philippe, der müde aussah, kurze Blicke zu.

»Kannst du nicht bis heute Mittag Geld für mich auftreiben? Bei deinen Freunden aus dem Club ...«

Ein Achselzucken genügte als Antwort.

»Aber was soll ich denn tun?«, rief Philippe, den eine plötzliche Panik ergriffen hatte.

»Woher soll ich das wissen? Liebst du sie wenigstens?«

»Das ist meine Sache. Jetzt kommt es erst mal darauf an, sofort aufzubrechen. Im Augenblick ist sie bei ...«

»Pst! Ich will gar nicht wissen, wo sie ist. Übrigens will ich dir lieber gleich etwas sagen: Nachher, sobald du weg bist, werde ich in die Rue Réaumur gehen und meine alte Freundin Donadieu davon in Kenntnis setzen, was sich abspielt ...«

Die Tänzerin im Zimmer nebenan war hellwach geworden. Sie machte die Tür ein Stück auf und fragte mit belegter Stimme:

»Was ist?«

»Nichts, Kleines ...«

»Was hat Philippe denn wieder angestellt?«

»Dummheiten, wie immer! ... Oder vielmehr eine kleine Schweinerei ...«

»Papa!«, rief Philippe, als sein Vater aus dem Zimmer gehen wollte.

»Was?«

Und in Dargens' Stimme lag ein gewisses Zögern. Er spürte, dass der junge Mann gereizt, verzweifelt, zu allem bereit war.

»Soll ich dir einen Rat geben?«

»Nein!«

»Also?«

»Nichts ...«

Er nahm seinen Hut, durchquerte das Büro, stürzte in

den Zuschauerraum, um durch die kleine Tür für das Personal auf die Straße zu gelangen.

Eine Viertelstunde später fuhr er mit dem Auto in die Werkstatt.

»Ist Denis noch nicht da?«, fragte er den Angestellten an der Zapfsäule.

»Er ist sicher in seinem Büro.«

Es war der Inhaber, ein noch junger Mann, der sich über die Aufgeregtheit seines Stellvertreters wunderte.

»Ich muss unbedingt mit Ihnen sprechen ... Es ist sehr ernst ... Ja, es geht sogar um Leben und Tod ...«

Denis trug Jagdkleidung, er wollte nachher noch aufs Land fahren.

»Ich habe ein junges Mädchen entführt ... Ja, Mademoiselle Donadieu ... Ich brauche sofort Geld ... Ich schwöre Ihnen, dass ich es später zurückzahle ...«

»Was sagst du da?«

»Die Wahrheit ...«

»Aber Junge, ich habe kein Geld!«

Während er sprach, zog er mechanisch die Schublade der Kasse auf, entnahm ihr dreihundertfünfzig Franc.

»Das ist alles, was ich dir geben ...«

»Hören Sie ... Ich nehme das Auto mit ... Innerhalb der nächsten acht Tage gebe ich es Ihnen zurück ...«

Es war alles so schnell gegangen, dass der Werkstattbesitzer überhaupt nichts mitbekommen hatte. Er rief:

»Philippe! ... He, Philippe ...«

Aber Philippe, am Steuer seines Wagens, fuhr schon durch den Park und brauste dem Land entgegen.

Michel Donadieu war um sechs Uhr morgens aufgestanden, hatte sich selber Kaffee vom Vortag aufgewärmt und war dann seinen Schwager Olsen wecken gegangen. Mit Gewehren und Patronentaschen beladen, hatten sie beide in dem blauen Auto Platz genommen, wie sie das an jedem Wintersonntag taten, bevor das Haus erwachte.

In Esnandes hatten sie am Tor den alten Baptiste vorgefunden, der seine erste Pfeife rauchte, das Gewehr umgehängt, während die Hunde um ihn herumliefen.

»Gehen wir?«

»Gehen wir!«

In der Ferne hörte man schon Schüsse. Die Sonne ging auf, und Rauch stieg vom Haus der Maclous hoch.

»Hat sich meine Schwester schon eingewöhnt?«

»Na ja, sie ist gestern mit Monsieur Oscar angekommen. Um diese Zeit schlafen sie sicher noch … Schauen Sie, dort, in den Stoppeln, da sind bestimmt ein paar Hasen …«

Sie entfernten sich voneinander, während die Hunde mit der Nase am Boden vor ihnen herliefen. Michel gab den ersten Schuss ab, und ein Hase kugelte sich, von einem Hund verfolgt, während Baptiste in aller Ruhe hinüberging, um ihm den Rest zu geben.

Am Rand der Felder erblickte man andere Jäger, andere Hunde, doch man begnügte sich damit, sich von weitem zu grüßen, und es war neun Uhr, als Olsen ebenfalls einen Hasen schoss.

Kilometerweit erstreckte sich die Ebene, mit Glockentürmen bestückt, und überall auf den Feldern, in den Mooren, kreisten bewehrte Männergruppen.

Manchmal näherten sich Donadieu und seine Gefährten dem Schloss, das still blieb, Fenster und Läden geschlossen.

In der Rue Réaumur hatte Madame Brun mit ihrer Toilette fürs Hochamt begonnen, und Charlotte hatte müde Augen, als ob sie nicht geschlafen hätte.

Frédéric Dargens klingelte an der Nachbartür; er sagte zu Augustin:

»Melden Sie mich bei Madame Donadieu!«

Er betrat den Salon, ohne darum gebeten worden zu sein, und hörte eine Stimme:

»Bitte ihn, sich einen Augenblick zu gedulden, Augustin ... Ich komme sofort ...«

Er wartete eine gute Viertelstunde, hörte Kinderstimmen über seinem Kopf, Leute, die sich in allen Stockwerken ankleideten. Als Madame Donadieu hereinkam, sah sie ihn zuerst gar nicht, wunderte sich, erblickte ihn dann, in einer Ecke sitzend, mit abwesendem Blick.

»Frédéric! ... Verzeih! Ich war noch nicht fertig ...«

Er wusste nicht, wie er anfangen sollte. Er murmelte:

»Hast du schon etwas aus Esnandes gehört?«

»Aber ...«

»Hör zu ... Setz dich ... Vor allem versuch, ruhig zu bleiben! ... Fang nicht an zu schreien, sonst gehe ich ... Mein Sohn ist ein kleiner Schuft ... Er hat heute Nacht deine Tochter entführt ...«

»Martine?«

»Ja! Er schläft schon seit ich weiß nicht wie vielen Monaten mit ihr. So stehen die Dinge! Du kannst dir vorstellen, dass es nicht lustig für mich ist hierherzukommen, um dir das mitzuteilen.«

»Das ist nicht wahr!«, protestierte sie zuerst.

Dann:

»Das ist unmöglich ... Martine!«

Und sie sprach »Martine« mit einem Lächeln aus, das ihr Vertrauen in ihre Tochter noch unterstrich.

»Wer hat dir das gesagt?«, rief sie schließlich. »Aber so tu doch was! Sag etwas! Erklär dich ...«

Sie ließ ihm gar keine Zeit zum Reden, stürzte ans Telefon, rief:

»Hallo! Die Eins in Esnandes ... Ja, Mademoiselle, der Apparat ist sonntags angeschlossen ... Schnell, ja?«

Sie lief umher. Sie ging hektisch auf und ab.

»Wo sind sie?«

»Ich weiß es nicht. Philippe ist heute Morgen bei mir gewesen und hat mich um Geld gebeten.«

»Und du hast ihm welches gegeben?«

»Alles, was ich hatte: hundertfünfzig Franc!«

»Aber was wollen sie denn tun? ... Hallo! Ja! ... Hallo! ... Es nimmt niemand ab? ... Aber doch, Mademoiselle, es ist jemand da ... Lassen Sie noch einmal läuten ... Lassen Sie durchläuten ... Es ist bestimmt jemand da!«

Und sie wiederholte, halblaut, während sie wartete:

»Hallo! ... Legen Sie nicht auf ... Legen Sie nicht auf ...«
Schließlich:

»Wer ist am Apparat? ... Hallo? Sind Sie es, Sophie? ... Schreien Sie nicht so ... Halten Sie den Hörer etwas weiter weg ...«

Die alte Maclou hatte noch nie telefonieren können.

»Hallo! Sophie ... Hier ist Madame Donadieu ... Ist Mademoiselle Martine schon auf? ... Was sagen Sie? ... Weder Mademoiselle Martine noch Monsieur Oscar? ... Aber nein! Legen Sie nicht auf! ... Sophie! ... Suchen Sie gründlich ... Sehen Sie im Park nach ... Das ist doch nicht möglich, dass Monsieur Oscar nicht da ist ...«

Sie stellte sich die alte Bäuerin im Korridor des Schlosses vor, in der Nähe der Küche, wo das Wandtelefon hing.

»Hallo! ...«

Und zu Frédéric gewandt:

»Hast du deinen Wagen da?«

»Ich habe keinen Wagen mehr.«

Sie sah aus dem Fenster, zur Garage hinüber.

»Sie sind weggefahren mit … Es ist wirklich die Höhe, dass sie in Esnandes auf der Jagd sind und nichts davon wissen! … Besorg schnell ein Auto …«

Sie hatte nicht geweint und eigentlich nicht einmal ihr inneres Gleichgewicht verloren. Dargens telefonierte mit der nächstliegenden Autowerkstatt, während Madame Donadieu zur Decke zeigte und fragte:

»Soll ich *ihnen* Bescheid sagen?«

Nein! Sie sagte *ihnen* lieber nicht Bescheid. Noch gehörte Martine zu ihr, ebenso wie Kiki, also ging diese Geschichte niemanden etwas an.

Schon hielt ein Auto vor der Tür. Madame Donadieu und Frédéric setzten sich hinein.

»Zum Schloss Esnandes … Schnell … Schnell … Nein, nicht zu schnell …«

Denn sie hatte von jeher Angst vor dem Autofahren.

»Wie hat das nur passieren können?«

»Wie solche Dinge halt passieren!«, sagte er einfach.

»Aber … Was sollen wir nun tun?«

»Woher soll ich das wissen?«

»Hoffentlich haben sie den Jungen nicht mitgenommen!«

Sie fuhren an Leuten vorbei, die zur Messe gingen, und sobald sie die Stadt hinter sich gelassen hatten, sahen sie hinter jeder Hecke Jäger auf der Lauer liegen.

Nach zehn Minuten hob sich zwischen den Bäumen Schloss Esnandes ab. Drei Jäger wollten gerade die Straße überqueren, und Madame Donadieu rief ihnen zu:

»Michel! … Jean! … Was tut ihr? … Wisst ihr denn nichts? … Martine ist weg … Mit Philippe … Und Kiki …«

Man sah in der Ferne die alte Maclou, die herbeilief, nachdem sie sich seit einer Viertelstunde die Lunge aus dem Leib geschrien hatte, ohne dass die drei Männer sie gehört hatten.

»Ich werde ihn umbringen!«, erklärte Michel, wobei er die Fäuste ballte und Frédéric einen bösen Blick zuwarf.

»Red kein dummes Zeug!«, seufzte Madame Donadieu. »Du wirst überhaupt niemanden umbringen ...«

Von allen blieb sie noch am vernünftigsten und nahm die Sache am gelassensten auf. Zumal, was Martine anging. Bei Kiki zeigte sie sich schon beunruhigter. Sie hatte selber alle Polizeistationen der Gegend angerufen.

»Du musst auch die Personenbeschreibung von Martine und Philippe durchgeben«, beharrte Michel.

»Spiel nicht den Dummkopf!«, entgegnete seine Mutter.

Und sie rief Frédéric, den die andern misstrauisch, wenn nicht gar hasserfüllt beäugten, zum Zeugen an.

»Der Kleine hat bestimmt den Kopf verloren ... Wie ich ihn kenne, irrt er irgendwo umher oder weint in einer Ecke ... Er hat nicht einmal seinen guten Anzug angezogen ...«

Sophie Maclou hatte für alle Kaffee gekocht, und Michel, der immer Hunger hatte, aß mit tragischem Gesichtsausdruck Sandwiches.

»Soll ich zu Hause anrufen?«, hatte er gefragt.

»Wozu? Sind wir nicht schon zahlreich genug?«

Und sie zuckte wütend die Achseln bei dem Gedanken daran, wie ihre Tochter, ihre Schwiegertochter und die Enkel vielstimmig weinten oder Drohungen ausstießen.

»Wie hat er es denn angestellt, sie zu sehen?«, fragte sie Frédéric halblaut.

»Sicherlich ist er zu ihr aufs Zimmer gegangen!«

Das erregte fast ihre Bewunderung.

»Und wir haben nie etwas gehört!«, wunderte sie sich.

»Dann werden wir sie wohl verheiraten müssen ...«

»Martine Philippe geben, diesem Schuft?«, empörte sich Michel, der das gehört hatte.

Sie hob die Augen zum Himmel, als wollte sie Frédéric zu verstehen geben, dass er auf die Zornausbrüche ihres ältesten Sohnes nicht achten solle.

Erst gegen elf Uhr bekam sie es mit der Angst zu tun, als sie begriff, dass der Junge wirklich verschwunden war, und als die Polizeistationen eine nach der andern anriefen, dass sie niemanden gefunden hatten.

»Aber worauf wartet ihr denn noch? Sucht nach ihm!«, rief sie, während Michel wieder aß. »Nehmt das Auto ... Fahrt los ... Jagt über die Landstraßen ... Erkundigt euch in den Dörfern, auf den Bahnhöfen ... Nein! Bleib!«, fügte sie an Frédéric gewandt hinzu, der gerade aufstand.

Als sie allein waren, seufzte sie:

»Wenn mir jemand das vorausgesagt hätte, als ich sechzehn Jahre alt war ...«

Sie sprach nicht weiter, aber er blieb nachdenklich, denn er erinnerte sich an sie in jenem Alter, ein junges Mädchen, das gut beieinander war, immer lachte, Spiele organisierte, den jungen Männern gegenüber herausfordernd war ...

Das Telefon läutete. Es war Éva.

»Sind Sie es, Maman? Wissen Sie zufällig, ob Michel zum Mittagessen heimkommt? Vorhin hat jemand angerufen, um zu erfahren, ob Frédéric hier ist, und sofort wieder aufgelegt ...«

»Gut ... Danke ...«

Das war sicherlich Philippe gewesen. Madame Donadieu

war müde. Diese Müdigkeit in Verbindung mit den verwirrenden Ereignissen ließ die Aufregung etwas erlahmen.

»Ich frage mich nur, was wir tun sollen«, seufzte sie. »Es war so schon alles kompliziert genug! Ich wage mir gar nicht auszumalen, was passieren würde, wenn Oscar noch lebte ...«

Sophie hatte den Tisch gedeckt, als ob nichts geschehen wäre. Sie hatte drei Rebhühner gebraten, die am Morgen geschossen worden waren, aber das Esszimmer blieb leer.

»Was hältst du von Kiki? Du siehst ihn ja als Außenstehender. Im Haus behaupten sie alle, dass er nicht ganz normal ist ...«

»Ich meine, dass er allzu sensibel ist ...«

Sie mussten immer wieder nach dem Telefon schielen. Von Zeit zu Zeit hörte man draußen auf den Feldern noch Schüsse, aber sie wurden immer seltener, denn die meisten Jäger waren zum Essen gegangen.

»Er ist halt lange nach den andern auf die Welt gekommen!«, murmelte sie, wie zur Entschuldigung. »Michel könnte sein Vater sein!«

Gegen drei Uhr nickte sie in ihrem Sessel ein, und manchmal bewegten sich ihre Lippen im Schlaf.

Es war fünf Uhr, und der Abend brach herein, als endlich das Telefon läutete. Frédéric runzelte die Stirn, als sich die Polizeistation von Luçon meldete.

Dort, immerhin vierzig Kilometer von Esnandes entfernt, hatte man Kiki am Rande der Landstraße schlafend gefunden. Er war erschöpft.

Er hatte zu fliehen versucht. Nachdem man ihn lange verhört hatte, gab er schließlich zu, dass er den erstbesten

Hafen zu erreichen versucht hatte, vermutlich Les Sables-d'Olonne, um dort auf ein Schiff zu gehen.

Madame Donadieu hörte gebannt, was Frédéric ihr zu berichten wusste.

»Wie hat er nur vierzig Kilometer zurücklegen können?«

Diese Zahl ließ sie schließlich in Tränen ausbrechen.

»Fahren wir schnell hin! Haben wir überhaupt ein Auto?«

Der Wagen der Donadieus war nicht zurück. Michel und sein Schwager Olsen waren immer noch auf dem Land unterwegs.

Aber das Taxi vom Morgen, dessen Fahrer in der Küche der Maclous Zeitung las, war da.

»Die Polizei hat Kiki gefunden!«, sagte Madame Donadieu triumphierend. »Sophie! Wenn Michel zurückkommt, sag ihm, dass er nach La Rochelle zurückfahren kann. Wir fahren nach Luçon …«

Als sie in den Wagen stieg, merkte sie, dass sie ihren Stock den ganzen Tag lang nicht gebraucht hatte.

7

Es war so einfach und unerwartet. Wie im Märchen. Philippe fuhr auf das Schloss zu, von dem er nur die mit Efeu überwucherten Türmchen sah. Er war gerade von der Hauptstraße abgebogen. Trotz der vorgerückten Tageszeit perlte noch der Tau auf den Grashalmen der Böschung, und die Sonne war verschleiert vom feuchten Atem der Erde.

Der Weg wurde von einem riesigen Dornenstrauch verdeckt. Doch sobald das Auto an den Dornen vorbei war, hinter einer Linkskurve, öffnete sich die Sicht auf den Eingang des Schlosses, das offene Tor, die beiden Steinlöwen. Vor diesem Tableau kam Martine ihm entgegen, schwarz gekleidet und mit aufgelöstem Haar. Sie schritt dahin, als wäre sie hier zu Hause, und der dicke Hund, der sie am Vortag noch nicht gekannt hatte, lief hinter ihr her.

Als sie den Wagen erblickte, hielt sie eine Hand über die Augen, und nachdem sie ihren Freund erkannt hatte, hob sie den Arm und winkte ihm zu.

Es war nicht viel: eine Geste, ein flüchtiger Eindruck, aber es geschah in einem Augenblick, in dem das kleinste Detail entscheidend sein konnte.

Das rechte Seitenfenster des Autos war heruntergelassen. Als der Wagen bei ihr war, sprang das junge Mädchen aufs Trittbrett und bedeutete Philippe weiterzufahren.

»Hast du was gefunden?«, fragte sie.

Er nickte.

»Brechen wir auf?«

Sie hatte keine Angst gehabt, nein! Sie war tapfer gewesen. Sie war ganz allein in dem heruntergekommenen Schloss wach geworden, und anstatt zu erschrecken, lachte sie darüber, rief den gelblichen Hund schon bei seinem Namen – Castor! – und hielt, als sie hineingingen, nach der alten Frau in dem Morgenrock mit dem roten Rankenmuster Ausschau.

Und noch ein Detail trug dazu bei, dass sie guter Laune oder, besser, dass sie unbeschwert war, dass sie glaubte, ein Märchen zu erleben: Im Fond des Autos sah sie einen Koffer, der am Vortag noch nicht dort gewesen war: Philippes Koffer.

»Brechen wir sofort auf?«

Es ging alles so schnell, dass er nicht einmal den Motor abstellen konnte! Sie sah, wie er zu Monsieur Papelet hinüberging, und glaubte zu hören, wie dieser vertraulich fragte:

»Hat's geklappt?«

Dann flüsterten sie miteinander. Es schien Martine, dass Philippe eine schwierige Sache zu regeln hatte. Auf jeden Fall gingen die beiden Männer zusammen in das Vestibül mit dem mechanischen Klavier und blieben dort lange Minuten.

»Auf geht's!«, rief Philippe, als er zurückkam.

»Sie sollten etwas zu sich nehmen, Mademoiselle«, murmelte Papelet. »Soll ich Ihnen ein Gläschen Portwein bringen?«

»Nein, danke!«

Sie lächelte bei der Vorstellung, dass sie in diesem komischen Haus etwas hätte trinken können. Sie hörte noch, wie Papelet rief:

»Auf Wiedersehen, Philippe!«

Sie durchquerten den Park, fuhren durchs Tor und mussten die Augen zusammenkneifen, weil sie direkt in die Sonne fuhren.

»Was tun diese Leute im Schloss?«, murmelte Martine und beugte sich zu ihrem Freund hinüber.

Anstatt zu antworten, seufzte dieser:

»Er ist ein anständiger Kerl ... Er ist sehr reich ...«

Beinahe wäre sie ihm deswegen ein wenig böse gewesen. Gewiss, sie war nicht aufgeklärt genug, um den wahren Beruf Monsieur Papelets und den Zweck seines Schlosses zu erraten. Aber dennoch spürte sie, dass der Mann höchst zweifelhaft und das Haus zweideutig war.

Pah! Warum sollte sie Philippe böse sein, dass er sie dorthin geführt hatte? Im Gegenteil, das war eben seine Art! Vielleicht liebte sie ihn gerade darum? Er kannte keine falsche Rücksichtnahme. Er ging geradewegs auf das Ziel zu, wie jetzt, wo er so schnell fuhr, wie es sein Serienwagen erlaubte.

»Wo fahren wir hin?«, fragte sie.

Er drehte den Kopf leicht zu ihr hin und hatte das gleiche Lächeln wie vorhin, als er sie von weitem auf dem Weg erblickt hatte. Sie weinte nicht! Sie war sogar weniger blass als sonst! Sie hatte keine Angst!

Und sie fragte sanft:

»Wo fahren wir hin?«

Als ob die Rede von einem Sonntagsausflug gewesen wäre! Sie musste sein Lächeln verstanden haben. Und sie lächelte ebenfalls.

»Nach Paris!«, antwortete er.

»Ich habe Durst!«

»Wir werden erst anhalten, wenn wir aus der Gegend hier heraus sind.«

Sie hatte ihn nie so bequem beobachten können. Sie sah ihn im Profil, und ohne dass sie sich dessen bewusst wurde, musterte sie ihn langsam von oben bis unten. Er merkte es, änderte aber seine Haltung nicht. Sie versuchte herauszufinden, ob Philippe und sein Vater einander ähnlich waren und worin sie sich unterschieden. Manchmal zum Beispiel schien ihr Philippe feiner, ausdrucksvoller zu sein als Frédéric, vielleicht weil sein Gesicht länger, seine Nase gebogener war?

Seine Augenbrauen hingegen waren dicht und die Stirn, wenn man genau hinsah, ein wenig fliehend.

»An was denkst du?«

Sie antwortete nicht.

»Bereust du auch nichts?«

»Und du?«

Nein! Philippe nahm nun sein Schicksal hin, gewöhnte sich schon daran.

»Zuerst habe ich eine andere Strecke nehmen wollen«, erklärte er, »für den Fall, dass man uns verfolgen lässt. Aber ich glaube eigentlich nicht, dass deine Familie einen Skandal heraufbeschwören will.«

Eine Sekunde lang dachte sie an ihre Familie, an das Haus in der Rue Réaumur, dann war es schon vorbei. Sie hatte an der Straße eine kleine Gastwirtschaft entdeckt, mit einer grüngestrichenen Bank vor der weißen Fassade und einem Huhn auf der Türschwelle.

»Halt an, Philippe!«

Er sah trotz allem hinter sich, und Martine entging diese Bewegung nicht. Sie betrat die Gaststätte, wo es angenehm nach Pinienzapfen und Zwiebeln roch. Eine ältere Frau kam aus der Küche und trocknete sich die Hände ab.

»Was trinkst du?«, fragte Philippe.

»Weißwein!«

Es war ein Datum in ihrem Leben, ein Augenblick, den sie nie wieder vergessen würde. Die Kneipe war gleichzeitig ein Lebensmittelladen.

»Kauf mir Kekse.«

Trotz allem war sie stets geistesgegenwärtig genug, um Philippe zu beobachten. Diesmal zum Beispiel hatte sie, als er seine Brieftasche aufmachte, gesehen, dass mehrere Hundertfrancscheine darin waren.

Die Gaststätte mit dem Weißwein blieb nicht die einzige Rast, der einzige außergewöhnliche Moment auf ihrer Fahrt. Sie würde sich auch an eine ziemlich steile Straße hinter Niort erinnern – auf dem großen Platz von Niort war ein Schießstand aufgeschlagen! Als sie auf halber Höhe waren, hupte Philippe, um ein ganz kleines Auto zu überholen. Das Auto fuhr nicht rechts heran. Philippe hupte immer stärker, während Martine durch die Rückscheibe des Autos vor ihnen ein Paar sah, ein junger Mann am Steuer und ein junges Mädchen, das sich an ihn schmiegte.

Philippe wurde ungeduldig, und der kleine Wagen schien ihm hartnäckig den Weg versperren zu wollen, bis sich das junge Mädchen plötzlich zerzaust umdrehte und etwas zu ihrem Gefährten sagte, der sofort auswich.

Als sie vorüberfuhren, beugte sich Martine vor, um sie anzusehen. Der Junge war ein Bauernbursche mit dichtem Haar, der sie schelmisch anlächelte, während sich seine Freundin die Haare richtete und dazu breit lachte.

Da war auch noch … Aber das war viel weiter, schon hinter Poitiers. Sie fuhren an einer schier endlosen Mauer entlang, die vielleicht fünf Kilometer lang war, und hinter dieser Mauer erahnte man einen riesigen Park. Martine schaute unwillkürlich durch das Tor, neugierig auf das Schloss, das von einem solchen Anwesen umgeben war.

»Wir werden einmal noch reicher sein!«, stieß Philippe, der ihre Gedanken gelesen hatte, plötzlich hervor. »Ich wette, dass dieses Schloss ebenso düster und baufällig ist wie das deiner Eltern!«

Trotzdem! Sie wandte sich noch einmal nach der Mauer um, aber das Gebäude, das sicherlich hinten im Park lag, blieb ihren Augen verborgen.

Sie wollte nicht zu Mittag essen. Sie hatte keinen Hunger. Sie hatte es eilig anzukommen. Mit der Dunkelheit kam die Kühle, und über eine Stunde lang herrschte Kleinkrieg zwischen Aufblenden und Abblenden.

»Ich muss tanken«, verkündete Philippe.

Er kam sie holen, denn er hatte vor einer einladenden Raststätte haltgemacht und wollte, dass sie dort etwas trank. Es war nicht ganz wie die Kneipe mit dem Weißwein, aber ebenfalls denkwürdig: Wie auf einer Operettenbühne waren dort eine hohe Bartheke, tiefe Sessel, Barhocker, ein Barkeeper in weißem Jackett, Cocktails …

»Ist es noch weit?«, fragte Martine, die von ihrem Cocktail benommen war, aber gern noch einen getrunken hätte.

»In einer Stunde sind wir an der Porte d'Orléans.«

»Wo werden wir schlafen?«

Er lachte, während er seinen Wagen wieder auf die Landstraße lenkte.

Dieser Blick Philippes! … Von nun an würde sie Mühe haben, ihn anders zu sehen.

Es war … Moment … der dritte, ja, der dritte Tag, und sie hatte wieder nackt geschlafen, weil sie keine Nachtwäsche dabeihatte. Das Zimmer war allerdings so sauber und heiter wie ein Kinderzimmer.

Sie logierten ganz am Ende des Boulevard Raspail, am Montparnasse, in einem großen, neuen, weißen und sehr modernen Gebäude, in dem offensichtlich sehr viele Paare wie sie wohnten. Martine waren jedenfalls drei oder vier solcher Paare im Aufzug aufgefallen, als sie vom Einkaufen zurückkam.

Es war wirklich ein Hotel für junge Paare. Wenn das Bett gemacht war, sahen die Schlafzimmer wie Wohnzimmer aus. Jedes hatte seinen eigenen Balkon, sein Bad sowie, winzig, aber praktisch, eine Art Küche mit einem elektrischen Kocher.

Genau das, was man brauchte, um sich eine kleine Mahlzeit zuzubereiten. Die Wände waren in hellen Farben gehalten, die Möbel ultramodern, die Beleuchtung indirekt.

Das Vestibül unten war beeindruckend, mit seinem betressten Portier und dem geräuschlosen Aufzug. Und schließlich stand am Kopfende eines jeden Bettes ein Telefon.

Die größte Bedeutung aber hatte der Balkon. Gleich am ersten Tag hatte Philippe im Viertel einen Bademantel aus Frottee gekauft, und Martine benutzte ihn, solange sie nichts Besseres hatte, als Morgenrock.

Jeden Morgen schien die Sonne. Es war kaum zu glauben: eine sehr fröhliche, sehr helle Sonne, die im Morgengrauen den Staub bläulich glitzern ließ.

Die Omnibusse, die Autos, die Straßenbahnen zogen unten, tief unten, sechs Stockwerke unter dem Balkon, vorüber.

Und auf diesem Balkon war es kühl. Martine musste sich in ihren Bademantel einwickeln. Wenn sie sich umdrehte, sah sie durch die halbgeöffnete Tür des Badezimmers Philippe, der sich rasierte.

In den Nachbarwohnungen standen Leute auf und kamen ebenfalls heraus, um auf ihrem Balkon den frischen Morgen zu genießen. Nebenan machte ein junger Mann eine Viertelstunde lang in selbstzufriedenem Ernst seine gymnastischen Übungen.

Aber dieser eine Blick von Philippe ... Am dritten Morgen war er, wie an den anderen Tagen, mit seinem Auto weggefahren. Martine hatte, ohne sich zu beeilen, das Zimmer aufgeräumt und sich dann zurechtgemacht. Sie wollte gerade ausgehen, um ihre Einkäufe zu erledigen, als sie vom Balkon aus ein Auto vor dem Haus halten und Philippe aussteigen sah. Sie hatte nicht auf das Auto geachtet. Sie ging zur Tür des Aufzugs, um auf ihn zu warten.

»Komm ...«, hatte er zu ihr gesagt.

Er war außer Atem. Er zog sie ins Zimmer, schob sie in einen Sonnenfleck und griff nach seiner Brieftasche.

»Heute Nachmittag gehst du dir Wäsche kaufen und alles, was du brauchst, einschließlich eines hellen Kleides, denn hier besteht kein Grund mehr, Trauer zu tragen ...«

Aus der Brieftasche zog er große Tausendfrancscheine, mehrere – sie zählte sie nicht –, und reichte ihr einen davon, wobei er in beiläufigem Ton fragte:

»Reicht dir das?«

Sie verstand nicht. Sie war aufgeregt, beunruhigt. Sie sah diesen ihr wohlbekannten Blick voller Stolz, ein Blick, in dem etwas Rücksichtsloses lag.

»Was hast du getan, Philippe?«

Er führte sie auf den Balkon und zeigte auf das Auto.

»Du erkennst es nicht wieder? Es ist ja auch nicht meins! Ich habe einen Tausch gegen einen alten Wagen gemacht, der für uns reicht. Ich habe noch achttausend Franc extra dafür gekriegt …«

»Aber …«

Sie lächelte gezwungen.

»Aber das Auto gehörte dir doch gar nicht!«

»Na und? Ich kann Denis das Geld hundertfach zurück-erstatten!«

Er war ihr ein wenig böse wegen dieser sinnlosen kalten Dusche, und sie versuchte, es wiedergutzumachen.

»Wenn du glaubst, dass du das schaffst …«

Er zuckte die Achseln und sagte:

»Ich werde so viel Geld verdienen, wie ich will!«

»Aber gewiss, Philippe!«

»Wir haben jetzt einige Wochen, in denen wir uns um-schauen können …«

»Aber gewiss!«

Wozu ihm böse sein? Er war eben so, und man musste ihn nehmen, wie er war. Er merkte das wahrscheinlich gar nicht. Genauso hatte er Martine in dieses merkwürdige Schloss Rivedoux geführt, und sie hatte nicht gewagt, ihm deswegen Vorwürfe zu machen.

Vielleicht war gerade das seine Stärke.

Man musste nach Bordeaux. Der Hausarzt, der sich seiner Sache nicht sicher war, wollte keine Verantwortung über-nehmen, und so gab er die Adresse eines Kollegen an, dem er ausführlich schrieb.

Madame Donadieu sollte eigentlich allein mit dem Jun-gen hinfahren, doch am Abend zuvor war Olsen herunter-gekommen und hatte verkündet:

»Marthe bittet mich, Ihnen auszurichten, dass sie Sie be-gleiten wird. Sie hat Einkäufe in Bordeaux zu machen.«

Das stimmte natürlich nicht. Doch Marthe hatte eine ernsthafte Aussprache mit ihrem Mann gehabt und war dann zu Michel hinuntergegangen.

»Kann ich dich fünf Minuten sprechen?«

»Ich höre dir zu.«

Mit einem Blick deutete sie auf Éva und das Kindermädchen, und Michel ging mit ihr in sein Büro.

»Willst du Maman allein mit Kiki nach Bordeaux fahren lassen?«

Michel hatte gedankenverloren ein Kugelfangspiel zur Hand genommen.

»Was soll ich tun?«

Seine Schwester zuckte ungeduldig die Achseln.

»Glaubst du, dass sie uns die Wahrheit sagt? Und wenn irgendwelche Maßnahmen ergriffen werden müssen?«

Er sah sie voller Erstaunen, dann mit einem gewissen Entsetzen an.

»Ich habe gestern mal alles durchgelesen, was im medizinischen Handbuch über seinen Fall steht ...«

»Und du glaubst, dass ...«

»Ich weiß nicht. Meiner Meinung nach wäre es jedenfalls besser, einer von uns ist dabei, wenn der Professor seine Diagnose stellt.«

»Wer soll denn mitfahren? Maman merkt doch gleich ...«

»Ich fahre mit!«, beschloss sie.

Sie stieß dabei einen leichten Seufzer aus und sah sich bedrückt um, als ob sie von nun an das ganze Gewicht des Hauses auf ihren Schultern zu tragen hätte.

Sie fuhren nicht mit dem Auto, sondern mit dem Zug. Seitdem die Gendarmen Kiki zur Familie zurückgebracht hatten, lebte er in sich gekehrt. Er sah wirklich krank aus, und man pflegte und umsorgte ihn maßlos.

»Ist dir nicht kalt, Kiki? ... Ist dir nicht zu warm? ... Iss etwas ... Du musst zu Kräften kommen ...«

Man hatte eine Decke mitgenommen, um ihn im Zug, in dem es stickig heiß war, zuzudecken.

Marthe las während der ganzen Fahrt in einem Buch.

»Wir müssen uns beeilen, damit wir rechtzeitig da sind«, verkündete sie schließlich.

»Du kommst mit uns? Ich dachte, du hättest Einkäufe zu erledigen ...«

»Die mache ich nachher.«

Madame Donadieu sagte nichts, aber sie verstand sehr wohl. Seit Martines Weggang hatte sich das allgemeine Verhalten ihr gegenüber merklich verändert. Die anderen, und Marthe ganz besonders, schienen ihr die alleinige Verantwortung für das Ereignis aufzubürden.

Da ihr Sohn bereits sieben Jahre alt war, hatte Madame Donadieu vorgeschlagen:

»Du solltest ihn öfters herunterkommen lassen, damit er Kiki Gesellschaft leisten kann.«

Marthe hatte überlegt und dann gemurmelt:

»Ich glaube, besser nicht!«

»Warum nicht?«

»Ich glaube, besser nicht! Frag bitte nicht weiter, Maman, ja?«

»Möchten Sie bei der Untersuchung dabei sein?«, hatte der Professor gefragt.

Und eine ganze Viertelstunde lang betastete er die magere nackte Brust des Jungen, der duldsam alles über sich ergehen ließ.

»Tu ich dir weh?«

»Nein!«

»Tut es dir hier nie weh?«

»Nein!«

»Jetzt tief durchatmen …«

Er atmete gehorsam.

»Hast du guten Appetit?«

»Ja!«

»Warum bist du neulich nachts weggelaufen?«

Aber der Professor sah die Gesichter von Madame Donadieu und ihrer Tochter, seufzte und stand auf.

»Wenn Ihnen an einer erfolgreichen Diagnose gelegen ist, so möchte ich Sie bitten, mich jetzt mit dem Jungen allein zu lassen, Sie schüchtern ihn nur ein.«

Sie zogen sich ins Wartezimmer zurück, und der Doktor änderte den Ton, schien zu lachen und sagte zu dem Jungen:

»Zieh dein Hemd wieder an, mein Sohn!«

Dann, plötzlich:

»Sag mal, deine Schwester ist nicht gerade lustig!«

Aber Kikis Blick blieb misstrauisch.

»Erzähl mir mal, was du spielst, wenn du nicht für die Schule arbeitest.«

»Ich spiele nicht!«

»Mit wem sprichst du?«

»Ich spreche nicht.«

»Das muss ja lustig sein! Was tust du denn so?«

»Ich lese.«

»Kannst du schwimmen?«

»Nein!«

»Wie! Du wohnst am Meer, bist der Sohn eines Reeders und kannst nicht schwimmen? Kannst du wenigstens reiten?«

»Nein!«

»Habt ihr keine Pferde?«

»Mein Bruder und mein Schwager hatten welche, aber die wurden letztes Jahr verkauft, weil damals zehn Prozent des Personals eingespart werden mussten, und da wollten die beiden mit gutem Beispiel vorangehen.«

»Warum hast du dir gerade Les Sables-d'Olonne ausgesucht? Bist du da schon einmal gewesen?«

»Nein! Ich habe auf der Karte gesehen, dass es der nächste Hafen ist, neben Rochefort, wo die Leute uns aber kennen.«

»Bist du schon einmal in Paris gewesen?«

»Nein!«

»Wo bist du denn schon gewesen?«

»In Berck, in einer Klinik, sechs Monate lang.«

»Welche von deinen Schwestern magst du am liebsten?«

»Martine!«

»Wie alt ist sie?«

»Siebzehn.«

»Warum ist sie nicht mitgekommen?«

»Weil sie fortgegangen ist.«

Er änderte seine Haltung.

»Sagen Sie Maman nichts davon. Sie ist mit Philippe fortgegangen. Ich bin jetzt sicher, dass er Papa nicht umgebracht hat.«

»Was erzählst du da?«

»Nichts … Lassen Sie mich … Ist es wahr, dass ich nicht krank bin? … Könnte ich zur See fahren? …«

»Das kommt darauf an … Aber nicht sofort …«

»Worauf kommt es denn an?«

»Auf das Leben, das du führst. Du musst zusehen, dass du Muskeln bekommst, dass dein Brustkorb stärker wird, dass du atmen und dich deiner Glieder bedienen lernst.«

Der Junge ließ ihn nicht aus den Augen. Er war ernst, konzentriert.

»Ist das alles?«

»Wenn du sechs Kilo schwerer bist, wirst du fast ein Mann sein.«

Der Junge wiederholte:

»Sechs Kilo!«

Als der Professor mit Madame Donadieu und Marthe allein war, äußerte er keine grundlegend andere Meinung.

»Ich bin mit meinem Kollegen aus La Rochelle nicht ganz einer Meinung, was die Neigung des Kindes angeht, ausreißen zu wollen. Es würde mich ein wenig wundern, wenn er es noch einmal versuchen würde. Aber er müsste ein gesundes Leben führen, Bewegung haben, Fröhlichkeit, so wenig wie möglich lesen …«

»Glauben Sie nicht, Herr Doktor …«

Es war Marthe, ihre Stimme verhieß nichts Gutes.

»Glauben Sie nicht, dass die Tatsache, dass meine Mutter ihn mit über vierzig Jahren bekommen hat und mein Vater bereits fünfundsechzig war, eine Rolle spielt?«

»Nicht unbedingt!«, entgegnete der Arzt mit einem kurzen Blick zu Madame Donadieu.

»Ich frage Sie das, weil meine Schwester, die nur zwei Jahre älter ist als er, ihm in manchen Dingen ähnelt. Es gibt Dinge, über die ich nicht sprechen kann. Ich möchte nur wissen, ob diese Kinder normal sind.«

Er brachte sie aus der Fassung, als er mit unschuldiger Miene fragte:

»Was nennen Sie normal?«

»Sind sie voll verantwortlich für ihre Handlungen?«

Und er, der jetzt vieles verstanden hatte, erwiderte:

»Kennen Sie viele Leute, die voll verantwortlich sind, wie Sie sagen?«

»Sie wollen mich nicht verstehen, Herr Doktor«, zischte sie erbleichend und richtete sich wütend auf.

»Aber natürlich! Ich verstehe Sie sehr gut! Entschuldigen Sie bitte, aber ich sollte Ihnen zwar kein Rezept, aber ein paar Ratschläge aufschreiben. Ich glaube, wir können den Jungen jetzt wieder hereinkommen lassen ...«

Am Abend erklärte sie ihrem Mann:

»Er hat ihn nicht einmal auf mögliche Erbschäden untersucht!«

Und etwas leiser fügte sie hinzu:

»Es kann ja sein, dass Papa, nachdem er uns gezeugt hat, krank geworden ist. In meinem Buch schreibt man dieser Tatsache die Hälfte aller Fälle zu ...«

»Welcher Fälle?«

»Der Ausreißer ... Vergiss nicht, dass Kiki eine Knochenkrankheit gehabt hat ... Als ich es dem Doktor gesagt habe, hat er nicht einmal hingehört ...«

»Wissen Sie, wie ihr Vormund heißt?«, fragte Charlotte. Ihr Blick war so stechend, ihr Ton so schneidend, dass Madame Brun lachen musste.

»Lachen Sie nur! Sie ist jedenfalls mit Philippe fortgegangen!«

»Nein!«

»Ich kann es beschwören! Sie haben jedem erzählt, dass sie zu ihrem Vormund nach Cognac gefahren ist. Aber die Dienstboten haben der Milchfrau die Wahrheit gesagt. Sie hat sich entführen lassen, jetzt wissen Sie's.«

Zu Charlottes großer Empörung zeigte sich Madame Brun über diese Neuigkeit amüsiert.

»Sprichst du von dem jungen Dargens?«

»Wer soll's denn sonst sein?«

Wenn Charlotte streitsüchtig war, dann war es ratsam, in Deckung zu gehen.

»Ich möchte nur wissen, wo sie hin sind.«

»Das ist doch egal. Wohin die Kleine auch geht, sie wird immer besser dran sein als zu Hause!«

»Finden Sie?«

»Und ob!«

Charlotte wollte unbedingt das letzte Wort haben, und sie behielt es auch, obwohl es auf ihre eigenen Kosten ging.

»Na ja! Wenn Sie das so sehen, tun Sie besser daran, es nicht zu sagen. Denn dann gibt es ja für arme Mädchen wie mich keinen Grund mehr, anständig zu bleiben …«

Und wie sie es häufig an jenen Tagen tat, da ihr Bauch sie quälte, ging Charlotte hinaus und schlug die Tür zu. Dann schloss sie sich im Bügelzimmer ein, wo sie allein vor sich hin brummelte.

Hatte Marthe nicht ein ähnliches Gefühl gegenüber ihrer Mutter?

Marthe war ein mustergültiges junges Mädchen gewesen. Ihr Vater hätte sie im übrigen daran gehindert, etwas anderes als mustergültig zu sein. Nie wäre sie wie Martine allein auf einen Ball gegangen, nicht einmal auf einen Wohltätigkeitsball, und die Köchin hatte sie immer in die Schule gebracht.

Wie ließ sich diese neue Art, wie Madame Donadieu die Dinge anging, nur erklären? Martine war mit einem Mann durchgebrannt. Die ganze Familie war deswegen entehrt, und man hätte meinen können, dass Madame Donadieu diesem Thema nicht deshalb auswich, weil es ihr zu unangenehm war, sondern weil die andern die Neigung hatten, alles schwarzzumalen.

Sie war sogar so weit gegangen, dass sie eines Tages, als die Familie ihr wieder einmal auf die Nerven ging, murmelte:

»Im Grunde ist Philippe vielleicht ein guter Kerl. Sein Vater sagt, dass er intelligent ist …«

Aber war ihr denn nicht klar, dass das ganze Haus gewackelt hätte, wenn jemand zwei Monate früher, zu Lebzeiten Oscar Donadieus, im Haus eine verlorene Tochter wie Martine verteidigt hätte?

Allein Kikis Fall … Marthe kannte ihren Vater, niemand konnte daran zweifeln. Sie war sein Lieblingskind gewesen, und wenn er sich jemandem anvertraut hätte, dann nur ihr.

Nun, sie hätte geschworen, dass ihr Vater nach Kikis Ausbruch nicht auf den Gedanken gekommen wäre, einen Arzt aufzusuchen, sondern dass er den Jungen in ein strenges Internat gesteckt hätte, sicherlich im Ausland.

Kaum war Donadieu tot, änderte sich alles. Man fand es fast natürlich, dass ein Junge während einer Mahlzeit zuerst einen Skandal heraufbeschwor und dann von zu Hause ausriss, während seine Schwester …

»Das ist der Einfluss meiner Mutter«, sagte Marthe zu ihrem Mann. »Es ist peinlich, darüber zu sprechen, aber in ihrem Alter wird sie plötzlich ein bisschen verrückt. Sie hat schon davon gesprochen, diesen Winter einen Monat mit Kiki an der Côte d'Azur zu verbringen …«

»Das ist unmöglich!«, sagte er in entschiedenem Ton.

»Sie fasst das ernsthaft ins Auge.«

»Und wo will sie das Geld hernehmen? Im Laufe des nächsten Monats müssen wir mindestens fünf Schiffe abtakeln.«

»Habt ihr es Maman gesagt?«

»Ihr«, das waren die beiden Schwäger Michel und Olsen.

»Noch nicht … Aber wir werden es ihr sagen …«

»Vermuten die Angestellten nichts?«

»Inwiefern?«

»Wegen Martines Verschwinden.«

»Das ist schwer zu sagen.«

»Gestern war ich jedenfalls zur gleichen Zeit beim Friseur wie Madame Brun. Ich bin sicher, dass sie mich mit einem ironischen Lächeln angesehen hat.

Auch so eine, die nicht einmal geweint hat, als ihr Mann verrückt geworden ist und man ihn ins Irrenhaus stecken musste! Sodass die Leute sie eine ganze Weile die lustige Witwe nannten …

Hast du gehört?«

»Was?«

»Es kommt jemand herauf … Schau nach!«

Er öffnete die Tür einen Spalt weit, und über das Geländer gebeugt, erblickte er Frédéric auf dem unteren Treppenabsatz.

Er besuchte Éva! Die beiden würden miteinander tuscheln, Likör trinken und Zigaretten rauchen im Boudoir, das mit schwarzem Velours ausgeschlagen war.

»Er sollte aufpassen!«

»Wer?«

»Mein Bruder! Früher oder später wird ihm ein Unglück zustoßen. Éva trägt ja nicht einmal richtig Trauer, angeblich weil ihr von dem Schleier die Augen tränen …«

Marthe war groß, prachtvoll, und ihr schwarzes Kleid machte sie fast noch unnahbarer. Kleiner und schlanker als sie, hatte Jean Olsen, der drei Jahre jünger war als seine Frau, bereits dreimal sein Buch wieder zur Hand genommen, doch jedes Mal war er unterbrochen worden.

»Wollten die Seeleute eigentlich nicht streiken?«, fragte sie und wechselte das Thema.

»Es ist immer noch die Rede davon. Manche behaupten, dass es ein Schlag ist, der sich gegen uns richtet.«

»Ein Schlag von wem?«

»Von Camboulives, der bei den Wahlen angeblich kandidieren will. Er erzählt jedem, der es hören will, dass sein Vater ein einfacher Fischer war, dass er selber als zweiter Offizier auf einem Fischdampfer angefangen hat …«

»Warum lässt sich Michel denn nicht gegen ihn aufstellen?«

Feste Lampenschirme dämpften das Licht und machten es wärmer. Olsen hätte gern endlich gelesen, aber seine Frau unternahm einen neuen Vorstoß.

»Was sagt meine Mutter dazu?«

»Sie hat Camboulives wieder zum Essen eingeladen.«

»Und ihr beide lasst euch das natürlich gefallen!«, schimpfte Marthe. »Wenn das so weitergeht, werde ich auch zum Quai Vallin müssen. Sonst frage ich mich …«

Bei ihr, genau wie unten im Salon, hing ein Porträt von Oscar Donadieu an der Wand, jedoch nur die Vergrößerung eines Fotos.

An diesem Abend waren Martine und Philippe im Kino, als ob es die Rue Réaumur nicht gegeben hätte. Als ob vom Erdgeschoss bis hinauf zur Wohnung der Olsens und selbst in den Büros am Quai Vallin nicht von ihnen die Rede gewesen wäre – Michel sprach sogar davon, sie in Paris suchen zu gehen (unter vier Millionen Einwohnern!), während Olsen vorschlug, Strafantrag zu stellen, Marthe über die Nachsicht ihrer Mutter jammerte und diese ihr

Vertrauen in die heilende Wirkung der Zeit bekundete. Sie alle waren jedoch in einem Gefühl vereint, der Angst vor dem Skandal nämlich. Und deshalb ließen sie einen Tag nach dem anderen verstreichen, ohne einen Entschluss zu fassen.

Als die bewegten Bilder vor ihrem Auge vorbeiliefen, ging Martine das Herz auf, wie schon vorher in der Gaststätte mit dem Weißwein und dann vor der langen Mauer oder auch auf ihrem Balkon, an jedem Morgen, und sie wünschte sich, dass sie dieses Gefühl noch oft haben möge in Augenblicken reinen Glücks.

Unwillkürlich drückte sie Philippes Arm. Jemand schneuzte sich vor ihnen.

8

… dass ich sehr glücklich bin, und ich wünsche Dir alles,
alles Gute zum neuen Jahr …

Der Monat Dezember hatte nur Regen und Sturm gebracht,
und dann war zu allem Übel noch die Marie-Françoise, ein
großer Kahn, der bei Neufundland schon ganz andere Unwetter überstanden hatte, vor der Küste von Oléron mit
Mann und Maus untergegangen.

Der Neujahrstag war nicht besser. Es regnete zwar nicht,
aber ein eisiger Wind fegte durch die Straßen und drang in
die Häuser, unter Türen und Fensterrahmen hindurch.

»Ich weiß nicht, ob es dir so geht wie mir«, sagte Madame
Donadieu. »Ich bin ganz durchgefroren …«

So sehr, dass sie, um im Salon bleiben zu können, sich
einen Mantel umhängte. Allerdings funktionierte die Zentralheizung auch schlecht. Kiki hockte in seinem Zimmer
mit dem Rücken am Heizkörper. Die Leute draußen auf
der Straße hatten den Mantelkragen hochgeschlagen. Was
Olsen anging, so hatte er vom Schnupfen eine so rote Nase,
dass er kaum wiederzuerkennen war.

»Ich habe schon immer gesagt, dass dieses Haus unmöglich zu beheizen ist«, stellte Madame Donadieu fest,
die das seit über zwanzig Jahren jeden Winter von neuem
sagte.

Es stimmte. Die Räume waren zu groß, die Fenster auch,
und alles war viel zu hoch. Hinzu kam, dass der Garten,

der im Winter seine Feuchtigkeit unter Haufen welken Laubs speicherte, eine Eiseskälte verströmte.

Für das Zeremoniell zum Neujahrstag hatte man improvisieren müssen.

Alles im Haus hatte sich nach Oscar Donadieus Tod verändert. Man musste sich sogar fragen, wie das Porträt im Salon seinen Ausdruck hatte wahren können!

Madame Donadieu selbst ging unter dem Vorwand, dass es zu kalt sei und es sich nicht um einen kirchlichen Feiertag handle, nicht zur Messe, wie sie es sonst immer alle gemeinsam getan hatten.

Man sah, wie sich die Hausangestellten um sieben Uhr zur stillen Messe begaben. Erst um acht Uhr verließ Madame Donadieu in einem Alltagskleid ihr Zimmer. Aus dem Salon hörte sie ein schwaches Geräusch, stieß die Tür auf und sah Kiki, der in Gesellschaft Edmonds wartete.

Kiki trug seinen Sonntagsanzug. Edmond ebenfalls. Sie verhielten sich so förmlich, dass nicht viel fehlte, und man hätte sie sich mit Handschuhen vorgestellt.

Madame Donadieu wäre beinahe aus der Haut gefahren. Es war jedes Mal derselbe Seufzer, der sich ihr entrang, wenn sie dem jungen Hauslehrer begegnete.

Das war Michels Idee gewesen! Er hatte in einem Studentenblatt eine Anzeige aufgegeben, und Edmond war gekommen, so schüchtern und ungeschickt, dass er gegen die Türrahmen stieß, wenn er rückwärts hinausging, so voller Respekt vor dem Hause Donadieu, dass er die Porträts an den Wänden grüßte, wenn er an ihnen vorüberging.

Er bereitete sich auf sein Staatsexamen in Philosophie vor, und man hatte ihm ganz oben, bei den Dienstboten, ein Zimmer gegeben.

Natürlich war es Edmond, der Kiki geraten hatte, seinen Sonntagsanzug anzuziehen, und der ihn jetzt mit dem Ellbogen anstieß.

»Maman, ich möchte dir heute versprechen …«

Würde ihm Edmond auch noch die Fortsetzung zuflüstern?

»… dass ich dieses Jahr mein Möglichstes tun werde, damit du die Freude an mir hast, die eine Mutter erwarten … darf …«

»Aber ja! Aber ja!«, sagte sie und gab ihm einen Kuss. »Ich wünsche dir ebenfalls ein gutes neues Jahr, mein kleiner Kiki, und vor allem gute Gesundheit. Frohes neues Jahr, Edmond!«

»Ich erlaube mir, Madame, Ihnen meine allerbesten Wünsche und …«

Und all das so früh am Morgen! Dann war Augustin an der Reihe, sein Sprüchlein aufzusagen, als er das Frühstück servierte, dann die Köchin, die in der Türöffnung stehen blieb.

»Frohes neues Jahr, meine Lieben!«

In den oberen Stockwerken hörte man Schritte, man war wohl gerade dabei, sich fertig zu machen, und tatsächlich erschien Punkt neun Uhr die Familie Olsen, ohne ein Staubkörnchen auf ihren Kleidern, ohne eine Knitterfalte. Marthe schob den siebenjährigen Maurice vor sich her, und Maurice, ein Stück Papier in der Hand, las seine Glückwünsche ab, wobei er sich manchmal unterbrach, um nach seiner Mutter zu sehen. Auf jeden Fall endete es mit … *mein kleines Herzlein liebt dich so …*

»Ein glückliches neues Jahr, Maman«, sagte Marthe.

»Ich umarme Sie lieber nicht«, seufzte Olsen. »Ich habe Angst, Sie mit meinem Schnupfen anzustecken.«

Die Olsens empfahlen sich, denn sie mussten noch

einem Onkel von Olsen ihre Aufwartung machen, einem norwegischen Konsul, der in La Rochelle wohnte.

Es fehlte nur noch das Paar aus dem ersten Stockwerk, Michel und seine Frau. Was das Personal anging, Angestellte, Seeleute und Arbeiter, so hatte man die Glückwünsche bereits am Abend zuvor ausgetauscht und seine Pflicht mit einem Glas Portwein – in Wirklichkeit war es Banyuls – und einer Zigarre für jeden erfüllt.

Die Hausglocke ertönte. Augustin ging öffnen, und Frédéric betrat den Salon, ohne angemeldet worden zu sein. Er küsste Madame Donadieu einfach auf beide Wangen.

»Gutes altes Haus«, scherzte er.

Denn er war bewegt. Er sah, dass ein Tablett mit Portwein, Gebäck und Zigarren für mögliche Besucher bereitstand. Augustin, der keine Anweisungen erhalten hatte, hielt es so wie in früheren Jahren, als Oscar Donadieu noch lebte.

»Läuft alles einigermaßen nach Wunsch?«

»Ein Stockwerk habe ich schon empfangen. Jetzt erwarte ich das andere«, sagte Madame Donadieu etwas ironisch. »Kiki hat mir eine richtige Rede aufgesagt …«

»Auch ich habe etwas für dich mitgebracht.«

Er hatte aus seiner Tasche einen Umschlag gezogen, von dem die Briefmarke abgelöst worden war, wie es alle Sammler tun. Madame Donadieu war es sofort aufgefallen. Dann hatte Frédéric aus dem Umschlag zwei Zettel genommen und einen davon seiner Freundin hingehalten.

Maman,
Du sollst wissen, dass ich sehr glücklich bin, und ich wünsche Dir alles, alles Gute zum neuen Jahr. Ich küsse Dich.
Martine

Das war alles. Überrascht und bewegt sah Madame Donadieu Dargens an, als wollte sie ihn fragen, was das zu bedeuten habe, dann starrte sie beharrlich auf das andere Stück Papier, das eng beschrieben war.

»Der ist von Philippe«, sagte er. »Ich glaube, den kannst du auch lesen.«

Vater,
zunächst einmal meine und Martines besten Wünsche
zum kommenden Jahr. In meinem letzten Brief ...

Madame Donadieu blickte zu ihrem Besucher auf, der verstand und hastig sagte:

»Er hat mir zweimal geschrieben ... Nichts Besonderes ... Er schrieb, dass es ihm gutgehe ... Dass er einigermaßen zurechtkomme ...«

Er stand auf, goss sich ein Gläschen Portwein ein, zündete eine Zigarre an.

In meinem letzten Brief habe ich Dich um Nachrichten
aus La Rochelle gebeten, vor allem habe ich Dich gebeten, mir zu sagen, was man in der Stadt denkt ...

Sie hielt inne. Man hörte Schritte im Treppenhaus. Michel kam herein, an der Hand seinen fünfjährigen Jungen, während Éva, was ganz selten vorkam, den Säugling auf dem Arm hielt. Drei Küsse für jeden, auf die linke Wange, dann auf die rechte, dann wieder auf die linke. Das war Tradition. Der Junge, jünger als der von Marthe, sagte kein Neujahrsgedicht auf.

»Es ist kalt hier!«, bemerkte Michel.

Er entdeckte sogleich den Portwein und bediente sich,

nachdem er Frédéric kurz begrüßt hatte, während seine Frau ihn küsste.

»Meine besten Wünsche …«

»Gesundheit, Glück …«

Michel fühlte sich nicht sehr wohl. Seit einigen Tagen hatte er einen ausweichenden Blick, eine graue Hautfarbe, und er ging öfters aus als gewöhnlich.

»Schon wieder dieses Komitee«, glaubte er seiner Frau verkünden zu müssen, die ihn gar nichts gefragt hatte.

Man hatte ihm den Vorsitz eines Komitees zur Errichtung eines Denkmals für Gérard Dampierre vor dem alten Uhrturm angetragen.

Zu seinem Portwein knabberte er ein, zwei, drei Stück Gebäck. Er konnte nichts Essbares sehen, ohne Hunger zu bekommen.

»Warum machen Sie denn kein Feuer?«, fragte Éva. »Bei uns ist es schön warm …«

»Du weißt doch, dass der Kamin nie gezogen hat!«

»Ist Marthe schon heruntergekommen?«

»Sie ist mit ihrem Mann und Maurice ausgegangen.«

»Natürlich, sie hat ja nur ein Kind anzuziehen.«

Nun mach schon! Es sollte wenigstens schnell gehen! Madame Donadieu hatte die beiden Briefe noch in der Hand. Éva war sehr aufmerksam.

»Ist das nicht Martines Schrift?«

»Das ist ein altes Stück Papier, das ich wiedergefunden habe.«

»Ach so … Ich dachte schon, sie hätte geschrieben.«

»Das hätte gerade noch gefehlt!«, brummte Michel mit vollem Mund.

»Entschuldigen Sie bitte, dass ich wieder hinaufgehe, aber die Kleine …«

»Aber ja! Aber ja!«

»Kommen Sie gleich noch bei mir vorbei, Frédéric?«

Michel ging in die Stadt. Die Luft im Salon war jetzt geschwängert von Portwein, süßem Gebäck und Zigarrenrauch. Es war der Geruch, der seit Jahren und Jahrzehnten am Neujahrstag den Raum erfüllte.

»Findest du nicht, dass sich Michel verändert hat?«, fragte Madame Donadieu, als sie mit Frédéric allein war. »Man könnte meinen, dass es die Leber ist …«

Er wandte sich ab, um zu lächeln. Er wusste, warum Michel so verändert war. Er hatte sogar die Zeitung in der Tasche, die den Ältesten der Donadieus in diesen Zustand versetzt hatte.

Es war ein kleines, in großen Lettern auf einem allzu glatten Papier gedrucktes Blatt: *Die schmutzige Wäsche*, dessen erste Nummer zwei Tage zuvor erschienen war.

Unter dem Titel der Hinweis: *Zeitung der anständigen Leute, die endlich genug haben!*

Denn im Frühjahr waren Wahlen. Alles griff ineinander über. Die Geschichte mit dem Denkmal für Dampierre war ein Vorgeplänkel, denn unter dem Vorwand, einen großen Bürger von La Rochelle zu ehren, hatten sich die reaktionärsten Elemente der Stadt zusammengefunden, und Michel Donadieu hatte sich bereit erklärt, ihr Kandidat zu sein.

Acht Tage später kam die schneidende Antwort in Form der Zeitung *Die schmutzige Wäsche*, die man in allen Briefkästen fand und die einige sogar in den Bedürfnisanstalten aufgeklebt hatten:

Einige Fragen an Monsieur Donadieu jr.
Wir wollen nicht bereits in unserer ersten Nummer eine Persönlichkeit, die gerade öffentlich ihre Absicht bekun-

det hat, die Bevölkerung von La Rochelle im Parlament zu vertreten, endgültig vernichten. Monsieur Donadieu jr. kann also beruhigt sein und geduldig darauf warten, dass wir jede Woche in diesem Blatt einige Geheimnisse aufklären werden, von denen viele etwas ahnen, über die aber nur wenige unserer Mitbürger laut zu sprechen wagen.

Als Vorspeise zu einer Mahlzeit, die opulent zu werden verspricht, fragen wir heute das Folgende:

Stimmt es, dass Mademoiselle Odette B ..., dreiundzwanzig Jahre alt, Stenotypistin im Hause Donadieu, der Festung am Quai Vallin, am 23. Dezember in Gesellschaft einer schwarzgekleideten Frau, die einige Kilometer vor La Rochelle wohnt und deren mehr als diskretes Haus vor allem junge Mädchen aufsuchen, die, sagen wir einmal, unvorsichtig gewesen sind, den Zug nach Bordeaux bestiegen hat?

Stimmt es, dass Mademoiselle Odette B ... vor der Abreise der beiden Frauen im Büro ihres Arbeitgebers, Michel Donadieu, den wir lieber Donadieu jr. nennen wollen, einen langen Weinkrampf bekommen hat, der mit einer Ohnmacht endete?

Stimmt es, dass ein Angestellter, der in diesem Augenblick an die Tür klopfte, zu hören bekam, dass der Chef für niemanden zu sprechen sei?

Stimmt es, dass eine mehr als zwielichtige Figur, die kürzlich in der Umgebung von La Rochelle ein Schloss gekauft hat – sicherlich, um es in eine Filiale seiner »Häuser« umzuwandeln –, uns über gewisse Zusammenkünfte von Donadieu jr. und der jungen Sekretärin unterrichten könnte, die vor der von uns erwähnten stattgefunden haben und auch vergnüglicher waren?

... dass diese Zusammenkünfte Folgen gehabt haben ...

… dass die Dienste der schwarzgekleideten Dame in An-
spruch genommen wurden …
… und dass dies nicht genügte?
Stimmt es, dass die plötzliche Abreise der beiden Frauen
nach Bordeaux durch die dringende Notwendigkeit zu
erklären ist, einen Spezialisten aufzusuchen und eine un-
umgängliche Operation vornehmen zu lassen?
Dass Donadieu jr., aufgeschreckt, darüber seinen an-
geborenen Geiz vergessen und seine Großzügigkeit bis
zu der für ihn phantastischen Summe von zweitausend
Franc getrieben hat?
Dass er seitdem in Erwartung von Nachrichten aus der
Klinik, wo er nicht anzurufen wagt, zittert?
Wir hätten auf diese Fragen, die im Grunde nur eine ein-
zige sind, gern eine Antwort gegeben, doch da man si-
cherlich das Schweigen vorziehen wird, werden wir dem-
nächst andere Fragen stellen. Oscar Donadieu, das große
Familienoberhaupt, ist schließlich noch nicht so lange
unter der Erde, als dass eine Autopsie unmöglich wäre.
(Unterzeichnet:) Spartakus

Michel war es gelungen, dafür zu sorgen, dass den Frauen
des Hauses kein Exemplar der Zeitung in die Hände fiel.
Olsen war eines Morgens in sein Büro gekommen, die
Schmutzige Wäsche in der Hand.

»Stimmt diese Geschichte?«

Er brauchte nicht weiterzubohren. Sie stimmte. Man sah
es an dem aufgelösten Gesicht Michels, der versuchte, sich
zu rechtfertigen.

»Sie ist krank gewesen, das ist eine Tatsache … Aber ich
habe daran keine Schuld … Und außerdem kann ich dir
schwören, dass sie keine Jungfrau mehr war … Also! …«

»Was wirst du tun?«

Er wusste es nicht. Er brummte:

»Wenn ich wüsste, wer das geschrieben hat!«

Frédéric wusste es. Er kannte La Rochelle besser als jeder andere, und nichts von dem, was in der Stadt passierte, entging ihm. Spartakus war Doktor Lamb. Und das war im Grunde ziemlich ungewöhnlich. In den fünf Jahren, seitdem er in die Stadt gekommen war, hatte er nie von sich reden gemacht. Er war nicht reich. Er war ein magerer, kränklicher Mann, nicht mehr ganz jung, der kein Dienstmädchen, sondern nur eine Zugehfrau hatte und nach sechs Uhr abends seine Tür selber aufmachte.

Er bewohnte ein kleines Haus ganz in der Nähe der berüchtigten Straße bei der Kaserne, und da seine Konsultationen wenig Geld kosteten, waren vor allem Bauern aus der Umgebung seine Patienten.

Vierzehn Tage früher hätte man ihm noch keine Bedeutung beigemessen. Er war nicht Mitglied des Clubs, verkehrte nicht mit den Honoratioren der Stadt, und man traf ihn auch nicht in den Kneipen.

Und nun veröffentlichte er auf einmal eine Zeitung, die seine politischen Ansichten verriet. Baute er auf die Unterstützung seiner bäuerlichen Patienten?

Man wusste es nicht. Man wartete ab. Manche behaupteten, dass Donadieu Strafantrag stellen und den Prozess gewinnen würde, andere, dass die *Schmutzige Wäsche* kein zweites Mal erscheinen würde, da der Reeder mit klingender Münze das Notwendige zu tun wüsste.

Frédéric hatte eine Nummer der Zeitung in seiner Tasche. Er zog es vor, seinen Stuhl näher an das Sofa heranzurücken, auf dem Madame Donadieu saß.

»Was treibt er?«, fragte sie.

Es ging um andere Personen, um ein anderes Drama, das von Martine und von Philippe.

»Ich weiß es nicht. Er schreibt nur, dass er einigermaßen zurechtkommt, das ist alles.«

»Darf ich es lesen?«

In meinem letzten Brief habe ich Dich gebeten, mir post-lagernd nach Neuilly zu schreiben. Ich habe Dich vor allem um Informationen darüber gebeten, was bei Euch in der Stadt so geredet wird, aber Du hast mir einfach geantwortet, dass nichts Außergewöhnliches zu berichten sei.

Madame Donadieu sah zu ihrem Freund auf, der die Mundwinkel zu einem Lächeln verzog.

Das ist nicht nett von Dir, denn ich habe Dich immer als Freund behandelt und gehofft, Du würdest es mir gegen-über genauso halten. Übrigens, wenn ich so großen Wert darauf lege, auf dem Laufenden gehalten zu werden, so ist es mehr wegen Martine als meinetwegen.

Besuchst Du immer noch die Donadieus? Wenn ja, so möchte ich, dass Du ihnen erklärst, was vorgefallen ist.

Ich vergesse nicht, dass ich in diesem Hause einmal wie ein dahergelaufener Strolch behandelt wurde und dass Oscar Donadieu mir gedroht hat, ich werde aus dem Fenster fliegen.

Ich bin nicht aus dem Fenster geflogen, sondern durch die Tür gegangen. Und Martine, das schwöre ich, ist aus freien Stücken mit mir gekommen.

Wir haben uns schon lange geliebt. Ohne die Drohungen ihres Vaters hätte ich mich in aller Form an ihn gewandt,

und wir hätten uns verlobt wie andere Leute auch. Nach
seinem Tod hätte ich das nicht anders gemacht, wenn
Martine durch die Atmosphäre im Hause nicht so er-
schöpft gewesen wäre und mich nicht gebeten hätte, sie
mitzunehmen.
Das sind Dinge, die Du wissen sollst, denn als wir uns
danach gesehen haben, habe ich gespürt, dass Du mit
meinem Vorgehen nicht einverstanden bist.

Frédéric las den Brief verkehrt herum, denn er kannte
ihn auswendig. Von Zeit zu Zeit warf ihm seine Freundin
einen Blick zu. Er zuckte die Achseln.
»Stimmt es?«, fragte sie.
»Es stimmt!«

Überleg doch selbst … Ich bin fünfundzwanzig Jahre
alt … Ich bin das, was man einen jungen Mann ohne ge-
sicherte Position nennt, denn ich habe kein üppiges Erbe
vorgefunden oder einen bequemen Sitz in einem Büro
am Quai Vallin … Ich mache Dir keine Vorwürfe, aber
das sind Wahrheiten, an die ich erinnern muss.
Ich habe mich trotzdem durchgeschlagen, und ich werde
mich immer durchschlagen, besser wahrscheinlich als
jene, die es am Anfang leichter hatten.
Wenn ich um Martines Hand angehalten hätte, hätte
man mich sicherlich beschuldigt, es auf ihre Mitgift ab-
gesehen zu haben, und mich rausgeworfen.
Heute kann ich erhobenen Hauptes ganz schlicht er-
klären:
»Martine und ich lieben einander. Nichts wird uns tren-
nen. Wir brauchen niemanden. Wir leben einfach und
anständig vom Lohn meiner Arbeit.«

Das kannst Du Madame Donadieu sagen, die es vielleicht versteht. Aber wenn Du mit Michel und den Olsens darüber sprichst, wirst Du sehen, wie sie grün werden.

Martine ist sehr glücklich. Eine Zeit lang war ich beunruhigt, denn sie sah etwas kränklich aus. Sie hat mir versichert, dass sie schon immer so gewesen sei und dass man sich zu Hause darüber keine Sorgen gemacht habe.

Wir haben einen Spezialisten aufgesucht. Er wollte Einzelheiten von uns über ihre Familie wissen. Er hat mehrere Röntgenaufnahmen gemacht. Es hat ihn ganz besonders interessiert zu erfahren, dass Kiki eine Knochenkrankheit hatte, und er hat Martine eine strenge Diät verordnet.

Sie muss doppelt so viel essen, wie sie vorher aß, und bis zu drei Stunden täglich spazieren gehen. Sie schläft jetzt bei weit geöffnetem Fenster, und gleich im Frühjahr werden wir auf dringenden Rat ihres Arztes ans Meer fahren.

Aber nicht das Meer der feinen Leute von La Rochelle, die es immer nur vom Quai Vallin aus betrachten! Du verstehst, was ich meine ...

Und jetzt tu, was Du für richtig hältst. Ich will mich nicht als Heiligen hinstellen. Aber ich weiß, wenn ich Martine den Vorschlag machen würde, nach La Rochelle zurückzukehren, würde sie sich mit allen Kräften dagegen wehren.

Ich schreibe Dir diese Dinge nur deshalb – und ich bitte Dich, nicht mehr darin zu sehen, als ich hineinlege –, weil ich an eine Eventualität denke. Verstehst Du mich? Wir können ohne die Zustimmung des Vormunds nicht heiraten. Nun, es ist nicht ausgeschlossen, dass es zu einem gewissen Ereignis kommen könnte ...

Noch einmal, wir sind vollkommen glücklich, und Martine weiß nicht, dass ich Dir das alles schreibe. Was sage ich? Ich habe darauf bestehen müssen, dass sie ihrer Mutter zum Neujahrstag drei Zeilen schreibt, sie selbst wäre gar nicht auf den Gedanken gekommen.

Was die finanziellen Dinge angeht, so steht alles zum Besten. Ich habe mich mit einem Freund zusammengetan, und wir machen gute Geschäfte, die eines Tages sehr große Geschäfte werden könnten. Ich möchte nur erwähnen, dass wir eine Option für die Arbeiten am Ausbau eines großen nordafrikanischen Hafens haben. Es ist durchaus möglich, dass ich in einigen Wochen dorthin muss und dass wir eine Zeit lang dort wohnen.

Ich überlasse es Dir, ob Du mir antworten willst oder nicht. Ich weiß, dass es immer eine Kluft zwischen zwei Generationen gibt und dass Du mich bei all Deiner Intelligenz nie verstanden hast.

Ich umarme Dich. Philippe

»Was will er damit sagen?«, fragte sie.

Ja, was wollte er damit sagen? Es stand vieles in seinem Brief. Es gab sogar ein Postskriptum, das vielleicht der aufschlussreichste Teil seines Schreibens war.

Wenn Du diesen Brief jemandem zeigst, so zerreiß bitte den Umschlag, wegen des Poststempels. Wohlgemerkt, ich ergreife Vorsichtsmaßnahmen, und wir wohnen nicht in Neuilly. Eigentlich glaube ich nicht, dass man uns von der Polizei suchen lässt. Doch bei einem Burschen wie Michel kann man nie wissen, und doppelte Vorsicht hält besser.

»Was hältst du von deinem Sohn, Frédéric?«

Er stand auf, lächelte und trank einen Schluck Portwein, bevor er antwortete:

»Als ich so alt war wie er, hat mir mein Vater das Gefängnis vorausgesagt, weil ich ein Reitpferd halb gegen bar und halb auf Kredit gekauft hatte. Später habe ich einen Wechsel unterschrieben, ganz ehrlich, einen Wechsel, den ich eingelöst habe, als er fällig war, und mein Vater, der nie in seinem Leben einen Wechsel unterschrieben hat, nicht einmal für die größten Geschäfte, hat mir erklärt, dass ich dem Namen seiner Firma schade ...«

Sie verstand, ohne zu verstehen. Eine klare Antwort wäre ihr lieber gewesen.

»Aber Philippe?«

»Man müsste die Frage jemandem aus seiner Generation stellen.«

Er weigerte sich, eine eindeutige Antwort zu geben. Vieles schockierte ihn bei seinem Sohn, und manchmal empörte sein Verhalten ihn geradezu. Doch welche der beiden Generationen hatte recht?

Der Brief wirkte kalt. Es hatte nie herzliche Gefühle zwischen Philippe und seinem Vater gegeben. Aber war es nicht die Schuld des Vaters, der die Scham vor seinen Gefühlen auf die Spitze trieb?

Philippe nahm gewisse Gelddinge nicht sehr genau, und Frédéric wusste Bescheid über die Geschichte mit dem Auto, das er seinem Arbeitgeber weder zurückgeschickt noch bezahlt hatte. Aber hatte Philippe nicht die finanzielle Unordnung zu Hause miterlebt, sogar einen Bankrott, und war er nicht jedes Mal, wenn er zu seinem Vater kam, Gerichtsvollziehern oder Gläubigern begegnet?

Er hatte keinen Respekt vor jungen Mädchen, vor Frauen.

Aber hatte ihre letzte Unterhaltung nicht vor einem Bett stattgefunden, in dem sich eine kleine Tänzerin rekelte?

Frédéric weigerte sich, ein Urteil abzugeben. Er sagte sich, dass das, was man für eine große Kluft zwischen ihnen halten konnte, vielleicht nur ein schmaler Graben war und dass sie vielleicht doch weniger voneinander unterschied, als er gedacht hatte.

Dieser Brief …

Madame Donadieu war ebenso sprachlos wie er. Wenn Frédéric ganz aufrichtig gewesen wäre, hätte er offen zugegeben, dass er eine kleine Gemeinheit sei. Für ihn klang manches ungereimt, ja falsch. Er schien ihm einige unlautere Ziele aufzudecken, da gab es Täuschungen, absichtliche Auslassungen, mit einem Wort, der Brief war so etwas wie eine nicht eben saubere Erpressung.

Diese Art, von Martine zu sprechen, ihrer Gesundheit, ihrem Besuch bei einem Spezialisten, dann von einem möglichen Ereignis … Ein Kind, natürlich!

Diese Beharrlichkeit, mit der er immer wieder verkündete, dass sie glücklich seien, dass er genug für ihren Lebensunterhalt verdiene, dass sie nicht den geringsten Wunsch verspürten, in den Schoß ihrer Familien zurückzukehren …

Im Grunde wagte Frédéric nur deshalb nichts zu sagen, weil er sich ein wenig schämte, und er überlegte, ob Madame Donadieu auf Philippes Phrasen genauso reagierte wie er selber.

Sie hatte immer noch das Stück Papier in der Hand und dachte nach.

»Eigentlich …«, murmelte sie.

Das bedeutete nichts. Sie dachte weiter nach, warf einen Blick auf den Brief.

»Weißt du, Frédéric, dass er vielleicht recht hat?«

Er sah sie fragend an.

»Ich kenne Martine kaum. Aber jetzt, wo ich ihren Bruder beobachtet habe, glaube ich, dass er wahrscheinlich nicht lügt. Es ist ihr durchaus zuzutrauen, dass sie um jeden Preis wegwollte.«

»Schon möglich!«, räumte er ein.

»In diesem Fall ist er ziemlich mutig gewesen, der Junge! Weißt du, sich unter diesen Umständen ein junges Mädchen aufzuhalsen ...«

Am liebsten hätte er zu ihr gesagt:

›Moment! Jetzt machst du ihn besser, als er ist ...‹

Aber dann nahm er ihren Trost doch gegen seinen Willen an.

»Im Grunde hat er nie eine Hilfe im Leben gehabt ...«

Er wandte den Kopf ab. Ein hässlicher Gedanke kam ihm in den Sinn. Genau genommen war es weniger als ein Gedanke; vielmehr war es ein vager Eindruck. Er hatte gerade Madame Donadieu angeschaut und gespürt, dass sie aufgewühlt war. Er hatte von Philippe gesprochen, der nervös und ungeduldig war mit seinen fünfundzwanzig Jahren ...

Es war nur allzu verständlich, dass diese Frau in den Wechseljahren voller Nachsicht war für ...

Sogar für Martine, deren Leidenschaft und Heftigkeit sie wohl kennen musste!

Achtunddreißig Jahre lang hatte sie alle Freuden – von gewichtigen Familienfreuden einmal abgesehen – entbehren müssen. Und jetzt konnte sie sich nicht von diesem Brief lösen, der in ihr sicherlich so manches Echo weckte.

»Ich weiß genau, dass Michel sich unnachgiebig zeigen wird«, sagte sie. »Er glaubt, als Familienoberhaupt habe er automatisch die Strenge seines Vaters geerbt. Er versucht, ihn darin sogar noch zu übertrumpfen. Und mein Schwiegersohn stößt ins selbe Horn, als ob die Ehre der Donadieus in ihren Händen läge! Weißt du, was Marthe zu mir gesagt hat?«

»Nein.«

»Wegen Edmond ... Ich habe ihn nicht einmal ausgesucht ... Michel hat die Anzeige aufgesetzt und die Antworten in Empfang genommen ... Es kommt abends mal vor, dass er ziemlich lange im Salon bleibt ... Ein- oder zweimal ist Kiki auch schon zu Bett gegangen, und Edmond und ich haben Dame gespielt ... Nun, meine Tochter fand, dass das nicht schicklich sei und dass die Leute imstande wären zu tratschen ... Ein Junge, der mein Sohn sein könnte und der nicht weiß, wie er sich entschuldigen soll, wenn er gewinnt! ... Natürlich isst er mit uns am Tisch ... Auch das ist für Marthe zu viel ... Sie möchte, dass er alleine isst ... Schau mal nach, was sie tun ...«

»Wer?«, fragte Frédéric überrascht.

»Kiki und Edmond.«

Er gehorchte und klopfte an die Tür des jungen Mannes.

»Herein!«

Er nahm noch eine Bewegung wahr, und zwar von Kiki, der hinter seinem Rücken eine Zigarette versteckte. An den Heizkörper gelehnt, die Füße auf einem Stuhl, las Kiki. Der Tag war düster, dieses Zimmer war es ganz besonders wegen der Bäume im Park. Die Ellbogen auf dem Tisch, spielte Edmond allein eine Partie Schach, eine Wange in die Hand gestützt. Er fuhr zusammen und stand überhastet auf.

»Lassen Sie sich nicht stören!«

»Ich bitte Sie um Verzeihung ... Ich habe gerade den

Schäferzug geübt ... Ich spiele erst seit zwei Monaten Schach ...«

Rauch stieg in die Luft, obgleich der junge Mann nicht rauchte. Man spürte, dass sich die beiden hier zu Hause fühlten in der lockeren Atmosphäre einer Studentenbude.

»Frohes neues Jahr, Kiki!«

»Frohes neues Jahr!«, erwiderte der Junge ohne Begeisterung.

Denn er hatte Frédéric schon immer für einen Verbündeten seiner Mutter und der anderen Familienmitglieder gehalten.

»Eine Zigarette?«, schlug Frédéric vor und hielt ihm sein Etui hin.

»Danke.«

»Aber doch! In deinem Alter muss man mit dem Rauchen anfangen. Was liest du? *Le Vicomte de Bragelonne?* Das erinnert mich daran, dass ich die gesammelten Werke von Alexandre Dumas habe, mit denen ich aber nichts anfangen kann. Ich schenke sie dir zum neuen Jahr. Wollen Sie sie heute Nachmittag bei mir abholen kommen, Monsieur Edmond?«

»Aber gern ...«

Keine Einzelheit war ihm entgangen, und er spürte die vertrauensvolle Zuneigung, die Kiki bereits mit seinem jungen Lehrer verband. Der Raum war nicht mehr derselbe. Er lebte jetzt. Es war warm darin, die Luft war weicher.

»Sagten Sie nicht, dass Sie den Schäferzug versucht haben?«

»Ja.«

»Sie haben den falschen Bauern eingesetzt ... Sehen Sie! ... Wenn Sie nämlich nicht die Dame befreien ...«

Und mit fünf Zügen setzte Frédéric ihn schachmatt.

»Vergessen Sie nicht, den Dumas abzuholen«, sagte er, als er hinausging.

Als er in den Salon zurückkam, fand er dort Madame Brun, wie immer in knisternde Seide gekleidet. Er küsste ihr die Hand und entbot ihr seine guten Wünsche.

»Was gibt's für Neuigkeiten, Herr Höfling?«, scherzte sie.

Und als er sie fragend ansah:

»Aber ja! Sie sind unser letzter Höfling, ein ausgesprochener Abbé von früher. Haben Sie nicht Zutritt zum Boudoir unserer Freundin Donadieu? Und findet man Sie nicht auch bei dieser bezaubernden Éva zum Tee?«

»Wenn dem so ist«, gab er zurück, »hat mir bisher nur die Kühnheit gefehlt, an Ihrer Tür zu klingeln.«

Sie lachte zustimmend und setzte die begonnene Unterhaltung fort.

»Sie sagten also, liebe Freundin, dass unsere kleine Martine …«

»In Paris ist, bei einem unserer Cousins. Das Haus ist nicht lebendig genug für sie. Das ist eben in einer Familie das Schicksal der Letztgeborenen. Ihre Brüder und Schwestern sind verheiratet und haben Kinder, wenn sie gerade erst mit ihrem Leben anfangen. Und sie sind mit alten Eltern eingesperrt, die sie nicht mehr verstehen. Frédéric sagte mir eben noch …«

Der zuckte brummig die Achseln, weil er spürte, dass man ihm wieder die Verantwortung für den Fortgang der Unterhaltung aufbürden wollte. Er zog es vor, sich etwas zu trinken einzugießen.

»Mir können Sie auch ein Gläschen Portwein einschenken«, sagte Madame Brun. »Und einen Honigkuchen geben. Wenn Sie wüssten, wie versessen ich auf Honig bin!«

Sie war eine Frau, die auf alles versessen war. Sie mochte nichts. Sie war *versessen.* Und sie machte wirklich um ein kleines Stück Gebäck dasselbe Aufhebens wie um das großartigste Geschenk.

»Danke, Don Juan …«

Und er, mit etwas Überwindung:

»Ein höchst jämmerlicher Don Juan, da er Sie noch nicht erobert hat!«

Man musste es eben so nehmen. Mit Madame Brun hatte sich die Atmosphäre geändert, und ihr Parfüm hatte sich mit dem Neujahrsgeruch vermischt.

»Ist Ihr Sohn Michel nicht hier?«

Du, meine Liebe, dachte Frédéric, du hast die *Schmutzige Wäsche* in deiner Handtasche oder in deinem Mieder!

»Das muss ja schlimm sein, in seinem Alter die Verantwortung für ein so bedeutendes Geschäft zu haben!«

Einfältiges Weibsbild! Wieso in seinem Alter, wo er immerhin schon volle siebenunddreißig Jahre alt war? Und in welcher Beziehung Verantwortung? …

Aber Madame Brun war gekommen, um gewisse Dinge zu sagen, und das tat sie auch.

»Zum Glück hat er eine Frau, die ihm hilft und ihn versteht. Ich als Ihre Nachbarin, die das Kommen und Gehen im Hause sehr gut kennt, ich weiß, wie sehr das Familienleben …«

»Noch ein Stück Gebäck?«, schlug Frédéric vor.

»Danke. Sagen Sie mal, was ist denn eigentlich aus Ihrem Sohn, diesem Taugenichts, geworden?«

Sie hatte Charlotte geschworen, dass sie das zur Sprache bringen würde, und sie hielt Wort. Sie hatte sogar geschworen, dass sie sagen würde:

»… Wenn er so weitermacht, wird er noch die Demographie von La Rochelle verändern … Wie viele junge Bürger verdanken wir ihm denn schon? …«

Und sie sagte es auch. Dann schützte sie, trotz allem doch unsicher geworden, die Notwendigkeit eines Besuchs beim Bürgermeister der Stadt vor, um überstürzt aufzubrechen.

9

Auf jedem Schreibtisch stand eine Lampe mit einem grünen Schirm, sodass sich in dem dunklen Raum je ein Mensch über einen Lichtkreis beugte. Die Alten, die noch die Gas- oder Petroleumlampen gekannt hatten, schoben ein dickes Stück Papier über ihren Lampenschirm.

Auf den schwarzen Scheiben glitzerten Regentropfen im Schein einer Laterne auf dem Quai Vallin.

Generaldirektion. Fischereiabteilung. Das war jetzt Madame Donadieus Abteilung, die ebenfalls Gefangene des kleinen Lichtkegels einer Lampe war. Einen Bleistift in der Hand, diskutierte sie mit einem Rechtsanwalt, der fast im Schatten eines Sessels verschwand. Es ging um eine Kontingentierungsfrage mit Holland, die sich hauptsächlich auf Seezunge und Merlan bezog.

Kühlschiffe. Verkauf. In Wahrheit tat Jean Olsen unter seiner Lampe im Augenblick nichts. Besser noch: Er las in einer Illustrierten einen bebilderten Artikel über das Golfspiel und kritzelte Männchen an den Rand.

Hochbetrieb war für ihn morgens, wenn die Seefische frisch ankamen. Außerdem waren die Schiffe in den letzten drei Tagen wegen des schlechten Wetters nicht mehr ausgelaufen.

Anthrazit. Eierbriketts. Das war im ersten Stock der betriebsamere Bereich Michel Donadieus, der manchmal, wenn er eine Auseinandersetzung mit seinem Schwager hatte, brummte:

»Ohne meine Eierbriketts …«

Und das stimmte. Die Eierbriketts, die aus Kohlenstaub hergestellt und wie Waffeln gepresst wurden, brachten doppelt so viel ein wie die Fischerei. Überall auf den Dörfern im Departement und in den Nachbardepartements sah man Kalender, die ein so hübsch geformtes Eierbrikett darstellten, mit Vertiefungen, die ein so anmutig dekoratives Motiv bildeten, dass sie richtige Kunstwerke waren.

Zum Befeuern Eierbriketts von Donadieu.

Michel saß in seinem Büro, mit seinem Auslieferer aus Jonzac, einem Kerl mit großen Schuhen, die ihre Spuren auf dem roten Teppich hinterlassen hatten. Joseph, der Bürodiener, war zweimal hereingekommen und hatte sich zu ihm herübergebeugt.

»Haben Sie ihm nicht gesagt, dass ich nicht da bin?«

»Ich habe es ihm versichert.«

»Und?«

»Er behauptet, dass er Ihre Stimme gehört hat.«

»Macht er einen erregten Eindruck?«

»Ich weiß nicht.«

Michel wurde auf den Bürodiener wütend, der seit vierzig Jahren für seine Unerschütterlichkeit berühmt war.

»Aber wie ist er denn?«

»Er sitzt da.«

»Ist das alles? Ist er denn ruhig?«

»Er ist dreimal aufgestanden, um auf meiner Armbanduhr, die auf meinem Schreibtisch liegt, nach der Zeit zu sehen.«

»Sagen Sie ihm, dass ich in einer Besprechung bin und erst in einer Stunde, vielleicht in zwei, fertig sein werde …«

Und zu seinem Besucher:

»Entschuldigen Sie, bitte … Einverstanden. Ich werde

nächste Woche selbst bei Ihnen vorbeikommen. Nein! Nehmen Sie bitte diesen Ausgang ...«

Und er ließ ihn durch ein anderes Büro gehen, damit er nicht durchs Vorzimmer musste. Als er allein war, blieb er stehen, den Kopf außerhalb der Lichtzone. Plötzlich fasste er einen Entschluss, drückte auf die elektrische Klingel und drehte sich nach der gepolsterten Tür um, die bereits aufging.

»Ist er immer noch da?«

»Ja, aber er hat gesagt, dass er nur noch zwanzig Minuten Zeit hat, denn er fährt den Neunhundertzwölfer.«

»Was für einen Neunhundertzwölfer?«

»Ich nehme an, dass es ein Zug ist. Er hat eine Eisenbahnermütze auf dem Kopf.«

»Auf dem Kopf?«

Bei der Vorstellung, dass in seinem Vorzimmer ein Besucher mit der Mütze auf dem Kopf wartete, zuckte Michel unwillkürlich zusammen.

»Ich meine, dass er sie auf dem Kopf hatte, als er ankam, und dass er sie abgenommen hat.«

»Bitten Sie Monsieur Olsen, einen Augenblick heraufzukommen.«

Michel ging zum Fenster, schaute auf den dunklen Quai hinunter, auf einen Regenschirm, der vorbeiging, auf breite Lichtreflexe auf dem Wasser des Hafenbeckens, das an den Bürgersteig heranreichte. Er schrak zusammen, als er hörte, wie die Tür aufging, und stammelte:

»Ach! Du bist es ...«

Es war tatsächlich Olsen, im grauen Straßenanzug, mit der Andeutung eines Lächelns auf den Lippen, jedenfalls frisch und ausgeruht, als ob nichts wäre.

»Mach die Tür zu ... Hast du nichts gesehen?«

»Wo?«

»Im Vorzimmer …«

»Es sind fünf oder sechs Leute da.«

»Es ist vor allem einer da … Hör zu … Baillet ist hier …«

»Oh! Willst du ihn empfangen?«

»Was soll ich deiner Meinung nach tun?«

»Du hättest ihm sagen lassen sollen, dass du nicht da bist.«

»Das hat man ihm gesagt.«

»Oder dass du in einer Besprechung bist.«

»Er wartet!«

»Wie ist er?«

»Das habe ich Joseph auch gefragt. Er ist schon dreimal aufgestanden, um nach der Zeit zu sehen …«

Während er sprach, hatte Michel die linke Schublade seines Schreibtischs aufgezogen und einen Revolver herausgenommen, den er nur mit äußerster Vorsicht berührte.

»Hör zu, du solltest mit ihm sprechen. Er kann dir nichts tun, weil du nichts getan hast! Du wirst ihm erklären …«

»Aber nein! Das ist doch idiotisch!«

»Warum?«

Es war idiotisch, Punktum! Olsen konnte diese Geschichte einfach nicht ernst nehmen. Die Furcht seines Schwagers, der Revolver auf dem Schreibtisch, all das beeindruckte ihn nicht.

»Ist meine Mutter unten?«

»Ja!«

Direkt unter ihnen! In diesem Gebäude hörte man jeden Schritt, jedes laute Wort so deutlich, dass Michel zu Lebzeiten Oscar Donadieus auf Zehenspitzen hatte gehen müssen, wenn er fünf Minuten zu spät kam.

»Er wird einen Skandal machen, verstehst du?«

»Sprich trotzdem mit ihm!«

»Wirst du hierbleiben?«

»Wenn du Wert darauf legst. Aber das macht einen komischen Eindruck.«

»Und wenn er bewaffnet ist?«

Joseph klopfte an und teilte mit, dass der Herr es eilig habe, wegen des 912ers.

»Führen Sie ihn herein!«

Michels Kehle war zugeschnürt, und doch legte er den Revolver wieder in die Schublade, die er allerdings halb offen ließ. Olsen hatte sich in eine dunkle Ecke gesetzt. Sekunden vergingen, dann öffnete sich die Tür, und ein Mann kam herein, ein Mann, der Michel nur bis zur Schulter reichte und auf dessen unproportioniertem Körper ein mickriger Kopf steckte.

»Monsieur Baillet?«

»Persönlich!«, antwortete der Mann und blieb mit der Mütze in der Hand stehen.

»Aber nehmen Sie doch bitte Platz. Sie müssen entschuldigen, dass ich Sie warten ließ, aber ich bin wahnsinnig beschäftigt. Ich muss noch einen Vertreter des Ministers der Handelsmarine empfangen und …«

»Bei mir dauert's nicht lange. Ich muss den Neunhundertzwölfer fahren, in einer Dreiviertelstunde.«

»Sind Sie Lokomotivführer?«

»Seit dreißig Jahren. Hat Ihnen Odette das nie gesagt?«

Während er in seiner Tasche herumwühlte, schaute er im Halbdunkel des Zimmers um sich und sah nur Olsen, der schweigend eine Zigarette rauchte. Das gefiel ihm nicht. Er schien eine Falle zu wittern, und er wagte sich nicht in den Sessel zu setzen, den man ihm angeboten hatte.

Er war ein Mann von trauriger, sorgenvoller Art, das sah

man an seiner Stirn mit den tiefen Falten. Er zuckte bei der geringsten Bewegung zusammen, zog eine Zeitung aus der Tasche und schob sie über den Schreibtisch.

»Ich nehme an, dass Sie das gelesen haben ...«

Es war natürlich die *Schmutzige Wäsche*!

»Wir sind unter Männern, nicht wahr? Ich nehme an, dass Sie ein Mann sind. Ihr Vater war jedenfalls einer ...«

Und Michel, der in einem Lichtkegel stand, nickte ernst mit dem Kopf, verwundert darüber, dass die Unterhaltung so friedlich verlief.

»Ich habe mir gesagt: François, du musst selbst Monsieur Donadieu aufsuchen. Wenn er ein Mann ist, wird er dir unter vier Augen die Wahrheit sagen.«

Er hatte mit gesenktem Kopf gesprochen, und er hob ihn schließlich, um zu erklären:

»So! Jetzt bin ich hier.«

»Dieses Blatt ist eine Gemeinheit«, begann Michel, nachdem er sich geräuspert hatte.

»Ich habe es in meinem Briefkasten gefunden. Ich hatte keine Ahnung, dass hier von meiner Tochter die Rede ist ...«

Im Grunde war der eine so eingeschüchtert wie der andere, und um sich Haltung zu geben, zog der Eisenbahner eine dicke silberne Zwiebeluhr aus der Tasche und sah nach der Zeit.

»Stimmt es, dass Odette in einer Klinik ist?«

Michel hätte gern seinen Schwager angesehen, aber der saß direkt hinter dem Besucher.

»Das ist völlig falsch!«

»Und alles, was in dieser Zeitung steht, ist ebenfalls falsch? Sie hat keine Engelmacherin aufgesucht? Ich habe nichts gemerkt, obgleich wir zusammenleben. Aber eigentlich leben wir doch gar nicht richtig zusammen, weil ich nämlich meistens die Nachtzüge habe. Abgesehen davon, dass Odette viel von ihrer verstorbenen Mutter hat, die kein Wort mehr sagte, als unbedingt notwendig war …«

»Odette ist eine ausgezeichnete Angestellte …«

»Das will ich gern glauben. Die Direktorin von Pigier hat mir immer versichert, dass sie die Fähigste ihres Jahrgangs war.«

Man hätte meinen können, dass es schon vorbei war, dass die Unterredung so weiterginge bis zum Schluss, mit Banalitäten und Komplimenten. Da richtete Baillet plötzlich, als Michel sich schon erlöst glaubte, seinen misstrauischen Blick auf ihn und wiederholte mit derselben Ruhe:

»Dann behaupten Sie also, dass alles, was in der Zeitung steht, falsch ist? Sind Sie sicher, dass meine Tochter nicht in einer Privatklinik ist? Wo ist sie dann im Augenblick?«

»Hat sie es Ihnen nicht gesagt?«

»Sie hat mir erzählt, dass Sie ihr tausend Franc mehr gegeben hätten für eine Arbeit in Bordeaux.«

»Das ist richtig.«

»Im ersten Moment habe ich nicht weiter darüber nachgedacht. Ich hatte gerade den Vierhundertvierunddreißiger gefahren, und Dreiviertel der Strecke waren vereist gewesen. Aber warum haben Sie ausgerechnet sie nach Bordeaux geschickt?«

»Weil sie die Angestellte ist, der ich am meisten vertraue.«

»Arbeitet sie in diesem Büro hier?«

Und er schaute von neuem um sich. Michel zeigte auf eine Tür.

»Nein! Nebenan …«

»Ganz allein?«

»Ja.«

Man hätte meinen können, dass der Vater versuchte, sich über die Beziehung zwischen Odette und Michel Donadieu klarzuwerden.

»Wenn das so ist«, erklärte er plötzlich, »werde ich sie besuchen.«

»Wen?«

»Meine Tochter.«

»Sie wollen nach Bordeaux fahren?«

»Nicht sofort. Ich muss zuerst den Neunhundertzwölfer nach Paris fahren. Danach habe ich achtundvierzig Stunden frei und werde nach Bordeaux fahren. Aber sagen Sie mal, wissen Sie, wo sie untergekommen ist? Sie hat mir nicht einmal ihre Adresse gegeben.«

»Im ... im Hôtel de la Poste ...«, sagte er beflissen, wobei er sich undeutlich an ein Hotel dieses Namens erinnerte, in dem er einmal abgestiegen war, als er seinen Militärdienst ableistete.

»Das ist gut! ... Ich werde schon sehen, ob Sie mich reingelegt haben oder ob Sie ein Mann sind ... Danach kümmere ich mich um den Doktor ...«

Und er nahm seine Zeitung wieder vom Tisch, steckte sie sorgfältig in die Tasche.

»Verstehen Sie? Ich will mich nicht besser machen, als ich bin. Ein junges Mädchen kann sich durchaus verlieben, und es kann dabei auch zu einer Panne kommen. Nur gibt es Dinge ...«

Er hielt kurz inne, die Mütze in der einen Hand, streckte dann zaghaft die andere aus, und bei aller Verlegenheit konnte Michel nicht umhin, sie zu drücken.

»Ich werde wiederkommen, um Ihnen zu berichten, was es Neues gibt ...«

Die Tür ging auf und wieder zu. Michel wartete eine Weile, reglos, klingelte dann nach Joseph.

»Ist er weg?«

»Ja, Monsieur.«

»Sind Sie sicher, dass er das Haus verlassen hat?«

»Ich habe gesehen, wie er die Treppe hinuntergegangen ist.«

»Was für ein Gesicht hat er gemacht?«

»Ein Gesicht wie jemand, der weggeht, Monsieur.«

»Lassen Sie uns allein. Ich bin für niemanden zu sprechen.«

»Da ist noch der Inspektor vom Gaswerk, er ist bestellt.«

»Sagen Sie ihm, dass ich mich vielmals entschuldige, ich fühle mich nicht wohl. Er soll morgen zur selben Zeit wiederkommen ...«

Jetzt konnte Michel sich endlich nach Olsen umdrehen.

»Was hältst du davon? Entweder ist er ein Dummkopf ...«

»Ja!«

»Was willst du damit sagen?«

»Genau das: Entweder ist er ein Dummkopf, oder er hat uns eine Komödie vorgespielt.«

»Hast du den Eindruck, dass er mir geglaubt hat?«

»Er zieht es vor, selbst nach Bordeaux zu fahren.«

»Ach ja ... Was das betrifft ... Hör zu, Jean! ... Wenn ich jetzt wegfahre, könnte das merkwürdig erscheinen ... Du musst noch heute Nacht nach Bordeaux ... Odette ist sicherlich transportfähig ... Du bringst sie ins Hôtel de la Poste und erledigst alles Notwendige ... Verstehst du? ... Sie braucht ja nur zu erzählen, dass ich sie mit Untersuchungen im Amt für Meeresstatistik beauftragt habe.«

Olsen zeigte keinerlei Begeisterung.

»Und wenn der Arzt sagt, dass man sie nicht transportieren kann?«

»Für einige Stunden kann man jeden transportieren ... Sobald ihr Vater sie besucht hat, kann sie ja ...«

Er ging auf und ab und vergaß seine Mutter im Geschoss darunter. Mechanisch drehte er den Lichtschalter im Nachbarraum. Es war Odettes Büro, und es schien ihm, dass es hier kälter war als bei ihm.

Es war eigentlich kein richtiges Zimmer, sondern eine Kammer, und ihre Lage war an allem schuld. Denn es gab nur eine Tür, und die führte zu Michels Büro. Auf der anderen Seite der Kammer war eher eine Lüftungsklappe als ein Fenster, die Scheiben seit je aus Milchglas, damit die Angestellten nicht von ihrer Arbeit abgelenkt wurden.

Oscar Donadieu hatte dreißig Jahre zuvor diese Idee gehabt, ohne zu ahnen ...

Ein kleiner Schreibmaschinentisch, ein Stuhl, ein Aktenschrank und einige Regale, die von einem grünen Vorhang verdeckt waren, das war alles. Neben der Schreibmaschine lag noch der Stenoblock, den Odette an ihrem letzten Arbeitstag benutzt hatte.

Sie war nicht schön, nicht einmal hübsch! Im Gegensatz zu ihrem Vater, dessen Kleinheit Michel verwirrt hatte, war sie sehr groß und verkörperte den Typus der strengen Frau, die man sich nicht anders als durch und durch anständig vorzustellen vermag.

Mit zweiundzwanzig Jahren fing sie an zu verblühen wie eine Frau von dreißig, und sie hatte, vielleicht wegen der Milchglasscheibe, einen farblosen Teint.

Trotzdem war es passiert ... Es hatte Monate gedauert, man hätte glauben können, dass es nie dazu kommen würde ... Und dann geschah es doch, genau zu der Stunde, um fünf Uhr, als die Lampen angezündet wurden, als sich die Menschen vom Quai Vallin in die Lichtkegel flüchteten ...

»Mademoiselle Odette!«, rief Michel.

Er diktierte Briefe. Stehend stenographierte sie mit, denn sie hatte sich im Büro ihres Chefs nie hinsetzen wollen. Eine weitere indirekte Ursache!

»... und dass wir in nächster Zukunft an die Herstellung und den Verkauf von ... von ... Warten Sie! ... Lesen Sie noch mal vor ...«

Er ging auf und ab, stellte sich hinter sie, als wollte er in ihrem Block mitlesen, obgleich er keine Stenographie konnte. So fing er an, sie leicht zu streicheln.

Jedes Stadium dauerte Wochen. Beim zweiten Stadium blieb er sitzen, rückte aber seinen Sessel näher, und seine Hand streichelte die Hüfte der Sekretärin, die weiterarbeitete, als ob sie nichts gemerkt hätte.

»Nein! ... Bitte nicht ...«, stammelte sie an dem Tag, an dem die Hand vom Knie über die nackten Schenkel glitt.

Den ganzen Tag über hatte er kein Verlangen nach ihr, dachte nie an sie. Dann kam der Moment, und plötzlich war da dieses Bedürfnis.

»Mademoiselle Odette! Wollen Sie bitte kommen?«

Einmal hätte Joseph sie beinahe überrascht, aber Michel hatte gerade noch Zeit, seinen Sessel zurückzuschieben.

Und eines Tages, während sie seine Briefe in dem Verschlag nebenan tippte, war er so kühn, unter einem Vorwand zu ihr hineinzugehen.

»Warten Sie, ich muss den dritten Satz noch einmal lesen ...«

Und da sie an ihrer Maschine saß, während er hinter ihr stand, brauchte er sich nur herabzubeugen, um sie in seine Arme zu nehmen.

»Vorsicht!«

»Warum?«

Sie zeigte auf die Milchglasscheibe, wo sich wahrscheinlich ihre Schatten abzeichneten. Also war sie einverstanden! Also ...

Und so stellte er am nächsten Tag die Lampe auf die andere Seite, zwischen sie und das Fenster, sodass kein Schatten mehr geworfen wurde.

»Pst! Lassen Sie mich nur machen ...«

»Das ist nicht recht!«

»Warum nicht?«

»Wenn Ihre Frau ...«

Ach so! Das war alles! Danach ging er in sein Büro zurück, stellte sich vor das beschlagene Fenster, bis er sich beruhigt hatte, mit einem Taschenkamm durch die Haare gefahren war. Von diesem Augenblick an und bis zum nächsten Abend verabscheute er sie, ging ihr aus dem Weg, antwortete ihr mit unfreiwilliger Schroffheit.

Einmal, ein einziges Mal, war das Ritual geändert worden. In Niort fand nach einem Bankrott eine Juteversteigerung statt. Die Firma benötigte große Mengen Jute für die Kohlensäcke. Michel war auf die Idee gekommen, Odette in seinem Wagen mitzunehmen, unter dem Vorwand, sie müsse ihm helfen.

Auf der Heimfahrt, in der Dunkelheit, fuhr er mit einer Hand, streichelte sie mit der anderen, und dann machte er einen Umweg über das Schloss Papelet. Das Verlangen hatte ihn gerade überkommen, das junge Mädchen nackt in seinen Armen zu halten. Sie war beunruhigt. Sie hätte beinahe geweint. Er bestellte Portwein, und zwei Gläser machten sie nahezu betrunken.

Ob es damals passiert war?

»Was soll ich denn meiner Frau sagen?«

»Erfinde etwas. Ich weiß auch nicht …«

»Und wenn Odette nicht mitgehen will?«

»Sie weiß, wer du bist. Sie wird mit dir gehen …«

»Soll ich ihr Geld geben?«

»Das wird gut sein … Aber nicht zu viel … Andernfalls hieße das sich schuldig bekennen …«

»Wie viel?«

»Gib ihr zweitausend …«

»Soll ich das Geld aus der Kasse nehmen? Was soll ich auf den Kassenbon schreiben? … Pst! Deine Mutter.«

Wenigstens konnte sie nirgends hereinkommen, ohne sich durch das Geräusch ihres Stockes auf dem Fußboden anzukündigen.

»Was müsst ihr denn hier so viel Krach machen?«

»Nichts … Wir haben über geschäftliche Dinge gesprochen …«

Instinkt? Zweifellos! Sie sah sie misstrauisch an, schien in den Ecken herumschnüffeln zu wollen.

»Ich muss mit dir sprechen, Michel.«

»Ich habe gerade heute …«

»Ich weiß! Wann immer ich mit dir sprechen will, wächst dir die Arbeit gerade über den Kopf. Frédéric war gerade hier.«

»Hier?«

»Warum denn nicht? Er hat wieder einen Brief von Philippe bekommen. Der schlägt sich in Paris sehr gut durch, er hat seinem Vater sogar tausend Franc geschickt, die er seinem früheren Chef geben soll, als Abschlagszahlung auf den Wagen. Ich finde das erfreulich!«

»Ich fände es noch besser, wenn er den Wagen gar nicht erst genommen hätte.«

»Du verstehst das nicht.«

Worauf Michel zu Olsen sagte:

»Also, fährst du los? Kann ich auf dich zählen?«

»Wenn es sein muss!«

Michel setzte sich mit mürrischem Gesicht seiner Mutter gegenüber.

»Wir werden früher oder später eine Entscheidung treffen müssen«, sagte Madame Donadieu. »Es ist klar, dass die Leute sich langsam wundern, dass Martine fort ist. Selbst wenn wir erzählen, dass sie in Paris Kunstgeschichte studiert ... Hm! Das passt natürlich so schön zur Familie Donadieu!«

Sie sagte Familie Donadieu, als ob sie nicht dazugehörte. Und allerdings gab es hier Nuancen. Die Familie Donadieu, das waren für sie Michel – er vor allem! – und seine Schwester Marthe, noch mehr Donadieu, dann Olsen, der zwar ein Fremder war, der aber die Einbürgerung als Donadieu verdient hatte.

Nicht so Éva! Sie war außen vor. Madame Donadieu liebte sie vielleicht nicht sonderlich, aber sie ordnete sie in einer anderen Sphäre ein. Éva war ein Zufall, ein Zwischenfall; sie passte bestens in ihr chinesisches Boudoir mit der schwarzen Samtbespannung ...

Kiki, ja! Oder genauer genommen, man konnte es noch nicht wissen. Er hatte Donadieu-Phasen und andere, Donadieu-Blicke und andere Blicke, die seine Mutter verwirrten.

»Ich verlange auf jeden Fall«, schloss sie, »dass wir die

Angelegenheit ein für alle Mal klären. Falls es notwendig sein sollte, werde ich ihren Vormund kommen lassen, und wir werden uns zu einem Familienrat zusammenfinden.«

»Das eilt nicht.«

»Im Gegenteil! Ich habe dir noch nicht alles gesagt. Ich bin besser darüber informiert, was die beiden machen, als sonst jemand, denn Philippe schreibt seinem Vater zwei- oder dreimal in der Woche, und Frédéric gibt mir anständigerweise diese Briefe zu lesen ...«

»Die genau in dieser Absicht geschrieben sind!«, höhnte Michel.

»Das ist mir egal. Außerdem glaube ich es nicht. Keiner von euch kennt Philippe. Er ist nach Paris gefahren ohne einen Sou in der Tasche, mit einem jungen Mädchen am Hals, und er hat sich ohne jegliche Hilfe aus der Affäre gezogen. Er braucht uns nicht!«

»Und wir?«

Michel vergaß darüber fast Odette und den Auftrag, den Olsen bekommen hatte. Er zuckte nur zusammen, als er den Wagen wegfahren hörte, und er hätte ihn beinahe zurückgerufen, denn es wäre ihm lieber gewesen, wenn Jean den Zug genommen hätte.

»Was hast du denn?«

»Nichts!«

»Wo fährt Jean hin?«

»Nach Bordeaux. Er soll dort einen italienischen Importeur treffen ...«

Sie zuckte die Achseln und sprach weiter:

»Ich sagte, dass wir Martine nicht für immer aus der Familie streichen können. Und je länger wir warten, umso größer sind die Chancen für einen Skandal. In seinem letzten Brief teilte Philippe ganz offen mit, dass sie, soweit man jetzt schon urteilen kann, schwanger ist ...«

Michel fuhr sich mit der Hand über die Stirn. Man hätte meinen können, dass ihn dieses Wort endgültig vernichtete. Er war müde, unfähig, zu denken oder auch nur zu reagieren. Wenn er doch nur schon eine Antwort von Jean gehabt hätte.

»Hör zu, Maman ...«

»Es ist ganz einfach«, erklärte sie und stand auf. »Morgen schreibe ich ihrem Vormund. Wir werden ja sehen, was er meint.«

»Morgen, ja!«

Er machte die Tür hinter ihr zu, aber die Tür ging wieder auf. Es war Joseph.

»Drei Personen warten noch ...«

»Was wollen sie?«

»Zwei suchen eine Stelle als Vertreter für die Eierbriketts. Der andere ...«

»Los! Schnell!«

»Der andere ist ein Versicherungsagent, der ...«

»Sagen Sie, dass ich weggegangen bin.«

»Aber sie haben Sie gerade gesehen.«

»Sagen Sie, ich bin durch eine andere Tür gegangen!«

Manchmal gab es solche Augenblicke, wo seine Ratlosigkeit so schmerzhaft war, dass er am liebsten geweint hätte. Nur dass ihm keine Tränen kamen. Er fühlte sich müde, müde, müde!

Er wartete, bis das Vorzimmer leer war, bevor er sich hinausschlich und nach Hause ging. Durch die Fenster im Erdgeschoss sah er Kiki und seinen Hauslehrer, die im Esszimmer Pingpong spielten, wozu sie ein Netz über den Tisch gespannt hatten.

Das Treppenhaus war dunkel. Ein Kind schrie: seine Tochter Évette. Er stieß eine Tür auf, schnüffelte Zigarettenrauch und wäre beinahe, ohne innezuhalten, an der offenen Boudoirtür seiner Frau vorübergegangen.

Er hatte am Kleiderständer Frédérics Hut und Regenumhang gesehen.

»Michel!«

»Was?«

»Komm mal einen Moment.«

Er trat ein und fand sie auf Kissen am Boden sitzend, wie es ihre Gewohnheit war.

»Guten Abend!«

»Setz dich! Ich habe Frédéric gebeten herzukommen, damit ich ihn fragen kann, was er an deiner Stelle tun würde.«

Wie seine Mutter hatte er eine starke Intuition und wusste, schon bevor er eintrat, dass ihn etwas Unangenehmes erwartete.

»Warum *an meiner Stelle*?«

»Du weißt schon«, sagte sie und stieß mit dem Fuß eine zusammengefaltete Zeitung an.

Ihre nackten Zehen steckten in Sandalen, die Zehennägel waren karminrot lackiert. Sie rauchte wie immer. Eine dichte Rauchwolke hing über den Köpfen, und man sah hier noch weniger klar als am Quai Vallin. In einer Ecke stand ein hässlicher Kupferbuddha, vor dem Éva zum Spaß Opfergaben ablegte …

»Mach nicht so ein Gesicht! Ich habe keine Lust, dir Vorwürfe zu machen. Bloß ist das eine Geschichte, die dich teuer zu stehen kommen kann. Was hast du beschlossen?«

Nichts, natürlich! Und er sah Frédéric unfreundlich an, weil man es für notwendig hielt, dass er sich um alle Angelegenheiten des Hauses kümmerte.

»Weiß meine Schwester Bescheid?«, fragte er.

»Wer? Marthe? Sie selbst hat mir die Zeitung gebracht. Sie will nicht, dass Maman sie liest. Sie hat mir gesagt, dass ich sie rufen soll, sobald du zurück bist.«

»Was will sie?«

»Wir müssen uns schließlich über eine Summe einig werden ... Was meinen Sie, Frédéric?«

»Ich meine, das Wichtigste ist vor allem, dass die Kleine nicht draufgeht!«

Michel überlief es eiskalt. Es war genau das Wort, das nicht hätte gesagt werden dürfen. Er war nahe daran, in Tränen auszubrechen, doch wie immer verschloss er sich in letzter Sekunde wieder.

»Davon sind wir weit entfernt«, sagte er.

»Soll ich Marthe rufen?«, schlug seine Frau vor. »Sie hat dich sicher heimkommen hören ...«

Sie hatte eine besondere Art zu rufen. Sie klopfte mit einem Gegenstand an das Heizrohr, das ins obere Stockwerk führte. Marthe hörte es, kam herunter und blieb auf der Schwelle stehen.

»Wie kann man nur in so stickigen Räumen leben?«, fragte sie. »Wie wär's, wenn wir zu mir hinaufgingen?«

Zu ihr, wo es klare Luft gab und aufgeräumt war.

»Aber nein ... Komm ...«, sagte Éva, die um sechs Uhr abends noch halbnackt in einem Kimono war.

Marthe trat widerwillig ein, aber sie holte sich einen Stuhl, einen richtigen Stuhl aus dem Esszimmer.

»Was hast du beschlossen, Michel?«

Sie behandelte Frédéric, den sie nicht mochte, wie Luft. Alles, was in ihr Donadieu war, lehnte sich gegen die Anwesenheit eines Fremden in diesem Augenblick auf.

»Wo ist Jean?«

»Er ist nach Bordeaux gefahren. Es würde zu lange dauern, euch das zu erklären. Odettes Vater ist ins Büro gekommen ...«

»Hast du ihn empfangen?«

»Ja! Er will morgen seine Tochter aufsuchen. Ich habe ihm gesagt, dass sie im Hôtel de la Poste ist und dort für mich arbeitet ...«

»Er ist ein Bretone«, gab Frédéric zu bedenken.

»Was soll das heißen?«

»Nichts! Ich kenne ihn! Er ist ein Bretone, das ist alles!«

Marthe zuckte die Achseln. Michel dagegen suchte irgendeinen tieferen Sinn in Frédérics Einwurf.

»Er fährt Züge, nachts. Er ist vor allem auf Doktor Lamb wütend ...«

»Aber Lamb wird ihm beweisen, dass es gar keinen Grund gibt, auf ihn wütend zu sein!«, fuhr Frédéric wieder unangenehm dazwischen.

»Halten Sie doch den Mund!«, rief Marthe ungeduldig.

»Ich werde erst den Mund halten, wenn ich Ihnen gesagt habe, dass einer von uns hier nur einen Fingerbreit vom Schwurgericht entfernt ist.«

Daraufhin sagte Marthe, die nicht mehr an sich halten konnte:

»Es ist auch einer unter uns, der seit langem nur einen Fingerbreit von der Strafkammer entfernt ist!«

»Er lässt danken«, sagte Frédéric und grüßte ironisch. Er stand auf.

»Gehen Sie nicht!«, flehte ihn Éva an. Und an die andern gewandt:

»Begreift ihr denn nicht, dass er der Einzige ist, der euch einen Rat geben kann? Aber Marthe mit ihren Manieren ...«

»Soll ich gehen?«, fragte Marthe spitz.

Und Michel, der ins Schwimmen geraten war, suchte nach einem Rettungsring.

»Lasst mich auch mal etwas sagen! Ich glaube, dass ich alles getan habe, was möglich war. Heute Nachmittag habe ich im Denkmalskomitee meinen Rücktritt erklärt. Das wollte Lamb doch, nicht wahr? Ich werde mich also nicht zur Wahl stellen, trotz meiner Chancen. Was dieses Mädchen angeht …«

Éva zeigte keinerlei Eifersucht. Im Gegenteil! Sie sah ihren Mann neugierig an, weil er immerhin zu einem Abenteuer imstande gewesen war.

»Ich werde mit ihr über die Summe verhandeln …«

»Falls sie nicht stirbt!«, unterbrach Frédéric.

»Und dann?«

»Dann wird es zu einer Untersuchung kommen.«

»Aber was kann ich denn dafür? Und außerdem hat sie es gewollt …«

»Was gewollt?«, fragte Marthe.

»Es wegmachen lassen … Sie hat mir geschworen, dass sie sich um alles kümmern werde, dass sie wüsste, an wen sie sich zu wenden habe …«

Man hatte kurz zuvor die Eingangstür auf- und zugehen hören. Jetzt war das Geräusch von Madame Donadieus Stock im Treppenhaus zu hören, dann ihre Stimme, die ihr Mann immer schrill gefunden hatte.

»Endlich! Ich sehe, dass ihr vernünftig werdet. Was habt ihr beschlossen? Gib mir einen Sessel, Frédéric …«

Stille. Sie war außer Atem und ließ sich in den Sessel fallen.

»Ich behaupte, je früher wir sie verheiraten, umso weniger Unannehmlichkeiten werden wir haben. Wohlgemerkt,

Frédéric hat nichts getan, um mich diesbezüglich zu beeinflussen. Im Gegenteil! Stimmt es nicht, Éva?«

»Es stimmt«, sagte Éva, die an etwas anderes dachte.

»Also?«

Und Madame Donadieu fragte sich, während sie einen nach dem andern ansah, warum sie so finstere Gesichter machten.

»Da ihr es so aufnehmt, werde ich euch jetzt einmal etwas sagen. Holt unten unser Familienstammbuch. Und dann seht ihr euch Michels Geburtsschein an …«

»Schweig, Maman!«, schnitt der ihr das Wort ab und stand auf.

»Also, was …«

»Schweig!«, sagte er noch einmal. »Oder warte wenigstens, bis wir unter uns sind.«

»Glaubst du etwa, Frédéric weiß es nicht!«

»Schweig!«, sagte er noch einmal und stampfte mit dem Fuß auf.

Er war einen Millimeter von einem Nervenzusammenbruch entfernt.

10

Wer hätte sich damit brüsten können, er wisse, wie sich all das zugetragen hatte? Jeder besaß ein mehr oder weniger großes Stück Wahrheit. Aber manche versteckten es; andere verteidigten es eifersüchtig; und schließlich gab es welche, die einander gar nicht kannten.

Das ging so weit, dass sogar das Wetter nicht für alle dasselbe war, sodass die einen, hätte man sie gefragt, geantwortet hätten:

»Es regnet in Strömen!«

Und andere:

»Mit dem Mond setzt der Frost ein …«

Es war immer noch derselbe Freitag, an dem Baillet am Quai Vallin auf Besuch gewesen war, und gegen sieben Uhr abends hatte sich der Sprühregen, der schon seit dem Morgen anhielt, in eine Sintflut verwandelt; das Wasser prasselte auf die Bürgersteige, und die Leute, die jetzt noch auf der Straße unterwegs waren, flüchteten in alle Richtungen.

Zur selben Zeit regnete es für Baillet jedoch nicht mehr. Der Zug war kaum über Niort hinaus, als ein riesiger Mond am Himmel aufging und sich Eisblumen auf den Scheiben abzeichneten.

Der Lokführer stand an seinem Platz links hinter dem Führerstand, einen Arm auf die Kante gestützt, und versuchte, durch die linke Luke die Signale zu erkennen, während der Heizer mit der Kohle seinen üblichen Lärm machte.

Kilometerweit Schienen, Wiesen wie helle Meere, weite,

dunkle Waldflächen, ein Getöse von Eisenträgern, als sie die Loire überquerten; die kleinen Bahnhofsvorsteher, die sich wie immer aufspielten und neben dem Zug herliefen …

Erst um zehn Uhr abends kam Jean Olsen in der Klinik etwas außerhalb von Bordeaux an, und wenn er kein Licht gesehen hätte, hätte er den Besuch wahrscheinlich auf den nächsten Tag verschoben. Er war mit der großen blauen Limousine gekommen, hatte den Chauffeur aber zu Hause gelassen, sodass er auf dem Fahrersitz saß, wo ihn eine Lederplane nur unzureichend vor dem Regen schützte. Sein rechter Arm und seine Schulter waren völlig durchnässt.

Es regnete immer stärker, genau wie in La Rochelle. Ein Hund bellte. Ein Tor trennte den Hund von Olsen, den das nicht beruhigte. Man ließ ihn lange Minuten warten.

Es war keine richtige Klinik mit Reihen von Betten in helllackierten Krankensälen, Krankenschwestern in Uniform und Rollbetten, um die Kranken in den Operationssaal zu fahren. Es war eher ein Erholungsheim, für jene Art von Erholung, die Odette brauchte.

Ein bärtiger Herr öffnete, ließ Olsen in einen Korridor eintreten, von wo aus er in einem staubigen Salon drei Personen um einen Bridgetisch sitzen sah. Zwei davon waren junge Frauen, und er fragte sich, ob Odette eine von ihnen war.

»Wollen Sie bitte hier entlangkommen?«

Der Bärtige war der Arzt. Er ließ Olsen in sein Sprechzimmer eintreten, und da er den Garten durchquert hatte, hingen Regentropfen in seinem Bart.

Sie sprachen leise. Die drei im Salon hatten, weil ihnen der vierte Mann fehlte, die Partie unterbrechen müssen.

»Verstehen Sie? Sie muss unbedingt, wenn morgen ihr Vater nach Bordeaux kommt …«

Der Arzt sagte weder ja noch nein. Um sich wichtig zu machen, tat er, als dächte er nach. Er zwirbelte seinen graumelierten Bart und stand schließlich auf, wobei er sagte:

»Ich nehme an, es ist Ihnen lieber, wenn ich mit ihr spreche?«

»Das wäre einfacher, zumal Sie daran gewöhnt sind.«

Der Arzt ging hinaus, kam sofort wieder zurück, ernster denn je.

»An eins haben wir nicht gedacht. Was ist, wenn sie aus irgendeinem Grund nicht mehr zurückkommt?«

Olsen verstand nicht.

»Es wäre besser, wenn alles vorher geregelt wäre. Ich werde die Rechnung schreiben …«

Und er tat es, im selben Büro, langsam, wobei er sich sichtlich fragte, was er für dieses oder jenes berechnen solle, während die drei Frauen immer noch warteten und Olsen dachte, dass das junge Mädchen vielleicht schon zu Bett gegangen war.

»Ich nehme an, dass es nicht notwendig ist, eine Quittungsmarke aufzukleben?«

Zum Glück hatte Olsen genügend Geld bei sich, denn er hätte diesem seltsamen Arzt nicht gern einen Scheck gegeben. Der Arzt ging schließlich Odette holen.

Er blieb über eine Viertelstunde weg. Er tat alles mit einer aufreizenden Langsamkeit und wäre wohl imstande gewesen, noch eine Partie Bridge einzuschieben. Endlich ging die Tür auf. Der Korridor war schlecht beleuchtet.

»Hier ist Mademoiselle Odette, sie ist bereit, mit Ihnen zu gehen«, sagte der Arzt und rieb sich die Hände.

Im Halbdunkel erahnte man die Gestalt eines hochaufgeschossenen Mädchens, das in einen schwarzen Mantel gehüllt war, mit blassem Gesicht und ruhigem Blick. Odette grüßte schüchtern.

»Entschuldigen Sie bitte, Mademoiselle, aber ...«

»Sie weiß Bescheid«, unterbrach der Arzt und öffnete die Tür. Er hatte es eilig, sein Kartenspiel wiederaufzunehmen.

Draußen fragte Olsen noch:

»Wollen Sie sich hinten in den Fond setzen oder lieber neben mir Platz nehmen?«

Sie setzte sich neben ihn. Um irgendetwas zu sagen, murmelte sie:

»Regnet es schon lange so?«

Und er, als ob seine Antwort einen Sinn hätte:

»Seit La Rochelle ... Waren Sie schon im Bett?«

»Ich habe noch nicht richtig geschlafen.«

»Spielen Sie auch Bridge?«

»Nein.«

Bordeaux, endlich! Er kannte die Stadt, aber er verfuhr sich jedes Mal am Stadteingang, fand sich dann jedoch wieder zurecht. Das Hôtel de la Poste lag überhaupt nicht in der Nähe der Post, sondern beim Theater, in einer Straße, wo man um Mitternacht rötlich erleuchtete Bars mit Fotografien von Tänzerinnen in den Scheiben sah.

»Michel« – ja, er konnte ihr gegenüber ruhig von Michel sprechen und nicht von Monsieur Donadieu – »hat Ihrem Vater gesagt, Sie seien hier, um im Amt für Statistik Nachforschungen anzustellen ...«

Sie gab zur Antwort:

»Das ist einfach. Mein Vater weiß nicht, was das ist.«

»Fühlen Sie sich nicht allzu erschöpft?«

Er fürchtete beständig, sie könnte ohnmächtig werden.

»Nein! Es geht mir besser. Werde ich lange bleiben müssen?«

»Bis man Ihnen Bescheid gibt …«

»Und wenn mein Vater im Hotel nachfragt, seit wann ich hier bin?«

Er zuckte die Achseln. Dann hatte man Pech gehabt! Er hatte alles getan, was er tun konnte. Beim Hotel, das keine Rezeption hatte, mussten sie läuten.

Odette verhandelte mit einem schlaftrunkenen Portier, erfolgreich, wie es schien, denn die Tür schloss sich hinter ihnen.

Olsen hatte nicht die Kraft, noch einmal die hundert Kilometer lange Strecke zurückzufahren. Er hatte Hunger. Er ging zuerst in ein Restaurant, dann suchte er für sich selbst ein Hotel und schlief ein.

Nachdem Baillet um Mitternacht in Paris angekommen und mit seiner Uniformmütze auf dem Kopf im fahlen Licht des Bahnhofs umhergeirrt war, stöberte er schließlich einen Gütereilzug nach Bordeaux auf. Der Zugführer bot ihm eine Zigarette an, und Baillet konnte sich in einem Fischwaggon niederlassen.

Das war am Montparnasse. Und gleichfalls am Montparnasse saß Martine in einem halbleeren Nachtlokal einem blonden jungen Mann gegenüber, während Philippe sich neben ihr mit einer jungen, blutarmen Frau unterhielt.

Sie tranken Champagner. Martine hatte zweimal mit Monsieur Grindorge getanzt, den Philippe bereits Albert nannte. Philippe wiederum hatte Madame Grindorge zum Tanzen aufgefordert, die selten abends ausging und ein komisches Lamékleid trug.

Sie feierten auf diese Weise auch ihren Erfolg, obgleich niemand hätte sagen können, wie es dazu gekommen war.

Martine hätte von der ersten Zeit in Paris reden können,

von den Geschäften, die sie im Viertel entdeckte, vor allem von einem, wo es Fertiggerichte gab, die sie entzückten. Aber meistens klingelte das Telefon, wenn sie in ihrem Zimmer gerade das Abendessen gerichtet hatte.

»Nimm ein Taxi, wir treffen uns am Étoile …«

Manchmal telefonierte Philippe nicht selber.

»Hallo! Monsieur Dargens bittet Sie, ihn im Chope in der Rue Montmartre zu treffen …«

Sie fuhr hin und fand ihn dort mit Leuten, die sie nicht kannte.

»Meine Frau …«, stellte er sie vor.

Und man aß. Die Männer sprachen über immer andere Geschäfte. Am Nachmittag schickte Philippe sie ins Kino und kam später dazu. Sie musste an der Kasse sagen, wohin sie sich im Saal setzte.

Arm in Arm gingen sie dann nach Hause, an erleuchteten Schaufenstern vorbei. Sie gingen so spät wie möglich heim, denn Philippe fühlte sich dort unwohl, und er fand immer einen Vorwand, ewig draußen zu bleiben. Entweder hatte er Durst. Oder er hatte Hunger. Oder er hoffte in einer bestimmten Kneipe einen Kerl zu treffen, der ihm nützlich sein konnte …

Sie war zufrieden. Es war ein amüsantes Leben. Es war, als würde man Leben spielen. Was sie taten, schien keine Bedeutung zu haben, und Martine wusste nicht, dass für den letzten Monat die Miete noch nicht bezahlt war.

Eines Tages sagte er zu ihr:

»Du musst dir ein sehr hübsches Kleid kaufen. Ich habe einen Freund, der in der Konfektion tätig ist und dir einen Pelzmantel leihen wird. Wir haben morgen ein wichtiges Essen …«

Es war das erste Essen mit den Grindorges. Martine war

verlegen wegen des Fehpelzmantels, der ihr nicht gehörte und den Madame Grindorge ihr neidete.

Ein blasses, unbedeutendes Paar. Monsieur Grindorge hörte Philippe mit offenem Mund zu und wäre ihm überallhin gefolgt. Madame Grindorge bewunderte vertrauensvoll alles, was Martine trug, und alles, was sie tat.

Und dabei war Grindorge der Sohn eines Pariser Industriellen, der sich mit zig Millionen aus dem Geschäft zurückgezogen hatte.

Philippe war wie durch ein Wunder in dem Augenblick aufgetaucht, als Albert Grindorge das Erbe seiner Mutter ausgezahlt bekommen hatte. Vierundzwanzig Stunden später gab es ein gemeinsames Unternehmen, und der junge Grindorge überwies die ersten hunderttausend Franc. Anfang Januar waren Werkstätten bezogen, es gab vier oder fünf Angestellte, Stenotypistinnen und vor allem weißgeschürzte Frauen, die den ganzen Tag über Pakete schnürten.

Das Ganze nannte man die P.E.M.

»Und was bedeutet das?«, hatte Martine Philippe gefragt.

»Nichts! Es soll nichts bedeuten.«

Die P.E.M. kaufte in der Tschechoslowakei Phonographenmotoren. In der Rue Saint-Antoine ließ sie Gehäuse aus falschem Mahagoni herstellen.

Man hatte einen jungen Russen eingestellt, den man Monsieur Iwan oder auch Herr Ingenieur nannte. Unter seiner Anleitung montierten die Mädchen in den weißen Schürzen im Handumdrehen die Apparate zusammen, die dann, am Ende des Tisches angelangt, für die Lieferung verpackt wurden.

Und wie sie lieferten!

Wunderbarer Präzisions-Phonograph, neue Marke, wäh-

rend der Einführungszeit zum unglaublichen Werbepreis
von nur zweihundertfünfundzwanzig Franc …

Ihre Kosten beliefen sich auf etwa zweiundachtzig Franc das Stück. Albert Grindorge, der bis dahin sein Geld immer in Verlustgeschäfte gesteckt hatte, kam jeden Morgen höchstpersönlich ins Büro und war entzückt über den Haufen Postanweisungen, die der Briefträger brachte.

»Sind Sie sicher, dass die Apparate auch funktionieren?«, fragte er eines Tages Philippe.

»In einem Monat werden sie kaputt sein. Aber das macht nichts. Wenn wir zehntausend verkauft haben, ziehen wir ein anderes Geschäft auf.«

Die beiden Paare gingen zusammen aus. Grindorge machte Martine ein wenig den Hof, aber diskret, denn er war schüchtern. Während des Tanzens fragte er sie mit rosigen Wangen:

»Sind Sie nicht allzu erschöpft?«

»Nein. Warum?«

»Weil … Sie verstehen? … In Ihrem Zustand …«

Philippe hatte es schon jedem erzählt, obwohl noch nichts sicher war. Es gab kaum mehr als kleine Anzeichen …

»Meiner Frau war es das erste Mal so schlecht …«

Sie hatten zwei Kinder, in einer hübschen Wohnung in Neuilly.

Philippe hatte von dem ersten Geld, das einging, tausend Franc an seinen ehemaligen Arbeitgeber geschickt, als Abschlagszahlung auf das Auto. Er hatte es seinem Vater geschrieben. Aber selbst ihm gab er seine Adresse noch nicht bekannt.

Falls Du mir dringend etwas mitzuteilen hast, setz eine
Anzeige in den Petit Parisien. *»Frédéric an Philippe« ge-*

nügt vollauf. Ich weiß dann Bescheid. Im Augenblick habe ich ein Geschäft, das mich fünfzehn Stunden am Tag in Anspruch nimmt, denn ich finde niemanden, der mir hilft ...

Baillet, der Lokführer, schlief. Im Waggon stank es nach Fisch. Es zog stark, der Luftzug traf ihn direkt im Nacken, und manchmal machte er im Schlaf eine Bewegung, als wollte er eine Fliege verjagen. Wenn sie unterwegs hielten, wurde er nur halb wach und schlief sofort wieder ein.

Sie alle erwachten am Samstag zu verschiedenen Zeiten. Obwohl Philippe spät nach Hause gekommen war, ging er bereits um acht Uhr morgens ins Geschäft, während Martine nur ein Auge aufmachte und wieder einschlief. Das Wetter war trocken und kalt. Die Sonne schien. Der Wagen in der Garage sprang nur mit Mühe an, und Philippe fand in seinem *Petit Parisien*, in den er jeden Morgen einen Blick warf, nichts.

In La Rochelle regnete es immer noch, und der Himmel war so grau, dass Michel sich kaum vor seinem Spiegel, der am Fensterriegel hing, rasieren konnte, was ihn wieder einmal auf den Gedanken an einen Spiegel mit eingebauter elektrischer Lampe brachte, wie er sie schon manchmal gesehen, aber nie gekauft hatte.

Er band gerade seine Krawatte, als das Telefon klingelte. Es war Olsen, der noch in Bordeaux war und meldete, dass alles gut lief und er im Begriff sei zurückzufahren.

Éva kam herein, während ihr Mann noch telefonierte, und fragte ohne Neugier:

»Wer ist es?«

»Es ist Jean ... Alles hat geklappt ...«

Noch schlaftrunken, mit glänzender Stirn, müden Beinen, seufzte sie, während sie ihre dunklen Haare hochsteckte:

»Ihr seid widerlich.«

Er konnte nichts entgegnen, weil es stimmte. Das hinderte ihn aber nicht daran, zwei Eier und Orangenmarmelade zu essen, denn er hatte in England studiert und gab vor, die englischen Gebräuche zu pflegen. Man hörte Évette im Kinderzimmer schreien. Der Junge badete ganz allein.

Michel zog seinen Regenmantel an, nahm einen seiner alten Hüte und ging, die Hände in den Taschen, zum Quai Vallin, trat wie immer ins erste Büro auf der linken Seite ein, wo die Post sortiert wurde.

Madame Donadieu kam mit etwas Verspätung, weil sie sich über Edmond, Kikis Hauslehrer, geärgert hatte. Sie hatte sie wieder einmal im alten Salon bei unmöglichen Leibesübungen angetroffen.

»Ich dulde solche akrobatischen Übungen nicht in meinem Haus«, hatte sie in schneidendem Ton gesagt. »Schließlich habe ich einen Hauslehrer eingestellt und keinen Clown …«

Armer Edmond! Er war so stolz darauf, dass er den Eisenarm und mancherlei andere Übungen machen konnte. Umso stolzer, da er gar nicht stark schien, mehr aussah, als habe er die Schwindsucht – das jedenfalls hatte man zu ihm gesagt, als er noch klein war.

»Schauen Sie …«, sagte er zu dem Jungen.

Und er machte wirklich außergewöhnliche Dinge.

»Nehmen Sie einmal an, dass Sie angegriffen werden, und zwar von einem Mann, der größer und stärker ist als Sie … Sehen Sie meine Stellung … Das ist ein Jiu-Jitsu-Griff …«

Und Kiki träumte nur noch von Jiu-Jitsu, von einem großen Brustumfang, von der Riesenfelge am Reck. Er geriet ins Schwitzen, wurde blass vor Anstrengung, er presste die Zähne aufeinander, um, koste es, was es wolle, ans Ziel zu gelangen.

»Wie wär's, wenn wir eine eiserne Reckstange in diese Wand einmauerten?«

Sie schmiedeten Pläne, um eine richtige Sporthalle einzurichten, und Madame Donadieus Zorn führte lediglich dazu, dass sie ihre Leibesübungen im feuchten Garten betrieben statt in dem alten, ungenutzten Salon.

Viertausend Seehechte! Ausgerechnet als Olsen, der die Abteilung leitete, nicht da war! Am Quai wateten Männer in Gummistiefeln in Salzlake und Fisch herum, beluden Kisten über Kisten, aus denen Eiswasser tropfte.

Das Meer war weder ruhig noch aufgewühlt. Mit Weiß durchsetztes Grau unter einem immer noch tiefhängenden Himmel.

Der Güterzug blieb fast eine Stunde in Poitiers stehen, und Baillet, der wach geworden war, fand gerade noch die Zeit, in den Schnellzug nach Bordeaux zu springen, und schlüpfte, nass und nach Fisch riechend, in ein Abteil erster Klasse.

In Bordeaux wechselte Odette ihren blutigen Verband, was in einem Hotel schwierig war, vor allem, da es unbemerkt geschehen musste. Gegen neun Uhr ging sie hinunter, spazierte im Vestibül auf und ab, bis die Hotelbesitzerin allein im Büro war.

»Falls sich mein Vater danach erkundigen sollte, Madame, sagen Sie ihm doch bitte, dass ich schon seit mehreren Tagen hier bin …«

Sie sah so leidend aus, dass die in ein Korsett einge-
zwängte Frau es ihr nicht abzuschlagen wagte.

»Bleiben Sie lange?«

»Wahrscheinlich. Ihr Hotel ist sauber, gut geführt …«

Sie suchte nach einem Papierwarengeschäft in der Umgebung, kaufte Bleistifte, Schreibblöcke, Aktenordner.
Langsam und niedergeschlagen richtete sie ihr Zimmer
so ein, dass man glauben konnte, sie arbeite darin, und sie
wollte sich gerade zum Mittagessen zu Tisch begeben, als
ihr Vater eintraf.

Was hätten sie einander sagen sollen? Sie kannten sich
nicht sonderlich gut und hatten nicht viel miteinander zu
tun, außer dass sie im selben eingeschossigen Haus wohnten, an der Straße nach Lhoumeau, mit kleinem Garten,
einem grünen Zaun, einem Beet mit Margeriten und einer
Rabatte Ringelblumen.

Es war fünfzehn Jahre her, seit Madame Baillet an einer
Lungenentzündung gestorben war, die sie sich dummerweise bei der Beerdigung einer Nachbarin zugezogen hatte.

Baillet war meistens auf den Schienen, wenn die andern
schliefen, und schlief, wenn die andern zu leben anfingen,
sodass sie einander nur sehr selten begegneten, und wenn,
schien es ihnen fast ein Wunder. Er sah seine Tochter sich
anziehen, bevor sie ins Büro ging, oder zurückkommen, um
für einen Rechtsanwalt, der die Geschichte von La Rochelle
schrieb, auf der Maschine Schreibarbeiten zu erledigen.

Sie beeindruckte ihn nicht, nein! Das war es eigentlich
nicht. Aber sie war sauber und nett angezogen. Sie schrieb
Stenographie. Sie lebte in einer anderen Welt, und eines Tages hatte sie ihm gestanden, dass sie bereits siebentausend
Franc auf der hohen Kante hatte.

Das Außergewöhnlichste aber war, dass er keine Zugehfrau im Haus brauchte und dass sein Haus trotzdem das sauberste im Viertel war. Wie hätte Baillet darüber nicht gerührt sein können? Er wusste nicht, um wie viel Uhr seine Tochter aufstand, aber er sah die Zimmer immer aufgeräumt, den Fußboden im Esszimmer gewachst, die Fenster jede Woche geputzt, den Herd blitzblank.

Nie wirkte sie abgehetzt, und es war ausgeschlossen, sie je schwitzend oder mit aufgelöstem Haar anzutreffen.

Was das Reden anging … Dazu hätten sie einander besser kennen müssen! So wusste er zum Beispiel jetzt, als er in seinem zerknitterten Anzug und mit seinem Köfferchen, das seine Arbeitskleidung enthielt, in diesem Hotel abstieg, schon nicht mehr, was er sagen sollte.

Er sah sie ganz allein in einer Ecke des Speisesaals sitzen, in dem es nur kleine Tische gab. Das Licht war so schlecht bei diesem Regen und in dieser Straße mit den sechsstöckigen Häusern, dass er nicht hätte sagen können, ob sie wirklich blasser war als gewöhnlich.

»Ich bin in Bordeaux durchgekommen … Ich wollte dir nur schnell guten Tag sagen …«

»Du wirst mit mir zu Mittag essen«, beschloss sie.

Ein Oberkellner notierte die Bestellungen auf seinem Block. Baillet fühlte sich nicht wohl in seiner Haut. Odette bestellte für ihn Gerichte, die er mochte.

»Na, dann bist du also zufrieden?«

»Ich arbeite«, sagte sie und schlug die Augen nieder.

Er erinnerte sich nicht mehr an das Wort »Statistik«, das man ihm in La Rochelle gesagt hatte, und er war seiner Tochter dankbar, dass sie es für ihn aussprach.

»Ich stelle Untersuchungen im Amt für Meeresstatistik an.«

»Ist es weit?«

»Am Quai des Chartrons.«

Er fragte, ob es weit sei, weil er nicht zu fragen wagte, was es überhaupt sei. Bei einem Kollegen hätte er nicht gezögert zu fragen. Aber vor seiner Tochter schämte er sich seiner Unwissenheit.

»Geht es dir gut?«

»Wie immer … Du weißt ja, dass ich noch nie viel Farbe gehabt habe … Genau wie Maman! …«

So ging es eine Stunde. Er wagte, ihr eine Fangfrage zu stellen. Und dann sagte er sogar, mit einem Blick zur Seite:

»Was mich am meisten stört während deiner Abwesenheit, das ist die schmutzige Wäsche …«

Die schmutzige Wäsche! Ob sie verstehen würde?

»Kümmert sich Madame Bourrat denn nicht darum?«, erwiderte Odette nur.

Er hatte zu viel gegessen, zu viel getrunken, ohne es zu merken.

»So! Ich muss jetzt gehen …«

Wusste er schon Bescheid? Sicherlich nicht! Vielleicht ahnte er einfach nur etwas.

Olsen war in La Rochelle angekommen. Michel hatte ihn zum Mittagessen eingeladen. Éva tat so, als kümmere sie sich nicht um ihre Unterhaltung, und erhob sich gleich nach dem Braten.

»Was hat sie gesagt?«

»Nichts … Sie sagt nichts … Sie ist mit allem einverstanden …«

»Macht sie mir keine Vorwürfe?«

»Nein! Sie wirkt sehr schwach. Und deine Frau?«

Michel zuckte die Achseln. Da hatte sich nicht viel geändert. Schon zwei Jahre zuvor war es zum Bruch zwischen ihnen gekommen, genau vierzehn Tage nach Évettes Geburt.

Sie hatten eine junge Frau eingestellt, halb Pflegerin, halb Kinderschwester. Eines Tages hatte Éva ihren Mann und sie in einer dunklen Ecke des Vorzimmers ertappt.

»Jean hätte euch sehen können«, hatte sie nur erklärt.

Und gleich in der folgenden Nacht hatte sie in einem anderen Zimmer geschlafen. Seit damals schliefen sie nicht mehr miteinander.

Und genau deshalb runzelte Michel auch jedes Mal die Stirn, wenn er Frédéric im Boudoir seiner Frau antraf. Aber was konnte er sagen? Es war besser, wenn er so tat, als sei er nicht eifersüchtig. Und war er es überhaupt?

»Apropos, du musst dich um die Seefische kümmern. Heute Morgen kam es zu einem heftigen Streit wegen der Tische bei der Versteigerung. Camboulives behauptet, dass er sich mit dir geeinigt hat und dass …«

Um zwei Uhr Büro, wie immer, für alle, für Madame Donadieu, für Olsen, für Michel. Für Kiki und seinen Lehrer Edmond Erdkundeunterricht. Während der Junge eine Karte Frankreichs abzeichnete, bereitete Edmond seine Dissertation vor.

Im Nachbarhaus schrieb Madame Brun ihrer Tochter, die in Tirol zum Wintersport war, einen langen Brief.

… was Charlotte angeht, so halte ich sie allmählich für imstande, mir etwas zu verheimlichen. Ich muss dir etwas Ungeheuerliches sagen. Und wie unsere Ahnin Madame de Sévigné schreiben würde, wirst du es nie und nimmer erraten! Nein, du wirst es einfach nicht glauben. Ich bin sicher, hörst du, ich bin sicher, dass unsere Charlotte verliebt ist.

In wen? Das versuche ich eben mit allen Mitteln herauszukriegen. Sie ist pfiffig, die Kratzbürste. Zehnmal habe

ich sie in Tränen aufgelöst ertappt, und zehnmal hatte
sie die Geistesgegenwart, eine andere Erklärung dafür
zu finden …

»Hören Sie, Joseph«, sagte Michel verdrossen zu seinem
Bürodiener, »wenn dieser Mann, Baillet, wiederkommen
sollte, so teilen Sie ihm mit, dass ich ihn unter keinen Umständen empfangen kann …«

Er überlegte, ob es vielleicht ratsam wäre, in den schwierigen Zeiten, die er durchlebte, den Bürodiener zu bewaff-
nen, aber er verlor kein Wort darüber.

›Das wird man später noch sehen‹, dachte er.

Und er klingelte dem Oberbuchhalter, mit dem er ernsthaft zu arbeiten hatte.

Baillet stieg zweimal um. Als er in La Rochelle ankam,
war es stockfinster, und er hatte noch sechs Stunden vor
sich, bevor er seinen Dienst wiederaufnehmen musste. Er
ging zu Fuß durch die Stadt, gelangte zu seinem Häuschen
an der Straße nach Lhoumeau, öffnete die Tür mit dem
Schlüssel, den er aus dem Blumentopf nahm, und fand auf
dem Boden mindestens ein Dutzend Zeitungen, die man
durch den Briefschlitz geworfen hatte.

Es waren Exemplare der *Schmutzigen Wäsche*, immer
noch dieselbe Nummer. Und auch sein Briefkasten war so
vollgestopft, dass nichts mehr hineingepasst hätte.

Niemand bemerkte seine Rückkehr. Es gab zwar Nachbarn, aber es war Abendbrotzeit. Jemand fuhr auf dem
Fahrrad vorbei und bemerkte nichts Ungewöhnliches.

Im Café de la Paix an der Place d'Armes seufzte ein Ta-
petenhändler, der bereits drei Aperitifs getrunken und eine
endlose Partie Belote angefangen hatte:

»Meine Frau wird mir ganz schön den Kopf waschen!«

Der Kellner mit seiner Serviette unterm Arm beobachtete die Partie und musste sich mit aller Gewalt zusammenreißen, um nicht andauernd die Fehler der Spieler zu kommentieren.

Ein Fischdampfer der Donadieus und ein Fischdampfer der Varins, die zusammen aus dem Hafen ausliefen, stritten sich mit Sirengeheul um die Mitte der Fahrrinne.

In Paris spielte Martine sich selbst, ganz allein in ihrem Wohnschlafzimmer, Schallplatten vor, die sie, dank der P.E.M., mit dreißig Prozent Rabatt gekauft hatte. Sie wartete auf Philippe, der bald nach Hause kommen würde.

Die Ärzte sollten später das Ereignis auf ungefähr halb acht Uhr abends festsetzen, aber sicher war nur die Tatsache, dass Doktor Lamb einen leeren Magen hatte.

Bloß, wann aß er? Niemand wusste es. Wenn die Zugehfrau weg war, lebte er allein in seinem kleinen, einstöckigen Haus, und die Nachbarn kümmerten sich kaum um ihn.

Man versuchte herauszufinden, ob einer von ihnen es nicht hatte läuten hören. Man überlegte. Eine alte Frau sagte ja, aber sie meinte, dass es fünf Uhr gewesen war, also nichts damit zu tun haben konnte.

Sicher war, dass sich zu einer Zeit, als die meisten Bewohner von La Rochelle bei Tisch saßen und der Regen endlich aufhörte, in Lambs Korridor eine grauenvolle Szene abspielte.

Im Korridor, und nicht im Sprechzimmer! Der Besucher wartete nicht, bis er eingelassen wurde. Sobald die Eingangstür geschlossen war, schlug er, wahrscheinlich von hinten, mit einem schweren Hammer zu. Man zählte einunddreißig Schläge, es konnten auch mehr sein.

Die Zugehfrau entdeckte die grausige Tat – und Gehirn,

das an der Wand klebte –, als sie um sieben Uhr morgens kam. Es war Sonntag. Das Ereignis wurde erst viel später bekannt, denn die Leute schliefen entweder bis in die Puppen oder waren in der Frühmesse. Manche waren trotz des Wetters auf die Jagd gegangen, wie etwa die Donadieus, zumindest die Männer, Michel und Olsen.

Niemand weinte Doktor Lamb eine Träne nach, der allen Angst eingejagt hatte, aber der Anblick war wirklich entsetzlich – überall Blut, und der Hammer lag noch auf dem Boden.

Michel und Olsen wurden mittags benachrichtigt, als sie nach Schloss Esnandes zurückkamen mit Baptiste, der wütend war, weil Michel zwei Fasane verfehlt hatte, die ihm direkt vor die Flinte gelaufen waren.

»Drei Kaninchen!«, verkündete er verächtlich seiner Frau, die in der Küche beschäftigt war.

Madame Donadieu hatte angerufen.

»Sie müssen schnellstens zurückfahren …«

Michel hatte zuerst geglaubt, es sei seine Mutter. Die Sache erschreckte ihn. Aber nein! Er fragte Madame Maclou und erfuhr, dass die Nachricht von seiner Frau kam.

Wieder das blaue Auto. Olsen saß am Steuer. Sie fuhren, ohne es zu wissen, an Baillets leerem Haus vorbei.

Dieser hatte seinen Dienst am Bahnhof nicht angetreten. Man hatte einen Ersatzmann holen müssen. Der Zug war trotzdem abgefahren, aber der Bahnhofsvorsteher hatte die Polizei verständigt.

Frédéric schien es wohl absichtlich so eingerichtet zu haben, dass er im Salon im Erdgeschoss mit Madame Donadieu Schach spielte. Sie wusste von nichts und meinte nur:

»Sie haben bestimmt kein Jagdglück gehabt. Man stiehlt uns aber auch das ganze Wild …«

Um drei Uhr kam Éva herunter.

»Wollen Sie nicht einen Augenblick heraufkommen, Frédéric?«

»Was ist los?«, erkundigte sich Madame Donadieu beunruhigt.

»Nichts ... Michel möchte mit Frédéric sprechen ...«

»Und das nennen Sie ›nichts‹! ... Haben sie jemanden umgebracht?«

Oben warteten die beiden Männer und Marthe auf Frédéric.

»Was halten Sie davon? Sie wissen doch Bescheid?«

»Sprechen Sie von Doktor Lamb? Gewiss! Man sucht den Eisenbahner Baillet, der seit gestern Abend verschwunden ist.«

»Er hat ihn umgebracht!«, behauptete Marthe energisch.

»Wahrscheinlich. Das ist jedenfalls auch die Meinung des Hauptkommissars, mit dem ich mich vorhin unterhalten habe.«

»Hat er nicht von uns gesprochen? Ich meine, von meinem Bruder?«

»Noch nicht.«

»Was würden Sie an unserer Stelle tun?«

»Ich? Nichts!«

Éva hatte sich geopfert. Sie blieb unten, bei Madame Donadieu, um sie abzulenken.

Marthe war am stärksten beunruhigt.

»Die Leute fangen an, über Martines Verschwinden zu reden ...«, sagte sie.

Nun ging es unaufhörlich von einem Stockwerk zum andern. Es fanden Winkelkonzile zu zweit und zu dritt statt, fast Vollversammlungen, vertrauliche Gespräche.

Kiki und sein Hauslehrer sahen sich ein Fußballspiel an.

Wegen dieses Fußballspiels zählte man am Nachmittag im Kino keine hundert Zuschauer.

Marthe weinte. Michel schloss sich annähernd eine Stunde in seinem Zimmer ein und drohte mit einem Skandal, falls man ihn nicht in Ruhe ließe.

»Ich behaupte …«

Es war Marthe, die sprach.

»… dass wir nicht mehr den geringsten Verdacht aufkommen lassen dürfen … Es ist Zeit, dass Martine zurückkommt …«

Vielleicht war Frédéric am wenigsten überzeugt?

»Aber was haben Sie denn eigentlich dagegen? Finden Sie, dass sie keine ausreichend gute Partie für Philippe ist?«

Er fand sich schließlich damit ab, als man gegen acht Uhr Sandwiches mit kaltem Kalbfleisch auftrug.

»Kennen Sie seine Adresse? Aber ja, denn er schreibt Ihnen doch!«

»Ich kenne seine Adresse nicht. Aber ich werde ihn trotzdem benachrichtigen.«

Er rief von den Donadieus aus beim *Petit Parisien* an.

Frédéric an Philippe.

Die Dargens', wie ihre Freunde sagten, das heißt Martine und Philippe, aßen mit den Grindorges im Restaurant zu Abend.

Die gesamte Gendarmerie der Charente-Inférieure war auf den Beinen.

ZWEITER TEIL

Die Sonntage
von Saint-Raphaël

I

Es begann gegen zehn Uhr, und es lief ab wie das Ritual mancher Sonderlinge: Nachdem sie einmal außergewöhnliche Genüsse erlebt haben, verlangen sie in schöner Regelmäßigkeit die genaue Wiederholung der gleichen Bewegungen, der gleichen Worte, der gleichen Inszenierung.

Um zehn Uhr ging in der Brasserie de l'Univers die Bridgepartie ihrem Ende entgegen, die gleich nach dem Abendessen begonnen hatte. Michel Donadieu saß zwei Stühle von den Spielern entfernt; er kannte sie nicht, aber es waren Verbindungen zwischen ihnen entstanden, die subtiler waren, als wenn sie einander gekannt hätten.

Was zum Beispiel ihre Neugier erwecken musste, das wusste er und amüsierte sich darüber, war der Trick mit der Puderdose. Übrigens machte das alle neugierig.

So saßen sie da, drei Alte und ein jüngerer Mann, Honoratioren aus Saint-Raphaël, von denen der eine die größte Immobilienagentur hatte, und spielten ernsthaft, wobei sie sich, wenn sie um acht Uhr eintrafen, kaum die Zeit nahmen, einander die Hand zu geben.

»Unsere Karten, Ernest!«, riefen sie dem Kellner zu.

Michel kam erst, als die Partie schon in vollem Gange war, nahm seinen Platz ein und informierte sich mit Kennerblick über den Verlauf des Spiels. Wenn einer einen guten Stich machte, gab Michel ein kleines Zeichen der Zustimmung und des Beifalls, auf das die drei inzwischen schon warteten.

Aber sie sprachen nicht miteinander! Michel trug immer einen Sportanzug aus englischem Tuch, mit Golfhosen und schottischen Socken. Seine Schuhe, die er selber putzte, waren zu jeder Tageszeit tadellos.

Er wartete, bis es neun Uhr war, um die Puderdose herauszuholen. Er warf einen Blick auf sein Bild in dem Spiegel gegenüber, denn es war noch ein richtiges Café nach alter Tradition, mit Marmortischen, Sitzbänken aus Englischleder und Spiegeln ringsum.

Aus dem gelblichen Puder, das die Dose füllte, nahm Michel eine kleine Pille, legte sie sich auf die Zunge und schluckte sie mit einem Schluck Wasser hinunter.

Ganz so belanglos war das nicht. Zunächst einmal war es Digitalin, das er schluckte, ein Medikament also, das nicht dem Erstbesten und auch nicht bei einer harmlosen Krankheit verordnet wird.

Michel war sehr krank. Innerhalb von vier Monaten hatte er über fünf Kilo schwabbeliges Fett zugenommen, und sein Gesicht mit den schon früher schwammigen Zügen war nun völlig aufgedunsen.

Dann war da die Dose. Ein anderer hätte die Pappdose des Apothekers in seiner Tasche behalten. Einen Augenblick lang hatte Michel daran gedacht, sich ein silbernes Pillendöschen zu kaufen, das er im Schaufenster eines Juweliers gesehen hatte. Die Puderdose war raffinierter, ausgefallener.

Zehn Uhr auf der cremeweißen Standuhr. Er machte dem Kellner ein Zeichen, bezahlte, wobei er das Kleingeld aus einem schweinsledernen Täschchen nahm. Zu diesem Zeitpunkt konnte man bereits wissen, welcher Spieler gewinnen würde.

Draußen der menschenleere Deich, das Plätschern des

Meeres, das Rauschen im Blattwerk der Bäume. Saint-Raphaël war menschenleer. Alle Läden waren heruntergelassen. Obgleich es erst April war, war es doch so warm, dass man ohne Mantel auf die Straße gehen konnte.

Michel wusste, dass die anderen im Café sich fragten:

»Wo mag der um diese Zeit nur hingehen?«

Und dieser Gedanke war ihm nicht unangenehm. Er nahm die zweite Straße rechts, dann bog er wieder nach rechts ab, in eine Parallelstraße zur Promenade, wo eine kleine Kneipe noch aufhatte. Die Bar Provençal. Eine Theke und zwei Tische. Ein alter Wirt. Eine alte Wirtin. Man fragte sich wirklich, wer in diesem schummrigen Verschlag etwas zu sich nehmen mochte!

Und doch standen immer zwei, drei Gäste an der Theke, Eisenbahner oder Hotelangestellte.

Er ging hinein. Mit seinen berühmten schottischen Socken! Er bestellte:

»Mein Vichy-Wasser!«

Er hatte ihnen erklärt, dass das Vichy-Wasser des Hauses kein richtiges Vichy war, sondern Wasser aus dem Vichy-Becken.

»Das ist gut möglich«, hatte der Wirt gesagt. »Hier bei uns, wissen Sie ...«

Seinetwegen schwiegen die Gäste. Sie beobachteten ihn heimlich. Es kam vor, dass er seine Puderdose aus der Tasche zog, eine Pille herausnahm und sie dann seufzend wieder zurücklegte:

»Nein ... Heute Abend nicht mehr ...«

Er wusste, dass man, sobald er draußen wäre, sagen würde:

»Wer war das?«

Ja, wer war er in ihren Augen? Ein reicher, eleganter

Mann, der jeden Abend am Dienstboteneingang des Hôtel Continental auf jemanden wartete.

Denn so war es! Er wartete, hundert Meter von der Kneipe entfernt. Er wartete nicht immer allein; manchmal war da noch die Freundin eines Küchenjungen, die mit ihren hohen Absätzen das Pflaster bearbeitete. Dann kam Nine herbeigelaufen. Er drückte sie einen Augenblick beschützend an sich.

»Nicht zu müde?«

»Aber nein! Das Hotel ist fast leer.«

Arm in Arm gingen sie durch die menschenleeren Straßen bis zu einer Tür mit einem beleuchteten Schild: *A la Boule Rouge.* Sie stiegen einige Stufen hinab, in eine Atmosphäre gedämpfter Musik. Wenn Michel den Samtvorhang zurückschob, stürzte der Wirt oder der Oberkellner, manchmal auch beide, herbei, um ihn zu begrüßen.

»Guten Abend, Monsieur Émile!«

Er lächelte. Man führte ihn an seinen Platz. Nine murmelte:

»Sie gestatten?«

Und sie ging zur Toilette, um sich frisch zu machen.

Ein alltägliches Ereignis, aber immerhin ein Ereignis, denn in der winzigen Nachtbar, die sicherlich nicht ihre Kosten einspielte, waren nur ein paar junge Leute aus der Stadt, eine falsche spanische Tänzerin und zwei Frauen, immer dieselben, die sich damit abgefunden hatten, bis zwei Uhr morgens bleiben zu müssen.

All das, vom Bridge in der Brasserie de l'Univers bis zu dem Augenblick, in dem er in die Villa zurückkehren würde, hatte Michel im Grunde das Kugelfangspiel ersetzt.

Nine, den Körper in ein enganliegendes schwarzes Seidenkleid gezwängt, das er ihr gekauft hatte, setzte sich wieder zu ihm. Sie roch noch nach dem Reispuder und der Flüssigseife aus der Toilette.

Ihre Ecke war ganz hinten, in einer Art Loge, die von einer roten Lampe schlecht beleuchtet wurde. Alle wussten Bescheid. Die Musiker warteten, um eine Rumba zu spielen. Der Barbesitzer gab den beiden Frauen ein Zeichen. Die jungen Leute opferten sich auf, um Leben in die Bude zu bringen, und Michel stand auf, tanzte mit seiner kleinen Begleiterin, die ihm Tanzstunden gab.

»Ist das besser?«

»Sie machen große Fortschritte. Man spürt, dass Sie gelenkig sind.«

Er war nicht gelenkig, er war schlaff. Er sah sich flüchtig in dem Spiegel an, der über der Bar hing.

Dann ging er wieder zu ihrem Tisch zurück, die Hand um Nines Taille. Sie tuschelten miteinander. Er hatte sie eingeweiht:

»Ich heiße natürlich nicht Monsieur Émile. Du darfst mir nicht böse sein, dass ich dir meinen richtigen Namen nicht sage …«

»Vertrauen Sie mir denn nicht?«

»Aber doch! Nur, ich bin zu bekannt.«

»Was machen Sie?«

Sie tat so, als versuchte sie es zu erraten.

»Ich wette, dass Sie Künstler sind! Vielleicht Journalist?«

Er lächelte, machte ausweichende Gesten.

»Ach! Wenn ich dir mein Leben erzählen könnte, meine arme Nine …«

Und arm war sie in der Tat, diese kleine Nine Pacelli, deren Vater im Steinbruch arbeitete! Nie zuvor hatte sie die Füße an einen so schicken Ort gesetzt. Sie hatte lange gezögert.

»Ich bin nicht dafür angezogen!«

»Mit mir kannst du überallhin gehen.«

Sie verstand es noch nicht so richtig, aber sie hatte ungefähr gespürt, welche Rolle sie spielen sollte. Er wusste schon, dass sie sechs Geschwister hatte. Er fragte:

»Zu wievielt schlaft ihr im Zimmer?«

»Es gibt nur zwei Zimmer im Haus. Die beiden Kleinsten schlafen bei meinen Eltern, die andern zusammen im zweiten Zimmer.«

Er war zufrieden! Es war genau das, was er wollte. Sie zeigte auf seine Krawattennadel und fragte:

»Ist das eine echte Perle?«

»Aber ja!«

»Die muss sehr teuer sein!«

»Vier- oder fünftausend.«

Die Nachtbar war warm. Man hätte meinen können, dass die andern nur für sie beide da waren, und so verhielt es sich auch, denn sobald ein zufällig vorbeikommender Gast den Vorhang beiseiteschob, gab Michel deutlich seinen Unmut zu erkennen.

Jeder wusste, dass der »Monsieur« das kleine Zimmermädchen beschützte und alles tat, damit sie glücklich war.

»Sag es mir offen, Nine!«

»Was?«

»Beantworte die Frage, die ich dir schon gestern und vorgestern gestellt habe!«

Er wirkte noch rosiger. Seine Finger zitterten. Zweimal hatte er sie gefragt:

»Bist du noch Jungfrau?«

Und sie hatte mit einem kleinen Lachen geantwortet.

»Warum willst du es mir nicht sagen?«

»Warum interessiert Sie das?«

Sie war erst siebzehn Jahre alt, und sie war schlank und biegsam, mit einem schon sehr entwickelten Busen, was umso mehr auffiel, als ihr Körper ansonsten noch recht kindlich wirkte.

»Hat dich dein Verlobter nie …?«

Denn sie hatte ihm gestanden, dass sie einen Verlobten hatte, der seinen Militärdienst im Marinearsenal von Brest ableistete.

»Seien Sie still! Man hört uns zu …«

Er wurde nervös. Seine Hand zerknitterte ihr Kleid. Jedes Mal, wenn die Hand eine bestimmte Stelle erreichte, schob Nine sie zurück.

»Seien Sie brav!«

»Du bist nicht lieb zu mir, Nine! Wenn du wüsstest, wie unglücklich ich vor dir war …«

Er vergnügte sich bei diesem gefährlichen Spiel halber Geständnisse.

»Wegen einer Frau bin ich beinahe vor dem Schwurgericht gelandet …«

»Was hatte sie denn getan?«

»Noch jetzt redet man in einer bestimmten Stadt jeden Tag von mir. Du musst lieb zu mir sein, meine kleine Nine. Ich bin krank. Weißt du, was Tachykardie ist? Nein, natürlich nicht. Mein Herz hatte plötzlich angefangen zu rasen. Ich wäre beinahe gestorben, bis der Puls wieder langsamer wurde, bis unter fünfzig … Fühl mal meinen Puls … Nein, nicht da! … Hier! …«

Sie hielt gehorsam sein Handgelenk.

»Fühlst du etwas oder nicht?«

»Nein.«

Sollte sie ja oder nein sagen?

»Du kannst ihn gar nicht fühlen … Er ist ebenso schwach

wie der Puls Napoleons … Denn Napoleon litt auch unter einer Verlangsamung des Herzens … Nine!«

»Was?«

»Warum willst du nicht auf meine Frage antworten?«

»Welche Frage?«

»Du weißt genau!«

»Sie sind ein großer Narr! Warum regen Sie sich so auf, wo Sie doch krank sind?«

Manchmal hatte sie Angst vor ihm. Vor allem bei diesem roten Licht, in dem er noch fahler und schlaffer aussah. Seine Finger zitterten auf ihrem schwarzen Kleid, und Nine wäre am liebsten sofort aufgestanden.

»Sag mir, dass du mich ein wenig lieb hast, Nine!«

»Aber ja!«

»Küss mich …«

Sie sah sich um und gab ihm einen flüchtigen Kuss.

»Du denkst an etwas anderes!«

»Aber nein … Es ist schon spät …«

Meistens wartete man nur darauf, dass sie weggingen, damit die Bar endlich geschlossen werden konnte, und der Barkeeper zeigte deutlich seine Ungeduld, indem er Gläser aneinanderstieß.

»Gute Nacht, Monsieur Émile!«

»Gute Nacht, Monsieur Émile«, sagte die Dame von der Garderobe.

»Gute Nacht, Monsieur Émile«, wiederholte der Oberkellner.

Sie standen wieder auf der kühlen, leeren Straße.

»Ich wette, die denken jetzt, dass wir … hm …«

»Schweigen Sie!«

Er brachte sie bis zur Eisenbahnbrücke. Sie wohnte nicht weit davon entfernt, vielleicht hundert Meter, denn er hörte ihre Schritte nicht mehr lange, und schon ging eine Tür auf und wieder zu. Sie wollte nicht, dass er weiter mitging, weil sie sich genierte, dachte er, denn sicherlich war ihr Haus schäbig.

»Gute Nacht, Nine! ... Schwör mir, dass du morgen antworten wirst ...«

»Ich weiß nicht ...«

»Schwör es!«

»Vielleicht ...«

Nun galt es, eine unangenehme halbe Stunde zu überstehen. Er musste die ganze Stadt durchqueren, bis zum Ende der Meerpromenade, wo die Villa Les Tamaris stand. Jedes Mal, wenn er Schritte hinter sich hörte, drehte er sich um. Er vermied dunkle Ecken oder durchquerte sie sehr schnell. Schließlich stieß er das Tor auf, ging durch den Garten und öffnete die Tür.

An diesem Abend sah er vom Bürgersteig aus Licht im ehemaligen Treibhaus, das jetzt, ohne Pflanzen, nur noch ein Raum war wie jeder andere auch, allerdings an drei Seiten verglast.

Zu Lebzeiten von Oscar Donadieu hatte die Familie die Villa drei Jahre hintereinander gemietet. Michel war damals zehn oder elf Jahre alt gewesen.

Sie war beinah unverändert, mit ihren Stilmöbeln, den vielen Teppichen und Vorhängen. Allein die Pflanzen waren aus dem Treibhaus verschwunden, das jetzt nur noch ein großer, kahler Raum war, der an ein Aquarium erinnerte.

Es war Marthe, die an die Villa Les Tamaris gedacht hatte, als Michel einen Nervenzusammenbruch erlitten und der Arzt absolute Ruhe verordnet hatte. Das war nun drei Monate her, gleich nach dem Tod von Doktor Lamb.

Michel hatte mitten in seinem Büro am Quai Vallin einen Anfall bekommen. Er war dem Tode nah gewesen, als man ihn nach Hause brachte, und zwei Stunden lang hatte der Arzt sich nicht äußern wollen.

Martine war am Vortag zurückgekehrt. Philippe war auch im Haus, freilich noch nicht als Ehemann, sondern als ihr Verlobter, da man ein Wort brauchte, um seine Position zu definieren. Merkwürdigerweise hatte Marthe, die ihn eigentlich hätte hassen müssen, einen Verbündeten in ihm gesehen.

»Er muss so weit fort wie möglich«, hatte er über Michel gesagt.

Es war von einer Klinik die Rede gewesen, und Michel hatte sich verzweifelt dagegen gewehrt. Er nahm es hin, krank zu sein. Er empfand sogar eine gewisse Erleichterung dabei. Aber er hatte Angst vor der Klinik, weil er nicht sicher war, ob er sie lebendig verlassen würde.

»Wie wäre es, wenn wir ihn in die Gegend von Arcachon schickten?«, hatte Madame Donadieu vorgeschlagen.

»Keine Pinien! Viel zu aufregend für ihn«, hatte der Arzt bestimmt und noch hinzugefügt:

»Eher die Côte d'Azur …«

Da hatte Marthe sich an Saint-Raphaël erinnert, an die Villa. Im Haus ging es fünf Tage lang drunter und drüber.

Der alte Baillet hatte sich ohne Widerstand verhaften lassen, oder genauer, man hatte ihn am übernächsten Tag in seinem Bett in tiefem Schlaf gefunden.

Éva hatte beschlossen:

»Ich bleibe auf keinen Fall hier. Jean ist fünf Jahre alt und stellt mir unangenehme Fragen. Ich fahre mit der Kinderschwester und den Kindern ins Gebirge …«

Sie war in der Tat weggefahren, ohne ihrem Mann auch

nur auf Wiedersehen zu sagen. Marthe wagte nicht, aus dem Haus zu gehen. Sie hatte den Eindruck, dass sich die Leute auf der Straße nach ihr umdrehten.

Fünf Tage Alptraum, ein wirres Hin und Her. Olsen hatte Angst, es könnte herauskommen, dass er nach Bordeaux gefahren war. Es war Philippe, der ihn fragte:

»Wo ist sie jetzt?«

»Im Hôtel de la Poste, in Bordeaux.«

»Geht es ihr sehr schlecht?«

»Ich weiß nicht.«

»Sie muss unbedingt zurückkommen und ihren Platz im Büro wieder einnehmen.«

»Aber ...«

»Ich fahre hin!«

Unter den momentanen Umständen störte sich niemand an Philippes Gegenwart. Und eines Nachts, als man sehr lange diskutiert hatte, übernachtete er sogar auf einem Sofa im Salon.

Kiki nutzte die Gelegenheit, um einen kleinen Nervenzusammenbruch zu bekommen.

»Michel sollte ihn am besten mitnehmen«, schlug Marthe vor.

Warum nicht? Man musste das Schlachtfeld aufräumen, die Verwundeten und die Schwachen wegschaffen. Michel, noch kränklich, war so entsetzt bei dem Gedanken, allein bleiben zu müssen, dass er die Gesellschaft seines Bruders und des Hauslehrers akzeptierte. Die Villa Les Tamaris war frei, wie neun von zehn Villen in Saint-Raphaël.

Ich habe im Meer gebadet, schrieb Kiki seiner Mutter mitten im Januar.

Und Philippe brachte eines Abends Odette zurück, die am nächsten Tag ihren Platz im Büro wieder einnahm.

Wir erfuhren, schrieben die Zeitungen, *von der Verlobung von Mademoiselle Martine Donadieu mit Monsieur Philippe Dargens. Wegen des Trauerfalls wird die Hochzeit im engsten Familienkreis stattfinden.*

Marthe hatte nach einem Kennerblick auf die Taille ihrer Schwester den Entschluss gefasst, nicht mehr mit ihr zu sprechen. Madame Donadieu hatte ausgiebig geweint, aber man hätte meinen können, dass es Tränen der Rührung waren. Frédéric vermied es, sich im Hause blicken zu lassen, und man sprach von der bevorstehenden Schließung des Alhambra.

Acht Tage vor der Hochzeit, die im Februar stattfand, gab ein Telegramm von Éva Donadieu, die mit ihren Kindern in der Schweiz war, Anlass zu einer ernsthaften Aussprache. Éva verlangte eine telegraphische Geldanweisung, denn im Eifer des Gefechts war sie mit nur zwei- oder dreitausend Franc abgereist.

Es war Olsen, der die Initiative ergriff und Madame Donadieu, Marthe – die ihren Bruder vertrat – und Philippe in seinem Büro zusammenrief.

»Die Lage ist folgende«, erklärte er und erhoffte sich die Zustimmung der anderen. »Jeder Erbe Oscar Donadieus hat die Leitung einer Abteilung übernommen und bezieht dafür ein Gehalt von jährlich fünfzigtausend Franc.«

Während Kiki in Saint-Raphaël bei schönstem Sonnenschein im Meer badete, fiel hinter den Fenstern am Quai Vallin der Regen dichter denn je.

»Durch seine Heirat mit Martine hat Philippe ebenfalls Anrecht auf die Leitung einer Abteilung. Er wird vorläufig die Leitung von Michels Abteilung übernehmen, mit den entsprechenden Bezügen …«

Philippe hörte zu, ohne mit der Wimper zu zucken.

Marthe, die ihn heimlich beobachtete, fand ihn erstaunlich ausgeglichen.

»Was das Übrige angeht ... Es ist schließlich selbstverständlich, dass die Gewinne unter den Aktionären, das heißt unter den Familienmitgliedern, aufgeteilt werden. Ich möchte euch aber gleich darauf hinweisen, dass die Bilanzen seit drei Jahren keine Gewinne, sondern Verluste ausweisen ...«

»Sehr gut!«, sagte Philippe.

Er hatte begriffen. Man musste mit fünfzigtausend Franc auskommen, was die seltsame Atmosphäre des Hauses in der Rue Réaumur zum Teil erklärte.

Zwei Tage später sprach Marthe ein anderes Problem an.

»Meine Schwester kann unmöglich nach ihrer Heirat im Haus oder auch nur in La Rochelle bleiben. Es braucht nicht gleich die ganze Stadt zu wissen, dass sie seit einigen Monaten schwanger ist ...«

Wieder pflichtete Philippe bei. Man hatte nicht ein einziges Mal gehört, dass er sich gegen das aussprach, was man einen Donadieu-Beschluss hätte nennen können. Und da er nicht vergaß, dass ihr Budget nur fünfzigtausend Franc betragen würde, schlug er vor:

»Meine Frau könnte zusammen mit Michel und Kiki in Saint-Raphaël wohnen. Wir teilen uns die Kosten ...«

Unterdessen wartete Martine. Sie sah Philippe kaum noch, und er erzählte ihr nur von organisatorischen Dingen. Die Hochzeit wurde bis in die kleinsten Einzelheiten diskutiert; da Frédéric es abgelehnt hatte, als Trauzeuge zu fungieren, nahm man wie zum Trotz Leute wie Varin und Camboulives.

Michel kam nicht zur Hochzeit. Es war besser, nicht zu offenbaren, wie schlecht es um ihn stand.

Was Martine sicherlich am meisten verwirrte, war die Tatsache, dass sie am Abend ihrer Hochzeit in ihrem eigenen Zimmer in der Rue Réaumur neben Philippe schlief.

Sie konnte nicht anders, als zu seufzen:

»Warum gehen wir nicht beide weg? Wir wären überall sonst wo so viel glücklicher!«

»Später, Martine.«

»Wann?«

»Wenn die Donadieus aus ihren Schwierigkeiten heraus sind. Verstehst du das nicht?«

Nein, sie verstand nicht, dass er mehr Donadieu sein wollte als sie, dass er um Punkt acht Uhr in seinem Büro war, dass er sich an den Tagen, an denen es viel Arbeit gab, kaum die Zeit zum Essen nahm. Sie verstand auch sein herzliches Verhältnis zu ihrer Schwester Marthe nicht, und ebenso wenig seine kurzangebundene Art im Umgang mit Olsen.

»Ich werde dich alle vierzehn Tage in Saint-Raphaël besuchen. Nach dem Prozess werden wir klarer sehen ...«

Und er lebte weiterhin im Haus und nahm seine Mahlzeiten mit Madame Donadieu ein.

»Komm herein!«, sagte Philippe und öffnete die Tür des Aquariums. Er hatte Michels Schritte auf dem Kiesweg, dann im Korridor gehört. Martine saß in einem Sessel, mit fülliger Taille und blassem, abgespanntem Gesicht.

»Ich warte schon seit zwei Stunden auf dich«, erklärte Philippe. »Ich bin mit dem Zug um einundzwanzig Uhr dreißig angekommen ...«

»Ach!«

Michel war es zu warm. Er setzte sich an den Tisch und nahm ein Sandwich, das von Philippes Abendessen übrig geblieben war. Seine Manie, alles zu essen, was er sah, hatte sich mit seiner Krankheit verstärkt, und nachmittags war er mit Sicherheit in irgendeiner Konditorei anzutreffen.

»Wir brechen um sechs Uhr früh wieder auf …«

»Wer?«

»Du und ich. Was hast du? Martine, es wäre besser, wenn du dich hinlegen würdest und uns allein ließest …«

Martine gehorchte ohne Begeisterung. Sie bat inständig:

»Ihr werdet doch nicht zu lange aufbleiben?«

»Aber nein! In zehn Minuten sind wir fertig.«

Zehn Minuten, die über eine Stunde dauerten. Philippe war nicht zu seinem Vergnügen gekommen. Er unterstrich seine Sätze mit:

»Verstehst du denn nicht?«

Denn seit seiner Heirat, eigentlich schon seit man ihn zurückgerufen hatte – denn es war die Familie, die ihn zurückgerufen hatte! –, duzte er alle Donadieus, außer seiner Schwiegermutter.

»Ich frage dich nicht, wo du um diese Uhrzeit herkommst, aber ich wäre froh, wenn du mir zuhören würdest. In drei Tagen wird die Angelegenheit vor dem Schwurgericht verhandelt …«

Um Mitleid zu erheischen, setzte Michel sein kränklichstes Gesicht auf, nahm seine Puderdose aus der Tasche und schluckte eine Pille.

»Was wird passieren?«, jammerte er.

»Das kommt ganz darauf an, wie wir uns anstellen. Kennst du Limaille?«

»Den Rechtsanwalt?«

»Ja! Er ist ein Lump! Ich kenne ihn!«

»Er wird alles tun, um uns zugrunde zu richten«, wimmerte Michel.

Limaille war fünfunddreißig Jahre alt und hatte tatsächlich mit nichts angefangen. Er hatte hart gearbeitet und es doch nicht so weit gebracht wie erhofft. Die großen Klienten hatten kein Vertrauen zu ihm. Er übernahm nur unbedeutende Fälle, und einmal war er als Pflichtverteidiger bei einer Vergewaltigungsgeschichte auf dem Land eingesetzt worden.

»Ich habe mit Limaille gesprochen!«, erklärte Philippe und zündete sich eine Zigarette an.

Er trug die gleiche Kleidung wie früher. Er war weder dicker noch magerer, und dennoch hatte er sich stark verändert. Es lag eher in der Haltung, die ganz und gar unerschütterlich war, in seinem Blick, der fest und ziemlich verächtlich wirkte.

»Limaille hat auf ein medizinisches Gutachten verzichtet.«

»Was für ein medizinisches Gutachten?«

»Der Untersuchungsrichter brauchte sich nicht darum zu kümmern. Er musste wissen, wann, wie und warum Baillet Doktor Lamb getötet hat. Und bei der Staatsanwaltschaft war kein Strafantrag wegen der Abtreibungsaffäre eingegangen ...«

»Ja und?«

»Verstehst du denn nicht? Dass Baillet Lamb getötet hat, ist nichts, nur eine Nachricht unter der Rubrik ›Vermischtes‹. Was aber, wenn der Prozess wiederaufgerollt wird wegen eines zusätzlichen Zeugenverhörs? Wenn Limaille um die Verbindung der beiden Fälle nachsucht und damit durchkommt? Limaille, das habe ich sofort erraten, rechnet natürlich mit einer großen Wirkung auf das Publikum. Gleich zu Beginn des Prozesses ist er aufgestanden und hat eine Untersuchung über die Tatbestände gefordert, die in der *Schmutzigen Wäsche* im Zusammenhang mit Doktor Lamb genannt wurden. Er hat auch vorsorglich einen Strafantrag im Namen seines Klienten gestellt ...«

Michel hatte beinahe einen Rückfall. Er stellte sich die Aufregung in La Rochelle vor, die Untersuchung bei der Engelmacherin in Lhoumeau, dann in der Klinik, im Hôtel de la Poste ...

»Limaille wird nichts sagen!«, sagte Philippe kurz. »Ich habe mit ihm gesprochen. Ab September wird er Rechtsbeistand der Firma Donadieu, mit einem Gehalt von ...«

»Aber ...«

»Warte!«

»Ich sehe nicht ein, warum ich wegfahren soll ...«

Er dachte nicht so sehr an Nine oder an die sonnigen Tage in Saint-Raphaël. Aber er hatte das Gefühl, dass er nur hier in Sicherheit war. Was würde ihm dort alles blühen?

»Warte! Odette steht auf der Liste der Entlastungszeugen. Ich weiß nicht, welche Fragen ihr Limaille, vor dem ich mich trotz allem in Acht nehme, im Zeugenstand zu stellen gedenkt. Odette hat sich nicht richtig erholt, und ich kann ein Liedchen davon singen, denn ich habe sie als Sekretärin übernommen. Du musst – verstehst du, du musst einfach – mit ihr sprechen, nur du, und zwar morgen schon ...«

Michel nahm ein zweites Sandwich.

»Ich habe alles getan, um sie aufzumuntern«, fuhr Philippe fort. »Es ist mir zum Teil auch gelungen, aber wir müssen mit ihrer Aufregung rechnen, wenn sie im Zeugenstand steht und ihren Vater sieht. Sie glaubt, dass du sie vergessen hast. Ich habe ihr das Gegenteil geschworen. Ich bin sogar so weit gegangen, dass ich sagte, du hättest fast im Sterben gelegen ...«

»Und wenn sie nicht will?«, seufzte Michel.

Er klammerte sich an seinen Sessel, an diese düstere, friedliche Villa, an die halbleere Stadt, an Nine, an seine kleine Kneipe, an die Bridgespieler und an das Boule Rouge.

»Du wirst eine Stunde mit ihr sprechen, dann fährst du zurück. Wir werden morgen im Zug ausführlich darüber reden. Und jetzt gute Nacht! Wir müssen um fünf Uhr aufstehen …«

Kein Händedruck. Philippe betrat das Schlafzimmer seiner Frau, und da er glaubte, sie sei schon eingeschlafen, glitt er geräuschlos unter die Decke.

»Was habt ihr beide denn für ein Komplott geschmiedet?«

»Nichts, Liebling, schlaf!«

»Ich will es wissen …«

»Ich zerbreche mir den Kopf, wie man den Skandal von der Familie abwenden kann.«

Worauf sie, schon halb im Schlaf, murmelte:

»Was kann dir das schon ausmachen?«

Nun wurde sie ganz wach, drückte sich an ihn:

»Warum kümmerst du dich um das alles, Philippe? Wir könnten beide so glücklich sein, irgendwo …«

Er küsste sie und löste sich aus ihrer Umarmung.

»Pst!«

»Was kann dir das schon ausmachen, wenn mein Bruder …«

»Pst! Bitte, Martine! Lass mich schlafen. Ich brauche alle meine Kräfte. Diese Schlacht ist nicht so leicht zu gewinnen, glaub mir! Danach werden wir Ruhe haben. Nur noch einige Tage. Ich bitte dich nur um ein bisschen Freiraum, bloß einige Tage …«

Sie hätte am liebsten geweint, ohne bestimmten Grund. Sie seufzte nur:

»Warum?«

»Pst! Du wirst das später verstehen. Morgen früh muss ich um fünf Uhr aufstehen …«

Und er gab ihr durch seine Körperhaltung deutlich zu verstehen, dass er schlafen wollte.

»Philippe!«

»Was?«

»Liebst du mich noch?«

»Ich liebe dich mehr denn je.«

»Warum tust du dann das alles?«

Seit vielen Tagen, seit sie im Grunde allein in dieser Villa war, allein in Saint-Raphaël, füllte sie ihre Stunden nur mit der Erinnerung an die Zeit in Paris!

»Und wenn wir weggingen, Philippe?«

»Pst! …«

Er schlief. Er wollte schlafen. Er wusste, dass der nächste Tag aufreibend sein würde und die folgenden ebenfalls. Es brachte ihn zur Verzweiflung, ihren nervösen Körper neben sich zu spüren. Er drehte sich um.

»… Nacht, Martine!«

»… Nacht …«

Aber es war nervenaufreibend zu wissen, dass sie nicht schlief. Sie musste noch lange wach gelegen haben, allein, in der Dunkelheit, denn als er um fünf Uhr aufstand, schlief sie so tief, dass sie ihn nicht hörte.

Er ging zu Michel, der ihm einen flehenden Blick zuwarf.

»Ich bin krank …«

»Auf! … Schnell! … Ich mache Kaffee …«

Und er kochte tatsächlich selbst Kaffee, denn es gab keine Dienstboten im Haus. Die Miete für die Villa war ziemlich hoch, und so begnügten sie sich mit einer Zugeh-frau, einer Italienerin, die um sieben Uhr morgens kam.

Als sie an diesem Tag die Küche betrat, fand sie den Gasherd noch warm vor. In der Kaffeekanne war ein Rest lauwarmer Kaffee, und auf dem Tisch lagen trockene Brot-krumen.

Sie fragte sich einen Augenblick, was passiert war, doch als sie Geräusche aus einem der Zimmer hörte, dem Zim-mer Kikis, zuckte sie die Achseln und sagte sich, dass es nichts zu bedeuten habe. Und sie machte wie jeden Mor-gen den Milchkaffee und legte auf dem Tisch im Aquarium vier Gedecke auf.

2

Der Fahrer des Taxis, das sie am Bahnhof nahmen, fragte ganz selbstverständlich:

»Quai Vallin? Rue Réaumur?«

Und es war Philippe, der antwortete:

»Quai Vallin! Schnell!«

Es war fünf Uhr am Nachmittag. Die Büros machten um sechs Uhr Feierabend. Eine Stunde war nicht viel Zeit für das, was sie zu tun hatten. Seit Saint-Raphaël hatten sie kaum ein paar Sätze miteinander gewechselt, denn sie waren in ihrem Abteil nie allein. Michel hatte einen Kriminalroman gelesen, Philippe zum Fenster hinausgesehen.

Schon war das Auto am Quai Vallin angelangt. Michel, der verdrossen aus dem Wagen stieg, fuhr zögernd mit der Hand an seine Westentasche, ließ seinen Schwager bezahlen, folgte ihm ins Haus.

Als er den jungen Mann jeweils drei Stufen nehmend die Treppe hinaufspringen sah, Joseph ein vertrauliches guten Tag zurufen und eine gepolsterte Tür aufstoßen, war er zum ersten Mal schockiert. Gewiss, Michel wusste, dass Philippe sich schnell eingelebt hatte, aber es zu wissen und es mit eigenen Augen zu sehen war nicht dasselbe. Es war umso unangenehmer, als Philippe ruhig die Post vom Tisch nahm – im Grunde Donadieu-Post! – und dann rief:

»Mademoiselle Odette!«

Sie saß in ihrem kleinen Büro und trug eines ihrer alten Kleider.

»Wenn Sie so nett sein wollen, Monsieur Michel behilflich zu sein«, fuhr Philippe fort und ging mit der Post unterm Arm auf die Tür zu.

»Wenn jemand nach mir fragt, ich bin bei Monsieur Olsen ...«

So! Jetzt war Michel an der Reihe.

Dass das junge Mädchen von Philippe eingehend vorbereitet worden war, wusste Michel allerdings nicht. Als er mit ihr allein war, machte er sich auf harte Worte gefasst, auf Vorwürfe, zumindest aber auf Tränen.

Doch Odette blieb ruhig, allzu ruhig, stand vorm Schreibtisch wie eine Sekretärin, die Anweisungen erwartet.

»Soll ich meinen Stenoblock nehmen?«

Er hatte den Eindruck, dass sie sich verändert hatte, dass sie zarter war und vor allem – es war komisch, diese Feststellung zu machen! – dass sie intelligenter wirkte. Gewiss, früher hatte er nie darauf geachtet, doch sie war ihm nie anders vorgekommen als eine gewissenhafte, etwas beschränkte Angestellte, wie es manchmal bei Menschen der Fall ist, die ihren Beruf mühsam erlernt haben.

Sie wartete immer noch, und er setzte sich linkisch an seinen Schreibtisch, zog die kleine Dose aus seiner Tasche und seufzte mit schmerzverzerrtem Gesicht:

»Ich bin sehr krank, meine arme Odette!«

Sie zuckte nicht mit der Wimper, sondern sah gleichgültig zu, wie er eine winzige Pille nahm, und erwiderte:

»Ich auch.«

»Ich weiß! Wir sind beide krank, seelisch und körperlich ...«

Er tastete immer noch das Terrain ab, versuchte, den richtigen Ton zu finden.

»Hat Philippe Ihnen gesagt, dass der Arzt mir absolute Ruhe verordnet hat?«

»Er hat mir davon erzählt, ja.«

»... und dass mich eine neuerliche Aufregung auf der Stelle töten könnte?«

»Ich weiß!«

Bis dahin hatte er geschauspielert, doch nun wurde ihm plötzlich das Erschreckende der Situation bewusst. Und er schaute dieses schlechtgekleidete junge Mädchen, das mitten im Büro stand, in seinem Büro, dem ehemaligen Büro Oscar Donadieus, mit anderen Augen an und dachte, dass dieses junge Mädchen morgen, übermorgen vor Gericht mit einem Satz, einem Wort eine Katastrophe auslösen, ihn ins Gefängnis bringen konnte, was vielleicht den Untergang des Hauses Donadieu, der alteingesessenen Firma, bedeuten würde.

Er biss sich auf die Lippe und rief mit zitternder Stimme:

»Odette!«

»Ja.«

»Sie können sich gar nicht vorstellen, wie ich gelitten habe, wie ich noch leide. Odette! Ich habe gesündigt, das stimmt. Ich habe gesündigt, weil ich der Versuchung, Ihrem Körper, Ihrer Jugend nicht widerstehen konnte ...«

Die Tränen kamen fast natürlich. Er bedeckte sein Gesicht und klagte:

»Wenn ich doch jetzt, um alles wiedergutzumachen, zehn Jahre meines Lebens hingeben könnte ... Sagen Sie mir die Wahrheit, Odette, sind Sie noch krank?«

In aller Schlichtheit sagte sie:

»Ja.«

»Leiden Sie sehr?«

»Das ist ohne Bedeutung.«

»Odette, wenn ich Sie auf Knien um Verzeihung bitten würde? ...«

»Das wäre ein Fehler.«

Er hielt diese Antwort für eine Drohung und ließ sich wirklich auf die Knie fallen, wobei er ihr die Hände entgegenstreckte.

»Odette, ich flehe Sie an, verzeihen Sie mir! Ersparen Sie uns allen neues Unglück ...«

»Stehen Sie auf, Monsieur Donadieu!«

»Nicht, bevor Sie mir gesagt haben ...«

»Es könnte jemand hereinkommen!«

Er stand zwar auf, doch nur, um an die Wand gelehnt zu weinen. Er spürte, dass er sie überhaupt nicht beeindruckte. Er war überzeugt, dass alles verloren war, dass sie sich rächen würde.

In den anderen Büros klapperten die Schreibmaschinen. Man telefonierte. Man diktierte Briefe. Philippe saß auf dem Schreibtisch Olsens, der fragte:

»Wie ist er?«

»Wie er immer gewesen ist und wie er immer sein wird!«

Olsen schaute weg. Es war nicht das erste Mal, dass sich Philippe in dieser Weise über die Donadieus äußerte.

»Wie hat sie ihn empfangen?«

»Kühl.«

Sie mussten warten. Sie hörten Geräusche von oben, sicherlich als Michel auf die Knie fiel.

»Deine Frau?«, fragte Olsen, um die Zeit zu vertreiben.

»Es geht ihr gut, danke.«

Zwischen den beiden angeheirateten Schwägern war die Beziehung besonders frostig. Man hätte meinen können, dass sie einander belauerten, die Schwachstelle beim andern suchten. Einmal hatte Marthe ihren Mann gefragt:

»Was hältst du von ihm?«

»Ich finde, er ist besser, als ich zuerst glaubte.«

Aber in seiner Stimme lag ein Zögern. Er gestand ehrlich, was er von ihm dachte, und bedauerte zugleich, dass er so dachte.

»Was treibt er denn den ganzen Tag in Saint-Raphaël?«

Philippe zuckte die Achseln. Das war unwichtig! Er lauschte auf die Geräusche von oben, und da er nichts hörte, stieg er die Treppe hinauf, ging in ein leeres Büro und legte das Ohr an die Verbindungstür …

»… verlangen Sie von mir, was Sie wollen … Sie wissen doch, dass ich mich darum kümmern werde, Ihre Zukunft zu sichern … Sie werden in diesen Büros bleiben, so lange Sie wollen …«

»Nein«, sagte sie. »Ich werde gleich nach dem Prozess weggehen.«

»Wohin werden Sie gehen?«

»Ich weiß noch nicht. Monsieur Philippe hat mir eine Rente versprochen, die dem entspricht, was ich verdiene.«

Philippe lächelte, als er sich das Gesicht vorstellte, das Michel wohl machte.

»Er hat mir auch versprochen, dass er meinen Vater, falls er ins Zuchthaus kommt, nach spätestens zwei Jahren herausholt …«

»Dieses Versprechen gilt!«, pflichtete Michel mit Nachdruck bei. »Was ich möchte, Odette, ist die Versicherung, dass Sie durchhalten, was auch immer man vor Gericht zu Ihnen sagen, was auch immer man tun mag, um Sie zu verwirren.«

»Ja!«

»Schwören Sie es?«

»Ich habe es schon Monsieur Philippe versprochen.«

Immer er! Philippe, der weder geweint noch gedroht hatte, der aber fast jeden Tag seine Arbeit unterbrach und das junge Mädchen, das seine Sekretärin geworden war, zu sich rief.

»Na, meine kleine Odette?«

Er war so offen, dass sie sofort Vertrauen zu ihm fasste.

»Wieder geweint? Und das alles wegen meines Schwagers, diesem dicken Dummkopf?«

Er machte sich über sie lustig.

»Ich wette, dass Sie mir jetzt etwas von Schande erzählen und dem ganzen Krempel ...«

»Mein Leben ist vorbei ...«, hatte sie anfangs geschluchzt.

»So? Jetzt schauen Sie sich doch mal im Spiegel an. Sind Sie nicht mehr so hübsch wie vorher? Und ob! Ich möchte sogar sagen, dass das Gegenteil der Fall ist! In ein oder zwei Monaten sind Sie wieder völlig genesen. Und was wird Ihnen dann fehlen?«

»Ich weiß nicht ...«

»Überhaupt nichts wird Ihnen fehlen, das ist die Wahrheit! Einmal angenommen, es wäre nichts zwischen Ihnen und Michel gewesen oder Ihre Verbindung hätte keine Folgen gehabt ...«

Sie putzte sich die Nase, heulte, aber es war schon nicht mehr so schlimm.

»Sie wären sicherlich als Stenotypistin in der Firma geblieben. Sie wären vertrocknet, denn Sie haben die Neigung zu vertrocknen. Und dann? Sie hätten vielleicht geheiratet, aber das ist nicht sicher. Und dann?«

»Ich wäre eine anständige Frau geblieben.«

»Das ist nicht wahr.«

»Warum nicht?«

»Weil Sie schon keine Jungfrau mehr gewesen sind, als Sie mit meinem Schwager geschlafen haben. Stimmt's?«

»Ich habe einen Freund gehabt ...«

»Na? Sehen Sie! Jetzt sind Sie eine interessante Person. Sie haben Erfahrungen gesammelt, haben gelitten wie eine Filmheldin, und morgen wird sich die ganze Stadt mit Ihnen beschäftigen. Übermorgen wird Michel Ihnen eine Rente aussetzen, und Sie werden, wo Sie wollen, ein ruhiges oder bewegtes Leben führen, ganz nach Ihrer Wahl ...«

Erstaunlicherweise erreichte er genau, was er wollte. Sie horchte auf, dachte an die Zukunft, die er beschwor.

»Sie werden heiraten oder sich einen Liebhaber nehmen ...«

»Männer widern mich an!«

»Das stimmt nicht. Oder widere ich Sie etwa an?«

Er wusste, dass er das nicht tat, denn er spürte, wie bei dem jungen Mädchen das Gefühl der Bewunderung ihm gegenüber täglich zunahm, und dieses Gefühl wurde immer beunruhigender.

»Sie werden jetzt von Ihrem Vater erzählen. War Ihr Vater glücklich? Nein! Jetzt sitzt er im Gefängnis ...«

»Glauben Sie etwa, das sei lustig!«

»Das ist vielleicht nicht lustig, aber bei seinem Charakter leidet er bestimmt nicht sehr darunter. Er wird verurteilt werden. Er wird ins Zuchthaus kommen. Wir werden ihn dort bald herausholen, denn wenn man Geld hat, bleibt man nicht im Zuchthaus. Auch er wird von meinem Schwager eine ansehnliche Rente verlangen und in einer Gegend seiner Wahl leben können ...«

Es war ihm mehrere Male gelungen, sie zum Lächeln zu bringen.

Aber jetzt, bei dem Tête-à-Tête mit Michel, lächelte sie nicht. Und er war ungeschickt, trug zu dick auf, weinte, wollte bedauert werden.

»Sagen Sie mir ganz offen, Odette, habe ich Sie brutal behandelt? Geschah es nicht mit Ihrem vollen Einverständnis, dass …«

Und sie schaute unwillkürlich in die Ecke des Büros, wo ihre erste Umarmung stattgefunden hatte.

»Und danach, als Sie schwanger gewesen sind, habe ich …«

»Schweigen Sie!«

»Dann schauen Sie mich doch nicht so hasserfüllt an. Versetzen Sie sich an meine Stelle! Meine Frau will nicht mehr mit mir zusammenleben. Ich bin ein Fremder im eigenen Haus. Ich muss mich verstecken, und meine Gesundheit ist dabei auf der Strecke geblieben …«

Ein Klingelzeichen im Treppenhaus zeigte den Büroschluss an, und Philippe fand es klug, die Tür zu öffnen.

»Ihr seid ja immer noch da?«, spielte er den Verwunderten. »Ist kein Anruf für mich gekommen, Mademoiselle Odette?«

»Nein, Monsieur Philippe.«

»Kommst du mit, Michel?«

Noch bevor sie hinausgingen, trat Philippe zu dem jungen Mädchen, das seinen Hut aufsetzte.

»Sagen Sie ihm etwas, um ihn zu beruhigen! Tun Sie es mir zuliebe!«

Sie sah ihn zögernd an. Dann richtete sie es so ein, dass sie an Michel vorbeiging, der auf dem Treppenabsatz wartete.

»Sie haben nichts von mir zu befürchten«, sagte sie hastig.

Da Éva immer noch mit den Kindern in der Schweiz war, blieben die Läden im ersten Stock geschlossen, und Michel aß im Erdgeschoss zu Abend, zwischen Philippe und seiner Mutter.

Er fand Madame Donadieu verändert, aber er hätte nicht sagen können, inwiefern, und unwillkürlich warf er einen Blick auf das Porträt seines Vaters, während er Philippe beobachtete, der sich wie zu Hause fühlte.

»Sind Sie sich ihrer Aussage sicher, Philippe?«, fragte Madame Donadieu.

»Ganz sicher. Ich war vorher schon fast sicher. Dennoch fand ich es besser, dass sie Michel sieht ...«

Der senkte den Kopf. Diese Unterredung hatte für ihn einen faden Beigeschmack. Gleichzeitig suchte er vergebens die gewohnte Atmosphäre des Hauses.

Es war verwirrend, nach so wenigen Monaten so vieles verändert zu finden. Er stellte sich vor, wie Philippe und Madame Donadieu an den anderen Tagen allein im Esszimmer saßen.

Wie hatte das alles nur geschehen können? Und niemand hatte protestiert! Philippe war da, er aß, er sprach, als wäre es das Natürlichste auf der Welt. Und in Saint-Raphaël erwartete Martine sein Kind ...

»Hat man dich über die Umbauarbeiten in Kenntnis gesetzt, die für diesen Winter vorgesehen sind?«, fragte Madame Donadieu.

»Welche Umbauarbeiten?«

»Es ist eine Familie mehr im Haus. Ich werde im Pavillon hinten im Hof wohnen, mit Kiki. Marthe hat als Älteste das Erdgeschoss für sich verlangt, Philippe und Martine werden ihre Wohnung im zweiten Stock übernehmen, und du bleibst im ersten ...«

Manchmal wirkten ihre Blicke so, als ob sie die beiden Männer musterte, sie miteinander verglich. Auf jeden Fall bemerkte sie:

»Du isst immer noch genauso viel und genauso schnell!«

Es war kein hübscher Anblick. Michel aß mit einer peinlichen Gier, stürzte sich regelrecht auf das Essen, was immer es auch war.

»Du bist dicker geworden …«

»Das ist das Herz«, erklärte er. »Entweder macht einen der langsame Puls dick, oder er macht einen zum Skelett.«

»Wie kam dir Martine vor, Philippe?«

»Sehr gut, Maman.«

Michel fuhr zusammen. Dieses »Maman«!

Ja, wie war das nur möglich? Sogar Marthe kam herunter, während man noch bei Tisch saß, was gegen alle Regeln der Donadieus verstieß!

»Hast du schon zu Abend gegessen?«, fragte ihre Mutter.

»Ja! Jean ist ausgegangen.«

Und sie setzte sich an den Tisch! Sie sprach mit Philippe, wie sie mit einem von ihnen gesprochen hätte. Sie duzte ihn!

»Bist du beim Rechtsanwalt gewesen?«, fragte sie.

»Ich habe alles mit ihm abgesprochen. Er hat mir die Liste der Geschworenen gezeigt. Wenn wir ein wenig Glück haben, wird alles nach einem Vormittag vorbei sein, und es wird nicht die kleinste unangenehme Frage geben …«

Marthe fragte ihren Bruder:

»Hat man dir wegen der Wohnungen Bescheid gesagt?«

»Ja.«

»Ich habe Éva deswegen geschrieben, aber sie hat mir nicht geantwortet. Weißt du, dass sie immerzu Geld verlangt?«

Er zuckte die Achseln. Die Vorhänge waren vorgezogen. Man erahnte kaum die fernen Geräusche der Stadt.

»Michel ist angekommen«, sagte unterdessen Madame Brun zu Charlotte. »Glaubst du, dass er es wagen wird, sich beim Prozess zu zeigen?«

»Ganz bestimmt nicht!«

»Meinst du, dass er Bescheid gewusst hat?«

»Das kann Ihnen doch egal sein!«

Charlotte war streitsüchtig geworden. Sie hatte überhaupt keine Freude mehr, wenn Madame Brun ihr ein Festmahl mit Crêpes oder Krapfen ankündigte. Zu Philippes Hochzeit hatte Madame Brun einen riesigen Blumenstrauß – den allergrößten – geschickt, und auf eine Karte hatte sie die einfachen Worte geschrieben: *Trotz allem Glückwünsche!*

»Für mich«, fuhr Madame Brun fort, ohne sich aus der Fassung bringen zu lassen, »ist es Michel, der, als er erfahren hat, dass sie schwanger ist …«

Aber Charlotte stand auf und schnitt ihr das Wort ab:

»Ich will lieber nichts von diesen Leuten hören. Ich gehe schlafen.«

»Es ist kaum neun Uhr.«

»Darf ich nicht einmal mehr müde sein? Gute Nacht!«

Es blieb Madame Brun nichts anderes übrig, als ihrer Tochter einen langen Brief zu schreiben:

… Die Ankunft Michels, der sich an der Côte d'Azur gesund pflegen lässt, legt die Vermutung nahe …

Und Marthe fragte ihren Bruder:

»Wann fährst du zurück?«

Es war Philippe, der antwortete:

»Morgen früh!«

Es war kein einziger Donadieu im Gerichtssaal, und doch waren sie für alle Welt da, anwesend hinter allem, hinter den Worten, hinter den gestellten Fragen. Der Zufall wollte es, dass an diesem Tag, nachdem schon seit mehreren Wochen Regen fiel, die Frühlingssonne den Gerichtssaal in helles Licht tauchte.

Die wichtigste Person bei der Verhandlung war Rechtsanwalt Limaille, der mit flatternden Ärmeln lange in den Korridoren hin und her gelaufen war. Was würde er sagen? Würde er es wagen, die Festung am Quai Vallin anzugreifen?

Es gab Erstaunen und sogar Enttäuschung, als der Angeklagte zwischen zwei Wächtern hereingebracht wurde. Tatsächlich sah man auf der Anklagebank nur ein Männchen mit einem nichtssagenden Gesicht und müdem, ängstlichem Blick, das seinen schwarzen Sonntagsanzug angezogen hatte und das mit seiner allzu weißen Wäsche, seinen Manschetten und seiner Krawatte mit dem Fertigknoten aussah, als hätte es sich für eine Dorfhochzeit oder für eine Beerdigung herausgeputzt.

Als man ihn befragte, war es noch schlimmer. Er schien sich immer zu fragen, ob der Vorsitzende das Wort an ihn richtete, drehte sich ratsuchend zu den Wächtern um, während sein Verteidiger ihn mit leiser Stimme unaufhörlich ermutigte. Schließlich stotterte er:

»Ja, Herr Vorsitzender … Nein, Herr Vorsitzender …«

Ihm fehlte seine Mütze, die er hätte hin und her drehen können, um sich Haltung zu geben.

»Sie haben sich auf Doktor Lamb gestürzt und haben mit dem Hammer auf ihn eingeschlagen.«

»Ja, Herr Vorsitzender …«

»Sie haben dem Unglücklichen einunddreißig Schläge mit Ihrem Werkzeug beigebracht …«

Im Saal gab es das übliche Raunen.

»Ja, Herr Vorsitzender.«

»Hatten Sie den Hammer in der Absicht mitgebracht, auf Doktor Lamb einzuschlagen?«

»Ja, Herr Vorsitzender ...«

»Ruhe, dahinten!«

In manchen Augenblicken konnte man die Ruhe des Angeklagten für Zynismus halten. Aber nein! Selbst der Vorsitzende schien zu resignieren. Es war klar, dass er nur einen armen Mann mit beschränktem Verstand vor sich hatte.

Umso erstaunlicher war es doch, dass er es eines Abends fertiggebracht hatte, ein Verbrechen zu begehen!

»Bringen Sie die Zeugin herein!«

In diesem Augenblick war der Saal knüppelvoll, und alle Hälse reckten sich. Odette Baillet kam herein, ruhig und würdevoll, so wie sie zu ihrem Chef hereingekommen wäre, den Stenoblock in der Hand.

»Als Verwandte des Angeklagten kann ich Sie nicht vereidigen. Wussten Sie von den Mordabsichten Ihres Vaters?«

Hinten im Saal rief jemand:

»Lauter!«

Und der Vorsitzende sagte ebenfalls:

»Lauter! Wenden Sie sich bitte den Herren Geschworenen zu. Als Ihr Vater Sie in Bordeaux besucht hat, haben Sie da über den Artikel in der Zeitung *Die Schmutzige Wäsche* gesprochen?«

»Nein, Herr Vorsitzender.«

»Haben Sie sich über diesen Besuch Ihres Vaters nicht gewundert?«

»Ich weiß nicht ... Ich erinnere mich nicht mehr ...«

»Lauter!«, schrie immer noch jemand. Und sie wandte sich mit vorwurfsvollem Blick dem Saal zu.

»Hatten Sie damals den Artikel bereits gelesen?«

Man hörte ihre Stimme nicht, aber man sah die verneinende Bewegung ihres Kopfes.

»Jetzt, wo Sie den Artikel gelesen haben, können Sie uns sagen, ob die Behauptungen, die er enthält, stimmen?«

Währenddessen saß Baillet nur da, abgestumpft oder eingeschüchtert von der Feierlichkeit dieser Sitzung, voller Scham, allein dasitzen zu müssen, während alle Augen auf ihn gerichtet waren.

»Nein!«

»Sie haben die Frage richtig verstanden. Es steht mir nicht zu, gewisse Namen zu zitieren, die mit der Verhandlung nichts zu tun haben. Ich frage Sie, ob die Behauptungen in der Zeitung *Die Schmutzige Wäsche* stimmen.«

»Nein!«

»Ich spreche von allen Behauptungen ...«

»Nein!«

»Haben Sie Ihre Stelle nie aufgegeben, auch nicht vorübergehend?«

»Nein!«

»Sind Sie im Auftrag Ihrer Arbeitgeber in Bordeaux gewesen, und haben Sie dort Nachforschungen angestellt?«

»Ja!«

Der Vorsitzende wandte sich an den Staatsanwalt, an die Geschworenen, an Rechtsanwalt Limaille.

»Wünscht jemand der Zeugin eine Frage zu stellen?«

Und dann, laut:

»Ich danke Ihnen, Mademoiselle. Sie können sich zurückziehen.«

Das war alles. Die Zuhörer waren verärgert und trotz

allem von einer seltsamen Erregung ergriffen. Man hatte das Drama, die Katastrophe gestreift. Ein Wort mehr, und es wäre zum Skandal gekommen, eine Familie wäre zugrunde gegangen, ein Stück von La Rochelle hätte in einer unsauberen Affäre Schiffbruch erlitten.

»Der nächste Zeuge ...«

Leumundszeugen, Eisenbahner, die aussagten, dass Baillet ein ehrlicher Mann mit einem sehr sanften Charakter sei.

Auf die Fragen, die man ihm stellte, antwortete der Gerichtsmediziner:

»Ich habe den Angeklagten untersucht und erkläre nach bestem Wissen und Gewissen, dass seine Zurechnungsfähigkeit als vermindert angesehen werden kann ...«

Das war vielleicht das Peinlichste, denn nachdem der Arzt von seinem Patienten der Schweigepflicht entbunden worden war, verkündete er, dass Baillet früher einmal eine besondere Krankheit gehabt habe, die gewisse Spuren hinterlassen hätte.

Es herrschte eine drückende Atmosphäre. Diese Tragödie war zu profan. Man hätte eher einen Skandal ertragen als dieses Grau in Grau, diese Gewöhnlichkeit.

»Die Verteidigung hat das Wort ...«

Und Limaille, von dem man endlich dramatische Akzente erwartete, hielt ein ausgesprochen klassisches und völlig glanzloses Plädoyer.

»Stellen Sie sich vor, meine Herren Geschworenen, dass morgen ein Schmierenblatt über Ihre Frau, über Ihre Tochter herzieht ... Aus politischen Gründen wollte das Opfer einer der ehrbarsten Familien der Stadt schaden, und da landet nun, auf Umwegen, dieser Mann, den ich verteidige, nach dreißig Jahren fleißiger Arbeit auf der Anklagebank ...«

Die Anspielung war schwach. Es blieb die Einzige. Nun musste er nur noch ein Porträt von Baillet zeichnen, was insofern überflüssig war, als schon die Haltung des armen Mannes Bände sprach.

Ohne Erstaunen, selbst ohne Emotion hörte man den Schlussantrag des Staatsanwalts:

»Ich verlange die Anwendung des Gesetzes, aber ich bin nicht dagegen, dass dem Angeklagten mildernde Umstände zugebilligt werden.«

Philippe saß mit Olsen und Madame Donadieu in seinem Büro. Sie sprachen wenig. Trotz Philippes Gelassenheit waren die beiden andern nervös. Das Telefon klingelte, am anderen Ende der Leitung war die ängstliche Stimme Michels zu hören, der von Saint-Raphaël aus anrief.

»... Nichts!«, antwortete Philippe. »Ich rufe zurück ...«

Im selben Augenblick kam wie zufällig Frédéric herein. Er war bei Gericht gewesen, und die Atmosphäre hatte ihn so stark beeindruckt, dass man bei seinem Anblick schlechte Nachrichten befürchten musste.

»Freispruch!«, erklärte er schlicht.

Er wandte sich nicht an Philippe, sondern an Madame Donadieu. Ihm war warm, er trocknete sich die Stirn ab und suchte mechanisch nach Zigaretten.

»Freispruch?«, wiederholte Olsen.

Und es geschah etwas Merkwürdiges. Alle sahen unwillkürlich zur Tür hin, als wäre man darauf gefasst, einen rachsüchtigen Baillet auftauchen zu sehen.

»Was hat er gesagt?«

»Nichts! Man könnte meinen, dass er nichts begriffen hat. Limaille hat dann seine Tochter aus dem Zeugensaal geholt. Weinend hat sie sich in seine Arme gestürzt ...«

Frédéric, der versuchte, ruhig zu erscheinen, hatte Tränen in den Augen und wandte den Kopf ab.

»Und die Leute?«, fragte Philippe.

Sein Vater verzog das Gesicht, als ob er sagen wollte: ›Nur das interessiert dich!‹

Aber er antwortete:

»Die Leute schienen nicht darauf gefasst zu sein. Alle schauten, ohne zu begreifen. Ich glaube, alle waren aufgewühlt. Einen Rechtsanwalt habe ich murmeln hören: ›Wirklich gute Arbeit, das kann man nicht anders sagen!‹«

»Das kann man wohl sagen!«, höhnte Philippe.

Es herrschte kein Krieg zwischen ihm und seinem Vater, aber es war so etwas wie eine große Leere zwischen ihnen. Durch wessen Schuld? Man hätte es nicht sagen können. Vielleicht war das Misstrauen daran schuld, mit dem Frédéric seinen Sohn immer betrachtete.

Philippe hatte nach und nach mehr oder weniger alle Donadieus für sich eingenommen. Madame Donadieu hatte ihn ein für alle Mal in ihrem Haus akzeptiert, und vielleicht hatte sie mehr Vertrauen zu dem jungen Mann als zu ihren eigenen Kindern.

Marthe war, obwohl sie immer noch Abstand wahrte, Philippe dankbar dafür, dass er in den schwierigsten Stunden Ruhe bewahrt und einen Skandal verhindert hatte.

Olsen musste zugeben, dass Philippe in Geschäftsdingen ebenso beschlagen wie er und sehr viel besser war als Michel, doch er blieb misstrauisch, genau wie Frédéric, nur aus anderen Gründen.

Wenn er seine Meinung in einem Satz hätte zusammenfassen müssen, hätte er gesagt:

›Was will er wirklich?‹

Denn es war zu schön. Philippe hatte sich allzu gut eingefügt, sowohl im Familienleben als auch im Geschäft. War er der Mann, der sich damit zufriedengab, einfach nur einer der Erben Donadieu zu sein, einer der *leiblichen Erben*, wie es in den offiziellen Akten hieß?

Er dachte nicht daran, mehr als seine fünfzigtausend Franc zu verlangen, und er beteiligte sich redlich an den Kosten für die Villa in Saint-Raphaël. Er fasste nie einen Entschluss, ohne ihn vorher mit seiner Schwiegermutter und seinem Schwager zu besprechen.

Nur ein Detail: Michels Büro, inzwischen seins, war schlecht beleuchtet. Er hätte nun einfach eine stärkere Birne einschrauben können, denn er war nicht der Mann des Halbdunkels; nun, er hatte es nicht getan.

»Wie sieht die Lage aus?«, fragte Madame Donadieu.

Und automatisch wandte sie sich Philippe zu.

»Man darf zunächst einmal nichts überstürzen«, erwiderte dieser. »Michel wird den ganzen Sommer über an der Côte d'Azur bleiben. Wir werden dort einer nach dem andern Urlaub machen. Wenn ich hinfahre, werde ich Odette mitnehmen, wie man eine Sekretärin mitnimmt, was jeder ganz normal finden wird. Michel wird ihr das Geld aushändigen, das er ihr versprochen hat, und sie wird davon absehen, nach La Rochelle zurückzukommen.«

»Aber ihr Vater?«

Aber ja! Man hatte an alles gedacht, nur nicht an den Fall, dass er freigesprochen werden könnte. Was sollte man Baillet sagen? Was würde er tun?

In diesem Augenblick hörte man Schritte im Treppenhaus. Jemand klopfte an die Tür, ohne sich vom Bürodiener anmelden zu lassen, und kam sofort herein, wie jemand, der zum Haus gehört. Philippe war der Erste, der sich umdrehte, und unwillkürlich zuckte er zusammen, als er

Odette sah, die sich in ihr kleines Büro begab, wobei sie ihren Hut abnahm.

Er befürchtete einen Ausruf Madame Donadieus und beeilte sich zu sagen:

»Und nun lasst mich bitte allein, ich habe zu tun.«

»Rufst du Michel an?«, fragte Olsen, doch Philippe bedeutete ihm zu schweigen.

Und er schob sie hinaus, mitsamt seinem Vater. Er schloss die gepolsterte Tür. Als er sich umdrehte, stand das junge Mädchen vor ihm, sehr blass, den Schatten eines Lächelns auf den Lippen. Sie schien sich nur mit Mühe aufrecht zu halten.

»Meine kleine Odette ...«, begann er.

Worauf sie mit großer Anstrengung, um gelassen zu bleiben, fragte:

»Sind Sie zufrieden?«

Er durfte die Rührung nicht noch größer werden lassen. Denn er war fast ebenso gerührt wie sie! Er ging zum Fenster hinüber und öffnete es.

»Hatte ich nicht recht, als ich versprach, dass alles gutgehen würde?«

Sie zuckte die Achseln. Sie schien sagen zu wollen:

›Was ist denn gutgegangen?‹

»Jetzt«, fügte er eilig hinzu, »müssen Sie eine Zeit lang meine Sekretärin bleiben. Im Sommer fahren Sie dann mit mir an die Côte d'Azur ...«

»Arbeiten Sie heute noch?«, fragte sie und nahm ihren Stenoblock.

»Nein! Verbinden Sie mich nur mit Saint-Raphaël ...«

Sie tat es widerwillig, er wusste es, aber er fand, dass es notwendig war, das von ihr zu verlangen.

»Danke, Odette. Gehen Sie nun zu Ihrem Vater!«

»Freunde vom Bahnhof haben ihn mitgenommen!«, sagte sie. »Ich weiß nicht, wohin sie gegangen sind …«

Sicherlich saßen sie in irgendeiner Kneipe und tranken!

»Hallo! Michel? …«

Er bat sie mit einem Blick hinauszugehen, hielt seine Hand vor den Hörer.

»Verstehst du mich? … Alles in Ordnung … Freispruch … Ja! … Aber ja, wenn ich es dir sage … Aber nein, nun hör doch! … Ja … Du kannst beruhigt sein … Ich schreibe dir heute Abend …«

Odette, die auf dem Treppenabsatz gewartet hatte, hörte das Klicken des Telefonapparats und kam zurück, um ihren Hut zu holen. Ihre Bewegungen verrieten die Trauer darüber, ohne das Wort, auf das sie wartete, gehen zu müssen.

»Guten Abend, Monsieur Philippe«, seufzte sie, die Hand am Türknauf.

»Guten Abend, Odette«, erwiderte er, ohne sie anzusehen.

Als die Tür zu war, atmete er auf.

3

Der Schlüssel war so groß und schwer, dass man ihn unmöglich in die Hosentasche oder in eine Handtasche stecken konnte. Nie war einer von ihnen auf den Gedanken gekommen, dass es genügt hätte, das Schloss auszuwechseln, weder Baillet, obwohl er gelegentlich bastelte und den Hühnerstall selber gebaut hatte, noch seine Tochter, die jung war und oft glänzende Einfälle hatte.

Schon vor dem Ereignis, das heißt, bevor der Eisenbahner ins Gefängnis kam, gab es nur einen Schlüssel, der in dem zerbrochenen Blumentopf auf der Fensterbank links von der Tür lag. Das war auch für die Nachbarn kein Geheimnis, die einmal in Abwesenheit der Baillets und in dem Glauben, es sei ein Kaminfeuer ausgebrochen, den Feuerwehrleuten das Versteck gezeigt hatten.

Während ihr Vater hinter Schloss und Riegel saß, versteckte Odette den Schlüssel weiterhin an derselben Stelle, und in dem Augenblick, als er sich von Freunden mitnehmen ließ, hatte sie vergessen, ihm zuzuflüstern:

»Der Schlüssel ist wie immer im Blumentopf!«

Jetzt ging sie in der ziemlich kühlen Dunkelheit nach Hause, bog in den Weg ein, der halb Dorfstraße und halb Landstraße war und an dem sie wohnte. Die meist einstöckigen Häuser waren von kleinen Gärten umgeben, und das Licht, das hier und da auf die Straße fiel, kam nicht von Straßenlaternen wie in der Stadt, sondern von großen Lampen, die über der Fahrbahn hingen.

Odette stieß achtlos das Gartentor auf, stellte fest, dass die Lampe nicht brannte, und wie als kleines Mädchen (damals hatte sie dazu auf eine leere Kiste steigen müssen, die man eigens dafür hingestellt hatte) griff sie in den Topf. Sie hatte ein ungutes Gefühl, als sie das Behältnis aus rotem Ton in die Hand nahm, um sich zu vergewissern, dass der Schlüssel nicht drin war.

Darauf klopfte sie auf gut Glück, aber sie wusste, wenn ihr Vater da wäre, würde sie Licht sehen, denn die Fensterläden schlossen schlecht. Sie war müder als gewöhnlich. Sie ging bis zur Mitte der Straße, von wo aus man sehr weit sah, erblickte aber keine Menschenseele.

Es war kein Tag wie die anderen. Dieser Vorfall an sich musste noch nichts bedeuten. Sicherlich war ihr Vater heimgekommen, und als er wieder ging, hatte er irrtümlich den Schlüssel mitgenommen ... Sie war für den kühlen Abend nicht warm genug angezogen. Sie machte es wie früher, als sie noch klein war, ging um das Haus herum, stieg auf die Hundehütte, in der seit zehn Jahren kein Hund mehr hauste, und kletterte durch das Guckfenster, das immer offen stand, weil ein Riegel fehlte. Nun stand sie in einer Abstellkammer hinter der Küche, die sie den Waschraum nannten.

Beunruhigt suchte sie den Lichtschalter, denn irgendetwas kam ihr unheimlich vor. Aber nein! Die Küche war nicht allzu unaufgeräumt, nur der Schrank stand offen, und auf dem Wachstuch des Tisches lagen Brotreste.

Was sie irritierte, war der Geruch. Sie machte eine Tür auf und stand in dem Raum, den sie als Wohnzimmer bezeichneten, obwohl die Möbel Esszimmermöbel waren. Eigentlich nutzten sie ihn nur, wenn Besuch kam, und gewöhnlich roch es darin nach Bohnerwachs und Schimmel.

Als sie Licht machte, sah Odette eine Rauchwolke unter der Lampe. Sie begriff. Auf dem Tisch, der von Stickdeckchen und Nippes freigemacht war, standen Gläser herum, die besten, die vom Service. Eine Zigarrenkiste, die aufbewahrt wurde, »falls einmal jemand zu Besuch kommen sollte«, stand offen, und die Luft war gesättigt vom Geruch nach Schnaps, nach Tabak und nach Männern.

Odette versuchte nicht nachzudenken, sie zog ihren Mantel aus, nahm ihren Hut ab, band sich eine Baumwollschürze um und setzte Wasser auf. Dann öffnete sie die Fenster, denn der Geruch widerte sie an.

Ihr Vater hatte seinen Freunden etwas zu trinken anbieten wollen, das war alles! Er hätte nicht die guten Gläser nehmen und sie vor allem nicht nass und klebrig direkt auf den Tisch stellen sollen …

Sie spülte sie und stellte sie wieder in den Schrank. Dann wischte sie den Tisch ab, und da manche Flecken nicht verschwanden, holte sie Möbelpolitur.

Sie hatte keinen Hunger. Es überkam sie eine so starke Müdigkeit, dass sie sich in den Sessel im Wohnzimmer setzte, den Blick über die Porträts an der Wand wandern ließ und dann mit einem Seufzer die Augen schloss.

Trotzdem spürte sie, wie die Zeit verging, hörte den letzten Autobus nach Charron vorüberfahren, dann den Zug nach Paris. Später schließlich hallten Schritte auf der Straße, und kurz danach drehte sich der Schlüssel im Schloss. Bevor sie die Augen öffnete, begriff sie, dass ihr Vater aus irgendeinem Grund Mühe hatte, den Schlüssel richtig zu bewegen, und eine Sekunde lang hatte sie Angst, dass es vielleicht gar nicht er war.

Sie stand auf, gähnte, vergewisserte sich, dass alles in Ordnung war, während Schritte den Korridor erschütterten.

Sie machte die Wohnzimmertür auf, und da bekam sie wirklich Angst, Angst vor ihrem Vater, der aus der Dunkelheit mit einem Gesicht auftauchte, das sie nicht an ihm kannte.

Er war immer noch im Sonntagsanzug, wie beim Prozess. Aber er hielt seinen Kopf ein wenig nach vorn gebeugt, wodurch er einen heimtückischen Blick bekam. Einen Augenblick lang zuckte er mit den Lidern, wegen des Lichtes, und plötzlich sprach er, mit einer rauen Stimme, die nicht seine normale Stimme war.

»Was tust du hier?«

Sie hätte beinahe geweint. Sie hatte begriffen. Sie erkannte die Stimme, den Geruch wieder. Sie hatte ihren Vater nur zweimal betrunken gesehen, aber sie hatte eine lebhafte Erinnerung daran zurückbehalten, vor allem an das eine Mal, nach der Beerdigung ihrer Mutter.

»Papa …«, murmelte sie.

Er lachte höhnisch. Und da er sonst nie so lachte, klang es umso dramatischer.

»Geh weg!«, sagte er und drehte sich zur Wand.

Sie glaubte, sie hätte ihn falsch verstanden. Sie rührte sich nicht, und er sagte noch einmal, wie jemand, der sich zurückhalten muss, der seine Selbstbeherrschung nur noch für einen Augenblick wahren kann, der aber keine Verantwortung für das übernimmt, was folgen wird:

»Geh, sofort!«

Er war nicht so betrunken wie die anderen Male, sie spürte es jetzt. Am auffälligsten war die Anspannung all seiner Nerven, die Starrheit seiner Augäpfel, seiner Züge.

»Papa, ich flehe dich an …«

»Ich sage dir noch einmal, dass du gehen sollst, du Schlampe! Hast du verstanden? Soll ich dir die Gründe nennen, ja?«

Und während er das mit starren Zügen sagte, weinte er, presste die Fäuste zusammen, fing an allen Gliedern zu zittern an.

»Geh! ...«

Entsetzt rief sie ihm zu:

»Ja! ... Ich gehe ja schon ... Beruhige dich ... Papa! ...«

»Halt den Mund!«

»Ich schwöre dir, Papa ...«

»Aber so halt doch den Mund! Siehst du denn nicht, dass ich imstande bin, das nächste Unheil anzurichten?«

Sie ging rückwärts in ihr Zimmer. Einen Augenblick lang erwog sie, sich dort einzuschließen, da sie annahm, dass ihr Vater am nächsten Morgen wieder zu normalen Empfindungen fähig sein würde.

»Beeil dich ...«, schimpfte er, die Augen immer noch tränenfeucht. »Nimm alles mit, was du willst, aber beeil dich ...«

Er knipste selbst die Lampe im Zimmer des jungen Mädchens an und zerrte einen Koffer, den einzigen Koffer im Haus, vom Kleiderschrank herunter.

Odette konnte sich nicht bewegen, so erschrocken war sie. Sie konnte auch nicht weinen oder sprechen. Sie stand nur da, blass, reglos, ihren Körper an den Fuß des Bettes gelehnt.

Ihr Vater öffnete mit den ungeschickten, ruckartigen Bewegungen eines Betrunkenen den Schrank, riss die wenigen Kleider heraus, die darin hingen, und schmiss sie durcheinander in den Koffer.

»Worauf wartest du noch? Wie? Du glaubst wohl, dass ich betrunken bin? Es stimmt zwar, dass ich getrunken habe, aber rechne nicht damit, dass ich morgen anderer Meinung bin ...«

Es war herzzerreißend, ihn so todunglücklich zu sehen.

Wer ihn am Morgen auf der Anklagebank beobachtet hatte, ein verwirrtes, bemitleidenswertes Männchen, der hätte es nicht für möglich gehalten, dass er sich innerhalb weniger Stunden in solch eine tragische Verfassung hineinsteigern könnte.

»Beeil dich, Odette …«, flehte er, als sie sich nicht rührte. »Begreifst du immer noch nicht? … Also, wenn du's wissen willst: Limaille, der Rechtsanwalt, ja, Limaille ist gekommen und hat mir eine Rente angeboten, wie dir!«

Seine Kehle war zugeschnürt. Er konnte nicht mehr sprechen, nicht mehr atmen. Wie von einem Schwindel gepackt, schien er im Begriff, zu Boden zu stürzen.

»Geh jetzt, schnell.«

Da packte ihn wieder die Wut, er verlor jegliche Kontrolle über sich und schrie:

»Geh! … Geh! … Geh! … Wenn du immer noch nicht verstehst, dann schau dir das an …«

Und fieberhaft, halb irrsinnig, wühlte er in seinen Taschen und zog eine kleine rote Karte daraus hervor, die er seiner Tochter ins Gesicht warf. Es war eine gewöhnliche Mitgliedskarte der Kommunistischen Partei. Sie war frisch, am Nachmittag ausgestellt!

»Bist du jetzt im Bilde, ja? Hast du begriffen?«

In seinen Augen war dieses Stück Pappe das Symbol seiner Revolte, seines endgültigen Bruchs mit allem, was bis dahin sein Leben gewesen war.

Doch nun konnte er nicht mehr, lehnte sich an die Wand, wobei er seine Tochter anstarrte, die langsam nach ihrem Hut, ihrem Mantel griff.

Sie wollte gerade weggehen, als er ihren Koffer ergriff, ihn zumachte und ihr vor die Beine warf.

»Du vergisst deine Sachen …«

Sie versuchte es noch einmal:

»Ich schwöre dir, Papa ...«

Aber sie wusste genau, dass er ihr nicht zuhörte, dass er litt, dass mit jeder weiteren Sekunde die nächste Krise drohte. Sie öffnete die Haustür, hörte hinter sich eine Art Schluckauf, vielleicht ein Schluchzen, und auf der Straße begann sie dann zu laufen, während ihr der Koffer bei jedem Schritt gegen die Beine schlug.

Ihr Gang wurde erst wieder normal, als sie an der Porte Royale ankam. Zwei Unteroffiziere, die auf dem Weg zur Kaserne waren, musterten sie und machten einen Witz über sie. Der Koffer war nicht sehr schwer, aber sperrig. In einigen Straßen, die auf das Zentrum zugingen, waren noch Schritte zu hören, ein Zeichen dafür, dass die Kinobesucher den Heimweg angetreten hatten.

Odette merkte nicht, wohin sie lief. Als sie den Uhrenturm erreichte, war es fünfundzwanzig Minuten nach Mitternacht. Hinter dem Turm stieg die Flut an, die Schiffe hoben sich unmerklich, und die Masten ragten über die Dächer der Häuser an den Quais.

Ganz in der Nähe war noch ein Lokal offen, das Café de Paris, wohin sie am Sonntagnachmittag hin und wieder ging, um Musik zu hören. Sie trat ein, ging auf einen Tisch zu, ohne irgendetwas wahrzunehmen. Als sie auf der Polsterbank saß, schaute sie eine Weile den Kellner an und versuchte zu begreifen, wo sie war.

»Was darf ich Ihnen bringen?«

»Ich weiß nicht ... einen Kaffee ...«

Erst allmählich merkte sie, dass die meisten Stühle schon hochgestellt waren und dass der halbe Schankraum in Dunkelheit getaucht war. Zwei junge Leute sprachen in einer Ecke sehr erregt und laut miteinander.

»… ich habe zu ihr gesagt: ›Puppe, mit mir machst du das nicht, und …‹«

»Was hat sie darauf geantwortet?«

Odettes Blick blieb an einer anderen Person haften, die sie erkannte, die sie noch am selben Nachmittag gesehen hatte. Merkwürdigerweise fiel ihr aber nicht ein, wer es war. Der Mann mit dem schon silbrigen Haar, der in Begleitung einer kleinen, ziemlich gewöhnlichen Frau war, sah sie ebenfalls mit einem eigentümlichen Ernst an.

Sie sah, wie er sich zu seiner Begleiterin hinüberbeugte, etwas zu ihr sagte, als wollte er sich entschuldigen. Er durchquerte den Raum, und je näher er kam, umso angestrengter versuchte Odette, sich zu erinnern.

Die Szene glich einem Traum. Die jungen Leute sprachen immer noch laut über ihre kleinen Affären.

Der andere, der Mann mit dem grauen Haar, grüßte ernst, murmelte:

»Gestatten Sie, dass ich mich einen Augenblick zu Ihnen setze, Mademoiselle Odette?«

Er merkte, dass sie ihn nicht erkannt hatte.

»Frédéric Dargens, Philippes Vater …«

Sie nickte. Vermutlich hatte er den Koffer gesehen, und das hatte ihn neugierig gemacht. Als der Kellner ihren Kaffee brachte, murmelte er:

»Sie sollten im Augenblick keinen Kaffee trinken. Bringen Sie einen Grog, *garçon!*«

Sie widersprach nicht. Sie genoss es irgendwie, diesen Mann bestimmen zu lassen, der die Dinge des Lebens mit solchem Feingefühl zu behandeln schien.

»Sie haben den Zug verpasst, nicht wahr?«, sagte er lächelnd und warf einen Blick auf den Koffer.

Sie wäre beinahe in Tränen ausgebrochen, hielt sich

nur mit Mühe zurück, und er fasste sie sanft am Ellbogen, wie um sie in ihrem Widerstand zu ermuntern. Er sprach weiter.

»Es gibt jetzt keinen Zug mehr vor fünf Uhr früh. Sie können nicht die ganze Nacht hierbleiben ...«

Man spürte, dass er seine Worte sorgfältig wählte, dass sie mehr meinten, als sie gewöhnlich bedeuteten, dass sie Symbole für verborgene Dinge waren.

Und plötzlich geschah etwas, worüber Odette selbst staunen musste. Sie hatte sich nie irgendjemandem anvertraut. Im Büro galt sie als verschlossen. Und nun sagte sie auf einmal, völlig unerwartet:

»Mein Vater hat mich gerade vor die Tür gesetzt!«

»Das habe ich mir gleich gedacht, als ich Sie mit dem Koffer hereinkommen sah.«

Sie fragte sich nicht, wie er dieses auch für sie überraschende Drama hatte erraten können. Sie hatte schon Vertrauen zu ihm gefasst, sah zu der kleinen Frau, die ihnen gegenübersaß, und sagte, fast schmollend:

»Sie starrt mich die ganze Zeit an ...«

Frédéric stand auf, murmelte eine Entschuldigung, ging zu seiner Freundin hinüber und sprach leise mit ihr. Diese zuckte die Achseln, nahm ihre Handtasche, ihren kurzen Pelzmantel und ging hinaus.

»Was haben Sie gemacht?«, fragte Odette.

»Ich habe sie ins Bett geschickt.«

»Warum?«

»Weil wir miteinander reden müssen. Sie können nicht die ganze Nacht durch die Stadt irren. Außerdem ist es besser, wenn Sie nicht gesehen werden ...«

Mit einem Achselzucken schien sie sagen zu wollen, dass ihr das gleichgültig war.

»Seien Sie nicht kindisch!«, rügte er sie. »Sie müssen sich den Dingen stellen. Trinken Sie Ihren Grog ...«

»Er ist zu heiß!«

»Das macht nichts. Trinken Sie ihn.«

Die jungen Leute beobachteten sie von ihrer Ecke am Fenster aus. Die Kassiererin und der Kellner warteten ergeben, denn sie waren daran gewöhnt, dass Frédéric noch nach Feierabend blieb.

»Merken Sie sich zuerst einmal, dass im Leben nichts endgültig ist, vor allem nicht die stürmischen Dramen.«

Seine Stimme beruhigte sie, eine Stimme, die der von Philippe glich, nur war sie sanfter und einschmeichelnder. Auch hatte er wie Philippe diese Art, alle Menschen wie Kinder zu behandeln und sie beschützen zu wollen.

Philippe hatte zu ihr gesagt:

»Ihr Leben ist noch nicht vorbei ... Es fängt erst an ...«

Und sie, die soeben einer Tragödie entronnen war und von der die ganze Stadt wusste, dass sie mit ihrem Chef schlief und dass sie eine Abtreibung hinter sich hatte, sie, deren Vater getötet hatte, sie hatte es geglaubt!

Philippes Vater behauptete:

»Nichts ist endgültig, *vor allem nicht solche Dramen*!«

Und tatsächlich fiel es ihr schon jetzt schwer, sich an die Einzelheiten der Szene mit ihrem Vater zu erinnern. Vielleicht würde die Erinnerung später wiederkommen. Jetzt kam ihr das alles unwirklich vor. Ihr war warm. Sie knöpfte den Kragen ihres Mantels auf, trank ihren Grog bis zum letzten Tropfen, und ihre Wangen röteten sich ein wenig.

Die Stimme neben ihr fragte:

»Lieben Sie Michel Donadieu?«

Sie schüttelte den Kopf, wurde rot ... Oh, es war nicht

einmal ein Gefühl … Unwillkürlich dachte sie an Philippe, wie er sie zu sich gerufen hatte, nicht, um ihr Briefe zu diktieren, sondern um mit ihr über sie selbst zu sprechen.

»… Was wäre aus Ihnen geworden? … Im Gegenteil, Sie haben eine interessante Zeit erlebt, wie eine Romanheldin …«

Sie versuchte sich zu erinnern, was er außerdem noch gesagt hatte. Sie hatte oft versucht, sich zu erinnern, aber erfolglos. Es war alles ziemlich unbestimmt.

Aber sie hatte begriffen, dass er ihr den Rat gab, zynisch zu sein, das Leben so zu nehmen, wie es kommt, sich zu wappnen, um nicht mehr zu denen zu gehören, die »gefressen werden«.

Das war das Wort, ja! Der Satz lautete ungefähr so:

»In der Natur gibt es Tiere, die die anderen fressen, und Tiere, die nur geboren werden, um gefressen zu werden … Wölfe und Hasen …«

Frédéric war weniger brutal. Er wollte vielleicht auch nicht dasselbe sagen.

»Da Sie das ruhige Leben, für das Sie bestimmt zu sein schienen, nicht haben leben können, müssen Sie sich für ein anderes entscheiden, verstehen Sie, Odette?«

Sie nickte und wischte sich über das Gesicht, auf dem der Grog feinen Schweiß perlen ließ.

»Jetzt sind Sie besser gewappnet …«

»Ich bin noch krank«, flüsterte sie ganz leise.

»Ich weiß … Aber ich kann Ihnen sagen, dass fünfzig Prozent aller Frauen, die ich kenne, dasselbe durchgemacht haben.«

»Ist das wahr?«

»Was hat Ihnen Michel vorgestern erzählt?«

»Er wollte, dass ich mit Monsieur Philippe an die Côte d'Azur fahre, wegen der Leute. Ich hätte dort einige Tage gearbeitet, dann hätte man mir eine Rente ausgesetzt, und ich wäre abgereist.«

»Wohin?«

»Ich weiß nicht.«

»Wie haben Sie sich entschieden?«

»Noch gar nicht.«

Die jungen Leute in der Ecke gingen endlich. Die Kassiererin gähnte, und der Kellner stellte die letzten Stühle hoch.

»Was raten Sie mir?«

Er gestattete sich nicht, ihr zu sagen, sie solle Michels Angebot ablehnen. Dafür kannte er das junge Mädchen nicht gut genug und wusste auch nicht, wie stark sie war. Deshalb murmelte er einfach:

»Ich rate Ihnen zu leben!«

Dann, geradeheraus:

»Haben Sie Geld?«

»Ich weiß nicht.«

Sie erinnerte sich an eine Geste ihres Vaters, der, nachdem er ihre Kleider in den Koffer gestopft hatte, noch etwas anderes hineingeworfen hatte, das der alten Brieftasche der Familie glich.

»Soll ich nachsehen?«

Sie hatte Angst, allein zu sein. Mit hastigen, ungeschickten Bewegungen machte sie ihren Koffer auf, wühlte sich durch Wäsche und Kleider und fand tatsächlich die alte Brieftasche – sie stammte noch von der Hochzeit ihrer Eltern – und öffnete sie.

»Es sind meine siebentausend Franc«, sagte sie. »Was soll ich tun?«

War da nicht ein wenig von Philippe in Frédérics Stimme, wenn er mit ihr sprach?

»Zunächst einmal müssen wir hier weggehen, denn sie wollen endlich das Lokal schließen. Dann sehen wir weiter!«

Keinen Augenblick wäre sie auf die Idee gekommen, dass er einen Hintergedanken haben könnte. Er bezahlte, nahm ihren Koffer, und es war das erste Mal in ihrem Leben, dass sie aus einem Café ging und ein so eleganter Herr ihr die Tür aufhielt.

Es war trocken, und der Mond schien. Sie gingen zum Hafen hinunter, und Frédéric war etwas verlegen.

»Sie könnten die Nacht im Hotel verbringen«, sagte er schließlich und fasste sie mit einer beschützenden Geste am Arm. »Aber morgen wüssten es alle, und man würde versuchen herauszufinden, warum. Der erste Zug geht erst um fünf Uhr sieben ...«

»Welcher Zug?«

»Egal, welcher! Meiner Meinung nach müssen Sie La Rochelle verlassen, sich erholen, sich Zeit nehmen, um nachzudenken. Sie können überallhin gehen, nach Paris oder aufs Land ...«

»Nach Paris!«, entschied sie, plötzlich entschlossen.

»Hören Sie zu. Ich möchte Sie nicht kompromittieren ... Wenn Sie nicht so müde wären, würde ich Ihnen den Vorschlag machen, die ganze Nacht über spazieren zu gehen. Ich werde die Tür des Kinos angelehnt lassen. Sie können sich auf eine der Bänke legen ... Um fünf Uhr werde ich Sie wecken und vor die Tür setzen ...«

Er wartete nicht auf ihre Antwort. Er wusste, dass sie zu allem bereit war. Er brachte sie ganz hinten in einer Loge unter, auf drei Polsterstühlen, die mit Samt bezogen waren.

In seinem Zimmerchen oben erwartete ihn seine Freundin, eine ehemalige Akrobatin diesmal, denn die vorhergehende war mit einem Geiger durchgebrannt.

»Wer ist das?«, fragte sie.

»Niemand!«

»Wenn du jetzt schon anfängst, dich mit jungen Mädchen abzugeben! …«

Er spottete nur:

»Man wird eben alt, weißt du.«

Zur selben Stunde verließ Michel in Saint-Raphaël an Nines Arm das Boule Rouge. Seine Reise nach La Rochelle hatte ihn erschöpft, und er tat so, als müsste er ganz vorsichtig gehen, wie ein Schwerkranker. Von Zeit zu Zeit hielt er seine Begleiterin zurück, griff sich an die Brust und schnappte nach Luft.

»Du hast mir immer noch nicht geantwortet«, drängte er.

Denn er war schon wieder bei seinem Thema! Es war eine fixe Idee geworden. Jeden Tag nahm er sich vor, endlich herauszubekommen, woran er war, die Kleine zu einer Antwort zu zwingen, sich notfalls selbst zu überzeugen.

»Setzen wir uns einen Augenblick«, schlug er vor, als sie an einer Bank vorbeikamen. »Ich habe den Eindruck, dass mein Puls wieder langsamer geht.«

Sie glaubte ihm nicht. Sie sah, dass er feist war, volle Backen hatte, und sie nahm ihm die Geschichte mit dem langsamen Puls nicht ab.

Trotzdem setzte sie sich ergeben, mit einem Anflug von Unruhe. Es wäre ihr lieber gewesen, wenn sie Schritte in der Nähe gehört hätte, aber es war niemand mehr unterwegs.

»Rück näher, Ninette …«

Er nannte sie Ninette, Ninouche und sogar, in Erinnerung an einen russischen Roman, Ninotschka, was wie Njetoschka klang. Sie lachte darüber. Was sollte sie sich den Kopf zerbrechen? Er war ein reicher Mann, ein feiner »Herr«. Er hatte seine Marotten, wie die meisten reichen Leute, wie gewisse Gäste im Continental, die erstaunliche Dinge verlangten – eine Frau zum Beispiel hatte schwarze Seidenbettwäsche mitgebracht, weil sie angeblich auf weißen Laken nicht schlafen konnte.

Sie ließ es zu, dass er sie an sich zog, und stieß auch die Hand nicht zurück, die er über ihre Schulter auf ihre rechte Brust gelegt hatte, eine feste und spitze Mädchenbrust.

Die Brust war unwichtig. Bloß würde sie wieder kämpfen müssen, wie immer, um den Rest zu schützen. Das war ermüdend. Er ließ sich nicht entmutigen, tastete sich Zentimeter um Zentimeter vor, versuchte ihre Aufmerksamkeit abzulenken. Und als sie ihn schließlich zurückstieß, begann er zu flehen, tat so, als fände er sich damit ab, und begann dann das ganze Manöver von vorn.

»Wenn du wüsstest, wie sehr ich dich lieben muss, um das zu tun, was ich tue!«

»Um was zu tun?«

Und die Vertraulichkeiten begannen von vorn.

»Ich habe gerade ein großes Drama erlebt, Ninouche ...«

Sie erinnerte sich an das Leitmotiv, zumindest ungefähr.

»Ach ja! Der Mann, der deinetwegen ins Zuchthaus musste ...«

»Nein! Er ist freigesprochen worden.«

»Na also!«

»Trotzdem ist es entsetzlich. Der wird eines Tages kommen, um mit mir abzurechnen ...«

»Was hast du ihm denn getan?«

»Ich habe eine Frau geliebt ...«

»Seine Frau?«

Schon wieder musste sie ihn zurückstoßen. Fast hatte er sein Ziel erreicht. Und diesmal gelang es ihr nicht, obgleich sie alle ihre Muskeln anspannte, um ihn abzuschütteln, und sie bekam Angst.

»Ninouche … Ninouche …«, flüsterte er, über sie gebeugt.

»Lassen Sie mich los … Lassen Sie mich los, oder ich beiße …«

Und sie tat es ganz plötzlich. Michels Nase war in Reichweite, und mit einem kurzen Biss schloss sie ihre Kiefer.

Er fuhr hoch. Man hätte meinen können, er wollte gleich zu weinen anfangen, so kläglich sah er aus. Er suchte sein Taschentuch, um seine blutende Nase abzutupfen.

»Ich hatte Sie gewarnt …«, erklärte sie und brachte ihre Kleidung wieder in Ordnung. »Sie haben aber auch Ideen! Manchmal fragt man sich wirklich, ob Sie überhaupt je eine Frau gekannt haben …«

Er stand da, in seinem schönen Golfanzug, mit seinen schottischen Socken, dicker und schwabbeliger denn je, und hielt sein Taschentuch an die Nase.

»Sind Sie mir böse?«, fragte sie schelmisch.

Sie stand nun auch auf und machte Anstalten zu gehen.

»Denn wissen Sie, wenn Sie mir böse sind …«

»Bleib!«, flehte er. »Warte …«

Nur der Mond leuchtete ihnen. Als ein Streifenpolizist vorbeikam, blieben sie unbeweglich stehen, wie Leute, die miteinander plaudern. Sie mussten warten, bis der Polizist um die Straßenecke gebogen war.

»Es ist schließlich Ihre Schuld. Jeden Tag fangen Sie von vorne an …«

»Dann antworte mir!«

Selbst mit seiner blutenden Nase kam er wieder darauf zurück!

»Worauf?«

»Du weißt es genau.«

»Ob ich noch Jungfrau bin?«

»Ja …«, sagte er verschämt.

»Nein, ich bin es nicht mehr! Sind Sie jetzt zufrieden?«

Sie schmollte und drehte ihm den Rücken zu.

»Mit wem hast du geschlafen?«

»Mit meinem Verlobten, so, jetzt wissen Sie's!«

»Mit dem, der in Brest beim Militär ist?«

»Genau!«

»Ninouche … Ninotschka … Komm zu mir …«

Schließlich ging er zu ihr, nahm sie zärtlicher denn je in seine Arme. Und ganz leise stammelte er an ihrem Ohr:

»Warum willst du dann nicht mit mir?«

»Das ist nicht dasselbe!«

»Warum nicht?«

»Darum nicht! Kommen Sie jetzt. Es ist Zeit, dass ich nach Hause gehe …«

»Wirst du morgen wiederkommen?«

»Das weiß ich noch nicht …«

»Warum nicht? Was habe ich dir denn getan? Hör zu, Nine! Ich verspreche dir, dass ich nicht mehr davon anfange …«

»Das sagen Sie jeden Tag.«

»Diesmal schwöre ich es!«

Sie brach in Gelächter aus, denn sie kamen unter einer Laterne vorbei, und sie sah plötzlich zwei Blutstropfen auf der Nase ihres Begleiters. Ein Tropfen hing an der Nasenspitze.

»Warum lachst du?«

»Nur so! Sie sind komisch!«

Und sie sagte das mit einer gewissen Zärtlichkeit. Er war komisch, das war genau das Wort. Er benahm sich nicht so wie die andern. Er erinnerte sie an eine dicke Fliege, die in einer Küche an alle Wände stößt.

»Nein, halten Sie mich nicht fest … Gehen wir …«

»Morgen?«

»Warten Sie ruhig auf mich! Was wird denn Ihre Schwester sagen, wenn sie Ihre Nase sieht?«

Denn wenn er sich vorsichtshalber auch Monsieur Émile nennen ließ, so konnte er sich doch nicht zurückhalten, Stück für Stück die ganze Familiengeschichte zu erzählen. Sie wusste, dass er mit seiner Schwester in Saint-Raphaël war, dass diese ein Kind erwartete und dass sie jeden Tag mit ihrem Mann telefonierte, was für drei Minuten achtzehn Franc kostete.

Sie wusste auch, dass sein Bruder, der ein schwächlicher Junge war, die Gymnastik für sich entdeckt hatte und mit seinem Hauslehrer ganze Stunden mit mehr oder weniger albernen Leibesübungen zubrachte.

Hatte sich Kiki nicht gar in den Kopf gesetzt, ein Schiff zu bauen? Er hatte Holz, eine Säge, einen Hammer gekauft. Er hatte sich auf eine Zeitungsanzeige hin den ausführlichen Plan für ein »Boot zum Selberbauen« schicken lassen.

Sie arbeiteten wie wild daran, Edmond und er, und es ließ sich kaum sagen, wer von den beiden der Besessenere war, der Lehrer oder der Schüler. Es kam sogar vor, dass sie sich wegen einer Gymnastikübung stritten, weil der eine behauptete, er könne sie besser als der andere, und sie hatten Martines Bandmaß stibitzt, um sich Bizeps, Schultern und Waden zu messen.

Michel und Nine erreichten das Viadukt. Nine hielt ihm

ohne Groll ihre Lippen hin, doch Michel war von Panik ergriffen bei dem Gedanken, dass sie vielleicht nie mehr käme.

Gleichzeitig dachte er daran, dass sie einem anderen gehört hatte, dass jemand ...

Einen Augenblick lang kam ihm der Gedanke, sie mit Gewalt zu nehmen, hier, auf dem Bürgersteig.

Sie spürte die Gefahr, glitt aus seinen Armen und rief schon aus einer gewissen Distanz:

»Gute Nacht ...«

Nun kam noch die andere Angst hinzu, die letzte des Tages, die vor gefährlichen Begegnungen! Michel ging schnell, war erschöpft und sagte sich, dass er unbedingt seinen Puls messen sollte, wenn er nach Hause käme.

Das ganze Haus schlief. Ohne so richtig zu wissen, warum, war er mutlos, einem Gefühl der Leere ausgeliefert.

Man mochte kaum glauben, dass in diesem Haus Menschen schliefen, vier, ohne den zu zählen, der bald zur Welt kommen würde. Man spürte keine Nestwärme, keinen vertrauten Geruch.

Michels Zimmer war das größte, aber auch das leerste. Leer wie ... Er hätte nicht sagen können, wie was, wie dieses Gefühl, das ihn dazu drängte, die Augenblicke zu verlängern, in denen er den lebendigen und warmen Körper Nines an seinen Körper drückte und in ihren Küssen den eigentümlichen Beigeschmack nach Knoblauch wahrnahm, der ihm lieb geworden war.

Langsam und sorgfältig machte er wie jeden Abend seine Toilette, vergaß nicht, seinen Puls zu fühlen – 48! – und zu gurgeln, und ging dann barfuß zum Schalter, um das Licht zu löschen, denn der über seinem Bett war kaputt.

4

Selbst wenn in den ersten Februartagen jemand Philippe ins Hôtel de France hätte gehen sehen, hätte er kaum etwas Unschickliches daran gefunden. In dem etwas zu nüchternen, neutralen Speisesaal, der dem Refektorium eines Klosters glich, aß Philippe lediglich mit einem schüchternen Ehepaar zu Mittag, das am Morgen angekommen war und sich unter dem Namen Grindorge eingetragen hatte.

Dasselbe Ehepaar besichtigte am Nachmittag La Rochelle – und zufällig regnete es nicht. Philippe stand auf der Schwelle eines der Lagerhäuser, als die Grindorges auftauchten, und er zeigte ihnen die Kühlhäuser, dann einen Fischdampfer, ein Kohlenschiff und schließlich die Eierbrikettfabrik.

So etwas kam ständig vor. Von den Fenstern des Quai Vallin aus sah man ihn oft mit Fremden, aber niemand achtete darauf.

Noch weniger fiel die Ankunft eines struppigen, mageren Russen in einem kleinen Hotel im Bahnhofsviertel auf. Die Hotelbesitzer behandelten ihn respektvoll, denn er hatte sich als Ingenieur eingetragen, und am dritten Tag war er mit einem Wagen zurückgekommen, den er sich gerade gekauft hatte. Da sein Name schwer auszusprechen war, nannte man ihn einfach Monsieur Iwan.

Monsieur Iwan war den ganzen Tag unterwegs, fuhr in der Gegend herum und hielt oft an einer Tankstelle, um Benzin zu tanken.

Ende März sprach man überall in La Rochelle über den Bankrott der Autowerkstatt Rossignol, einer alten Werkstatt, die völlig unzeitgemäß war, zwischen zwei Einbahnstraßen einen schlechten Standort hatte und darüber hinaus schlecht ausgerüstet war.

Dann fand Rossignol plötzlich seine Gläubiger ab, ließ eine Mauer niederreißen, die ihn störte, und man erfuhr, dass er einen sehr reichen Teilhaber gefunden habe, einen russischen Ingenieur, Monsieur Iwan.

Anfang April hieß die Firmenbezeichnung dann *Rossignol und Co. – Allgemeines Transportunternehmen.*

Man transportierte zwar noch nichts, aber am 15. April versperrten zehn prächtige Lastwagen allerneuesten Modells die Straße, und alle zehn trugen in roten Buchstaben die Aufschrift *Rossignol und Co.*

Und genau darüber sprachen sie bei Tisch. Es war Anfang Mai. Wegen der Sommerzeit konnte man zu Abend essen, ohne Licht anzumachen, aber wegen der alten Bäume im Park war die Atmosphäre im Esszimmer selbst an den schönsten Tagen grau, gedämpft und feucht. Madame Donadieu hatte sich daran gewöhnt, mit Philippe, der immer etwas Interessantes zu erzählen hatte, allein zu essen.

»Wissen Sie, woran ich gedacht habe, Maman?«, sagte er an jenem Abend, scheinbar leichthin.

Sie sagte natürlich nein. Wie hätte sie es wissen sollen?

»Eine Art Luftikus hat in La Rochelle ein Transportunternehmen gegründet. Ich weiß nicht, was er da transportieren will, aber er hat zehn der modernsten Lastwagen …«

Sie wusste, dass er selten grundlos von etwas sprach, und hörte ihm aufmerksam zu.

»Heute habe ich etwas erfahren, das, wenn es wahr wäre, für uns eine gewisse Bedeutung hätte. Der Russe, der an der Spitze dieses Unternehmens steht, soll zwei Unterredungen mit Varin gehabt haben ...«

Sie runzelte die Stirn, denn sie verstand immer noch nicht.

»Mit Sicherheit sollen nicht die Fische der Fischerei Varin transportiert werden. Es könnte aber sehr wohl sein, dass es um den Transport der Eierbriketts von Varin geht, die uns Konkurrenz machen! Zehn schnelle Lastwagen, die auf dem Land überallhin kommen und ohne Zwischenhändler direkt frei Haus liefern ...«

Madame Donadieu bewunderte ihn. Niemand im Haus hatte ihr davon erzählt, hatte auch nur etwas davon gemerkt, obwohl das Problem ernst war, da die Abteilung »Eierbriketts« im Augenblick die einzige war, die etwas einbrachte.

Philippe aß weiter und plauderte, als ginge es um etwas völlig Belangloses.

»Ich habe noch keine Zeit gehabt, alle Einzelheiten dieser Angelegenheit zu bedenken. Sicher ist jedenfalls, dass wir derzeit einen geradezu steinzeitlichen Verteilerdienst haben. Zum andern würden sich die Banken nicht leicht dazu entschließen, uns einen neuen Kredit für einen Maschinenpark zu gewähren. Nehmen Sie keinen Käse mehr, Maman?«

Er nahm sich welchen und klingelte nach Augustin, um Butter zu verlangen. Und die Unterhaltung ging weiter, friedlich und vertraulich.

»Mir ist da eine Idee gekommen, allerdings weiß ich noch nicht, ob sie gut ist. Nehmen wir einmal an, dass wir, statt unsere Kohle selbst zu verkaufen ...«

Wäre Olsen da gewesen, er wäre vor Empörung in die Luft gegangen, aber Madame Donadieu beobachtete Philippe nach wie vor.

»... Ja, dass wir, statt, um es genauer zu sagen, unsere Kohle selbst zu vertreiben, eine Firma damit beauftragen ... Warten Sie! Sie werden nun einwenden, dass das Testament uns nicht erlaubt, eines der Geschäfte vor Oscars Volljährigkeit aufzugeben. Daher kann auch gar nicht die Rede davon sein, etwas *aufzugeben* ...«

Jetzt stützte sie die Ellbogen auf den Tisch, denn sie ahnte, dass etwas Wichtiges folgen würde.

»Sie werden gleich verstehen, Maman ... Wir kaufen die Kohle auch weiterhin in England und transportieren sie auf unseren Schiffen. Wir stellen auch weiterhin Eierbriketts her. Nur, hier käme es zu einer leichten Änderung: Für den Endverkauf gründen wir eine neue Gesellschaft, eine Pachtgesellschaft, die uns die Eierbriketts zu einem bestimmten Preis abkauft und es übernimmt, sie in den drei Departements auszuliefern ...«

»Aber wer ist diese Pachtgesellschaft?«

»Wir! Wir und diese Werkstatt, die bereits zehn Lastwagen besitzt. Wir bringen die Kohle, und die andern bringen die Räder ...«

Die Sache war damit noch lange nicht erledigt. Aber da die Fortsetzung heikel war, zündete sich Philippe eine Zigarette an und stand auf.

»Auf den ersten Blick erscheint diese Pachtgesellschaft nicht nützlich, auf jeden Fall nicht unbedingt notwendig. Und doch würde sie unser aller Situation ändern, vor allem die Ihre, Maman. Was geschieht denn bis jetzt? Die Gewinne, die wir bei der Kohle machen, werden aufgefressen von den Fischerei- und Frachterabteilungen. Sie selbst sind an dem Unternehmen nicht persönlich beteiligt. Ergebnis: Jeder von uns schlägt sich mühsam mit fünfzigtausend Franc jährlich durch, und es ist sogar die Rede davon, diese Summe nächstes Jahr noch herabzusetzen. Sobald Kiki volljährig ist, werden Sie nur noch einen lächerlichen Nießbrauch erhalten und vielleicht nicht einmal mehr den …«

Das Porträt des alten Donadieu störte ihn nicht, im Gegenteil! Es regte ihn an, dem strengen Alten, dessen Lebenswerk er gerade nach Lust und Laune neu ordnete, aus den Augenwinkeln heraus die Stirn zu bieten.

»Die Pachtgesellschaft ist autonom! Jeder von uns wird eine bestimmte Anzahl Anteile erhalten, sowohl wir wie Sie, und zwar auf *Ihren persönlichen Namen*. Die Gewinne fließen jedem entsprechend seinem Anteil zu, ohne über die Kasse Donadieu zu gehen. Wohlgemerkt, das ist nur so ins Blaue geredet …«

Aber nein, es war nicht ins Blaue geredet, und Madame Donadieu wusste das genau. Sie kannte ihren Philippe! Sie hatte Zeit genug gehabt, ihn genau zu beobachten, und wenn sie ihm auch größtes Wohlwollen entgegenbrachte, machte sie sich doch keine Illusionen.

Er wusste, was er tat. Er wusste, was er wollte. Aber war er nicht trotz allem weniger gefährlich für sie als ihre Söhne und Töchter, die auf der strengen Einhaltung des Testaments beharrten?

Die wenigen Sätze, die er da gerade gesprochen hatte, zeigten sein Bemühen, auf legale Weise die von Oscar Donadieu getroffenen Vorsichtsmaßnahmen zu umgehen und einen Teil seiner Freiheit zurückzuerlangen.

»Was gibt's?«, fragte sie ungeduldig Augustin, der gerade hereingekommen war.

»Madame Marthe lässt anfragen, ob sie einen Augenblick herunterkommen kann.«

»Guten Abend, Maman«, sagte Marthe und drückte einen spitzen Kuss auf die Stirn ihrer Mutter.

Ihr »Maman« klang so reserviert, als ob sie Madame gesagt hätte. Sie wohnten zwar im selben Haus, doch es kam vor, dass sie sich zwei Tage lang nicht sahen. Nur Marthe blieb den von Oscar Donadieu aufgestellten Ritualen treu, und abgesehen von ein oder zwei Ausnahmen ließ sie sich auch weiterhin anmelden, bevor sie zwei Stockwerke tiefer vorstellig wurde.

»Du kannst bleiben, Philippe«, wandte sie sich an ihren Schwager, der so tat, als wollte er sich diskret empfehlen. »Das geht auch dich etwas an.«

Mit andern Worten, sie hatte, wie er, etwas Wichtiges mitzuteilen. Das zeigte sich schon daran, dass Olsen oben geblieben war, wie er es immer tat, wenn es sich um eine heikle Angelegenheit handelte, denn er fand es abscheulich, in Familienstreitigkeiten hineingezogen zu werden. Außerdem kam Marthe da viel besser zurecht, sie gab selten nach, und vor allem bewahrte sie in jeder Situation ruhig Blut.

Philippe war auf eine Bemerkung seiner Schwägerin gefasst, als Vorgeplänkel, denn seitdem Madame Donadieu gewissermaßen mit ihm zusammenlebte, hatte sie es sich zur Gewohnheit gemacht, abends eine Zigarette zu rauchen und zu ihrem Kräutertee ein Gläschen Likör zu trinken.

Aber nein! Augustin machte das Licht an und ging lautlos hinaus. Mit fast heiterer Stimme fing Marthe an:

»Also! Es ist wegen der Ferien. Ich habe vorhin mit Jean

gesprochen. Und wir haben beide gemeint, dass es für dich besser wäre, deine Ferien schon jetzt zu nehmen ...«

Es war ein für alle Mal beschlossen worden, die Villa in Saint-Raphaël voll auszunutzen, da die Kosten dafür sowieso anfielen. Eine nach der andern sollte jede Partei eine gewisse Zeit dort verbringen, und die Ausgaben würde man sich teilen.

Im Augenblick waren schon Michel, der Junge mit seinem Hauslehrer und Martine dort.

»Wir dürfen nicht vergessen«, fügte Marthe noch schnell hinzu, »dass das Wetter an der Côte d'Azur nicht das gleiche ist wie hier. Im Gegenteil! Wenn du bis zum Juli wartest, könnte es für dich, die du ziemlich korpulent bist, wegen der Hitze unangenehm werden. Und schließlich ist Martine ...«

Und mit einem hilfesuchenden Blick zu Philippe:

»Hast du ihren letzten Brief an Philippe gelesen? Es hat den Anschein, als ob das Kind etwas früher zur Welt kommen wird, das heißt schon im Juni. Du wärst also dort ...«

Das war natürlich Quatsch, denn Madame Donadieu wusste das bereits! Sie kannte ihre Tochter. Im Augenblick war an der Côte d'Azur nichts los, und Marthe wollte erst hin, wenn das gesellschaftliche Leben in vollem Gange war. Schließlich verriet sie sich.

»Ich habe im übrigen einen Brief von Françoise bekommen ...«

Françoise war die Tochter von Madame Brun, die einen Herzog geheiratet hatte.

»Sie schreibt mir, dass sie im Juli in Cannes ist und dass sie mich gern besuchen möchte. Cannes und Saint-Raphaël liegen ja nebeneinander ...«

Ach was! Madame Donadieu zog es vor, alles mit sich

machen zu lassen. Es war zu anstrengend, sich mit Marthe, die stur war und eine unerschütterliche Geduld hatte, anzulegen. Allerdings musste sie sich die Situation dann in anderer Hinsicht zunutze machen.

»Ich bin gerne bereit, im Juni zu fahren, aber unter einer Bedingung«, sagte sie. »Ich will den Wagen und Augustin mitnehmen ...«

Das ging natürlich nicht so ohne weiteres.

»Wegen des Wagens muss ich erst Jean fragen ...«

Und Marthe ging hinauf in ihre Wohnung, blieb lange weg und kam mit ergebener Miene zurück.

»Jean will zusehen, dass er auf den Wagen verzichten kann, was nicht so einfach sein wird. Aber Augustin muss unbedingt bleiben, sonst wäre den ganzen Tag über kein Mann mehr im Haus ...«

Man suchte nach einer Lösung. Madame Donadieu hatte keinen Führerschein. Und einen Fahrer einzustellen war zu teuer.

»Warum nehmen Sie nicht Baptiste mit?«, schlug Philippe vor.

Baptiste Maclou, der Wächter von Schloss Esnandes! Marthe war sofort einverstanden. Madame Donadieu zuckte zusammen.

»Er ist mir zu bäurisch!«, protestierte sie.

Man einigte sich schließlich darauf, Baptiste eine Fahrerlivree anfertigen zu lassen.

Am übernächsten Tag, dem Tag der Abreise, war Madame Donadieu ganz aufgeregt. Sie hatte sich zwei Kleider in Halbtrauer machen lassen, da die große Trauer, wie sie behauptete, an der Côte d'Azur überflüssig, ja sogar lächerlich war. Sie nahm ein ganzes Auto voller Gepäck mit. Baptiste wurde in seine neue Uniform gesteckt.

Man hatte nicht mehr über die Pachtgesellschaft gesprochen. Kein Wort war darüber gefallen, trotz zweier Mahlzeiten, die sie allein mit Philippe eingenommen hatte. Erst im Augenblick der Abfahrt sagte sie zu ihm, als erinnerte sie sich an ein unwichtiges Detail:

»Übrigens, wie weit sind Sie denn mit dieser Angelegenheit, von der Sie mir erzählt haben?«

»Ich muss erst noch mit Jean und Marthe sprechen«, entgegnete er. »Wenn wir eine Unterschrift brauchen ...«

Und er machte eine Handbewegung, die besagte, dass er bei Bedarf schnell unten an der Côte wäre.

»Haben Sie Martine nichts auszurichten?«

»Sagen Sie ihr, dass ich sie in einigen Tagen besuchen komme, dass sie auf ihre Gesundheit achten und vor allem aufpassen soll, dass sie sich am Abend nicht erkältet. An der Côte d'Azur sind die Abende feucht ...«

Madame Brun und Charlotte waren an ihrem Fenster. Madame Brun zählte an den Fingern ab.

»Und wieder eine! ... Mal sehen ... Wie viele bleiben noch? ... Marthe und ihr Mann ... Philippe ... Drei! ... Das ist nicht viel ...«

Sie fiel in Les Tamaris ein wie ein Meteor und machte von nun an so viel Krach wie alle anderen zusammen.

Martine, die unpässlich war, verließ ihre Wohnung im ersten Stock, die eine Terrasse hatte, kaum. Sie begnügte sich damit, abends eine Stunde am Meer spazieren zu gehen. Und auch das nur, weil der Arzt es ihr verordnet hatte.

Um den Jungen kümmerte sich Madame Donadieu überhaupt nicht, und sie betrachtete das Boot, das immer noch im Bau war, ohne es wirklich anzusehen.

Der erste Zusammenstoß fand mit Michel statt, der beim

Anblick des Autos ein finsteres Gesicht machte. Am Tag nach ihrer Ankunft ging Madame Donadieu tatsächlich durchs ganze Haus, schrieb sich die Wasserhähne auf, die tropften, die Fenster, die schlecht schlossen, die Läden, die klapperten, empörte sich über den trostlosen Zustand des Wohnzimmers und über die Leere im Treibhaus.

Am Abend eilte ein Unternehmer auf ihren Anruf hin herbei, schrieb die Arbeiten auf, die zu machen waren.

»Wie teuer wird das werden?«, wagte Michel zu fragen.

»Du lebst wohl lieber in einem Stall? Ich frage mich nur, wie ihr es alle so lange in dieser baufälligen Villa aushalten konntet! Allerdings bist du ja nicht sehr oft hier und kommst erst um drei Uhr morgens nach Hause ...«

Peng! Das saß. Jetzt würde er den Mund halten.

In der Tat hielt er den Mund und begnügte sich damit, angesichts der unsinnigen Geldausgaben seiner Mutter zu seufzen. Eines Tages wurden neue Gartenmöbel gebracht, die sie gekauft hatte.

»Du willst doch wohl nicht, dass ich ein Einsiedlerleben führe?«

An einem anderen Tag lieferte man eine Kiste Likör, Zigaretten, Zigarren, eine Kiste Sodawasser.

»Was willst du denn mit dem ganzen Zeug machen?«

»Ich habe morgen Nachmittag Gäste. Ich nehme an, dass du nicht zwei Monate hier bist, ohne Bekanntschaften gemacht zu haben? Ich habe welche gemacht, sehr feine Leute, die Familie eines Industriellen aus Mulhouse ...«

Sie musste sich austoben, und sie tobte sich aus, während sie ihrer Tochter kaum zwei Stunden am Tag widmete. Sie ließ den Park säubern, dessen Alleen seit zwei Jahren nicht mehr geharkt worden waren. Sie beauftragte einen Mann damit, die Scheiben des ehemaligen Treibhauses gründlich zu putzen, und stellte exotische Pflanzen hinein, die sie irgendwo leihweise bekommen hatte.

Wo hatte sie ihre neuen Freunde, die Krügers aus Mulhouse, denn kennengelernt? Michel verlor sich in Mutmaßungen, während tatsächlich alles ganz einfach war: Sie war den Damen Krüger in der Konditorei begegnet, und nach drei Tagen waren sie dicke Freundinnen geworden.

Die Krügers waren bedeutende Spinnereibesitzer. Die Villa, die sie in Saint-Raphaël bewohnten, gehörte ihnen. Sie glichen insofern den Donadieus, als sie sich etwa zu fünfzehnt die Leitung der Fabrik teilten und nacheinander die Villa bewohnten.

Hundert Meter weiter lag ein Anwesen mit einem wunderbaren Portal und einem sehr gepflegten Park. Manchmal sah man ein luxuriöses gelbes Auto hineinfahren, das die Bewohner nachmittags zum Golfspiel nach Valescure und abends zu Galavorstellungen nach Cannes fuhr.

Madame Donadieu zog Erkundigungen ein, sie schrak nicht einmal davor zurück, die Lieferanten zu befragen, und erfuhr, dass die Besitzerin der Villa eine alte, sehr reiche und etwas verrückte Engländerin war, die sich stets mit einem Hofstaat junger Leute umgab.

›Ich werde ihre Bekanntschaft machen!‹, beschloss sie.

Sie gab ständig Geld aus. Die in La Rochelle bestellten Kleider erwiesen sich in der Sonne der Côte d'Azur als armselig und trist. Sie ließ sich neue machen. Sie bezahlte nicht. Sie sagte:

»Liefern Sie in die Villa Les Tamaris ... Ich bin Madame Donadieu ... Die Reedereibesitzer Donadieu aus La Rochelle ...«

Die Rechnungen würden später kommen! In Cannes ging sie noch weiter; sie spielte, zum ersten Mal in ihrem Leben. Sie setzte nur hundert Franc und gewann dreihundert, ganz allein, nur mit Hilfe des Croupiers, der ihr erklärte, was sie zu tun hatte.

Dort erreichte sie auch ihr Ziel, indem sie die Bekanntschaft der berühmten Engländerin, Mrs Gable, machte, der Frau des Whisky-Gable, wie es hieß, die trotz ihres Alters von allen Minnie genannt wurde.

Michel schluckte seinen Ärger hinunter. Man verdarb ihm alles. Unordnung hatte er noch nie ertragen können. Es war ihm ein Bedürfnis, Stunde um Stunde den Ablauf eines jeden Tages zu kennen, an jedem Ort eine vertraute Atmosphäre vorzufinden. Und er wollte sich als Hauptperson fühlen, er brauchte das, wie in La Rochelle, wo er, als Sohn Oscar Donadieus, etwas Besonderes war, jemand, der sich deutlich von der Menge unterschied.

Seine Mutter hatte alles durcheinandergebracht. Zu den Krügers gehörten auch zwei hässliche ältere Fräulein, die in zwei Autos angereist waren.

Als Mrs Gable mit ihren Gigolos zum Tee kam, betrachtete Michel verdrießlich ihre Kleidung, die sehr originell war und wohl erst seit kurzem in Paris oder London gefertigt wurde. Man stellte ihm alberne Fragen.

»Spielen Sie kein Golf?«

Er spielte schlecht und ließ es lieber ganz, statt mit ihnen zu spielen.

»Verbringen Sie den Winter in Paris?«

Und schon drehte sich das Gespräch um die europäischen Hauptstädte, um Freunde, die sie in New York hatten, um Polo, das einer der jungen Männer spielte.

Wozu kämpfen? Neben ihnen hatte er das Gefühl, farblos, amorph zu sein. Also erzählte er ihnen von seinem langsamen Puls, dem einzigen Gebiet, auf dem er unschlagbar war.

Manchmal ging er zu seiner Schwester hinauf, aber Martine war mittlerweile sehr empfindlich. Ein anderes Mal hatte er Kiki Ratschläge für den Bau seines Bootes geben wollen, doch der Hauslehrer hatte ihm nachgewiesen, dass er sich irrte.

O ... ist verschwunden, schrieb ihm Philippe, *aber ich glaube, dass wir das nicht als Bedrohung auffassen sollten, im Gegenteil. So wie ich sie kennengelernt habe, hat sie es vorgezogen, anderswo ein neues Leben zu beginnen ...*

Odette? Sie war zugleich besser und schlechter als Nine, besser, weil sie gefügiger war, schlechter, weil sie ihm nicht dieselben Gefühle verschaffte.

Er war immer noch nicht ans Ziel gelangt, trotz der Ausgaben, die er gemacht hatte, und am Horizont zog eine Wolke auf: Sie hatte ihm angekündigt, dass ihr Verlobter in vierzehn Tagen für eine Woche auf Urlaub kommen würde!

Wenn er wenigstens noch vor diesem Datum ihr Liebhaber würde!

Er war beunruhigt. In der Sonne war es zu heiß. Im Schatten fröstelte ihn, und von der Abendluft bekam er Fieber.

Unterdessen sprach Madame Donadieu bei Tisch davon, ein großes Diner zu geben, die Krügers und die Gables einzuladen sowie einen Genfer Arzt, dessen Bekanntschaft sie gemacht hatte.

Philippe, der den Sonntag hier verbracht hatte, schien das alles sehr zu gefallen. Er hatte eine kurze Unterhaltung mit seiner Schwiegermutter wegen der Pachtgesellschaft. Dann forderte er Michel zu einem Spaziergang an der Mole auf.

»Ich habe schon mit Olsen darüber gesprochen, der sich langsam meiner Meinung anschließt ... Bei dem gegenwärtigen Gang der Geschäfte wird die nächste Bilanz noch katastrophaler ausfallen als die beiden letzten ... Die Banken werden schon widerspenstig ... Die Unkosten der Familie werden aber nicht geringer ... Deine Frau hat gerade wieder geschrieben und viertausend Franc verlangt ...«

»Ist sie immer noch in der Schweiz?«

»Nein. Sie ist in San Remo.«

»Mit den Kindern?«

»Darüber hat sie in ihrem Brief nichts gesagt.«

»Sie könnte mir wenigstens Bescheid geben!«

»Kurzum, die einzige Möglichkeit, damit fertig zu werden ...«

Michel war in geschäftlichen Dingen nicht sehr beschlagen, aber er hatte die typische Sensibilität der Donadieus, und er zuckte zusammen, als Philippe von der Pachtgesellschaft anfing.

»Das bedeutet eine Beeinträchtigung des Gesellschaftskapitals, das nach der Verfügung des Testaments unteilbar ist«, antwortete er rasch.

»Keineswegs, da es sich um eine Verpachtung handelt! Und Verpachtung ist nicht Verkauf ...«

Trotzdem machte es Michel schwermütig, und er warf seinem Begleiter einen Blick zu, in dem Groll und Resignation lagen.

Er wusste genau, dass man ihn für einen Dummkopf hielt. Er wusste, dass Philippe ihn in der Hand hatte. Er wusste, dass seine Mutter ihn unter Druck setzte, wenn sie ihm vorhielt, dass er erst morgens um drei Uhr nach Hause kam, und dass Philippe ihn ebenfalls einschüchtern wollte, wenn er seine Frau im gleichen Atemzug mit Odette erwähnte.

Er konnte nichts dagegen tun!

»Und Marthe? Was sagt sie dazu?«

Er hatte noch diese eine Hoffnung: Marthe, die ebenso eine Donadieu war wie er, die sich aber immer als stark erwiesen hatte.

Er hatte das Gefühl, dass er von der ganzen Familie das größte Opfer brachte, und sicherlich stimmte das auch.

Er erinnerte sich an ein Porträt seines Großvaters, des ersten bedeutenden Donadieu, eines Marine-Ingenieurs, der mit seiner Bartkrause einer Romanfigur von Jules Verne glich.

Er hieß ebenfalls Oscar. Man brauchte sein strenges, um nicht zu sagen verschlossenes Gesicht nur einen Augenblick lang anzusehen, um zu verstehen, dass keine Versuchung diesen Menschen, dessen Leben von einem Netz strenger Regeln durchzogen war, je angefochten hatte.

Seine Persönlichkeit war so stark, dass man nie von der Großmutter sprach. Sie hatte sich von selbst zurückgezogen, war lautlos gestorben, nachdem sie ihm einen Sohn geschenkt hatte.

Und nach ihr hatte er mit Sicherheit keine andere Frau mehr gehabt.

Dann war der Sohn an der Reihe, der, ebenfalls Ingenieur, plötzlich nicht nur ein Vermögen schuf, sondern eine Dynastie, ein Haus, besser noch, eine Festung!

Die Grundsätze des Großvaters, die nur für ihn gegolten hatten, wurden nun auf mehrere Menschen angewandt, auf eine Frau, auf Kinder, auf Dienstboten.

Gewohnheiten wurden zu unumstößlichen Regeln. Diese Regeln wurden schließlich zu einer Religion, deren Dogmen zu Lebzeiten Oscar Donadieus, des zweiten, niemandem je in Zweifel zu ziehen in den Sinn gekommen war.

Und dann war er gestorben. Woran eigentlich, und wie? Der nächtliche Sturz ins Hafenbecken ... Michel war seine Zweifel über die Umstände nie ganz losgeworden ...

Warum hatte man ihn, als er geboren wurde, nicht Oscar genannt wie die anderen? Wegen seiner Mutter, die den Namen nicht mochte und die man nach einer schwierigen Entbindung nicht hatte verärgern wollen!

Michel ... Marthe ... Dann, lange danach, Martine, so lange nach den anderen, dass ihre Schwester ihre Patin geworden war, was ihr den Vornamen Martine eintrug ...

Kiki schließlich, der Letzte, den man Oscar zu nennen sich entschlossen hatte, der aber eiligst einen Spitznamen bekam ...

Das alles, um am Ende bei Philippe anzulangen, der unter den Platanen der Promenade neben ihm herging und über die rationelle Verteilung der Eierbriketts und über die möglichen Interpretationen des Testaments Donadieu schwadronierte.

Wenn Michel nicht seinen langsamen Puls gehabt hätte ...

Aber nein! Er hatte einen lichten Moment der Ehrlichkeit sich selbst gegenüber, und während er in einem Mosaik von Schatten und Sonne neben Philippe daherging, wurde ihm klar, dass er auch dann zögern würde, etwas zu unternehmen, wenn er völlig gesund wäre ...

Vielleicht, wenn sein Vater gestorben wäre, als er zwanzig Jahre alt war? Aber selbst dann, wer weiß! Er war erschöpft. Er hatte schon immer das unangenehme Gefühl gehabt, dass ihm die andern überlegen waren, und sei es auch nur in albernen Dingen, wie etwa wenn er auf einen Fasan schoss und Baptiste hinter ihm gleichzeitig einen Schuss abgab und ihm dann, von sich selbst überzeugt, gratulierte.

Marthe? Sie wäre die Einzige ... Schon als sie klein waren, war sie ihm überlegen ... Sie war nicht so launisch, so unbeständig ...

Er war der Junge, aber sie schreckte zum Beispiel nicht davor zurück, Spatzen zu fangen und sie braten zu lassen, um sie dann zu essen! Und nun behauptete Philippe, Marthe sei einverstanden ...

Also, was noch? Martine und Kiki existierten nicht, hatten nie existiert. Der Vater selbst hatte seinem Jüngsten immer übelgenommen, dass er schmächtig war und keinen sonderlich intelligenten Eindruck machte.

Ja, und wenn Marthe es wollte ...

War es schließlich nicht peinlich, wie Madame Donadieu, die doch eigentlich noch in Trauer war, sich blindlings und mit einer ungeahnten Energie in Vergnügungen stürzte?

Michel kam sich außergewöhnlich scharfsinnig vor. Kurzum, mit dem Tod seines Vaters hatte er den Boden unter den Füßen verloren. Seine Mutter hingegen hatte eine neue Persönlichkeit gefunden.

Was Marthe und die beiden anderen anging ... Er war sich seiner Sache nicht sicher. Er wollte abwarten. Auf jeden Fall war es nicht an ihm, die Initiative zu ergreifen. Er war krank. Er brauchte Ruhe, Schonung, und Nine verursachte ihm schon Kummer genug.

»Wann sollen wir unterschreiben?«, fragte er und setzte sich auf eine Bank, dieselbe Bank, auf der ihn neulich das kleine Zimmermädchen in die Nase gebissen hatte.

»Jetzt. Ich habe alle Unterlagen bei mir. Maman ist einverstanden.«

»Und Kikis Vormund?«

»Den besuche ich auf der Rückreise.«

Das Wasser war glatt und blau, ein Anblick, bei dem man Lust bekam, einfach auf den Grund hinabzutauchen und sich dort aufzulösen. Auf dem Deich Spaziergänger in weißen Hosen, Frauen in hellen Kleidern, und weiter unten, auf dem Sand, Badeanzüge ...

Zwei Marineflugzeuge drehten über der Bucht ihre Runden.

Ja, wozu? Was könnte er tun? Er hatte schon Mühe, sich das Haus dort in Erinnerung zu rufen, das von den zu alten Bäumen verdunkelt und von der Feuchtigkeit des Parks ausgekühlt wurde, mit einer Familie auf jeder Etage!

»Ich habe eine Million für die Pacht bekommen ...«

»Für wie viele Jahre?«

»Zehn Jahre.«

Darüber hätten sie besser nicht gesprochen. Rein rechtlich war es machbar. Aber faktisch verstieß es gegen den Geist des Testaments Donadieu, das die Rechte der Minderjährigen gewahrt wissen wollte.

»Ich habe alle Zahlen bei mir ...«

Kann man die Zahlen nicht sagen lassen, was man will? Wenn irgendein Finanzmann für diesen Pachtvertrag eine Million zahlte, dann bedeutete das doch, dass die Pacht mehr wert war. Und wenn Philippe ...

»Außerdem bekommt jeder von uns, einschließlich Maman, zwanzig Gründeraktien der Pachtgesellschaft ...«

Nun! Wenn Michel in diesem Augenblick irgendeinen Verbündeten gesehen hätte, Marthe oder Olsen oder Martine oder auch nur einen der langjährigen Angestellten der

Firma, die ihrerseits ebenfalls fast zu Donadieus geworden waren, hätte er vielleicht rundweg nein gesagt und sich empört!

»*Einschließlich Maman* ...«, hatte Philippe gesagt.

Mit andern Worten, man hatte seine Mutter gekauft, sie wurden alle gekauft, für etwas Bargeld, das ihnen fehlte! Und das größte Unbehagen kam daher, dass sich ihm plötzlich der Sinn des Testaments erschloss: Er dachte an seine Mutter, die in diesem Moment in Gesellschaft der alten, bekloppten Engländerin im Casino von Cannes war! Sie trug ein weißes Baumwollkleid und einen weiten weißen Mantel!

Michel dachte an seinen Vater, der eines Abends mit der Klarsicht, die er allen Dingen entgegenbrachte, die Klauseln dieses zunächst unverständlichen Testaments abgefasst hatte.

Hatte er also vorausgesehen, was kommen würde? Hatte er vorausgesehen, dass seine Frau mit fünfundfünfzig Jahren, von seiner Entschlusskraft und seiner Autorität befreit, die Donadieus verraten würde, dass er, Michel, sich unterbuttern ließe und dass selbst Marthe ...

Michel hatte sich nie gefragt, ob er seinen Vater liebte. Jetzt liebte er ihn. Seine Brust schnürte sich zusammen, und mit einer mechanischen Geste, ohne an seine kleine goldene Puderdose zu denken, schluckte er eine Digitalinpille. Er hustete, denn die Pille steckte fest. Er hätte sich beinahe erbrochen, mitten auf der Promenade. Philippe klopfte ihm auf den Rücken ...

»Gehen wir unterschreiben ...«, sagte er.

Sie begegneten Kiki und Edmond, die das endlich fertiggestellte leichte Boot an den Strand transportierten, um es auszuprobieren. Sie waren beide im Badeanzug, einer so mager wie der andere, beide mit glänzenden Augen.

Mein lieber Frédéric,

Sie werden erstaunt sein, dass ich Ihnen aus San Remo schreibe, während Sie mich noch in einem kleinen Schweizer Luftkurort glauben. In meinen letzten Briefen habe ich Ihnen nichts darüber geschrieben, weil ich viel zu aufgewühlt war, um gelassen über diese Dinge zu sprechen.

Sie kennen die Art von Hotel, in dem wir wohnten, auch die Art von Gästen und schließlich – und vor allem – das Thema der meisten Gespräche.

Von morgens bis abends sprach man dort von nichts anderem als von Tuberkulose, doch ich kümmerte mich nicht darum. Jetzt glaube ich allerdings, dass all unsere Handlungen vom Schicksal diktiert werden. Ich hatte mich dorthin begeben, um außerhalb der Menge zu stehen, weit weg von all den Gemeinheiten. Ich glaubte an die reine Luft der Gipfel, an den Frieden der großen Höhen, an die belebende Wirkung eines gesunden und einfachen Lebens.

In unserem Hotel war ein junger Arzt ... Oh, denken Sie nicht sofort Schlechtes. Er war krank, und er machte mir Geständnisse, aus denen seine glühende Liebe zum Leben sprach.

Schließlich verwirrte und belästigte er mich sogar ein wenig durch die Leidenschaft, die er in alles hineinlegte, in seine Worte, in seine Gesten, in seine Blicke ...

Dann wurde mein Sohn Jean plötzlich krank, zuerst war es ein Schnupfen, dann eine Bronchitis. Anderswo hätte ich gar nicht darauf geachtet. Hier, wo man stets nur von Lungen redet, erklärte ich mich damit einverstanden, dass mein Arzt ihn zu einem Kollegen brachte für eine Röntgenaufnahme.

Ich wünsche Ihnen nicht, dass Sie solche Augenblicke durchmachen müssen, wenn man Ihnen erklärt: »Wir müssen eine gründliche Untersuchung vornehmen ...«

Dann präzise Fragen:

»Hatte sein Vater die Schwindsucht? ... Oder Sie ... In Ihrer Kindheit ...«

Ich wusste nur, dass ich einmal, als ich einige Monate alt war, eine Lungenentzündung hatte und dass man mich schon aufgegeben hatte.

Zwei schlimme Tage. Entkleidung vor dem Röntgenschirm. Speichelentnahme und ...

Schließlich das Ja, das einen völlig lähmt und von einer Minute zur anderen alle Illusionen zunichtemacht, dass man sich nicht mehr als einen gewöhnlichen Menschen ansieht, sondern als jenes bejammernswerte Etwas, das wir einen Kranken nennen.

Ja, innerhalb einer Sekunde gerät man, wie mein armer kleiner Doktor sagt, in den ›Zustand der Krankheit‹!

Und das Verwirrendste ist, dass man damit auch die Mentalität eines Kranken annimmt, man geht wie ein Kranker, man lebt vorsichtig wie ein Kranker ...

Das ist die nackte Wahrheit, mein lieber Frédéric: Jean ist krank. Meine kleine Évette zeigt leichte gesundheitliche Beeinträchtigungen. Und das haben sie nicht von ihrem Vater, sondern von mir! Ich habe es Michel nicht schreiben wollen. Wenn Sie ihn gelegentlich einmal sehen, erzählen Sie es ihm, wenn Sie wollen. Er wird dann verstehen, warum ich innerhalb so kurzer Zeit so viel Geld verlangt habe.

Da ich am stärksten betroffen bin, habe ich die Kinder in der besten Privatklinik der Gegend gelassen. Évette hat nichts zu befürchten. Man versichert mir, dass sie in

einigen Monaten völlig geheilt sein wird. Jean wird in
spätestens zwei Jahren geheilt sein und ein Junge werden
wie jeder andere auch.

Was mich betrifft ... Nein, ich versuche nicht, mich bemit-
leiden zu lassen, mich interessant zu machen, auch nicht,
mich zu entschuldigen, wie Sie glauben könnten, mein
skeptischer Freund ... Es ist die Rede von einem Pneumo-
thorax ... Ein Wort, das ich hier oft gehört habe und bei
dem ich jedes Mal eine Gänsehaut bekomme ...

Man versichert mir, dass ich in zwei oder drei Jahren,
vorausgesetzt, ich verzichte auf jede Ausschweifung und
lebe wie eine Kranke, nur wie eine Kranke, dass ich dann
möglicherweise, ja sogar wahrscheinlich ...

Mein kleiner Doktor hat mich angefleht zu bleiben, und
er hat mir Angst eingejagt ... Ja, ich habe begriffen, dass,
wenn ich dortbliebe, ich endgültig in die Welt der Kranken eintreten würde ...

Sie werden das wohl nicht verstehen ... Man muss sie
gesehen haben, alle. Und ich gehöre dazu! ... Und ich
habe begriffen, wie man sie ermutigt, selbst wenn es
keine Hoffnung mehr gibt, selbst wenn man bereits an
die Familie geschrieben hat, um anzukündigen, dass es
an der Zeit ist, Vorkehrungen zu treffen ...

Deshalb bin ich in San Remo. Ich habe nicht lange überlegt. Ich habe mich aufs Geratewohl, aufgrund von Pro-
spekten, für San Remo entschieden ... Sonne, Mimosen –
für dieses Jahr sind sie verblüht –, das blaue Meer ...

Ich bin hier, um nachzudenken, um einen Entschluss
zu fassen ... In drei Jahren, wenn man mich nicht zu
sehr belügt – man belügt die Kranken immer –, werde
ich meinen Platz im ersten Stock des Hauses in der Rue
Réaumur wieder einnehmen können ...

Ich weiß, was meine Mutter mir raten würde. Sie ist eine echte Italienerin, und sie würde sechs Monate eines wirklichen Lebens vorziehen, vor allem wenn sie, wie ich, nie etwas anderes gekannt hätte als ... nun ja, Sie wissen schon!

Mein kleiner Doktor – er ist aus Lille und ganz blond – schreibt mir und spricht davon, die zwei Monate, die seine Lunge ihn noch am Leben erhält, mit mir voll auskosten zu wollen.

Ich will nicht ... Hier macht mir ein englischer Sportsmann, der ein Motorboot besitzt, den Hof ... Er ist Offizier der Indischen Kolonialarmee und verbringt seinen Urlaub in Italien ...

Geben Sie mir keine Ratschläge. Ich will keine. Man muss die Sonne, die Zeit wirken lassen ... Ich achte halbwegs auf meine Gesundheit, rauche allerdings immer noch vierzig Zigaretten am Tag, zur großen Verzweiflung meines Arztes ... Gestern bin ich mit Bob im Motorboot in Monte Carlo gewesen ... Wir fuhren mit achtzig Stundenkilometern dahin ... Ich wäre gern noch schneller gefahren ...

Schreiben Sie mir postlagernd ... Sagen Sie mir nichts, was mich noch mehr aufregen könnte ... Sie werden meinen, mir eine Moralpredigt halten zu müssen, obgleich Sie selber kein Wort davon glauben, denn ich weiß, was Sie tun würden, wenn Sie an meiner Stelle wären ...

Ich habe die Wahl zwischen ...

Kann man das eine Wahl nennen? Das Kindermädchen ist bei Évette geblieben ... Hier nennen mich alle Señorita ... Und das Drama ist, ob Sie es glauben oder nicht, dass ich kein Geld mehr habe ... Sie schicken es mir in kleinsten Raten ... und ahnen nicht, dass es am Ende vielleicht eine telegraphische Geldanweisung ist, die alles entscheidet ...

Denken Sie nicht zu schlecht von mir ... Erinnern Sie sich an die Anstrengungen, die ich unternommen habe ... Und wenn Sie an Vererbung glauben, denken Sie an meine Mutter, von der ich das letzte Mal aus Tahiti gehört habe ... Ich frage mich, ob sie ebenfalls schwindsüchtig ist oder ob es mein Vater war, den ich nicht gekannt habe ...

Wer weiß? Wenn Sie diesen Brief bekommen, wird vielleicht alles schon vorbei sein ... Ich glaube so fest, dass dem so sein wird, dass ich Ihnen endlich gestehen kann, mein alter Frédéric ...

Ich sage »mein alter«, um nicht zu weinen ... Der Mann, den das kleine, lebenshungrige Mädchen, das ich bin, gebraucht hätte ...

Sie lächeln, nicht wahr? Nicht einen Augenblick ist es Ihnen in den Sinn gekommen, mir den Hof zu machen ... Sie ließen mir nur Brosamen, die ich gierig aufsammelte ... Und niemand in diesem Nebelhaus begriff – nicht einmal Michel, der zwar schimpfte, der sich aber nicht vorstellte ...

Wissen Sie, warum er schimpfte? Weil er glaubte, dass Sie mich zum Rauchen verleitet hätten!

So sind sie!

Ich höre das Motorboot, das unter meinem Hotelfenster seine Runden dreht ... Wenn ich Sie betrüge, mein alter Frédéric, wenn ich Sie heute Abend betrüge, tue ich das nicht mit einem Mann, mit einem Engländer, mit einem Offizier der Indischen Kolonialarmee, sondern mit einem Motorboot, das achtzig Stundenkilometer macht,

im Mondschein, in einer Welt, in der es keine Lungen
mehr gibt ...
Geben Sie mir Ihre gute, trockene und warme Hand, wie
Sie es taten, wenn Sie abends weggingen. Sagen Sie:
»Gute Nacht, kleines Mädchen.«
Wie früher, wenn wir allein waren.
Ihre beklagenswerte Éva

5

Michel hatte festgestellt, dass an der Theke einer der Freunde von Mrs Gable stand, ein junger Mann, Grieche oder Türke, den man aber trotzdem Freddy nannte. Er hatte ihm von weitem zugenickt, dann aber nicht mehr an ihn gedacht, denn Nines Verlobter sollte in zwei Tagen kommen, und Michel musste sich vorher ins Zeug legen, wollte er noch auf seine Kosten kommen.

In der orangefarbenen Atmosphäre des Boule Rouge begann es mit dem üblichen Geflüster, das dann immer in flehendem Ton endete, begleitet von dem Druck der feuchten Hände Michels auf dem allmählich nachgebenden Körper der Kleinen.

Einmal stand sie auf, um zur Toilette zu gehen. Freddy nutzte die Gelegenheit und setzte sich einen Augenblick zu Michel an den Tisch.

»Nicht übel, die Kleine, was?«, sagte er mit verschwörerischem Augenzwinkern.

Als ob er sie genauso gut gekannt hätte wie Michel! Dieser blieb reserviert, aber Freddy fuhr fort:

»Sie arbeitet auf meiner Etage ... Ich habe mir gleich gedacht, dass sie nachts feiert, weil sie jeden Morgen so müde aussieht ...«

Dann, leiser:

»Macht sie mit?«

So hatte es angefangen. Nine war zurückgekommen, und Freddy hatte sich verzogen.

»Kennst du diesen Gigolo?«, hatte sie gefragt. »Er ist auf meiner Etage ...«

Warum war Michel, nachdem er sie bis zur Eisenbahnbrücke gebracht hatte, ins Boule Rouge zurückgegangen und hatte eingewilligt, mit Freddy an der Bar einen Whisky zu trinken? Er trank schon seit langem nichts Hochprozentiges mehr, wegen seines Herzens. Vielleicht trank er, ohne es zu merken, zwei Gläser statt eines ...

Sicher ist jedenfalls, dass er am Ende vertrauliche Dinge preisgab.

»Verstehen Sie? Es geht nur darum, den richtigen Ort zu finden ... In eine Absteige würde sie nie mitkommen ... Bei mir zu Hause ist die ganze Familie ...«

Freddy musste auch viel getrunken haben. Sie waren bei dem Stadium angelangt, wo man sich gern ewige Freundschaft schwört und fixe Ideen entwickelt. In diesem Fall: Nine dazu zu bringen, sich in Michels Arme zu stürzen!

»Warum kommen Sie nicht mal morgens zu mir ins Continental, um mir guten Tag zu sagen?«, schlug Freddy plötzlich vor. »Sie kommen in mein Zimmer. Ich gehe hinunter zum Friseur, und dann klingeln Sie nach ihr ...«

Er lachte. Michel tastete mechanisch seine Taschen ab und rief dann dem Barkeeper zu:

»Schreiben Sie es zu dem andern.«

Denn es war einiges zusammengekommen. Es war halb vier morgens oder später. Die beiden Männer schlenderten noch auf dem Bürgersteig auf und ab und konnten sich nicht entschließen, schlafen zu gehen. Schließlich ging Freddy ins Continental, und Michel stand bald vor der Villa Les Tamaris. Er zuckte zusammen, als er sah, dass alle Fenster erleuchtet waren.

Man hatte für Martine in einer Klinik einen Platz reservieren lassen. Als sie gegen zehn Uhr abends über Unwohlsein klagte, hatte man Doktor Bourgues angerufen, und dieser hatte erklärt:

»Sie können sich auf meine Erfahrung verlassen: Es wird noch einige Tage dauern.«

Um ein Uhr morgens musste man ihn dringend rufen lassen. Als er in der Villa Les Tamaris ankam, war ein Transport schon zu gefährlich, und er rief in der Klinik an, um eine Krankenschwester anzufordern.

Ohne besonderen Grund machte das im ganzen Haus brennende Licht Michel mürrisch. Er ging mechanisch ins Treibhaus, wo niemand war, und sah dort auf dem Tisch Gebäck liegen.

Wozu erst hinaufgehen, wo er doch Schritte und Stimmen hörte? Er wusste, wie sich diese Dinge abspielen, denn er hatte immerhin zwei Kinder, und seine Schwester Marthe hatte ebenfalls zu Hause entbunden.

Er mochte das nicht. Der fade Geruch missfiel ihm. Mit gerunzelter Stirn wartete er auf die Schreie, während er Gebäck aß und dazu den Schnaps trank, der für den Arzt gedacht war.

Eine Tür öffnete sich einen Spaltbreit, und er erblickte Kiki, sehr bleich, im Schlafanzug, der fragte:

»Ist es noch nicht vorbei?«

Armer Kiki! Es machte ihn ganz krank! Er war seinen Hauslehrer holen gegangen und hatte ihn angefleht, in seinem Zimmer zu bleiben, von dem aus man alles hörte.

Baptiste brachte in der Küche unaufhörlich Wasser zum Kochen. Die Krankenschwester lief zwischen Erdgeschoss und erstem Stock hin und her.

Was konnte Michel auch tun? Wie gewöhnlich schlafen

gehen? Das würde vielleicht schlecht aufgenommen werden. Er trug nicht mehr seinen Golfanzug, sondern einen Sommeranzug aus Flanell, den er nur ungern zerknittern wollte. Und so ging er sich umziehen, schlüpfte in ein altes Jackett, ging ins Treibhaus zurück und machte es sich in einem Sessel so bequem wie möglich.

Er hatte genug getrunken, um sehr bald in einen schweren Schlaf zu fallen. Es war ihm zwar die ganze Zeit bewusst, was vorging, doch all das war weit weg, und als er aus dem Schlaf auffuhr, unterhielten sich seine Mutter und der Arzt bereits seit mehreren Minuten im selben Raum.

Es war ein außergewöhnliches Erlebnis, hier wach zu werden, denn das Treibhaus, das Michel noch nie am frühen Morgen gesehen hatte, war in ein sehr feines, alles überstrahlendes Sonnenlicht getaucht, und als er den Kopf drehte, wurde seine Netzhaut vom leuchtenden Blau des Meeres getroffen, mit kleinen Fischerbooten darauf, die aussahen, als hingen sie im leeren Raum.

»Ist es vorbei?«, fragte er und rieb sich die Augen. »Ist alles gut verlaufen?«

»Ja, aber es ist besser, wenn du noch nicht hinaufgehst. Sie schläft …«

»Ein Mädchen?«

»Ein Junge! Er wiegt sechs Pfund, was gar nicht so übel ist, wenn man bedenkt, dass er vierzehn Tage vor der Zeit auf die Welt gekommen ist …«

Dann schickte sie Michel hinaus. Sie musste noch mit dem Doktor sprechen. Kiki war noch nicht aufgewacht und schlug in einem ganz besonders unangenehmen Alptraum um sich. Die Zugehfrau machte die Fenster auf, und der neue Morgen drang frisch in alle Ecken des Hauses.

»Bist du es, Philippe?«

Martine sprach leise. Die Krankenschwester hielt ihr das Telefon, und Sonnenkringel flimmerten auf der weißen Bettdecke.

»Bist du es? ... Hast du geschlafen? ... Hör zu, Philippe ... Hör zu! ...«

Sie konnte kaum weitersprechen, und die Krankenschwester klopfte ihr auf die Schulter und murmelte:

»Na, na, Madame!«

»Er ist zur Welt gekommen, Philippe!«

Ihr Bett stand so, dass sie aufs Meer schauen konnte. Das Fenster war weit geöffnet, die Luft sehr mild. Doch trübten Tränen ihren Blick. Martine sah nicht einmal ihren Sohn, der in einer Wiege neben dem Bett lag.

»Was sagst du? ... Ich verstehe nichts, Philippe! ... Sprich lauter ... Ja, es ist ein Junge ... Nein! Es ist weiter nichts, glaub mir ... Jetzt ist es vorbei ... Er ist schwerer als erwartet: sechs Pfund ... Kommst du? ... Du kommst nicht sofort? Was sagst du? ...«

Sie war zu erschöpft. Sie verstand ihn schlecht. Sie hielt der Krankenschwester den Hörer hin und ließ sich ins Kopfkissen zurücksinken.

»Ja, Monsieur. Hier ist die Krankenschwester ... Ihre Frau ist etwas schwach ... Aber nein! ... Es geht ihr sehr gut ... Der Abendzug? ... Sie kommen gegen halb sieben morgen früh an? ... Gut, Monsieur ... Ich werde es ausrichten ...«

Martine gab ihr durch Zeichen zu verstehen, dass sie den Hörer wieder haben wollte, in den sie nur hineinrief:

»Guten Tag, Philippe! Komm schnell! ...«

Die Krankenschwester erklärte ihr:

»Ihr Mann sagt, dass er heute Nachmittag noch eine

Zusammenkunft wegen der Unterschrift für einen sehr wichtigen Vertrag hat … Er hat Ihnen anscheinend davon erzählt … Sie wüssten Bescheid …«

Schließlich ging alles durcheinander: Philippe, der Vertrag, der Kleine, das gelackte Meer, auf dem ein Motorboot eine funkelnde Furche zog …

Sie fuhr aus dem Schlaf auf, weil sie geträumt hatte, dass all das nicht wahr sei, dass sie kein Kind hatte. Sie rief:

»Wo ist er?«

»Haben Sie gut geschlafen?«, fragte die Krankenschwester.

Es war fast Mittag, und jemand hatte wohl die cremefarbenen Vorhänge zurückgezogen, denn die Sonne schien ins Zimmer. Man hörte von irgendwoher Musik, das Frühkonzert eines Cafés an der Promenade.

»Die Brüder von Madame warten, um ihren Neffen zu sehen …«

Der ganze Tag verging so, unterbrochen von Dösen, Besuchen. Der Doktor kam zweimal. Madame Donadieu entschuldigte sich, dass sie für eine Weile ausgehen müsse, aber sie erklärte, dass es besser so sei, denn die Krügers brauchten von dem Ereignis nichts zu wissen.

Gewiss, sie wussten nicht, wann die Hochzeit stattgefunden hatte, und sie kannten auch niemanden in La Rochelle. Aber kann man je wissen?

Michel blieb eine Viertelstunde im Zimmer, wie es sich gehörte, murmelte, dass es ein schönes Kind sei, dass er kräftig aussehe, dass seine Schreie auf einen starken Charakter hinwiesen.

Kiki hingegen war linkischer, er wagte nicht, ans Bett seiner Schwester heranzutreten, und er schien ihr aus irgendeinem Grund böse zu sein.

Während der Nacht war Martine nur zweimal wach geworden. Eine Lampe brannte schwach. Die Krankenschwester wachte. Das Kind lag in seiner Wiege.

»Wie spät ist es?«

»Viertel nach sechs.«

»Ich habe einen Zug pfeifen hören ...«

»Das ist bestimmt nicht der, mit dem Ihr Mann kommt. Oder er wäre zu früh angekommen.«

»Machen Sie die Fenster auf ... Richten Sie mein Bett ... Geben Sie mir den Spiegel, ein nasses Handtuch, meine Puderdose ...«

Das übrige Haus schlief. Die Zugehfrau war gerade erst gekommen.

»Haben Sie gehört?«

»Das ist ein Zug, ja, aber er fährt nach Marseille ...«

»Er wird sicher ein Taxi nehmen!«

»Wenn er um diese Zeit eins findet!«

Und nun, nach sehr langem Warten, während die Minuten sich zäh in die Länge zogen, fing die Zeit plötzlich an zu rasen. Ein Auto fuhr vorbei, dann ein zweites ... eines hielt ... Schritte auf dem Kies, dann im Treppenhaus ...

»Lassen Sie uns allein ...«, sagte Martine hastig zur Krankenschwester.

Und Philippe, der dastand und der, Gott weiß warum, im Türrahmen viel größer erschien, Philippe keuchte:

»Martine! Wo ist er? ...«

Er hatte sich im Zug rasiert. Er war ganz frisch. Er roch gut, nach dem Leben draußen.

Während er sich über die Wiege beugte, stand sie schreckliche Ängste aus. Wirkte er nicht verlegen? Fand er etwa, dass sein Sohn nicht schön war? Er wagte ihn nicht anzurühren. Zögernd streckte er eine Hand aus.

Dann stürzte er sich plötzlich auf das Bett, presste Martine an sich, wie er es in Anbetracht ihres Zustandes nicht hätte tun dürfen.

»Was hast du?«, murmelte sie.

Er weinte. Er hatte noch nie so geweint, sein ganzer Körper wurde von Schluchzern geschüttelt.

»Meine kleine Martine ...«

Er richtete sich wieder auf, lächelte, während er sich die Tränen abwischte, runzelte die Stirn, da er erst jetzt wahrnahm, wie blass seine Frau war.

Sie las alle diese Eindrücke einen nach dem andern auf seinem Gesicht, und sie verstand auch, als Philippes Blick plötzlich auf das strahlende Meer fiel. Auch das war ein für ihn typischer Ausdruck: Die Augäpfel wurden sehr klein und starr; seine Unterlippe schob sich ein wenig vor zu einer unfreiwilligen Schnute.

Er hielt Martines Hand in der seinen, und er drückte sie fest, dann stand er jäh auf und sagte:

»Du wirst sehen!«

Er musste umhergehen. Er ging in dem Zimmer auf und ab, blieb ebenso oft vor dem Fenster stehen wie vor der Wiege des Kindes. Die noch bleiche Sonne schwamm über dem Horizont. Möwen stritten sich um kleine Fische, die die Fischer ins Meer zurückwarfen, und der Sprengwagen fuhr langsam an den Quais entlang.

»Ist er angekommen?«, fragte Madame Donadieu die Zugehfrau.

»Ein Herr ist hinaufgegangen, ja ...«

Sie zögerte, zuckte die Achseln: Es war besser, sie allein zu lassen.

»Du kannst das nicht verstehen«, sagte er. »Und doch möchte ich, dass du verstehst, oder besser, dass du fühlst wie ich!«

Nie hatte sie ihn so erregt gesehen, auch nie so lebhaft. Er sog durch alle Poren seines Seins die sonnige Morgenluft ein. Er hatte sein Jackett ausgezogen, und sein Hemd war strahlend weiß, seine Taille, von einem Gürtel eingeschnürt, schmal und kraftvoll.

»Gestern, als du mich angerufen hast, wäre ich beinahe trotz allem noch gekommen ... Ich habe mir gedacht, dass meine Verspätung dir Kummer machen würde, dass du nicht verstehen würdest ... Da! ...«

Er holte ein Bündel Papiere aus seinem Jackett und legte sie auf die Wiege des Kindes.

»Hat die Sonne gestern genauso geschienen?«

»Ja ...«

»In La Rochelle auch! Es war der erste schöne Tag seit langem. Um drei Uhr haben wir uns alle in meinem Büro getroffen, Grindorge und Maître Goussard ...«

»Habt ihr zusammen zu Mittag gegessen?«

»Mit Grindorge und seiner Frau, ja. Warum?«

»Nur so, erzähl weiter ...«

Es stimmte, dass sie zusammen gegessen hatten, dass Philippe die Neuigkeit verkündet hatte.

»Meine Frau hat gerade entbunden ...«

»Ein Junge? ... Ein Mädchen? ...«

Die Grindorges, die schon zwei Kinder hatten, brachte das nicht aus der Ruhe.

»Sie werden sehen, dass sich damit alles ändert!«

Madame Grindorge wollte nur wissen, ob Martine selber stillen würde.

»Und ob!«

»Sagen Sie das nicht zu schnell! Mir hat es der Doktor verboten.«

Aber er zweifelte nicht daran. Und jetzt betrachtete er die Wiege, auf die er einen umfangreichen Vertrag gelegt hatte.

Martine wollte keine Veränderung seines Gesichtsausdrucks verpassen. Sie sah, wie er die Stirn runzelte und plötzlich zur Tür ging, denn er hatte auf dem Treppenabsatz Schritte gehört. Es war Madame Donadieu, die sich endlich entschlossen hatte, sie zu besuchen.

»Na, was hast du ...«

Sie wollte hereinstürmen, doch er murmelte, während er sie auf die Stirn küsste:

»Nachher, Maman ... Lassen Sie uns noch allein! ...«

Er schloss die Tür und sagte dann leise, nachdem er wieder an die Wiege getreten war:

»Ich habe heute Nacht lange darüber nachgedacht ... In Russland oder Kaukasien, glaube ich, stellt ein Professor Smirlof oder Smirnow, ist ja auch egal, seit Jahren erstaunliche Experimente an. So hat er nach seinem eigenen Verfahren einen Aprikosenbaum mit einem Kirschbaum gekreuzt und eine neue Frucht gewonnen, von bisher unbekannter Form und unbekanntem Geschmack ...«

»Warum erzählst du das?«

»Weil ich mich einen Augenblick gefragt habe, ob es ein kleiner Donadieu oder ein kleiner Dargens werden würde.«

»Doch wohl beides, oder?«, meinte sie lächelnd.

»Nein!«

Er ging wieder auf und ab. Man spürte, dass er nicht improvisierte, dass ihm diese Fragen lange durch den Kopf gegangen waren.

»Ich will, dass es, wie die Früchte von Professor Smirlow, etwas Neues ist, der Beginn einer Dynastie.«

Jetzt wollte er keine Reaktion seiner Frau verpassen.

»Ich frage mich sogar, ob wir, wenn du nach La Rochelle zurückkommst, überhaupt noch in der Rue Réaumur wohnen werden. Vielleicht besser nicht. Das ist zu sehr Donadieu! Sei nicht gekränkt deswegen. Ich sollte jetzt nicht von solchen Dingen anfangen …«

»Im Gegenteil!«

»Warum im Gegenteil?«

»Weil ich immer gehofft hatte, dass wir nicht nur nie in der Rue Réaumur, sondern auch nie in La Rochelle wohnen würden.«

Warum lächelte er? Warum wurde sein Blick schärfer? Warum suchten seine Augen wieder die Weite des Meeres?

»Es wird nicht mehr für lange sein!«, sagte er zu sich selbst.

Aber sie hörte es. Sie war darüber entzückt, obgleich sich in ihre Freude eine gewisse Unruhe mischte. Sie betrachtete ihn, wie er jetzt mit knappen Bewegungen die Papiere wieder an sich nahm und sie in die Tasche steckte, nachdem er sich zuvor mit einer mechanischen Geste versichert hatte, dass sie vollständig waren.

»Um eine neue Sorte hervorzubringen, braucht man einen alten Stamm«, brummte er.

Natürlich hatte er sich nie mit Botanik oder mit Pflanzenzucht beschäftigt. Er hatte überhaupt nicht studiert. Doch mit einem geschärften Gefühl für die Wirklichkeit sammelte er alles auf, was ihm nützlich sein konnte, überflog in einer Viertelstunde ein Buch von fünfhundert Seiten und fasste das Wesentliche daraus zusammen. Zumindest das für ihn Wesentliche!

Diese Ideen von Stamm, Veredelung, neuer Sorte gingen ihm nicht mehr aus dem Kopf, und er stellte sich wieder vor die Wiege seines Sohnes, der ihm eher hässlicher vorkam als andere Kinder.

Als sie ihn so beobachtete, bekam es Martine mit der Angst zu tun. Sie fragte sich, was er wirklich dachte und ob er ihr alles sagte.

»Was hast du, Philippe?«

Und er, aus seiner Träumerei gerissen:

»Nichts!«

Er hatte ... Er konnte es noch nicht genau sagen. Es war zu unbestimmt. Die Worte, die er gerade gesagt hatte, seine Erregung von vorhin, das Meer, diese kleinen weißen Boote, die Geräusche des Hauses, das alles bildete ein Ganzes, von dem allmählich ein neues Gefühl ausging. Etwas schien ihn daran zu beunruhigen, denn Martine sah, wie sich Philippes Stirn wieder in Falten legte.

»Komm zu mir«, sagte sie.

Schweren Herzens, so schien es, verließ er die Wiege, setzte sich aufs Bett, fuhr sich mit der Hand über die Stirn und lächelte.

»Woran hast du gedacht?«

»Das ist schwer zu erklären ... Für die Fischer dort draußen ist heute ein Tag wie jeder andere ... Und da ist nun neben uns ein Menschenwesen, von dem man noch nichts weiß, das alle Möglichkeiten in sich hat, alle, hörst du?«

Die Betonung war eindeutig auf »alle«.

»... Möglichkeiten des Unglücks und des Glücks ... Möglichkeiten, ein Werk fortzusetzen, das ich begonnen habe ...«

»Philippe!«

»Was?«

»Nichts ... Ich liebe dich, Philippe! ... Ich möchte, dass wir drei zusammenbleiben, dass wir uns nicht mehr verlassen ...«

Wie ungeschickt! Er stand verdrossen auf.

»Siehst du? Sofort ein typisch weiblicher Gedanke ... Und ich sprach dir von ... von ...«

Von einer großen Sache eben! Von einer vagen Sache vielleicht, von der er aber spürte, dass sie ungeheuerlich, entscheidend war. Sie hatte ihn nicht einmal nach dem Vertrag gefragt, den er unterschrieben hatte, und dabei hatte er, im Hinblick auf ihre Zukunft, die gleiche Bedeutung wie die Geburt des Kindes!

So oder so ähnlich waren seine Gedanken. Und wenn er von Stamm und von Veredelung sprach ...

Er hatte sich gewissermaßen auf die Dynastie Donadieu gesetzt, und schon wurde der Stamm nutzlos ...

Die Pachtgesellschaft war gegründet. Auf Bitten des Hauptaktionärs Grindorge war er, Philippe, der Verwaltungsratsvorsitzende dieser Gesellschaft.

Und ein Kind war gerade zur Welt gekommen ...

»Man könnte meinen, du wärst mir böse ... Was habe ich denn gesagt?«

»Nichts, mein Kleines ... Du darfst dir nichts daraus machen ... Ich habe heute Morgen noch keinen Kaffee getrunken.«

»Du kannst runtergehen, Philippe.«

»Ich komme sofort wieder. Ich will nur eine Kleinigkeit essen.«

»Nimm dir ruhig Zeit! Ich werde jetzt erst mal verarztet.«

Das ging ihn nichts an. Er wollte lieber gar nicht erst wissen, was sich an Peinlichem, Schmutzigem hinter der Geburt seines Sohnes verbarg.

»Ruf bitte die Krankenschwester, ja?«

Sie sprach sehr schnell. Er spürte, dass sie nahe daran war zu weinen, und gänzlich aufgewühlt stürzte er zu ihr. Das genügte, um die Tränen der jungen Frau fließen zu lassen.

»Martine! ... Meine kleine Martine! ... Hör doch ... Ich bitte dich um Verzeihung ... Aber du musst dir darüber klarwerden, dass ich ein Mann bin und du eine Frau. Ich schwöre dir, dass ich an unseren Sohn denke, dass ich unaufhörlich an ihn denke ... Nur, ich denke anders an ihn als du ...«

»Du hast ihn nicht einmal in die Arme genommen!«

Weil er es nicht gewagt hatte! Weil er von diesem zarten Wesen eingeschüchtert war!

»Willst du?«

»Gib ihn mir.«

Er nahm ihn vorsichtig hoch, küsste ihn auf den Kopf, doch ohne besondere Freude, legte ihn aufs Bett neben seine Mutter. Und diese, immer noch weinend, aber mit einem flüchtigen Lächeln:

»Du kannst jeden fragen, der sich da auskennt ... Man wird dir sagen, dass er schön ist ...«

»Aber ja!«

»Du denkst es aber nicht. Geh schnell essen, Philippe! Und ruf die Krankenschwester. Es ist Zeit.«

Und als er draußen war, weinte sie heiße Tränen, ohne zu wissen, warum. Die Krankenschwester hatte das Kind genommen und versorgte es.

»Wissen Sie, Madame, das ist immer dasselbe ...«

»Was?«

»Die Männer, in den ersten Tagen ... sie haben eben nicht unsere Gefühle ...«

Aber nein! Das war es nicht! Martine war nicht unglücklich. Sie war Philippe auch nicht böse. Sie weinte ganz einfach, weil sie das Bedürfnis hatte zu weinen.

Philippe saß Michel gegenüber im Treibhaus und frühstückte. Auf seinem Gesicht war keine Spur zu sehen von den vorangegangenen Aufregungen. Auch so etwas, das Martine nicht verstand: Automatisch, innerhalb weniger Sekunden, kaum dass er zur Tür hinaus war, gewann er sein Gleichgewicht und seine Selbstbeherrschung zurück.

»Hat sie nicht zu sehr gelitten?«, fragte er dennoch seinen Schwager und nahm sich Orangenmarmelade.

»Ich glaube nicht. Ich saß hier im Sessel. Ich habe sie kaum schreien hören ...«

»Wie fühlst du dich?«

Michel war schon in seinem hellen Anzug, tadellos rasiert, seine weißen Schuhe an den Füßen. Aber diese einfache Frage genügte, dass er in sich zusammenfiel und eine Leidensmiene aufsetzte.

»Mein Puls ist immer noch zu langsam«, seufzte er. »Siebenundvierzig oder achtundvierzig ... Apropos ...«

»Was?«

»Ich habe gerade einen Brief von meiner Frau bekommen. Rate mal, wo sie ist!«

»In San Remo«, erwiderte Philippe, ohne nachzudenken. Denn Frédéric hatte ihm von Évas Brief erzählt.

»Woher weißt du das?«

»Weil sie meinem Vater geschrieben hat.«

»Was hat sie ihm geschrieben?«

»Dass sie in San Remo ist.«

»Ist das alles? Ich verstehe nichts mehr. Sie schreibt mir einen Geschäftsbrief und bittet mich darum, dass wir uns, um die Reisekosten zu teilen, in Cannes oder Nizza treffen. Sie behauptet, dass sie mir wichtige Neuigkeiten mitzuteilen habe und dass wir gemeinsame Entschlüsse zu fassen hätten. Sie schreibt nicht einmal, wo unsere Kinder sind ...«

»Sie sind in der Schweiz geblieben!«

»Siehst du! Dein Vater weiß mehr als ich. Was mag sie denn ganz allein in San Remo treiben?«

Philippe betrachtete zuerst das Schattenspiel im Garten, und als ein Sonnenstrahl auf ihn fiel, fühlte er sich sehr matt. Vielleicht, weil er im Zug schlecht geschlafen hatte?

»... nicht auf Scheidung drängt ...«

Er fuhr zusammen und wusste nicht, wie lange sein Schwager schon gesprochen hatte.

»Du willst dich scheiden lassen?«

»Aber nein! Ich sagte: Wenn sie nur nicht auf Scheidung drängt. Das gäbe einen Skandal. Hat man immer noch keine Nachricht von ... von diesem Mädchen ... Odette?«

»Ich nicht, aber ich glaube, mein Vater hat welche.«

»Ja sag mal, der weiß wohl immer alles als Erster«, platzte Michel los.

Und das war so komisch, dass Philippe lachen musste.

»Ich werde Maman um den Wagen bitten und morgen Nachmittag nach Cannes fahren.«

Die Krankenschwester kam herein, nachdem sie angeklopft hatte.

»Ihre Frau sagt, dass Sie hinaufgehen können.«

»Ist sie allein?«

»Ihre Mutter ist bei ihr.«

»Sagen Sie ihr, dass ich sofort komme.«

Er hatte sein Frühstück beendet, aber er musste Michel noch etwas sagen. Dazu schloss er die Tür ab.

»Der Vertrag ist gestern unterschrieben worden. Es fehlt nur noch deine Unterschrift und die von Maman. Das ergibt für jeden von uns einen unmittelbaren Kredit von zweihunderttausend Franc, denn Albert Grindorge hat die Million schon überwiesen. Ich habe dir vorsorglich einmal zehn Scheine mitgebracht für den Fall, dass du nicht flüssig sein solltest …«

Man musste einen Federhalter suchen, dann Tinte, denn die Flasche war leer. Michel unterschrieb und stand seufzend auf. Jetzt brauchte er eine Pille.

»Warum kommt er denn nicht?«, wunderte sich Martine oben.

Die Krankenschwester erlaubte sich, sich in das Gespräch der beiden Frauen einzuschalten, und sagte:

»Er unterhält sich mit Monsieur Michel. Sie sprechen wohl von Geschäften, sie haben die Tür abgeschlossen.«

»Gleich wird der Doktor kommen«, bemerkte Martine verdrießlich.

Aber gleich darauf wandte sie sich mit verklärtem Gesicht an ihre Mutter:

»Ach ja, er will mir die Analyse der Milch mitbringen! Dann wissen wir endlich …«

Schritte auf der Treppe. Es war Philippe, der seine Brieftasche wieder einsteckte.

6

In dem Telegramm, mit dem sie auf Michels Brief antwortete, schrieb Éva: *Punkt drei Uhr Carlton Cannes.*

Die Reifen der schweren blauen Limousine klebten am Asphalt, und die Masten aller weißen Boote im Hafen waren von Sonne überflutet. Baptiste, auf Madame Donadieus Geheiß hin zum Chauffeur befördert, fuhr auf der Croisette, als wäre er in einer anderen Welt, und Michel musste an die Scheibe klopfen, damit er vor dem cremefarbenen Carlton hielt.

Leute aßen noch zu Mittag. Es war viel Betrieb unter den Sonnenschirmen, aber Michel ging schnell hinein und wandte sich an den Portier:

»Madame Donadieu, bitte?«

Der Portier runzelte die Stirn, sah auf den rosafarbenen und weißen Karteikarten nach, die an einer Anschlagtafel steckten, und ging, um nichts unversucht zu lassen, sogar in die Rezeption.

»Sind Sie sicher, dass die Dame hier abgestiegen ist?«

Um ihn herum sprach man vor allem englisch. Junge Frauen mit nacktem Rücken und kaum verhüllter Brust gingen ganz nahe an ihm vorüber. Er stand auf der Schwelle, mürrisch, mit zusammengekniffenen Augen, um die Gäste in Augenschein zu nehmen …

»Michel!«

Er zuckte zusammen, schaute überallhin, ohne Éva zu erblicken, die ihn gerufen hatte.

»Michel! ... Hallo! ...«

Eine Hand wedelte über einem der tiefen Korbsessel. Michel ging darauf zu, beunruhigt. Ein großer junger Mann sprang aus einem Nachbarsessel auf.

»Darf ich dir Hauptmann Burns vorstellen.«

Und der junge Mann hielt eine Hand hin, die mechanisch diejenige von Michel zermalmte.

Es war natürlich ein Fehler zu glauben, seine Frau wäre im Carlton so angezogen wie seinerzeit in La Rochelle. Aber der Unterschied war gewaltig! Diese ... er hätte fast gesagt: Maskerade! Denn sie trug einen Segelanzug – selbstverständlich einen Phantasiesegelanzug! – und eine mit einem riesigen Wappenschild geschmückte Marinemütze. Aus ihrem Sessel heraus streckte sie ihm nachlässig eine Hand entgegen und sagte mit viel zu herzlicher Stimme:

»Setzen Sie sich in diesen Sessel, Michel! Was trinken Sie? Bob, wollen Sie bitte meinem Mann einen Whisky Soda bestellen und eine halbe Stunde spazieren gehen?«

Man hätte meinen können, Éva sei trunken vor Sonne oder Liebe. Sie wurde richtig unanständig, ihre Lippen waren feucht, der Blick ein wenig unbestimmt, ihr Körper rekelte sich lässig in dem tiefen Sessel. Sie war gewissermaßen das Symbol des süßen Müßiggangs, das Herzstück des Märchendekors mit den reglosen Palmen und dem allzu blauen Meer.

Während der Kellner Michel bediente, musterte sie ihren Mann und murmelte:

»Sie haben sich nicht allzu sehr verändert! Sie sind nur etwas dicker geworden ...«

Und er hatte Mühe, den Boden nicht unter den Füßen zu verlieren, sich zu sagen, dass es seine Frau war, die da vor ihm saß, dass er eine Stunde zuvor mit seiner Mutter, Kiki und Edmond im Esszimmer der Villa Les Tamaris zu Mittag gegessen hatte, in dem es nach Säugling roch.

Ein Höllenlärm ließ ihn zusammenzucken, und als er sich nach dem Meer umdrehte, sah er am Ende der Hotelmole Hauptmann Burns am Steuer eines riesigen Motorbootes, das ablegte und das alle Welt von der Terrasse aus bewunderte.

»Ich werde Ihnen alles erklären, Michel …«

Es kam zu einem amüsanten Phänomen. Wenn sie sich in La Rochelle etwas Vertrauliches zu sagen hatten, bedienten sie sich des Englischen. Hier nun, um sie herum, gab es fast nur Engländer, und dennoch wählten sie wie selbstverständlich diese Sprache, die dem, was sie sich zu sagen hatten, vielleicht angemessener war.

»Sie können sich ruhig eine Zigarette oder eine Zigarre anstecken. Eine Zigarre, ja! Das ist besser. Ich habe Sie absichtlich hierherbestellt, wo wir nicht allein sind. Das wird uns zwingen, ruhig zu bleiben und so zu sprechen, als handle es sich um Banalitäten. Sagen Sie mir zuerst: Hat Martine ihr Kind bekommen?«

»Ja …«

»Ein Junge?«

Er nickte und steckte sich tatsächlich eine Zigarre an, während er das schnelle Boot beobachtete, das große, weiße Kreise in der Bucht zeichnete.

»Wo sind die Kinder?«, fragte er nun seinerseits.

»Ich habe sie in der Schweiz gelassen. Warten Sie … Da ich nicht weiß, wo ich anfangen soll, fange ich lieber hinten an. Reißen Sie sich zusammen, bleiben Sie korrekt! Hauptmann Burns ist mein Verlobter. Mein Verlobter oder mein Geliebter, wie Sie wollen …«

Und ihr Blick gab Michel zu verstehen, dass um sie herum in jedem Sessel ein Zuschauer saß.

»Sie sagen ja nichts ... Das ist sehr gut ... Meinerseits habe ich Ihnen nie Vorwürfe gemacht, nicht wahr?«

Zum Glück hatte Michel seine Zigarre, um sich Haltung zu geben. Éva sprach leise, sie ließ die Silben nachlässig fallen.

Man hörte immer noch das Brummen des Bootes, das sich unaufhörlich entfernte und wieder näherte und dem man unwillkürlich mit den Augen folgte.

Michel bemerkte, dass die Füße seiner Frau in goldfarbenen Sandalen steckten und dass ihre Zehennägel purpurrot lackiert waren.

»Ich verstehe nicht«, brachte er schließlich heraus, weil er spürte, dass er etwas sagen musste.

»Weil ich hinten angefangen habe ... Bleiben Sie ruhig ... Der Oberkellner lässt uns nicht aus den Augen ... Vor einem Monat, Michel, habe ich erfahren, dass ich die Schwindsucht habe ... Nein! Reg dich nicht auf. Du brauchst für deine Kinder nichts zu fürchten. Évette wird in einem Monat geheilt sein. Und auch deinem Sohn wird in einem Jahr nichts mehr anzumerken sein ...«

»Was sagst du da? ... Hör zu, Éva, wir müssen unbedingt woandershin ...«

»Pst! ... Regen Sie sich nicht auf ... Sie werden sehen, dass alles sehr einfach ist ... Als ich es erfahren habe, war ich zuerst verzweifelt ... Dann packte mich ein unbändiger, ja, ein unbändiger Hunger nach Leben ... Ich habe die Kinder dort gelassen ... Man wird mich eine Rabenmutter schimpfen, aber das ist mir egal ...«

»Sie sind verrückt geworden, ja!«, schimpfte Michel.

Er sagte das nicht leichthin. Er fragte sich wirklich, ob

sie noch bei Verstand war, ob er sie nicht besser nach Saint-Raphaël mitnehmen sollte, notfalls auch mit Gewalt.

»So ist es fast … Aber hören Sie mir bis zum Ende zu …«

Man spürte, dass sie diese Unterredung sorgfältig vorbereitet, dass sie sich jedes Wort reiflich überlegt hatte. Fast in ihrem Sessel liegend, die Beine übereinandergeschlagen, sah sie ihren Mann ernst an, neugierig, und vielleicht fragte sie sich, ob sie wirklich sechs Jahre mit ihm gelebt hatte!

»Erinnern Sie sich, was für ein Leben ich gehabt habe … Können Sie ehrlich behaupten, dass wir uns geliebt haben? Sie sind neugierig gewesen auf das junge Mädchen, das ich war und das kühner war als die andern, von einem anderen Schlag als ihr reichen Söhne von La Rochelle. Warten Sie! Man hat mich mit siebzehn Jahren aus dem Pensionat genommen. Sie haben mich mit zwanzig geheiratet. Ich habe also drei Jahre wirklich gelebt, es waren drei ziemlich gute, ziemlich sorglose Jahre, aufgelockert von Flirts, Tanz und kleinen Spielen im Sommer, in den Familiencasinos, mit einigen Bällen im Winter. Die Mindestration für ein junges Mädchen, nicht wahr?«

»Ich kann nicht glauben …«, begann Michel und machte Anstalten aufzustehen.

Er konnte nicht glauben, dass sie es waren, Mann und Frau, die so, dem Anschein nach ruhig, auf dieser von Menschen wimmelnden Terrasse miteinander sprachen.

»Setzen Sie sich, bitte! Trinken Sie noch einen Whisky, wenn Sie einen brauchen … Wohlgemerkt, Michel, ich mache Ihnen keinen Vorwurf …«

»Das hätte gerade noch gefehlt!«

»Gehen wir davon aus, dass wir uns geirrt haben. Als Sie mich endlich im Bett hatten, haben Sie gemerkt, dass ich überhaupt nicht Ihr Typ war. Aber ja! Wir brauchen doch jetzt nicht mehr zu lügen. Meinerseits habe ich, wenn es notwendig war, meine eheliche Pflicht erfüllt, und es war wirklich eine Pflicht. Erstaunlich genug, dass trotzdem zwei Kinder geboren wurden ...«

»Ich verbiete Ihnen ...«, stammelte er.

Das war zu viel. Irgendetwas knirschte, knirschte, und immer noch dieses Motorengebrumm, dieser englische Hauptmann, der sich da vor der Küste von Cannes unausgesetzt aufplusterte!

»Strengen Sie sich noch ein wenig an, Michel. Es ist gleich vorbei. Sie müssen zugeben, dass ich nie Hass oder auch nur Groll Ihnen gegenüber gezeigt habe. Ich hätte allen Grund dazu gehabt! Sie konnten schon damals nicht von den kleinen Dienstmädchen lassen, den Stenotypistinnen, all den Frauen, die Sie beherrschen konnten, oder besser, von denen Sie meinten, dass es mit ihnen nur eine Sache ohne Bedeutung sei. Ich frage mich sogar, ob nicht das Elend selbst Sie erregt ...«

Er errötete, als er dem Blick eines alten Engländers begegnete.

»Leiser!«, bat er.

»Man kann uns nicht verstehen. Rücken Sie mit Ihrem Sessel etwas näher. Übrigens habe ich alles gesagt. Ich bin krank. Ich habe noch zwei oder drei Jahre zu leben und vielleicht ein wenig länger, wenn ich mich behandeln lasse. Ich bitte Sie ganz schlicht und offen, mir meine Freiheit zurückzugeben. Ich bin von vornherein mit jeder Regelung einverstanden, die Ihnen passt. Wenn Sie wollen, können Sie die Kinder behalten. Sie sehen also, wie weit ich bin! Wir lassen uns scheiden, wenn Sie darauf bestehen, oder werden uns, wenn Ihnen das lieber ist, mit einer Trennung begnügen. Ich werde jeden Skandal vermeiden. Bob reist nächste Woche nach Indien ab, zu seinem Regiment. Ich fahre mit ihm und werde zweifellos in Simla wohnen ...«

Ihre Augen waren feucht, und sie spielte mit einem großen orientalischen Armband, das er nicht an ihr kannte.

»Das ist alles!«

Sie wandte sich an den Kellner und bestellte einen Cocktail.

»Trinken Sie noch einen Whisky? Aber ja! *Garçon!* Einen Rosé und einen Whisky ...«

Sie lachte leise und etwas gezwungen, als sie sah, wie Michel sein erstes Glas hastig austrank.

»Sie haben sich nicht sehr verändert!«

Trotzdem hätte er alles gegeben, um eine halbe Stunde älter zu sein! Es schien ihm unmöglich, hier, auf der Terrasse eines Hotels, eine Entscheidung zu treffen.

»Hören Sie«, begann er. »Sie werden mit mir nach Saint-Raphaël kommen. Wir werden dort ernsthaft miteinander reden und ...«

Sie schüttelte den Kopf.

»Sinnlos, Michel! Ich werde in einer halben Stunde mit Bob wegfahren, es sei denn, Sie ließen mich von der Polizei verhaften. Wir sind über das Meer von San Remo herübergekommen. Abends frischt der Wind auf, und wir müssen unbedingt vorher zurück sein. Deshalb habe ich darauf bestanden, dass Sie um Punkt drei hier sind. Sie werden mir vielleicht vorwerfen, dass ich Bob mitgebracht habe, aber ich möchte Ihnen entgegenhalten, dass ich das als eine taktvolle Geste ansehe, gewissermaßen einen Beweis von Kameradschaft ... Denn es ist besser, wir trennen uns als Kameraden, als Freunde, nicht wahr?«

»Ich glaube, Sie sind völlig verrückt!«

»Das haben Sie schon einmal gesagt. Sie sind im Irrtum.«

Sie wurde lebhaft. Ein Gefühl, dem sie nicht nachgeben wollte, brach sich Bahn.

»Wenn ich verrückt geworden bin, dann bin ich es jedenfalls in Ihrem düsteren Haus in La Rochelle geworden. Erinnern Sie sich, dass Ihr Vater uns nicht einmal eine Hochzeitsreise erlaubt hat, weil angeblich gerade Fischsaison war? Fische! Eierbriketts! … Und ich saß in meinem ersten Stock, ich, die im Grunde niemand als zur Familie gehörend ansah … Wagen Sie es, das Gegenteil zu behaupten?«

»… Wenn Sie nicht Leute wie Frédéric empfangen hätten … Finden Sie es eigentlich nicht seltsam, dass Sie zuerst ihm schreiben und dann mir? Ich habe auf Umwegen von Philippe erfahren, dass Sie in San Remo sind …«

Sie zuckte mit den Achseln, steckte sich eine neue Zigarette an, auf die ihre Lippen zwei rote Halbmonde zeichneten.

»Sie haben vorhin von Dienstmädchen und Stenotypistinnen gesprochen. Würden Sie beim Leben unserer Kinder schwören, dass nie etwas zwischen Ihnen und Frédéric gewesen ist?«

Er glaubte, im Vorteil zu sein. Er hatte eine Möglichkeit gefunden, sich zu empören. Er vergaß darüber, wo sie waren, und sprach lauter.

»Frédéric hat nie gewollt«, seufzte sie.

»Das heißt?«

»Das heißt, dass ich seine Mätresse geworden wäre, wenn er gewollt hätte. Ich hätte es Ihnen übrigens gesagt. Warum auch nicht?«

Wie lange war es eigentlich her, dass Oscar Donadieu tot war? Nicht einmal ein Jahr! Und eine Donadieu – denn sie war durch die Heirat eine geworden, sie trug noch diesen Namen! –, eine Donadieu gestand …

Das Schlimmste aber war, dass es Michel nicht gelang, sich ernsthaft zu entrüsten. Gewiss, der Rahmen eignete sich nicht für große Gefühle, da war die Hitze, der Widerschein der Sonne auf der Bucht, dieses hartnäckig dröhnende Boot ...

»Und, Michel?«

»Was, und?«

»Das bedeutet ja, nicht wahr?«

»Die Familie wird unsere Scheidung niemals akzeptieren.«

»Dann trennen wir uns eben nur.«

»Und Ihr Hauptmann?«

Ihre Augenlider zuckten.

»Das ist schon einkalkuliert! Auf jeden Fall kann er mich nicht heiraten. Und wenn er könnte, würde ich es nicht akzeptieren.«

»Aber ...«

Sie verstand seinen Ausruf. Sie würde also nach Asien reisen als ...

»Ja!«, sagte sie. »Ich werde eine alleinstehende Frau sein. Ich werde wieder meinen Mädchennamen annehmen ...«

Die Kehle schnürte sich ihr zusammen, und als sie ihren Mann ansah, hatte sie das Gefühl, dass die düstere Atmosphäre der Rue Réaumur noch auf ihrer Haut klebte.

»Lassen Sie uns zu einem Ende kommen, Michel! Verzeihen Sie mir, dass ich noch nicht von den materiellen Dingen gesprochen habe. Selbstverständlich verlange ich nichts, ich verzichte auf alle meine Rechte.«

»Das sind Dinge, die vor einem Notar geregelt werden müssen«, warf er ein.

»Das werden Sie tun ...«

»Dazu brauche ich Ihre Unterschrift.«

Sie rief den Kellner.

»Schicken Sie mir den Hotelboy.«

Dann, zum Hotelboy:

»Das Telefonbuch von Cannes, schnell!«

»Was wollen Sie tun?«, fragte Michel entsetzt.

Das Motorboot hatte schließlich angelegt, und Hauptmann Burns tauchte auf der Mole auf: zu groß, zu jung, zu perfekt.

»Warten Sie ...«

Éva blätterte im Telefonbuch, unterstrich mit dem Fingernagel einen Namen.

»Schreiben Sie sich den Namen auf: Maître Berthier, Rechtsanwalt. Ich werde ihn noch heute Abend aufsuchen. Ich werde ihm eine Vollmacht geben. Sie können alles mit ihm regeln, und zwar unter Wahrung Ihrer Interessen ...«

Da Burns näher kam, machte sie ihm ein Zeichen, noch eine Weile spazieren zu gehen.

»So, mein armer Michel! Ich wusste nicht, dass es so schnell zu Ende gehen würde. Ohne diese Bronchitis von Jean hätte ich noch zwei oder drei Jahre gelebt, ohne zu wissen, dass ich todkrank bin. Wir hätten weiter im selben Haus gewohnt und jeder für sich gedacht und gelebt. Finden Sie nicht, dass es so besser ist? Sie sind jetzt frei ...«

»Ich bin auch krank!«, brummte er.

»Aber nein! Sie sind krank geworden, weil Sie so während des Skandals mit der Stenotypistin allen Unannehmlichkeiten aus dem Weg gehen konnten. Wenn das alles einmal vergessen ist, werden Sie nicht mehr krank sein. Leute wie Sie sind nicht krank!«

»Was soll denn das heißen?«

Sie sah ihn lächelnd an.

»Ärgern Sie sich nicht. Bleiben wir doch bei guten Gefühlen. Sie haben einen so soliden angeborenen Egoismus, dass nichts Sie treffen kann, dass Ihr Organismus Ihnen durch eine angemessene Verlangsamung des Herzens alle Unannehmlichkeiten erspart. Ich wette … Ja, ich wette, dass Sie schon eine neue Gespielin haben …«

Hinterher bereute er es. Aber im Augenblick wollte er sich um jeden Preis rächen, und er brummte:

»Mein Vater hatte recht!«

»Womit?«

»Als er mir sagte, dass man die Tochter einer Frau wie Ihrer Mutter lieber nicht heiratet!«

Sie stand auf, die Zigarette zwischen den Lippen, mit geblähten Nüstern, sah ihm ins Gesicht, und vielleicht weil Burns sehr groß war, schien sie ihm größer als früher.

»Adieu!«, sagte sie knapp.

Einige schnelle Schritte, große Schritte, wie ihre Segelhosen sie erlaubten. Und auf dem Bürgersteig trat sie zu ihrem Engländer, der sich einen Augenblick nach Michel umdrehte.

Nein! Sie hatten sich nichts mehr zu sagen. Éva musste es wohl ihrem Begleiter erklären. Der sprach offenbar von den Getränken, die noch nicht bezahlt waren, aber sie zuckte die Achseln und zog ihn zum Motorboot.

»*Garçon!* … Was schulde ich Ihnen?«

Der Kellner ging die Rechnung holen, auf die Michel einen Blick warf.

»Wie, zweihundertfünfzehn Franc?«

»Die Herrschaften haben hier zu Mittag gegessen. Ich glaubte …«

Und so musste Michel das Mittagessen seiner Frau mit Hauptmann Burns bezahlen!

Bereits um fünf Uhr, als der Strand noch mit bunten Bade-
anzügen gesprenkelt war, kam das Auto in Saint-Raphaël
an, und Michel war noch wütender als zuvor, weil Baptiste
sich verfahren und den Weg über die Corniche genommen
hatte, wo ihm schwindelig geworden war.

Auf dem Wasser sah er das Boot seines Bruders. Es hatte
eine seltsame Form, aber es schwamm, und die beiden jungen Männer hatten es zinnoberrot gestrichen.

Madame Donadieu empfing im Park die Damen Krüger,
die immer noch nicht wussten – zumindest besaßen sie die
Höflichkeit, es glauben zu lassen –, dass im Haus ein Kind
geboren worden war.

Martines Fenster stand offen, und das Zimmer war sicherlich von warmem Licht durchflutet.

Um den Krügers nicht über den Weg zu laufen, ging Michel durch die Küche, und wie ein Maikäfer suchte er einen
Winkel, wo er sich niederlassen konnte.

Bei allem, was gerade geschehen war, gab es nur ein Ziel,
auf das er seinen Groll richten konnte: Frédéric!

Seine Frau hatte ihm ohne die geringste Scham gesagt:
»Er hat nicht gewollt!«

Durfte man ihr glauben? Und selbst wenn man ihr glauben durfte … Er ging in sein Zimmer, wechselte das Hemd,
weil es ganz durchgeschwitzt war, band sich eine andere
Krawatte um und zog auch andere Schuhe an. Und während
dieser alltäglichen Verrichtungen kehrten seine Gedanken
immer wieder zu Frédéric zurück, wurden vielschichtiger,
trafen sich mit anderen, die er schon einmal gehabt hatte,
und ließen ihn allmählich immer trübsinniger werden.

Da er es in dem düsteren Zimmer nicht mehr aushielt,
stieg er in den ersten Stock hinauf, klopfte bei seiner
Schwester, die ihm erlaubte einzutreten.

Sie saß in ihrem Bett, und das Kind schlief in seiner Wiege; die Amme hatte ein elektrisches Bügeleisen in der Hand und bügelte Windeln. Zu Martines großem Kummer hatte der Arzt ihr nach der Analyse der Milch geraten, eine Amme zu nehmen. Man hatte in der Gegend jemanden gefunden, eine Bauersfrau aus dem Var, mit schwarzen Haaren und Flaum auf der Oberlippe, deren provenzalischer Akzent seit einem Tag durchs Haus klang.

»Ist Philippe nicht hier?«, fragte Michel und setzte sich ans Bett.

»Er ist nach Monte Carlo gefahren. Die Grindorges sind gerade angekommen und wollen einige Tage dort verbringen. Sie haben Philippe eingeladen, sie dort zu besuchen. Zum Glück hatte er seinen Smoking mitgebracht.«

Das war schlecht. Michel hätte nicht sagen können, warum. Er hatte zu viel an Frédéric gedacht. Und jetzt missfiel es ihm, dass Philippe mit diesen Leuten, die über eine Million in die Pachtgesellschaft gesteckt hatten, im Smoking essen ging.

»Du scheinst schlecht gelaunt zu sein«, bemerkte Martine, die mit einem sehr hübschen Negligé bekleidet im Bett lag und die neue Mutterrolle spielte, als stünde sie auf einer Bühne.

»Schon möglich.«

»Wo fehlt's?«

Er zuckte mit den Achseln. Wo es fehlte? Er war streitsüchtig, das war alles, und der Anlass zu seiner Streitsucht kristallisierte sich langsam heraus.

»Weißt du, ob er seinen Vater oft sieht?«, fragte er.

»Er erzählt mir nichts davon. Aber ich glaube nicht.«

»Ich frage mich …«

»Was?«

»Nichts!«

Er wusste genau, je mehr er ausweichen würde, umso eingehender würde sie ihn ausfragen, und in seinem momentanen Zustand war er zu jeder Niedertracht fähig, nur um sich zu rächen.

»Nein! Das ist nicht der richtige Augenblick, um mit dir über diese Dinge zu sprechen ...«

»Was ist denn jetzt wieder los?«

»Nichts ist los. Aber ich hatte Zeit nachzudenken. Nach und nach stelle ich in Gedanken Vergleiche an ...«

»Was willst du damit sagen?«

Sie machte sich Sorgen, und ihr Gesicht verlor alle Heiterkeit.

»Ich denke an Frédéric ... Ich denke an unseren Vater ... Hast du je geglaubt, dass er Selbstmord begangen hat?«

»Nein!«

Und das war tatsächlich auch das Letzte, was man von einem Oscar Donadieu erwartet hätte.

»Siehst du!«

»Was sehe ich?«, fragte Martine voller Angst.

»Ich behaupte, dass unser Vater auch nicht der Mann war, der aus Versehen ins Wasser fällt. Er kannte das Hafenbecken viel zu gut. Er stand trotz seines Alters fest auf beiden Beinen, und da er immer nur Wasser trank, lässt sich ein falscher Tritt wohl kaum dem Genuss von Alkohol zuschreiben ...«

»Ein Schwindelanfall ...«, gab sie zu bedenken.

»Ein Schwindelanfall, der ihn genau in dem Augenblick überkommt, in dem er am Rand des Hafenbeckens steht?«

Michel glaubte immer noch das Motorboot brummen zu hören, seine stolze Fahrt in der Bucht, die Silhouette des hochmütigen Engländers am Steuer zu sehen.

»Verzeih, dass ich von diesen Dingen anfange … Ich fühle mich so allein! Es gibt Augenblicke, wo ich den Eindruck habe, dass ich der Einzige bin, der noch an unseren Vater denkt, der ein Donadieu geblieben ist. Meiner Meinung nach hat man Frédéric nicht ausführlich genug verhört. Erinnere dich! Er hat sein Wort gegeben, dass er Papa an der Ecke der Rue Gargoulleau verlassen hat, aber er hat dafür keinen Beweis erbringen können. Seitdem verhält sich alles so, als ob …«

»Bügeln Sie im Badezimmer weiter, Maria!«, sagte Martine zu der Amme.

»Ich habe dort keinen Strom für mein Bügeleisen …«

»Gehen Sie trotzdem einen Augenblick!«

»Gut, Madame!«

Und Martine, zu Michel:

»Warum erzählst du mir das alles jetzt?«

Er war nicht auf den Blick gefasst, den sie ihm zuwarf und dessen Nachdrücklichkeit ihn unangenehm berührte.

»Antworte!«

»Ich weiß nicht. Weil ich gerade daran denke …«

»Was hat Éva dir angetan?«

»Wieso? Was weißt du denn?«

Er wurde noch wütender. Alle wussten Bescheid! Und das nur wegen Frédéric!

»Was hat sie beschlossen?«

»Sie fährt nach Indien.«

»Und sie hat dir etwas über Frédéric gesagt?«

Michel spürte, dass er zu weit gegangen war. Jetzt musste er einen Rückzieher machen. Er stand auf, ging ans Fenster, sah auf den Strand, den Hafen, die schattige Promenade.

»Sie hat nichts gesagt, aber es ist mir ja wohl nicht verboten nachzudenken. Ich habe einen Augenblick lang vergessen, dass du die Frau seines Sohnes bist. Ich bitte um Verzeihung ...«

»Michel!«

Er ging auf die Tür zu. Sie rief ihn zurück.

»Was ist?«

»Warum bist du ausgerechnet heute gekommen, um mir das alles zu erzählen?«

»Es war ein Fehler, ich gebe es ja zu. Reden wir nicht mehr darüber.«

Er hatte die Hand auf der Klinke.

»Michel!«

Die Tür öffnete sich ein wenig.

»Michel! Du bist ein gemeiner Schuft ...«

Er blieb stehen, überrascht, wütend, sah seine Schwester mit einem drohenden Blick an, zog es aber vor, den Rückzug anzutreten und die Tür hinter sich zu schließen. Noch nie hatte sie so mit ihm geredet. Er hatte sie immer als eine unbedeutende Göre angesehen, die allerhöchstens imstande war, sich einem Philippe in die Arme zu werfen.

Was blieb ihm jetzt noch? Im Park hörte er Madame Donadieu mit den Krügers plaudern und gelegentlich sehr mondän kichern.

Michel ging wieder durch die Küche und bedauerte, dass das Dienstmädchen eine fünfzigjährige Frau war. Bald war er auf der Promenade, zutiefst gekränkt und verbittert. Plötzlich erblickte er das Hôtel Continental, zögerte nur eine Sekunde und betrat die Halle.

»Ist Monsieur Freddy da?«, fragte er.

Ein Blick aufs Schlüsselbrett.

»Ich glaube, er ist gerade ausgegangen ... Aber ... Sind Sie nicht Monsieur Émile? ... Monsieur Freddy hat nämlich gesagt, falls Sie kämen, sollte ich Sie hinauflassen ...«

Monsieur Émile! Freddy hatte daran gedacht! Er machte also mit! Michel hätte beinahe einen Rückzieher gemacht. Die Hotelhalle war kühl, mit Grünpflanzen geschmückt, ein blaugekleideter Hotelboy in jedem Winkel und ein Liftboy vor dem Aufzug.

»Es ist Zimmer Nummer dreiundsiebzig ... Boy! ... Bring den Herrn hinauf ...«

Zu spät! Kurz darauf betrat Michel eine Suite, die nach englischem Tabak und Kölnischwasser roch.

»Soll ich hochziehen?«, fragte der Hotelboy und zeigte auf die Jalousien, die gewöhnlich den ganzen Nachmittag über geschlossen blieben.

»Nein, danke.«

Er wühlte in seinen Taschen, fand aber kein Kleingeld.

»Ich seh dich nachher noch ...«

Es war kühl in dem großen Raum, in dem sich in einer Ecke Wildlederkoffer stapelten. Ein Ventilator drehte sich mit einem sanften Surren, und wenn es nicht blödsinnig gewesen wäre, hätte sich Michel auf das mit einer rosa Seidendecke überzogene Bett gelegt und wäre sicherlich eingeschlafen.

Er war sehr versucht, es dennoch zu tun. Hier befand er sich gewissermaßen jenseits von Zeit und Raum, fern von La Rochelle, der Villa Les Tamaris, von Éva, den Donadieus, von Frédéric und Philippe. Die Einrichtung war unpersönlich, aber komfortabel, das Dekor sachlich und dennoch luxuriös.

Sein Blick fiel auf ein Schaltbrett, auf dem neben drei Klingelknöpfen drei auf das Emaille gezeichnete Figuren angebracht waren: ein Oberkellner im Frack; ein Diener in gestreifter Weste und ein Zimmermädchen mit Kammerzofenschürze.

Er drückte auf den letzten Knopf und hörte ein Klicken, die Lampe, die über seiner Tür im Korridor aufleuchtete.

Es musste nicht unbedingt Nine sein, die kommen würde. Sicherlich gab es gewisse Zeiten, zu denen sie nicht arbeitete.

Er stand in der Nähe der Tür und hörte bald ganz fern Schritte auf dem Korridor. Endlich ein leises Klopfen an der Tür.

»Ja ...«, brummte er.

Sie trat ein, verwirrt von der Dunkelheit, machte einige Schritte ins Zimmer, während er den Riegel vorschob.

»Hat jemand geklingelt?«, fragte sie, da sie die Leere um sich spürte.

Und plötzlich sah sie Michel, überlegte einen Augenblick, ob sie lachen oder schreien sollte. Nie zuvor hatte er sie so gesehen, in kurzem, schwarzem Kleid, mit Schürze und weißem Häubchen.

»Was tun Sie denn hier?«

»Pst! ...«

Sie wagte nicht zurückzuweichen. Er packte sie an den Schultern, drückte sie aufs Bett und sagte wieder:

»Pst! ... Halt den Mund! ... Andernfalls ...«

Sie wimmerte:

»Sie tun mir weh! Lassen Sie mich los ...«

»Pst! ... Halt den Mund ...«

Und erstaunlicherweise musste er an Éva denken, an ihren Engländer, an das schnelle Boot, an Frédéric ... Er dachte an alles, nur nicht an das junge Mädchen mit den aufgerissenen Augen, das er grob an sich presste.

»Ich musste ganz einfach, verstehst du? ... Ich kann nicht mehr ...«

Er sah ganz klar, nur dass diese Klarheit ein wenig verschoben war! So erinnerte er sich, dass Nines Verlobter am nächsten Tag kommen sollte! Er fragte sich, ob er sie, nach dem, was da geschah, am Abend für ihren üblichen Besuch im Boule Rouge abholen sollte!

Er merkte, wie Nine, nachdem sie sich zuerst steif gemacht hatte, er jeden ihrer Muskeln gespürt hatte, sich nun traurig fügte und zur Seite blickte, um nicht sein Gesicht sehen zu müssen.

Als er sich wieder aufrichtete, schwankend, blieb sie noch einen Augenblick liegen, ohne auch nur ihr Kleid glattzuziehen, was ihm Angst machte.

»Was haben Sie, Ninotschka? Ich war am Ende … Ich …«

Nein! Sie war nicht ohnmächtig. Nur abgespannt, angeekelt! Schließlich stand sie langsam auf und sah ihn ernst an.

»Ninouche! … Meine Ninotschka …«

»Sparen Sie sich das!«, zischte sie in einem Ton, dessen Kälte ihn traf.

»Was werden Sie tun? Ich war in einem solchen Zustand …«

»Kriegen Sie's jetzt mit der Angst zu tun?«

Sie drehte an einem Lichtschalter, um in den Spiegel zu sehen und ihre Frisur in Ordnung zu bringen, zog ihre Strümpfe hoch, ging dann wieder zum Bett zurück, strich das Laken glatt.

»Sie hatten das mit Monsieur Freddy verabredet!«

In ihrer Stimme lag eine unerträgliche Verachtung.

»Ich schwöre dir, Nine …«

»Erlauben Sie mir, Ihnen zu sagen, dass Sie ein ganz gemeiner Dreckskerl sind! Ich hätte mich vor Ihnen in Acht nehmen müssen, ich hätte begreifen müssen, dass Sie ein verkommenes Subjekt sind …«

Was konnte er darauf antworten?

»Na ja!«, seufzte sie.

»Was wirst du tun?«

»Sie haben wohl Angst, wie?«

Es war ihr schwer ums Herz. Geistesabwesend strich sie über ihren geschundenen Leib.

»Hör zu, Nine … Wenn du willst, könnte ich …«

Er bereitete einen Satz vor, während er seine Brieftasche herauszog.

»Geben Sie sich keine Mühe! Sie sind ja noch abgebrannter als ich!«

»Was sagst du da?«

»Wenn Sie vielleicht glauben, dass nicht jeder im Boule Rouge weiß, dass Sie seit einem Monat anschreiben lassen.«

»Deshalb …«

»Lassen Sie mich in Frieden! Ich frage mich, was mich davon abhalten sollte, der Polizei alles zu erzählen …«

Und sie ging mit einem hasserfüllten Blick hinaus. Michel setzte sich, um zur Ruhe zu kommen. Schließlich verließ er ebenfalls das Zimmer. Äußerst bemüht, Haltung zu bewahren, durchquerte er die Hotelhalle mit den vier Hotelboys und ging nicht in Richtung von Les Tamaris, sondern in die entgegengesetzte Richtung.

7

Eine Tradition wenigstens blieb erhalten. Während an den anderen Tagen jeder im Haus schon zeitig parat war, war der Sonntag von einer allgemeinen Trägheit geprägt, von einer Untätigkeit, auf die ein großes Durcheinander folgte, ein Hin und Her, Türenschlagen, das Quietschen von Wasserhähnen, die auf- und zugedreht wurden. Selbst das Frühstück hing länger in der Luft, vermischt mit Gerüchen von warmem Badewasser und Kölnischwasser.

»Na, na, Maman! Es ist zehn Uhr …«

»Ich komme!«

Sie lief oben noch eine Weile von einem Zimmer ins andere und kam schließlich atemlos herunter, mit einem ungewöhnlich frischen Teint, und fragte:

»Ist der Wagen da?«

»Der Motor läuft schon seit fünf Minuten.«

Die Kirche war nur dreihundert Meter entfernt. Aber Madame Donadieus Beine waren schon immer ein Mysterium gewesen, mal waren sie geschwollen und verlangten die Hilfe eines Stocks, bald waren sie flink und beweglich. Ihr Zustand entsprach, wie ihre Kinder behaupteten, ihren jeweiligen Launen und Bedürfnissen.

Das Auto rollte sanft durch die fast menschenleeren Straßen, in denen die Sonne sich ausgebreitet hatte. Vor der Kirche stieg Baptiste aus und öffnete die Wagentür.

Die Kirche war voll, Sonnenstrahlen, von den Kirchenfenstern gefärbt, fielen von hoch oben schräg herein, und der Priester, rechts neben dem Altar, sprach das erste Gebet, das von der Orgel diskret untermalt wurde.

»Hier entlang, Maman …«

Sie saßen kaum, als der Priester auf die andere Seite des Altars ging und die Gemeinde sich erhob. Zwei Reihen vor ihnen erblickte Philippe die Familie Krüger, festlich gekleidet.

Das Rucken zurückgeschobener Stühle. Die Predigt. Philippe hielt sich sehr gut, mit einer Ungezwungenheit, die nichts Provozierendes an sich hatte. Er stand auf, wenn er aufstehen musste, er setzte oder kniete sich zur richtigen Zeit hin, bekreuzigte sich und bewahrte unterdessen einen ruhigen, ernsten, aufmerksamen Gesichtsausdruck.

Einmal folgte sein Blick dem seiner Schwiegermutter und blieb auf Kiki ruhen. Kiki war, von Edmond begleitet, noch später angekommen als sie selber.

Aber was Madame Donadieu verblüffte, war etwas anderes. Und auch Philippe schien erstaunt über die Haltung des jungen Mannes, der sich unbeobachtet glaubte.

In der Art, wie sich die Krüger-Töchter in der Kirche verhielten, lag eine – allerdings eher mechanische – Inbrunst. Bei Philippe war es eine glatte, weltläufige Blasiertheit. Und dort ein dreizehn- oder vierzehnjähriger Junge, bei dem man spürte, dass er mitten in einer spirituellen Krise steckte.

Kiki schaute auf den Abendmahlkelch, und es war offensichtlich, dass er empfänglich war für die Atmosphäre, für das Helldunkel, für den Glanz der Kirchenfenster, den Weihrauch und das Orgelspiel. In seinem Blick lag eine Starrheit, die man sonst nie bei ihm sah, und man hätte schwören können, dass er bleicher war als sonst, dass sein Gesichtsausdruck unnahbar wurde.

»Hast du Kiki gesehen?«, flüsterte Madame Donadieu.

»Ja.«

Sie teilten dieselbe Überraschung und gleichsam auch dieselbe Verlegenheit. In genau dem Augenblick nun, da sie über ihn sprachen, drehte sich der Junge, der sie nicht hören konnte, nach ihnen um, wurde rot, als er ihren Blicken begegnete, und änderte seine Haltung.

Vielleicht dachten sie noch daran, als sie hinausgingen? Der blaue Wagen stand vor dem Kirchplatz, und die Gläubigen mussten um ihn herumgehen.

»Wir gehen zu Fuß«, verkündete Madame Donadieu.

Die Glocken läuteten. Ein Sportverein zog durch die Straße, das Banner voran. Sicherlich dachte Madame Donadieu an Kiki, als sie fragte:

»Warum ist Michel so plötzlich aufgebrochen?«

Denn Michel war am Vortag nach Vittel abgereist, angeblich, weil ihm sein Arzt eine Kur verordnet hatte. Alle hatten gespürt, dass er sich Sorgen machte, aber sie hatten auch gemerkt, dass es besser war, keine Erklärungen von ihm zu verlangen.

»Ich nehme an, dass ihn die Aussprache mit Éva mitgenommen hat«, erklärte Philippe, der die Wahrheit hätte sagen können, weil er von dem Abenteuer mit Nine wusste.

Schon erreichten sie die mit Platanen bestandene Promenade am Meer. Stühle und Korbsessel standen um den Pavillon herum.

»Setzen wir uns eine Minute«, schlug Madame Donadieu vor.

Und sie fragte von neuem:

»Was haben sie nun eigentlich beschlossen? Michel hat mir überhaupt nichts gesagt. Er hat nur Eheprobleme angedeutet, von der schwachen Gesundheit seiner Frau gesprochen ...«

»Sie haben sich endgültig getrennt!«

Er stellte fest, dass seine Schwiegermutter nicht sonderlich davon berührt, ja kaum erstaunt war.

»Éva geht mit einem jungen englischen Offizier nach Indien. Die Kinder sind in der Schweiz ...«

Philippe hätte schwören können, dass auf den Lippen seiner Schwiegermutter ein unterdrücktes Lächeln lag. Die Sonne bildete zitternde Flecken auf ihrem weißen Flanellkleid. Ein Lorgnon hing vor ihrer Brust, und in den Falten ihres Halses hatte sich Reispuder gesammelt.

Jeder ließ nun seinen Gedanken freien Lauf. Die Villa war nur hundert Meter entfernt, und sie hätten sich auch dort in die bequemeren Sessel im Park setzen können. Doch sie blieben hier sitzen, verlängerten ihre Sonntagsferien, während ganz nah die anonyme Menge der Spaziergänger an ihnen vorbeizog.

»Er wird der Unglücklichste von allen sein!«, sagte Madame Donadieu plötzlich mit einem Seufzer.

Sie schien ihn kaum zu bedauern. Sie machte einfach eine Feststellung, versuchte sich etwas zu erklären.

»Sein Vater hat es nicht anders gewollt! Ich habe ihm immer gesagt, dass man Männer von dreißig und mehr Jahren, die selber schon Kinder haben, nicht wie kleine Jungen behandeln darf ...«

Nie hatte sie darüber mit ihren Söhnen oder ihren Töchtern gesprochen. Nur mit Philippe, und nur mit ihm allein, schnitt sie solche Themen an.

»Das hat er jetzt davon!«

Sie spielte sicherlich auf ihren Mann an.

»... Éva in Indien! Und Michel weiß nicht mehr, wo er

hin soll! Was Kiki angeht, so möchte ich wirklich gern wissen, was in seinem Kopf vorgeht. Was hältst du von seinem Hauslehrer, Philippe?«

»Ich meine, dass sie sich vielleicht ein wenig zu gut verstehen. Man könnte meinen, sie seien im selben Alter.«

Diese Themen berühren, ja! Aber man durfte nicht zu weit gehen. Madame Donadieu stand auf, wobei sie noch einmal seufzte.

»Gehen wir! Wann kommen deine Freunde?«

»Nicht vor ein Uhr.«

»Ich muss mich ums Essen kümmern.«

Sie gingen in die Villa zurück, und Philippe lief hinauf zu seiner Frau, die fragte:

»Wo seid ihr denn gewesen, Maman und du?«

»Maman hat sich einen Augenblick beim Pavillon hinsetzen wollen.«

»Was hat sie dir erzählt?«

»Nichts. Sie hat mich gefragt, was nun eigentlich zwischen Michel und Éva ist …«

Ein wenig später sah sie, wie er eine andere Krawatte umband und sich lange im Spiegel betrachtete.

»Ist das für Madame Grindorge?«, fragte sie ihn lächelnd.

Er zuckte die Achseln, und doch hatte sie zum Teil recht. Die kleine Madame Grindorge mit den immer schlechtgenähten Kleidern kam nicht umhin, ihren Mann und Philippe miteinander zu vergleichen, wenn sie beisammen waren. Und der arme Mann tat unbewusst alles, was er tun konnte, um die Bewunderung seiner Frau für Philippe noch zu vergrößern.

»Hörst du, was Philippe sagt?«

Oder auch:

»Vor allem, sei liebenswürdig zu Philippe. Manchmal scheinst du ihm böse zu sein.«

Sie war ihm nicht böse. Und jedes Mal, wenn sie wieder zur Vernunft kam, wünschte sie sich, ihr Gatte würde sich mehr um sie bemühen, statt einem Mann hinterherzulaufen, der jünger war als er, und ihm alles nachzuplappern.

Seitdem er durch Philippe bei dem Geschäft mit den Grammophonen sechzigtausend Franc verdient hatte, ohne dabei das geringste Risiko einzugehen, und seitdem Philippe kürzlich die Pachtgesellschaft aufgezogen hatte, rief Grindorge zweimal am Tag bei ihm an.

»Hallo! Sind Sie es, Philippe? Man hat mir gerade Aktien von Goldminen angeboten. Was halten Sie davon?«

Philippe zögerte nie. Das war seine Stärke. Seine Antworten waren kategorisch.

»Glauben Sie wirklich?«

»Ich bin ganz sicher!«

Das Paar war nur deshalb für einige Tage nach Monte Carlo gekommen, um in Philippes Nähe zu sein, und an diesem Sonntag kamen sie mit dem Auto, um in Les Tamaris zu Mittag zu essen.

Man hatte die Gelegenheit genutzt, um auch die Krügers einzuladen. Es war ein großes Essen, eine Aushilfe musste besorgt werden und zusätzliches Silberbesteck.

Philippe lächelte, als er den Blick der Jüngsten der Krügers sah, die in ihn verliebt war. Böse starrte sie Madame Grindorge an, denn nach zehn Minuten hatte sie begriffen.

Er war brillant. Nach dem Essen nahm er seine beiden Freunde beiseite und führte sie in den ersten Stock, ins Zimmer seiner Frau, wo, alle vier vereint, ein wenig die Atmosphäre ihrer Pariser Zeit wiederauflebte.

Martine hütete immer noch das Bett, aber sie hatte mittlerweile eine bessere Farbe. Stolz zeigte sie ihr Baby von allen Seiten und wollte von allen hören, dass der Kleine Zug um Zug immer mehr Philippe glich. Durch das offene Fenster hörte man alle Krügers plappern, außer der Jüngsten, die von Eifersucht zerfressen wurde.

»Bleiben Sie noch lange an der Côte d'Azur?«

»Wir fahren morgen zurück, und wir nehmen Philippe mit, denn es gibt Arbeit für ihn.«

Madame Donadieus Stimme, die von unten heraufdrang, verriet, dass sie hochzufrieden war. Wie gern hätte sie immer schon so gelebt! Doch sie hatte warten müssen, bis sie an die sechzig war, bis sie Philippe zum Schwiegersohn bekam!

»Sie werden sehen!«, sagte sie. »Eines Tages werde ich Sie mit Mrs Gable bekannt machen. Sie ist zum Totlachen! Leider fahre ich schon in einer Woche zurück. Jetzt sind meine anderen Kinder an der Reihe, Ferien zu machen. Ich muss wieder unters Joch …«

Mit Philippe! Sie würden gemeinsam im Büro sein, während Marthe und ihr Mann an der Côte d'Azur waren.

Den ganzen Tag lang war nicht das kleinste Wölkchen am Himmel zu sehen.

Es war eine jener Stunden, die man um jeden Preis verlängern will, und Madame Donadieu klammerte sich an ihre Gäste.

»Aber, natürlich! Sie werden noch eine Tasse Tee trinken. Danach können Sie gehen. Ich habe ausgezeichneten Kuchen …«

Man nahm den Tee. Die Grindorges konnten sich auch nicht zur Abfahrt entschließen, und nachdem sie unter ein paar Bäumen miteinander geflüstert hatten, nahmen sie Philippe beiseite:

»Laden Sie doch Ihre Schwiegermutter ein, mit uns im Casino zu Abend zu essen. Aber ja doch! Es ist der letzte Tag! ...«

Sie nahm an. Philippe musste seiner Frau Bescheid sagen, dass sie alle vier ausgingen, und sie machte ihm keine Vorwürfe. Die Sonne ging mit heiterer Majestät unter, und kein Lufthauch rührte an den Blättern der Platanen.

Kiki und Edmond waren seit dem Hochamt nicht mehr aufgetaucht. Aber niemand dachte weiter darüber nach.

Das Abendessen dauerte lange, und Grindorge fuhr mit seinen Gästen auf ein letztes Glas in einen Nachtclub in Saint-Tropez.

Nine spazierte am Arm ihres Matrosen seit zwei Uhr über die flimmernde Hauptstraße von Fréjus, wo ein großes Volksfest stattfand.

Von Zeit zu Zeit, wenn sie einen gutgekleideten Mann von Michels Korpulenz erblickte, zuckte sie zusammen und drückte den Arm ihres Begleiters noch fester.

»Ich habe einen Antrag gestellt, zu den Funkern versetzt zu werden«, erklärte er, »und wenn das klappt, werde ich es so einrichten, dass ich nach Saint-Raphaël abgestellt werde.«

Er wunderte sich ein wenig darüber, dass er sie so fügsam und vor allem so beeindruckbar fand. Als er am Morgen um zehn Uhr angekommen war, hatte er sie sofort auf dem Bahnsteig erkannt. Sie hatte sich in seine Arme gestürzt und heiße Tränen geweint. Natürlich fühlte er sich geschmeichelt, er war aber auch ein wenig verlegen.

»Na, na! Reiß dich zusammen! Alle Leute schauen uns an ...«

Er merkte erst jetzt, dass sie ihm fast nichts von sich erzählt hatte.

»Was hast du denn in den letzten zwei Monaten gemacht? Waren viele Leute in Saint-Raphaël?«

»Nicht viele.«

»Arbeit im Hotel?«

»Nur ein Drittel der Zimmer …«

Sie hopste an seinem Arm.

»Warst du tanzen?«

»Fast nicht. Höchstens zweimal.«

Und das stimmte. Streng genommen war sie überhaupt nie tanzen gewesen, denn darum war es im Boule Rouge nie gegangen.

»Hast du dir nicht den Hof machen lassen?«

Sie zögerte einen Augenblick, als sie in den Tanzsaal gingen, der vom Klang eines Akkordeons erfüllt war. Es genügte schon, dass nur eine Freundin den Mund nicht halten konnte …

Sie tanzten engumschlungen, Wange an Wange, mit abwesendem Blick, und plötzlich spürte der Matrose warmes Nass auf der Hand, eine Träne von Nine, die lächelte, die leugnete, die schwor:

»Aber ich sag dir doch, dass ich nicht weine! Es ist bloß die Freude, dass du endlich da bist.«

Als sie an Jenny vorbeikam, einem Zimmermädchen wie sie, die im selben Hotel arbeitete und fast ihre ganze Geschichte mit Monsieur Émile kannte, sah sie ihr in die Augen. Jenny begriff und machte eine kleine, beruhigende Geste.

Es war heiß. Nine trank Pfefferminzlimonade. Bald zeichnete der Schweiß zwei große Halbkreise unter ihren Armen, und während des Tanzes hatte es den Anschein, als atme ihr Verlobter sie ein.

»Komm ...!«, murmelte er schließlich mit heiserer Stimme.

»Noch nicht! Lass uns weitertanzen ...«

Sie zögerte den Augenblick hinaus. Schließlich bemerkte er:

»Es sieht so aus, als ob du's nicht eilig hättest!«

Dann:

»Na ja, stimmt ja auch, was dein Temperament angeht ...«

Sie hatten über zwanzigmal getanzt, als sie endlich hinausgingen, an den Häusern entlangstreiften und Nine sich dann, als Erste, verstohlen, mit dem immergleichen Herzklopfen, in den Flur eines kleinen Hotels hinter dem Rathaus von Fréjus schlich.

Mit André war alles ganz einfach. Sie zog die Vorhänge des Zimmers zu, deckte selbst das Bett auf und vergewisserte sich, dass die Tür auch abgeschlossen war.

Dann zog sie, als wäre sie ganz allein, ihre Bluse aus, ihren Rock, fuhr mit der Hand hinter den Rücken, um ihren Büstenhalter aufzuhaken, und als sie aus den Schuhen geschlüpft war, rieb sie sich ausgiebig die vom Tanzen schmerzenden Füße.

André rauchte seine Zigarette zu Ende und erzählte die angefangene Geschichte weiter.

Und wieder – es war das dritte Mal an diesem Tag! – weinte sie, ganz schlicht und still vor sich hin, sodass er schließlich böse wurde.

»Willst du mir wohl endlich sagen, warum du so flennst?«

»Es ist nichts, glaub mir. Achte nicht darauf ...«

»Wenn du vielleicht glaubst, dass das lustig ist für mich! Ich habe fünf Tage Urlaub und muss nun sehen, dass du dich in einen Springbrunnen verwandelt hast ...«

Hinterher schlief er ein, denn er war die ganze Nacht gefahren. Er schlief noch, als die Abenddämmerung hereinbrach, und Nine lag da, mit aufgestütztem Ellbogen, wobei sie abwechselnd ihren Verlobten ansah und ins Leere starrte.

Als er wach wurde, sah man fast nichts mehr, und er fragte mit schwerer Zunge:

»Wie spät ist es?«

»Fast neun Uhr ...«

»Warum sagst du nichts? Wir kommen zu spät ins Kino!«

In Vittel versuchte Michel Donadieu, nicht an unangenehme Dinge zu denken, und sagte sich immer wieder mit Nachdruck:

›Was für ein Interesse sollte sie haben zu plaudern? Und außerdem, welchen Beweis könnte sie denn anführen? Warum ist sie jeden Abend mit mir ins Boule Rouge gegangen, wenn sie eigentlich nicht wollte?‹

Die Olsens, die sich einen Wagen gekauft hatten, machten ihre zweite Sonntagsausfahrt. Marthe saß am Steuer. Ihr Sohn Maurice setzte sich nach hinten, während Olsen neben seiner Frau Platz genommen hatte.

Diesmal fuhren sie weiter als am Sonntag zuvor, bis nach Royan, wo sie auf der Terrasse eines Restaurants direkt am Meer zu Mittag aßen.

»Philippe sagt, du sollst dir einen leichteren Anzug machen lassen«, erinnerte Marthe ihren Mann. »Dort unten trägt man eher Tuch als Wolle ...«

»Einen Anzug machen lassen für vierzehn Tage?«

»Den kannst du auch noch in den nächsten Jahren tragen.«

Mit zweiunddreißig Jahren war Olsen schon geizig, von

einem systematischen, gewissermaßen wissenschaftlichen Geiz. Er war immer gut angezogen, doch seine Garderobe war ein für alle Mal ausgewählt, und er schonte seine Kleider pedantisch; sie sahen immer aus, als kämen sie direkt vom Schneider.

Auch seine Wohnung war von allen Wohnungen im Hause Donadieu am sorgfältigsten eingerichtet und mit allerlei Dingen ausgerüstet. Doch bevor er auch nur den kleinsten Gegenstand kaufte, ließ er sich von überallher Kataloge kommen, schrieb Briefe, um nach den Preisen zu fragen.

»Ich wette«, sagte Marthe noch, »dass Maman dort unten außer Rand und Band ist. Wann kommt Philippe zurück?«

»In drei Tagen.«

»Bist du sicher, dass du die Verträge gründlich geprüft hast?«

Denn Marthe blieb misstrauisch. Gewiss, Philippe hatte plötzlich neues Geld ins Haus gebracht, das wahrlich gefehlt hatte. Alle waren sie auf einmal wohlhabend und konnten sich richtige Ferien leisten.

Aber war das nicht zu schön?

»Goussard hat mir bestätigt, dass der Vertrag in Ordnung ist. Außerdem wäre ich jederzeit in der Lage, mich zu wehren. Apropos, habe ich dir die Neuigkeit schon mitgeteilt?«

»Welche Neuigkeit?«

»Für Frédérics Kino wurde ein gerichtliches Vergleichsverfahren einberaumt. Da er in La Rochelle keinen Centime Kredit mehr bekommt, nicht einmal für ein Hotelzimmer, nimmt man an, dass er die Stadt verlassen muss.«

»Glaubst du, dass Philippe ihm helfen wird?«

»Frédéric würde es nicht annehmen.«

»Nicht einmal wenn Philippe ihm eine Stelle in unserer Firma anbieten würde? Weißt du, das dürfen wir niemals zulassen! Ich weiß nicht, ob ich recht oder unrecht habe, aber ich habe Dargens immer als unseren bösen Geist angesehen. Erinnere dich an Papas Tod. Frédéric ist der Letzte, der ihn lebend gesehen hat ...«

Dann verdichteten sich ihre Gedanken ganz allmählich, wandten sich Menschen und Gegenständen zu, die sie vor Augen hatte, einer dicken Dame im ochsenblutroten Badeanzug, einem Auto derselben Marke wie das ihre, doch mit einer anderen Karosserie, einem Jungen, der baden wollte, tausend Nichtigkeiten, die, eine wie die andere, einen schönen, im Familienkreis verbrachten Sommersonntag ausmachten.

Lieber Monsieur Dargens,

können Sie mir verzeihen, nach allem, was Sie für mich getan haben, dass ich Ihnen nicht schon früher geschrieben habe? Ich suche nicht nach einer Entschuldigung. Ich habe keine. Ich frage mich immer noch, wie diese letzten Tage dahingegangen sind, so nahe scheint mir der Augenblick, als Sie mich, in La Rochelle, buchstäblich von der Straße aufgelesen haben.

Ich bin, nachdem ich in Paris angekommen war, sofort in die Faubourg Saint-Honoré geeilt, zu Madame Jane, die mich, nachdem sie Ihren Brief gelesen hatte, sehr liebenswürdig aufgenommen hat.

Allzu liebenswürdig, denn schon am nächsten Morgen fing ich bei ihr als Verkäuferin an. Sie können sich vorstellen, was für eine armselige Verkäuferin ich bin! Der Laden ist voller Spiegel. Ich kann keinen Schritt ma-

chen, ohne mich darin zu sehen, ohne den kümmerlichen Kopf einer kleinen Provinzlerin und die Kleider, auf die ich so stolz war, zu betrachten.

Auch die Kundinnen beeindrucken mich. Zum Glück ist für Hüte Sauregurkenzeit, und wir haben nur Laufkundschaft. Dadurch kann mich Madame Jane ohne allzu große Mühe einarbeiten.

Ich selbst weiß nicht mehr, woran ich bin. Ich grüble nicht mehr. Zu viel Lärm, zu viel Leben, zu viele neue Dinge um mich herum. Ab und zu kommt es vor, wenn man mich allein in einer Ecke sitzen lässt, dass ich wieder ich selber werde, doch dann findet sich immer eine Verkäuferin, die mich aufweckt und mir ein Scherzwort zuruft.

Ich weiß nicht, was Sie Madame Jane geschrieben haben, dass sie – und alle anderen genauso! – so nett und liebenswürdig zu mir ist.

Ich habe mir nicht einmal allein ein Zimmer zu suchen brauchen. Madame Jane ist mit mir gekommen, hat mir Ratschläge gegeben, und jetzt lässt sie mir sogar ein schwarzes Seidenkleid machen, wie sie alle es hier tragen. Ich wohne am Boulevard des Batignolles. Dorthin, Nummer 28, können Sie mir auch schreiben, falls Sie sich noch für mich interessieren. Ich weiß wirklich nicht, wie ich Ihnen danken soll. Ich weiß überhaupt nichts mehr. Ich stecke in einem neuen Leben, und ich glaube, dass ich schließlich sogar glücklich werden würde, wenn da nicht immer der Gedanke an meinen Vater wäre.

Ich hätte ihm beinahe geschrieben. Aber ich bin fast sicher, so wie ich ihn kenne, dass er meine Briefe nicht lesen wird. Er ist unglücklich, weil er nicht begreift. Aber wie soll man es ihm begreiflich machen?

Ob er wieder zur Eisenbahn kann? Und wie mag er wohl allein im Haus zurechtkommen?

Falls Sie ihn zufällig treffen sollten, versuchen Sie bitte herauszufinden, versuchen Sie ihm zu sagen ... Aber Sie wissen besser als ich, was man ihm sagen müsste ...

Seien Sie noch einmal meiner ewigen Dankbarkeit versichert

Odette

PS: Zeigen Sie meinen Brief bitte nicht Monsieur Philippe, und erzählen Sie ihm auch nichts über mich, falls er nicht das Gespräch darauf bringt.

Auch für Frédéric Dargens war Sonntag, aber ein merkwürdiger Sonntag.

Es war neun Uhr morgens, er hatte soeben Odettes Brief gelesen und packte nun in einem Hotel an den Quais, das weit davon entfernt war, ein gutes Hotel zu sein, einige Habseligkeiten in seine beiden Koffer, deren Qualitätsleder und Monogramm die letzten Spuren seines einstigen Glanzes waren.

In den Augen des kleinen Zimmermädchens, das ihm seinen Milchkaffee heraufbrachte, hatte er Bewunderung für seinen Pyjama, seinen Morgenrock gelesen und leicht die Achseln gezuckt.

Als er hinunterging, teilte er dem Patron mit:

»Ich nehme den Elfuhrzug. Ich lasse mein Gepäck noch einen Augenblick hier!«

»Aber nicht zu lange, die nächsten Gäste kommen bald ...«

Er lächelte. Natürlich! ...

Leute gingen in die Messe oder zum protestantischen

Gottesdienst. Mitten auf der Place d'Armes war ein großes Zirkuszelt aufgeschlagen, und ganze Busladungen kamen aus dem Umland nach La Rochelle.

Frédéric ging aus der Stadt hinaus, spazierte an den kleinen, halb ländlichen Häusern entlang und hatte Mühe, das Haus der Baillets zu finden.

Sosehr er auch das Gartentor untersuchte, er fand keine Klingel, und er blieb davor stehen, ein wenig aus der Fassung gebracht, als eine Nachbarin ihm zurief:

»Er ist sicher hinten und macht das Futter für seine Kaninchen ... Stoßen Sie nur auf! ... Das Tor schließt nicht ...«

Er ging um das Häuschen herum, wie Odette es an einem Abend vor nicht allzu langer Zeit getan hatte. Im Hof waren mannshohe Kaninchenställe an den Mauern angebracht, in denen Kaninchen friedlich vor sich hin mümmelten. Sie verströmten einen Geruch, den Frédéric schon lange nicht mehr gerochen hatte.

Er fand sich immer noch nicht zurecht. Ein Schlagbaum versperrte eine Öffnung in der Mauer, und dahinter erstreckte sich Ödland, das der Garnison wohl als Manövergelände diente.

Schließlich entdeckte Dargens ganz hinten auf dem Gelände einen gebückten Mann und ging auf ihn zu.

»Monsieur Baillet, nicht wahr?«

Der andere sah ihn von Kopf bis Fuß mit deutlichem Misstrauen an. Er trug einen alten Anzug, hatte dicke Pantoffeln an den Füßen und auf dem Kopf eine Eisenbahnermütze.

»Was wollen Sie von Monsieur Baillet? Und überhaupt, wer hat Ihnen denn gesagt, dass ich hier bin?«

Er hatte eine Sichel in der Hand und schon einen Korb mit Gras und Wegwarte gefüllt.

»Entschuldigen Sie bitte, wenn ich Sie störe ...«

»Sie sind wohl ein Journalist?«, fragte der andere, immer misstrauischer, mit harten Augen unter den buschigen Brauen.

»Ich bin kein Journalist, nein!«

»Es waren nämlich schon zwei da«, brummte Baillet, wie zu sich selber. »Sind Sie auch nicht von einem Wählerkomitee?«

Die allzu große Eleganz seines Besuchers verwirrte ihn. Er wollte verstehen. Er sah sich jede Einzelheit an, runzelte die Stirn, verzog das Gesicht.

»Ich sage Ihnen nämlich gleich, dass ich Kommunist bleibe. Und da kann man mir noch so schöne Geschichten erzählen ...«

Frédéric war von vornherein entmutigt. Er wusste aus Gesprächen in den Kneipen, dass Baillet seine Stelle bei der Bahn nicht wiederbekommen hatte. Da er in einem Jahr in Rente gehen würde, hatte man ihn gebeten, jetzt schon seine Pension zu beantragen.

Seitdem züchtete er Kaninchen. Er lebte allein in seinem Häuschen und auf dem Manöverfeld, außer samstags, wenn sich die kommunistische Zelle in einer kleinen Kneipe am Hafen traf.

Es war schwer herauszubekommen, ob er dort ernst genommen wurde, aber er betrachtete sich auf jeden Fall als eine Art Märtyrer, und mit tragischem Blick und würdigem Gang betrat er die Kneipe, sprach wenig und nur, um kategorische Urteile von sich zu geben.

Es wurde behauptet, dass er trank. Tatsache ist, dass er immer dasselbe sagte und immer mit derselben Heftigkeit.

»Ich habe begriffen, und wenn Baillet etwas begriffen hat, dann ist das fürs ganze Leben!«

Oder auch:

»Ich sage ja nicht, dass es hier keine Männer gibt … Aber um zu tun, was ich getan habe, und ich sage das, ohne mich damit brüsten zu wollen, muss man eben schon ein Römer sein …«

Irgendjemand hatte ihm wohl von den Römern erzählt, und dieses Wort schien für ihn mit der Vorstellung von Heldentum verbunden zu sein.

»Wenn alle so handelten wie ich, gäbe es kein Elend mehr auf der Welt, keine Unterdrückung, keine …«

Frédéric fragte sich, ob er nicht besser gehen sollte, zumal sein Gesprächspartner immer noch die Sichel in der Hand hatte und sie mit einem zweideutigen Blick betrachtete.

»Hören Sie, Monsieur Baillet …«

»Was soll ich hören?«

»Bestünde keine Möglichkeit, dass wir uns einige Minuten miteinander unterhielten?«

»Unterhalten wir uns!«

Er tat so, als verstünde er nicht, dass sein Besucher lieber ins Haus gegangen wäre.

»Der Zufall will, dass ich die Geschichte Ihrer Tochter sehr gut kenne …«

Tatsächlich, der gute Mann hatte Geschmack gefunden an theatralischen Gebärden.

Er zeigte jetzt nicht auf den Weg, den Frédéric gekommen war, sondern auf die großen Bäume am Rande des Militärgeländes.

»Dort geht's lang!«, stieß er zwischen den Zähnen hervor.

»Machen Sie keine Witze! Sie haben doch bestimmt um diese Zeit noch nicht getrunken. Odette ist sehr unglücklich …«

»Ich sage Ihnen, dass dort der Weg ist. Habe ich das Recht, Ihnen nicht zuzuhören, ja oder nein? Muss ich vielleicht meine Zeit mit Ihnen vergeuden, nur weil Sie einen schönen Anzug anhaben?«

»Wenn Odette sterben würde …«, warf Frédéric noch ein.

»Soll sie krepieren!«

Und er drehte Frédéric den Rücken zu, beugte sich herab, begann wütend Gras zu sicheln.

Er besann sich dann doch eines anderen, wandte sich halb um, immer noch gebeugt, und sagte dann:

»Sie können ihnen sagen, all diesen schönen Herren, Sie können ihnen sagen, dass der alte Baillet keine Marionette ist …«

Die Gartenmauer war mit Moosrosen überwachsen. In einem Nachbargarten goss jemand ein Beet.

Frédéric zerknitterte in seiner Tasche Odettes Brief, entfernte sich widerwillig und ballte schließlich die Fäuste bei dem Gedanken, dass dieser Dummkopf um jeden Preis unglücklich sein wollte, dass einige Sätze, eine schlichte Erklärung schon genügt hätten …

Aber nein! Er hatte Gefallen gefunden am Märtyrertum, und er wurde, wozu sicher auch der Alkohol beitrug, immer unzugänglicher.

Dargens hatte einige Mühe, seinen Weg durch das Manöverfeld wiederzufinden. Schließlich stieß er auf die Wälle, sah, wie spät es war, und ging schneller, um seinen Zug nicht zu versäumen.

Zum ersten Mal in seinem Leben trug er selber seine beiden schweren Koffer den ganzen Quai Vallin entlang. Als er am Bahnhof ankam, musste er die ironischen Blicke der Taxifahrer ertragen, aber es waren doch zwei darunter, die nach einigem Zögern linkisch ihre Mütze lüfteten.

Er schluckte kurz und sagte dann:

»Paris ... Dritte Klasse einfach ...«

Früher hatte er sich immer das einzige Salonabteil des Zuges reservieren lassen und dem Angestellten, der sein Bett machte, noch zwanzig Franc Trinkgeld gegeben.

Dieser Angestellte wollte ihm nun verlegen seine Koffer abnehmen.

»Lassen Sie, mein Freund!«

Ehrlich gesagt hatte er nie ein Abteil dritter Klasse betreten.

Er lief durch einen Gang, von einem Ende zum andern, und war erstaunt, dass alle Plätze besetzt waren.

Endlich entdeckte er einen Eckplatz in einem Abteil voller Soldaten und trat schüchtern ein.

»Ist dieser Platz noch frei?«

»Na klar!«

Er hievte sein Gepäck über die Köpfe in das Netz, das hier kein Netz war, sondern ein aus drei Holzlatten bestehender Träger.

Er setzte sich, stand wieder auf, trat auf den Gang hinaus und presste die Stirn gegen die Scheibe, als der Zug an dem Schild vorbeifuhr, auf dem man in roten Lettern lesen konnte: *La Rochelle-Ville.*

In seiner Nähe schälte jemand schon eine Orange.

DRITTER TEIL

Die Sonntage
von Paris

I

Sie glich einer jener Mütter, die am Strand in schamloser Gelassenheit allzu weite Badeanzüge tragen, aus denen ihr schlaffer Busen hervorquillt, ohne dass sie das weiter bekümmert. Paulette Grindorge hatte den Körper einer anständigen Frau und trat auch so auf. Und doch war da etwas entwaffnend Frivoles in jeder ihrer Bewegungen.

Philippe war dabei, seine Krawatte vor dem Spiegel zu knüpfen, als sie nackt aus dem Badezimmer kam und in aller Selbstverständlichkeit sagte:

»Bist du schon bereit? Immer musst du auf mich warten ...«

Sie hatte nicht begriffen, dass man der Atmosphäre eines möblierten Zimmers so schnell wie möglich entfliehen sollte, sobald ein gewisser Augenblick vorüber ist. Ihr Instinkt drängte sie dazu, genau das Gegenteil zu tun. Mit den Handgriffen einer guten Hausfrau breitete sie ein Handtuch über den granatfarbenen Sessel, bevor sie sich daraufsetzte und, immer noch nackt, einen Strumpf überstreifte.

»Du bist mir doch nicht böse, Philippe? Es tut so gut, wenn man ein wenig plaudern kann ...«

Man hörte den Regen fallen, und durch die Vorhänge erahnte man die Lichter der Rue Cambon; die Geräusche der großen Boulevards waren ganz nah. Paris im Oktober, kalt und feucht; Wassertropfen filterten das Licht; Regenschirme und Taxis, die einander auf dem glatten Asphalt jagten.

»Eine hübsche Krawatte! Ich weiß nicht, wie du es anstellst, aber du bist nie angezogen wie die anderen ...«

Als Paulette das sagte, hatte sie ein Bein hochgezogen, einen Strumpf halb übergestreift. Philippe sah ihr nacktes Bild im Spiegelschrank.

Sie hatte sich in den vergangenen fünf Jahren nicht verändert; sie hatte immer noch das gleiche profillose Gesicht, die farblosen Haare, die schlaffen Brüste und vor allem diese ein wenig gebogenen Schenkel, die daran schuld waren, dass beim Laufen ihre Knie gegeneinanderstießen.

Endlich! Sie hatte einen Strumpf angezogen und suchte nun den zweiten in dem zerwühlten Bett, kramte in einem Haufen Wäsche, der auf einem Sessel lag, nach ihrem Schlüpfer.

»Du kannst ruhig rauchen, Philippe! Du weißt ja, wenn du es eilig hast, brauchst du nicht auf mich zu warten ...«

»Aber nein! Aber nein!«

»Habt ihr heute Gäste zum Abendessen?«

»Ich glaube nicht. Es sei denn, Martine hätte jemanden eingeladen.«

»Meinst du, sie ahnt immer noch nichts?«

Wenn sie ihm wenigstens all die kleinen Details ihrer Toilette erspart hätte! Aber nein! Sie zog es sogar noch in die Länge, genoss die Intimität nach der Liebe. Ihre Haarnadeln zwischen den Lippen, machte sie ein Hohlkreuz, um den Büstenhalter zuzuhaken.

Philippe war rauchend ans Fenster getreten und ließ seinen Blick durch den Spalt im Vorhang schweifen. Plötzlich rief er:

»Scheiße!«

Das war so ungewohnt und passte so gar nicht zu ihm,

dass Paulette Grindorge zusammenzuckte und im Unterrock neben ihn trat.

»Was ist los, Philippe? Ich wette ...«

Ach ja! Genau das, was sie sagen wollte, was sie seit Monaten immer wieder sagte: Auf der anderen Straßenseite parkte ein kleines grünes Auto mit weißer Motorhaube und brennendem Standlicht: Martines Auto!

»Hast du deine Frau gesehen?«

»Nein.«

»Ist der Wagen gerade erst gekommen?«

»Ich weiß nicht.«

Sie lehnte sich an ihn, und sie roch nach Reispuder und warmem Wasser.

Es gab keinen Laden in der Nähe. Philippe überlegte, was Martine in diesem Viertel wohl hätte machen können, aber es fiel ihm nichts ein. Es sei denn, sie wäre gekommen, um in jenem elsässischen Restaurant etwas zu kaufen, dessen Schaufenster einen Teil des Bürgersteigs beleuchtete.

Die Motorhaube war nass. Man konnte von oben nicht sehen, ob jemand im Wagen saß.

»Was sollen wir tun?«

»Zieh dich erst mal fertig an!«, sagte er mürrisch.

In solchen Augenblicken hatte er Mühe, seinen Überdruss zu verbergen.

»Bist du mir böse, Philippe?«

»Aber nein! Das weißt du doch!«

»Was wirst du ihr sagen?«

»Was weiß ich? Zieh dich an!«

Sie sah grotesk aus in ihrem Kleid, das sie nur halb übergestreift hatte und an dem sie zog und zerrte wie an einer Schlangenhaut.

»Gibt es keinen zweiten Ausgang?«

Er zuckte die Achseln. Er schaute immer noch auf den Wagen, an dem die Silhouetten eiliger Passanten vorbeizogen.

»Du kannst ja behaupten, du hättest einen Kunden getroffen. Schließlich ist es ein Hotel wie jedes andere auch!«

Das glaubte sie, ja! Doch ganz Paris wusste, dass es ein Stundenhotel war! Trotzdem spitzte sie die Lippen vor dem Spiegel, um Lippenstift aufzutragen, klappte ihre Handtasche auf und zu, trat wieder zu Philippe.

»Bist du sicher, dass es ihr Auto ist?«

Es gab in ganz Paris kein zweites davon. Die Karosserie war eigens für Martine angefertigt worden. Es war ein Geschenk zu ihrem vierten Hochzeitstag gewesen.

Einen Augenblick lang sah Paulette Grindorge Philippes Gesicht von vorn, und sie war entsetzt über die Wut, die sie darin las. Er trat vom Fenster weg, machte einige Schritte ins Zimmer und brummte:

»Sie wird da bleiben, bis wir hinausgehen! Das spüre ich! Sie muss das Ganze lange vorbereitet haben!«

»Glaubst du, dass sie einen Skandal machen wird?«

»Weiß ich es? Nein! Das ist nicht ihre Art. Trotzdem reicht's mir! Vor allem, weil wir uns von jetzt an nicht mehr so einfach werden treffen können!«

Sie lächelte geschmeichelt.

»Legst du so großen Wert darauf?«

»Dummkopf!«

»Mein armer Philippe! Beruhige dich. Wir werden immer eine Möglichkeit finden, uns zu …«

»Wenn du wenigstens frei wärst!«

»Was würdest du dann tun?«

»Ich würde dich heiraten, was denn sonst!«

»Aber deine Frau … dein Sohn …?«

Er machte eine Geste, die bedeutete, dass ihm das gleichgültig war. Gleichzeitig vergewisserte er sich mit einem vorsichtigen Blick, dass seine Worte die junge Frau zu Tränen gerührt hatten.

»Albert würde nie in die Scheidung einwilligen!«, sagte sie.

»Ich weiß.«

Das war es auch gar nicht, was er wollte.

»Also?«

»Nichts! Hör zu, wir können nicht ewig hierbleiben. Ich gehe als Erster hinaus. Du wirst dann schon sehen, was passiert …«

Sie half ihm in seinen blauen Überzieher, holte seinen grauen Filzhut vom Kamin, hielt ihm in einer schon zur Tradition gewordenen Geste die Lippen hin.

»Wann?«, hauchte sie, wie sie es jedes Mal tat.

»Keine Ahnung«, seufzte er mit einer Handbewegung zum Fenster hin, zur Straße, zu diesem hartnäckigen Auto.

Sie begleitete ihn bis zum Treppenabsatz, beugte sich über das Geländer und lief dann zum Fenster. Plötzlich sah sie Philippe auf der Straße direkt auf das Auto zugehen. Doch kurz bevor er dort angelangt war, fuhr es los.

Einen Augenblick aus der Fassung gebracht, sah Philippe zum Fenster hinauf, zuckte die Achseln und hielt mit der ausgestreckten Hand ein Taxi an.

Klang es Philippe in den Ohren? Oder Martine? Fünfhundert Kilometer weit entfernt sprach man über sie, im spärlich beleuchteten Salon von Madame Brun, der von einem ungewohnten Parfum erfüllt war.

Während in Paris ein feiner Nieselregen niederging, fegten Regenböen durch La Rochelle, und in allen Ecken der Stadt hörte man das Toben des Meeres.

Françoise, Madame Bruns Tochter, war gerade zu einem ihrer Kurzbesuche eingetroffen, eingehüllt in Seide, Parfum und Pelze. Ein ganzes Jahr war sie nicht mehr da gewesen, und schon verkündete sie:

»Ich muss morgen den Zug nach Dieppe nehmen, denn ich soll Jean in London treffen.«

Sie sagte zu ihrer Mutter ohne Überzeugungskraft:

»Du hast dich nicht verändert!«

Dann wandte sie sich nach Charlotte um, die in einer Ecke des Boudoirs saß.

»Was haben Sie denn, meine arme Charlotte? Geht es Ihnen nicht besser?«

»Es geht mir schlechter!«, erklärte Charlotte bitter.

»Immer noch der Bauch?«

»Die Gebärmutter, ja!«

Charlotte sprach es nicht aus, aber sie dachte:

›Dabei habe ich nur zweimal in meinem Leben Liebe erfahren, und auch das nur durch Zufall, doch ausgerechnet ich muss was an der Gebärmutter haben, während andere …‹

Françoise war erst eine halbe Stunde zuvor angekommen, und schon erstickte sie zwischen diesen beiden alten Frauen. Sie musste ihre Mutter beiseitenehmen, um sie zu fragen:

»Wie kommt ihr beide mit der Hausarbeit zurecht?«

Wie kamen sie zurecht? Da Madame Brun weiterhin keine neuen Gesichter um sich haben wollte, kam nur die Frau des Hausmeisters vorbei, für die größeren Hausarbeiten. Ansonsten war es jetzt meistens Madame Brun, die Charlotte bediente! So kamen sie zurecht!

Charlotte zeigte dabei überhaupt keine Dankbarkeit. Im Gegenteil! Und sie genierte sich nicht, zu jammern:

»Sie werden ganz schön froh sein, wenn ich einmal tot bin! Ich störe Sie wohl, wie? Ich frage mich nur, wieso Sie mich noch nicht vergiftet haben …«

Françoise würde bis zum nächsten Tag bleiben. Das war das Allermindeste, einmal im Jahr, aber sie wusste nicht, was sie hier machen, wo sie sich hinsetzen sollte. Etwa zur gleichen Zeit wie Philippe in der Rue Cambon trat sie ans Fenster, zog die Vorhänge ein wenig zurück und sah die Lichter des Nachbarhauses.

»Was ist denn aus den Donadieus geworden?«

Ihre Mutter konnte sich ein Wortspiel nicht verkneifen.

»Sie sind selten geworden!«, gab sie zur Antwort.

Sie war so lebhaft und fröhlich wie eh und je, ja sogar kokett, und ein breites Seidenband verbarg die Falten an ihrem Hals.

»Es sind nur noch Marthe und ihr Mann in La Rochelle, sie nehmen das ganze Haus in Beschlag. Eine Zeit lang hat Madame Donadieu im Pavillon im Garten gewohnt, aber ich glaube, man hat ihr zu verstehen gegeben, dass sie stört. Sie lebt jetzt in Paris.«

»Martine hat es mir erzählt.«

»Hast du sie getroffen?«

»Wir haben dieselbe Modistin. Manchmal sehen wir uns auch bei Galadiners. Sie ist wunderschön geworden und kleidet sich sehr geschmackvoll.«

Sie beugte sich weiter vor, um das Haus gegenüber genauer zu betrachten, von dem nur das Erdgeschoss beleuchtet war.

»Langweilt sich Marthe nicht?«

»Nein! Sie gibt viele Empfänge. Jedes Mal, wenn jemand

zu einem Vortrag nach La Rochelle kommt, gibt sie ein großes Abendessen. Letzte Woche hatte sie einen ganz hochrangigen Militär, einen Marschall von Frankreich, bei sich zu Gast.«

»Und Michel?«

»Der ist immer noch an der Côte d'Azur, ich weiß nicht genau, wo. Seit seine Frau ihn verlassen hat, ist er noch keine drei Mal in La Rochelle gewesen.«

»Gibt es Nachrichten von Éva?«

»Nein.«

Eine Stimme kam aus dem Hintergrund des Zimmers, sie klang bitter.

»Aber das kann Ihnen doch alles egal sein.«

Es war Charlotte, Charlotte, die eifersüchtig über ihre kleinen Geheimnisse wachte, über die kleinen Dinge, die ihre Tage füllten und die sie nicht mit diesem Eindringling teilen wollte.

»Was erzählt Martine? Sprecht ihr miteinander?«

»Kaum. Ich glaube, dass etwas zwischen ihr und Philippe nicht in Ordnung ist. Ich weiß nichts Genaues, aber Freunde, die manchmal bei ihnen zum Abendessen sind, haben mir bestätigt, dass es zwischen ihnen nicht zum Besten steht …«

Und Charlotte, die immer unerträglicher wurde, weil sie glaubte, dass ihre Krankheit ihr das Recht dazu gab, brummte:

»Ich möchte nicht, dass darüber weiter gesprochen wird.«

»Zu den Champs-Élysées!«, hatte Philippe dem Taxifahrer zugerufen.

Er hatte hinter der Windschutzscheibe, im Dunkel, nur

flüchtig das Gesicht seiner Frau gesehen. Er hatte nicht verstanden, warum sie so überstürzt losgefahren war. Er hatte den Eindruck gehabt – aber das war wohl eine optische Täuschung gewesen –, dass Martine ironisch lächelte, wie jemand, der sich einen Spaß erlaubt.

Die Champs-Élysées glichen einem Fluss oder Kanal, auf dem die Taxis nur langsam dahinschwammen, da sie an jeder Kreuzung eine Schleuse passieren mussten. Der Fahrer drehte sich um und fragte, wo er halten sollte.

»Setzen Sie mich beim Fouquet's ab.«

Er ging jeden Tag ungefähr zur gleichen Zeit dorthin. Im übrigen stand dort auch sein Wagen mit Félix, seinem Chauffeur, der respektvoll Anweisungen entgegennahm.

»Warte auf mich!«

Der Portier hielt ihm einen riesigen roten Regenschirm über den Kopf. Philippe machte sofort wieder kehrt, um Félix auszufragen.

»Hast du meine Frau gesehen? Ist sie etwa hergekommen, um dich auszuhorchen?«

»Ich habe niemanden gesehen.«

Er versuchte zu verstehen. Als er mit Paulette Grindorge in das Hotel in der Rue Cambon gefahren war, hatte er seinen Wagen absichtlich vor dem Fouquet's stehen lassen, als Täuschungsmanöver. Martine hätte ja …

Aber nein! Es sah so aus, als wäre sie ihnen von Anfang an gefolgt oder als wüsste sie ganz genau Bescheid.

Er betrat den Salon, wo ihn Wärme und Licht einhüllten. Ein Boy half ihm aus dem Mantel, nahm seinen Hut mit. Philippe betrachtete sich zerstreut im Spiegel und strich sich die braunen Haare glatt.

Paulette hatte recht: Er hatte eine sehr eigene Art, sich zu kleiden, und er erlaubte sich gewisse Extravaganzen, wie etwa die zitronengelbe Krawatte, die er heute zu einem blauen Zweireiher trug.

Er hatte gepflegte Hände, helle Haut und einen kleinen Schnurrbart, der seine weißen Zähne schön betonte.

Bevor er die Bar erreichte, hatte er drei oder vier Personen begrüßt, mit einem abwesenden Gesichtsausdruck, der allerdings nichts mit seinen augenblicklichen Sorgen zu tun hatte, sondern den man an ihm gewohnt war.

»Wie geht's dir?«

»Guten Tag, Monsieur Philippe!«, grüßte der Barkeeper.

Sie standen zu sechst oder zu siebt an der Bar, und obwohl sie sich kaum kannten, duzten sie sich und warfen einander die üblichen Scherze an den Kopf.

»Noch nicht im Gefängnis?«

»Warum?«

»Weil man gerade den vierten Bankier in dieser Woche verhaftet hat …«

Philippe gab zurück:

»… und es ist schon der fünfte Filmproduzent, der Bankrott angemeldet hat, ohne die beiden anderen mitzurechnen, die über die Grenze abgehauen sind …«

Sie lachten, verlangten nach dem Würfelbecher und bestellten einen Cocktail.

Philippe tupfte sich das Gesicht ab. Ihm war warm. Er dachte immer noch an Martine und ihr so schnelles Wegfahren.

»Ich komme gleich wieder …«, teilte er den anderen mit.

Er ging ins Untergeschoss, wo ihn die Telefonistin, die Garderobe- und Toilettenfrauen kannten.

»Lassen Sie sich Turbigo 37–21 geben.«

Er zündete sich eine Zigarette an, betrachtete sich wieder im Spiegel und seufzte wie ein Mann, den seine Sorgen erdrücken.

»Ihre Verbindung, Monsieur Philippe.«

»Hallo! ... Sind Sie es, Maman? ... Hallo! Ich rufe an, um Sie zu fragen, ob Sie heute Abend mit uns zu Abend essen wollen ... Was sagen Sie? ... Nein, Sie brauchen kein Abendkleid anzuziehen ... Ich glaube nicht ... Wir werden unter uns sein ... Einverstanden! ... Ich schicke Ihnen den Wagen ... Bis heute Abend ...«

Er verließ die Kabine und blieb stehen, blickte zu Boden und hoffte auf eine Eingebung.

»Geben Sie mir meine Wohnung!«

Er brauchte seine Telefonnummer nicht zu sagen. Die Telefonistin kannte sie auswendig.

»Hallo! ... Wer ist am Apparat? Sind Sie es, Rose? Hier ist Monsieur Philippe ... Ist meine Frau schon zurück? ... Nein! Stören Sie sie nicht ... Sagen Sie ihr nur, dass Madame Donadieu mit uns zu Abend isst ... Ja ... ich werde in einer Stunde da sein ...«

War es richtig? War es nicht richtig? Schwer zu sagen. Auf jeden Fall vermied er so den ersten Zusammenstoß. Vor ihrer Mutter.

Als er wieder heraufkam, stand Albert Grindorge an der Bar. Er kam ebenfalls fast jeden Tag hierher. Die beiden Männer gaben sich die Hand wie alte Freunde, die sich nichts mehr zu sagen haben.

»Wie geht's?«

»Es geht!«

Um nicht reden zu müssen, überflog Philippe mit aufgestütztem Ellbogen eine Abendzeitung und vergaß darüber, den Chauffeur zur Place des Vosges zu schicken, wo Madame Donadieu wohnte. Es fiel ihm erst eine Viertelstunde später wieder ein, und er ließ Félix den Auftrag durch einen Boy ausrichten.

»Ich muss mich auf den Weg machen!«, verkündete Albert Grindorge. »Ich bin um halb acht mit meiner Frau verabredet. Wir gehen ins Theater. Und ihr, was macht ihr?«

»Ich glaube, wir bleiben zu Hause. Meine Schwiegermutter kommt …«

»Wir können uns ja nach dem Theater treffen!«

»Ich weiß noch nicht.«

Sie wussten, wo sie einander treffen würden. Die beiden Paare waren ja so sehr daran gewöhnt, zusammen auszugehen! Sogar die Ferien verbrachten sie in denselben Badeorten, und die beiden Männer versuchten sogar, wann immer möglich gemeinsam auf Geschäftsreise zu gehen!

»Sie scheinen Sorgen zu haben, Philippe!«, bemerkte Grindorge.

»Pah!«

»Geschäfte?«

»Aber nein! Lassen Sie nur. Die Nerven …«

»Bis heute Abend?«

»Vielleicht!«

»Paulette würde sich sehr freuen!«

Philippe konnte es sich nicht verkneifen, zwischen den Zähnen zu murmeln:

»Dummkopf!«

Ein rührender Dummkopf allemal, der Philippe grenzenlos bewunderte. War es nicht Philippe, der ihn aus dem eintönigen Mittelmaß seines Lebens befreit, ihm neue Horizonte eröffnet hatte?

Es war bald Essenszeit. Die Gäste gingen einer nach dem andern. Philippe blieb schließlich allein an der Bar zurück und warf gelegentlich einen gelangweilten Blick auf die Uhr. Erst um halb neun legte er die Zeitung weg, bezahlte und gab dem Boy, der ihm bereits Hut und Mantel zurechtgelegt hatte, ein Zeichen.

»Fahren Sie mit Ihrem Auto?«

»Nein! Ruf mir ein Taxi.«

Er gab seine Adresse an: Avenue Henri-Martin 28.

Ein großes, modernes Wohnhaus. Eine schmiedeeiserne, verglaste Eingangstür gestattete den Passanten, ein geräumiges Säulenvestibül zu bewundern. Philippe nahm den Aufzug, klingelte an einer Tür. Ein Diener nahm ihm seinen Mantel ab, und er atmete erst einmal tief durch, wie vor einem Kopfsprung, schob den Vorhang zum Salon zurück und trat ein.

»Guten Tag, Maman.«

Er küsste sie auf die Stirn, wie es seine Gewohnheit war, und wandte sich dann nach seiner Frau um, die sich in einem Sessel vergraben hatte.

»Guten Tag, Martine«, murmelte er mit einer Spur Zärtlichkeit, die ebenfalls zur Gewohnheit geworden war.

Sie ließ sich küssen und setzte mit ihrer Mutter die begonnene Unterhaltung fort. Madame Donadieu war bester Laune. Das war sie immer, wenn man ihr erlaubte, die Luxusatmosphäre der Avenue Henri-Martin einzuatmen, und sie bedauerte nur eins: dass die Dargens an diesem Abend keine anderen Gäste erwarteten und sie deshalb keinen Grund hatte, ein Abendkleid zu tragen.

Sie hatte sich kaum verändert, abgesehen von einer neuen Leidenschaft für Schmuck. Da sie sich keine echten Edelsteine leisten konnte, behängte sie sich mit viel zu vielen falschen Steinen.

»... findest du, das ist das Gleiche?«

Philippe, der nicht wusste, wovon die Rede war, goss sich ein wenig Portwein ein.

»Nach dem, was sie mir schreibt, hat er genau den gleichen Charakter. An ihrer Stelle wäre ich da vorsichtig. Denk doch nur an die Dummheit, die wir begangen haben, als wir einen Hauslehrer für ihn engagierten ...«

Philippe begriff, dass es um Kiki ging und vermutlich auch um Marthes Sohn, der ihm tatsächlich ein wenig glich, sich verschlossen zeigte und nicht am Familienleben teilnehmen wollte. Aber es war nicht der richtige Augenblick, an diese Probleme zu denken. Die Unterhaltung zwischen den beiden Frauen ging weiter, er nahm jedoch nur noch ein undeutliches Gesumm war.

»Es ist angerichtet!«

Uff! Die erste Etappe war überstanden. Sie setzten sich zu Tisch, Philippe zur Linken seiner Schwiegermutter, Martine ihr gegenüber. Claude, ihr kleiner Sohn, aß immer mit der Gouvernante in dem ihnen vorbehaltenen Teil der Wohnung.

»Sie mögen doch Forellen an Chablis-Sauce, nicht wahr, Maman?«

»Ich schwärme dafür. Aber wenn du wüsstest, wie teuer Forellen im Augenblick sind! Dabei mache ich meine Einkäufe in der Rue Saint-Antoine, wo es nur halb so viel kostet wie hier im Viertel ...«

Unmöglich, irgendein Gefühl auf Martines Gesicht abzulesen. Ganz gegen ihre Gewohnheit hatte sie ihr Kostüm anbehalten, und als ob nichts gewesen wäre, spielte sie die Hausherrin, gab dem weißbehandschuhten Butler diskret ihre Anweisungen.

Philippe versuchte schon jetzt, Frieden mit ihr zu schließen, indem er ihr einen flehenden Blick zuwarf und eine kindische Grimasse schnitt, von der er wusste, dass sie unwiderstehlich war. Doch Martine wandte nur leicht den Kopf, als wollte sie sagen:

›Was soll das?‹

Es war die Rede von einem Theaterstück, das Madame Donadieu sich angesehen hatte, denn Philippe schickte ihr zwei- oder dreimal in der Woche Theaterkarten. Sie beklagte sich über die übertriebenen Extrakosten für Dinge wie Trinkgeld, Garderobe und Programmheft …

»Mit dem Taxi hat mich das zwanzig Franc gekostet, wenn nicht noch mehr.«

Der Butler wunderte sich nicht. Er kannte Madame Donadieu und ihre Themen. Philippe aß geistesabwesend, wischte sich viel zu häufig die Lippen ab, sah Martine an und seufzte.

»Er hat eine bildschöne Frau!«, sagte man von ihm.

Es stimmte. Auch Madame Donadieu war darüber verwirrt: Während Marthe in La Rochelle in die Breite ging, während Michel, ebenfalls fett, schon dicke Wülste unter den Augen hatte, war Martine ganz natürlich aufgeblüht und mit ihren zweiundzwanzig Jahren eine der schönsten Frauen von Paris.

Darüber hinaus hatte sie eine heitere Gelassenheit an sich, die ihre Bewunderer aus der Fassung brachte und die Frauen ärgerte. Man spürte ihre Selbstsicherheit so sehr, dass man ihr deswegen ein wenig böse war; die einen fanden sie hochmütig, anderen schien sie zu sehr in sich selbst gekehrt.

»Servieren Sie uns den Kaffee im Salon.«

Martine stand zuerst auf, gefolgt von ihrer Mutter; sie kümmerte sich nicht um Philippe, der nun ebenfalls dazukam und sich eine Zigarette anzündete.

»Wolltet ihr nicht noch ausgehen?«, erkundigte sich Madame Donadieu.

»Aber nein, Maman.«

»Macht bitte meinetwegen keine Umstände. Lassen Sie mich von Ihrem Chauffeur nach Hause fahren, Philippe?«

Es war nur eine Nuance: Eigentlich duzte man sich bei den Donadieus, seit einiger Zeit aber überwog das Siezen.

»Ein kleines Likörchen, Maman?«

Aber ja! Sie war ganz wild darauf. Sie hatte mit dem Alter und dem Alleinsein eine Schwäche für allerlei Leckereien entwickelt und war obendrein zu einer leidenschaftlichen Kinogängerin geworden. Es kam vor, dass sie sich an einem Tag drei Filme ansah.

»Sind Sie immer noch zufrieden mit den Geschäften, Philippe?«

»Sehr zufrieden.«

»Ich höre, dass alle sich beklagen. Sie hingegen verdienen immer mehr Geld! Der arme Frédéric sagte mir gestern …«

Sie spürte, dass sie gerade einen Fauxpas begangen hatte. Sie hustete, stand auf, um die Zuckerdose zu holen.

»Wie viele Stücke?«

»Zwei! Danke …«

Das alles war nur Fassade. Was zählte, waren die Blicke, die Philippe seiner Frau zuwarf, Blicke, die bedeuteten:

›Schließen wir Frieden, ja? Benimm dich doch nicht so gezwungen. Ich werde dir alles erklären. Du wirst sehen …‹

Er war es, der seine Schwiegermutter aufhielt, so sehr fürchtete er das Alleinsein mit Martine.

»Ich muss jetzt gehen, Kinder. Wenn ihr schon einmal

keine Gäste habt, seid ihr bestimmt froh, endlich eure Ruhe zu haben.«

Martine protestierte nicht. Philippe wagte nicht, sie noch einmal zum Bleiben zu drängen.

Die Eingangstür schloss sich hinter ihr. Der Butler kam, um das Tablett abzuräumen. Martine nahm mit einer nachlässigen Gebärde ein Buch von einem Tisch.

»Hör zu …«, begann Philippe.

Sie hob den Kopf und hörte zu, wie er es von ihr verlangte. Nur wusste er schon nicht mehr, was er sagen sollte. Deshalb wurde er wütend. Wütend auf sich selbst, wütend auf alle, sogar auf sie.

»Willst du noch lange den Trotzkopf spielen?«

»Spiele ich den Trotzkopf?«

»Bitte keine Ironie! Du weißt genau, dass wir einiges zu besprechen haben.«

»Habe ich etwa Maman eingeladen?«

»Wirfst du mir etwa vor, dass ich deine Mutter einlade?«

Sie tat so, als vertiefe sie sich in ihre Lektüre. Er stand auf, entriss ihr das Buch und warf es in eine Ecke.

»Ich will, dass du mir zuhörst!«

Folgsam hörte sie von neuem zu.

»Du bist dir offenbar gar nicht bewusst, was du tust, wie? Du hältst dich wohl für intelligent? Während alle Welt sich über die Krise beklagt, während alle Welt sich einschränken muss, verdiene ich so viel Geld, wie ich will, und ermögliche dir ein Leben in Luxus. Kannst du sagen, dass ich dir je etwas abschlage?«

Sie rührte sich immer noch nicht, und er geriet in Wut, als er ihren gefassten, fast heiteren Gesichtsausdruck sah.

»Dafür arbeite ich zwanzig Stunden am Tag. Bitte glaub mir, dass manche dieser Stunden nicht angenehm sind!

Trotzdem bist du eifersüchtig, eine ganz und gar dumme Eifersucht, und du wirfst mir mit deiner Eifersucht Knüppel zwischen die Beine …«

Endlich öffnete sie den Mund und sagte:

»Sprichst du etwa von der kleinen Grindorge?«

»Ich spreche von deiner Eifersucht im Allgemeinen, und ganz besonders von …«

»Eurem Rendezvous heute Nachmittag? Wohlgemerkt, du hast als Erster davon angefangen. Ich habe noch kein Wort gesagt.«

»Wenn du glaubst, dass dein Verhalten nicht Bände spricht!«

»Hör zu, Philippe …«

Sie war aufgestanden, als wollte sie ihren Worten dadurch ein größeres Gewicht verleihen.

»Du brauchst nicht zu schreien und auch keine Porzellanfiguren zu zerschlagen.« (Denn er hatte eine kleine Statuette ergriffen und schickte sich an, sie zu Boden zu werfen.) »Ich frage dich nicht, wie lange du Paulette schon in der Rue Cambon triffst. Ich spreche auch nicht von jenen Abenden, an denen wir zu viert ausgehen …«

»Das hätte gerade noch gefehlt!«, knurrte er.

»Ach!«

»Ja, meinst du vielleicht, ich gehe zu meinem Vergnügen mit den Grindorges aus? Muss ich dir schon wieder alles Punkt für Punkt erklären? Du vergisst, dass wir mit ihrem Geld angefangen haben und dass ich selbst heute noch nur deshalb geschäftlich etwas bewegen kann, weil ich hinter mir die Millionen habe, die …«

»Schrei nicht so! Das Personal hört alles.«

»Es ist doch deine Schuld, wenn …«

»Lass mich bitte reden, Philippe, ja?«, sagte sie in versöhnlichem Ton. »Ich werde dir keine Vorwürfe machen. Ich will dir nur eines sagen, und dann lasse ich dich in Ruhe. Erinnerst du dich noch, was du mir einmal anvertraut hast, an einem Abend, als es dir gerade gelungen war, ein gutes Geschäft abzuschließen, und du vor Stolz darüber fast geplatzt bist?«

Das waren allzu klare Worte, und er mochte sie nicht. Er kramte in seinem Gedächtnis.

»Erinnere dich! Du hast mir lachend gesagt, dass du mir nun endlich gestehen könntest, um welchen Preis du damals in das Haus Donadieu gekommen bist. Wohlgemerkt, du hast gesagt, in das Haus Donadieu, und nicht: in mein Zimmer …«

Er wandte den Kopf ab, denn er verlor die Fassung, ärgerte sich halbtot und machte sich Vorwürfe, dass ihn tatsächlich einmal der Hochmut dazu getrieben hatte, dieses Geständnis zu machen.

»Du hast mir von der armen Charlotte erzählt, die dir das Gartentor aufschloss und die du dann hinterher besuchen musstest … Erinnere dich! Du hast Einzelheiten erwähnt, die …«

»Halt den Mund!«

»Ich bin fast fertig. Ich wiederhole nur noch die Formulierung, die du damals benutzt hast: *Wenn man etwas will, muss man es um jeden Preis wollen. Charlotte ist das Trittbrett zu unserem Glück und unserem Reichtum gewesen.*«

Philippe, immer noch die Porzellanfigur in den Händen, drehte ihr den Rücken zu.

»Nun, Philippe, ich will dir nur sagen, dass ich niemals ein Trittbrett sein werde. Hast du verstanden, Philippe?«

Selbst wenn er gewollt hätte … er hätte nicht sprechen können. Er war in einer Art abergläubischer Furcht erstarrt, so unwahrscheinlich schien es ihm, dass sie sich ausgerechnet an diesem Tag an seine Worte erinnerte ...

Nein! Das konnte keine Intuition sein! Es war ein Zufall! Ein ganz gewöhnlicher Zufall! Martine, so empfänglich sie für gewisse Nuancen auch war und so genau sie Philippe auch kannte, konnte doch nicht ahnen, dass er wenige Stunden zuvor zu Paulette, die ihr schlaffes Fleisch an ihm rieb, gesagt hatte:

»Wenn du wenigstens frei wärst ...«

Alles kam ihm wieder in den Sinn. Auch die Antwort:

»Albert würde nie in die Scheidung einwilligen ...«

Und auch Paulettes Fragen:

»Aber deine Frau? ... Dein Sohn? ...«

Ebenfalls seine entsetzlich vielsagende Geste – und sein noch entsetzlicherer Hintergedanke, den Martine auf keinen Fall durchschauen durfte –, weshalb er sofort aus dem Zimmer ging und sich in seinem Schlafzimmer einschloss.

»... dass ich niemals ein Trittbrett sein werde ...«

Durch die Tür hindurch hörte er, wie sie dem Butler und der Köchin bedächtig ihre Anweisungen gab, denn am nächsten Tag erwarteten sie einen Minister zum Mittagessen.

»Nach den Horsd'œuvres ...«, sagte sie.

Er öffnete das Fenster und betrachtete die kahlen Bäume der Avenue Henri-Martin, von deren Ästen Wassertropfen fielen, die Bürgersteige, an manchen Stellen trocken, an anderen nass, Menschen, die nach Hause gingen.

2

Das Leben in der Rue Réaumur in La Rochelle hatte seinen ganz eigenen Rhythmus, wohlvertraut waren die Geräusche und Gerüche, das Licht – man hätte es den Kodex Donadieu nennen können.

In Paris hatte Philippe nicht nur einen Kodex Dargens, sondern auch eine Ästhetik Dargens geschaffen.

So sah er an jenem verregneten Morgen, als er die Augen öffnete, während sein Diener die Vorhänge zur Seite schob, als Erstes die Wände seines Zimmers, die mit Russischleder bespannt waren. Das war seine Idee gewesen. Jetzt, wo er daran gewöhnt war, genoss er es natürlich nicht mehr jedes Mal, wenn er die Wände sah, aber er war immer noch sehr stolz darauf. Auch lederne Vorhänge waren angebracht worden, aus feinem, grüngefärbtem Ziegenleder, wie der Bettüberwurf, während der Morgenrock, den man Philippe reichte, von leuchtendem Gelb war.

Es war sieben Uhr, und nur hierin glich der Kodex Dargens dem Kodex Donadieu. Philippe konnte noch so spät zu Bett gehen, erst im Morgengrauen heimkommen, er stand immer um sieben Uhr morgens auf und war, kaum hatte er die Augen aufgemacht, hellwach.

So auch an diesem Morgen, als er in seine Pantoffeln schlüpfte und in einen Himmel sah, der trübe war vom Ruß und nächtlicher Feuchtigkeit: Er runzelte die Stirn, verzog das Gesicht und fand seine Sorgen vom Vorabend allesamt wieder.

»Ziehen Sie einen blauen Anzug an, Monsieur?«

Wieder ein mechanischer Blick nach draußen.

»Den stahlgrauen.«

Er hätte besser daran getan, am Abend zuvor mit Martine zu sprechen. Er stieß die Tür zum Badezimmer auf, das aus schwarzem Marmor war, putzte sich die Zähne und ging schließlich, immer noch mit seinen Sorgen beschäftigt, in sein persönliches Vorzimmer, das er sich zu einem Gymnastikraum hergerichtet hatte.

»Guten Tag, Pedretti.«

Er brauchte ihn nicht zu sehen. Er wusste, dass er da war, im Sportdress. Er gab ihm die Hand und zögerte einen Augenblick.

»Ich glaube, ich boxe heute mal nicht.«

Aber doch! Er musste boxen! Er legte seinen Bademantel ab, hielt Pedretti die Fäuste entgegen, der ihm die Boxhandschuhe überstreifte. Philippe dachte immer noch an seine Frau und blickte mehrmals kurz zur Wand, die ihn von ihrem Zimmer trennte.

»Das genügt für heute! Bis morgen, Pedretti …«

Es folgten die immer gleichen morgendlichen Verrichtungen. Um Viertel vor acht war er fertig, frisch und kraftvoll, und nach einem letzten Zögern ging er zu Martines Zimmer hinüber.

»Wissen Sie, ob meine Frau schon wach ist, Rose?«

»Nein, Monsieur. Sie hat mir gestern Abend gesagt, dass ich sie unter gar keinen Umständen wecken soll.«

Sie schien ihn daran hindern zu wollen, sich Zutritt zu verschaffen.

Er zuckte die Achseln, stieß die hintere Tür auf, die Tür zum Kinderzimmer, wo die elsässische Gouvernante den fünfjährigen Jungen mit einem dicken Schwamm einseifte.

Philippe machte die Tür sofort wieder zu. Er hatte keine Zeit. Unten erwartete ihn Félix am Wagenschlag, lüftete seine Mütze und fuhr an, ohne zu fragen, wo es hinging.

Wieder der Kodex oder die Ästhetik Dargens. Obwohl die Büros nur ein Stockwerk des Gebäudes an den Champs-Élysées beanspruchten, hatte Philippe einen eigenen Fahrstuhl mit einem prächtigen Portier in grüner Livree.

S. M. P. – drei Buchstaben, denen man überall begegnete, in Schmiedeeisen am Fahrstuhlschacht, eingestickt in die Seide der Tapeten, eingraviert in Kupfer, S. M. P. – davor und dahinter je ein Stern.

Philippe, der durchaus einen Hang zu theatralischen Einfällen hatte, kleidete sich auf eine Art und Weise, die ihn jünger erscheinen ließ, wie einen Gigolo, und doch spürte man, wenn er durch das riesige Büro ging, dass er hier der Herr war.

Ein Büro, das eine Kopie gewisser amerikanischer Büros war, wie er sie im Kino gesehen hatte, denn er machte sich alles zunutze. Ein riesiger Saal, fast über die ganze Etage, zweigeteilt durch eine Balustrade. Vor der Balustrade der Bereich für die Kunden, dahinter große, symmetrische Büros, von denen jedes auf einem gravierten Schild den Namen des Angestellten anzeigte.

Im Hintergrund Milchglastüren, genau wie in den amerikanischen Filmen: *Generaldirektor, Stellvertretender Direktor, Leiter der Buchhaltung …*

Eine Stechuhr, die auch für Philippe und Albert Grindorge galt. Die Angestellten waren gerade erst eingetroffen, entledigten sich ihrer nassen Mäntel und grüßten, als er vorbeiging:

»Guten Morgen, Monsieur Philippe.«

Denn er ließ sich lieber Monsieur Philippe als Monsieur Dargens nennen. Er betrat sein Büro, und wie jeden Morgen hatte er zehn Minuten für sich, bevor ihm die Post gebracht wurde.

Lederbespannte Wände, wie in der Avenue Henri-Martin, aber ein Leder, in das die drei Buchstaben S. M. P. mit den beiden Sternen geprägt waren. *Syndicat des Matières Premières*, Rohstoffsyndikat.

Ein anderes Büro, ganz hinten links, trug noch die Buchstaben P. E. M., den Namen des ersten Unternehmens, das Philippe einst mit Grindorge gegründet hatte, damals, als er noch keinen Zutritt zum Hause Donadieu hatte, außer durchs Fenster.

Die Post kam und mit ihr der Angestellte, der Philippe bei der Durchsicht half, denn er legte großen Wert darauf, diese Arbeit selbst zu erledigen.

»S. M. P. ... S. M. P. ... S. M. P. ...« Postanweisungen, Schecks, auch Reklamationen, die aus allen Gegenden Frankreichs kamen.

Als Grindorge mit einigen Minuten Verspätung kam, streckte er kurz den Kopf bei Philippe herein.

»Wie geht's? Lassen Sie sich nicht stören. Bis nachher ...«

Er war nicht einmal der stellvertretende Direktor. An seinem Büro hing das Schild *Statistik*, und er verbrachte dort seine Tage mit einer Sekretärin. Diese war ziemlich hübsch, aber Grindorge, der sie wahnsinnig begehrte, wagte nicht, sie anzurühren, so sehr hatte die Geschichte Michel Donadieus ihn beeindruckt.

Halb neun! Der Betrieb lief. Die Leuchttafel wurde eingeschaltet, und einer nach dem anderen erschienen darauf die Rohstoffkurse aller Handelsplätze der Welt. Caron kam herein, seine Haut war so gelb wie eh und je, sein Schnurrbart hing herab, und er hatte dunkle Ringe um die Augen. Er machte die Tür hinter sich zu und setzte sich Philippe gegenüber.

Caron war nur ein kleiner Buchhalter, den Dargens zu seinem stellvertretenden Direktor gemacht hatte. Er war der Einzige, der über den Gang der Geschäfte in der Firma wirklich Bescheid wusste. Er allein konnte auf den fragenden Blick Philippes antworten:

»Ich werde die Vierzigtausend heute Mittag bekommen.«

»Na, dann geht's!«

»... Bis zum nächsten Zahlungstermin! Meiner Meinung nach sollte man die S.M.P. nicht zu lange laufen lassen ...«

Sie sprachen leise. Caron brauchte Philippe nichts vorzumachen, und wenn man Philippe so sah, in dem grellen Licht des Büros, konnte man gewisse Zeichen der Erschöpfung an ihm feststellen.

»Einen Monat oder zwei?«, seufzte er.

»Und dann?«

»Sie werden sehen!«

Hatte er sich nicht immer rechtzeitig zu helfen gewusst? Und entsprach nicht alles, was er tat, einem genauen Plan?

Gewiss, der Grammophonversand von früher war aufgelöst, aber hatte Philippe damit nicht das Vertrauen Grindorges erwerben können, indem er diesen mühelos etwas Geld verdienen ließ?

Dann war die Pachtgesellschaft für die Eierbriketts in La Rochelle gekommen, die immer noch gut lief und durch die er den lukrativsten Teil der Geschäfte der Firma Donadieu in seine Hände gebracht hatte.

Ein Jahr später hatte Philippe Michel seinen Familienanteil abgekauft und war somit Hauptaktionär der Firma geworden.

Das alles war die Provinz, zwar eine solide Sache, aber doch von begrenzter Reichweite.

Ein einziger Versuch war fehlgeschlagen: die »Fischerei für alle«, eine Idee, die nicht ganz ausgereift war, eine Aktiengesellschaft mit Anteilen zu je hundert Franc, wobei jede einzelne Aktie dazu berechtigte, den Fisch zu Großhandelspreisen frei Haus geliefert zu bekommen.

Irgendwo musste noch ein Möbelstück herumstehen, das voller Aktenordner über die »Fischerei für alle« war, und noch drei Jahre später kam manchmal ein braver Provinzler, um sich nach dem Wert seiner Aktie zu erkundigen.

Das Rohstoffsyndikat war von anderer Klasse, beschäftigte etwa fünfzig Angestellte für Akquisition, die Termingeschäfte mit Kupfer, Wolle, Weizen, Kautschuk und Zucker tätigten!

Grindorge war daran beteiligt und konnte seine Manie für langsames und präzises Arbeiten befriedigen, ohne dass das irgendwelche Folgen hatte, denn die Statistiken, die er mit großer Geduld und unter Zuhilfenahme von Telegrammen, Wirtschaftszeitschriften aus der ganzen Welt und Ähnlichem aufstellte, erfüllten überhaupt keinen Zweck, höchstens den, ihn bei der Stange zu halten, bis er seinen Vater beerbte.

Ein- bis zweihundert Millionen ...

Und der alte Grindorge benutzte in Paris nur die Metro!

»Hallo! Geben Sie mir meine Frau ... Bist du es, Martine? Hier ist Philippe ...«

Er sprach leise, die Hand vor dem Mund, den Blick starr auf die Milchglastür gerichtet.

»Hallo! ... Ich denke an dieses Essen ... Du weißt, dass die Grindorges eingeladen sind ...«

Er war nervös. Seine dünnen Finger krampften sich um den Hörer.

»Hallo! ...«

»Ja und?«, gab sie zur Antwort.

Ohne jeglichen Unterton! Sie erwartete bloß eine klare Frage.

»Ich wollte nur wissen, ob ... ob es vielleicht besser wäre, wenn wir absagten, oder ob ...«

»Warum absagen?«

»Wie du willst. Soll ich sie kommen lassen? Hast du nichts dagegen?«

»Warum sollte ich?«

»Gut! Gut! Verzeih bitte, dass ich dich gestört habe. Bis nachher ...«

Er durfte jetzt nicht die Ruhe verlieren, das war das Entscheidende, und Philippe hatte schon so manches Mal bewiesen, dass er das konnte. Um wieder in den Alltag zurückzufinden, öffnete er seine Tür und machte ein paar Schritte in den großen Saal, wo es, nach einem Ausdruck Carons, »rundging«: zehn oder fünfzehn Schreibmaschinen, die gleichzeitig klapperten; Kunden, die hinter der Balustrade Schlange standen; kleine Angestellte mit wichtigen Mienen, die mit Aktenordnern unter dem Arm vorbeieilten ... Wie viele Stenotypistinnen seufzten, wenn sie heimlich ihren jungen Chef beobachteten, der einem Filmstar glich!

Er schaute kurz bei Grindorge herein.

»Wie läuft's?«

»Bestens! Ich habe gerade herausgefunden, dass die aus-
tralische Wolle zwischen 1900 und 1905 ...«

»Bis nachher!«

Er blieb angespannt, und das machte ihn rasend. Er griff
nach dem Telefon, dem rechten Telefon, das direkt ans
Ortsnetz angeschlossen war, sodass er sich nicht von der
Zentrale vermitteln zu lassen brauchte.

»Hallo! Paulette?«

Eine Paulette, die außer sich war und ihn bat, einen Augenblick zu warten, damit sie die Tür ihres Zimmers schließen konnte. Er stellte sie sich im Negligé vor, in einem unaufgeräumten Zimmer, und wie sie seit dem Morgen auf
diesen Anruf wartete.

»Was hat sie gesagt?«

»Aber nun reg dich doch nicht auf! Es ist nichts Schlimmes. Martine hat es sehr gut aufgenommen ...«

»Weiß sie, mit wem du zusammen warst?«

»Aber nein! Aber nein!«

»Sicher? Sie ist imstande zu schauspielern! Es ist entsetzlich! Ich habe diese Nacht kein Auge zugemacht ...«

»Hör zu. Ich hab's eilig. Heute Mittag seid ihr beide bei
uns zum Essen. Verhalte dich einfach so wie immer.«

»Das werde ich nicht schaffen!«

»Du musst, hörst du? Bis nachher ...«

»Aber ...«

Er legte den Hörer auf, betrachtete den Apparat, als ob
er sich frage, wen er wohl noch anrufen könne.

»... dass ich nie als Trittbrett dienen werde ...«

Das war die dümmste, die demütigendste seiner Nie-
derlagen. Es hatte ihm weniger ausgemacht, als er die »Fischerei für alle« unter mehr als unangenehmen Umständen
hatte auflösen müssen.

Ausgerechnet Martine, die er geduldig geformt hatte! Er hatte sie zu dem gemacht, was sie jetzt war!

Und fünf Jahre lang hatte er nicht geahnt, dass sie ein anderer Mensch war, sich ihrer Persönlichkeit sehr wohl bewusst, ein Mensch, der sich plötzlich aufrichtete und ganz offen »Nein!« sagte.

Und es war nicht einmal ein Donadieusches »Nein«! Denn die Donadieus hatte er einen nach dem andern hereingelegt. Zuerst Michel, der sich nicht mehr nach La Rochelle traute, seit der alte Baillet samstags, wenn er betrunken war, mit allen über ihn sprach und seinen festen Willen bekundete, ihn bei der ersten Gelegenheit wie ein Kaninchen abzuknallen.

Philippe hatte Michel begreiflich zu machen gewusst, dass bei seinem langsamen Puls Ruhe für ihn unumgänglich sei, und Michel hatte seinen Anteil verkauft und lebte nun an der Côte d'Azur vor sich hin.

Was verlangten Marthe und Olsen? Sie wollten das Haus in der Rue Réaumur behalten? Sie konnten es haben! Die wichtigsten Honoratioren in La Rochelle bleiben? Bitte sehr! Sich jeden Tag in den Direktorensessel des alten Donadieu setzen? Noch so gern, und sie konnten auch die Abteilungen *Fischerei* und *Reederei* nach ihrem Gutdünken führen.

Madame Donadieu? Es war Marthe, die sie ganz allmählich hinausgedrängt hatte, und es war Philippe, der sie, im Gegensatz hierzu, so oft wie möglich zu sich einlud und ihr Theaterkarten schickte!

Was den Jungen anging, so waren Polizei und Gendarmerie unfähig gewesen, ihn und seinen seltsamen Hauslehrer wieder aufzufinden.

Und jetzt war es Martine, die sich, ohne wütend zu werden, nur etwas blasser als sonst, was ihren Worten eine größere Feierlichkeit verlieh, vor Philippe aufrichtete und zu sagen schien:

›Bis hierhin und nicht weiter.‹

Telefon! Geschäfte! Er gab das Gespräch an Caron weiter, da er unfähig war, an diesem Morgen zu arbeiten. Über den Champs-Élysées lag Allerheiligengrau. Am Bürgersteig Philippes Limousine, dunkelblau, luxuriös, aber diskret, nur mit winzigen Initialen am Wagenschlag.

»*Wenn du frei wärst …*«

Philippe hatte es noch nie ertragen, dass man ihm Knüppel zwischen die Beine warf, er bekam dann Wutanfälle wie ein Kind.

Er nahm Hut und Mantel, öffnete Grindorges Tür noch einmal einen Spaltbreit.

»Um eins bei mir!«, rief er.

Er wartete nicht auf die Antwort, durchquerte den Saal wie jemand, der daran gewöhnt ist, Neugier und Neid auf sich zu ziehen, ging die Treppe hinunter und warf sich in seinen Wagen.

»Zum Cercle Marbeuf!«

Es war gleich nebenan. Manchmal hielt er sich um diese Uhrzeit wegen des Schwimmbads dort auf, aber diesmal zog ihn etwas anderes hin.

Das Vestibül war menschenleer, die große Treppe ebenfalls. Ohne anzuklopfen, betrat er das Büro des Geschäftsführers, setzte sich auf die Lehne eines Sessels und seufzte:

»Guten Morgen!«

»Guten Morgen!«, antwortete Frédéric, der, eine Brille auf der Nase, Rechnungen durchsah. »Was hast du?«

»Sehe ich so aus, als hätte ich etwas?«

»Erzähl!«

»Nichts ...«

Philippe hatte versucht, seinen Vater davon abzuhalten, diese Arbeit anzunehmen. Er hatte ihm eine Stelle bei sich angeboten, mit dem Titel eines Stellvertretenden Direktors oder eines Generalsekretärs, aber Frédéric hatte nicht gewollt.

Sein Haar war weiß geworden, und es lag etwas weniger Nervosität in seiner Erscheinung, eine größere Ruhe in seinem Blick.

»Wie geht es Odette?«

»Sehr gut.«

Der Vater setzte seine Arbeit fort, da er wusste, dass Philippe von selber den Grund seines Besuches nennen würde. Das Schweigen dauerte lange. Philippe zündete sich eine Zigarette an, hielt Frédéric das Etui hin.

»Du vergisst, dass ich nicht mehr rauche!«

... Seit einem kleinen Herzanfall, der zwar nicht bedrohlich gewesen war, aber doch ein Alarmsignal.

»Du müsstest mit Martine sprechen ...«

»Stimmt was nicht?«, wunderte sich Frédéric.

Darauf Philippe, verlegen:

»Es gab gestern einen Zwischenfall. Sie hat mich aus einem Stundenhotel in der Rue Cambon kommen sehen. Sie weiß, dass ich mit Paulette dort gewesen bin.«

»Na und?«

»Eben! Ich komme da nicht mehr mit! Sie hat mir keine Szene gemacht. Vielleicht hätte sie gar nicht davon angefangen? Du musst mit ihr sprechen ...«

»Und was soll ich ihr sagen?«

»Was du willst ... dass ich nicht zu meinem Vergnügen mit Paulette schlafe ... dass wir ohne Grindorges Geld immer noch in dem alten Haus in La Rochelle säßen ... dass, wenn der Alte endlich mal abkratzt, was nicht mehr lange dauern kann, die Grindorges zwischen hundert und zweihundert Millionen erben werden …«

Frédéric, der seine Brille abgenommen hatte, sah seinem Sohn direkt ins Gesicht, ebenso ruhig, wie Martine das getan hatte, und mit derselben Ruhe fragte er:

»Na und?«

Aus der Fassung gebracht, suchte Philippe nach einer Antwort. Frédéric fuhr fort:

»Ich nehme an, dass Grindorge dich nicht in deiner Eigenschaft als Liebhaber seiner Frau in die Kasse greifen lassen wird!«

»Das ist doch dummes Zeug, was du da redest!«

»Dann verstehe ich es nicht.«

»Ich auch nicht!«, tobte Philippe. »Aber ich brauche auch nicht zu verstehen. Ich spüre, was ich tun muss. Und ich glaube nicht, dass ich mich bisher geirrt habe! Paulette führt ihren Mann am Gängelband. Und ich brauche ihn, brauche ihn mehr als sonst irgendjemanden, verstehst du?«

»Du spielst auf Martine an?«

»Ich weiß nicht! Ich spiele auf den an, der sich mir in den Weg stellen könnte. Gut, wenn du dich jetzt auch noch mit ihr gegen mich verbündest …«

Er war im Unrecht, er spürte es. Er ärgerte sich über sich selber, dass er sich so hinreißen ließ, und vor allem über seine Unüberlegtheit.

»… Du bist übrigens immer mit den Donadieus gegen mich gewesen …«

»Wenn das stimmt, dann habe ich ihnen kein Glück gebracht«, seufzte Frédéric, und seine Stimme hatte einen bitter-ironischen Unterton.

»Was willst du damit sagen?«

»Nichts, Philippe! Lass mich. Ich habe zu arbeiten.«

»Willst du Martine nicht besuchen?«

»Ich werde sie in den nächsten Tagen anrufen.«

»Auf Wiedersehen.«

»Ja, auf Wiedersehen.«

Es war besser, mit Verspätung zu Hause anzukommen, wie ein Wirbelwind, wie ein Mann, der endlich seinen vielfältigen Verpflichtungen entronnen ist. Seinen Mantel noch überm Arm, stürzte er in den Salon, hielt dem Minister, einem ziemlich nichtssagenden Mann von vierzig Jahren, die Hand hin.

»Entschuldigen Sie bitte, lieber Freund ...«

Dann ein Kuss auf die Stirn seiner Frau, ein beiläufiger Griff nach Paulettes Hand.

»Sie sind auch schon da? Es ist unverzeihlich von mir ...«

Und zu Grindorge:

»Guten Tag, Albert ...«

Dann allgemeines Schweigen, da jeder sich an die vorhergehende Unterhaltung zu erinnern versuchte.

»Wir können zu Tisch!«, rief Martine.

Es ergab sich zwangsläufig, dass Paulette zur Rechten Philippes saß, und sie ließ als Erstes ihre Gabel fallen, so verwirrt war sie. Sie wollte Martine, die ihr gegenübersaß, nicht ansehen, und trotzdem wanderten ihre Blicke immer wieder zu Philippes Frau.

»Zufrieden mit Ihrer neuen Wohnung?«, fragte Philippe, betont ungezwungen.

Auch das war sein Werk gewesen, ebenso wie das Auto der Grindorges, ihr Jagdrevier in der Nähe von Orléans und ihre Villa in Trouville.

Als er sich ihrer angenommen hatte, waren sie zwei Larven gewesen! Buchstäblich! Albert fuhr, wie sein Vater, mit der Metro, und es fehlte nicht viel und er hätte sogar Anzüge von der Stange getragen! Paulette ließ sich ihre Kleider bei den kleinen Modistinnen machen, die vorgeben, die Modelle der Haute Couture zu kopieren. Sie fuhren nach Royan in die Ferien, wo sie sich mit dem ersten Stock einer Villa begnügten.

Philippe hatte sie nach seinem Willen geformt, er hatte ihnen die Türen zu den vornehmeren Nachtlokalen geöffnet, hatte sie auf großen Premieren und Galavorstellungen in die Gesellschaft eingeführt, und jetzt hatte Albert denselben Schneider wie er, einen Schneider, der einmal im Monat aus London anreiste und seine Ankleideproben im Ritz machte.

Martine, ihm gegenüber, war entgegen seinen Erwartungen geradezu der Inbegriff von Gelassenheit. Da ihr Ehrengast der Erziehungsminister war, diskutierte sie mit ihm über Schulfragen, den Nutzen des Sports, die Gefahr der allzu hohen Anforderungen in den Gymnasien, die Abschaffung des Lateinunterrichts …

Philippe versuchte ihre Aufmerksamkeit auf sich zu lenken, suchte ihren Blick, doch jedes Mal spürte er, wie fern sie ihm war, genauso verschlossen wie am Abend zuvor, ohne die geringste Spur von Zorn.

Mit vollkommener Ungezwungenheit richtete sie zwei- oder dreimal das Wort an Paulette, in jenem herablassenden Ton, der typisch für sie war.

»Apropos, in welcher Klasse ist denn Ihr Ältester jetzt?«

»Er ist gerade in die Quinta gekommen.«

Paulette antwortete zitternd, sah ihre Freundin dankbar an, als ob diese ihr eine Gunst erwiesen hätte, als sie das Wort an sie richtete.

Albert war wie gewöhnlich langweilig. Die Statistik hatte ihm eine Welt eröffnet, wo für ihn, aber auch nur für ihn, alles Freude, fast Wollust war. Freude an astronomischen und oft unerwarteten Zahlen – zum Beispiel in Erfahrung zu bringen, wie viel Zucker pro Einwohner in verschiedenen Ländern der Welt verbraucht wurde! –, Freude an farbigen graphischen Darstellungen, aufschlussreichen Karten, Grenzlinien, die den Einfluss verschiedener Länder im Welthandel markierten ...

Der Reihe nach wollte er alle Welt an seinen Entdeckungen teilhaben lassen, sodass er jedes Gespräch mit den Worten eröffnete:

»Raten Sie mal, wie viel ...«

Wie viel Baumwolle, in Metern und in Kilo, ein Land wie China verbrauchte; wie viele moderne Fabriken notwendig waren für ...

Aber all das, einschließlich der Erörterung von Erziehungsfragen, war nur der Hintergrund, vor dem sich im hellen Licht das ruhige und ernste Gesicht Martines abhob. Ihre Lippen bewegten sich, um banale Worte zu sagen, ihre Augen wollten überhaupt nichts sagen, während Philippe sie flehend anblickte.

Die andern konnten nichts davon merken, aber Martine wusste Bescheid. Sie wusste, was dieses schiefe Gesicht bedeutete, seine nachdrücklich Art, sie anzuschauen, die nervösen Bewegungen der Finger.

Über den Tisch hinweg sagte ihr Philippe, in seiner Sprache:

›Schließen wir Frieden, ja? Du siehst doch, dass du nichts zu befürchten hast, dass Paulette nur eine kleine, schlaffe Spießerin ist und dass du sie so beeindruckst, dass es ihr die Sprache verschlägt! Albert ist ein blasser Dummkopf!

Seine Exzellenz spricht wie ein altes Klatschweib oder wie ein Parteiaktivist! In diesem Raum sind doch nur wir beide von besonderer Art ...‹

Und er spürte sie wirklich, diese besondere Verbindung zwischen ihnen, und in der Hinsicht war die kleine Szene vom Vortag eine Offenbarung gewesen. Er hatte Martine zu seinen Zwecken formen wollen, und sie war tatsächlich zu seinesgleichen geworden.

Er glaubte, allein zu sein, aber sie waren zu zweit!

Unterdessen fiel Paulette nichts Besseres ein, als ihr Knie an seins zu drücken! Das war ihre Art, sich wieder neue Kraft zu geben oder ihm vielleicht klarzumachen, dass sie ganz zu ihm gehörte!

»Finden Sie, dass der Nachmittag in allen Schulen dem Sport vorbehalten sein sollte?«

Man aß, während man sich Bemerkungen dieser Art zuwarf.

»Professor Carel behauptete, dass der Sport der Intelligenz abträglich ist ...«

Arme Paulette! Ihr Knie drängte sich stärker an seines! Sie hatte zwei Glas Wein getrunken, was sie immer zärtlich machte.

War es nicht bemitleidenswert, wo es doch Spiegel gab, dass sie wirklich glauben konnte, Philippe würde sie lieben, wäre bereit, ihretwegen die Frau zu verlassen, die ihr gegenüber in all ihrer Schönheit und Gelassenheit glänzte?

Sie klammerte sich an ihn, versuchte, ein Zwiegespräch in Gang zu bringen.

»Was meinen Sie? Sie haben sich sicherlich schon mit der Frage beschäftigt?«

»Ich habe keine Meinung dazu!«

»Ich«, begann Albert, nachdem er sich den Mund abgewischt hatte, was das Vorzeichen für einen langen Monolog war ...

O ja, er hatte seine Meinung, die sich auf genaue, unwiderlegbare Zahlen stützte, wie etwa das Verhältnis zwischen Verrückten und Selbstmorden an amerikanischen Universitäten, den Rückgang der Tuberkulose an den Volksschulen seit ...

Noch einmal suchte Philippe, verkrampft, bewegt, wirklich bewegt, den Blick Martines, um ihr mit der ganzen Kraft seiner glühenden Augen zu sagen:

›Begreifst du denn nicht, dass es nur uns zwei gibt? Bist du mir immer noch böse, wo du mich doch eigentlich bedauern müsstest, dass ich an zwei Nachmittagen in der Woche gezwungen bin ...‹

Paulette verschüttete Salz, und Philippe, der abergläubisch war, sagte schroff und unüberlegt zu ihr:

»Können Sie nicht aufpassen?«

Sie zuckte zusammen, war nahe daran zu weinen.

»Entschuldigen Sie bitte!«, verbesserte er sich. »Ich bin nervös. Mir graut vor Streit ... Und wenn man Salz verschüttet ...«

»Ich weiß! Aber das Salz habe ich verschüttet. Also werden es wohl Albert und ich sein, die sich streiten ...«

Und das alles wegen einer gänzlich banalen Angelegenheit: Der Minister war nur eingeladen worden, weil Philippe über ihn den Finanzminister kennenlernen wollte, von dem sich die S. M. P. gewisse Auskünfte aus erster Hand zu den künftigen Zollbestimmungen erhoffte.

Ob der Chef des Unterrichtsministeriums das ahnte? Womöglich nicht, und dann war er bloß ein armer Teufel, der sich ein Gratismittagessen erschlich. Womöglich aber doch, und dann war das Ganze eine ziemliche Farce, denn niemand schien sich um den eigentlichen Grund dieser Zusammenkunft zu kümmern.

Martine stand auf und ging in den Salon hinüber. Paulette blieb zurück wie ein junges, frischverliebtes Mädchen, nur um Philippes Arm zu berühren und ihm zuzuflüstern:

»Ich liebe dich! …«

»Ich dich auch«, seufzte er.

Erst dann schaute er sie an, und er war zugleich peinlich berührt und beunruhigt, so groß war die Veränderung, die mit ihr vorgegangen war. Sie hatte noch nie eine blühende Gesundheit gehabt, aber jetzt war sie weiter davon entfernt denn je: Vor lauter Aufregung war ihre allzu zarte, allzu weiße Haut rot gefleckt. Und ihre blauumschatteten Augen hatten einen fast mystischen Ausdruck, der Philippe erschreckte.

Warum murmelte sie, mit einem Ausdruck, den er noch nie an ihr gesehen hatte:

»Du wirst sehen!«

Es war zu spät, um sie zu fragen. Sie betraten den Salon und setzten sich zu den anderen an ein kleines Tischchen.

Albert Grindorge, seine Kaffeetasse in der Hand, tat dem Minister seine Meinung kund, während Martine mit einer anderen Tasse auf Paulette zukam.

»Kaffee, liebe Freundin?«

Philippe empfand fast Mitleid mit Albert, fast Hass auf Martine.

Und zum ersten Mal in seinem Leben sorgte er sich ein wenig um sich, ein ganz klein wenig. Bis dahin hatte er die Ereignisse, so kompliziert sie auch waren, immer beherrscht. Ja, mehr noch: Je komplizierter das Problem, umso energischer und kaltblütiger war er es angegangen.

Als er seinen Blick von Paulette zu Martine schweifen

ließ, spürte er, dass eine Unbekannte ins Spiel kam, ein Element, das er womöglich nicht würde beherrschen können.

Martine hatte gesagt:

»Ich werde niemals ...«

Und dieses vulgäre Wort *Trittbrett*, das er in seiner Naivität als Erster benutzt hatte und das ihm jetzt unaufhörlich durch den Kopf ging!

Die andere, die Törichte, die Pute, die Schlaffe, die Verliebte, hatte gerade mit der Glut, die solche Frauen in ihre Versprechen legen können, gestammelt:

»Du wirst sehen!«

Was würde er sehen? Wann? Wie?

»Gestatten Sie, dass ich im Ministerium anrufe?«, bat die Exzellenz.

Der Butler führte ihn in das benachbarte Boudoir, wo ein Telefon stand. Grindorge nutzte die Gelegenheit, um zu behaupten:

»Ein sehr fähiger Mann!«

Martine lehnte sich sehr entspannt in ihrem Sessel zurück, fuhr sich mit der Hand über die Stirn, während Philippe nicht wusste, wie er sich verhalten, wo er hinsehen sollte.

»Wann kommen Sie, um in unserer neuen Wohnung Einstand zu feiern?«, fragte Paulette schließlich.

»Wann Sie wollen!«, antwortete Martine höflich.

»Heute Abend?«

»Aber nein!«, protestierte Albert. »Du hast doch gar keine Zeit, irgendetwas für heute Abend vorzubereiten ...«

»Dann morgen?«

»Wir sind zu einer Galavorstellung im Theater«, erwiderte Philippe.

»Sonntag! Warum nicht am Sonntag?«

Sie gewann wieder langsam an Selbstvertrauen, als sie merkte, dass Martine ihr nicht die kalte Schulter zeigte. Der Minister kam zurück.

»Kommen Sie auch, Herr Minister?«

»Wohin soll ich kommen?«

»Zu …«

Philippe hielt es nicht mehr aus.

3

»Aber ich sage dir doch, dass ich hinmuss!«

Er lief hinter ihr her, mit einem geheuchelt besorgten Gesicht, während seine Stimme mehr schlecht als recht Verdruss vortäuschte:

»Du musst doch verstehen, wie wichtig für mich …«

»Aber ja, Philippe! Nun geh schon!«

»… abgesehen davon, dass ich Albert versprochen habe, ihn abzuholen …«

»Aber ja! Aber ja!«

»Und was machst du?«

»Ich weiß noch nicht.«

»Bist du mir auch nicht böse?«

»Aber nein! Bloß wenn du noch lange hier herumstehst, brauchst du erst gar nicht mehr hinzufahren …«

Er ging in sein Zimmer wie ein Schüler, der Ferien hat, brauchte kaum eine Viertelstunde, um sich anzuziehen, und kam dann in einem prächtigen Jagdanzug zurück, der ihn mehr denn je wie einen Filmschauspieler aussehen ließ.

Er wollte nicht allzu fröhlich erscheinen. Seit drei Tagen hatte er in Martines Gegenwart nicht mehr gelacht, als wollte er ihr zu verstehen geben, dass er um den Ernst der Situation wusste.

Die Situation, über die man nicht sprach, auf die er nur manchmal leicht anspielte, mit Worten wie:

»Na, ist alles wieder gut?«

»Aber ja …«

»Wirst du nicht mehr dran denken?«

»An was?«

Mehr nicht! Er erlaubte sich nur, das Thema zu streifen, und um eine echte Aussprache zu vermeiden, richtete er es so ein, dass er nie mit seiner Frau allein blieb.

»Ich muss dem Kleinen noch auf Wiedersehen sagen ...«

Er sagte das, während er seine Wildlederhandschuhe anzog und nach dem Himmel sah, der sich über Paris ausschüttete, und unwillkürlich spielte er den in sein Schicksal ergebenen Mann, der gegen seinen Willen handeln muss.

»Wenn das mit Weil doch klappen würde!«

Endlich ging er fort. Der Diener brachte die Gewehre, und das Auto glitt über die nassglänzende Fahrbahn.

Die Fenster aller Wohnungen waren geschlossen, denn es war kalt. Als Paulette Grindorge davon gesprochen hatte, am Sonntag Einstand zu feiern, hatte sie nur eins vergessen: dass man mitten in der Jagdsaison war.

Vor ihrer Wohnung ließ Philippe den Chauffeur einige Male hupen, und Albert, der fertig war, brauchte nur noch seinen Hut zu nehmen und seine Frau zu umarmen.

»Wenn du dich langweilst, besuch doch Martine oder lade sie hierher ein.«

»Richtig ... Geh jetzt!«

Die beiden Männer rauchten, die Scheiben des Wagens waren beschlagen, und auf beiden Seiten breitete die Beauce ihre eintönigen Felder aus, bevor sie die Loire erreichten, wo das Schloss von Weil stand, dem richtigen Weil. Der Mehl-Weil, wie man sagte, um ihn vom Kino-Weil zu unterscheiden, der in allernächster Zukunft Bankrott machen würde.

Martine konnte sich nicht dazu aufraffen, sich anzuziehen und zur Messe zu gehen. Bis zum Mittag im Morgenrock, beschäftigte sie sich irgendwie, ohne dass sie hinterher hätte sagen können, womit: Sie sah die Wäsche durch, breitete ein Kleid aus, um dem Zimmermädchen zu zeigen, wo eine Naht zu nähen war, sie war dabei, wie der Kleine gebadet wurde, gab in der Küche Anweisungen …

»Geht sie heute Nachmittag aus?«, wollte der Diener von Rose wissen.

»Ich glaube nicht.«

Er seufzte. Mit ihrem bleichen, ernsten Gesicht, den Augen, die nichts ausdrückten, nicht einmal Verdruss, war Martine imstande, diesen Sonntag zu nutzen, um das ganze Haus umzukrempeln, um eine vollständige Inventur der Schränke zu machen.

»Ich esse heute nicht zu Mittag«, verkündete sie. »Bringen Sie mir nur eine Tasse Milch.«

In anderen Vierteln hätte sie durch die Fenster Passanten sehen können, die Avenue Henri-Martin jedoch blieb hoffnungslos menschenleer. Selbst der General ging nicht aus, dieser berühmte General, den Martine nicht kannte, den sie aber jeden Morgen um zehn Uhr aus dem Haus gegenüber kommen und das Pferd besteigen sah, das sein Bursche ihm brachte.

Sie versuchte zu lesen, erlaubte Claude, zum Spielen in den Salon zu kommen, doch es dauerte nicht lange, bis er ihr lästig wurde und sie ihn zu seiner Gouvernante zurückschickte.

Es war eine Leere, genau das war es, sie suchte das Wort schon eine ganze Weile. Es gab kein anderes: Leere! Und in dieser Leere findet man sein Gleichgewicht nicht mehr, schwebt bloß noch und findet nirgends einen Halt.

Genau dieses Gefühl hatte Martine, die unfähig war, sich auf irgendeine Beschäftigung einzulassen, irgendwo länger zu verweilen. Sie hatte sich allzu sehr mit Philippe identifiziert. Im Grunde existierte sie noch gar nicht, als er sie genommen hatte; sie war nur ein Embryo gewesen.

War Philippes Persönlichkeit damals schon ausgereift gewesen? So wenig wie ihre. Sie hatten sich gemeinsam entwickelt, allmählich. Nie war ihr der Gedanke gekommen, sich einen Teil ihrer selbst vorzubehalten, sich wenigstens ein Minimum an eigenem Leben zu sichern.

Daher, als plötzlich …

Philippe hatte nichts gemerkt, aber sie hatte wirklich das gleiche Gefühl wie in den Träumen, wenn einem der Boden unter den Füßen weggezogen wird und man endlos ins Leere hinabfällt.

»Geh doch ruhig auf die Jagd!«, hatte sie ihm am Morgen immer wieder gesagt.

Sie sah ihm zu, wie er feige um sie herumstrich und auf eine Erlaubnis wartete, um die er kaum zu bitten wagte! Und sie wusste, dass er, wenn er bliebe, alles Mögliche erfinden würde, um bloß nicht mit ihr allein zu sein!

Vielleicht war es besser so. Und doch hätte sie ihn viel lieber …

Ach was! Sie wollte nicht daran denken, und die Dienstboten sahen ihre Befürchtungen gerechtfertigt: Sie verdrängte, egoistisch und skrupellos, dass Sonntag war, das Personal sicher gern ins Kino gehen würde, öffnete aufs Geratewohl einen Schrank und rief das Zimmermädchen.

Danach käme die Köchin dran, dann der Butler …

»Hallo! Soll ich für eine oder zwei Stunden rüberkommen, Frédéric? Was machen Sie heute Nachmittag? Nichts? Dann komme ich …«

Denn Madame Donadieu langweilte sich, schließlich war die Szenerie rund um die Place des Vosges mit ihren Eisengittern, die der Regen noch schwärzer machte, und ihren hartnäckigen Springbrunnen auch nicht unterhaltsamer als die an der Avenue Henri-Martin. Wie viele Menschen wohl jetzt wie sie hinter blaugrünen Fenstern hinaus in den Regen schauten?

Sie aß zu Mittag, verbrachte eine Stunde mit ihrer Toilette, kam, nachdem sie schon aus dem Haus gegangen war, wieder zurück, um ihrer Katze Milch einzugießen.

Das war die beste Lösung für Sonntage dieser Art: zu Frédéric gehen. Das Dumme war nur, dass es weit war, an der Porte Champerret. Er wohnte in einem der Neubauten, die in unendlich viele Puppenstuben unterteilt waren.

Anstatt die Metro zu nehmen, die sie an diesem Tag zu trist fand, wartete sie auf den Autobus und genoss so noch die Zerstreuung der an ihr vorüberziehenden Viertel von Paris mit dunklen Menschengruppen an jeder Haltestelle, unter dem grünen Schild der T.C.R.P.

Genau gegenüber von Frédérics Haus war eine Konditorei. Madame Donadieu wusste, welchen Kuchen sie zu wählen hatte. Dann kam der Fahrstuhl, den sie nie ohne Furcht benutzte, denn einmal war er zwischen zwei Stockwerken stecken geblieben, als sie allein drin war.

»Guten Tag, Frédéric … Guten Tag, Odette …«

Zu Anfang war es etwas peinlich, Odette bei Frédéric anzutreffen. Aber die junge Frau war von einer solchen Einfachheit, einer solchen Bescheidenheit, mit einem Wort, von einem solchen Takt, dass sie jedem die Verlegenheit nehmen konnte.

Frédéric selber hätte nicht sagen können, zu welchem Zeitpunkt er sie entdeckt hatte. In La Rochelle hatte sie ihm einfach leidgetan, und er hatte gemerkt, dass sie kein schlechter Mensch war.

In Paris hatte er sie wiedergefunden, als er seiner Freundin Jane, bei der Odette immer noch als Verkäuferin arbeitete, einen Besuch abstattete. Und schon da – sie war gerade erst zwei Wochen in Paris – war er erstaunt über die Veränderung des jungen Mädchens, das einen beinah eleganten Eindruck machte oder, besser, anmutig geworden war – anmutig war das Wort, an das man sofort dachte.

»Sollen wir an einem der nächsten Abende zusammen essen gehen?«

Wenn er bloß Geld gehabt hätte!

Und so hatte es sich dann abgespielt, fast wie bei sehr jungen Leuten, denn Frédéric war auf Arbeitssuche wie ein junger Mann, schonte seine Wäsche und seine Schuhe, begnügte sich oft mit einem Croissant und Milchkaffee.

Dann kam der Tag ... Er hätte beinahe geweint, in seinem Alter! Er hatte feuchte Augen, und er musste sich ganz fest schneuzen!

Dieses merkwürdige Mädchen, das er anfangs für ein wenig nichtssagend gehalten hatte, erahnte so manches; sie lud ihn zum Abendessen ein, zögerte lange, flehte schließlich:

»Hören Sie, Frédéric ... Lassen Sie mich machen ... In einigen Wochen, wenn Sie dann können ...«

Geld! Wie einem Gigolo!

Was sie vor allem miteinander verband: An jenem Tag waren beiden vor Rührung die Tränen in die Augen gestiegen ...

Später, als er seine Stelle im Cercle Marbeuf bekommen hatte, gingen sie oft zusammen aus, ohne dass von Liebe die Rede gewesen wäre.

Wer in einer solchen Situation in Paris in einem Hotel wohnen muss, hat wohl gute Gründe, traurig zu werden. Odette hatte es als Erste gespürt und sich auf die Suche nach einer Wohnung gemacht. Damit verbrachte sie all ihre freie Zeit, und Frédéric begleitete sie gelegentlich.

So besichtigten sie zusammen die Wohnung an der Porte Champerret (viertausend, einschließlich Nebenkosten).

»Sie ist zu groß für eine Person«, hatte das junge Mädchen geseufzt.

»Schade. Die Aussicht ist hübsch, und vor allem ist alles neu, sauber …«

Daraufhin hatten sie die Wohnung gemeinsam gemietet. Sie zogen ein, und nach einem Monat war immer noch nichts zwischen ihnen gewesen. Später natürlich schon, aber es war mehr eine Zugabe.

Madame Donadieu war nach Paris gekommen. Frédéric hatte sie mehrere Male besucht, um eine Stunde zu verplaudern, wie sie es in dem Haus in der Rue Réaumur getan hatten.

»Ich würde ja gern auch mal zu Ihnen kommen, aber ich fürchte …«

»Sie werden sehen, dass das sehr gut verlaufen wird!«

Und es war so gut verlaufen, dass Madame Donadieu, wenn sie nicht zu ihrer Tochter gehen konnte, an der Porte Champerret erschien, mitsamt ihrer Mokkatorte.

Das Komischste war, sich in einer solchen Umgebung zu befinden. An der Place des Vosges, in dem alten Haus mit der breiten Treppe, den riesigen Fenstern, den dicken Wänden, fühlte sich Madame Donadieu weniger fremd.

Die Wohnungen glichen übereinandergestapelten Puppenstuben. Frédéric, der groß war, konnte mit den Fingerspitzen die Decke berühren. Die Möbel waren entsprechend, kleine, allzu neue, allzu gelackte, allzu farbige Möbel, die ebenfalls aus der Spielzeugabteilung eines großen Kaufhauses zu kommen schienen.

»Das lässt sich so einfach sauber halten!«, sagte Odette.

Und ganz stolz machte sie eine Art Wandschrank auf, der gar keiner war, sondern ein Schacht, in den man die Abfälle warf, damit sie unten in die Mülltonnen fielen.

»Amüsant, nicht wahr?«

Selbstverständlich regnete es an diesem Sonntag auch an der Porte Champerret, und der Anblick der nassen Autobusse und Straßenbahnen war nicht erheiternd. Aber Madame Donadieu langweilte sich nie, wie sie immer wieder gern versicherte. Vor allem dann nicht, wenn sie reden konnte!

»Erinnerst du dich, Frédéric?«

Je älter sie wurde, desto weiter lagen die Szenen zurück, die sie heraufbeschwor, eine Zeit, in der sie noch kurze Röcke und Zöpfe getragen hatte!

Odette kochte Kaffee, denn sie mochten beide keinen Tee. Auf dem Tisch stand eine Flasche alten Armagnacs, und Frédéric verhehlte nicht, dass sie aus dem Cercle Marbeuf kam.

»Ich frage mich, was sie dort wohl machen, die beiden …«

Die beiden, das waren Olsen und Marthe, die im Familienhaus in der Rue Réaumur gefangen waren.

»Was habe ich in diesem Haus gelitten, das man nie ausreichend beheizen konnte! Gewiss, als Oscar die Zentralheizung einbauen ließ, war das System noch nicht so perfekt wie heutzutage. Man sagte noch Dampfheizung …«

Warum wurde sie gerade diesmal, anders als sonst, so nachdenklich, als sie von ihrem Mann sprach?

»Es ist seltsam«, bemerkte sie, »man könnte meinen, er hätte gespürt, dass es Zeit ist zu gehen …«

Sie sah, dass Frédéric diesen Eindruck teilte.

»Ich denke nicht das erste Mal darüber nach … Weißt du, Frédéric, manchmal frage ich mich, ob er nicht den Mut verloren hatte? … Es fällt mir schwer zu erklären, was ich meine … Überleg doch nur einmal, was seitdem alles passiert ist … Er, der so stolz war auf die Firma Donadieu, ihre Schiffe, ihre Eierbriketts! … Dort in La Rochelle hält gerade noch ein Schwiegersohn die Stellung … Einem anderen Schwiegersohn ist es zu verdanken, dass so manches wieder in Ordnung gekommen ist … Ich habe ihm immer gesagt, mit zunehmendem Alter werde er unerträglich. Ich habe ihm vorgeworfen, er sei mürrisch. Ich habe ihn einen Egoisten genannt, weil er niemandem die geringste Freiheit ließ und er verlangte, dass sich alle um ihn scharten … Glaubst du nicht, dass er gespürt hat …«

Sie suchte nach Worten, denn der Gedanke war noch verworren.

»… dass er gespürt hat, dass niemand da war, um seine Nachfolge anzutreten? … Wenn du verstehst, was ich meine … Niemand wie er … Ich bin zum Beispiel sicher, dass er Kiki nicht ausstehen konnte, weil er ihn für einen Dummkopf hielt … Armer Kiki! … Was würde sein Vater wohl jetzt sagen? …«

Sie wandte den Kopf ab. Sie dachte nicht gern an diese Dinge, aber es gab Augenblicke, vor allem mit Frédéric, wo sie unwillkürlich wieder darauf zurückkam.

War nicht die ganze Familie für das verantwortlich, was passiert war? Kiki war spät zur Welt gekommen. Seine Eltern hatten nicht mehr die Geduld, sich um ein Kind zu kümmern. Seine Geschwister hatten andere Sorgen.

Das Schlimmste war vielleicht, dass er einen Hauslehrer bekommen hatte, diesen Edmond, über den man nicht
einmal Erkundigungen eingezogen hatte, während jeder
Dienstbote Referenzen vorweisen musste.

Marthe hatte sich als Erste Gedanken darüber gemacht,
als sie sah, dass sich Schüler und Lehrer wie zwei gleich-
altrige Jungen verhielten, sich der Familie entfremdeten.
Sie hatten mit niemandem Umgang, lasen nicht die Bücher,
die junge Leute normalerweise lesen, und machten außer
ihren Leibesübungen – die sie maßlos übertrieben – nichts,
was andere auch machten.

»Es wäre besser, Kiki in ein Internat zu stecken …«

Was man nach reiflicher Überlegung getan hatte – und
zwar in eine Jesuitenschule in Brüssel.

Zwei Monate später war Kiki verschwunden und Edmond ebenfalls unauffindbar.

»Glaubst du, dass er nach Frankreich zurückgekommen
ist, Frédéric?«

»Das würde mich wundern.«

»Armer Junge! Wenn man bedenkt, dass er in zwei Monaten einundzwanzig wird … Philippe hat mich neulich
daran erinnert, wegen der Formalitäten … Ach was, denken wir nicht mehr daran! … Stell das Radio an, Frédéric …
Etwas Lustiges!«

Frédéric hatte kaum am Knopf gedreht, als das Telefon
klingelte. Wegen der Musik hätten sie es beinahe nicht gehört. Es war fünf Uhr. Gerade waren die Straßenlaternen
im verregneten Grau des Abends angegangen.

»Hallo! … Hallo! …«

Als Freundin des Hauses antwortete Madame Donadieu.
Erstaunen am anderen Ende der Leitung.

»Wer ist am Apparat? … Hallo! … Wie! Du bist es, Maman? ... Ich erkenne erst jetzt deine Stimme ... Ist die Musik bei euch? ...«

»Es ist Martine!«, verkündete Madame Donadieu.

Martine fuhr fort:

»Ist Frédéric da? Frag ihn doch, ob es ihm unangenehm wäre, wenn ich einen Augenblick zu euch käme ...«

Als sie den Hörer wieder auflegte, sahen sie sich etwas verwundert an. Gewiss, Martine und Frédéric sahen sich ziemlich oft, aber das war immer anderswo, bei ihr zu Hause oder im Restaurant. Warum sie alle drei spürten, dass es sich hier um einen außergewöhnlichen und bedeutsamen Anruf handelte, hätte keiner zu sagen vermocht.

»Philippe ist bestimmt auf der Jagd!«, sagte Madame Donadieu, die sich ungern Sorgen machte.

Trotz ihres Alters neigte sie am wenigsten von ihnen allen zur Melancholie, war sie am wenigsten empfänglich für eine deprimierende Stimmung wie die an diesem Sonntag.

»Soll ich warten, bevor ich die Torte anschneide?«, fragte Odette.

Und mechanisch vergewisserte sie sich, dass in der Wohnung alles in Ordnung war, als ob Martine nicht eine Besucherin wie alle anderen gewesen wäre.

»Mögen Sie das Licht so?«

Es gab nur eine kleine Alabasterlampe in der Nähe des Sofas. Man sah die Wassertropfen auf die Scheiben fallen, die immer bläulicher wurden.

»Was hältst du von Philippes Geschäften?«, fragte Madame Donadieu Frédéric. »Gehen sie wirklich so gut, wie er sagt? Wenn ich überlege, was allein das große Haus, in dem sie leben, kosten muss ...«

Martine parkte ihren grünen Wagen vor dem Haus. Frédéric ging der jungen Frau bis zur Tür des Aufzugs entgegen. Er war ein wenig überrascht, sie in einem einfachen schwarzen Wollkleid zu sehen, über dem sie einen Regenmantel trug.

So wie sie war, erinnerte sie derart an eine kleine Pensionatsschülerin – und obendrein an eine Pensionatsschülerin in Trauer –, dass Madame Donadieu unangenehm berührt war und ihre Tochter, während sie sie umarmte, fragte:

»Was ist los?«

»Nichts. Was soll denn sein?«

Man hörte ihre Stimme, konnte aber ihr Gesicht nicht erkennen, denn die Lampe erhellte nur einen kleinen Teil des Raums. In diesem Moment umgab Martines Erscheinung etwas Außergewöhnliches, vielleicht war es eine Art Zauber, vielleicht gab es aber auch keinen Grund dafür.

»Gestatten Sie, dass ich Ihnen den Mantel abnehme?«, murmelte Odette, die gegenüber Martine, die bei Madame Jane ihre Kundin war, immer ein wenig unterwürfig war.

Martine versuchte, die bedrückende Stimmung, die sich verbreitete, zu ignorieren.

»Nun, Maman?«

»Ja, mein Kind, nun?«

»Was schaut ihr mich denn alle so an? Das liegt wohl am schummrigen Licht. Machen Sie doch mehr Licht, Frédéric!«

Aber als er ihrer Bitte nachkam, blinzelte sie und legte die Hand vor die Augen.

»Nein! Das ist zu grell. Dann ist es mir doch lieber, wie es vorher war …«

»Was gibt's Neues?«, fragte Madame Donadieu.

»Philippe ist auf der Jagd. Ich habe bis jetzt mit den Hausangestellten gearbeitet, dann bin ich auf die Idee gekommen, Frédéric und Odette guten Tag zu sagen …«

Sie konnte den anderen nichts vormachen. Sie spürten nur zu gut, wie gezwungen ihr Tonfall war, so natürlich und heiter er auch klingen sollte. Und es wurde nicht besser, als sie ausrief:

»Wie, es gibt Mokkatorte? Prima! Wo ich doch keinen andern Kuchen mag. Warum habt ihr die Musik abgestellt?«

»Wegen des Telefons vorhin ... Wir haben vergessen, das Radio wieder anzustellen ...«

»Worüber habt ihr gesprochen?«

»Offen gestanden, ich weiß es nicht mehr ... Worüber haben wir gesprochen, Frédéric? ... Vielleicht über Philippe, über euch zwei ... Übrigens, es würde mich nicht wundern, wenn Marthe dort allein im Haus wäre, denn ihr Mann ist bestimmt auch auf der Jagd. Nur dein Vater ist nie auf die Jagd gegangen ... Wo hast du denn dieses Kleid aufgefischt?«

Sie nahm ihrer Tochter fast übel, dass sie ein so hässliches Kleid angezogen hatte.

»Ich habe es beim Aufräumen wiedergefunden, es ist inzwischen gut vier Jahre alt. Ach ja! Ich habe es mir gleich nach der Entbindung gekauft. Steht es mir denn nicht?«

»Es ist so trist.«

»Dann ist es wie das Wetter!«, scherzte Martine.

Sie gab sich große Mühe, goss den heißen Kaffee in die Tassen, fragte nach Milch und wollte sie dann selbst in der Küche holen gehen.

»Kommt gar nicht in Frage!«, protestierte Odette, als ob es ein Skandal wäre, wenn Martine ihr im Haushalt half.

»Na, mein lieber Frédéric?«, fragte Martine, um irgendetwas zu sagen. »Immer noch zufrieden?«

»Ach, wissen Sie, ich habe den Zenit bereits überschritten ...«

»Welchen Zenit?«

»Sie werden das eines Tages verstehen ... sehr viel später ...«

»Sie übertreiben! Sie sehen aus wie fünfundvierzig ...«

Sie fanden einfach nicht den richtigen Ton! Ein jeder von ihnen mühte sich, das Gespräch in Gang zu bringen, aber ihre Bemerkungen waren entweder banal oder ungeschickt, und das Kratzen ihrer Gabeln auf den Tellern verstärkte ihr Unbehagen noch.

»Stört euch das nicht, den ganzen Tag die Autobusse und Straßenbahnen?«, warf Martine ein.

»Wir sind tagsüber nicht hier«, entgegnete Odette lächelnd. »Und abends ist es nicht so schlimm ...«

Natürlich! Odette und Frédéric arbeiteten ja! Jeden Tag konnten sie sich und einander während der Arbeit vergessen, und danach verblieb ihnen nur eine kurze Zeit, bevor sie in einen traumlosen Schlaf fielen.

»Apropos«, sagte Madame Donadieu, »falls er Rebhühner mitbringt, denk daran, mir eins schicken zu lassen ... Kein großes! ... Ein junges!«

Sie wollte lachen. Jeder saß an seinem Platz, ohne an etwas Böses zu denken, als Martine auf einmal so jäh aufstand, dass sie den Stuhl umstieß. Sie trat ans Fenster und blieb dort wie angewurzelt stehen.

»Was hast du denn?«

Alle waren gleichzeitig aufgestanden, mehr oder weniger linkisch.

»Martine! Was hast du?«

Sie rang hörbar nach Luft.

»Brauchst du etwas? Fühlst du dich unwohl?«

Sie schüttelte den Kopf und stampfte mit dem Fuß auf. Sie hätte alles darum gegeben, dass man sie einen Augenblick in Ruhe ließe, aber natürlich standen sie um sie herum.

»Geben Sie mir etwas Essig, Odette«, sagte Madame Donadieu.

»Nein!«, konnte sie endlich schreien.

Und sie schrie wirklich, voller Zorn, voller Wut.

»Aber so beruhige dich doch ...«

Die Nervenkrise war vorbei. Martine fiel in sich zusammen, sah die andern verdrossen an und seufzte:

»Lasst mich bitte eine Minute ...«

Was sie gehabt hatte? Überhaupt nichts! Nur einen plötzlichen, unwiderstehlichen Drang, in Tränen auszubrechen, sich auf ein Bett zu werfen, wie Kiki es früher getan hatte, in die Bettdecke zu beißen, sie mit ihren Fingernägeln zu bearbeiten, zu schreien, zu wimmern und sich einer ganzen Flut unaussprechlicher Dinge zu entledigen.

Jetzt kam sie an den Tisch zurück und versuchte zu lächeln.

»Entschuldigt bitte ... Es ist vorbei ...«

»Trink etwas Wasser ... Du wirst wieder nervös ... Aber das ist vielleicht nur ...«

Sie irrte sich, und Martine erriet den Gedanken ihrer Mutter. Frédéric hingegen, auch das spürte sie, hatte nicht einen Augenblick an eine mögliche Schwangerschaft gedacht. Er sah an ihr vorbei, wusste nicht mehr, wie er sich verhalten sollte. Er dachte nach und sah abgespannt aus. Und als ein harter Glanz in seine Augen trat, begriff sie, dass er an Philippe dachte.

»Jetzt habe ich euch den Nachmittagskaffee verdorben«, entschuldigte sie sich.

Wäre es nicht besser, wenn sie ginge?

Und überall, in den mehr oder weniger großen, mehr oder weniger hellen Menschenkästen, waren Leute in Bewegung, mürrisch und schlecht gelaunt, weil Sonntag war, weil es regnete, weil …

Auch bei den Grindorges hatte am frühen Morgen eine Frauenstimme, aufgebracht von der Komödie, die ihr ein Ehemann vorspielte, der nur darauf brannte aufzubrechen, immer wieder gesagt:

»Aber so geh doch, geh doch auf die Jagd!«

»Es ist bloß, weil Philippe …«

»Aber ich sage dir doch, du sollst gehen! Du brauchst dich nicht zu entschuldigen …«

Eine eigentümliche Parallele: Paulette war schließlich ebenfalls wütend bei der Hausarbeit gelandet. Allerdings hatte sie die Ausrede einer allzu neuen Wohnung, wo noch nicht alles seinen endgültigen Platz gefunden hatte.

Dann hatte sie ihre Kinder mitsamt der Gouvernante zu ihrem Schwiegervater und die Köchin ins Kino geschickt.

Sie musste allein sein, aber als sie dann allein war, wusste sie nicht mehr, was sie anfangen sollte, ging von einem Zimmer ins andere, warf sich in einen Sessel oder auf ein Bett.

In der Sologne stiefelten unterdessen Philippe und Albert sicherlich über die Felder, zwischen den anschlagenden Hunden und den Treibern. Im Schloss war die Köchin vollauf mit den Vorbereitungen eines Essens für fünfunddreißig Personen beschäftigt. Man räumte die Körbe weg. Fünfzehn Autos, vielleicht mehr, standen im Hof …

Seit drei Tagen hatte Paulette Philippe nicht mehr gesehen, nur gerade kurz, vom fünften Stock aus, als er ausgestiegen war, um Alberts Gewehre zu verstauen.

Er hatte einmal angerufen.

»Bist du es? … Hör zu … Ich muss vorsichtig sein. Martine wird immer unerträglicher, vorhin ist sie sogar ins Büro gekommen … Ständig gerate ich mit ihr aneinander …«

»Philippe!«, hatte sie gerufen.

»Was soll ich tun? Wir müssen eben warten, mein Kleines! Falls es mir nicht eines Tages zu viel wird …«

»Sei nicht so nervös, Philippe! Sei vorsichtig! Versprich mir, dass du keine Dummheiten machst …«

Er hatte aufgelegt!

Alle Lampen in der Wohnung brannten, die meisten Türen standen offen, und ständig sah sich Paulette in einem Spiegel, strich ihr Haar zurück oder machte ihren Morgenrock zu, denn um fünf Uhr nachmittags war sie immer noch im Negligé.

Sie warf eine Puppe, die sie in einem Sessel aufgelesen hatte, ins Kinderzimmer, wollte an die zehnmal in Tränen ausbrechen und konnte doch nicht weinen. Sie schleppte eine Last mit sich herum, die sie nicht loswurde und die sie daran hinderte, ruhig zu atmen.

Das war so quälend wie Schlaflosigkeit. Sie fühlte sich weder krank noch wirklich wohlauf. Sie war auch nicht nervös. Eine Stunde lang konnte sie reglos in ihrem Bett liegen bleiben, den Blick an die Decke gerichtet. Dennoch hatte sie dann erneut das Bedürfnis, einen Gang durch ihre Wohnung zu machen, in der sie sich immer noch nicht heimisch fühlte, sodass sie zum Beispiel mehrmals eine bestimmte Tür aufzustoßen versuchte, anstatt daran zu ziehen, und sogar glaubte, sie sei abgeschlossen!

Zehnmal, zwanzigmal, vielleicht fünfzigmal sah sie zum Telefon und zuckte die Achseln. Wen sollte sie anrufen? Und um was zu sagen? Fast in jedem Zimmer – das war eine Idee von Philippe, die Albert nachgeahmt hatte, wie er alles nachahmte! –, fast in jedem Zimmer stand einer dieser albernen Apparate!

Es war sechs Uhr, als sie sich in der Küche und im Bedienstetenraum vergewisserte, dass kein Personal in der Wohnung war. Dann schloss sie ab, nicht nur die Eingangstür, sondern auch die Dienstbotentür.

Sie rief ihren Schwiegervater an.

»Sind die Kinder immer noch bei Ihnen, Papa? ... Nein ... Nichts ... Ich habe zu tun ... Wissen Sie, es gibt noch so viel zu räumen ... Nein ... Sie können gern bei Ihnen zu Abend essen! ... Guten Abend ...«

Die Kinder waren also am andern Ende von Paris, am Boulevard Richard-Lenoir, wo der alte Grindorge einst eine der größten Werkzeugmaschinenfabriken Frankreichs auf die Beine gestellt hatte.

Albert war hinter Orléans ...

Mit exakten Handgriffen, als ob das ganze Hin und Her des Tages nur auf diesen Augenblick ausgerichtet gewesen wäre, öffnete Paulette den Bücherschrank, nicht den im Arbeitszimmer, sondern den im Raucherzimmer, wo nur dicke, grün und rot eingebundene Bände standen, Jahrbücher und Zeitschriften. Sie nahm ein Konversationslexikon beim Buchstaben S aus dem Bücherschrank und las, während sie jedes Mal, wenn der Fahrstuhl hinauf- oder hinunterfuhr, zusammenzuckte:

Strychnin, gr., n., -s

... wird in der Regel in Form von Salzen angewendet ...

... durch die Haut oder die Schleimhäute aufgenommen, führt es zu erhöhter Erregbarkeit des Zentralnervensystems ...

... zu tetanusähnlichen Krämpfen und Herzrhythmusstörungen, schließlich zum Tod durch Ersticken infolge Dauer-

krampfes der Atemmuskulatur; der Verstand arbeitet bis
zum Ende normal ...

Sie klappte das Buch mit einer knappen Bewegung zu, stand auf, stellte es wieder an seinen Platz, und als ob sie einen plötzlichen Entschluss fasste, zog sie einen anderen Band aus dem Regal.

Laudanum, n.; frühere Bezeichnung für reinen Opium-saft ...

... man erhält eine dunkelgelbe, nach Safran riechende Flüssigkeit von bitterem Geschmack, die Wasser, Haut, Wäsche usw. stark färbt.

Sie hätte schwören können, dass der Aufzug in ihrem Stockwerk stehen geblieben war, wo es nur ihre Wohnung gab. Und doch klingelte es nicht. Sie presste das Ohr an die Eingangstür, hörte aber kein Geräusch.

Sie hatte solche Angst, dass sie Alberts Revolver aus dem Schlafzimmer holte, mit einem Ruck die Tür öffnete und die Treppenhausbeleuchtung einschaltete.

Es war niemand da! Sie war allzu schreckhaft! Sie schob den Riegel wieder vor, warf den Revolver in die Schublade, starrte die Waffe, die ja einfach hätte losgehen können, plötzlich entsetzt an.

Sie aß nicht zu Abend. Sie hatte dem Personal gesagt, dass sie in der Stadt essen würde. Um neun Uhr hörte sie es klingeln, erkannte aber sogleich die Stimmen ihrer Kinder.

Warum sahen sie sie so neugierig an? Was hatte sie Besonderes an sich? Nachdem sie sie geküsst hatte, lief sie in den Salon, um sich dort im Spiegel zu mustern. Na und? Lag es an der Haarsträhne, die ihr ins Gesicht hing? Oder daran, dass ihr Blick starrer war als gewöhnlich?

Sie litt an Migräne. Ihre Schläfen pochten.

Als Albert gegen ein Uhr morgens nach Hause kam,

wunderte er sich zwar, im Raucherzimmer ein aufgeschlagenes Lexikon liegen zu sehen, doch hinderte ihn das nicht daran, ruhig seine Stiefel auszuziehen, während er eine letzte Zigarette rauchte, und dann seine Gewehre zu verstauen.

Schließlich öffnete er, obwohl Licht durchschimmerte, lautlos die Schlafzimmertür – denn sein Vater hatte sich entrüstet gezeigt, als er von getrennten Schlafzimmern gesprochen hatte.

Das Bett war noch nicht aufgedeckt. Paulette lag im Morgenrock, einen Pantoffel noch am Fuß, quer auf dem Bett und schlief. Sie sah abgespannt aus und atmete stoßweise, als habe sie einen bösen Traum.

4

Monsieur Michel Donadieu lässt fragen, ob Sie ihn empfangen können.«

»Wo ist er?«

»Im Vorzimmer.«

Es amüsierte Martine nicht einmal, sich ihren Bruder vorzustellen, wie er, die Handschuhe in der Hand, in einer sicherlich äußerst würdigen Haltung wartete.

»Führen Sie ihn in den Salon.«

Es war der Mittwoch nach dem verregneten Sonntag – die Zeitungen vom Montag hatten behauptet, dass dieser Sonntag den Rekord der letzten zwanzig Jahre gebrochen habe. Es war merklich kälter, ohne dass schon Winter war. Während sie ihr Zimmer durchquerte, sah Martine, dass es zehn nach elf war.

»Guten Tag, Michel.«

Sie hielt ihm mechanisch die Stirn zum Kuss hin, wie es in der Familie Tradition war, dann setzte sie sich in die Ecke eines Sofas und schlug die Schöße ihres Morgenrocks über die Beine.

»Geht es dir gut?«, sagte sie noch, obwohl sich diese Frage angesichts des fetter und fetter werdenden Michel erübrigte, der da vor ihr stand.

Inzwischen musste man bei ihm von Fettleibigkeit reden. Seine Züge waren noch weicher und schlaffer als früher, und sein Kinn war kaum noch zu sehen.

»Es geht so«, seufzte er.

Martine bedauerte ihn, doch ohne echte Gemütsbewegung. Offen gestanden stieß er sie ein wenig ab, und unwillkürlich dachte sie, dass Michel etwas von ihr wollte und dass er nur nicht wusste, wie er es anstellen sollte, das Gespräch auf sein Anliegen zu bringen.

»Kommst du aus Antibes?«

Denn nach den letzten Informationen lebte er jetzt in Antibes. Aber er war drei- oder viermal umgezogen, und jeder Umzug war mit einem mehr oder weniger leidenschaftlichen Abenteuer verbunden.

»Nicht aus Antibes. Ich bin jetzt in Cassis, in einem gar nicht teuren Hotel, wo ich wunderbar versorgt werde. Und dein Mann?«

In diesem Augenblick läutete das Telefon. Martine streckte sich in einer geschmeidigen Bewegung, um den Apparat zu erreichen.

»Hallo! ... Was sagen Sie? ... Ja, guten Tag, Paulette ... Wie geht es Ihnen?«

So dürftig seine Beobachtungsgabe auch war, so zuckte Michel doch zusammen, als er die Stimme seiner Schwester hörte, als er sah, wie sie von Kopf bis Fuß steif wurde, als er den Blick wahrnahm, den sie auf den Teppich heftete.

Die Stimme Paulette Grindorges am anderen Ende der Leitung klang unsicher.

»Es geht mir gut, danke ... Hören Sie, liebe Freundin ... Wir haben uns eine Ewigkeit nicht mehr gesehen ...«

»Finden Sie?«

»Genau seit dem Essen vom letzten Mittwoch haben wir uns nicht mehr gesehen. Ich habe gerade vier Plätze für die Kinovorstellung heute Abend bekommen. Es ist eine große Galavorstellung, wie Sie wissen ... Schon die einfachsten Klappsitze sind heiß begehrt ... Es hat den Anschein, dass es der bedeutendste Film der letzten drei Jahre ist ... Hallo! ... Sind Sie noch am Apparat?«

»Ich höre zu, ja.«

»Kommen Sie mit?«

»Ich weiß nicht, ob Philippe schon etwas vorhat. Rufen Sie doch direkt bei ihm an.«

»Das ist mir unangenehm.«

»Warum?«

»Ich rufe nicht gern bei einem Mann an, erst recht nicht in seinem Büro. Denn er ist doch sicher im Büro?«

Und plötzlich erlaubte sie sich eine spontane Kühnheit.

»Ich muss eigentlich noch an die Champs-Élysées, und bei der Gelegenheit will ich bei Albert reinschauen ... Hallo! ... Ich vergaß, Ihnen zu sagen, dass Abendkleidung vorgeschrieben ist ...«

Michel, der seine Schwester weiterhin beobachtete, fragte, ohne zu überlegen:

»Wer war dran?«

»Unwichtig ... Eine Einladung für heute Abend ...«

»Was habe ich noch gesagt ... Ach ja! ... Aber was hast du denn, Martine?«

»Nichts, glaub mir.«

»Du bist nicht wie sonst ... Du kommst mir angespannt vor ... Soll ich später wiederkommen? ...«

»Aber nein! Sag mir, was du zu sagen hast!«

»Es ist nicht so dringend ... Ich habe ganz unerwartet beträchtliche Unkosten gehabt, sodass ich jetzt etwas knapp bei Kasse bin ... Wenn du Philippe dazu bringen könntest, dass er mir etwas auf meine Coupons vom nächsten Halbjahr überweist ... Nicht viel ... Zwanzigtausend ...«

Als er vom nächsten Halbjahr sprach, wusste Martine, dass es sich bereits um das zweite Halbjahr des folgenden

Jahres handelte, denn Philippe hatte sich bereits mehrfach in finanzieller Hinsicht für ihn verwandt.

»Glaub mir, es ist das letzte Mal, dass ich mich von einer Frau reinlegen lasse!«, knurrte Michel, um sich zu entschuldigen.

Die anderen Male hatte Martine das Getue ihres Bruders über sich ergehen lassen, aber an diesem Tag widerte er sie wirklich an, ohne dass sie eigentlich wusste, warum.

»Du solltest lieber selber zu Philippe gehen.«

»Warum? Hängt der Haussegen schief?«

»Nein, sondern weil es besser ist, wenn solche Bitten nicht immer von mir kommen.«

Obwohl Martine Michel durchaus aufmerksam zuhörte, gingen ihr ständig andere Gedanken durch den Kopf: die Stimme Paulettes am Telefon, die kleinen Nichtigkeiten der letzten Tage.

War Philippe aufrichtig, wenn er sich bei den Mahlzeiten heiter und unbeschwert zeigte und den Eindruck vermittelte, als glaubte er, seine Frau hätte den Zwischenfall vergessen? Er spielte nicht mehr darauf an, er vermied es, von Paulette zu sprechen und mit den Grindorges auszugehen, was ungewöhnlich war.

Michels Stimme sagte unterdessen:

»Ich nehme an, seine Geschäfte gehen nicht schlecht?«

»Das nehme ich auch an.«

Und nachdem er bei seiner Ankunft honigsüß und fast unterwürfig gewesen war, ließ er nun einen alten Rest von Bitterkeit durchblicken.

»Dann sehe ich nicht ein, was es ihm ausmachen kann, mir zwanzigtausend Franc vorzustrecken. Jeder Bankier würde das tun. Ich wende mich ja nur an ihn, damit es nicht heißt, dass sein Schwager …«

»Erzähl ihm das bitte selbst in seinem Büro, ja?«

»Du glaubst vielleicht, dass ich mich nicht traue, ihm das zu sagen? Er darf schließlich nicht vergessen, dass er nur durch uns zu Geld gekommen ist. Ich bin noch nett, wenn ich es so ausdrücke! Man könnte auch härtere Worte gebrauchen ...«

»Lass mich, Michel.«

»Du stehst natürlich auf seiner Seite!«

»Aber nein, ich stehe nicht auf seiner Seite, wie du es ausdrückst! Ich kann es bloß nicht hören, wenn du Dummheiten von dir gibst ...«

»Du nennst das Dummheiten? Willst du etwa leugnen, dass Philippe uns alle aus der eigenen Firma gedrängt hat?«

Sie sah ihn verärgert an. Er hatte Tränensäcke unter den Augen und graue Haare im Schnurrbart, aber trotz des Wetters war kein Fleck, kein Staubkörnchen auf seinen Schuhen, die er wohl nach wie vor selbst putzte.

»Du kannst fragen, wen du willst, Maman, Olsen, Marthe ...«

Michel war aufgestanden und ging im Salon auf und ab, dessen Luxus seine Behauptung zu bestätigen schien.

»Soll ich dir wirklich sagen, und zwar ein für alle Mal, was ich denke, Michel? Du hast es schließlich gewollt, nicht wahr? Noch ist es Zeit. Du brauchst nur zu Philippe ins Büro zu gehen, es würde mich wundern, wenn er sich weigerte, dir ...«

»Nein! Sprich nur weiter, wenn du schon mal dabei bist.«

»Wie du meinst! Nun, ich bin überzeugt, wenn Philippe nicht gekommen wäre, stünde die Firma in La Rochelle noch schlechter da, und wahrscheinlich würde sie uns nicht einmal mehr gehören. Papa, der dich gut kannte, hat dich nie eine Entscheidung treffen lassen. Zwing mich nicht, dir unangenehme Dinge in Erinnerung zu rufen. Olsen ist gerade noch imstande, einen guten Hauptbuchhalter abzugeben. Was Maman angeht, so ist es ihr trotz ihres guten Willens innerhalb weniger Monate gelungen, eines der geordnetsten Unternehmen in Unordnung zu bringen. Da soll mir also bitte keiner kommen und sagen, dass Philippe ...«

»Du verteidigst eben deinen Mann«, erwiderte Michel sehr schroff und suchte nach seinem Hut, den er dem Diener gegeben hatte.

»Ich verteidige überhaupt nichts, aber gewisse Anspielungen sind mir zuwider. Vielleicht ist Papa nur deshalb gestorben, weil er den Mut verloren hat, als er uns alle so sah! Hast du mir sonst noch etwas zu sagen?«

»Ich glaube nicht.«

»Dann auf Wiedersehen. Ich muss mich um meinen Sohn kümmern.«

Sie meinte alles so, wie sie es gesagt hatte, aber sie dachte noch mehr und vor allem noch schonungsloser. Michels Pech! Er hätte eben einen besseren Zeitpunkt für seinen Besuch wählen sollen.

In ihrem Zimmer nahm sie sofort den Telefonhörer, verlangte die Nummer der S. M. P.

»Geben Sie mir bitte Monsieur Philippe ... Hallo! ... Bist du es, Philippe? ... Entschuldige bitte, dass ich dich bei der Arbeit störe ... Ist Paulette nicht bei dir? ... Sie ist da? ... Was sagst du? ... Sie ist gerade gekommen? ... Das trifft sich wunderbar! ... Willst du sie mir bitte geben? ...«

»Hallo, ja! ...«, rief Paulette viel zu laut in den Apparat.

»Entschuldigen Sie bitte, dass ich Sie störe, Paulette. Ich wollte Sie noch fragen, welche Farbe Sie tragen werden, damit wir unsere Kleider aufeinander abstimmen ...«

Sie hätte schwören können, dass Philippe den anderen Hörer am Ohr hatte, dass Paulette sich nach ihm umwandte, um ihn um Rat zu fragen, und dass er ihr vielleicht die Farbe des Kleides zuflüsterte.

»Himmelblau? ... Danke ... Sagen Sie Albert einen schönen Gruß ...«

Martine blieb neben dem Apparat sitzen, völlig abgespannt, und so erging es ihr immer, wenn Philippe nicht da war.

... und Jesus legte ihnen die Hände auf ...

Dieser Satzfetzen aus dem Evangelium war ihr fünf- oder sechsmal ins Gedächtnis gekommen, weil sie ihn erst jetzt verstanden hatte. Jemand, der zwei kühle, beruhigende Hände auf ihre Stirn, auf ihre Augen gelegt hätte ...

Alle glaubten, sie sei ruhig – man warf ihr sogar vor, zu ruhig zu sein –, dabei litt sie fast physisch unter ihrem inneren Aufruhr!

Es waren noch keine fünf Minuten vergangen, als sie Philippe noch einmal anrief.

»Hallo! ... Bist du es? ... Michel wird dich gleich aufsuchen ... Ja, immer noch dasselbe ... Tu, was du willst ... Ist Paulette nicht mehr bei dir?«

Er sagte nein, aber war es auch wahr? Und wenn es wahr war, was hatten sie besprochen? Welche Verabredung hatten sie miteinander getroffen?

Sie verstand jetzt nicht nur den Vers aus dem Evangelium. Da waren auch die Besuche, die Frédéric einst zwei Frauen machte, in dem Haus in der Rue Réaumur, im Erdgeschoss zuerst, wo Madame Donadieu ihm alle ihre kleinen Missgeschicke erzählte, dann im ersten Stock, in dem seltsamen Boudoir mit den schwarzen Vorhängen, wo Éva und Frédéric auf Kissen am Fußboden hockten und Zigaretten rauchten ...

Aber sie wollte keine Freunde, nicht einmal Freundinnen.

Sie wollte nur Philippe!

Sie hatten sich in einer Bar in der Umgebung getroffen, wo sie sich gewöhnlich verabredeten, wenn sie zusammen ausgingen. Paulette trug ihr hellblaues Kleid, die einzige Farbe, die sie aus ihrer Garderobe hätte verbannen müssen, denn sie unterstrich noch ihre unförmige Figur, die Bleichheit ihres Teints.

Dafür hatten die beiden Frauen den gleichen Hermelinumhang an, denn es war eine Manie Paulettes, dieselben Schneider und Kürschner für sich arbeiten zu lassen wie Martine.

Von der Bar zum Kino waren es nur hundert Meter, die man zu Fuß zurücklegte. Martine fand sich an Alberts Seite, während Philippe nach einem kurzen Zögern, das seiner Frau nicht entging, Madame Grindorge seinen Arm anbot.

»Finden Sie nicht, dass sie schlecht aussieht?«, murmelte Albert mit einem Ausdruck allenfalls leichter Besorgnis. »Sie ist in letzter Zeit so nervös. Sie sollten versuchen, sie etwas aufzumuntern, Sie haben ja einen so großen Einfluss auf sie ...«

Dann gingen sie unter der Markise hindurch, zwischen dem Spalier der Gardes Républicains in großer Uniform, und dort kam es zu einem unangenehmen Zwischenfall. Es wimmelte von Menschen. Polizisten warteten auf Anweisungen, immer mehr Menschen drängten in das Vestibül, während die Eintrittskarten streng kontrolliert wurden.

Albert hielt seine beiden Karten einem jungen Mann im Smoking hin, der einen flüchtigen Blick darauf warf.

»Zwei Plätze Loge fünf ... Zwei Plätze im Parterre ... Hier entlang ...«

Als Philippe sah, dass Albert ein wenig ratlos war, schaltete er sich ein:

»Ich bin Philippe Dargens, der Bankier«, sagte er selbstbewusst. »Hier muss ein Irrtum vorliegen. Wir möchten zusammensitzen.«

»Unmöglich ...«, schnitt ihm der junge Mann, schon anderweitig beschäftigt, das Wort ab.

»Verzeihung ... Ich habe Sie gebeten ... Haben Sie meinen Namen verstanden? ...«

»Kenne ich nicht! Sie können sich drüben bei der Aufsicht beschweren, wenn Sie wollen.«

Zum ersten Mal seit mehreren Tagen hatte Martine gelächelt, als sie sah, wie ihr Mann abgefertigt wurde.

»Ich bin Philippe Dargens, der Bankier!«

»Kenne ich nicht!«

Dafür kannte sie ihn, kannte ihn so gut! Sie war fast gerührt über seine plötzliche Blässe, über die entschlossene Art, mit der er zur Aufsicht eilte.

Sie hörten nicht, was er sagte. Paulette überbot ihre übliche Dummheit noch und murmelte:

»Was macht das schon, wenn wir während des Films getrennt sitzen?«

Ganz offensichtlich rechnete sie damit, sich in Philippes Gesellschaft wiederzufinden, während ihr Mann bei Martine bleiben würde!

Sie warteten annähernd eine Viertelstunde. Ein wichtiger Mann wurde geholt, offenbar der Generaldirektor persönlich. Trotzdem kam Philippe aufbrausend mit einer negativen Antwort zurück. Es ließ sich nicht mehr ändern. Alle Plätze waren besetzt. Und wenn sie sich nicht beeilten, dann ...

Darauf nahm Martine, als sie auf die große Marmortreppe zugingen, ganz selbstverständlich Philippes Arm, wie einen Gegenstand, der ihr gehörte, und sagte laut:

»Wir bleiben im Parterre. Du weißt, dass ich etwas kurzsichtig bin. Die Grindorges können die Logenplätze einnehmen ...«

Zu spät, um die Entscheidung, die sie gerade getroffen hatte, zu besprechen! Sie erreichten den schweren Samtvorhang. Im Saal war es dunkel geworden, und eine Platzanweiserin zeigte ihnen mit ihrer Taschenlampe den Weg.

Die Grindorges waren von einer anderen Platzanweiserin geschnappt worden, die sie zur Loge hinaufgeleitete. Die Zuschauer murmelten:

»Pst! ... Setzen! ...«

Als sie sich setzte, zitterte Martine noch über ihre Kühnheit. Da das Bild auf der Leinwand hell war, sah sie zu Philippe hin, der sein finsterstes Gesicht aufgesetzt hatte.

»Bist du mir böse?«, flüsterte sie.

Und er, trocken:

»Nein!«

»Was hast du denn?«

»Nichts! Sei still ...«

Sie berührten sich nicht, und doch spürte sie, dass er erstarrt war, in Gedanken weit weg von den Bildern auf der Leinwand, dass er nicht auf die viel zu lauten Stimmen der Wesen in Schwarz und Weiß achtete.

Paulette war sicherlich ebenfalls wütend, biss in ihr Taschentuch und stieß den Arm ihres Mannes zurück.

Der erste Teil war kaum vorbei, als Philippe, noch bevor das Licht im Saal anging, aufstand und sich, ohne sich um seine Frau zu kümmern, ohne auf die Proteste der anderen Zuschauer zu achten, aus der Reihe zwängte und mit großen Schritten auf eine der Türen zuging.

Martine, die damit nicht gerechnet hatte, war einen Augenblick lang verwirrt, dann bekam sie Angst und trat ebenfalls auf den Mittelgang, wo man sich jetzt im Zeitlupentempo vorwärtsbewegte.

Es überkam sie eine geradezu physische Angst, wie bei einem Kind, das sich in einer Menschenmenge verirrt hat. Sie suchte mit den Augen die Grindorges dort oben, die aber hatten ihre Loge schon verlassen und standen jetzt wohl ebenfalls in einem Gang oder auf einer Treppe.

Es war eines der größten Kinos in Paris, und das Foyer war riesig. Martine lief hin und her, wie ein Automat, schlängelte sich zwischen den Gruppen hindurch und murmelte unaufhörlich:

»Verzeihung … Verzeihung …«

Sie fand weder Philippe noch die Grindorges. Einmal war sie nahe daran, den Wagen zu nehmen und nach Hause zu fahren, aber sie konnte sich nicht dazu entschließen und suchte weiter, bis eine Frauenhand sich auf ihren Arm legte:

»Wo haben Sie denn gesteckt?«

Paulette und Albert sahen sie erstaunt an. Und obwohl es demütigend war, fragte sie:

»Haben Sie Philippe gesehen?«

»Nein, wir suchen ihn auch. Wir glaubten, er sei bei Ihnen. Wo ist er denn hingegangen?«

Die Pause war schon fast vorüber, da endlich sahen sie Philippe, der mit fiebrigen Augen und zitternden Fingern an einer Bar stand.

»Wir haben Sie gesucht«, sagte Albert mit falscher Fröhlichkeit, denn er witterte ein Ehedrama.

»Schön, Sie haben mich gefunden!«

Und Martine erklärte mit einem Blick auf Philippes Whiskyglas:

»Ich würde auch gern etwas trinken. Für mich ebenfalls einen Whisky, Barkeeper.«

Den Grindorges konnte nicht mehr verborgen bleiben, dass hier zwischen Abendkleidern und Fracks eine Schlacht begann.

Martine trank nie Alkohol, weil er ihr nicht schmeckte. Philippe, der eine kleine Leberschwäche hatte, hielt sich an eine Diät, die auch seinen sportlichen Ambitionen entsprach: Gemüse, gegrilltes Fleisch, roter Bordeaux, aber nie oder fast nie Spirituosen, vor allem aber nie Whisky.

»Was trinken Sie?«, wandte er sich schroff an Paulette.

»Nichts. Wir müssen wieder hinauf. Es ist Zeit, nicht wahr, Albert?«

Die beiden traten den Rückzug an, während das Foyer sich langsam leerte und Philippe einen weiteren Whisky bestellte.

»Wie viele hast du schon getrunken?«

»Drei!«

Und Martine, kühl:

»Barkeeper! Einen doppelten Whisky für mich!«

Halblaut fügte sie hinzu:

»Damit stehen wir gleich.«

In diesem Augenblick hörte sie Philippes pfeifenden Atem, sie sah seine Hand, die sich an der Theke festkrallte und rote und weiße Flecken bekam.

»Hast du die Absicht, während der ganzen Vorführung hierzubleiben?«, fragte sie noch.

»Ja!«

»Dann bleibe ich auch.«

Er konnte sich kaum noch beherrschen. Zweimal fiel sein Blick auf seine Frau, und sie sah ganz deutlich den Hass in seinen Augen.

Sie hingegen hätte auf jeden Beobachter kühl und würdevoll gewirkt, und das in einem Augenblick, in dem sie sich fragte, wie sie das alles aushalten sollte.

Ganz leise flüsterte sie, ein letzter Appell:

»Philippe!«

»Was willst du?«

»Möchtest du lieber, dass wir nach Hause gehen?«

»Nein!«

»Gut! Bleiben wir …«

Sie konnte die drei Whisky nicht trinken. Sie hatte erst einige Schlucke genommen, und schon drehte sich ihr der Magen um.

Die Türen wurden geschlossen. Das Vestibül war leer, und man hörte von fern leise Musik, später dann Bravorufe für den Regisseur.

»Du bist gemein, Philippe!«

Er explodierte, trotz der Anwesenheit des Barkeepers, der so taktvoll war, sich so weit zu entfernen, wie der Raum es erlaubte.

»Ach, du findest, dass ich gemein bin! Das ist ja ein Witz! … Du beleidigst mich vor allen Leuten, und nicht nur mich, sondern auch unsere Freunde …«

»Weil ich bei dir bleiben wollte?«

»Dein Platz war woanders! Außerdem sind wir ihre Gäste …«

»Jetzt übertreib nicht.«

Er packte sie brutal am Handgelenk und tobte:

»Ich habe es satt, verstehst du? Das dauert nun schon seit Tagen, ich wage kaum noch zu atmen ...«

»Was habe ich denn getan?«

»Nichts! Alles! Du vergiftest ununterbrochen mein Leben! Du glaubst wohl, ich begreife nicht, was sich hinter deiner verächtlichen Ruhe verbirgt? Das ist doch alles nur, weil ich dummerweise mit einer anderen Frau geschlafen habe!«

»Nein, Philippe!«

»Was habe ich denn sonst noch getan? Und wenn schon! Eine Frau, die nicht den geringsten Reiz besitzt. Eine Frau, die ich nehmen musste, weil sie sich mir an den Hals geworfen hat, und die ich nicht abweisen konnte, weil ich sie und ihren Mann brauche ...«

»Du tust mir weh, Philippe.«

Er ließ ihr Handgelenk los, auf dem sich ein roter Streifen zeigte.

»Oh, es ist leicht, sich in eine solche Haltung zu verrennen, eifersüchtig zu sein, sich auf eine fixe Idee zu kaprizieren, wenn man den ganzen Tag lang nichts zu tun hat ...«

»Pst ...!«, machte ein Saaldiener am andern Ende des Vestibüls.

Doch Philippe ließ sich nicht besänftigen. Er war in Fahrt. Er redete und redete, mit schroffer Stimme, bissig, doch mit verzweifeltem Blick.

»Ich opfere mich auf für die Verwirklichung meiner Pläne. Ich arbeite zwanzig Stunden am Tag. Immer muss ich für alles und jedes verantwortlich sein, und ich schwöre dir, dass das nicht immer leicht ist! Weil ich dir alles gebe, was du verlangst, weil ich dich nie meine Sorgen spüren lasse, glaubst du, dass man nur so dahinzuleben braucht ...«

Hätte er nicht vor ihr gestanden, so hätte sie ihm seine

Verzweiflung möglicherweise sogar geglaubt, aber sie hatte sein Gesicht vor Augen, und sie spürte, dass er ihr eine Komödie vorspielte.

»Sei bitte still, Philippe! Oder wir gehen nach Hause.«

»Nein!«

»Was hast du vor?«

»Die Grindorges haben uns zum Abendessen eingeladen. Ich gehe hin!«

»Und wenn ich nicht mitgehe?«

»Ist mir auch egal!«

»Philippe!«

»Nein! Spar dir dein Gejammer: ›Philippe! ... Philippe! ...‹ Im Augenblick zählt für dich doch nur eins: Du hast Angst, dass ich einen Skandal mache! Was dich beeindruckt, ist dieser Kerl, der ›Pst!‹ macht und uns von weitem zusieht ...«

Als er sich trotz allem ein wenig beruhigt hatte, trank er noch ein volles Glas Whisky und überlegte, mit welchem Thema er seine Wut wieder anfachen könnte.

»Sollen wir bei dieser Gelegenheit einmal von Geschäften reden? Das macht dir Angst, nicht wahr? Dir wäre es lieber, du wüsstest von nichts. Aber du sollst wissen, dass ich bis zum Fünfzehnten um jeden Preis achthunderttausend Franc auftreiben muss. Und du sollst auch wissen, dass die S. M. P. Bankrott anmelden muss, wenn ich in zwei Monaten nicht eineinhalb Millionen Gewinn gemacht habe! Du bist doch wohl in der Lage, das zu verstehen, oder? Und gerade diesen Zeitpunkt sucht sich Madame aus, um mir Eifersuchtsszenen zu machen, um ständig hinter mir herzuspionieren, um meinen Fahrer auszufragen. Denn du hast ihn nach meinem Kommen und Gehen gefragt, ich weiß es!«

»Philippe!«

Er lachte höhnisch:

»Heute Morgen hast du dir ein besonders starkes Stück geleistet. Es ist dir gelungen, innerhalb von fünf Minuten zweimal in meinem Büro anzurufen, weil Paulette da war! Gestern bist du an den Champs-Élysées, wo du nichts zu suchen hattest, aufgetaucht und hast so getan, als brauchtest du einen Schlüssel von mir, den ich nicht hatte! Und unter diesen Umständen soll ich noch arbeiten, soll Millionen bewegen, soll ...«

»Ich gehe«, sagte sie und machte Anstalten, sich zur Garderobe zu begeben.

Darauf packte er sie wieder am Handgelenk, diesmal noch brutaler.

»Du gehst nicht! Du brauchst gar nicht um dich zu sehen. Mir ist der Skandal gleichgültig, hörst du?«

Und sein Blick war so hasserfüllt, sein Gesichtsausdruck so verwandelt, dass sie den Kopf senkte, während Tränen über ihre Wangen liefen.

»Fass dich wieder, Philippe«, flehte sie. »Trink nichts mehr.«

»Ich bin nicht betrunken.«

Um ihn zu beruhigen, war sie nun gezwungen, eine Komödie zu spielen wie er, ihn anzuflehen und allem zuzustimmen, was er wollte.

»Nein, du bist nicht betrunken, aber in deiner normalen Verfassung bist du auch nicht. Lass uns in den Saal gehen oder nach Hause fahren ...«

»Nein!«

»Ich werde dir keine Vorwürfe mehr machen ...«

»Eben!«

»Was willst du damit sagen?«

»Dass mir Vorwürfe lieber wären. Aber nein! Seit letztem Donnerstag kein Wort mehr! Madame ist da, wie gewöhnlich! Sie führt das Haus mit ihrer ewigen Ruhe und Gelassenheit! Nur, sie spioniert mir nach, beobachtet jeden meiner Gesichtsausdrücke, jeden meiner Schritte. Vorgestern hast du im Fouquet's angerufen, und du hast mir nichts zu sagen gehabt. Es ist schon so weit, dass ich keinen Schritt mehr machen kann, ohne mich zu fragen, wie du ihn deuten wirst ...«

»... Und dich nicht mehr mit Paulette zu treffen wagst«, sagte sie traurig.

»Dann hast du also immer noch nicht begriffen? Soll ich von vorne anfangen? Soll ich wieder über Geschäfte mit dir reden, soll ...«

Sie musste sich ans Buffet lehnen, denn sie spürte kalten Schweiß an den Schläfen. Dennoch sagte er ironisch:

»Das ist einfach! Wenn ich dir etwas sage, das dir nicht gefällt, tust du so, als würdest du ohnmächtig werden ...«

Darauf stieß sie, ohne es zu wollen, wobei ihr fast körperlich schlecht wurde, hervor:

»Ich verabscheue dich!«

Aber es stimmte nicht! Es war falsch! Sie verabscheute ihn keineswegs! Sie klammerte sich an ihn! Sie blieb da, unter den mitleidigen Blicken des Barkeepers, und lief Gefahr, eine noch kläglichere Szene auszulösen, sie blieb da, um ihn keinen Augenblick mit dieser Paulette allein zu lassen.

So weit war sie schon! Und er verriet sich immer mehr, offenbarte seinen ungeheuerlichen Egoismus. Es fehlte nicht viel, und er hätte geweint! Mit sich selber hatte er Mitleid, mit sich, den eine aufs Dümmste eifersüchtige Frau daran hinderte zu tun, was er tun musste.

»Ich habe sechs Jahre gebraucht, sechs Jahre härtester, manchmal schmerzhafter Anstrengungen, bis ich die erste Stufe erreicht hatte, die ich erreichen wollte, und jetzt, wo eine neue Schwelle zu überschreiten ist, wird Madame eifersüchtig! Ich habe mit einer armseligen Spießerin geschlafen, deren Fleisch fade ist, aber Madame ist trotzdem eifersüchtig! So ein Schwachsinn! ...«

Er sprach jetzt zu sich selber. Er brauchte nicht weiter in Schwung gebracht zu werden. Er jammerte über sein Schicksal, über die Verständnislosigkeit seiner Frau, und die ganze Zeit über merkte man, dass er log, oder eher, dass er sich die Wahrheit zurechtbog.

Es stimmte, dass er alles seinem Ehrgeiz opferte, wie er sagte. Martine aber spürte genau, was er verschwieg: dass nämlich sie notfalls zu den Opfern gehören würde, dass sie womöglich – ja sogar höchstwahrscheinlich – längst eines von ihnen war.

Donnernder Applaus drang durch die ledergepolsterten Türen, die alle gleichzeitig aufgegangen waren.

»Hör zu, Philippe. Ich bin erschöpft. Ich bin krank. Lass uns nach Hause gehen ...«

»Geh nach Hause, wenn du willst.«

»Ich bitte dich ein letztes Mal: Lass uns nach Hause gehen! Wenn du ein wenig Mitleid hast ...«

»Und ich sage dir ein letztes Mal: Geh doch nach Hause, wenn du willst!«

Verstohlen stürzte er den Rest seines Glases hinunter, setzte eine ungezwungene Miene auf und begab sich auf die Suche nach den Grindorges, mit etwas zögernden Schritten, während Martine sich bemühte, ihn nicht aus den Augen zu verlieren.

»Wo waren Sie denn? Wir haben Sie nicht gesehen!«

»Martine war etwas müde«, erklärte Philippe, der augenblicklich seine Alltagsstimme zurückgewonnen hatte.

»Ist das wahr, Martine? Sie werden doch nicht nach Hause gehen, nehme ich an?«

»Nein!«

Und dieses Nein war wie eine Drohung.

»Würdest du die Mäntel holen, Albert?«

Sie aßen im Maxim's zu Abend. Wie stets, wenn sie ausgingen, erhob sich Philippe mehrmals, um Bekannten die Hand zu schütteln, und Martine, die ihm mit den Augen folgte, stellte eine gewisse Nervosität an ihm fest, die allerdings zu schwach war, um den anderen aufzufallen.

Sie fühlte sich, als hätte man ihr Körper und Seele ausgehöhlt. Ihr Kopf schmerzte, sie war ganz durcheinander. Sie aß, ohne es wahrzunehmen, und auf einmal musste sie schnellstens zur Toilette, um sich zu erbrechen.

Anschließend hätte sie gern ein wenig frische Luft geschnappt, aber sie wollte nicht weggehen, und als sie sich vor dem Spiegel wieder zurechtmachte, dachte sie:

›Ich wette, dass sie zusammen tanzen!‹

Und ihre Intuition trog sie nicht. In dem Augenblick, in dem sie die Tür aufmachte, kniff Paulette, auf die Philippe mit gedämpfter Stimme einsprach, ihn in den Arm und flüsterte:

»Gib acht! … Deine Frau …«

Martine hörte sie nicht, aber sie erriet auch diese Worte, und sehr bleich ging sie über die Tanzfläche zu ihrem Platz.

Albert Grindorge saß allein am Tisch und rauchte eine Zigarette. Blind gegenüber dem, was sich um ihn herum abspielte, zeigte er auf seine Frau und meinte zu Martine:

»Es scheint ihr heute Abend etwas besserzugehen. Finden Sie nicht, dass sie sich in letzter Zeit verändert hat? Es

ist schwer zu beschreiben. Sie hat Anfälle plötzlicher Nie-
dergeschlagenheit, dann Augenblicke von Überschwäng-
lichkeit. Hoffentlich ist sie nicht schwanger!«

»Ja! Hoffentlich nicht!«, wiederholte Martine mit einer
so seltsamen Stimme, dass er sie beunruhigt ansah.

Als der Tanz zu Ende war, nahm Philippe mit ruckartigen Bewegungen wieder Platz und rief den Oberkellner,
obwohl Albert eingeladen hatte.

»Die Rechnung.«

»Aber …«

»Entschuldigen Sie bitte, Albert. Ich muss nach Hause.
Mir ist nicht sehr gut, und dieser Tanz …«

Dieser Tanz, ja! … Nein, nicht dieser Tanz, sondern
das, was Paulette, als sie am anderen Ende des Saals angelangt waren, mit einem hysterischen Unterton gemurmelt
hatte …

»*Denkst du noch an das, was du zu mir gesagt hast?*«

Er tat so, als verstehe er nicht, und sie hakte nach.

»*Bist du sicher, dass du mich heiraten würdest?*«

Es war ihm tatsächlich einen Augenblick lang schwind-
lig geworden, und er wusste nicht mehr, ob er mit Ja geantwortet oder sich mit einem Kopfnicken begnügt hatte.

5

»Komm herein, Frédéric. Hoffentlich störe ich dich nicht allzu sehr?«

»Überhaupt nicht. Nachmittags habe ich bis fünf Uhr fast nichts zu tun.«

»Nimm dir eine Zigarre.«

Es war Samstag. Später würde jeder versuchen, sich genau zu erinnern, die Ereignisse zu ordnen. Aber wem würde das gelingen? Vielleicht Frédéric?

Es war der Samstag nach dem verregneten Sonntag mit der Mokkatorte, nach dem Mittwoch im Kino und im Maxim's. Die Zeitungen würden schnell Aufschluss darüber geben, um welche Woche es sich handelte, schon wegen der Fotos auf der ersten Seite: Überschwemmungen in den Vororten, Feuerwehrleute, die zwischen Häusern hindurchruderten, ein von einem Erdrutsch bedrohtes Dorf im Rhonetal, die Statue eines Zuaven am rechten Brückenpfeiler des Pont de l'Alma, an der seit Napoleon III. der Wasserstand gemessen wurde und die bei Hochwasser in der Seine versank.

Die Leute waren inzwischen so unfreundlich wie das Wetter. Es hielt zu lange an. Man war es leid, im Nassen zu leben, immer durch Schlamm zu waten.

»Nimmst du keine Zigarre?«

»Danke.«

»Tu mir die Freude! Ich werde eine gute Flasche Pineau des Charentes aufmachen.«

Und dabei brannte Madame Donadieu darauf, zur Sache zu kommen. Doch sie konnte einfach nicht widerstehen. In der Zeit von La Rochelle hatten die Donadieus selten Gäste empfangen, aber die Zigarre und das Glas Likör waren obligatorisch gewesen, selbst wenn der Gast nur ein einfacher Handelsreisender war. Allein die Qualität der Zigarren variierte je nach Besucher.

»Es war vielleicht falsch, dass ich dich angerufen habe. Ich habe heute Morgen so ein merkwürdiges Gefühl gehabt ... Sag mir zuerst ... Hast du Philippe oder Martine in den letzten Tagen gesehen?«

»Nicht seit letzten Sonntag«, sagte Frédéric, der schließlich eine Zigarre angenommen hatte.

Die Wohnung sah ziemlich vornehm aus, dank der hohen Fenster und der alten Möbel, die Madame Donadieu aus La Rochelle mitgebracht hatte.

»Ich weiß nicht, was los ist«, fuhr sie fort. »Gewöhnlich telefoniere ich jeden Tag oder wenigstens jeden zweiten mit Martine. Wir plaudern ein wenig miteinander, das ist alles. Und so habe ich wenigstens etwas, worüber ich mir den Kopf zerbrechen kann. Hinterher denke ich an das, was sie gesagt hat, ich stelle mir vor, was sie so tut. Gestern Morgen habe ich dreimal bei ihr angerufen, zu Zeiten, wo sie sonst immer zu Hause ist, und ihr Mädchen hat mir gesagt, sie sei nicht da. Ich weiß nicht, warum mich das beunruhigt hat. Ich habe bei Philippe im Büro angerufen, obwohl ich weiß, dass er das nicht mag. Er hat mir gesagt, Martine sei mit Sicherheit zu Hause und er habe sie gerade erst am Apparat gehabt.«

Es war keine Absicht, dass Frédéric ihr nur mit halbem Ohr zuhörte und sie stattdessen umso eingehender betrachtete, und es geschah etwas Merkwürdiges. Madame

Donadieu saß vor einem vergrößerten Foto Kikis. Es war eine Aufnahme aus der Zeit kurz vor seiner Flucht. Wie bei den meisten Vergrößerungen, vor allem, wenn sie von Amateurfotos gemacht werden, war das Gesicht unscharf, fast unwirklich. Und während seine Freundin nun sprach, fand Frédéric ihr schlecht beleuchtetes Gesicht auf dieselbe Weise verschwommen. Wie alt war sie eigentlich? Er versuchte sich zu erinnern, aber Madame Donadieu ließ ihm dafür keine Zeit.

»Ich verstehe ja, dass Martine auch ihre Sorgen hat und dass sie nicht jedes Mal ans Telefon kommen kann, wenn ich anrufe. Nur, gestern klang Philippes Stimme nicht wie sonst. Gestern Nachmittag habe ich mir ein Herz gefasst und bin trotz des Regens in die Avenue Henri-Martin gegangen.«

»Hast du sie gesehen?«, fragte Frédéric, um zu zeigen, dass er der Unterhaltung folgte.

»Der Butler sagte mir:

›Ich werde nachsehen, ob Madame da ist.‹

Ich bin sicher, ich habe Martines Stimme gehört, bevor er zurückkam, um mir zu sagen, dass sie nicht zu Hause sei.«

»Heute Morgen habe ich wieder angerufen, wieder ohne Erfolg. Dann habe ich Philippe angerufen, und er hat mir geantwortet, dass er nicht Bescheid wisse, dass sich Martine, wenn sie erschöpft sei, manchmal wunderlich verhalte.

Glaubst du nicht, dass sich da etwas zusammenbraut?«

Was hätte Frédéric darauf antworten können? Dass sich etwas zusammenbraute, wusste er, da sein Sohn ihm von dem Zwischenfall in der Rue Cambon erzählt hatte und von der Eifersucht Martines. Er war ebenfalls beunruhigt über den Verlauf der Dinge.

»Pah! Sie haben sich bestimmt einfach nur gestritten«, sagte er, um seine alte Freundin zu beruhigen.

»Du brauchst mir nicht zu antworten, wenn du nicht willst. Glaubst du, dass Philippes Geschäfte solide sind?«

»Das hängt davon ab, was du unter einem soliden Geschäft verstehst. Wir sehen ja, wie hundert Jahre alte Industrieunternehmen plötzlich Pleite machen, während Finanzunternehmen wie das von Philippe Millionen scheffeln ...«

»Machst du dir keine Sorgen? Wohlgemerkt, ich bin ihm nicht böse. Das liegt in seinem Temperament ...«

Um drei Uhr nachmittags hätte man, um lesen zu können, schon Licht machen müssen.

»Na ja!«, seufzte Madame Donadieu. »Ich bin zu alt, um mich noch aufzuregen ...«

Und als sie das sagte, wandte sie sich zu Kikis Porträt um.

»Wenn ich nur den Jungen wiederfinden könnte!«

Darauf wurden ihre Augen feucht, und sie schüttelte den Kopf.

»Wie ist es nur möglich, dass wir nie etwas von ihm gehört haben? Ich weiß nicht, wie viel Geld Philippe für die Nachforschungen ausgegeben hat, und was er jetzt auch immer anstellen mag, ich werde ihm stets dankbar sein für seine Bemühungen, Kiki wiederzufinden ...«

»Wer auf diese Weise verschwindet, den findet man selten wieder«, wandte Frédéric ein.

»Warum?«

»Weil es zu viele sind! Die Polizei ist ohnmächtig, erst recht, wenn die Ausreißer sich ins Ausland absetzen.«

»Warum schreibt Kiki nicht? Das ist auch wieder etwas, das für Philippe spricht! Als Kiki verschwunden war, hat er darauf bestanden, dass mir sein Anteil ganz zufällt.«

Sie vermischte ohne Hintergedanken Geldgeschäfte und

Herzensangelegenheiten, wie man das in dieser Familie immer getan hatte.

»Ich frage mich nur, wie wir uns nächsten Monat einig werden, wenn die Erbfolge endgültig geregelt werden muss. Michel, der gestern hier war, behauptet, dass wir eine Vermisstenanzeige erwirken werden und dass das genügt.«

Es war vier Uhr, als Frédéric aufstand. Madame Donadieu hatte ein wenig geweint und hielt ihr zusammengeknülltes Taschentuch noch in der Hand. Die beiden Gläser standen auf dem Empire-Tischchen. Es war schnell dunkel geworden. Als die alte Dame ihren Besucher hinausgeleitete, nutzte sie die Gelegenheit, um Licht zu machen.

»Sobald du etwas weißt, ruf mich an. Schönen Gruß an Odette.«

Und als sie allein war und wieder zu dem Tischchen ging, um abzuräumen, huschte ein leichtes Lächeln über ihr Gesicht, denn sie erinnerte sich an Michels Verhalten, als sie über Frédéric gesprochen hatten.

»Ist er immer noch mit Odette zusammen?«, hatte er gefragt.

Seine Mutter hatte gespürt, dass er eifersüchtig war, eifersüchtig auf Frédéric, wie er auch eifersüchtig auf Philippe war, eifersüchtig auf die Dargens, die er beschuldigte, ihm alles genommen zu haben.

Am nächsten Morgen rief sie in der Avenue Henri-Martin an, und der Butler antwortete, ohne zu zögern:

»Monsieur und Madame sind schon früh zur Jagd aufgebrochen.«

Diesmal stimmte es. Der Sonntag war fast so verregnet wie der vorhergehende. Die beiden Autos, das der Dargens und das der Grindorges, fuhren hintereinander her. Albert saß selbst am Steuer, denn er hatte es nicht gewagt, einen Chauffeur einzustellen, weil sein Vater nie einen gewollt hatte. Paulette, die neben ihm saß, wirkte erschöpfter denn je, und als er kurz hinter Paris versuchte, ein Gespräch anzufangen, hatte sie ihn gebeten, sie schlafen zu lassen.

»Wie du willst! Aber versuch nachher, zu dem Minister liebenswürdig zu sein.«

Denn sie hatten den Minister mitgenommen, denselben, der seinerzeit zum Mittagessen eingeladen worden war, Pomeret. Er hatte sich überreden lassen, weil sie ihm gesagt hatten, dass man im kleinen Kreise sei, zu fünft, und dass alles ganz informell wäre.

Er war ein ehemaliger Studienrat, noch immer schüchtern und ein wenig verträumt, der aus der Fassung geriet, sobald man ihn in ein allzu mondänes Milieu verpflanzte.

Er saß im Wagenfond neben Martine, während Philippe ihnen gegenübersaß. Philippe, der die umränderten Augen eines Mannes hatte, der seit Tagen schlecht schlief, bemühte sich trotzdem, das Gespräch in Gang zu halten.

»Schauen Sie! Wir kommen jetzt ans Ende des Tals. Erinnern Sie sich an den Bauernhof, den ich Ihnen vor etwa zehn Minuten gezeigt habe? Alle Getreidefelder, die wir seitdem gesehen haben, gehören den Grandmaisons. Sie dürften etwa ein Drittel der Beauce besitzen. Kennen Sie die Grandmaisons?«

»Nein«, gestand der Minister, der nicht einmal wusste, dass ein Drittel der Beauce einer einzigen Familie gehörte.

»Ohne jeden Zweifel das krisensicherste Vermögen in ganz Frankreich, allein schon wegen des Grundbesitzes.«

Martine, die ihren Blick auf das fiebrige Gesicht Philippes gerichtet hielt, unterdrückte ein Lächeln, in dem mehr Rührung als Ironie lag. Die Art, wie er gesagt hatte:

»... allein schon wegen des Grundbesitzes!«

Wie schlecht kannten ihn doch jene, die ihm eine Spielernatur, das Temperament eines waghalsigen Financiers unterstellten! Bei dem Wort »Grundbesitz« glänzten seine Augen vor Begehrlichkeit, so wie sie zwei Jahre zuvor manches Mal geglänzt hatten, als sie beide eine Reise durch die Hauptstädte Europas gemacht hatten.

In all den Luxushotels, in denen sie abstiegen, zeigte er seiner Frau die Flaschen, die hinter dem Barkeeper in einer Reihe standen, darunter eine Whiskyflasche, die eine besondere Form hatte und die man überall fand.

»Denk nur, dass wir nach China fahren könnten, nach Australien, in die fernsten Gegenden Südamerikas oder in den äußersten Norden Alaskas, und dass wir überall, verstehst du, überall, diese gleiche Whiskyflasche sehen würden! Sagt dir das nichts?«

Nein, das sagte Martine, die Whisky nicht mochte, gar nichts.

»Jetzt denk mal an die Anzahl von Flaschen, die das täglich bedeutet. Denk an die Anzahl der Kisten, die die Schiffe auf den Weltmeeren transportieren. Denk schließlich daran, dass ein Mann, ein einziger, an der Spitze dieses Unternehmens steht und kassiert. Das nenne ich ein Unternehmen! Und das nenne ich ein Vermögen!«

Der schlechte Zustand der Straße ließ ihre Köpfe hin und her schaukeln. Einmal, kurz hinter Pithiviers, schob der Chauffeur die Trennscheibe zurück, um nach dem Weg zu fragen, und sie mussten auf das Auto der Grindorges warten, denn Philippe erinnerte sich auch nicht mehr.

Albert fuhr jetzt voraus. Sie waren sehr früh aufgebrochen, vor Tagesanbruch. Auf den Feldern waren die Jäger schon unterwegs, und im Vorüberfahren hatten sie gesehen, wie die Leute in den Dörfern aus den Kirchen kamen.

»Vergessen Sie nicht, dass Weil allein, der, den wir den Mehl-Weil nennen, den gesamten Weizen Frankreichs kontrolliert und dass ihm dabei kein einziges Körnchen durch die Finger rinnt!«

Martine fragte sich, wie er sich so kurz nach einem regelrechten Nervenzusammenbruch so ruhig zeigen, von so belanglosen Dingen sprechen konnte.

Sie war unfähig, Konversation zu machen, vor allem, da sie bereits um fünf Uhr früh aufgestanden war. Sie war erleichtert, als der Wagen einen abgelegenen Weiler im Wald von Orléans hinter sich gebracht hatte und nach rechts abbog, in die Allee eines Schlosses, das ebenso glanzlos und so wenig beeindruckend war wie das ehemalige Schloss der Donadieus in Esnandes, welches die Familie endlich wegen der hohen Reparaturkosten zu verkaufen beschlossen hatte.

Albert Grindorge, der diesen kleinen Herrensitz im vergangenen Jahr gekauft hatte, konnte es sich nicht verkneifen, dem Minister das Wappenschild über dem Portal zu zeigen. Man konnte nur noch ein halbverwischtes Datum erkennen: »Anno 16 …« Doch in den zerbrochenen Voluten des Steins behauptete Albert drei querliegende Lilien zu erkennen, und er nahm sich fest vor, heraldische Nachforschungen anzustellen.

Das Verblüffende war, dass vier von fünf Personen nicht hätten sagen können, warum sie da waren! Das Wetter war so abschreckend wie nur möglich. Erdrückt von den großen Bäumen des Waldes von Orléans, war dieser Landsitz noch düsterer und feuchter als das Schloss in Esnandes.

Da in dem zwei oder drei Hektar großen, offenen Gelände das ganze Wild bereits geschossen war, mussten die Männer im Unterholz jagen, und jedes Mal, wenn sie gegen einen Baum stießen, fielen von den Ästen dicke, eisige Wassertropfen herab.

Der Jagdhüter war mürrisch, die Hunde waren lustlos, und dann liefen auch noch alle Hasen dort vorbei, wo der Minister stand, der sie immer verfehlte.

Ja, wie war diese Jagdpartie eigentlich zustande gekommen? Am Tag zuvor, am Morgen, war noch keine Rede davon gewesen, und Albert hatte die Absicht, an diesem Sonntag ein Buch zu lesen, das er seit langem für einen Regentag vorgesehen hatte.

Was Philippe anging, so hatte er seit Donnerstagabend eine Laune, die seine Mitarbeiter von der S. M. P. in Angst und Schrecken versetzte.

Martine schmollte, so jedenfalls deutete er ihre grimmige Entschlossenheit, ihr Zimmer oder das Kinderzimmer nicht mehr zu verlassen. Sicherlich hatte sie ihren Sohn schon immer geliebt, aber nicht so sehr, dass sie von morgens bis abends bei ihm blieb und sich in den Kopf setzen musste, ihm das Lesen beizubringen!

Also? Was hatte sie alle dazu getrieben, noch bei Dunkelheit aufzustehen, um hundert Kilometer von Paris entfernt im Morast herumzuwaten?

Kaum im Schloss angekommen – da man das Ding ja nun mal ein Schloss nennen musste! –, hatte Paulette Martine mit gekünstelter Heiterkeit erklärt:

»Fühlen Sie sich bitte wie zu Hause, ja? Das ganze Haus steht Ihnen zur Verfügung. Gestatten Sie mir nur, dass ich mich einstweilen um das Mittagessen kümmere …«

Martine hatte sich nicht einmal gefragt, was sie tun

würde. Im großen Salon mit den glanzlosen Möbeln hatte sie ein mit rosa Seide bezogenes Kanapee entdeckt und sich dort niedergelassen, oder vielmehr eingeigelt, den Blick starr auf einen Zedernzweig gerichtet, der in das Rechteck des Fensters ragte.

Vielerlei Geräusche drangen zu ihr. Sie nahm sie auf, identifizierte einige, doch ohne dass sie sich im Geringsten dafür interessierte.

Zedernzapfen zerbarsten im Kamin und verbreiteten einen anheimelnden Geruch. Eine Frauenstimme in der Küche sprach von Hühnchen und schimpfte, weil man keine Trüffeln gebracht hatte.

Draußen ertönte von Zeit zu Zeit ein Schuss, oder ein Hund bellte in der Ferne.

Martine dachte, ohne zu denken, in Bildern eher als in zusammenhängenden Gedankengängen ... Wie etwa an die Whiskyflasche ... Das wäre Philippe gern geworden: der Eigentümer des Whisky-Imperiums oder eines Drittels der Beauce, eines Unternehmens jedenfalls, das ebenso seriös war wie die Firma Donadieu zu Oscars Zeiten, nur eben viel größer.

Und waren die beiden Männer einander nicht, bis hin zu ihrer Statur, ebenbürtig? Sie teilten auch die Sorge um das Fortbestehen der ... Wo Philippe »Dynastie« sagte, hatte Oscar Donadieu das Wort »Familie« benutzt, und zwar so, dass es fast wie »königliche Familie« klang.

Wieder ein Schuss. Martine stellte sich einen Hasen vor, der sich kugelte und mit den Beinen ins Leere strampelte.

Eine andere Erinnerung, die an ein Werbeplakat für eine Zahnpasta.

»Weißt du, wie viel die jährlich für Werbung ausgeben?«,

hatte Philippe gesagt, als sie daran vorbeigingen. »Zehn Millionen, allein bei der Agentur Havas!«

Und sie erinnerte sich noch an ein Abführmittel und an das Gesicht, das ihr Mann gemacht hatte, als er sagte:

»Acht Millionen Pillen werden davon täglich eingenommen!«

Nun bedarf es, wie er wieder und wieder sehnsüchtig feststellte, zur Festigung solcher Unternehmen dreier Generationen oder eines Startkapitals von dreißig bis vierzig Millionen.

»Durch Charlotte bin ich in das Haus Donadieu gekommen ...«

Sie glaubte seine Stimme zu hören, während die Zedernzapfen, die bis zur Mitte des Salons Funken sprühten, immer noch knisterten. Zweimal streckte Paulette den Kopf durch den Türrahmen.

»Langweilen Sie sich auch nicht?«

Nein! Sie wollte nachdenken. Seit drei Tagen tat sie nichts anderes, und sie hatte es immer noch nicht satt.

»Durch Charlotte ...«

Ein krankhaftes Bedürfnis überkam sie plötzlich, sich schmerzliche oder ekelhafte Bilder vorzustellen, zum Beispiel, wie Philippe und Charlotte gerade ...

Dann wurde ihr Blick wieder milder. Sie sah Philippe vor sich, wenn er zärtlich war, wenn seine Stimme wärmer, herzlicher wurde, wenn seine kleinen Augen Feuerfunken sprühten.

Er war erst dreißig Jahre alt, und doch hatte er, ganz allein, ihrer aller Leben organisiert, hatte die Wohnung in der Avenue Henri-Martin eingerichtet, die Büros an den Champs-Élysées, hatte Albert mit der Statistik versorgt, Olsen und Marthe in La Rochelle festgenagelt ...

Während Michel sein Leben im Süden verbrachte und dort hinter Platzanweiserinnen oder Hotelmädchen herlief, während Madame Donadieu in Paris war, in einer gemütlichen Umgebung, während …

Philippe! Immer wieder Philippe!

»Immer muss ich für alles und jedes verantwortlich sein«, hatte er neulich abends gesagt, als er seinen Wutanfall gehabt hatte.

Ein Lächeln der Rührung spielte von neuem um ihre Lippen, verschwand aber gleich darauf, machte einem wilden Ausdruck Platz.

Warum sollte sie ebenfalls Opfer werden? Eben hatte sie nämlich alle diese Menschen, die vor ihrem geistigen Auge vorübergezogen waren, völlig anders gesehen; plötzlich sah sie sie nicht mehr als Hampelmänner, an deren Fäden Philippe nach Gutdünken zog, sondern als Menschen, die er seinem Glück opferte.

Genau das war es, von Charlotte bis zu Michel, bis zu Albert Grindorge …

Und sie wollte keine Charlotte sein! … Sie wollte nicht! … Sie wollte nicht! … Sie wollte nicht! …

Neues Opfer der Maulwurfplage

Guéret, 15. Oktober. – Monsieur Eugène Terret, Gärtner auf Schloss Orgnac, in der Gemeinde Chenerailles, hat nach dem Anrühren eines Giftbreis zur Vernichtung von Maulwürfen unvorsichtigerweise eine Tomate gepflückt und gegessen, ohne sich zuvor die Hände zu waschen. Als er kurz darauf heftige Magenschmerzen bekam, suchte er einen Arzt auf, der ihm ein Gegengift verschrieb; leider war es bereits zu spät, und wie Madame Fauveau, die Frau des Pariser Feuerwehrmannes, starb

Monsieur Terret bald darauf unter entsetzlichen Schmer-
zen.

Diese Meldung unter der Rubrik »Vermischtes« war am Samstagmorgen erschienen, als noch niemand daran dachte, am Sonntag im Wald von Orléans auf die Jagd zu gehen. Um elf Uhr rief Madame Grindorge, die Zeitung noch auf ihrem Frisiertisch, ihren Mann an.

»Bist du es, Albert? ... Ich habe gerade daran gedacht, dass wir noch Winterbirnen in Chenevières zu pflücken haben ...«

Er gab etwas Undeutliches zur Antwort, und sie fuhr fort:

»Wie wär's, wenn wir die Gelegenheit nutzten, um eine kleine Jagd zu organisieren? ... Hallo! ...«

»Ja! Ich höre!«

»Erinnerst du dich an Minister Pomeret? Ich bin sicher, dass er sehr gern kommen würde. Zusammen mit den Dargens wären wir im engsten Kreis ... Hallo! ...«

»Einverstanden! Ich werde versuchen, das Unmögliche möglich zu machen ...«

»Bitte! Ich langweile mich in letzter Zeit furchtbar!«

Albert suchte Philippe auf.

»Meine Frau möchte, dass wir morgen mit Pomeret in Chenevières jagen. Das ist zwar nicht gerade das, was ich mir unter einem schönen Sonntag vorstelle, aber sie besteht darauf, und ich enttäusche sie ungern. Sie ist ohnehin schon so nervös!«

Philippes Miene verfinsterte sich.

»Dann rufen Sie Pomeret mal an«, sagte er so dahin.

»Wollen nicht Sie das tun?«

»Ich habe keine Zeit.«

Als er nach Hause kam, hatte er Martine mitgeteilt:

»Ich glaube, dass wir morgen in Chenevières auf die Jagd gehen.«

»Ich nicht!«

Ihre Blicke hatten sich gekreuzt, wie das seit einigen Tagen vorkam. Philippe hatte noch einmal gesagt:

»Wir gehen in Chenevières auf die Jagd. Wenn du auf einer Erklärung bestehst, bitte: Pomeret wird da sein.«

»Gut!«

Es war besser nachzugeben, sonst würde es wieder eine Szene geben und Philippe würde sie beschuldigen, ihm Knüppel zwischen die Beine zu werfen und sein ganzes Lebenswerk wegen einer Laune ins Wanken zu bringen.

»Und versuche, nett zu sein.«

»Zu wem?«

»Zu allen. Deine Mutter hat schon zweimal bei mir angerufen, um mir zu sagen, dass du dich ständig verleugnen lässt.«

»Ich habe keine Lust zum Reden …«

Er ballte die Fäuste. Zehnmal in nur zwei Tagen war es zwischen ihnen fast wieder zum Streit gekommen. Diesmal war es Martine, die sich zu einem Lächeln zwang.

»Gut! Ich werde nett sein, wie du sagst.«

Und jetzt waren sie in Chenevières! Keiner ahnte, dass sie diesen beklagenswerten und alles in allem verrückten Tag einer Zeitungsnotiz zu verdanken hatten.

Pomeret wusste nicht, wie er sich für all die Hasen, die er nicht getroffen hatte, entschuldigen sollte. Philippe hatte zwei geschossen und auch einen Fasan, während Grindorge mit leeren Händen dastand und sich bemühte, seine Enttäuschung mit Scherzen zu überspielen.

Der Jagdhüter hatte für diesen Sonntag wohl auch andere Pläne gehabt, denn er war noch nie so schlecht gelaunt gewesen, und er führte sie absichtlich über Wege, auf denen sie ständig unter Stacheldraht hindurchkriechen mussten.

Paulette hingegen verhielt sich so merkwürdig, dass Noémie, die Frau des Jagdhüters, die an den Jagdsonntagen auch die Köchin spielte, sie nicht aus den Augen ließ und von Zeit zu Zeit einen tiefen Seufzer ausstieß.

»Glauben Sie mir, ich kann alles allein machen«, hatte Noémie zweimal erklärt.

Paulette tat, als hörte sie nicht, sie wollte um jeden Preis beim Kochen helfen. So hatte sie damit begonnen, ein Hühnchen zu rupfen, das sie dann übel zugerichtet hatte. Außerdem wollte sie unbedingt eine Unterhaltung führen.

»Sind Sie immer noch zufrieden, Noémie? Bei einem solchen Wetter war die Woche bestimmt nicht sehr lustig ...«

»Wir wären noch zufriedener gewesen, wenn wir heute etwas Ruhe gehabt hätten, weil nämlich mein Schwager aus Orléans gekommen ist und jetzt ganz allein in der Bude sitzt und sich zu Tode langweilt.«

»Sie brauchen ihm doch nur zu sagen, dass er herkommen soll. Er kann mit Ihnen in der Küche essen.«

»Wenn's ihm denn gefällt! Er ist Lastwagenfahrer, und diese Leute sind daran gewöhnt, nur zu tun, was ihnen passt. Sie können mich jetzt allein lassen. Ich komme auch ohne Sie zurecht.«

Paulette gehorchte, kam aber zehn Minuten später wieder zurück, wie jemand, der sich fürchtet, allein zu bleiben.

»Sagen Sie mal, Noémie, gibt es viele Ratten im Haus?«

»Ob es viele sind, weiß ich nicht.«

»Aber es gibt welche?«

»Es wird wohl welche geben. Wir haben uns nie darum gekümmert.«

Warum kam sie um diese Zeit, um über Ratten zu reden?

Und warum zitterten ihre Hände so stark, dass sie ein Wasserglas fallen ließ?

»Es ist weißes Glas«, sagte Noémie. »Das bringt Glück.«

Gab es einen Grund, so durcheinander zu sein, wie Paulette es war?

»Haben Sie ein Dessert zubereitet, Noémie?«

»Sie wissen genau, dass ich keine Zeit dazu gehabt habe. Sie hätten ja etwas aus Paris mitbringen können. Wenn ich bedenke, dass ich ein fünfjähriges Töchterchen habe und dass Sie noch nicht ein Mal daran gedacht haben, ihr Kuchen oder Süßigkeiten mitzubringen …«

»Am nächsten Sonntag, versprochen!«

Sie ging hinaus, kam wieder zurück, sagte irgendetwas Seltsames. Sie war so blass, als habe sie gerade eine Krankheit hinter sich, und jedes Mal, wenn sie einen Schuss hörte, zuckte sie zusammen, als hätte er ihr gegolten.

»Das hat nichts Gutes zu bedeuten!«, brummte Noémie, als sie einmal einen Moment allein war.

Unterdessen lief Paulette hin und her, blieb immer wieder an derselben Stelle stehen, zögerte einen Augenblick und machte dann kehrt.

Es war ganz hinten in dem blau gefliesten Flur. Durch die Tür, die kaum je benutzt wurde, gelangte man, ohne durch das Esszimmer oder die Küche zu müssen, in den Hof, wo rechts eine Waschküche war.

Da man lieber im Waschhaus hinten im Hof, neben dem Brunnen, wusch, war diese Waschküche zum Abstellraum geworden, und Noémies Mann hatte dort die Jagdutensilien verstaut, die Lappen zur Markierung der Schonungen, die weißen Kittel der Treiber, die Wildfallen …

Außerdem gab es dort einen großen Kamin mit einem Gesims, und auf diesem Gesims hatte Paulette vierzehn

Tage zuvor, als sie einen Großputz anzuordnen gedachte, mehrere Flaschen entdeckt, die noch von früheren Schlossbesitzern stammen mussten, alles Flaschen aus trübem Glas, darunter ein braunes Fläschchen mit einem Etikett. Und sie hätte schwören können, dass sie darauf das Wort »Maulwurfgift« gelesen hatte.

Sie konnte entweder durch die Küche oder durch den Hof in die Waschküche gehen, und sie fragte sich immer noch, welcher der beiden Wege der bessere war.

Sie besaß eine besondere Hellsicht, ähnlich einer Schlafwandlerin, denn ihr Bewusstsein hatte nichts damit zu tun. Sie ging hin und her, ohne das Etikett des Fläschchens oder die Zeitungsseite mit der kurzen Meldung zu vergessen, aber es war, als wäre das Fläschchen ein Ziel an sich geworden, als hätte sie vergessen, wozu es dienen sollte.

Die dramatischen Stunden zu Hause in Paris waren vorüber, als sie sich wütend auf dem Bett wälzte und dann wiederum stundenlang in Reglosigkeit verharrte und wie im Wahn die immer gleichen Gedanken wälzte. Zum Beispiel die Steuerung des Wagens ... Wenn sie das Lenkgetriebe etwas ansägen würde, nur zur Hälfte: War es da nicht ziemlich sicher, dass bei der ersten Erschütterung? ...

Oder wenn sie die Schrauben eines der Räder etwas lockerte? ... Aber erstens hatte sie überhaupt keine Möglichkeit, an dem Auto herumzufummeln ... In der Garage würde man sie fragen, was sie eigentlich wollte ... Auf der Straße würde man sich nach ihr umdrehen ... Und zweitens fuhr Albert niemals schnell ...

Solche Überlegungen anzustellen tat ihr innerlich entsetzlich weh, aber sie bewahrte absolute Ruhe.

So etwa, wenn sie daran dachte, in einen Vorort zu fahren und dort in einer kleinen Apotheke Laudanum zu verlangen …

Das war unmöglich! So unmöglich wie …

Es war nicht zu glauben, dass sie diese Gedanken, die ihr tagelang durch den Kopf gegangen waren, hatte ertragen können. Und es waren nicht nur Gedanken! Sie malte sich deren Verwirklichung bis in die kleinsten Einzelheiten aus, ebenso deren Folgen und was sie den Polizisten sagen und antworten würde, die Trauerkleidung, die Beerdigung …

Es waren richtige Anfälle, die einige Minuten oder ganze Stunden dauerten. Und danach war sie jedes Mal müde und leer wie nach einer Drogenorgie.

Das ging so weit, dass sie manchmal, wenn Albert nach Hause kam, nicht mehr wusste, ob es der Albert ihres Traums war oder der wirkliche, der noch lebendige Albert, der ihr Mann war.

»Du solltest dir etwas Ruhe gönnen«, riet er. »Sollen wir einen Arzt aufsuchen?«

»Nein!«

»Versuch wenigstens, dich zu zerstreuen. Geh mit Martine aus.«

»Ja.«

Jetzt war das Fläschchen mit dem Maulwurfgift nur wenige Meter entfernt hinter einer Wand. Sie ging wieder in die Küche, wo Noémie einen wütenden Seufzer ausstieß, bei dem ihr enormer Busen wie ein Ballon Luft abzulassen schien.

»Haben Sie keine Winterbirnen an der Spaliermauer gepflückt?«

»Ich weiß nicht, ob mein Mann es getan hat.«

»Geben Sie mir einen Korb.«

»Sehen Sie nicht, dass es regnet?«

»Ich werde einen Regenmantel überziehen …«

»Sie müssten auch Stiefel anziehen!«, brummte Noémie und hielt ihr widerwillig einen Korb hin.

Paulette öffnete die Tür zum Salon.

»Sie sind mir doch nicht böse, dass ich Sie allein lasse? Wollen Sie nicht mit mir Birnen pflücken?«

»Danke! Ich fühle mich hier wohl …«

Sie war rot geworden, denn als sie das Wort »Birnen« aussprach, hätte sie beinahe »Tomaten« gesagt … Wegen der Zeitungsnotiz … Die Tomaten, die …

Nun, es waren die Birnen, die bald …

»Ich werde Ihnen Portwein bringen lassen.«

»Nein! Bitte nicht«, seufzte Martine. »Es ist warm. Ich döse vor mich hin. Sagen Sie nur Ihrem Dienstmädchen, es soll wieder Holz aufs Feuer legen …«

Paulette tat es selber, um nicht in die Küche zurückzumüssen.

»Brauchen Sie wirklich nichts?«

Paulette stellte fest, dass niemand sie in der Nähe haben wollte, weder Noémie noch Martine, aber es war ihr egal.

»Ich gehe Birnen pflücken«, sagte sie noch einmal, sehr entschieden.

Die Spalierbäume bedeckten die Mauer des Gemüsegartens. Als sie dort ankam, hörte sie in weniger als fünfhundert Metern Entfernung die Hunde, und der letzte Schuss des Tages wurde nahe der Mauer abgegeben, in ein Büschel Gras und Brennnesseln, wo sich der letzte Hase duckte.

Pomeret war der Schütze gewesen, aber Philippe, der gleichzeitig geschossen hatte, hatte den Hasen, der jetzt durchs nasse Gras kugelte, getroffen, während Albert sich erst anschickte anzulegen.

6

onad!«, knurrte die Stimme von Mrs Goudekett.
Und als sei sie unfähig, mehr zu sagen, oder als habe
sie sich die Sprache für den weniger alltäglichen Gebrauch
vorbehalten, ließ sie ihren Blick zweimal von der Zeitung,
die der an der Theke lehnende junge Mann in der Hand
hielt, zu dem Platz schweifen, den derselbe junge Mann bei
Tisch hätte einnehmen sollen.

Der junge Mann, der so groß war, dass sich auf der Straße
die Passanten nach ihm umdrehten, wurde endlich auf sie
aufmerksam, errötete, stammelte eine Entschuldigung,
stopfte die Zeitung in seine Tasche, und ungeschickt vor
lauter Schüchternheit setzte er sich zwischen Mister Davidson, der im Krieg in Europa gewesen war, und Mrs Hurst,
die schnellste Stenotypistin von Great Hole City, aber auch
die haarigste, denn ihre Oberlippe war von einem Flaum
verhüllt, der dichter war als Donads Milchbart.

Niemand unter den acht Männern und drei Frauen, die
um den runden Tisch herum saßen, wäre jetzt noch auf die
seltsame Idee gekommen, zu sprechen. Das Serviermäd-
chen hatte die Suppenschüssel gebracht, und jeder hielt
reihum seinen Teller Mrs Goudekett hin, die ihre Aufgabe
wie eine Priesterin erfüllte.

Nach der Suppe hatte man kaum die Zeit, einmal durch-
zuatmen, denn schon erschien ein Maispudding auf dem
Tisch, und jeder beobachtete unauffällig den Teller seines
Tischnachbarn.

Der riesengroße, schüchterne junge Mann tat es so diskret wie nur möglich, aber er kam nicht umhin, Mister Davidson zu beneiden, dem der Zufall gerade das größte Stück beschert hatte. Um sich zu trösten, rechnete er sich aus, dass vielleicht noch etwas übrig bliebe und es einen Nachschlag für ihn gäbe, denn in diesem Falle kam es vor, dass Mrs Goudekett erklärte:

»Das ist für Donad, er ist der Größte, und er ist noch mitten im Wachsen, und er arbeitet am härtesten.«

Aber weil heute seine Zeitung gekommen war, hatte er sich nicht schnell genug zu Tisch begeben, sodass ihn Mrs Goudekett sicherlich nicht begünstigen würde.

Mit dem letzten Bissen Pudding, während die Servietten in die Ringe geschoben wurden, lösten sich die Zungen. Man erhob sich, mehr oder weniger ungeordnet, und die einen gingen hinauf in ihr Zimmer, andere setzten sich in das, was man den Salon zu nennen übereingekommen war, in dem immerhin ein Klavier und ein Grammophon standen.

Die Pension von Mrs Goudekett war unwidersprochen die angesehenste von Great Hole City, zunächst einmal insofern, als es eines der seltenen Backsteinhäuser im Ort war, wogegen die meisten Häuser aus Holz waren.

Ferner musste man, da nur für zehn Pensionsgäste Platz war, erst auf den Auszug eines Gastes warten, nicht um angenommen zu werden, sondern um es wagen zu dürfen, seine Kandidatur anzumelden, denn Mrs Goudekett – alle Welt war sich darin einig, dass sie eine Heilige sei – hielt sehr auf den Ruf ihres Hauses und verlangte von ihren Pensionsgästen seriöse Referenzen.

Raufereien gab es bei ihr nie. Alkohol war streng verboten, und rauchen durfte man nur im Salon, denn Tabakgeruch ist in einem Speisesaal ebenso fehl am Platz wie in einem Schlafzimmer.

»Gib mir eine Seite«, bat der große Junge eine viel kleinere und magerere Person.

Und so teilten sie sich, auf dem Sofa im Salon, die letzte in Amerika angekommene Ausgabe einer Pariser Zeitung.

Die Atmosphäre im Haus war ebenso beruhigend wie die eines Klosters oder eines Museums. In ihrer Banalität und Mittelmäßigkeit bildeten die Gegenstände ein neutrales graues Ganzes, das nicht zum Nachdenken anregte.

Edmond wagte es, beim Lesen eine Zigarette zu rauchen, aber Donad, wie man ihn jetzt nannte, weil das amerikanischer klang, hatte einen ebensolchen Abscheu vor Tabak wie vor starken Drinks und freizügigen Frauen.

Draußen tobte immer noch ein Orkan, und hin und wieder hob der junge Mann den Kopf, um zu lauschen, und seufzte dann resigniert.

»Hat es geklappt mit dem vierten Pylon?«, fragte ihn sein Gefährte, während er eine Seite umblätterte.

»Ja. Na ja, ich bin bis zum Ende dageblieben ...«

Great Hole City war keine Stadt, sondern eine improvisierte Ansiedlung, hastig am Fuß einer riesigen Mauer hochgezogen, die gebaut wurde, um einen Fluss umzuleiten, aus dem ein Elektrizitätswerk gespeist wurde, das das leistungsfähigste der Welt werden sollte.

Seit drei Jahren lebten hier amerikanische, italienische, deutsche Arbeiter, Vorarbeiter, Ingenieure und Stenotypistinnen, die einzig und allein mit dem Bau der Staumauer beschäftigt waren, und man rechnete damit, dass es noch weitere drei Jahre dauern würde.

Edmond arbeitete in den Zeichenbüros. Donad, der ebenfalls dort hätte anfangen können, stürzte sich so wild auf die härtesten körperlichen Arbeiten, dass er an manchen Abenden, obwohl er einen ebensolchen Heißhunger hatte wie sein Bruder Michel, ohne zu essen schlafen ging.

Sein wahrer Kampf, vor allem jetzt, wo die Staumauer schon hoch war, galt seinem Schwindel. Niemand wusste davon, außer Edmond, niemand sah, wie blass er war, wenn er dort oben auf den Balken sein Gleichgewicht zu halten suchte oder am Haken eines Krans durch die Luft segelte.

»Lies das …«

Wenn Donad statt eines khakifarbenen Hemdes ein Gewand aus grauem Wollstoff getragen hätte, hätte er mit seiner hohen Statur einen prächtigen Mönch abgegeben, so viel mystischer Ernst lag in seinem Jünglingsgesicht.

Alle glaubten, er sei stark wie ein Ochse, und nie hatte jemand Streit mit ihm anzufangen versucht; doch in Wirklichkeit hatte er von seinem Vater zwar die Größe und die Schultern geerbt, von Michel und seiner Mutter jedoch die schwache Konstitution.

»Was soll ich lesen?«

»Ganz unten auf der Seite … ›Wichtiger Hinweis‹ …«

Ohne das geringste Interesse zu zeigen, las er:

Maître Goussard, Notar in La Rochelle, sucht wegen Auflösung einer Erbengemeinschaft dringend Monsieur Oscar Donadieu, 21 Jahre.

»In einem Monat bin ich einundzwanzig«, bemerkte Donad; ihm schien dieses Detail zum ersten Mal aufzufallen.

»Was wirst du tun?«

»Nichts! Was sollte ich tun?«

War er nicht glücklich in Great Hole City, wo keine Überraschungen sein Leben störten? Wie alle anderen wurde er von der Sirene geweckt, und im Speisesaal von

Mrs Goudekett traf er auf Arbeiter, die wie er waren. Alle trugen die gleichen Khakihemden, die gleichen Stiefel, die gleiche wasserdichte Kleidung. Alle bewegten auf die gleiche Weise die Schultern, während sie zur Fabrik marschierten, und alle bedienten in gleicher Weise mit der rechten Hand den Hebel der Stechuhr.

Und schließlich die Anstrengung, wenn er oben war und die Trägheit seines Körpers zu überwinden hatte …

Und die Erleichterung, die wunderbare Leere der Seele und des Geistes beim Abstieg, wenn die Sirene wieder schrillte …

»Und bedauerst du nichts?«

»Warum? Bedauerst du etwas?«

»Nein«, behauptete Edmond ein wenig zu schnell. »Aber das ist nicht dasselbe. Du bist reich. In zwei oder drei Jahren wird der Staudamm fertig sein …«

»Bauen sie nicht immer irgendwo einen Staudamm?«

Denn im Grunde kam es auf den Staudamm an, mehr als auf alles andere; es war diese unpersönliche Mauer, die um alles in der Welt gebaut werden musste, die jeden Handgriff, alles Leben hier beherrschte. Man kümmerte sich nicht um die Nachrichten aus New York oder aus Chicago. Und wenn man wegen des Wetters besorgt war, so stand die Sorge immer im Zusammenhang mit dem Staudamm, weil der Herbstregen den Bau verzögerte, und wenn es diesen Winter zu stark gefrieren würde, wäre der Zement ruiniert.

Der Staudamm, die Sirene, die Pfiffe, dann, um die leeren Stunden zu füllen, das warme Haus von Mrs Goudekett, und dreimal wöchentlich die vom Pfarrer organisierte Versammlung.

Heute war einer dieser Tage, und um fünf vor acht setzten Edmond und Donad ihre Mützen auf und begaben sich zum Gemeindesaal, der dem eines Wohltätigkeitsvereins glich. Die beiden jungen Männer gingen an einer Kneipe vorbei, wo jemand Akkordeon spielte und wo sicherlich Frauen waren, wo Schnaps getrunken wurde. Donad schüttelte bloß traurig den Kopf.

Auf der Schwelle seines Versammlungslokals drückte Pfarrer Cornelius Hopkins den Ankömmlingen die Hand. Er nannte jeden beim Vornamen, hatte für jeden einen kleinen, persönlichen Satz bereit, denn er kannte alle ihre Geschichten, selbst die kleinsten Einzelheiten, wie etwa Streitigkeiten mit den Vorarbeitern oder mit der Gewerkschaft.

»Guten Abend, Donad. Sind Sie zufrieden? Haben Sie mutig gekämpft?«

Es handelte sich um seinen Kampf gegen den Schwindel, seinen einzigen Dämon.

»Ich habe bis zur Schlusssirene gearbeitet.«

»Gott wird es Ihnen danken, und Ihre Seele, mehr noch als Ihr Körper, ist stärker geworden.«

Der Saal, aus Holzplanken gebaut, war schlecht beleuchtet. An den Wänden standen Gymnastikgeräte für die Sonntage und die Sommerabende. Da es schon kalt war, hatten die zuerst Angekommenen die Plätze um den Ofen herum eingenommen, dessen Bullern Wohlbehagen und Sicherheit vermittelte.

Donad drehte sich um und sah, wie Edmond sich mit Pfarrer Cornelius unterhielt, doch er fand nichts Schlimmes dabei.

»Was machen wir heute Abend?«, fragte er seinen Sitznachbarn.

»Ich weiß nicht.«

Denn manchmal kommentierte der Pfarrer eine Bibelstelle, und an anderen Abenden setzte er sich ans Harmonium, und sie lernten neue Choräle, an anderen wiederum, wenn sie nicht allzu zahlreich waren, begnügte man sich mit erbaulichen Gesprächen, die sich am Ende fast immer um den Staudamm drehten.

Um fünf nach acht setzte sich Edmond schweigend neben Donad. Der Pfarrer schwang das Glöckchen und setzte sich vor das Pult, auf dem die Bibel lag. Erst jetzt bemerkte Donad, dass der Pfarrrer die Zeitung in der Hand hatte. Er wurde rot und sah Edmond vorwurfsvoll an. Der fühlte sich so unwohl in seiner Haut, dass er am liebsten hinausgegangen wäre.

»Meine lieben Freunde ...«

Draußen stürmte es, und manchmal wehte der Wind Akkordeonfetzen herüber, die niemand hören wollte.

»Ich hatte eigentlich vor, heute mit euch über die Wüstenpredigt zu sprechen, aber ...«

Und er faltete die Zeitung auseinander und brachte plötzlich die ganze Familie Donadieu nach Great Hole City.

»... ich kann das Verhalten unseres lieben Donad nicht verschweigen, der einer der besten Arbeiter vor dem Herrn ist. Ich lese aus einer Zeitung aus seiner Heimat vor ...«

Einer nach dem andern wandten sich die Anwesenden nach dem jungen Mann um. Und nachdem der Pfarrer die Anzeige vorgelesen hatte, sprach er von Hunderttausenden von Dollar, die Donad um seines Seelenfriedens willen abgelehnt hatte.

Dann schlug der Pfarrer die Bibel auf und las die Stelle vor, wo Esau sein Erstgeburtsrecht gegen ein Linsengericht verkauft. Erst in diesem Augenblick hörte Donad, der zu verwirrt war, um Cornelius' Worte ganz zu erfassen, aufmerksam zu.

»Haben wir das Recht, dieweil die Sünde über die Welt herrscht, unsere Ruhe über die Aufgabe zu stellen, die die Vorsehung für uns bestimmt hat? ... Haben wir das Recht, während das Elend sich leise ausbreitet und der Geist des Bösen immer stärker wird ...«

Donad suchte verstohlen Edmonds Blick, und er glaubte, darin Zustimmung zu lesen.

Er war plötzlich traurig. Er spürte, dass sein inneres Gleichgewicht bedroht war. Er klammerte sich an diesen vertrauten Saal in Great Hole City, an das Haus von Mrs Goudekett, wo er in täglicher Sorge der Verteilung des Puddings beiwohnte.

Er hörte die Worte des Pfarrers nicht mehr, aber er sah ihn blass in der schummrigen Beleuchtung stehen, während seine Schäfchen wie auf einem Gemälde von Rembrandt kaum aus dem Hell-Dunkel hervortraten.

Zwischendurch fragte Donad sich, ob es immer noch um ihn ging, und er wäre gern irgendeiner der anderen Anwesenden gewesen, irgendeiner, über den nicht in der Zeitung berichtet wurde und dessen Verhältnisse nicht im Licht der Bibel gelöst werden mussten.

»Unser Freund wird sich die Sache überlegen, und wenn er dorthin geht, werden ihn unser aller Gebete unterstützen. Und diese Gebete werden ihm die Kraft geben, zu uns zurückzukehren, reich an neuen Möglichkeiten, besser gewappnet für den Kampf gegen Satanas, dessen Bedrohung nie so schrecklich gewesen ist wie heute!«

Als alle aufstanden, war Donad noch völlig fassungslos, und es schien ihm, dass er schon nicht mehr so richtig zu ihnen gehörte.

»Morgen ist Sonntag«, sagte eine Stimme neben ihm.

Pfarrer Cornelius war zu ihm getreten und gab ihm seine Zeitung zurück.

»Wir werden alle beten, damit Gott Sie bei Ihrer Entscheidung leitet und …«

Auf der Straße sprach Donad kein Wort mit Edmond, der mit gesenktem Kopf neben ihm herging. Er wandte den Kopf ab, als sie an der Kneipe vorbeikamen, in der man Paare tanzen sah.

Er dachte nicht mehr daran, dass Samstag war. Er wusste nicht, dass in Paris, in einer Wohnung an der Place des Vosges, seine Mutter eine Stunde lang mit Frédéric über ihn gesprochen hatte.

Er war nur ein Zweig der Familie Donadieu, nur eine der Figuren im Drama Donadieu, mit dem sich, einige tausend Kilometer entfernt, Pfarrer Cornelius Hopkins, geboren in Melbourne, Australien, beschäftigte.

Und der Sonntag, an dem die Arbeiter der großen Staumauer beten gingen, damit der Herr den jungen Mann leite, war derselbe Sonntag, an dem sich in Chenevières, nachdem das Mittagessen beendet war, jeder fragte, was man tun könnte, um die Zeit totzuschlagen.

Als Donad einschlief, schnitt er ein trotziges Gesicht, wie ein Kind, und seine geballte Faust verkündete seinen festen Willen, nicht wegzufahren, am Fuße seines Staudamms zu bleiben, wie andere im Kloster oder in der Armee blieben, wo sie endlich Teil einer Gemeinschaft geworden waren.

»Wie wär's, wenn wir eine Partie Bridge spielten?«

Leider konnte Pomeret kein Bridge. Er kannte auch kein anderes Spiel. Er sah nicht einmal die Notwendigkeit dazu ein und blickte seine Gastgeber, die von dem Bedürfnis beherrscht waren, den Lauf der Stunden zu beschleunigen, mit einer gewissen Verwunderung an.

Man hatte ihn im Schloss herumgeführt, und er war hingerissen von dem romantischen Charakter der Räume mit der dunklen Holztäfelung, den dicken Mauern, den Bäumen, die die Windböen hinter den Fenstern herabbogen.

Der Geruch der Zedernzapfen entzückte ihn, der Anblick der Flammen im Kamin genügte, um ihn zufrieden zu stimmen, und er wäre gern stundenlang in einem Sessel sitzen geblieben, um in seinen Händen ein Glas alten Cognacs zu erwärmen, friedlich eine Zigarre zu rauchen und dabei nicht allzu hitzig über irgendein Thema zu diskutieren.

Dass er am Morgen nichts geschossen hatte, ärgerte ihn überhaupt nicht, und er hatte bei Tisch lachend von seinem Jagdpech erzählt.

»Man würde mir nicht glauben, wenn ich sagte, dass ich es fast absichtlich tue«, sagte er. »Und doch …«

Mittlerweile, da sie nicht mehr mit Essen beschäftigt waren, war jeder in sich hineingekrochen, und die Stille war peinlich, weil man spürte, dass sie nicht von innerer Ruhe herrührte.

Martine hatte sich auf einem Sofa im Salon ausgestreckt, und ihr Blick wanderte, Gott weiß warum, unaufhörlich von Philippe zu Albert Grindorge, als würde sie die beiden Männer miteinander vergleichen.

Warum auch nicht? War es nicht erstaunlich, dass der Mann, der früher oder später zwischen hundert und zweihundert Millionen erben sollte, den Charakter eines Schafes und die Bedürfnisse eines Kleinbürgers hatte, während der andere, der die Natur eines großen Raubtiers besaß, nur dadurch zu einer Existenz gelangt war, dass er nachts in einem Gartenhäuschen eine Charlotte umschlungen hatte?

Was Philippe dachte, hätte niemand sagen können, denn er starrte auf die Flammen in der Feuerstelle. Albert hingegen richtete, nachdem er lange mürrisch geschwiegen hatte, das Wort an seine Frau.

»Würdest du mir bitte etwas Natron bringen? Mir ist das Essen nicht bekommen.«

Sie verschwand auf der Stelle. Stimmengewirr vermittelte den Eindruck, dass sie sich mit der Köchin stritt.

»Was können wir jetzt machen?«, fragte Philippe. »Für einen Spaziergang im Wald regnet es zu stark …«

»Müssen wir denn wirklich etwas machen?«, wagte Pomeret einzuwenden.

Und Martine:

»Am besten würden wir nach Paris zurückfahren, solange es noch ein wenig hell ist. Notfalls könnten wir ja zusammen in einem Restaurant zu Abend essen. Ich weiß zwar, dass das sonntags nicht lustig ist, aber immer noch besser als gar nichts.«

Man zögerte eine gute Viertelstunde, dann fasste man endlich einen Entschluss, und jeder machte sich auf die Suche nach seiner Kleidung. Da Martine und Paulette gerade nebeneinander standen, murmelte Paulette:

»Wie verteilen wir uns auf die Autos?«

»Wie sollen wir uns denn verteilen?«

Die Frage überraschte Martine. Es war doch ganz einfach, nämlich so zurückzufahren, wie sie gekommen waren: Martine und Philippe mit Pomeret in der Limousine, während die Grindorges allein in ihrem Auto fuhren, das kleiner war.

»Ich weiß nicht! Ich dachte …«

Was dachte sie? Sie war so nervös, dass es ihr kaum gelang, ihren Mantel zuzuknöpfen.

»Wo sollen wir uns treffen?«

»Bei mir!«, entschied Philippe.

»Hören Sie«, protestierte Pomeret. »Ich will Sie nicht mehr länger belästigen. Sie werden mich an der Porte d'Orléans absetzen, und ich nehme mir dann ein Taxi bis zum Ministerium ...«

»Kommt gar nicht in Frage! Sie bleiben bei uns!«

Pomeret legte überhaupt keinen Wert darauf, aber aus Höflichkeit schwieg er.

Paulette verhielt sich weiterhin merkwürdig und wandte sich nun mit einem Vorschlag an Philippe:

»Wir wär's, wenn wir alle in Ihrem Wagen zurückfahren würden?«

Selbst Philippe war verwundert, und Albert protestierte.

»Dann müsste ich ja wieder herkommen, um meinen abzuholen, oder ich müsste die ganze Woche ohne Auto auskommen!«

»Für die drei Schritte, die du zu fahren hast!«

Martine ließ Paulette nicht aus den Augen, und unwillkürlich merkte sie sich die kleinsten Einzelheiten, ohne sich der Bedeutung bewusst zu werden, die sie im Nachhinein bekommen sollten.

Wie etwa in dem Augenblick, in dem sie in den beiden Autos saßen ...

»Fahren Sie vor!«, sagte Paulette. »Sie sind schneller als wir. Wir treffen uns dann in der Avenue Henri-Martin.«

Im ersten Wagen sprach man natürlich über die Grindorges, und damit nicht nur von Paulette die Rede war, erzählte Philippe eingehend von Alberts Leidenschaft für die Statistik. Das Thema war unverfänglich, und von der Statistik kam man dann zu volkswirtschaftlichen Fragen und sogar zu den Geschäften der S. M. P.

Man fuhr im Regen durch Pithiviers, dann durch Arpajon, und kurz vor Longjumeau platzte ein Reifen, was bei diesem Wagen noch nie vorgekommen war.

Die Insassen blieben sitzen, während Félix im Platzregen den Kofferraum aufmachte und Werkzeug auf der Straße ausbreitete.

Es war wieder ein Zufall, dass der Reifenwechsel, der höchstens zehn Minuten hätte in Anspruch nehmen dürfen, denn man hatte ein Ersatzrad dabei, annähernd eine halbe Stunde dauerte, weil der Wagenheber schlecht funktionierte.

Félix musste in einer fünfhundert Meter entfernten Kneipe am Stadtrand einen ausleihen.

Martine bemerkte plötzlich:

»Die Grindorges haben uns noch gar nicht eingeholt!«

Niemand hatte so weit gedacht, aber alle waren jetzt überrascht, denn sie waren auf dem ersten Teil der Strecke nicht einmal schnell gefahren.

»Das stimmt!«, meinte der Minister.

Und Philippe versuchte, diesem heiklen Thema auszuweichen, indem er murmelte:

»Ach was! Sie haben vielleicht etwas im Schloss vergessen und sind wieder umgekehrt …«

»Falls ihnen nicht auch ein Reifen geplatzt ist wie uns!«, meinte Pomeret.

Gleichzeitig bemerkte er, dass die Schatten unter Philippes Augen noch dunkler wurden, und er fragte sich, was der Grund dafür sein mochte. Zwar durchschaute er das Drama, das die beiden Familien entzweite, nicht, aber seit dem Mittagessen witterte er doch irgendeine schmutzige Ehegeschichte.

Deshalb bestand er auch darauf, ins Ministerium zurück-zukehren, als sie an der Porte d'Orléans ankamen. Ganz plötzlich hatte er sich an ein offizielles Essen erinnert, bei dem er erscheinen musste, und man setzte ihn schließlich am Boulevard Saint-Germain ab.

Als Philippe endlich mit seiner Frau allein im Wagen war, wechselte er den Platz, denn er hasste es, gegen die Fahrt-richtung zu sitzen. Er streckte die Beine aus, seufzte und wischte sich die Stirn ab:

»War das ein Tag!«

»Immerhin warst du in ihrer Nähe«, sagte Martine.

Worauf er verärgert zischte:

»Dummkopf!«

Ja, sie war ein Dummkopf, denn es war wahrlich nicht der richtige Augenblick, seine Sorgen durch kleinliche Eifersüchteleien noch zu steigern! Ein Dummkopf, weil sie die Dinge nur durch ihre Brille sah oder, besser, weil sie, obwohl sie sich den Anschein gab, alles zu verstehen, nichts von dem sah, was sich in Wirklichkeit abspielte.

Ein Dummkopf, weil es nicht um Bettgeschichten oder etwas Ähnliches ging, sondern weil Philippe einfach nicht mehr wusste, wie er Paulette bremsen sollte …

Darin lag das Drama und sonst nirgends, und die ewig eifersüchtige Martine hielt sich nach wie vor mit den schlaffen Umarmungen in der Rue Cambon auf!

Warum hatte Paulette in dem Augenblick, in dem sich die Gruppen getrennt hatten, Philippes Hand auf so eine besondere Weise gedrückt und ihm die Fingernägel ins Fleisch gebohrt, dass er jetzt noch blutete und sein Ta-schentuch um den Finger gewickelt hielt?

Was taten sie dahinten? Was bedeutete diese Idee, das Auto in Chenevières zu lassen oder die Insassen anders auf die Autos zu verteilen?

Abgespannt und erbost dachte Philippe, dass es Martines Schuld war! Ja, Martines Schuld, weil sie ihn seit acht Tagen daran hinderte, Paulette unter vier Augen zu sprechen.

Er hatte es weiß Gott versucht! Aber sie überwachte ihn ständig, rief fünfmal am Tag im Büro, ja sogar bei Paulette an und wusste somit immer, wo die beiden waren.

Das Auto hielt in der Avenue Henri-Martin. Als sie in die Wohnung kamen, ging Martine als Erstes ins Kinderzimmer, doch sie fand es leer. Sie war schon nahe daran, die Beherrschung zu verlieren, als sie auf dem Tisch ein Briefchen sah.

Gnädige Frau,
Ihre Frau Mutter hat angerufen und darum gebeten, dass ich ihr den Kleinen bringe. Ich habe nicht gewagt, es ihr abzuschlagen. Wir sind an der Place des Vosges. Ich passe gut auf …

»Was ist los?«, fragte Philippe, der ihr gefolgt war.

»Claude ist mit seiner Gouvernante bei Maman.«

»Du weißt genau, dass ich das nicht mag.«

Ohne besonderen Grund übrigens oder, besser, weil er nicht zulassen wollte, dass sein Sohn eine andere Atmosphäre atmete als die *seines* Hauses.

»Ruf das Kindermädchen an, und sag ihr, dass sie ihn zurückbringen soll.«

Wider Erwarten gehorchte sie. Den Hörer in der Hand, wandte sie sich an Philippe.

»Maman fragt, ob sie ihn selbst zurückbringen kann.«

Er zögerte, dann fiel ihm ein, dass damit eine Person mehr im Haus wäre, falls etwas passierte.

»Dann soll sie eben kommen!«

»Einverstanden, Maman! Du isst mit uns zu Abend.«

Es war schon sechs Uhr. Die Lampen brannten. Das Hauspersonal kam aus dem Kino oder von sonstwo zurück. Philippe ging in sein Zimmer, um sich umzuziehen, und er blieb lange vor dem Spiegel stehen und starrte sich mit finsterem Blick in die Augen, als ob er sich hätte hypnotisieren wollen. Selbst in diesem Augenblick noch war sein Verhalten nicht frei von Schauspielerei. Er sah sich zu, wie er lebte. Er sagte zu sich:

›Das Schicksal verfolgt mich unaufhörlich! …‹

Und zufrieden stellte er fest:

›Aber ich bewahre meine Selbstbeherrschung! Ich muss sie bis zum Ende bewahren!‹

Andernfalls würde alles zusammenbrechen. Er dachte auch an den Satz:

»… *und wenn du frei wärst* …«

Es waren nicht ganz ins Blaue gesprochene Worte gewesen. Nur gab es da schon Nuancen. Wie etwa die Tatsache, dass, wenn Paulette jetzt frei wäre, das gar nichts nützen würde, da der alte Grindorge noch nicht tot war!

In ein, zwei Jahren, ja, wenn Albert Hunderte von Millionen geerbt hätte …

Sie war zu dumm, derart dumm, dass sie glaubte, er liebe sie um ihrer selbst willen, er fände ein Vergnügen dabei, ihr bleiches, wabbliges Fleisch zu umarmen!

Und als dumme Frau war sie imstande, ihre Dummheit auf die Spitze zu treiben …

Er nahm ein Fläschchen mit Jodtinktur, um damit über

die kleine Wunde zu streichen, die sie ihm an seinem Finger beigebracht hatte, und hörte es bald darauf an der Wohnungstür klingeln.

Es waren nicht die Grindorges, sondern sein Sohn mit seiner Schwiegermutter und der Gouvernante. Claude kam ihm brav entgegen und hielt ihm die Stirn zum Kuss hin, eine von der Luft draußen kühle Stirn.

Madame Donadieu umarmte ihre Tochter überschwänglich, betrachtete sie einen Augenblick und murmelte:

»Ich bin froh!«

Froh, sie endlich wiederzusehen und sie zumindest äußerlich ruhig anzutreffen!

»Ich bin sehr erschöpft gewesen«, entgegnete Martine, um sich zu entschuldigen.

»Das ist nicht so schlimm, wenn es nur vorbei ist. Aber du kennst mich ja. Ich habe nur euch beide …«

»Hat Michel dich denn nicht besucht?«

»Doch. Er hat mir gesagt, dass dein Mann ziemlich nett zu ihm gewesen ist. Aber …«

Aber das war nicht dasselbe! Michel war natürlich ihr Sohn, so wie Marthe, die sie zweimal im Jahr in La Rochelle besuchte, ihre Tochter war. Trotzdem hatten sie, wenn sie beisammen waren, einander nichts zu sagen, und ihre Zusammenkünfte glichen dem heutigen Nachmittag in Chenevières.

»Er ist der Einzige in der Familie, der so ist«, sagte Madame Donadieu noch und nahm ihren Hut ab.

Deutlicher brauchte sie nicht zu werden. Man musste nie deutlich werden, wenn es um Michel ging, denn jeder wusste, wovon die Rede war, jeder wusste um sein Laster und seinen langsamen Verfall, jeder fürchtete das Ende, das nur kläglich sein konnte.

»Genau besehen hat er vielleicht sehr gelitten wegen seiner Frau.«

Aber er hatte schließlich damit angefangen, zuerst mit einem Dienstmädchen, dann mit Odette. Also?

Philippe, die Stirn ans Fenster gepresst, hielt nach dem Wagen der Grindorges Ausschau, der nicht auftauchte. Von den Bäumen am Straßenrand fielen dicke Tropfen. Ein Schutzmann, unter seiner Pelerine erstarrt, hielt an der Straßenecke Richtung Bois de Boulogne Wache.

»Soll ich Tee bringen lassen, Maman?«

»Wir haben gerade bei mir Tee getrunken. Ich würde gern ein Gläschen Portwein trinken.«

Martine klingelte nach dem Butler, um den Portwein zu bestellen. Dann stellte sie sich neben Philippe, und man hätte meinen können, dass wieder stillschweigendes Einverständnis zwischen ihnen herrschte, als sie sagte:

»Sind sie immer noch nicht da?«

»Erwartet ihr Gäste?«, fragte Madame Donadieu von ihrem Sessel aus.

»Nein. Es geht um unsere Freunde, die Grindorges. Aber sie kommen vielleicht gar nicht …«

Philippe zuckte zusammen, drehte sich lebhaft nach seiner Frau um und bereute diesen Reflex sofort.

Denn er war ihr nicht entgangen! Sie sagte noch, wie um sich zu entschuldigen:

»Bei dem Wetter … Vor allem, da Albert Magenschmerzen hatte …«

Philippe musste hinausgehen. Sie rief ihm hinterher:

»Trinkst du keinen Portwein?«

»Ich komme sofort wieder zurück!«, rief er vom Flur aus.

Er schloss sich in seinem Zimmer ein, und der Zufall

stellte ihn einmal mehr vor den Spiegel. Nach einem Blick auf sein eigenes Bild nahm er den Hörer ab und verlangte die Wohnung der Grindorges.

»Hallo! ... Hallo! ...«

Er dämpfte seine Stimme, spähte nach der Tür, spähte nach seinem Spiegelbild.

»Hallo! ... Wer ist am Apparat? ... Sind Sie es, Florence? ... Hier Monsieur Philippe. Sind Monsieur und Madame schon nach Hause gekommen?«

»Sollten sie denn nach Hause kommen?«

»Ich weiß es nicht.«

»Die Köchin hat nichts für heute Abend vorbereitet.«

»Wie gesagt, ich weiß es nicht. Ich habe nur mal aufs Geratewohl angerufen ...«

Selbst wenn sie nur mit durchschnittlich vierzig Stundenkilometern gefahren wären, hätten die Grindorges längst entweder zu Hause oder in der Avenue Henri-Martin angekommen sein müssen. Und wenn sie eine Panne gehabt hätten, hätten sie angerufen, denn sie konnten ja nicht wissen, dass der Minister nicht mehr zum Abendessen in der Stadt auf sie wartete.

Philippe setzte sich auf den Bettrand und legte mechanisch den Hörer wieder auf. Er hatte noch nie eine solche innere Unruhe verspürt. Seit über einer Stunde schon stand ihm unaufhörlich der Schweiß auf der Stirn.

Er hörte Schritte in der Diele. Jemand versuchte, seine Tür zu öffnen, die er abgeschlossen hatte.

»Bist du da drin, Philippe?«

Darauf stand er auf, fahl vor Wut, drehte den Schlüssel im Schloss um, zog die Tür auf, sah seine Frau im Türrahmen stehen.

»Ich bin da, ja! Was gibt's denn noch?«

Er spürte, dass er im Unrecht war, dass sie von ihrem Instinkt getrieben zu ihm kam, vielleicht in dem heimlichen Wunsch, ihm nützlich zu sein? Aber es war zu spät. Er hatte sich schon zu sehr in seine Wut hineingesteigert. Der Satz kam gegen seinen Willen heraus, vulgär, brutal:

»Habe ich jetzt nicht einmal mehr das Recht, aufs Klo zu gehen?«

In Great Hole City war es Mittag, und Donad setzte sich linkisch an den Tisch, peinlich berührt von den Blicken seiner Kollegen, die ihn als den originellsten aller Millionäre ansahen.

Seine Verlegenheit erreichte ihren Höhepunkt, als Mrs Goudekett ihm ostentativ als Erstem auflegte und dabei seine Portion verdoppelte, ohne dass jemand protestierte.

7

Wäre nicht der alte Herr gewesen, der im Erdgeschoss laut hörbar mit den Füßen scharrte, so hätte man wohl behaupten können, dass sich in der Zwischenzeit rein gar nichts verändert hatte.

Madame Donadieu hatte in der Avenue Henri-Martin zu Abend gegessen, und sowohl Philippe wie Martine hatten sie aufgefordert, noch etwas länger zu bleiben. Man hatte sogar dem kleinen Claude ausnahmsweise gestattet, mit den Erwachsenen zu essen.

Als Martine später dann ihre Mutter zum Aufzug brachte, brach plötzlich die Verzweiflung aus ihr heraus.

»Auf Wiedersehen, Maman«, stammelte sie, die Augen voller Tränen.

Und anstatt ihrer Mutter einen Kuss auf die Stirn zu drücken, warf sie sich in ihre Arme, schmiegte sich an ihre üppige Brust.

»Was ist denn, meine kleine Martine?«, fragte Madame Donadieu. »Sag deiner Mutter, was du hast …«

Aber Martine zeigte auf die offenstehende Tür, und statt zu sprechen, unterdrückte sie einen Schluchzer. Draußen, vor der Wohnung, hatten sie ganz automatisch gleich den Aufzug heraufgeholt, der nun auf ihrer Etage stehen geblieben war.

»Geht es um Philippe?«, fragte Madame Donadieu noch. Ihre Stimme wurde von einem Läuten überdeckt; ein alter Mieter im Erdgeschoss wollte den Fahrstuhl zu sich herunterholen.

»Martine! Du machst mir Angst …«

Wieder klingelte es. Der alte Herr wurde ungeduldig.

»Nein! Nein! … Es ist nichts …«, erklärte Martine mit einer Kopfbewegung, denn sie konnte nicht sprechen, ohne Gefahr zu laufen, in Tränen auszubrechen.

Schließlich schob sie ihre Mutter in den Fahrstuhl. Sie sah, wie sie abwärts glitt, nur noch ein Oberkörper, ein Kopf, ein Hut, während Martine sich in Madame Donadieus Augen in umgekehrter Richtung verkürzte, nur noch zwei Beine, der Saum eines Rockes …

Martine musste wohl eine Weile auf dem Treppenabsatz stehen geblieben sein, um ihre Selbstbeherrschung wiederzufinden, denn sie sah den alten Herrn vorbeifahren und bemerkte dabei eine Warze auf seiner Nase.

Als sie in der Wohnung war, ging sie zuerst in ihr Zimmer, um ihre Haare zu ordnen und etwas Puder aufzulegen. Philippe war im Salon geblieben. Schließlich ging sie zu ihm hinüber, zögernd, strich mit gespielter Gleichgültigkeit um ihn herum, bevor sie ihn plötzlich ansprach:

»Philippe!«

Er tat, als lese er eine Illustrierte, aber sie sah genau, dass er nicht las, dass er genauso angsterfüllt war wie sie, wenn nicht noch mehr.

»Philippe! Hörst du mich?«

»Was ist?«, seufzte er.

»Die Grindorges sind nicht nach Hause gekommen.«

Sie beobachtete sein Gesicht, aber er sah ziemlich ruhig zu ihr auf.

»Woher weißt du das?«

»Weil ich gerade angerufen habe.«

»Wozu?«

»Nur so. Ich habe das Zimmermädchen am Apparat gehabt. Philippe!«

»Erzähl weiter!«

»Sieh mich an …«

Es war ihr gelungen, sich zu beherrschen, und ihre Stimme war klar, ihr Blick durchdringend. Er saß und sie stand, überragte ihn nicht nur an Größe, sondern auch in der Nachsicht, die sie in ihre Worte legte.

»Hör zu. Und lüg mich nicht an, Philippe! Ich bitte dich nur um dies, in unserer beider Namen, im Namen unserer Liebe, im Namen unseres Sohnes, Philippe, hast du mir nichts zu sagen?«

Nie war ihre Stimme so ergreifend, ihre Brust so geschwellt gewesen. Und ihre glühenden Augen, die ihren Mann nicht losließen, schienen ihm ein Geständnis entreißen zu wollen.

»Noch ist es Zeit, Philippe! Denk nach! Ich erinnere dich nicht an mein Zimmer in La Rochelle, auch nicht an unsere ersten Wochen in Paris. Ich frage dich, ich frage dich auf Knien, Philippe: Hast du mir nichts zu sagen?«

Sie hatte ihre Worte wahr gemacht, war auf die Knie gefallen und kniete nun mit gefalteten Händen vor ihm, unfähig, noch ein weiteres Wort hervorzubringen.

Philippe versuchte, den Kopf abzuwenden, aber solange er dasaß, konnte er sich dem Sog ihres Blickes nicht entziehen. Er musste aufstehen, auf die Tür zugehen, sprechen, während er seiner Frau den Rücken zukehrte, brummen eher, ohne recht zu wissen, was er sagte:

»Was sollte ich dir zu sagen haben? Ich glaube, du wirst verrückt …«

Er ging weiter, trat über die Türschwelle, während Martine immer noch kniete. Er betrat sein Zimmer, hörte nur, wie sie aufstand, spürte, dass sie ihm mit einem letzten Hoffnungsschimmer hinterherstürzen würde, und drehte den Schlüssel im Schloss herum.

Martine begriff. Sie blieb auf halbem Weg stehen, ging ebenfalls in ihr Zimmer.

Nachdem Philippe mit mechanischer Sorgfalt seine Abendtoilette verrichtet hatte, träufelte er sechzig Tropfen eines Schlafmittels in ein Glas. Er saß aufrecht im Bett, schlug die Zeitung auf und wartete darauf, dass die Arznei ihre Wirkung tat. Er las so wenig wie vorhin im Salon. Er war ganz klar, von einer Klarheit, die einer bestimmten Beleuchtung glich, eher grell als heftig, die unvermutete Kanten der Gegenstände hervorhob.

Er sah sich, Philippe, in seinem Zimmer, das immer ein wenig nach Russischleder roch, er sah sich im Schein der Nachttischlampe blass und matt, mit seinem schönen braunen Haar, und hörte sich einen Satz wiederholen:

›Ich will nicht! … Ich will nicht! …‹

Er war dreißig Jahre alt, und er spürte, dass er noch große Dinge vollbringen konnte. Er war dreißig Jahre alt! Dreißig Jahre! Und er wollte nicht …

… Er wollte nicht! … Bei diesem Gedanken fiel er in einen traumlosen Schlaf, der dem Nichts glich.

Martine hingegen blieb bis vier oder fünf Uhr morgens wach, und zweimal kam sie barfuß an die Tür ihres Mannes.

Als sie aus dem Schlaf auffuhr, war es Tag, und das Unwetter war noch stärker geworden. Angstvoll richtete sie sich auf, versuchte in einem einzigen Augenblick all ihre Erinnerungen vom Vortag zusammenzufassen. Sie klingelte dem Zimmermädchen.

»Rose! Wie spät ist es? Ist mein Mann schon aus dem Haus gegangen?«

»Ja, Madame. Es ist neun Uhr.«

Sie machte kurz Toilette, ging durch die Wohnung und trat bei Philippe ein, wo sie den Morgenrock übers Bett geworfen sah, die Boxhandschuhe auf dem Schemel, das Badewasser kaum abgekühlt und blau von Seife.

Folglich hatte Philippe wie gewöhnlich seinen Boxunterricht bei Pedretti absolviert! Die Feststellung beruhigte sie, und doch fühlte sie undeutlich, dass etwas Ungeheuerliches an diesem Boxkampf war.

»Dieser Herr besteht darauf, mit Madame zu sprechen.«

Der Butler hielt ihr eine Visitenkarte hin, er wirkte verändert. Aber war es nicht Martine, die alles durch ein verzerrendes Prisma sah?

Sie konnte tun, was sie wollte, dieser Morgen war nicht wie die anderen, nicht einmal das Licht in der Wohnung und auch nicht der Butler, der, wie ihr schien, steifer als gewöhnlich dastand. Sie warf einen Blick auf die Karte.

André Lucas
Polizeikommissar

»Wo ist er?«

»Ich habe ihn im Vorzimmer warten lassen.«

»Führen Sie ihn in den Salon.«

Sie war im Morgenrock, aber das war unwichtig. Sie dachte nur daran, dass sie ihrem Sohn noch keinen Kuss gegeben hatte, und sie ging durch das Kinderzimmer, wo der Junge in der Badewanne saß.

Als sie in den Salon kam, benahm sie sich ganz unbewusst wie eine große Dame, und der Kommissar erging sich in Entschuldigungen.

»Ich habe zuerst darum gebeten, mit Monsieur Dargens zu sprechen«, sagte er. »Man hat mir gesagt, er sei schon aus dem Haus gegangen.«

»Mein Mann ist immer um acht Uhr in seinem Büro.«

»Das hat mir der Diener auch gesagt. Ich werde ihn nachher aufsuchen. Zuvor hätte ich Ihnen eine oder zwei Fragen zu stellen.«

»Nehmen Sie Platz.«

Sie setzte sich ebenfalls, und ihr Morgenrock, von einem sehr blassen, perlmuttartigen Rosa, ließ sie noch größer erscheinen.

»Sie haben, wenn ich richtig informiert bin, gestern an einer Jagdpartie im Wald von Orléans teilgenommen.«

Martine war nicht ruhig, sondern erstarrt. Die Worte trafen sie wie Kieselsteine, und sie stürzte sich auf sie, versuchte sie zu erhaschen, bevor sie ausgesprochen wurden.

Dennoch ließ sich der Kommissar täuschen und murmelte:

»Ich nehme an, Sie wissen nicht Bescheid, da Sie die Zeitungen von heute Morgen noch nicht gelesen haben …«

Die Zeitungen lagen noch zusammengefaltet auf einem Silbertablett.

»Monsieur Albert Grindorge ist gestern Nachmittag in einem Krankenhaus in Arpajon gestorben.«

War es möglich, dass sie das alles geahnt hatte? Nichts wunderte sie! Sie wartete! Sie hätte geschworen, dass sie die Fortsetzung ebenfalls kannte!

»Er ist unter besonders qualvollen Umständen gestorben, er wurde vergiftet. Die Gendarmerie hat uns heute Morgen Einzelheiten des Dramas mitgeteilt und …«

»Gestatten Sie?«, sagte Martine und stand auf.

»Bitte.«

Wie ein Automat ging sie hinüber in ihr Zimmer, ergriff einen Mantel, den sie über ihren Morgenmantel warf. Der Zufall wollte, dass es ihr Nerzmantel war.

Lautlos begab sie sich zur Eingangstür, und als sie auf dem Bürgersteig war, suchte sie ein Taxi.

»Zu den Champs-Élysées!«, rief sie.

Es war genau vor dem überdachten Markt von Arpajon passiert. Schon seit zehn Minuten war Albert unruhig gewesen, und er hielt mit dem Wagen vor einem kleinen Bistro, denn weit und breit war kein anderes Lokal zu sehen.

»Ich muss einen Augenblick aussteigen«, sagte er zu seiner Frau. »Willst du nicht etwas trinken, um dich aufzuwärmen?«

Sie schüttelte den Kopf. Er ging hinein.

»Das Örtchen?«, fragte er, noch bevor er etwas bestellt hatte.

»Ganz hinten im Hof, rechts. Ich weiß nicht, ob Sie dort gut genug sehen werden. Es ist gleich neben dem Hühnerstall.«

Man war hier weder auf dem Land noch in der Stadt. Was diese braven Leute den Hof nannten, war eine Art Gemüsegarten, voller leerer Flaschen, Kisten, Fässer, zwischen denen einige Hühner umherirrten.

»Er hat es gefunden«, sagte die Wirtsfrau, als man von dort nichts mehr hörte.

Und der Wirt, den Ellbogen auf die Theke mit dem breiten Zinkrand gestützt, setzte seine Unterhaltung mit einem Fuhrmann fort.

»Ich habe zu ihm gesagt, dass wir Geschäftsleute sind, ist

überhaupt kein Grund, dass immer wir die Zeche bezahlen müssen! Wir haben ihn einmal gewählt, aber …«

Drei Tische, ein paar Stühle, Farbdrucke an den Wänden und ein russisches Billard in einer Ecke.

»Hör mal, Eugène …«

»Was?«

»Das hört sich doch an, als würde jemand stöhnen?«

Alle drei spitzten die Ohren und erschraken.

»Tatsächlich …«

»Vielleicht ist der Mann krank!«

War es nicht ungewöhnlich, dass Leute mit einem Auto vor ihrem Bistro hielten?

»Wie wär's, wenn du mal nachsehen würdest?«

»Warten wir noch etwas.«

Und sie setzten ihre Unterhaltung fort, bis die regelmäßige Klage, so unheilvoll wie die Sirene eines Hafens bei Nebel, sich in einen Hilfeschrei verwandelte.

»Worauf wartest du denn noch?«

»Kommen Sie mit?«, fragte der Wirt den Fuhrmann.

»Nimm die Taschenlampe.«

Die Batterie war fast leer. Im Hof hörte man das Stöhnen deutlicher. Es war kein Zweifel mehr möglich. Der Mann war krank.

Ganz hinten, rechts, neben dem Hühnerstall, wie die Wirtin gesagt hatte, stand eine Bretterbude, mit einer Toilettenschüssel im Innern und Zeitungsfetzen, die an einem Draht hingen.

Grindorge, der zu Boden gestürzt war, krümmte sich stöhnend.

»Was haben Sie denn? Geht es Ihnen nicht gut?«

Und die Wirtin, die ihnen vorsichtig gefolgt war, sagte:

»Du solltest ihn vielleicht ins Haus bringen, Eugène!«

Allerdings würde er alles beschmutzen! Der Fuhrmann hob Albert schließlich auf, schleifte ihn über den Boden, zerrte ihn bis ins Haus und dann durch die Küche.

»Wo soll ich ihn denn hinlegen?«

»In den Schankraum. Dort steht eine Bank ...«

Aber Grindorge fiel wieder von der Bank hinunter, und man legte ihn auf den Billardtisch, während seine Frau benachrichtigt wurde. Sie kam herein, leichenblass, näherte sich ihm ängstlich.

»Fühlst du dich unwohl, Albert? Soll ich einen Arzt rufen?«

Wie die Wirtin etwas später zu Protokoll geben würde, machte sie nicht den Eindruck, ihre fünf Sinne beisammenzuhaben.

»Gibt es einen Arzt hier in der Nähe?«, fragte sie und drehte sich um.

Die Frau ging hinaus, um einen zu holen; ihr Mann, unterstützt von dem Fuhrmann, flößte Grindorge Schnaps ein – Marc, der sehr stark roch.

»Geben Sie mir auch einen«, sagte Paulette, die sich auf einen Strohstuhl gesetzt hatte und bei jedem Klagelaut zusammenzuckte.

Der Marc war so stark, dass sie sich beinahe erbrochen hätte. Man hörte eilige Schritte, dann kam die Wirtin zurück, gefolgt von einem jungen Arzt, der verlegen um den Kranken herumschlich.

»Am besten wäre es, ihn sofort ins Krankenhaus zu schaffen«, erklärte er schließlich. »Wie ist das gekommen?«

»Ich weiß nicht ... Er saß am Steuer ... Er hielt an ...«

»Und als er hereinkam, hat er uns gleich nach dem Örtchen gefragt«, fuhr die Wirtin fort.

Albert Grindorge sollte ungefähr in dem Augenblick im

Krankenhaus sterben, in dem Madame Donadieu mit dem kleinen Claude in der Avenue Henri-Martin ankam.

Man hatte Paulette in ein weißlackiertes Wartezimmer gesetzt, in dem Polsterbänke und ein elektrischer Ofen standen. Alle fünf Minuten kam eine Krankenschwester herein und berichtete, wie es stand, und stellte Paulette Fragen.

»Wissen Sie, was er als Letztes gegessen hat?«

Sie antwortete folgsam, suchte sich an die kleinsten Einzelheiten zu erinnern.

»... dann, nach dem Käse, hat er eine Birne von den Spalierbäumen gegessen ...«

Das Auto stand nach wie vor gegenüber dem überdachten Markt. Der Sekretär des Kommissariats, den der Wirt benachrichtigt hatte, erkundigte sich im Krankenhaus, und nach einem kurzen Gespräch mit dem Arzt beschloss er, die Gendarmerie zu verständigen.

Paulette saß immer noch mit starrem Blick, die Hände auf den Knien, im Wartezimmer, wo außer ihr nichts einen Schatten warf.

»Ich glaube, Madame, eine Untersuchung wird sich nicht umgehen lassen. Ich weiß nicht, was Sie jetzt tun wollen. Gibt es Verwandte? ...«

Sie brachte nur hervor:

»Man muss seinen Vater benachrichtigen.«

Sie gab den Namen, die Adresse, die Telefonnummer an.

»Was Sie angeht, so können wir Ihnen bis morgen früh ein Bett geben. Sie scheinen Ruhe zu brauchen.«

Ja! Sie brauchte Ruhe. Sie wollte nicht nach Hause. Der Arzt musterte sie verstohlen, dann sah er seine Assistentin an, als wollte er sagen:

›Eine seltsame Frau!‹

Als man ihr Alberts Tod mitteilte, wollte sie ihn nicht sehen. Man hatte ihr ein kleines Zimmer gegeben, und sie hatte sich auf den Rand des Krankenbettes gesetzt. Kurze Zeit später, als jemand hereinkam, um sie zu fragen, ob sie etwas essen wolle, war sie eingeschlafen.

Als der Taxifahrer sich im Rückspiegel seinen Fahrgast ansah, fand er, dass er einen komischen Vogel aufgegabelt hatte. Er hatte durch den aufklaffenden Nerzmantel den perlmuttfarbenen Morgenrock gesehen. Und die junge Frau beugte sich unaufhörlich vor, als würden sich dadurch die Räder schneller drehen.

Sie hatte nur einen Gedanken: rechtzeitig ankommen! Ohne sich um das Taxi zu kümmern, rannte sie zum Fahrstuhl, fragte den livrierten Liftboy, der auf den Knopf drückte:

»Ist mein Mann weggegangen?«

»Ich glaube nicht. Ich habe ihn nicht gesehen.«

Sie durchquerte, immer noch im Laufschritt, das weite Vestibül, während sich die Angestellten nach ihr umdrehten, und als sie an Albert Grindorges Büro vorbeikam, erlitt sie einen Schock, denn erst jetzt begriff sie, dass er tot war, dass sie ihn nie mehr wiedersehen würden.

»Philippe!«

Er war noch da. Sie sah ihn. Sie berührte ihn.

»Du musst kommen. Die Polizei ist im Haus ...«

Er beruhigte sie.

»Ja und? Warum regst du dich denn so auf?«

»Weißt du es noch nicht?«

»Grindorge ist tot, ja. Und?«

Sie schüttelte den Kopf. Sie nahm ihm seine Ruhe nicht ab. Sie wiederholte:

»Komm!«

»Die Polizei soll zu mir kommen, wenn sie Auskünfte von mir haben will.«

Aber sie sagte immer wieder »Komm!« in einem Ton, dass er es vorzog, ihr zu folgen, nachdem er Caron verkündet hatte:

»Ich werde in einer Stunde wieder hier sein.«

»Ich bitte Sie um Verzeihung, dass ich Sie habe warten lassen. Ich wollte, dass mein Mann dabei ist.«

Ihr war so kalt, dass sie ihren Nerzmantel anbehielt, während Philippe sich dem Kommissar gegenübersetzte, die Beine übereinanderschlug, eine Zigarette anzündete.

»Du solltest uns allein lassen, Martine. Du bist zu nervös.«

Und er log, log auf eine entsetzliche Weise, als er dem Kommissar wie beiläufig sagte:

»Sie müssen meine Frau entschuldigen, sie ist in anderen Umständen. Die Nachricht, die Sie ihr überbracht haben, hat sie ganz aus der Fassung gebracht ...«

»Ich habe mich zu entschuldigen. Diese Angelegenheit ist sehr kompliziert aufgrund der Tatsache, dass die Betroffenen in Paris wohnen, der Zwischenfall sich in Arpajon ereignet hat, das Verbrechen aber, falls denn ein Verbrechen vorliegt, im Wald von Orléans begangen wurde. Ich habe bis jetzt nur einen Bericht der Gendarmerie gelesen. Da Sie den gestrigen Tag mit den Grindorges verbracht haben ...«

»Minister Pomeret war ebenfalls dabei«, gab Philippe rasch zurück.

»Ja. Ich habe ihn für elf Uhr um eine Audienz gebeten.«

Und der Kommissar sah auf seine Uhr.

»Sie sind also alle zusammen von Paris aufgebrochen und ...«

Philippe gab einen genauen Bericht über die Ereignisse des Tages, wobei er eine Zigarette nach der anderen rauchte. Martine, die ihn nicht aus den Augen ließ, sah ihn nicht ein einziges Mal zögern, nicht einmal, als der Kommissar ihn fragte:

»Sie sind doch sehr eng mit den Grindorges befreundet. Können Sie mir sagen, ob es im Leben des einen oder des anderen der beiden Ehepartner vielleicht etwas gegeben hat, das ...«

»Ich habe nicht die geringste Ahnung.«

»Haben Sie nie etwas von einem Ehekrach mitbekommen?«

»Nie. Nicht wahr, Martine?«

Sie schüttelte den Kopf.

»Ich bitte um Entschuldigung, dass ich weiterbohre. Monsieur Grindorge senior, mit dem ich heute Morgen gesprochen habe, bevor ich hierhergekommen bin, behauptet, dass sich sein Sohn und seine Schwiegertochter verändert hätten, seit sie mit Ihnen verkehrten.«

»Darin stimme ich mit ihm überein, und zwar insofern, als die Grindorges seither ein mondänes Leben geführt haben.«

»Ich danke Ihnen. Ich nehme an, dass Sie in den kommenden Tagen nicht die Absicht haben, sich aus Paris zu entfernen?«

»Ich denke nicht«, entgegnete Philippe mit schwacher Stimme.

»Für den Fall müsste ich Sie nämlich bitten, mich telefonisch im Polizeikommissariat zu benachrichtigen.«

Er suchte überall seinen Hut, den der Diener ihm abgenommen hatte, als er ihn einließ, entschuldigte sich noch einmal, verließ den Raum rückwärtsgehend und wurde endlich vom Fahrstuhl verschluckt.

Und dann war es, als ob die große Wohnung noch größer, aber leer, absolut leer geworden wäre, mit nichts darin als zwei Menschen, die sich gegenübersaßen, Martine und Philippe, Martine im Nerzmantel, Philippe, der die Asche seiner Zigarette abstreifte, nervös wurde, schließlich den brennenden Stummel im Aschenbecher ausdrückte.

Als der Fahrstuhl wieder oben, der Diener wieder an seiner Arbeit und die Stille unaushaltbar war, hob Philippe langsam den Kopf und sah Martine an.

Er begriff im selben Augenblick, dass die Zeit der Lügen vorbei war. Er begriff, warum sie ins Büro gekommen war, warum sie ihn, fast mit Gewalt, hierhergebracht hatte.

Sie hatte sich so verändert, dass man nicht hätte sagen können, was größer war, ihre Unversöhnlichkeit oder ihre Verzweiflung. Mit verächtlicher Stimme ließ sie nur fallen:

»Was gedenkst du zu tun?«

Und sie war so viel größer als er, dass er die Fassung verlor, auf und ab lief, sich eine neue Zigarette anstecken wollte, doch das Feuerzeug zündete nicht.

»Hast du meine Frage gehört, Philippe?«

»Ich verstehe nicht«, brummte er und wandte den Kopf ab.

»Philippe!«

»Nun?«

»Sieh mich an. Sei nicht auch noch feige. Ich frage dich, was du zu tun gedenkst.«

»Und ich verstehe nicht, warum du mir überhaupt eine so dumme Frage stellst.«

Darauf geschah etwas Unerhörtes. Sie ging auf ihn zu,

während der Pelzmantel ihre stattliche Erscheinung noch unterstrich, sie geradezu feierlich erscheinen ließ. Als er versuchte, den Kopf abzuwenden, ohrfeigte sie ihn instinktiv.

»Philippe!«

Beinahe hätte er ebenfalls zugeschlagen. Einen Augenblick lang konnte man glauben, dass sie wie Tiere aufeinander losgehen würden, doch Philippe schreckte zurück, wollte zur Tür gehen.

»Du bist zu aufgeregt. Ich lasse dich lieber allein …«

Aber sie folgte ihm, versperrte ihm den Weg.

»Du wirst nicht weggehen, Philippe! Du hast immer noch nicht verstanden, wie?«

»Ich verstehe nur, dass du verrückt wirst …«

»Du bist widerlich! Wenn jemand verrückt geworden ist, dann nicht ich, das weißt du genau, sondern diese arme Frau. Ich wiederhole meine Frage: Was gedenkst du zu tun?«

»Nichts beweist, dass Paulette …«

»Dummkopf! Du hast wohl den Kommissar nicht beobachtet, wie? Hast du nicht gemerkt, wie er dich angesehen hat, als er über die Anschuldigungen von Alberts Vater gesprochen hat?«

»Ich habe nichts getan.«

»Darum geht es gar nicht! Die Polizei ist nicht mehr hier. Ich will wissen, was du vorhast.«

Er versuchte, sich etwas zu trinken einzugießen, denn er hatte einen Spirituosenvorrat in einer Ecke des Salons, doch Martine riss ihm das Glas aus den Händen und warf es zu Boden.

»Bist du wirklich so feige?«

»Das Personal wird dich hören …«, murmelte er.

»Was spielt das jetzt noch für eine Rolle? Gib zu, Philippe, dass du die Absicht hattest wegzugehen.«

Worin sie sich irrte. Er hatte zwar daran gedacht, aber am Morgen, in seinem Büro, als er sich etwas beruhigt hatte, war es ihm undenkbar erschienen, dass man ihn anklagte. Was hatte er getan? War es ein Verbrechen, mit einer Frau zu schlafen und zu bedauern, dass sie nicht mehr frei war?

»Das«, fuhr Martine fort, »werde ich nie zulassen!«

Er lachte höhnisch:

»So was nennt man Liebe!«

»Ich weiß nicht, ob es Liebe oder Hass ist …«

Und in diesem Augenblick wurde ihre Stimme schwächer …

»Ich weiß, dass wir gemeinsam ein Leben begonnen haben … Ich weiß, dass du imstande bist, anderswo noch mal ein neues Leben zu beginnen … Und dazu sage ich dir nein, nein und nochmals nein!«

»Sprich bitte leiser, ja?«

»Was spielt das jetzt noch für eine Rolle!«

»Unser Sohn …«

»*Dein* Sohn, Philippe, sagst du doch immer! Ich frage dich ein letztes Mal, was du zu tun gedenkst.«

Sie konnten beide nicht wissen, dass im selben Augenblick Paulette in einem kleinen Büro am Quai des Orfèvres einem Kommissar gegenübersaß, der wie Martine wieder und wieder ein und dieselbe Frage stellte.

»Warum haben Sie Ihren Mann vergiftet?«

Paulette leugnete seit zwei Stunden. Ein Polizeibeamter, der mit dem Motorrad nach Chenevières gefahren war, hatte von dort Noémies Zeugenaussage mitgebracht. In seinem Bericht hieß es:

»Erschien Ihnen Ihre Herrin am Sonntagmorgen normal?«

»Nein!«

»In welcher Hinsicht erschien sie anormal?«

»In jeder Hinsicht! Man hätte meinen können, wir sind im Irrenhaus. Einer der Gäste, Madame Dargens, lag die ganze Zeit über im Salon. Und Madame Grindorge lief hin und her, ohne irgendetwas zu machen, sie kam immer wieder in die Küche und strich ziellos im Hof herum.«

»Hat sie Streit mit ihrem Mann gehabt?«

»Das hätte sie gar nicht gekonnt, weil Monsieur Grindorge auf der Jagd war.«

»Ist Ihnen bekannt, dass sie einen Geliebten gehabt hat?«

»Darauf kann ich nicht antworten.«

»Ich mache Sie darauf aufmerksam, dass ich Sie aufgrund eines Rechtshilfeersuchens verhöre. Sie werden später noch einmal unter Eid aussagen müssen.«

»Ich weiß nichts.«

»Ist Ihnen im Verhalten Madame Grindorges etwas aufgefallen, das …«

»Ich habe einmal gesehen, wie sie Monsieur Philippe ein Briefchen in die Hand gedrückt hat.«

»Ist das alles?«

»Ein andermal habe ich sie ertappt, wie sie sich auf dem Treppenabsatz küssten.«

»In welche Räume ist Madame Grindorge im Verlauf des Sonntagmorgens gegangen?«

»Das kann ich nicht sagen, aber ich habe mich gefragt, was sie in der Waschküche will …«

Weiter unten fügte der Polizeibeamte hinzu:

»Ich habe eine Bestandsaufnahme aller in der Waschküche vorhandenen Gegenstände gemacht. Ich habe dabei unter anderem ein Fläschchen Maulwurfgift entdeckt, dessen Korken ganz feucht war, obgleich die Flüssigkeit nur die Hälfte der Flasche füllte. Ich habe sie beschlagnahmt und dem Bericht beigefügt.«

Das Verhör am Quai des Orfèvres ging weiter, und durch das Fenster sah man eine schmutzigbraune, Hochwasser führende Seine dahinfließen.

»Kennen Sie dieses Fläschchen mit Maulwurfgift? Bevor Sie antworten, mache ich Sie darauf aufmerksam, dass Fingerabdrücke darauf gefunden worden sind.«

Ihre Reaktion fiel anders aus, als der Kommissar erwartet hatte. Paulette Grindorge machte sich auf ihrem Stuhl steif, zog eine Grimasse, die einem Lächeln glich.

»Ich nehme es hin, dass man mich tötet«, brachte sie hervor, als ob sie jenseits dieses Büros bereits Engel erblickt hätte.

Martine sah ihren verstörten Mann fest an und murmelte:

»Mein armer Philippe!«

Armer Philippe, an den sie geglaubt hatte und der von neuem den Rückzug antrat, sich in sein Zimmer zurückziehen wollte! Aber sie folgte ihm – verstellte ihm die Tür –, bis sie schließlich den Schlüssel im Schloss umdrehte, von innen.

»Verstehst du nicht, dass du zu viel getan hast, als dass ich dich einfach gehen lassen kann? Denk an Charlotte, Philippe! Denk an alle Donadieus, die ... Nein! Diesen Vorwurf mache ich dir nicht, denn ich bin deine Komplizin gewesen. Aber gerade deshalb ...«

»Sag lieber gleich, was du willst!«

Wenn er einen Ausgang gefunden hätte, wäre er fortgelaufen.

»Beruhige dich einen Augenblick. Versuch, ein Mann zu sein. Nachher, heute Abend oder morgen, werden sie kommen und Rechenschaft von dir verlangen ...«

»Ich habe nichts getan!«

»Trotzdem, nicht wahr, ist unser Leben unmöglich?«

»Ich bin dreißig Jahre alt!«, schleuderte er ihr wie eine Herausforderung entgegen.

»Und ich zweiundzwanzig, Philippe. Albert war fünfunddreißig. Paulette hat zwei kleine Mädchen ...«

»Halt den Mund! Ist es vielleicht meine Schuld?«

»Sei ein Mann! Hör zu! Maman wird sich um Claude kümmern ...«

Er riss die Augen weit auf.

»Was sagst du da?«

»Ich sage, dass sich Maman um Claude kümmern wird. Man muss auch verlieren können. Sieh mich an, Philippe, ich flehe dich an ...«

Nie hatte er eine solche Klarheit in Martines Augen gesehen, nie so viel Liebe! Ja, genau in dem Augenblick, in dem er auf Hass gefasst war ...

»Philippe! ... Lass uns gehen ...«

Er legte ihre Worte falsch aus und lächelte beinahe. Da richtete sie in einer plötzlichen Bewegung den Revolver auf ihn, den sie gerade aus der Schublade genommen hatte.

»Ich will mich nicht an all das erinnern, was du mir angetan hast. Es ist besser so ... Ich habe fast die ganze Nacht darüber nachgedacht. Ich war noch nicht sicher, aber mein Instinkt hat mich nicht getrogen ... Heute Morgen, als ich dich hier nicht vorgefunden habe, habe ich schon geglaubt, du wärst für immer weggegangen ...«

Ein Gedanke schoss durch Philippes Hirn: sich des

Revolvers bemächtigen und ihn mit aller Kraft durch die Fensterscheibe werfen.

Aber Martine erriet seine Gedanken, sie wurde leichenblass und rief mit ängstlicher Stimme:

»Philippe! ... Nein, tu das nicht ... Beschmutze nicht ...«

Und da er versuchte, ihr das Handgelenk herumzudrehen, schoss sie, einmal, zweimal, sah ihn wanken, die Hand an der Brust, beugte sich über ihn und wiederholte in verzweifeltem Ton:

»Philippe! ... Mein Philippe! ...«

Sah er sie? Sah er noch, wie sie glühend, über ihn gebeugt, zu sich selbst sprach, eine Träne auf seine Wangen fallen ließ und abermals schoss, den Lauf der Waffe auf die eigene Brust gerichtet?

»Philippe!«

Die Hausangestellten versuchten, die Tür aufzubrechen. Das Zimmermädchen stürzte ans Telefon, alarmierte die Polizei.

Und Martine, die nicht sterben konnte, schoss ein letztes Mal, sie war auf den Körper ihres Mannes gesunken, den Lauf der Waffe in ihrem Mund.

»Phi ...«

8

Donad hatte gerade noch Zeit, sich in Paris einen schwarzen Konfektionsanzug zu kaufen. Er passte ihm nicht ganz, und man sah den Schaft seiner Halbstiefel, während die Ärmel seines Hemdes weit über seine Handgelenke reichten.

Die Leute in La Rochelle erkannten ihn nicht wieder. Sie zeigten mit dem Finger auf ihn und murmelten:

»Er hat sogar einen amerikanischen Akzent!«

Und es stimmte, denn seit annähernd sechs Jahren sprach er nicht mehr Französisch, nicht einmal mit Edmond. Seine Bewegungen in diesem von so vielen Menschen wimmelnden Städtchen waren linkisch. Er wusste nicht, wie er auftreten sollte, denn seine Schüchternheit hatte wieder von ihm Besitz ergriffen.

»Wie stark er geworden ist!«, rief man begeistert.

Nach den kirchlichen Vorschriften hätte mindestens einem der Dargens ein religiöses Begräbnis verweigert werden müssen. Aber die Angelegenheit hatte sich in Paris abgespielt; außerdem war nicht erwiesen, welcher der beiden Ehegatten sich umgebracht hatte, und im Zweifel konnte man sie nicht beide von einem christlichen Begräbnis ausschließen. So jedenfalls hatte der Bischof entschieden.

Auf einen Schlag war das ganze Haus in der Rue Réaumur voller Menschen. Der Katafalk mit den brennenden Kerzen wurde im großen Salon aufgestellt, wo schwarze

Wandbehänge die Porträts von Oscar Donadieu und seiner Frau verhüllten.

Madame Donadieu schlief im Pavillon, wie sie es schon mehrere Monate lang vor dem Umzug Philippes und Martines getan hatte.

Michel war allein im ersten Stock. Nichts an der Wohnung war verändert worden, sie sah immer noch aus wie zu Évas Zeiten. Sein Sohn war aus Grenoble gekommen, wo er das Gymnasium besuchte, allerdings nur während der warmen Jahreszeit, denn den Winter verbrachte er immer im Gebirge.

»Warum wollen Sie denn nicht bei uns wohnen?«, hatte Madame Donadieu zu Frédéric gesagt.

Er hatte das Hôtel de France vorgezogen, und am Morgen der Beisetzung hatte er zehn Minuten lang mit Odette telefoniert, um sie zu beruhigen.

Denn am Abend zuvor hatte sich der alte Baillet wieder betrunken und in einer kleinen Kneipe am Quai Drohungen ausgestoßen.

Frédéric hatte den Hauptkommissar aufgesucht und ein langes Gespräch mit ihm gehabt.

»Sie werden bestimmt einen Vorwand finden, um ihn festzuhalten, und wenn es nur für drei Stunden ist.«

Der Vorwand, den man fand – dass der alte Baillet nämlich das Gras für seine Kaninchen auf einem Militärgelände schnitt –, war nicht sehr einfallsreich und hatte den Alten in Rage gebracht, umso mehr, als er am Morgen noch die Zeit gefunden hatte, sich zu betrinken.

Er grölte in der Haftanstalt, und man konnte seine Verwünschungen bis in die Rue du Palais hören.

Alle Welt nahm an der Beerdigung teil, die Mortiers, die Camboulives, von denen zwei Töchter in der Woche zuvor geheiratet hatten, die Varins, Rechtsanwalt Limaille, Maître Goussard, die Fischer, die sich wie für eine Demonstration aufgestellt hatten und Kränze vor sich hertrugen, die Angestellten und die Arbeiter, die Lagerhalter der Eierbriketts.

Sogar die Krügers aus dem Elsass, die man aus den Augen verloren hatte, hatten Madame Donadieu ein langes Beileidstelegramm geschickt.

Seit sechs Jahren hatte man die Donadieus nicht mehr zusammen gesehen. In der Öffentlichkeit fand man, dass Madame Donadieu eher munterer wirkte als früher. Michel, der fetter geworden war als seine Mutter, sah man nur betreten an.

An die Olsens war man gewöhnt, und man achtete nicht auf sie, während sich die Blicke vornehmlich auf Kiki richteten.

»Bist du sicher, dass er es ist?«

Die unmöglichsten Gerüchte kursierten.

»Er soll die amerikanische Staatsbürgerschaft angenommen haben.«

Andere gingen noch weiter: Da sie Klatschgeschichten über die mystischen Neigungen des jungen Mannes gehört hatten, behaupteten sie, er sei Mormone geworden.

»Er arbeitet dort in den Goldgruben ... Er ist zwar schlecht angezogen, aber er ist reicher als die ganze Familie zusammen ...«

Edmond war aus Furcht vor Vorwürfen in Paris geblieben, wo er einen Anruf von Donad erwartete, sobald die Trauerfeierlichkeiten vorbei waren.

Man hatte Niederträchtigkeiten erwartet, nicht nur wegen des alten Baillet, den keiner mehr ernst nahm, sondern auch wegen eines Streiks der Dockarbeiter, der drei Tage zuvor ausgebrochen war und dem Olsen sich im Namen der Donadieus widersetzen wollte.

Die Morgenzeitungen hatten gemeldet:

Madame Grindorge wurde in eine Anstalt eingewiesen, nachdem zwei unserer bedeutendsten Psychiater sie eingehend untersucht haben ...

Es gab zwei mit Blumen bedeckte Särge. Sie wurden unter demselben Katafalk in die Kirche gebracht. Es war ein trüber Herbsttag. Die Kirche, nur schwach erhellt vom Kerzenschein, roch durchdringend nach Weihrauch. Links auf der Frauenseite war es Marthe, die am stärksten weinte, während Madame Donadieu reglos und aufrecht dasaß und ihre Augen fest auf den Altar und den Gekreuzigten gerichtet hielt.

Auf der rechten Seite stand Kiki mit verschränkten Armen, und bei der Wandlung vergaß er, sich hinzuknien. Auch er sah starr vor sich hin, doch es war nicht, wie bei seiner Mutter, ein Blick voller Leiden und Vorwürfe; es war der ruhige Blick eines Mannes, der seinen Weg gefunden hat.

Seine Seele war dort in Great Hole City. Dies hier war nur eine Komödie von wenigen Stunden, und schon morgen ...

Olsen, beunruhigt, fragte ihn halblaut:

»Hast du vor, lange in Frankreich zu bleiben?«

Und Michel dachte, während Kinderstimmen, von Orgelklängen untermalt, das *Dies Irae* sangen, dass Philippe die fünfzehntausend Franc (er hatte zwanzigtausend verlangt, aber Philippe handelte ihn immer herunter), die er ihm in der vergangenen Woche geliehen hatte, vielleicht nicht in die Bücher eingetragen hatte.

Die Menge erhob sich, bekreuzigte sich, kniete nach den Regeln der Liturgie wieder nieder. Ein dünnes Glöckchen erfüllte von Zeit zu Zeit die Kirche mit seinem silbrigen Klang.

»*Libera nos, Domine ...*«

Man hatte Madame Donadieu gefragt, ob man zum Opfer gehen solle. Sie wusste es nicht.

»Tut man das üblicherweise?«

»In sechs von zehn Fällen.«

Und die Anwesenden zogen vorbei, einer hinter dem anderen, küssten die Patene, die der Priester mit einer zerstreuten Bewegung abwischte, ließen ihren Obolus in den von einem Chorknaben gehaltenen Teller fallen.

»*Pater noster ...*«

Der Priester ging langsam um den Katafalk herum, wo, in zwei Särgen, Philippe und Martine lagen. Er schwenkte den Weihrauchkessel über ihnen und besprengte sie dann mit Weihwasser.

»*Et ne nos inducas in tentationem ...*«

Laute Stimmen antworteten von der Empore herab, von der Orgel unterstützt:

»*Sed libera nos a malo ...*«

»*A porta inferi ...*«

»*Erue Domine animas eorum ...*«

»*Amen!*«

Dann plötzlich vollkommene Stille. Die Orgel verstummte, ein Chorknabe stellte sich, ein Kreuz in der Hand, vor den Katafalk, und die schwarzen Männer des Bestattungsunternehmens holten aus der schwarzen Pyramide mit dem Silberstaub die beiden Särge heraus, die viel zu schmal schienen.

Von oben drei Töne der Orgel, dann erhob sich von neuem die Stimme des Priesters, in Moll, die Füße der Menge, die über den Steinboden glitten und dabei den

Staub knirschen ließen, der Zug, der sich unter der Leitung eines Zeremonienmeisters im Zweispitz bildete, und schließlich, auf dem Kirchenvorplatz, die Wagen, die hintereinander vorfuhren.

»Erue me ...«

Im ersten Wagen, von zwei Chorknaben begleitet, sprach der Priester mit leiser Stimme weiter sein Gebet.

Dann, im zweiten Wagen, Madame Donadieu, Olsen, Marthe, Michel.

Kiki war im dritten, mit seinem Onkel und dem Notar sowie zwei Herren, die er nicht kannte ...

Die Leute blieben stehen, als der Zug vorbeikam. Er bewegte sich über die Quais, an dem Haus am Quai Vallin vorbei, das an diesem Tag geschlossen war.

An die tausend Menschen sowie Delegationen mit Fahnen folgten den zehn Wagen.

»Haben Sie vor, nach dort drüben zurückzukehren, Monsieur Oscar?«, fragte Maître Goussard.

»Ich schiffe mich übermorgen auf der Ile-de-France ein«, bestätigte Kiki, der verwirrt war, dass ihn hier keiner Donad nannte, und für den diese Riten, die seine Kindheit geprägt hatten, unverständlich, fast unanständig geworden waren.

»Immerhin, wenn Sie wollten, stark, wie Sie sind ...«

All die Leute, die nicht verstanden, dass seine Kraft eben anderswo lag!

Am Ende des Quai Vallin musste man den Kanal überqueren. Und genau dort, zehn Meter von der Zugbrücke entfernt, war eines Abends Oscar Donadieu senior ...

Die Menge, die ihnen zu Fuß folgte, erinnerte sich dieses Ereignisses, aber die Familie in den Wagen vermied es, darüber zu sprechen.

Olsen sagte:

»Wenn man auf mich gehört hätte …«

Madame Brun hatte einen Platz in einem Wagen ergattert; Charlotte ging zu Fuß, trotz ihres Gebärmutterkrebses, von dem sie am Abend zuvor noch gesagt hatte:

»Das habe ich ihm zu verdanken! So brutal war er!«

Und sie trug ihren Krebs, wie der Chorknabe sein vergoldetes Kreuz trug, wie der Priester, bei anderen Gelegenheiten, das Allerheiligste trug.

Unterdessen kamen die beiden Särge, von denen einer aussah wie der andere, sodass die Totengräber sie verwechselten, am Friedhof an. Weil Michel sich widersetzt hatte, wurden sie nicht in der Familiengruft beigesetzt.

Porquerolles, Les Tamaris, Juli / August 1936

PIA REINACHER
Vom Bannen der Dämonen

Schon zu Beginn ist klar, dass sich etwas Ungeheuerliches ereignet hat, aber jedermann rätselt, wer dafür verantwortlich sei: Oscar Donadieu, 72-jähriger vermögender Reeder in La Rochelle, Patriarch, Vorbild und Oberhaupt nicht nur der Familie, sondern der ganzen Stadt, ein Klotz von einem Mann und kerzengerade gewachsen, unerschütterlich in seinen Überzeugungen und auch in seiner Moral, eine Instanz, die bei allen Konflikten als Schiedsrichter angerufen wird, ist verschwunden.

Es ist wie ein Erdbeben. Im festgefügten Universum der Familie zeigen sich plötzlich verdächtige Risse. Der Reeder ist am Sonntagabend nicht nach Hause in die Rue Réaumur gekommen, Sitz des Clans. Im Haus Donadieu hat es nie Überraschungen gegeben. Alles geht hier seinen Weg, berechenbar, voraussehbar, streng geregelt, sodass man sich in La Rochelle nach dem vorgegebenen Maß richten konnte wie nach einer Uhr. Da Oscar Donadieu Herr im Hause war und allein er darüber entschied, was zu tun war, ist man nun ratlos. Die Situation: dubios. Die Atmosphäre: bedrohlich. Die Hintergründe: diffus. Mit Donadieu ist eine Stütze der Gesellschaft lautlos zusammengesunken. Die Leerstelle klafft. Sechs Tage später wird der Patriarch tot auf dem Grund des Hafenbeckens gefunden. Es ist nur der Anfang eines rätselhaften Unheils, an dessen Ende der Zusammenbruch einer der ersten Familien von La Rochelle stehen wird.

Das Testament Donadieu, 1936 in Porquerolles geschrieben und 1937 in Paris erschienen, gehört zu Georges Simenons ambitioniertesten und mit seinen gut 500 Seiten auch umfangreichsten Projekten aus der Zeit nach 1934. Es ist ein Großwerk aus der Periode der »Non-Maigrets«. Viele Kritiker wollten in der Geschichte um den Niedergang der Dynastie Donadieus eine Art »Buddenbrooks« sehen oder sprachen von einer »Balzac'schen« Periode. Zu sehr erinnerte der Roman um die fatale Tragödie an die *Comédie humaine* des berühmten französischen Romanciers, der wie Simenon das Böse, die Dummheit, die Geld- und Machtgier, den Ehrgeiz, die Sexualität als Mittel der Täuschung und Unterwerfung sowie die Physiologie der Charakterschwäche literarisch durchbuchstabierte. Der Familienname *Donadieu (don à dieu)* kann als lautmalerische Anspielung auf eine Chiffre aus der französischen Geschichte gelesen werden, die für politisches Kalkül, strategische Heirat und Beischlaf im Dienste des Machterhalts steht. *Le Dieudonné*, Geschenk Gottes, war der Beiname von Louis XIV, dem Sohn von König Louis XIII und Anna von Österreich. Seine Zeugung wurde von Kardinal Richelieu arrangiert, der die sich feindlich gesonnenen Eltern zufällig wieder zusammenbrachte. Da sich die Zeitgenossen nicht mit der politischen Vernunft, die zu dieser *Frucht der Liebe* geführt hatte, abfinden wollten, gaben sie dem Kind den beschönigenden Namen *Le Dieudonné – Donadieu* als anagrammatisches Wortspiel, suggeriert damit bereits im Titel *ex negativo* die fatale Kälte, welche alle Ehen der Dynastie Donadieu bestimmt und zu einer der Hauptursachen der finalen Katastrophe wird.

In *Das Testament Donadieu* beginnt das Verhängnis mit dem Tod des Patriarchen, setzt sich mit dem Auseinanderdividieren der Familie durch sein eigenwilliges Testament fort, das die Ehefrau enterbt, und treibt auf einen ersten Höhepunkt zu mit dem kaltblütigen Eindringen des verarmten, aber von Ehrgeiz besessenen Emporkömmlings Philippe Dargens: Er verführt und heiratet die Erbin Martine aus reiner Berechnung. Dargens sieht die Stunde für den endgültigen Aufstieg gekommen und opfert seiner Raffgier den letzten Funken von Moral: Zug um Zug bringt er die Schwiegermutter auf seine Seite, schaltet die übrigen Geschwister aus, reißt im neuentstandenen Vakuum der Reederei die Macht an sich und wird, schon fast am Ziel, von seiner gedemütigten Frau erschossen – in einem ohnmächtigen Akt letzter Wiederherstellung von Selbstachtung.

Das Testament Donadieu fand großes Presseecho. André Gide muss den Roman bereits 1939 gelesen haben, als er Simenon für seine gelungenen Konstruktionen lobte, – ausgenommen für diesen Roman. Aber das vergaß er offensichtlich wieder; denn zehn Jahre später äußerte er sich begeistert über die Familiensaga aus La Rochelle und lobte sie als wahre Entdeckung, über die er verblüfft sei. Simenon seinerseits widersprach dem Vergleich mit Balzac heftig. Dies alles habe nichts mit der Balzac'schen Tradition zu tun, sondern mit der Tatsache, dass er in La Rochelle mit einigen Schiffseignern befreundet sei, deren Milieu er im Detail studiert habe. Auch die Länge sei einzig dem Umstand zu verdanken, dass er den Roman als Fortsetzungsroman für *Le Petit Parisien* konzipiert habe. Anders als die meisten von Simenons Büchern wurde *Das Testament Donadieu* nicht in einem Zug niedergeschrieben, sondern die Entstehung wurde immer wieder durch manche Angelausflüge und gesellschaftliche Anlässe unterbrochen.

Tatsächlich kannte sich Georges Simenon in La Rochelle bestens aus, er unterhielt zur Küstenstadt in Südwestfrankreich eine geradezu sentimentale Beziehung. Er hatte die Hauptstadt des Departements Charentes-Maritime, diese alte Seefahrer-, Handels- und Fischerstadt mit ihren typischen Fachwerkbauten und dem »Vieux Port«, bereits 1926 kennengelernt, als er aus Paris an die Atlantikküste flüchtete, angeblich, um eine Hochzeit mit Josephine Baker zu vermeiden. La Rochelle spielte in seinem Leben und in seinen Büchern später immer wieder eine wichtige Rolle. Schon 1932 hatten die Simenons in Marsilly, einer kleinen Gemeinde bei La Rochelle, das Herrenhaus »La Richardière« gemietet, von dem der Autor hoffte, es später einmal kaufen zu können. Er bewohnte es drei Jahre lang. Und er kehrte auch später mehrfach an die Atlantikküste zurück. Das ausschweifende Pariser Leben war ihm zu dieser Zeit verleidet, auch an der Côte d'Azur wurde es ihm zu langweilig, so zog er wieder nach La Rochelle und in dieses Herrenhaus, eine Art Schloss.

Das gleichzeitig mondäne und rustikale Ambiente kam seiner Gemütslage entgegen: Er verwandelte sich, wie in späteren Lebensphasen immer wieder, in einen Gutsherrn, renovierte das Haus, kaufte Pferde, züchtete Kaninchen, Truthähne und Fasane und pflanzte Bäume, wie wenn er sich dort für immer etablieren wollte.

Es gibt eine exemplarische Passage in *Das Testament Donadieu*, die Georges Simenons Schreibstrategie der genauen Recherche und der detaillierten Ortskenntnis auch in diesem Roman verblüffend belegt. Seine berühmten Vorarbeiten, die Skizzen von Figuren und Handlungsablauf, die er auf gelbe Kuverts notierte, die Studien von Plänen der Handlungsorte, die Ausarbeitung der Einzelheiten mit Hilfe von Enzyklopädien und Fachbüchern, die Festlegung der Beziehungen der Romanfiguren untereinander, sind legendär. Auch in *Das Testament Donadieu* greift er beim Schreiben auf die eigenen Erfahrungen zurück. Die Familie Donadieu besitzt außerhalb von La Rochelle in Esnandes ein Schloss, Michel geht hier jeden Sonntag zur Jagd. Martine und ihr kleiner Bruder Kiki (getauft wie sein Vater auf den Namen Oscar) entschließen sich nach der turbulenten Testamentseröffnung zu einer Exkursion durch die flache Landschaft im Norden La Rochelles nach Esnandes, wobei sie unter anderem auch Marsilly durchquerten, »weiße Dörfer mit niedrigen Häusern, die das meergrüne Licht des Himmels widerspiegelten«. Der Roman beschreibt das Schloss Esnandes im Besitz der Familie Donadieu beinahe wörtlich so, wie Simenons eigenes Traumhaus »La Richardière« in Realität aussieht, das seine Sehnsüchte immer wieder befeuerte und das er gerne besessen hätte. Das kann man anhand von Fotografien des Schlosses überprüfen. Mehr noch als auf die Schauplätze des eigenen Lebens greift Georges Simenon in *Das Testament Donadieu* auf Motive zurück, die dem emotionalen Grundriss der eigenen Kindheit entliehen sind. Spuren der Biographie tauchen, verfremdet, verschoben, an »Schlüsselstellen« des Romans als Umrisse eines neuen Lebensentwurfs auf, mit denen gewisse schwierige Umstände der Jugend in Lüttich wenn nicht korrigiert, so doch schreibend reflektiert werden. Georges Simenon nannte seine Arbeit selbst einmal ein »Ausbessern des Schicksals«. Wie Oscar Donadieu verstarb auch sein eigener Vater, den er verehrte, sehr plötzlich. Wie in der Reeder-Dynastie aus La Rochelle versank auch in der Familie Simenon die väterliche Instanz auf eine für den Sohn traumatisierende Weise und hinterließ eine verstörende Leerstelle. Wie Oscar Donadieu war der Versicherungsbuchhalter Désiré Simenon ein tüchtiger, verlässlicher, verträglicher, ordentlicher Mann, der stolz darauf war, dass er als schneller, unfehlbarer Rechner galt. Er besaß einen Tick für pünktliche Uhren.

Seine Mutter dagegen empfand Simenon als kalt, lieblos, böse, berechnend und auf unbestimmte Weise destruktiv. Henriette Brüll, Tochter eines ursprünglich vermögenden Holzgroßhändlers, der durch seine Trunksucht immer tiefer gesunken war, wurde nach dem frühen Tod des Vaters mitsamt ihrer Mutter vom Leben im Wohlstand in tiefste Armut katapultiert. Diese Erfahrung formte schon früh ihren Charakter. Georges Simenon haderte ein Leben lang mit ihr. Die Konturen der illoyalen, snobistischen, oberflächlichen und selbstsüchtigen Mutter kann man im Porträt der Witwe Oscar Donadieus, der »reine mère«, sofort erkennen: Ihre Kälte und Gleichgültigkeit gegenüber den Kindern ist mit Händen zu greifen, ihr egoistischer Opportunismus und Überlebenswille treibt sie umstandslos in die Hände des Parvenüs Dargens – und damit zum Verrat der Kinder.

Im selben Maße, wie Désiré Simenon, der Vater, für den Sohn Überlebensgarant war, verwandelte sich die Mutter Henriette Brüll zum Schreckbild. Beides entsprach nicht genau der Realität, sondern es sind idealisierte, beinahe libidinös besetzte Bilder, die zwischen Phantasie und Realität fluktuieren. Und doch kehrt diese kindlich wahrgenommene schwarzweiße Grundkonstellation in *Das Testament Donadieu* wieder, vom Autor umgestaltet und literarisch auf triumphale Weise fruchtbar gemacht.

Warum aber starb Oscar Donadieu, warum Désiré Simenon? Ganz nebenbei zeigt sich hier eine der erzählerischen Raffinessen eines durch unzählige Maigret-Romane gewieften Kriminalautors. Im

Drama um die Reederfamilie kann man die flirrende Schnittstelle zwischen dem Krimiautor und dem ernsthaften Romancier ausgezeichnet beobachten-, und wie er die Erfahrung aus dem einen Feld für das andere produktiv macht. Beide Romanstrategien überkreuzen sich. Ist im Kriminalroman die Kardinalfrage, wer der Täter sei, geht es Georges Simenon in diesem Roman keineswegs darum, wer die grässliche Tat verübt hat, sondern um das Freilegen der psychischen und charakterlichen Ursachen, die zum Tod geführt haben.

Dabei verfährt Georges Simenon äußerst geschickt. Er legt quer durch den Roman Fährten von vermutetem Mord durch eines der Familienmitglieder – aus Gründen der Habsucht, der Gier, des Machtanspruchs oder der seelischen Kälte. Nur führen diese halb ausgesprochenen Verdächtigungen aller Akteure untereinander ins Leere. Es gibt nicht den Hauch von erzählstrategischem Bemühen, eine schlüssige Antwort zu finden. Fast alle Protagonisten des Dramas unterstellen sich gegenseitig, etwas mit dem Verschwinden des Vaters zu tun zu haben. Vom Täterverdacht sind weder die Geschwister noch die Mutter, noch der künftige Schwiegersohn Philippe Dargens oder sein Vater Frédéric ausgenommen. Sie alle könnten ein Motiv gehabt haben, Donadieu zu töten. In dieser dramatischen Dynamik erkennt man unschwer das psychische Substrat aus Simenons Kindheit, die ungelöste Frage nach der plötzlichen Herzkrise und dem Hinscheiden des eigenen Vaters. Der Autor Simenon erzeugt mit dem Nieaufklärenwollen des mörderischen Skandals bis zum Schluss eine unterschwellige Spannung. Genau damit treibt er den Leser voran und hält ihn bei der Stange.

Der einzige Kommentar zum Verschwinden Donadieus klingt am Ende wie ein fernes Echo auf den Tod von Désiré Simenon: eine Art nachgelieferte Erklärung in eigener Sache. Nach einer gnadenlosen Abrechnung mit den desaströsen Verhältnissen und dem emotionalen und sachlichen Versagen der ganzen Familie bringt Donadieus Tochter Martine das Verschwinden des Vaters auf den Punkt: »Ich verteidige überhaupt nichts, aber gewisse Anspielungen sind mir zuwider. Vielleicht ist Papa nur deshalb gestorben, weil er den

Mut verloren hat, als er uns alle so sah!« Kein Wunder, dass der Jüngste, der fünfzehnjährige Kiki, zunächst krank wird, dann als Schiffsjunge auf das Meer verschwinden will, später tatsächlich nach Amerika auswandert und eine andere Sprache annimmt. Simenon schwor seinerseits nach dem Tod des vergötterten Vaters, dass er nicht in der Familie bleiben und nicht das gleiche Schicksal erleiden wolle wie alle seine Verwandten. Schon mit zwölf habe er begriffen, dass seine Onkel und Tanten alle irgendwie Opfer seien. Er beschrieb, wie er sich in seinem Milieu ebenso heimisch wie fremd und verbittert fühle, und beschloss: »Ich möchte aus all dem hinaus und fort von hier«.

Georges Simenons imposantes *Testament Donadieu* ist damit nicht nur eine faszinierend-abgründige Saga, sie liefert auch erhellende Einsichten zu seinen literarisch effektvollen Schreibstrategien. Ob sie völlig bewusst oder intuitiv eingesetzt wurden, bleibt dahingestellt, denn tatsächlich sind die Recherchen nur Vorstufen. Sie treffen auf Sedimente von Erfahrungen, die im Innern des Autors lagern. Beim Schreiben projizierte Georges Simenon dann – unter immensem innerem Druck, in gewaltigem Tempo, ohne nachzudenken – die kohärente Geschichte aufs Papier. Es erstaunt nicht weiter, dass er selber sagte, dies geschehe jeweils wie in Trance – ein Vorgang, den er auch einen »Zustand der Gnade« nannte.

Simenon verarbeitete schreibend sein Leben, und er lebte, was er schreibend erfand. Er vermischte prägende Erlebnisse und unverarbeitete Beziehungskonstellationen zu einer neuen Geschichte mit einer ganz eigenen Authentizität. Die innere und die äußere Welt legten sich so nahtlos übereinander. So gelang es ihm, in endloser Repetition, mit immer neuen Geschichten aus dem Urgrund des Innern die eigenen Dämonen zu bannen. Er exorzierte bis zur Besessenheit, was ihn heimlich umtrieb, und verfiel anschließend in einen ermatteten Zustand, der so lange anhielt, bis ein weiterer literarischer Befreiungsschlag nötig wurde.

DER GANZE SIMENON

Die erste deutschsprachige Gesamtausgabe

DIE GROSSEN ROMANE

Alle 117 großen Romane, einige seit Jahrzehnten endlich wieder lieferbar. Teilweise in neuen oder vollständig revidierten Übersetzungen. Mit Nachworten von Friedrich Ani, John Banville, Julian Barnes, William Boyd, Arnon Grünberg, Daniel Kehlmann, Martin Mosebach, Joyce Carol Oates und vielen anderen.
Eine Kooperation der Verlage Hoffmann und Campe und Kampa.

DER GANZE MAIGRET

Alle 75 Maigret-Romane und 28 Maigret-Erzählungen bis Herbst 2020. In neuen oder vollständig revidierten Übersetzungen. Ausgewählte Romane mit Nachworten von Andrea Camilleri, Clemens Meyer, Karl-Heinz Ott, Rüdiger Safranski, Peter Ustinov und vielen anderen.

AUSSERDEM

Zum ersten Mal alle Erzählungen, viele davon als deutsche Erstveröffentlichungen. Sämtliche literaturkritische Essays und Reportagen in Neuübersetzungen. Die autobiographischen Schriften. Ein Band mit ausgewählten Briefen, zwei Gesprächsbände und vieles mehr.

»Manche fragen mich:
Was soll ich von Simenon lesen? –
Ich antworte: Alles!«
André Gide

DIE GROSSEN ROMANE

Georges Simenon
Wellenschlag
Aus dem Französischen und mit einem
Nachwort von Kristian Wachinger

Der kleine Ort Marsilly an der Atlantikküste in der Nähe von La
Rochelle: Hier lebt Jean, ein elternloser Mittzwanziger, zusammen
mit seinen beiden Tanten und einem dunklen Familienge-
heimnis. Er arbeitet als Austern- und Muschelzüchter und fristet
ein sorgloses Dasein voll Ruhe und Regelmäßigkeit. Hortense
und Émilie halten das Ruder über die Geschicke des Hauses fest
in der Hand. Eines Tages jedoch gerät Jeans Alltag ins Wanken:
Seine Freundin Marthe ist schwanger, und plötzlich steht er in
der Pflicht, sie zu heiraten, obwohl er sie nicht liebt. Doch auch
für dieses Problem kennen seine Tanten eine Lösung – sie wissen,
wie sich die Wogen wieder glätten und die Spuren des Sturms ver-
wischen lassen, auch um den Preis eines Menschenlebens.

»Georges Simenon ist der wichtigste Schriftsteller
des 20. Jahrhunderts.«
Gabriel García Márquez